A*t*V

SOMA MORGENSTERN wurde 1890 in einem ostgalizischen Dorf bei Tarnopol geboren und wuchs in orthodox-jüdischer Tradition auf. Nach dem Besuch des Gymnasiums studierte er mit Unterbrechungen durch den Kriegsdienst an der Ostfront von 1912 bis 1921 Jura in Wien. 1927 wurde er Kulturkorrespondent bei der »Frankfurter Zeitung«. Seiner jüdischen Herkunft wegen verlor er 1934 diese Stellung. Am Tage des »Anschlusses« Österreichs an Deutschland flüchtete er nach Frankreich. Nach mehreren Internierungen gelang es ihm 1941, über Marseille, Casablanca und Lissabon nach New York zu entkommen. 1946 erhielt er die amerikanische Staatsbürgerschaft. Von der Öffentlichkeit kaum beachtet, starb er 1976 in New York.

Soma Morgenstern schrieb zeitlebens in deutscher Sprache: Erinnerungen, Dramen, Feuilletons und vor allem Romane. Von der Romantrilogie »Funken im Abgrund« erschien der erste Band »Der Sohn des verlorenen Sohnes« noch Ende 1935 im Berliner Verlag Erich Reiss, mit Band 2 (»Idyll im Exil«) und Band 3 (»Das Vermächtnis des verlorenen Sohnes«) kam die Trilogie erstmals, in amerikanischer Übersetzung, von 1946 bis 1950 in den USA heraus. Ebenfalls in amerikanischer Übersetzung erschien 1955 »Die Blutsäule. Zeichen und Wunder am Sereth« (deutsch 1964 in Berlin, hebräische Übersetzung 1976). Als Erstveröffentlichungen erschienen innerhalb der Edition »Soma Morgenstern: Werke in Einzelbänden« im zu Klampen Verlag, Lüneburg: »In einer anderen Zeit. Erinnerungen« (1994), »Alban Berg und seine Idole. Erinnerungen und Briefe« (1995), »In einer anderen Zeit. Jugendjahre in Ostgalizien« (1995), »Flucht in Frankreich. Ein Romanbericht« (1998).

Im Aufbau Taschenbuch Verlag liegen vor: »Joseph Roths Flucht und Ende«, »Alban Berg und seine Idole« sowie »In einer anderen Zeit. Jugendjahre in Ostgalizien«.

»Soma Morgenstern will nicht einfach Dorfgeschichten aufschreiben, die sich aus Erinnerungen an die eigene in Ostgalizien verbrachte Kindheit und Jugend speisen, er will erzählend Dinge zurechtrücken und dabei dem jüdischen Leben in Galizien Helligkeit und Würde zurückgeben.«

Süddeutsche Zeitung

Soma Morgenstern

Das Vermächtnis des verlorenen Sohnes

Dritter Roman der Trilogie
Funken im Abgrund

Herausgegeben
und mit einem Nachwort
von Ingolf Schulte

Aufbau Taschenbuch Verlag

ISBN 3-7466-1640-9 (I-III)

1. Auflage 1999
Aufbau Taschenbuch Verlag GmbH, Berlin
© Dietrich zu Klampen Verlag GbR, Lüneburg 1996
Umschlaggestaltung Torsten Lemme
unter Verwendung eines Fotos vom Wochenmarkt in Stryj, Galizien
Druck Clausen & Bosse, Leck
Printed in Germany

Inhalt

Das Vermächtnis des
verlorenen Sohnes

ERSTES BUCH

ERSTES BUCH

1

Iwan Kobza stand auf seinem Gehöft und redete mit Onufryj Borodatyj. Sie sprachen von ihrem Nachbarn, Schabse Punes, dem Pferdehändler, der vor seinem Haus stand und zusah, wie Walko Gulowatyj, genannt der Hengst, den kleinen Reisewagen seines Brotgebers mit Wasser wusch und mit einer Bürste reinigte. Es war sehr früh am Morgen. Die Sonne, eine feuerrote Scheibe, war eben hinterm Dach von Kobzas Scheune aufgegangen, ein voller Mond: nah, rund und kühl.

»Es gibt keinen Markttag heute«, sagte Onufryj Borodatyj. »Wohin mag die Cholera heute fahren.«

Es war keine Frage, die Onufryj so äußerte. Es war eine Feststellung. Iwan Kobza gab auch keine Antwort darauf. Er machte seinerseits eine Feststellung: »Ja, wohin mag die Cholera heute fahren.«

So ging ihre Rede nicht eigentlich hin und her über den Garten Kobzas. Es war, als ob jeder von den Bauern einen Streifen des Gartens, der sie trennte, mit bedächtigen Worten besäte, jeder für sich seinen Streifen, aber doch zum gemeinsamen Nutzen beider Nachbarn.

»Es ist kein Markttag in Kozlowa«, redete Iwan Kobza. »Es ist kein Markttag in Rembowlja. Es ist kein Markttag in der Stadt. Wo fährt die Pest heute hin.«

»In Rembowlja ist Markttag am Dienstag. In Kozlowa ist Markt am Donnerstag. In der Stadt ist Markt am Mittwoch. Wo fährt die Cholera am Montag hin«, sagte Onufryj.

Sie hätten das Problem, das sie beide so früh am Morgen beschäftigte, mit Leichtigkeit lösen können. Es hätte einer von ihnen seine Stimme eine Kleinigkeit bloß zu heben und zu Schabse, ihrem Nachbarn, hinüberzurufen brauchen. Der Pferdehändler hätte gewiß an dem Gespräch gern teilgenommen und den Bauern zufriedenstellende Auskunft gegeben. Denn wie schief und voller Anfechtung die

Beziehungen des Pferdehändlers zu den Juden von Dobropolje sein mochten, mit den Bauern des Dorfs und der Gegend stand Schabse Punes auf gutem Fuß. Daß seine zwei nächsten Nachbarn Cholera sagten und Pest und Schabse meinten, hatte nicht das geringste mit seiner Persönlichkeit zu tun. So war ihre Art zu reden. Würde einer von ihnen, Kobza zum Beispiel, seinen Wagen an einem Montag zur Reise rüsten, und hätten nun Onufryj Borodatyj und Schabse Punes das ungewöhnliche Vorkommnis zu bereden, die Worte Cholera und Pest würden auch in solchem Falle demselben Zweck dienen: das Erstaunen über ein ungewöhnliches Vorhaben freundlich zum Ausdruck zu bringen. Aber keinem von den beiden Bauern lag es daran, den Pferdehändler anzurufen und ihn zu befragen. Sie vermuteten ja ohnehin, wo die Reise Schabses hinging. Sie wußten auch den Grund der Reise. Was sie nicht wußten war: wieviel jeder von ihnen von Schabses Sorgen wissen mochte. Das eben herauszubekommen, war der Zweck ihrer Unterredung am frühen Morgen. Zunächst war jeder von den Bauern darauf bedacht, seinem Nachbarn nicht mehr von seinem Wissen zu verraten, als dieser ihm selbst anvertrauen würde. So tastete erst einer den andern vorsichtig, umständlich und recht mißtrauisch ab, ehe sie zum offenen Meinungsaustausch über das Vorhaben des Pferdehändlers übergingen. Obgleich es ein heißer Erntetag werden wollte, nahmen sie sich Zeit, um auf vielen und auf recht verwickelten Pfaden und Umwegen sich zu dem Punkt heranzupirschen, der sie beide in gleichem Maße interessierte. Ein einfaches Bäuerlein ist nämlich das komplizierteste Wesen auf Gottes Erden, was immer man auch sage. Und ein rechter Bauer beeilt sich aus eigenem Antrieb nie.

Jeder von den zwei Nachbarn hatte die kleinen Verrichtungen des Morgens bereits hinter sich. Sie hatten dem Kleinvieh sowie den Kühen und den Pferden das Futter zugeteilt und vorgestreut, die Geräte für die Feldarbeit handfertig gemacht. In den Stuben kochten die Weiber das Frühstück. Ein Erntetag ist heiß, aber ein Gespräch unter Nachbarn kann von Vorteil sein. Vier Augen sehen mehr von der Welt als zwei. Wenn ein Nachbar seinen Kopf verliert – und wäre er ein Jude gar –, so kann sich für einen Christenmenschen eine Gelegenheit ergeben, sein eigenes Anwesen ein Stückchen zu erweitern. Je kleiner das Deine, je größer das Meine.

Die Sonne war, wie beide indessen wohl bemerkten, drei bis vier Bauern hoch am Horizont aufgestiegen, ehe Iwan Kobza und Onufryj Borodatyj übereingekommen waren, daß Schabse Punes, der schlaue Pferdehändler, seinen Kopf verloren hatte und aus diesem Grunde eben im Begriffe war, an einem Montag, da nirgendwo in der Welt Markt abgehalten wurde, zur Bezirksstadt zu reisen, offenbar in der Absicht, dort seinen Kopf wiederzufinden. Es war aber noch immer früh genug am Morgen. In glitzerndem Silber lag noch der Tau der Nacht auf den verschlafenen Gräsern und Blättern.

»Ohne Mechzio wird er es nicht schaffen«, meinte Kobza.

»Nein«, sagte Borodatyj, »ohne seinen Schwager kann er seinen Pferdehandel treiben. Aber mit dem Anwesen wird es bald aus sein.«

»Ob es Walko, der Hengst, nicht schafft –«, versuchte Kobza seinen Nachbarn zu überlisten. »Ein so kräftiger Mann?«

»Ah, der!« äußerte sich Onufryj. »Stark ist er. Stark wie ein Pferd. Aber er hat auch den Verstand eines Pferdes.« Um aber zu zeigen, daß er die List Kobzas wohl bemerkte, schüttelte er nachdenklich seinen rundgeschorenen Kopf und setzte hinzu: »Aber vielleicht schafft es die Cholera doch.«

»Nein. Ich sage nein. Er schafft es nicht.«

Und nun begannen sie das Gespräch von neuem, und es war wie ein in Musik gesetztes Responsorium.

»Wer hat den Gemüsegarten bestellt?« fragte Onufryj.

»Mechzio«, antwortete Iwan.

»Wer hat den Obstgarten gepflegt?« fragte Onufryj.

»Mechzio«, intonierte Iwan.

»Wer hat gepflügt? Mechzio!« sang Onufryj.

»Wer hat gesät? Mechzio!« sang Iwan.

»Wer hat gemäht? Mechzio!« sang Onufryj.

»Wer hat gedroschen? Mechzio!« sang Iwan.

»Und wer wurde gedroschen?« fragte Onufryj, der Schlauere von den beiden, um dem Gespräch eine scherzhafte Wendung zu geben.

»Mechzio«, bekräftigte Kobza, auch er zufrieden damit, daß ein harmloser Scherz das Gespräch zum Abschluß brachte. Denn in der Tür seines Hauses stand bereits sein stattliches Weib und ermahnte beide Männer mit lauter Stimme: »Was ist? Feiertag heute? Ihr Tratschmäuler, ihr zwei beiden!«

Die frühe Suppe war gekocht. Daß sein flinkes Weib mit dem Frühstück schneller fertig geworden war als Frau Borodatyj, nahm Kobza als ein gutes Zeichen.

2

Schabse der Pferdehändler sah auch an diesem Morgen nicht gerade wie ein Mann aus, der seinen Kopf verloren hatte. Im Gegenteil: schon so früh am Tage machte er einen recht zufriedenen, satten und namentlich einen recht fetten Eindruck. Mit einer Hose, einer Weste und einem samtenen Käppchen bloß bekleidet, stand er hinter Walko, der mit dem Waschen des Wagens den Tag begonnen hatte und nun zum Einschmieren der Achsen überging.

»Wer schmiert, der fährt«, redete er hinter dem gebeugten Rücken Walkos, und er wiederholte den Spruch vor jedem der vier Räder, obwohl er wußte, daß der gebeugte Riese stocktaub war und ihm gar nicht zuhörte. Der Pferdehändler liebte es, am frühen Morgen frische Laune zu zeigen und die Sprüche zu zitieren, deren erprobte, uralte Weisheit über allen krummen Wegen nicht nur der Pferdehändler leuchtet.

»Wer schmiert, der fährt«, redete er nun vor sich hin, nicht für Walko, und er dachte nicht nur an das Schmieren des Wagens in diesem Augenblick. Er war vielmehr gesonnen, in der Stadt den Polizeibeamten sowohl als die Gendarmen ein bißchen zu schmieren, um seinen flüchtigen Schwager schnell wieder einzufangen. Er unterließ es indessen keinesfalls, das Einschmieren der Achsen genau zu überwachen. Auf den tauben Riesen war in so kleinen Dingen kein Verlaß. Schabse teilte Walko die Portion Wagenschmiere für jedes Rad nach seinem sicheren Augenmaß zu; nicht zuwenig, nicht zuviel. Hin und wieder legte er eine glättende Hand an, indem er durch eine schnelle Schwingung und Rückdrehung eines Rads das frische Fett ordentlich zu verteilen suchte sowie das überfließende um die Nabe des Rads mit einem Holzstäbchen gleichmäßig zu erstrecken, zu verdünnen, auszuglätten. Das waren kleine Handlangerdienste, aber er verrichtete sie mit sichtlichem Vergnügen, ja mit Inbrunst. Schabse Punes liebte das Fett in allen Formen. Er liebte die fetten Flanken seines rüstigen Weibes, die fetten Backen seiner Kinder, die fette Milch seiner Kühe, die fetten Speisen seines Tisches. Er liebte das Schmalz der Gänse, das Fett der Hühner, die Fettaugen in den gefährlich-stillheißen Suppen der Sabbatmahle. Jankel Christjampoler, der Feind seines Lebens, pflegte oft sakrilegisch zu äußern, daß Schabse Punes die heiligsten Worte aller Gebete: *Höre Israel! Unser Gott ist der Eine!* am Sabbat in Großvaters Zimmer nur darum mit so gewaltiger Inbrunst ausschrie, weil diese heiligen Worte in den fettesten Buchstaben im Gebetbuch ausdruckt standen.

Das augenscheinliche Wohlgefallen, das ihm auch das Fette an seiner eigenen Leiblichkeit machte, war bloß die sublime Form seiner Liebe für alles Fette dieser Welt. Wenn er an einem heißen Sommertag ein kühlendes Bad im Teich von Dobropolje nahm, konnte sein geradezu weibisches Getue sogar einem Welwel Dobropoljer heiteres, ja ein höhnisches Interesse abzwingen. Schon wie er sich seiner Kleider entledigte, war ein Schauspiel für die Kinder des Dorfs, die mit schallender Ausgelassenheit die ängstliche Betulichkeit des bärtigen Kolosses begleiteten. Zuerst suchte er sich das schattenkühlste Plätzchen am Ufer aus. Mit sorgfältig prüfenden Händen tastete er die Erhebungen und Vertiefungen des Rasens im Schatten des dichtesten Baumes ab. Dann reinigte er die ausgewählte Stelle von allem, was seine sitzende oder ausgestreckte Körperlichkeit drücken, stechen, kratzen oder auch nur im geringsten hätte belästigen können. Der kleinste Bruchteil von einem verdorrten Zweig wurde beseitigt, ein welkes Laub klaubten seine fettigen Finger aus dem Gras und sie verwarfen es mit Ekel: es könnte abscheuliches Gewürm dahinter nisten. Wenn dermaßen alle Gefahr eines grünen Rasens ausgejätet war, breitete Schabse eine weiche Decke über den Ruheplatz – kein Mensch tat dergleichen in Dobropolje –, über die Decke spreitete er ein weißes Leintuch aus – keine Jungfrau tat dergleichen in Dobropolje –, und nun erst konnte der zweite Akt der Handlung beginnen: Schabse entledigte sich seiner Kleidung. Jedes Stück wurde mit ausreichender Sorgfalt an einen besonderen Ast des Baums gehängt, und wenn der Entkleidete schließlich die letzte Hülle an einen Ast gebunden hatte, stand er von allen Seiten umhängt und beschützt wie in einem eigenen Zelt in der blütenweißen Opulenz seiner nackten Leiblichkeit.

Nun trat die zauberhafte Verwandlung einer Person ein. Der schwere Fettwanst, dem der breite schwarz-graue Bart wie ein Panzer die zottige Brust beschützte, verwandelte sich in eine ängstliche, gezierte, hüpfende und quietschende Jungfrau. Eine hysterische Angst vor allem, was da kreucht und fleucht, befiel einen Mann, der auf allen Pferdemärkten des Landes wie der Satan gefürchtet war. Ein Dorfmann, dem es nichts ausmachte, eine Zecke aus dem Fell eines Pferdes mit seinen Fingern auszuquetschen, stieß schrille Laute der Angst aus, wenn irgendwo in der Nähe seiner Nacktheit eine unschuldige Biene aufsummte. Ein waghalsiger Roßtäuscher, dem es nichts ausmachte, das Gebiß eines Pferdes zu verjüngen, führte einen grotesken Veitstanz vor, wenn eine Gelse in die Nähe seiner weißen Korpulenz zu kommen drohte. Seine Stimme paßte sich der Beängstigung um seine zittrige Nacktheit an: sie wurde hoch, dünn, weibisch. Um den Quietschenden und Hüpfenden johlten und tanzten die Kinder. Aber das störte Schabse nicht. Er machte sich sogar die Verhöhnung der Kinder zunutze. Wohl spielte er den Gekränkten, wenn die Kinder, mit Laubzweigen und Schilfschwertern ausgerüstet, ihn umkreisten, aber er tat es nur, um die Kleinen eher anzufeuern als abzuschrecken. Zwar beleidigten ihn ihre höhnischen Zurufe, aber die Indianertänze, die sie um ihn herum aufführten und namentlich das Schwirren der Laubzweige und des Röhrichts scheuchten andererseits das summende und stechende Gewürm fort, und das tat ihm wohl.

Im klaren Wasser setzte sich das Schauspiel fort. Sein blütenweißer Leib, ein Fettkloß schon in der Luft der Oberwelt, spiegelte sich als Riesenqualle in der blauen Unterwelt des Wassers ab. Schwimmen konnte er nicht; auch dies ein ungewöhnliches Vorkommnis in Dobropolje, wo sogar der würdige Welwel Mohylewski ein so guter Schwimmer war, daß er zuweilen an einem Freitag und zu Ehren des Sabbats an der tiefsten Stelle des Teichs sitzschwimmend die Nägel an seinen Zehen zu beschneiden fertigbrachte; ein Kunststück, das sogar die wilde Jugend von Dobropolje sprachlos zu bewundern pflegte. Schabse Punes war der einzige Nichtschwimmer unter den Juden des Dorfs. Doch war er nicht wasserscheu. Getraute er sich auch nicht, seine Glieder im Wasser zu strecken, so verstand er es dennoch, in vertikaler Stellung alle Genüsse des Badens auszukosten und – ah! und ha! aj! und waj! – wollüstig auszuschreien. Er prustete und plantschte, er patschte und klatschte possierlich, und sich biegend und sich schmiegend im Wasser, bot er ein nahezu obszönes Spektakel schwelgerischen Kosens zwischen zwei Elementen: Fett und Wasser.

Nachdem alle Wonnen des Wassers ausgekostet waren, begab sich Schabse auf vorsichtig leichten und wehleidig kleinen Füßen, tastend über dem Geröll des Ufers, zu seinem Ruhebett. Ihm folgten die Kinder mit den Laubzweigen und Schilfbesen, und sie begleiteten ihn mit zärtlichen Zurufen, wie sie zur Besänftigung eines störrischen Hengstes unter Hufschmieden üblich sind. Schabse lächelte ein glückliches Lächeln und streckte sich auf seinem Lager aus, glatt und glänzend wie ein eingeölter Götze. Nach angemessener Rast trocknete er sich tupfend mit weichen Tüchern ab; dann saß er mit geschlossenen Augen im schattenkühlen Grün, die ausgepolsterten Hände über der weißen Erhabenheit seines Bauchs, indes die Kinder im schwingenden Reigen die Lagerstatt umtanzten. Einmal, vor Jahren, geschah es, daß einer von den Kleinen – es war der jüngste von den drei kurzhalsigen Söhnen des Brenners Grünspan – bei den ausgelassenen Spielen um den badenden Pferdehändler sich einer nackten Weidenrute bediente und – sei es in der Raserei des Spiels, sei es in begreiflichem kindlichem Gelüst – die scharfe Rute über den blütenweißen verfetteten Oberarm Schabses streichen ließ. Es war an einem Freitag. Alle Judenschaft von Dobropolje war am Baden, und da erlebten es die Alten und die Jungen, daß der bärtige Koloß angesichts der blutrot anlaufenden Spur der Rute in Tränen ausbrach und seinen wunden Oberarm bis zur höchsten Instanz, zu Welwel Dobropoljer vorbrachte und weinende Klage führte gegen ein Kind. So war Schabse Punes in seiner Nacktheit.

In bekleidetem Zustand war er, trotz seiner Beleibtheit, ein rühriger und harter Geschäftsmann, der nicht einmal einer körperlichen Arbeit aus dem Wege ging, wie wir gleich sehen werden. Wohl machte er beim Waschen seines Reisewagens vorerst den Aufpasser und Handlanger des tauben Riesen, aber sobald die Waschung und die Schmierung zu Ende waren, wechselten die Rollen. Nun begann Schabse selber tüchtig sich zu rühren. Der Reisewagen war leicht, hochrädrig, der kurze grüngestrichene Wagenkasten hatte aber keinen fest angebrachten Sitz, wie es bei einem solchen Gefährt hierzulande üblich ist. Schabse mochte die festen Sitze nicht. Was der Bequemlichkeit seiner Person dienen sollte, überließ er niemals einer fremden Hand. Keiner konnte es ihm recht machen, nicht einmal die gesegneten Hände seines Schwagers Mechzio, dem er sonst die meiste Arbeit aufzubürden gewohnt war. Ein Sitz im Wagen ist kein Bett, pflegte Schabse zu sagen. Ein Bett ist gut, wenn man darin bei der geringsten Bewegung des Körpers ins Rutschen, ins Gleiten, ja ins Schweben kommt. Ein Sitz im Wagen muß fest sein, er muß aber auch weich sein und nachgiebig. Fest und locker, weich und hart muß der Sitz sein, und das muß der Sitz im ganzen sein, nicht in seinen Teilen. Wie macht man das? So wie Schabse es macht, sagte er, sagte man in ganz Dobropolje und auch in den andern Dörfern, wo man selten die Gelegenheit ausließ, Schabse beim Aufbau oder Umbau seines Sitzes zu beobachten. Viele seßhafte Christen, viele fahrende Juden, hatten es gesehen, so mancher hatte gelernt, kaum einer konnte ihm das Kunststück recht nachmachen.

Selbst der stumpfsinnige Walko ließ seinen Brotgeber nicht aus den Augen, während er ihm bei der Aufschichtung des Sitzes behilflich war. Walko brachte das Material heran, dann stand er da, glotzte aus seinen Pumaaugen, und selbst er war bestrebt, dem Meister das Stück abzuschauen. Schabse breitete zunächst einen Sack aus grobem Leinen im Wagen aus. Darüber legte er eine gleichmäßig dünne Grundierungsschicht, die den Bau tragen sollte. Das Überraschende war hier das Material, das kein Mensch sonst verwendete. Die Grundierungsschicht bildete nämlich eine Lage trockener, gebrochener Flachsstengel. Das ist das ganze Geheimnis! hatte oft ein leichtfertiger Zuschauer voreilig ausgerufen. Aber schon beim nächsten Zug des Meisters mußte ein solcher Neuling über sich selbst lächeln. Der nächste Zug war, daß Schabse über der knisternden Grundlage aus Flachsstengeln eine zweimal so dicke Lage aus einfachem Roggenstroh errichtete; aber auch hier war ein Trick am Werk. Dieser bestand darin, daß Schabse das Roggenstroh nicht – wie jedermann – quer über den Wagen legte, sondern der Länge des Wagens nach ausglättete. Diese Schicht nannte der Baumeister selbst: die Parallele. Das weitere war eine Schicht Heu. Die vierte Lage war aus Gerstenstroh. Darüber kam ein Sack Haferhäcksel, halb voll nur, damit der Inhalt über dem Sitz gleichmäßig ausgeknetet und ausgeglättet werden konnte. Das ist die Quere, pflegte Schabse die Zuschauer zu belehren. Denn wie ein guter Koch gern bereit ist, das Rezept einer Speise auszuliefern, weil er ja weiß, daß damit das Wichtigste noch lange nicht verraten ist, so liebte es Schabse, die Zuschauer zu belehren, weil ihm ja die Erfahrung zeigte, daß auch seine Kunst kaum nachzumachen war. Und wie ein Kochkünstler das bald fertige Gericht kostet und prüft, was ihm noch fehlen möchte im ganzen, um fertig zu werden, so unterbrach Schabse jetzt die Arbeit seiner Hände, um den bald fertigen Sitz mit jenem Teil seines Körpers zu prüfen, der am Sitz am meisten interessiert ist: mit dem Gesäß. Er setzte sich vorerst in der Richtung der Deichsel, saß eine Weile ruhig und – horchte. Dann warf er die Beine seitwärts, schwang seinen schweren Körper 180 Grad herum, saß nun mit dem Rücken zur Deichsel und horchte wieder eine Weile. Hernach begann er mit der ganzen Schwere seines Körpers den Sitz einzupressen, erst in der Mitte und dann, sich halb erhebend und ganz fallen lassend, in allen vier Ecken des Baus. Den hart eingepreßten Sitz deckte er nun mit einer groben Leinwand ein, die er so genau einschlug, daß nicht die geringste Spur von dem so verschiedenartigen Sitzmaterial gesichtet werden konnte. Jetzt reichte ihm Walko eine Pferdedecke zu, die Schabse dreifach faltete, in der Mitte des Sitzes einbettete und dadurch die Sackleinwand abdichtete. Ein leichtes Strohsäckchen – es war nicht mit Stroh, sondern mit weichem Roßhaar gefüllt –, ein Strohsäckchen, das zum Erstaunen der Zuschauer nun genau das Maß der scheinbar improvisierten Sitzfläche aufwies, bildete die vorletzte Schicht. Die äußerste war wieder eine Pferdedecke, die aber nicht im geringsten gefaltet, den ganzen Sitz, auch vorne und hinten, zwar glatt bedeckte, aber an allen Seiten und in den Ecken nicht eingezwängt, einen lockeren Überwurf bildete. Das war die oberste Schicht. Denn die getigerte Reisedecke, mit der Schabse sein Werk zum Abschluß krönte, war nur noch eine ornamentale Spielerei, die mehr dem Auge des Zuschauers zu schmeicheln als der Bequemlichkeit des Sitzers zu dienen hatte, der in solchem Sitz auf Reisen sich begab.

Schabse baut seinen Sitz so, wie man einen Fächerfladen macht, war die Meinung der gottseligen Czarne Grünfeld, der Mutter des Schankwirts und Getreidehändlers Schmiel Grünfeld, die ihrerseits unübertrefflich in süßen Fächerfladen gewesen war; man mischt Lockeres mit Dichtem, Leichtes mit Schwerem, und sichert das Ganze in einem festen Rahmen. Aber was sind Vergleiche, mögen sie noch so treffend sein? Man kam der Sache viel näher, wenn man vermutete, daß Schabse beim Aufbau seines Sitzes demselben Instinkt folgte, der die Vögel beim Bau ihrer Nester leitet. Auch hier ist die Technik so primitiv wie das Material, aber nicht der größte Tapezierer der Welt vermochte das Nest der Lerche im Gras der Steppe oder das Nest des Raben im Gezweig einer Buche nachzumachen.

Dieser Meinung war auch Schabses neuester Freund, der Gemeindeschreiber Wincenty Lubasch, der mit einer schäbigen Aktenmappe unterm Arm auf dem Gehöft des Pferdehändlers in dem Moment sich eingefunden hatte, da Schabse daran war, seine getigerte Pferdedecke über dem fertigen Sitz auszuspreiten.

»Guten Morgen«, grüßte ihn Schabse, ohne erst seine Beschäftigung zu unterbrechen, »guten Morgen, lieber Freund.« Dann nahm er dem Gemeindeschreiber die Aktenmappe ab, verwahrte sie hinterm Sitz unter der Pferdedecke und forderte Lubasch mit einer spielerisch devoten Geste auf, den Sitz auszuprobieren. Der Gemeindeschreiber, der im Gegensatz zu dem bereits am frühen Morgen gutgelaunten und gesprächigen Pferdehändler grantiger Morgenlaune war, stieg unwillig in den Wagen.

»Das ist ein Sitz«, sagte er in ehrlicher Anerkennung. »Das ist einmal ein Sitzchen. Bravo, Herr Punes.«

»Wer mit mir reist, reist bequem«, sagte Schabse. »Dieser Sitz, sehen Sie, ist für zwei Personen gemacht. Wenn ich allein reise, sieht der Sitz zwar genauso aus, ist aber im Grunde ganz anders gemacht. Bleiben Sie, bleiben Sie noch einen Augenblick. Wenn ich mich zu Ihnen setze, werden Sie erst sehen, was Bequemlichkeit ist. Denn dieser Sitz ist für zwei Personen gebaut. Nicht für eine, nicht für drei, sondern für zwei Personen. Nun, was sagen Sie? Was sagen Sie jetzt?«

Die zwei Freunde saßen jetzt nebeneinander.

»Was ist da noch zu sagen? Herrlich!« sagte der Gemeindeschreiber. »Der Graf Potocki in seinem Rolls-Royce sitzt nicht, kann nicht bequemer sitzen als wir zwei hier.«

»Bequem, das ist es«, sagte Schabse. »Ich will es mir bequem machen. Nichts mehr und nichts weniger. Denn sehen Sie, Herr Lubasch, der Mensch, was will der Mensch im Leben? Er will essen. Vor allem essen. Sein zweiter Trieb drängt ihn zum Weibe. Diese zwei Triebe sind nicht zu brechen. Wie schon ein weiser Rabbi gesagt hat: Den Hals und die Glieder wirst du dir brechen, und einen Trieb wirst du nicht brechen. Der Mensch hat aber auch noch einen dritten Trieb, den Trieb zur Bequemlichkeit. Nach dem unerklärlichen

Ratschluß des Schöpfers kann aber dieser dritte Trieb, ich will nicht sagen gebrochen, aber gebogen werden. Warum? Weil dieser dritte Trieb ja dazu da ist, um die andern zwei Triebe zu bedienen. Ist es nicht so? Der Mensch soll in aller Bequemlichkeit essen. Der Mensch soll in aller Bequemlichkeit bei seinem Weibe liegen. Weil aber dieser Trieb zur Bequemlichkeit gebogen werden kann, nach seiner Natur zu biegen da ist, glauben die Narren, ihn ungestraft auch brechen zu können. Besonders viele jüdische Narren glauben das. Haben Sie schon einmal einen Bauern in unbequemer Lage essen sehen? Nein. Aber ein Jude nimmt ein Stück Brot, eine Prise Salz und eine Zwiebel und rennt zum Jahrmarkt und frißt im Lauf wie der Hund, der eine Wurst gestohlen hat. Der Bauer wieder – Hand aufs Herz, ist es nicht wahr? –, der Bauer wirft ein Weib auf eine Strohstreu und paart sich mit ihr wie ein Hund auf dem Misthaufen. Darum gibt es so viele Herzkranke und Meschuggene unter den Juden und so viele Dorftrottel und Krüppel unter den Bauern. Weil sie alle gegen den Trieb zur Bequemlichkeit sündigen. Ich – ich sündige nicht.«

»Nicht gegen die Bequemlichkeit«, sagte der Gemeindeschreiber und drückte mit einer Hand einen Ellbogen des Pferdehändlers, und beide zeigten lachende Gesichter.

»Davon profitiert auch manchmal ein guter Freund«, sagte Schabse, »oder sitzen Sie vielleicht unbequem? Wenn Sie nicht bequem sitzen«, fügte er mit gespieltem Eifer hinzu, »wenn Sie es nicht so bequem haben, wie Sie es wünschen, kann ich den Sitz noch umbauen und verbessern.«

»Ich bin noch nie so bequem in einem Wagen gesessen. Mein Ehrenwort«, beteuerte Lubasch.

»Wie der Graf Potocki in seinem –«

»– Rolls-Royce«, warf Lubasch ein.

»In seinem Rollrojs«, sagte Schabse.

»Mit dem Unterschied bloß, daß der Graf Potocki, wenn er sich morgens in seinen Rolls-Royce setzt, ein sehr gutes Frühstück in seinem hochwohlgeborenen Bauch hat, während ich mit knurrendem Magen auf Reisen gehen muß.«

»Sie haben noch nicht gefrühstückt?« fragte Schabse mit weicher Stimme, die von Mitleid triefte.

»Wo soll man hier frühstücken in diesem gottverfluchten Dorf? Der Herr Grünfeld macht ja erst um sieben Uhr auf, der große Herr, der Herr Feldwebel Schmulko.«

»Mit diesem Herrn werden Sie auch noch fertig werden«, sagte der Pferdehändler, »glauben Sie nicht?«

»Das werde ich so sicher, wie ich Lubasch heiße. In sechs Wochen. In spätestens sechs Wochen werde ich die Schanklizenz haben, und Sie –«

»– und ich werde fünfzig Prozent des Betriebskapitals aufgebracht haben, so wahr ich Punes heiße. Aber reden wir nicht hier darüber. Meine Frau, Sie wissen –«

»Ihre Frau, ich weiß: sie ist Mechzios Schwester. Fromm ist sie, fleißig und heilig.«

»Sie frühstücken heute bei mir, Herr Lubasch. Aber kein Wort über die Schanklizenz. Das werden wir alles unterwegs abmachen und in der Stadt den Vertrag schließen. Meine Frau soll glauben, wir fahren zur Stadt nur, um ihren teuren Bruder Mechzio zu suchen.«

»Ist das Frühstück fertig?« wollte der Gemeindeschreiber wissen; er sprang aus dem Wagen so leicht wie ein Jüngling.

»Langsam, Herr Lubasch«, beruhigte ihn Schabse, der nicht so sprungfertig war, »bei mir geht alles wie am Schnürchen, aber recht schön langsam geht alles bei mir. Wer sich beeilt, ist nicht mein Freund.«

Um ihn zu beschwichtigen, half nun Lubasch seinem zukünftigen Geschäftspartner liebedienerisch aus dem Wagen und sie gingen beide dem Wohnhaus zu, langsam und bedächtig Schabse, langsam und zappelig der Herr Lubasch.

»Der Herr Gemeindesekretär wird mit mir frühstücken«, rief Schabse zur offenen Tür der Küche hinein und ließ den Gast eintreten.

»Guten Morgen, Frau Punes«, grüßte Lubasch Schabses Frau, die eben daran war, ihren Kindern die Butterbrote für die Schule einzupacken. Die Kinder, ein Junge von nahezu dreizehn und einer von zehn Jahren, saßen vor ihrem Frühstück am Küchentisch.

»Guten Morgen, Herr Lubasch«, erwiderte Frau Punes den Gruß, ohne den Gast anzusehen, und der ältere der Jungen grüßte den Gemeindesekretär mit einer übertrieben respektvollen Neigung des Kopfes, die seinem Vater so wohl gefiel, daß er seinen Erstgeborenen mit einem zärtlichen Blick des Einverständnisses ermunterte. Aber der

Blick des Vaters erstarb gleichsam auf halbem Weg und sein Gesicht verzerrte eine Grimasse wilden Zornes: sein kleiner Sohn war angesichts des Herrn Lubasch von seinem Sitz aufgesprungen und auch er begrüßte den Gast. Es war aber ein Gruß, der dem Pferdehändler einen heißen Schauer über den fetten Rücken trieb. Laut und deutlich, als zitierte er ein Gedicht, sagte der Knabe in hebräischer Sprache einen Spruch auf, den ein frommer Jude angesichts eines heidnischen Greuels auszusprechen hätte: *Mit Abscheu sollst du es verabscheuen, mit Haß sollst du es hassen; denn unrein ist es!* Hernach spuckte er, recht mangelhaft mit seinem kindlichen Mund, aber doch recht hörbar – tfu! tfu! tfu! – dreimal aus (eine deutliche Übersetzung des Spruchs auch für Herrn Lubasch), und Feuer und Tränen in den Augen, versuchte der Kleine, zwischen seinem Vater und Lubasch hindurch schnell aus der Küche zu entkommen. Mit einem zornigen Griff seiner Linken fing Schabse seinen Sohn ab, gleichzeitig holte seine rechte Hand zum Schlag aus. Aber die ruhige und stattliche Frau Punes, als hätte sie alles so kommen sehen, hatte ihren Mann bereits am rechten Arm gepackt, und sie ließ ihn nicht aus. Die Frau lebte in ständiger Angst vor dem Jähzorn ihres Haustyrannen und ließ alles in Ruhe über sich ergehn. Wenn es aber um ihren Schlojmele ging, war die Mutter immer bereit, dem Gatten entschlossen entgegenzutreten. Das wußte Schabse, und in Anwesenheit des Gemeindeschreibers beruhigte er sich mit einer Plötzlichkeit, die Herrn Lubasch sichtlich mehr beeindruckte als der Ausbruch des Knaben.

»Laß nur«, sagte Schabse mit einem zuckersüßen Lächeln zu seiner Frau, »laß mich nur los. Ich werde ihm schon nichts tun, deinem Rabbi.«

Zum Zeichen seiner Friedfertigkeit entließ er das Kind aus dem Griff seiner Linken, nachdem die Mutter die rechte Hand des Vaters freigegeben hatte. Schlojmele aber lief jetzt nicht davon. Im Gegenteil, er stellte sich noch näher vor seinen Vater hin und wartete, Empörung in den Augen.

»Der wird ein Rabbi werden«, sagte Schabse zu Lubasch. »Das ist *ihr* Schatz.«

»Ein fanatisches Kind«, stellte Lubasch seinerseits nicht ohne Freundlichkeit fest. »Das Fräulein in der Schule, das Fräulein Rakoczywna, wird wohl auch etwas zu dieser Gesinnung beigetragen haben.«

»Ich bin nicht in der Klasse des Fräuleins«, sagte Schlojmele trotzig. Er sprach aber nicht zu Lubasch, dem er den Rücken zukehrte, er sagte es seinem Vater. »Ich bin in der Klasse des Herrn Dudka. Aber alle Kinder in der Schule wissen es.«

»Was: *es*?« fragte Lubasch mit pädagogischer Stimme. »Was wissen die Kinder in der Schule?«

»Alle Kinder wissen«, erwiderte Schlojmele, drehte sich schnell um, retirierte ein, zwei Schritt näher zur Tür, zeigte mit erhobenem Finger auf Lubasch und wiederholte: »Alle Kinder in der Schule wissen es, daß der da eigentlich der Mörder Lipales ist.« Und jetzt lief er schnell aus der Küche und schlug mit einem rücklings abgefeuerten Tritt die halboffene Tür hinter sich zu.

»*Ihr* Schatz«, wiederholte Schabse, »*ihr* Schriftgelehrter.«

»Und du?« wandte sich Herr Lubasch an den älteren Jungen, der bei Tisch geblieben war und ruhig sein Frühstück fortsetzte, »weißt du *es* auch?«

»Ich weiß nichts«, antwortete Kalman Punes und blickte zu seinem Vater hin. »Ich mische mich nicht in Sachen, die mich nichts angehn.« Darauf erhob er sich und trug dem Gast einen Stuhl entgegen.

»Das ist *mein* Sohn«, triumphierte Schabse. »Das ist *meine* Erziehung. – Entschuldigen Sie mich, Herr Lubasch, ich geh' jetzt beten und komme gleich zum Frühstück.«

»Beten? Jetzt werden Sie zu beten anfangen?« fragte Lubasch. »Mir knurrt der Magen.« Er war bereits bei Tisch und spielte weltmännisch übertriebene Enttäuschung.

»Seien Sie unbesorgt«, sagte Frau Punes ohne Freundlichkeit in ihrer ruhigen Art, »mein Mann macht zwar alles sehr langsam, aber beten« – und die fromme Schwester Mechzios seufzte tief – »beten kann mein Mann sehr schnell. Sie werden ja gleich sehen.«

Aus dem Wohnzimmer konnte man bereits Schabse murmeln hören. Frau Punes nahm das Töpfchen Milch und das Butterbrot, das ihr Schlojmele nicht zu Ende gegessen hatte, und trug es ihm hinaus. Der Junge saß auf der Lehmbank vorm Haus und weinte leise in sich hinein. »Gib ihm kein Frühstück, dem Haman«, schluchzte er. Die Mutter gab ihrem Sohn das Butterbrot, streichelte wortlos mit ihrer verarbeiteten Hand über die Stirn ihres Lieblings und schob ihm die Mütze zurecht. Schlojmele nahm nun auch das Töpfchen Milch und hörte zu weinen auf. Da seine Mutter wieder in die Küche ging, setzte er draußen allein sein Frühstück fort. Er aß und trank hastig in hilflosem Zorn. Dann stand er auf und ging ins Haus. Er ging aber nicht in die Küche zurück. Nachdem er das leergetrunkene Töpfchen auf ein Brett im Flur gestellt hatte, öffnete er die Tür des Wohnzimmers, wo wir den Pferdehändler in Gebeten vermuten würden: es waren ja kaum ein paar Minuten vergangen, seit er sich zum Beten bereit erklärt hatte. Aber in dem unbeirrbaren Wissen, das namentlich fromme Kinder um die Verfehlungen ihrer Eltern besitzen, trat der Knabe in das Zimmer und fand es, wie er es erwartet hatte, leer. Auf dem Tisch lagen die heiligen Geräte in schändlicher Unordnung. Schabse pflegte nach dem flüchtigen Gemurmel, das er Beten hieß, die Gebetsriemen nicht einmal einzuwickeln, den Gebetsschal nicht wieder einzufalten, mitunter nahm er sich nicht einmal die Zeit, sein Gebetbuch zu schließen. Diese Arbeit überließ er seinem Erstgeborenen, der ja bald ein Bar-mizwa war und den Umgang mit den heiligen Geräten bereits lernte. Das Gebetbuch Schabses lag auch diesmal noch aufgeschlagen. Schlojmele tat einen Blick in das Buch. Wie er es nicht anders vermutet hatte, war im Buch die erste Seite des Morgengebets aufgeschlagen. Am Sabbat und an den hohen Feiertagen war Schabse einer der geräuschvollsten Beter in Großvaters Zimmer. Er schaukelte seinen umfangreichen Leib in ausgelassenen Rhythmen, er hüpfte und tänzelte, er klatschte mit den Händen, ein ekstatischer Chassid. An Werktagen, in seinem eigenen Haus, kam er nur selten über die erste Seite des Gebetbuchs hinaus.

Schlojmele küßte das Gebetbuch, schloß es und verwahrte es in der Schublade des Tisches. Dann wickelte er mit seinen ungeübten Kinderhänden die Gebetsriemen schlecht und recht ein, küßte die Kopf- und Armkapseln und verwahrte sie in dem samtenen Säckchen, wo sie hingehörten. Der Gebetsmantel Schabses war zu umfangreich für die kurzen Arme seines kleinen Sohnes, und so wartete er ab, bis sein älterer Bruder ins Zimmer kam, um für seinen Vater die Betgeräte zu verwahren. Wortlos falteten beide Jungen den Betmantel ihres Vaters ein, taten ihn in das größere Samtsäckchen, das wie ein ausgestickter Polsterüberzug aussah, und legten es zu dem kleinen Säckchen in den Kasten. Wortlos gingen sie aus dem Zimmer. Schlojmele ging zum Hof hinaus und wartete, bis sein Bruder aus der Küche mit beiden Schultaschen kam. Wortlos machten sich beide Brüder auf den Weg zur Schule.

Von Schabse Punes' zwei Söhnen – die im Grunde wie die meisten Kinder die Züge beider Eltern aufwiesen – war der ältere auf den ersten Blick, wie man so sagt, ganz der Vater, der jüngere ganz die Mutter. Der ältere, Kalman, hatte das Fleisch seines Vaters am Leibe, der jüngere die breiten Knochen seiner Mutter in der noch kindlichen Gestalt. Das Gesicht des älteren war rundlich ausgepolstert, die schmalen Lippen wie beim Vater stets feucht, und ein fetter Glanz lag auf den kirschschwarzen Augen, die – wieder wie bei seinem Vater – mit schönen langen Wimpern schläfrig zwinkerten. Schlojmele hatte die starken hervortretenden Backenknochen der Mutter, und seine braunen Augen im flachen Gesicht waren tartarisch geschlitzt. Wäre das gutmütige Gesicht des Knaben nicht von beiden Seiten in dichtes Schläfenhaar eingerahmt, in die zwei fest angeklebten Plättchen der Pejes, man würde Schlojmele für einen kleinen Tartaren halten. Mein Tartar, so pflegte Schabse unter Juden zu reden, mein kleiner Tartar ist ein rechter Schriftgelehrter. Tatsächlich war der jüngere Sohn des Pferdehändlers, wie es unter Juden heißt, ein guter Lerner. In seiner frommen Gesittung wäre er unter den Kindern des Dorfs der Musterknabe gewesen, hätte ihn der Glanz, der von dem noch jüngeren Lipale Aptowitzer ausging, nicht bei weitem überstrahlt. Mit Lipale freilich konnte sich keiner der Jungen messen. Keiner war ihm im Lernen in der Dorfschule, keiner war ihm im Sagen und Singen in Großvaters Zimmer gleich. Nun war Lipale Aptowitzer tot, hingeschlachtet von betrunkenen Bauern, die ein ortsfremder Haman aufgehetzt hatte. Acht Tage waren erst seit dem blutigen Sonntag auf der Groblja vergangen, und in dem kleinen Herzen Schlojmeles war der Schreck und der Schmerz und der Zorn noch frisch. Gut, daß der Weg zur Schule nicht über die Groblja führte. Schlojmele wußte die Stelle auf der Groblja, wo der gemordete Lipale im Getümmel der raufenden Bauern zertreten wurde, und ein schmerzlicher Schreck ergriff ihn, sooft er auch nur von ferne die Groblja sah. Vorgestern, am Sabbat, da er mit seinem Bruder und seinem Vater zum Beten ging, gingen sie über die Groblja, und obgleich er zwischen seinem Bruder und seinem Vater ging, war die Angst des Knaben so groß, daß er die Luft schreien hörte über der breiten stillen Groblja. –

Die Brüder waren auf dem Wege zur Schule an der östlichen Seite des Gazons angekommen, wo man zur Groblja nicht einmal hinübersehen konnte. Nur den Kleinen Teich sah man von hier, aber Schlojmele schien es, als ob die klare Luft über dem Wasser noch zitterte von dem Sonntagsgeschrei auf der Groblja.

»Warum bist du mit mir bös?« fragte Kalman seinen Bruder. »Was kann denn ich dafür, daß unser Vater Lubasch zum Frühstück mitbringt?«

»Ich hab' gehört, was du zu dem Haman gesagt hast«, sagte Schlojmele. »Ich habe gut gehört.«

»Was kann ich sagen, wenn er mich fragt? Unser Vater ist klug. Man muß sich mit ihnen gut stellen. Sonst wird es noch schlimmer. Unser Vater ist klüger als alle«, sagte Kalman.

»Wenn Mechzio da wäre«, sagte der Jüngere, »wenn unser Mechzio nur da wäre, er würde es ihm schon zeigen, dem Haman.«

»Mechzio war noch hier, wie das Unglück geschehen ist«, sagte der Ältere.

»Er ist zu spät gekommen. Sonst hätte er allen das Genick gebrochen, den Brüdern Mokrzycki, dem Herrn Lubasch, allen!«

»Mechzio ist leider zu spät gekommen. Vielleicht hätte er Lipale retten können, vielleicht nicht. Panjko ist auch ein sehr starker Mann, und sie haben ihn beinahe erschlagen. Man wird ihm ein Bein abschneiden müssen. So haben sie einen Christen zugerichtet. Was hätten sie erst unserm Mechzio getan!«

»Mechzio ist viel stärker als Panjko. Mechzio ist so stark wie Simson. Mechzio ist einer von den sechsunddreißig geheimen Gerechten.«

»Sicher«, sagte der ältere mit einem Lächeln. »Woher weißt du das so sicher?«

»Sicher kann man das nicht wissen. Aber selbst unser Rebbe, ich hab' ihn gefragt, hat gesagt: Es ist möglich. Aber wissen kann so was keiner, nicht einmal Mechzio.«

»Wenn Mechzio einer von den Sechsunddreißig ist, warum ist er zu spät gekommen? Mechzio war der erste, der gesagt hat, Lubasch der Haman ist an allem schuld, und doch hat er Lubasch nichts getan. Er ist zum Begräbnis gefahren und nicht heimgekommen. Mechzio arbeitet mit den Bauern und er kennt sie besser als einer von uns. Aber Mechzio weiß, daß wir in der Verbannung leben. Wir sind wenige und wir sind schwach. In der Schule sind wir im ganzen sieben Kinder.«

»Jetzt sind wir nur noch sechs«, seufzte der Jüngere.

»Wir sind sechs und sie sind zweihundertundsechzig. Was willst du tun?«

»In der Schule sind sie alle gut zu uns. Die Kinder, der Lehrer Dudka, das Fräulein Rakoczywna und –«

»Siehst du. Wenn aber einmal so ein Lehrer kommt, der so ein Haman ist wie Lubasch? So muß man sich mit ihm gut stellen, sagt unser Vater. In Janówka gibt es schon so einen Lehrer. Da sitzen schon in der Schule die jüdischen Kinder auf besonderen Bänken, auf Judenbänken. Darum sagt unser Vater, man muß sich mit ihnen gut stellen.«

»Darum warst du so freundlich mit Lubasch?« fragte der Jüngere.

»Warum denn sonst?« sagte Kalman. »Glaubst du, mir tut Lipale nicht geradeso leid wie dir? Jetzt werden wir zur Schule immer zu Fuß gehen müssen, wie früher, bevor der junge Herr Mohylewski aus Wien gekommen ist und an Lipale einen Narren gefressen hat«, meinte in aller Unschuld der Ältere, und diesem Argument konnte sich auch der jüngere Knabe nicht verschließen. Denn in der Unschuld der Kinder wohnen Tugend und Laster brüderlich beisammen; nicht so in der Unschuld der Erwachsenen. In all seinem großen Schmerz um Lipale hatte auch der kleinere Sohn Schabses schon daran gedacht, wie sie nun wieder zur Schule zu Fuß würden gehn müssen wie früher, ehe der junge Herr aus Wien an Lipusch einen Narren gefressen hatte – wie im Dorf die Erwachsenen redeten. – Beinahe täglich ließ der junge Herr Mohylewski Pferde vorspannen, um Lipusch in die Schule zu bringen und heim von der Schule zu holen. Unterwegs nahm der Herr Mohylewski so viele Kinder mit als der Wagen fassen konnte, jeder konnte mitfahren, wie es sich traf. Und auf dem Heimweg sangen die Kinder im Wagen. Es war so schön. Nun war es damit vorbei. Und es trauerten um Lipale viele Kinder im Dorf.

Es dauerte eine Dreiviertelstunde, bis ihre kleinen Füße den Weg zur Schule zurückgelegt hatten. Die Brüder kamen heute dennoch eine Viertelstunde zu früh, und sie schlossen sich gleich den andern zu früh gekommenen Kindern an, um sich vor dem Unterricht ein wenig auf der Gemeindewiese zu tummeln. Der Jüngere blieb auch nicht zu lange abseits. Sehr bald hatte auch er vergessen, wie er vor kaum einer Stunde die Luft über der Groblja hatte schreien gehört.

3

Um diese Zeit rollte der Reisewagen Schabses langsam und lautlos die staubweiche Groblja hinab. Keiner von den zwei Reisenden im Wagen hörte die Luft über der Groblja schreien. Obgleich sie eben an der Stelle vorbeifuhren, wo die Bluttat geschehen war, hätte weder Schabse noch Herr Lubasch sich des blutigen Sonntags erinnert, hätten sie nicht von der Ferne zwei Fußgänger gesichtet, die ihnen nun auf der Groblja entgegenkamen. Es waren Alfred Mohylewski und die Versorgte Pesje, die ein Strohkörbchen trug.

»Sie gehen auf Krankenbesuch. Schon so früh am Morgen«, sagte Schabse.

»Fräulein Pesje bringt ein gutes Frühstück für Panjko, den zerdroschenen Helden«, sagte Lubasch.

»Hat man ihm das Bein schon amputiert?« wollte Schabse wissen.

»Noch nicht«, sagte Lubasch, »der Held wehrt sich mit allen vieren dagegen. Er kann dem Herrn Gutsbesitzer die Schande nicht antun, einen Krüppel auf dem Kutschbock sitzen zu haben. So sagt der Held. An diesem Bein wird er krepieren.«

»Gestern waren zwei – zwei Doktoren aus der Stadt da. Der junge Rothschild zahlt alles. Sie werden Panjko noch retten«, sagte Schabse.

Beide schwiegen hernach. Alfred und Pesje waren nun bereits in Hörweite. Als sie noch näher herankamen, zogen beide, Schabse und Lubasch, ihre Hüte und wünschten guten Morgen. Ohne die Reisenden eines Blickes zu würdigen, lüftete Alfred mit der linken Hand seinen Hut, Pesje machte sich an dem Strohkörbchen zu schaffen. Wie sie bereits im Neuen Dorf waren, sagte Lubasch: »Der junge Herr glaubt, mit seiner lieben Fürsorge Panjko zu nützen. Er weiß nicht, daß man im ganzen Dorf nur noch Judenknecht sagt, wenn man Panjko meint.«

»Im ganzen Dorf?« fragte Schabse. »Meinen Sie? Im ganzen polnischen Dorf vielleicht. Im Alten Dorf die Ukrainer sind anderer Meinung. Unterschätzen Sie den jungen Herrn Mohylewski nicht, Herr Gemeindesekretär.«

»Mit dem jungen Herrn werde ich auch noch fertig werden«, sagte Lubasch.

Schabse sah seinen Nachbarn zur Seite mit einem schläfrigen Blick seiner langbewimperten Glanzaugen an. So sieht eine Katze eine Maus an, die sie mit einer leichten Pfote zart am Genick hält. Schweigend fuhren sie zum Dorf hinaus.

In Kozlowa hatten die zwei Reisenden und die Pferde eine längere Rast. Schabse, obwohl er seinen flüchtigen Schwager Mechzio in der Bezirksstadt vermutete, machte vorsichtshalber in dem kleinen Städtchen eine beiläufige Umfrage nach Mechzio, während Lubasch ein paar Mitteilungen für den gleichfalls flüchtigen Mokrczycki, den Kindsmörder, bei einem seiner politischen Freunde hinterließ. Von Kozlowa fuhren sie auf der Lemberger Chaussee weiter. Als sie in Janówka angekommen waren – die Pferde, die die hohe und schwierige Steigung von Janówka langsamen, angestrengten Schritts hinangingen, warfen bereits lange Abendschatten über den grasgrünen Rand der alten Chaussee –, in Janówka nahm Schabse das Gespräch ohne weiteres wieder auf. Als wären nicht bereits Stunden und Stunden seitdem vergangen, öffnete Schabse plötzlich den Mund und sagte zu Lubasch: »Sie, Herr Lubasch, nehmen sich zuviel auf einmal vor. ›Mit dem jungen Herrn Mohylewski werde ich auch noch fertig werden‹, haben Sie gesagt. Mit allen wollen Sie fertig werden. Kaum in Dobropolje angekommen, Sie haben sich damals bei mir verköstigt, haben Sie gleich angefangen. ›Mit dem alten Bielak werde ich schon fertig werden‹, haben Sie gleich gesagt.

»Mit dem alten Bielak –«

»Lassen Sie mich ausreden. Der alte Bielak ist der angesehenste und reichste Bauer im Dorf. Er war fünfmal Vorstand unserer Gemeinde und ist jetzt zum sechsten Mal zum Vorstand gewählt worden. Mit dem alten Bielak wollten Sie gleich fertig werden. Und ich sage Ihnen: wenn der alte Bielak ein paar Zeilen dem Starosta schreibt, sind Sie in drei Tagen entlassen. Oder mindestens versetzt.«

»Da irren Sie sich, Herr Punes. Da irren Sie sich aber sehr. Ich habe wichtigere Beziehungen zum Starosta als selbst der alte Bielak. Übrigens komme ich jetzt mit dem alten Bielak sehr gut aus.«

»Sicher. Aber Hand aufs Herz, Herr Lubasch: da habe ich ein klein bißchen nachgeholfen. Zugegeben?«

»Das gebe ich gern zu. Am Anfang habe ich mich im Dorf nicht recht ausgekannt. Das gebe ich zu.«

»Gut. Zugegeben. Dann haben Sie einen Streit mit Jankel Christjampoler angefangen. Wegen einer Servitut, die nur in Ihrer Einbildung existiert, unter uns gesagt.«

»Diese Servitut werde ich noch erkämpfen«, sagte Lubasch, und sein blondes Bürstenschnurrbärtchen wurde struppig.

»Herr Lubasch, unter uns gesagt, eine Servitut kann man unter Umständen ersitzen, nicht erkämpfen.«

»Mein Vorgänger im Amt hat diese Servitut ersessen –«

»Das hat er nicht. Und Sie wissen es, Herr Lubasch. Mit mir können Sie nicht so kindisch reden. Wenn Sie mein Kompagnon sein wollen, Herr Lubasch, müssen Sie Ihr lockeres Mundwerk ein wenig beherrschen, Herr Lubasch. Ich werde mit Ihnen jetzt nicht über die Servitut streiten. Ich erwähne das nur, weil Sie jetzt mein Kompagnon werden sollen und weil Sie auch gesagt haben: ›Mit Jankel Christjampoler werde ich schon fertig werden‹. Warum? Weil er nicht zulassen wollte, daß Sie die toten Kühe Ihres toten Vorgängers melken. Ich bin kein Freund von Jankel Christjampoler –«

»Mit Jankel Christjampoler bin ich schon fertig geworden, sollte man glauben«, bemerkte Lubasch mit einem selbstzufriedenen Lächeln.

»Gleichzeitig fingen Sie an, sich für die Schule zu interessieren. Etwas ein Pädagog sind Sie geworden. Und schon erklärten Sie: ›Mit dem Fräulein Tanja werde ich schon fertig werden‹. –«

»Die Popentochter muß weg von Dobropolje. Das sage ich Ihnen –«

»Soviel man weiß, soviel ich weiß, wünscht sich die Popentochter nichts in der Welt so sehr als von Dobropolje wegzukommen. Sie wird wegkommen. Aber wenn es bald geschehen sollte, wird sie es der Protektion ihres Vaters zu danken haben, nicht Ihrem Einfluß, Herr Lubasch.«

»Ihr Vater hat nicht den geringsten Einfluß bei den Schulbehörden«, sagte Lubasch.

»Nehmen wir an, Sie haben recht. Aber bei uns im Dorf und in allen anderen Dörfern im ganzen Bezirk hat der Pope Kostja Rakoczyj immerhin so viel Einfluß, daß auf einen Wink von ihm Sie, Herr Lubasch, nicht Ihre schöne Nase aus dem Fenster stecken können, ohne einen Stein drauf zu bekommen.«

»Das haben Sie mir aber nie gesagt, Herr Punes«, sagte Lubasch in aufrichtiger Entrüstung.

»Mich, Herr Lubasch, haben Ihre Angelegenheiten bis jetzt zwar interessiert, aber nicht so sehr interessiert wie Sie glauben. Jetzt, da Sie mein Kompagnon werden wollen, ist das eine andere Sache. Wie Sie wissen, Herr Lubasch, bin ich selber auch nicht sehr beliebt in unserm Dorf –«

»Das kann man wohl sagen!« warf Lubasch schnell ein und er lachte, als hätte sein Freund einen guten Witz gemacht.

»Wie Sie aber auch wissen sollten, Herr Lubasch, waren meine Geschäfte bis jetzt nur zum sehr geringen Teil auf unser Dorf angewiesen. Wenn in meinem Beruf, im Pferdehandel, meine ich, noch von Geschäften die Rede sein kann. Wenn Sie aber nun mit mir in Dobropolje eine Schenke und einen Kurzwarenhandel öffnen wollen, müssen Sie Ihr Benehmen ändern, Herr Lubasch.«

»Wie meinen Sie das?« fragte Lubasch, und er gab den gereizten Ton auf.

»Vor allem müssen Sie, Herr Lubasch, die Zahl ihrer Feinde, mit denen Sie schon fertig werden wollen, etwas einschränken. Das ist mein guter Rat. Und es ist auch eine Bedingung, Herr Lubasch. Das wollte ich Ihnen sagen.«

Schabse sah jetzt seinen Freund mit einem Blick an, als wäre die Bedingung, die er ihm eben auferlegt hatte, ein neues Kleidungsstück, das erst auszuprobieren wäre, ob es dem Träger auch paßte. Er schien dessen nicht so sicher zu sein, denn er fügte mit einer düsteren Stimme hinzu: »Es wird Ihnen nicht leichtfallen, Ihren Charakter auf einmal zu ändern. Aber sie müssen eine Anstrengung machen, wenigstens Ihr Benehmen zu ändern, Herr Lubasch. Vor allem keine Prahlereien mehr, Herr Lubasch, wenn ich bitten darf.«

Ein Jahr lang hat dieser Roßtäuscher nichts als Schmeicheleien für mich gehabt, dachte Lubasch in plötzlicher Wut, die sein Gesicht verfärbte. Wie hat sich der Gauner angestrengt, mir alles zu Gefallen zu tun. Jetzt soll er mit seinem Geld herausrücken. Da wird er frech. Echt jüdisch. – Um aber dem geizigen Händler zu zeigen, daß es auch ihm an Selbstbeherrschung nicht fehlte, unterdrückte Lubasch seine Wut und verschluckte das Schimpfwort, das er für Juden stets auf der Zunge hatte. Mit diesem Roßtäuscher werde ich auch noch fertig werden, beschloß Lubasch. Da er aber in der Kunst, sich zu beherrschen, nicht gerade ein Meister war, lenkte er das Gespräch just zu dem Punkt, den zu vermeiden der zukünftige Partner Schabses viele Gründe hätte haben sollen.

»Was die Zahl der Individuen betrifft, mit denen ich fertig zu werden dachte, so vermindert sie sich ja zusehends. Sie vermindert sich einfach durch den Wegfall derjenigen Individuen, mit denen ich bereits fertig geworden bin«, sagte Lubasch sachlich, aber scharf.

»Zum Beispiel, Herr Lubasch?« fragte Schabse.

»Zum Beispiel Jankel Christjampoler, der stolze Herr Oberverwalter«, triumphierte Lubasch. »Haben Sie ihn gesehen, wie er aussieht, seitdem er vom Begräbnis zurück ist? Der ist einmal fertig.«

Schabse nahm die Zügel von der rechten in die linke, erhob die rechte Hand und drohte mehrmals mit dem Zeigefinger und mit strengem Gesicht, wie man ein Kind verwarnt. Dann nahm er die Zügel wieder in die rechte Hand und schwieg.

»Was wollten Sie sagen?« insistierte Lubasch.

»Was ich sagen wollte, werde ich lieber noch nicht sagen. Ich sage Ihnen aber das: Verlassen Sie sich lieber nicht darauf, daß Sie mit Jankel Christjampoler schon fertig geworden sind. Der alte Jankel, sehen Sie, Herr Lubasch, der alte Jankel hat Beziehungen, die höher reichen als Ihre. Sie wissen vielleicht nicht, daß er als junger Mann beim Grafen Rey seinen ersten Posten hatte. Das ist lange her und der alte Graf ist tot. Aber die Gräfin, die Tochter, sie ist auch nicht mehr jung, hat den alten Jankel Christjampoler ins Herz geschlossen. Alljährlich zum neuen Jahr macht Jankel seinen Besuch in Daczków wie ein Chassid bei seinem Wunderrabbi. Nur weiß man hier nicht, wer der Chassid und wer der Rabbi ist. Wenn sie allein sind, wird behauptet, reden sie per du miteinander. Jankel sagt zu ihr ›Gräfin‹ und ›du‹. Ist Ihnen das bekannt, Herr Gemeindesekretär?«

»Ich wußte es nicht. Aber die Protektion der Gräfin ist, wie Sie, Herr Punes, zu sagen pflegen, keine Zwiebel wert«, sagte Lubasch. »Die verrückte Gräfin ist in unsern nationalen Kreisen als Freundin und Beschützerin der Juden sattsam bekannt und erfreut sich einer allgemeinen Mißachtung. Wissen Sie das, Herr Punes? Diese Gräfin, Sie würden sagen, die Meschuggene, hat im Jahre 1919 nach dem Judenpogrom in Lwów zum Protest eines von ihren Häusern in Lwów der jüdischen Kultusgemeinde geschenkt. Man hat das nicht vergessen, obgleich seitdem zehn Jahre vergangen sind. Sie sorgt auch selbst dafür, daß man ihre Edeltaten nicht vergißt. Vor einem Jahr hat sie schon wieder was Ähnliches begangen. Sie hat eines von ihren kleineren Landgütern einem Juden geschenkt, und –«

»Die Gräfin hat ein Gut von etwa dreihundert Morgen ihrem Leibarzt verkauft. Zu sehr guten, man kann sagen, zu noblen Bedingungen. Aber warum regt Sie das so schrecklich auf, Herr Lubasch?«

»Warum mich das aufregt? Das fragen Sie noch? Was ist unsere erste nationale Aufgabe hier im Grenzland? Wir müssen das bedrohte Grenzland polonisieren. Polnisch muß es werden. Und der erste Punkt in dieser nationalen Mission ist, möglichst viel von dem Land, von der Erde, von dem heiligen Boden des Grenzlandes in polnischen Besitz zu bekommen. Das verstehen Sie nicht? Und da kommt diese Meschuggene daher und verschenkt dreihundert Morgen an einen Juden!«

»Man sollte meinen, daß der Doktor ein guter Pole sei«, sagte Schabse.

»Er ist Jude. Oder nicht? Es ist genug, wenn er in unserm Lande ein Arzt sein darf. Mit dieser verrückten Gräfin –«

»– werden Sie schon fertig werden, Herr Lubasch. Ich weiß«, sagte Schabse mit heiterer Miene und streifte seinen zukünftigen Kompagnon mit einem liebevollen Blick.

»Machen Sie keine schlechten Witze, Herr Punes. Die Juden haben leider die Neigung, aus allen ihren Nöten Witze zu machen«, sagte Lubasch. Ihm war jetzt wohl zumute. Das Gespräch hatte just die Wendung genommen, die Lubasch ihm schon die längste Zeit zu geben gedachte. – Wenn ein Jude frech wird, kommt man ihm am besten mit der Judenfrage. Da wird der Frechste unsicher. – »Sie, Herr Punes, scheinen sich über die Lage Ihrer Glaubensgenossen nicht völlig im klaren zu sein. Ich, ein Mann der Regierung, kann Ihnen die Augen aufmachen. Wenn Sie gestatten.«

»Ich gestatte«, sagte Schabse. »Unsereins hat selten die Gelegenheit, von einem Mann der Regierung eine Auskunft über unsere Lage zu bekommen. Ob ich gestatte? Ich bitte darum, Herr Lubasch.«

»Sie erinnern sich gewiß der Rede, die unser vortrefflicher Innenminister im Sejm gehalten hat?« begann Lubasch.

»Nach dem Pogrom in Białystok?«

»Der Innenminister hat gesagt: Judenpogrome? Nein. Das wollen wir nicht haben. Aber wirtschaftlichen Boykott gegen die Juden? Im Gegenteil – erinnern Sie sich? – ›owszem‹ hat unser Innenminister gesagt, das heißt: bitte sehr, im Gegenteil! Wirtschaftlichen Boykott gegen Juden – das begrüßen wir! Dieses ›owszem‹ ist unser nationales Wirtschaftsprogramm geworden. Verstehen Sie das, Herr Punes? Das heißt: dreiunddreißig Millionen unserer Bevölkerung werden diesen Boykott durchführen. Was das heißt, das können Sie sich ausrechnen. Sie sind ja ein guter Rechner, Herr Punes.« Lubasch saß jetzt auf seinem nationalen Steckenpferd, entschlossen, Schabse Punes niederzureiten.

»Ein guter Rechner bin ich«, sagte Schabse ruhig. »Ich habe mir eben ausgerechnet, daß die Zahl dreiunddreißig Millionen boykottbereiter Bürger schon nicht stimmt. Sie selbst werden mir doch gewiß erlauben, von diesen dreiunddreißig Millionen wenigstens die dreieinhalb Millionen Juden unseres Landes abzuziehen, gegen die Ihr nationales Owszem-Programm sich richtet. Das werden Sie doch erlauben, Herr Lubasch?«

»Ich hab's ja gewußt«, gab Lubasch in Heiterkeit zu, »ich hab' ja gewußt, daß Sie ein guter Rechner sind. Darum will ich Sie ja zum Partner haben. Also dreieinhalb Millionen sind abzuziehen, das geb' ich zu. Also dreißig Millionen gegen dreieinhalb. Wissen Sie, was das heißt?«

»Es stehen also neunundzwanzigeinhalb Millionen gegen dreieinhalb nach Ihrer Rechnung. Aber diese neunundzwanzigeinhalb Millionen werden auch nicht lange hier stehenbleiben. Denn Sie, Herr Lubasch, sind ein aufrichtiger, ehrlicher, vielleicht zu aufrichtiger Patriot, und Sie werden mir gleich erlauben, von den neunundzwanzigeinhalb Millionen die Kleinigkeit von sieben Millionen Ukrainern und Weißrussen abzuziehen, die ja kaum auf Ihr nationales Owszem-Programm schwören. Nicht wahr, Herr Lubasch?«

»Das hab' ich, ob Sie's glauben oder nicht, tatsächlich außer acht gelassen. Ich verstehe gar nicht –«

»Ich verstehe. Und wenn Sie mir gestatten, werde ich mir, ich, ein Händler, Ihnen, einem Mann der Regierung, erklären, warum Sie das außer acht lassen konnten. Ihr ehrlichen Patrioten, ihr habt immer das nationale Maul voll mit dreiunddreißig Millionen Polen. Ihr schreit es in alle Welt hinaus, um zu beweisen, daß ihr eine Großmacht seid. Das ist die Außenpolitik. Im Lande, unter uns, treibt ihr Patrioten teils blutigen, teils politischen, teils wirtschaftlichen Kampf gegen alle Minoritäten unseres Landes, die ein gutes Drittel Ihrer dreiunddreißig

Millionen ausmachen. Das ist die patriotische Innenpolitik. Darum, Herr Lubasch, konnten Sie manches außer acht lassen. Sie haben in Ihrer Gedankenlosigkeit Ihr außenpolitisches Maul geöffnet, und heraus kamen die dreiunddreißig Millionen der Großmacht. Wir sprechen aber, das heißt Sie sprechen, von ihrem patriotischen Owszem-Programm. Bleiben wir also dabei. Das ist Innenpolitik, Herr Minister Lubasch. Wenn man von neunundzwanzigeinhalb Millionen sieben abzieht, bleiben zweiundzwanzigeinhalb, nicht wahr? Bin ich ein guter Rechner?«

»Sie sind ein guter Rechner, das gebe ich zu«, sagte Lubasch. »Aber andererseits –«

»Lassen Sie mich rechnen, Herr Minister Lubasch. Lassen Sie mich weiterrechnen. Sie werden sehen, daß ich auch zu Ihren Gunsten sehr genau rechnen werde. Aber wir sind noch nicht soweit. Von den zweiundzwanzigeinhalb Millionen werden Sie mir gewiß gestatten, eine und eine halbe Million für die kleinen nationalen Minoritäten, abzuziehn, die auch Gründe haben, nicht hinter dem Boykottprogramm zu stehen. Bleiben rund einundzwanzig Millionen. Nicht wahr? Aber lassen Sie mich weiterrechnen, Herr Lubasch. Wenn Sie mitrechnen, werde ich zwar auch zu dem richtigen Ergebnis kommen. Es wird nur länger dauern. Denn für solche Patrioten wie Sie ist eine Ziffer auch eine Phrase, die man so oder so einfärben kann, wie es dem Owszem-Programm paßt. Leider muß ich Sie bitten, mir gütigst zu erlauben, noch eine runde Zahl abzuziehen.«

»Wieso? Warum?« ereiferte sich Lubasch, und der Eifer war echt. »Es gibt keine weiteren Minoritäten mehr in unserm Land.«

»Nein«, sagte Schabse, »keine nationalen Minoritäten mehr abzuziehen. Da haben Sie einmal recht. Aber es gibt noch eine politische Minorität im Lande, die nicht hinter dem Owszem-Programm steht. Diese politische Minorität ist die Majorität unseres Landes. Wer steht hinter dieser Regierung? Wer hat sie gewählt? Unsere Arbeiter vielleicht, deren Führer in Gefängnissen gepeitscht werden? Unsere Witos-Bauern vielleicht, deren Führer Witos nun als Emigrant in der Tschechoslowakei lebt, weil er es nicht gern hätte, auf seine alten Tage in einem Gefängnis ein bißchen gepeitscht zu werden? Wenn ich ein solcher patriotischer Rechner wäre wie Sie, Herr Lubasch, ich könnte von der Zahl einundzwanzig Millionen zwölf abziehen. Das werde ich aber nicht tun. Weil ich weiß, daß von dieser politischen

Majorität des Landes, die sonst gegen die Regierung ist, ein großer Teil mit der Regierung gehen wird, wenn es sich um Raub handelt –«

»Raub!«

»Entschuldigen Sie, ich wollte sagen: wenn es sich um das Owszem-Programm handelt. Wenn ich ein solcher Rechner wäre wie Sie, das heißt: wenn ich nur rechnete, um Sie zu ärgern, so wie Sie diese ganze Owszem-Politik nur aufgetischt haben, um mich zu ärgern –«

»Das ist aber – das geht wirklich nicht! Warum soll ich Sie ärgern?«

»Lassen Sie das, Herr Lubasch. Sie sind heute sehr früh aufgestanden, aber um einen alten Roßtäuscher zu täuschen, müßten Sie noch früher aufstehen, und nicht nur ausnahmsweise einmal, wenn es sich um die Verwischung der Spuren eines Mordes handelt –«

»Wenn Sie mit mir so weiterreden, Herr Punes –«

»Lassen Sie das, Lubasch. Ich muß weiterrechnen. Sie sollen sehen, wie ich die Bilanz durchaus zu Ihren Gunsten ziehe.« – Es war das erste Mal, daß der Pferdehändler zu dem Gemeindeschreiber einfach »Sie, Lubasch« sagte, und Herrn Lubasch beschlich ein Gefühl der Kälte, als hätte der Pferdehändler nun damit begonnen, ihn in der Kühle des Morgens gewaltsam zu entkleiden.

»Bitte, ich höre zu«, sagte er.

»Ich werde also«, setzte Schabse ruhig fort, »von der Zahl einundzwanzig Millionen nur ein Viertel abziehen. Es bleiben also sechzehn Millionen. Gegen dreieinhalb. Das ist ein ganz schönes Verhältnis, Herr Gemeindesekretär. Sie können sich damit zufriedengeben, wenn Sie bedenken, daß hinter diesen Ihren sechzehn Millionen eine Regierung steht, die einerseits Pogrome zwar nicht billigt, aber doch mindestens duldet, und andererseits zum wirtschaftlichen Pogrom einlädt und die Mittel des Staates zur Verfügung stellt. Sie können sich sogar freuen. Und jetzt werden Sie sehen, wie ich zu Ihren Gunsten rechne. Denn alle diese Millionen, die ich zum Beginn des Rechnens mit Ihrer ausdrücklichen Erlaubnis abgezogen habe, werden ja nicht auf der Seite der dreieinhalb Millionen Juden aktiv sein. Sie werden bestenfalls neutral bleiben, das heißt: wirtschaftlich gesprochen das Owszem-Programm fördern. Auch sie werden helfen, die dreieinhalb Millionen in noch größere Not zu drängen, als sie ohnehin ertragen müssen, und unser Land, das nach außen als Großmacht auftritt, im Innern noch mehr ruinieren, als es ohnehin schon ruiniert ist. Habe ich die Bilanz zu Ihren Gunsten gemacht oder nicht? Sehen Sie, Sie sind zufrieden. Das freut mich.«

»Ich hoffe, Sie halten mich deswegen nicht für einen Antisemiten«, sagte Lubasch, der mit der Bilanz des Pferdehändlers tatsächlich sehr zufrieden war.

»Für was ich Sie halte, Herr Lubasch, werde ich Ihnen gleich sagen. Ich hätte es Ihnen schon früher gesagt, wenn Sie nicht plötzlich mit dem Owszem-Programm unseres vortrefflichen Innenministers gekommen wären.«

»Wenn alle Juden so wären wie Sie, Herr Punes –«

»Wenn alle Juden so wären wie ich, Herr Lubasch, würde ich mich schämen, ein Jude zu sein. Und wenn alle christlichen Polen so wären wie Sie, Herr Lubasch, würde ich mich schämen, ein Pole zu sein. Zum Glück gibt es unter Ihnen noch solche wie die verrückte Gräfin zum Beispiel, die Sie, Herr Lubasch, gar nicht gern haben und sogar für eine Verräterin halten. Und unter uns gibt es wieder solche wie Wolf Mohylewski zum Beispiel. Oder gefällt Ihnen unser Welwel Dobropoljer am Ende auch nicht, Herr Lubasch?«

»Wenn alle Juden so wären wie Wolf Mohylewski –«

»Wenn alle Juden so wären wie Wolf Mohylewski, so wäre das Wort Jude schon seit mehr als tausend Jahren ein toter Name, und der letzte Jude würde jetzt in der Weltausstellung in Paris gegen hohes Eintrittsgeld gezeigt. Zum Glück oder zum Unglück – denn es ist ja noch eine Frage, ob es sich lohnt, so ewig unter solchen Patrioten wie Sie fortzuleben –, zum Glück im Unglück gibt es aber unter uns Juden nicht lauter Welwel Mohylewskis, sondern auch Schabses, entschlossene Pferdegauner wie mich, die mit solchen Lumpen wie Sie, Herr Lubasch, schon fertig werden.«

»Sie drücken sich merkwürdig aus, Herr Punes«, schrie Lubasch und machte eine Bewegung, als wollte er vom Sitz aufspringen.

»Sie wollen aussteigen?« erkundigte sich Schabse mit freundlicher Miene. »Bitte. Es sind nur noch acht Kilometer zur Stadt.« Und da Lubasch nur mit einem wütenden Blick erwiderte, setzte er seelenruhig hinzu: »Ich drücke mich gut genug für einen Pferdehändler aus, der in einem Land lebt, wo ein Innenminister wie ein Räuber und ein Räuber, Sie zum Beispiel, wie ein Minister reden will.«

»Ich bin also ein Räuber. Aber ein Geschäft wollen Sie mit mir machen? Obwohl ich ein Räuber bin!«

»Ich muß mit Ihnen ein Geschäft machen, vielleicht muß ich. Aber nicht *obwohl* Sie ein Räuber sind, sondern *weil* Sie ein Räuber sind. Wo die Räuber an der Macht sind, muß der Geschäftsmann mit dem Räuber gehen. Das ist klar. Der Graf Potocki wird kaum dazu zu haben sein, mit mir in Compagnie zu gehen. Und der alte Bielak auch nicht. Das ist klar. Aber warum wollen Sie mit mir ein Geschäft machen, Herr Lubasch?«

»Ich?« überlegte Lubasch, »ich will mit Ihnen ein Geschäft machen, weil ich kein Kapital habe. Grob gesprochen, Herr Punes.«

»Das ist grob wahr und grob gelogen, Herr Lubasch. Daß Sie kein Kapital haben, ist schon ja wahr. Aber warum haben Sie keins? Ihr vortrefflicher Owszem-Minister stellt jedem Analphabeten, der das kleine Einmaleins halbwegs beherrscht, die Mittel zur Verfügung, die nötig sind, um aus ihm im Rahmen des Owszem-Programms einen Kaufmann zu machen. Hunderten, Tausenden hat man so geholfen, über Nacht Kaufleute zu werden. Ein beträchtlicher Teil von diesen schnellgesottenen Kaufleuten sind auch schon bankrott. Sie haben sogar schon einen passenden Namen im Volksmund.«

»Ich weiß, ich weiß«, unterbrach Lubasch. »Die Juden machen immer Witze. Sie nennen diese Kaufleute Owszem-Kaufleute. Die Juden machen immer Witze. Nun, ich weiß, daß ich kein Kaufmann bin. Darum will ich mit Ihnen ein Geschäft machen. Ich will kein Owszem-Kaufmann sein.«

»Das ist sehr vernünftig, Herr Lubasch. Sie wollen kein Owszem-Kaufmann sein. Aber die Wahrheit ist, Sie können kein Owszem-Kaufmann werden. Weil man Ihnen nicht *einen* alten Groschen anvertrauen wird.«

»Das ist nicht wahr. Das können Sie nicht wissen. Wenn ich um eine staatliche Anleihe angesucht hätte, hätte ich sie bekommen. Meine Beziehungen reichen weiter, als Sie glauben.«

»Sie haben vielleicht einmal wo hingereicht, Ihre Beziehungen. Aber da sind so Sachen passiert, Herr Lubasch. Da sind Sachen passiert …« Schabse legte die Zügel zwischen seine Knie, um seine Hände frei zu bekommen. Dann zog er aus der Innentasche seines Rocks einen Briefumschlag hervor, dem Umschlag entnahm er einen Zettel, und er las aus dem Zettel: »Sie waren im Jahre 1921 Kassier in der T. S. L. in Złoczów. Dort haben Sie einen Betrag von dreitausend Złoty –«

»Das war ein Irrtum. Ich habe keine Erfahrung in der Geldgebarung gehabt –«

»Gut, Herr Lubasch, ich verstehe. Sie waren jung. Sie waren unerfahren und Sie haben sich um dreitausend Złoty geirrt. In Złoczów. Ein Jahr später haben Sie in Przemyśl irgendeinen patriotischen Posten gehabt. Und auch da haben Sie sich ein bißchen geirrt. Genau gerechnet – ich bin ein genauer Rechner, Herr Lubasch – um fünfhundert Złoty. In Przemyśl. Dann haben Sie wieder einen patriotischen Posten bezogen, in Tarnopol. Da haben Sie sich nur noch um dreihundertundzwanzig Złoty geirrt. Die Irrtümer, das gebe ich zu, sind immer kleiner geworden. Wie die patriotischen Posten, die immer geringer wurden.«

»Ah, Sie haben Material gegen mich gesammelt, Herr Punes! Darf ich fragen warum? Habe ich Ihnen was getan? Seitdem ich in dieses gottverdammte Dobropolje gekommen bin, habe ich Ihnen jede Gefälligkeit im Amt erwiesen. Sie waren scheinbar mein bester Freund in Dobropolje. Nun stellt sich heraus, daß Sie die ganze Zeit –«

»Ich habe kein Material gegen Sie gesammelt, Herr Lubasch. Ich war Ihr Freund. Die Vergangenheit eines Gemeindeschreibers, auch eines mir befreundeten Gemeindeschreibers, hat mich nicht so interessiert, daß ich Erkundigungen über ihn einziehe. Aber vor ein paar Wochen sind Sie zu mir mit dem Geschäftsprojekt gekommen, und da hab' ich mich erkundigt. Wenn man mit einem Mann ein Unternehmen plant, zieht man Erkundigungen ein. Das ist nichts Ungewöhnliches, nicht im Geschäftsleben, Herr Lubasch. Nun, jetzt weiß ich, was Sie getrieben haben, ehe Sie zu uns nach Dobropolje verschickt worden sind. Aber mich interessiert auch weiter nur das, was mit Ihren Irrtümern in Geldsachen zu tun hat. Und darüber habe ich mir ein paar Notizen gemacht.«

»Trotzdem wollen Sie noch immer mit mir in Compagnie gehn?« fragte Lubasch.

»Doch«, sagte Schabse durchaus konziliant. »Doch. Bei mir werden Sie mit der Geldgebarung nichts zu tun haben. Sie werden weder einkaufen noch verkaufen, und von Geld werden Sie nur den Teil des Reinertrags, Herr Lubasch, sehen, der Ihnen zukommen wird.«

40

»Das haben Sie mir schon ein paarmal vorgehalten. Das wird akzeptiert.«

»Was ich Ihnen noch nicht sagen konnte, weil Sie mich plötzlich mit der Judenfrage, mit Ihrem Owszem-Programm, einschüchtern wollten –«

»Das ist ein Irrtum, Herr Punes. Ich wollte Sie nicht einschüchtern. Man wird sich unter Freunden doch noch aussprechen dürfen«, versicherte Lubasch.

»– und was Ihnen nicht ganz gelungen ist, wie Sie gleich sehen werden«, setzte der Pferdehändler in aller Ruhe fort. »Die zweite Bedingung ist: die Lizenz wird nicht auf Ihren Namen ausgestellt.«

»Auf Ihren Namen vielleicht?« schrie Lubasch, und die zwei Bürstchen seines Schnurrbartes zitterten.

»Nein. Nicht auf meinen Namen. Das wäre ja gegen das Owszem-Programm. Ich mache nichts gegen das Owszem-Programm. Ich bin auch ein Patriot, Herr Lubasch. Nicht auf Ihren Namen, nicht auf meinen Namen. Ich habe es mir gut überlegt. Und mir ist ein sehr schöner Name eingefallen für unsere Lizenz. Der Name lautet: Walko Gulowatyj.«

Lubasch wollte ein langgedehntes »Was?« sagen, aber es gelang ihm kein Laut. Nur sein offener Mund zeigte ein rundes Maß des Staunens.

»W-W-Walko G-G-Gulowatyj?« stammelte er nach einer Zeit des Schweigens, da seine Stimme sich einigermaßen erholt hatte. »Ein abgestrafter Verbrecher? – Das ist ein guter Witz, Herr Punes. Ich sag' ja: die Juden machen immer Witze!«

»Besser und auch praktischer ein abgestrafter Verbrecher, als ein Verbrecher, der eben daran ist, abgestraft zu werden«, sagte Schabse, blickte aus einem schmalen Spalt seiner Lider den Gemeindeschreiber an, und er nahm seinen Blick eine Zeitlang nicht von ihm ab.

»Weil ich ein paar Jugendsünden begangen habe, nennen Sie mich einen Verbrecher. Sie – ein Freund?« klagte Lubasch und blickte hinaus in die weite Welt, weil er den Blick Schabses nicht ertrug.

»O nein«, beteuerte Schabse, »nicht ihre Jugendsünden meine ich. Einen Verbrecher heiße ich Sie, weil Sie ein Mörder sind, Herr Lubasch.«

»Ah«, schrie Lubasch, »Sie reden ja schon wie Ihr Sohn. Und ich glaubte, der Kleine lernte es in der Schule, von der Popentochter.«

»Schreien Sie nicht, Herr Lubasch. Sehen Sie, Sie erschrecken ja die Pferde. Als ich heute morgen mit dieser meiner Hand« – Schabse behielt die Zügel in seiner linken, hob die rechte Hand, spreizte die wulstigen Finger, betrachtete sie eine Weile, ballte sie zu einer fleischigen Faust und sprach weiter – »mit dieser meiner Hand – möge sie verdorren, wenn sie das je tun sollte – meinem guten Kind ins Gesicht schlagen wollte, so war es nicht, Herr Lubasch, um Ihnen Genugtuung zu verschaffen. Ob Sie es glauben oder nicht, Herr Lubasch, ich tat es, weil ich sie heute morgen noch für nicht schuldig hielt. Ich habe gewußt, daß Sie den armen Lipale einen kleinen Trotzki genannt haben. Weil er ein so gutes Köpfchen hatte, sagten Sie. Daß sie an drei Sonntagen vor dem Mord die Brüder Mokrczycki mit Branntwein traktiert hatten, das wußte ich auch. Ich dachte mir, das tut er, um eine politische Rauferei zwischen Ukrainern und Polen zu provozieren. Dazu ist er ja da. Oder sind Sie vielleicht nicht zu uns nach Dobropolje gekommen, um zu hetzen?«

»Ich bin gekommen, man hat mich nach Dobropolje geschickt, um herauszukriegen, warum die polnischen Bauern, die man in Dobropolje angesiedelt hat, um das Grenzland polnisch zu machen, bereits ganz gut ukrainisch sprechen, während die Ukrainer –«

»Sehen Sie, das hab' ich mir ja gedacht. Man hat ihn geschickt, damit er hetzt. Das tut er. Was ist da zu sagen? Sehen Sie, Herr Lubasch, ich war vielleicht der einzige Dumme im Dorf, der Sie für nicht schuldig an dem Mord gehalten hat. Bis heute morgen noch.«

»Und was hat Sie veranlaßt, unterwegs Ihre Meinung zu ändern, Herr Punes?« fragte Lubasch.

»Sie, Herr Lubasch. Sie haben heute, da, hier, in diesem Wagen, aus reinem Übermut ein Geständnis abgelegt. Oder wollen Sie's jetzt leugnen?«

»Ich will nichts leugnen. Ich habe nichts dergleichen gesagt«, schrie Lubasch.

»Sie haben in Ihrer Prahlsucht ein Geständnis abgelegt, Lubasch. Sie haben gesagt: ›Mit dem alten Jankel bin ich schon fertig geworden. Haben Sie gesehen, wie gebrochen er vom Begräbnis zurückgekommen ist?‹ Das, nicht weniger, haben Sie gesagt. Und das ist genug. Oder haben Sie sich hier wieder einmal bloß geirrt?«

»Ach was! Und wenn ich auch so was gesagt haben sollte? Die Wälder haben keine Ohren. Man wird sich unter Freunden doch noch aussprechen dürfen.«

Vorher, da ihm der Pferdehändler die Irrtümer in seiner patriotischen Geldgebarung vorrechnete, hatte Wincenty Lubasch, wie man so sagt, Blut geschwitzt. Jetzt, da ihm Schabse das Mordgeständnis vorhielt, war der Gemeindesekretär von Dobropolje nicht im geringsten in Verlegenheit. Schabse sah es, und er begann nun schwer zu atmen. Als hätte sich die ganze Last seines Leibes ihm auf seine Lungen und seine Stimme gelegt, so gepreßt und schwer kamen die Worte über seine feuchten Lippen, als er nach einer Weile des Schweigens wieder zu Lubasch redete: »Man legt – auch unter Freunden – keine Mordgeständnisse ab – wenn man kein Mörder ist – Lubasch. Auch ein Freund – muß als ein Zeuge – die Wahrheit sagen.«

»Ah, Sie haben Angst, als Zeuge aufzutreten, Herr Punes? Beruhigen Sie sich! Wo kein Prozeß, da sind auch keine Zeugen. Und ich werde schon dafür sorgen, daß es keinen Prozeß gibt. Sie glauben doch nicht, daß ich mit Ihnen bloß wegen der Lizenz zur Stadt reise?«

»Sie prahlen schon wieder, Herr Lubasch. Ich weiß, es wird wahrscheinlich keinen Prozeß geben. Aber deswegen brauchten Sie nicht zur Stadt zu reisen. Unser Pfarrer Rogalski hat das wahrscheinlich schon erledigt. Die Kommission hat ihren Befund so abgefaßt, daß es wahrscheinlich keinen Prozeß geben kann. Man hat nicht befunden, daß die Stirn des Kindes mit einer Flasche zertrümmert wurde. Man hat auch keine Spur des Schnittes der Sense gefunden, die das Kind beinahe geköpft hat. Durch einen beklagenswerten und unglücklichen Zufall ist das Kind in das Getümmel auf der Groblja hineingeraten, und es ist einfach im Getümmel niedergetreten worden. Erinnern Sie sich an die ersten Schreie auf der Groblja am Sonntag? ›Sie haben eine Taube zertreten. Man zertritt Kobzas Tauben!‹ Erinnern Sie sich noch? Dabei bleibt es nun auch amtlich. Man hat eine Taube zertreten – wer kann da schuldig sein? Der Vater des Kindes ist schuldig, ein notorischer Säufer, der sein Kind an einem Sonntag um Kirsch geschickt hat.«

»Woher wissen Sie das alles? Das weiß nicht einmal ich.« Lubasch war ehrlich erstaunt.

»Ich weiß es. Ich weiß immer mehr als Sie, Herr Lubasch. Denn ich weiß einerseits alles, was Sie wissen. In ihrer Prahlsucht schwätzen Sie ja alles aus. Und andererseits weiß ich auch noch dazu das, was ich weiß.«

»So, so«, wunderte sich Lubasch, »das Protokoll ist nicht schlecht abgefaßt. Das muß man zugeben. Ich habe unsern Rogalski unterschätzt, wie ich sehe.«

»Wen unterschätzen Sie nicht, Herr Lubasch? In diesem Augenblick unterschätzen Sie schon wieder die Mitglieder der Kommission, die das Protokoll zwar so abgefaßt haben, wie ich Ihnen erzähle, die aber gewiß der politischen Instanz einen Bericht erstatten werden, der auf Tatsachen beruht. Und die politische Instanz, die wird erst zu unterscheiden haben, ob ein Prozeß geführt werden soll oder nicht. Sollte aber ein Prozeß stattfinden, so werde ich auch als Zeuge auftreten. Und als Zeuge werde ich die Wahrheit sagen, Herr Lubasch. Merken Sie sich das!«

»Wenn es einen Prozeß geben sollte, und wenn ich als Beschuldigter da verwickelt werden sollte«, sagte Lubasch, und er machte seine Stimme groß und seine Augen klein, indes er so redete, »so werden Sie, Herr Punes, nicht als Zeuge gegen mich, sondern als Mitbeschuldigter neben mir erscheinen. Merken Sie sich das.«

»Ich wollte, ich wäre schon soweit«, sagte Schabse. »Ein Beschuldigter, der unschuldig vor einem Gericht steht, kann vielleicht seine Unschuld beweisen. Schlimmer ist es, wenn einer beschuldigt wird, aber vor kein Gericht kommt.«

»Ach was, unschuldig! Sie sind nicht so unschuldig, wie Sie reden! Wer war es, der mich darauf aufmerksam gemacht hat, daß Jankel Christjampoler an dem kleinen Sohn des Kassiers einen Narren gefressen hat, Herr Punes? Wer hat mir gesagt, der Greis hängt an dem Jungen wie eine alte Jungfrau an ihrem Papagei, Herr Punes? Oder wollen Sie es am Ende leugnen, Herr Punes?«

»Nein«, sagte Schabse, »ich werde das nicht leugnen.« Er nahm seinen Hut ab, legte ihn auf seine Knie und wischte mit der Hand seine schweißtriefende Stirn. »Nein«, wiederholte er, »das leugne ich nicht. Noch auf meinem Sterbebett, wenn mir in letzter Stunde der Schweiß des Todes ausbricht, werde ich daran denken, daß ich es war, der Ihnen das gesagt hat.«

»Um so besser«, meinte Lubasch, »da werden Sie ja wissen, wie Sie sich als Zeuge zu benehmen haben. Aber haben Sie keine Angst, Sie werden nicht Zeuge sein. Wo kein Prozeß, da ist kein Zeuge.«

»Ich weiß, was ich als Zeuge sagen werde«, sagte Schabse. »Ich gestehe, so werde ich sagen, es ist wahr, ich habe gesagt: Der Greis hängt an diesem Jungen wie ein altes Fräulein an ihrem Papagei. Aber wie hab' ich das gemeint? So hab' ich das gemeint: Der Herr Lubasch da hat einen Streit mit Jankel Christjampoler gehabt, der ein alter Feind von mir ist. Der Herr Lubasch sitzt in einem Amt. Es kommt vor, man braucht für ein Schulkind ein amtliches Papier. Da wird der Herr Lubasch Schwierigkeiten machen, und der stolze Greis wird etwas weicher werden müssen in dem Streit um eine Stall- und Weideservitut und am Ende nachgeben. Der Herr Lubasch da rühmte sich, Einfluß in unserer Dorfschule zu haben. Das Kind hat ein gutes Köpfchen, gewiß. Aber man kann auch einem Kind, das ein gutes Köpfchen hat, ein bißchen Schwierigkeiten machen. Und auch da wird Jankel Christjampoler sich mit Herrn Lubasch, dem einflußreichen Mann im Amt, aussprechen müssen. So hab' ich es gemeint. Das ist auch nicht schön, ich weiß. Es ist jetzt schlimm genug. Das hat mir der alte Haß gegen Jankel Christjampoler eingeredet, ich weiß. Aber Gott ist mein Zeuge: an Blut und Totschlag habe ich nicht gedacht. An Mord und Totschlag denkt nur immer ihr!«

»Wer: ihr?« schrie Lubasch ohne Entrüstung, nur um den Pferdehändler zu überschreien, der am Ende seiner Aussagen seine Stimme erhoben hatte.

»Sie und Ihresgleichen«, schrie Schabse zurück, »Sie Heide, Sie! Es wird keinen Prozeß geben?! Gott wird euch schlagen! Ein Blitz wird Sie verbrennen! Gott wird euch strafen! Das Blut, das ihr vergießt, es wird gegen euch aufstehen und euch und eure Freiheit ersticken, die ihr zum Blutvergießen mißbraucht.«

Außer sich in einem Anfall des Zornes ließ er die Zügel in den Schoß fallen, ballte die Hände, und mit seinen fleischigen Fäusten abwechselnd bald gegeneinander, bald mit beiden gegen seine Stirn schlagend, schrie er plötzlich mit weibisch hoher, quietschender Stimme wie sonst nur in nacktem Zustand beim Baden: »Großer Gott! So ein Kind! So ein teures Kind! Wenn ich der Vater wäre! Mit diesen Fäusten könnte ich Sie zerbrechen! Mit diesen Händen möchte ich Sie würgen!«

»Sie sind ja wahnsinnig!« schrie Lubasch, der Schabse nie beim Baden kennengelernt hatte. »Es ist ja lebensgefährlich, neben Ihnen zu sitzen! Ich steige aus!«

»Ich werde meinen Schwager Mechzio in der Stadt finden«, raste und quietschte Schabse weiter. »Mein Mechzio ist stärker als ihr alle. Er wird Ihnen das Genick umdrehen wie einem Huhn, Sie Hundsfott, Sie! Mein Schlojmele hat recht: ein Mörder sind Sie! Großer Gott, so ein teures Kind!«

Die Pferde, von Schabses auch ihnen ungewohntem Geheul erschreckt, hatten die letzte Steigung der Anhöhe von Janówka beschleunigten Schritts mit flatternden Flanken genommen. Auf der Höhe der Chaussee, auf einem ebenen Weg endlich angekommen, vom abendlich kühlen Wind stimuliert, nahmen sie sich nun die Freiheit, die ein noch so zahmes und versklavtes Zugpferd nie aufgeben wird, die Freiheit, das Wasser zu lassen. Auf einmal standen sie still, krümmten ihre schwitzigen Rücken, spreizten ihre Hinterbeine und ließen zwei scharf riechende Strahlen auf die harte Chaussee niederplätschern. Schabse schwieg und ließ den Pferden ihre Freiheit. Mit geschlossenen Augen, aber noch immer zitternden Backen, saß er still da. Seine geblähten Nüstern atmeten den scharfen Ammoniak der strahlenden Tiere mit sichtlicher Wollust ein. Als die Pferde sich erleichtert hatten und auch der Pferdehändler sich erholt hatte, sammelte er die Zügel ein, hielt die Pferde kurz, öffnete die Augen und sah seinen Nachbarn wie aus einem tiefen Traum erwachend an.

»Was«, sagte er nunmehr mit seiner ruhigen Stimme, »Sie sind noch da? Steigen Sie aus!« Und um dem sprachlosen Gemeindeschreiber zu zeigen, wie ernst ihm das gemeint war, drehte er sich zur Seite um, langte sich mit einer Hand die Aktentasche des Herrn Lubasch hinter der Decke hervor und warf sie aus dem Wagen an den Rand der Straße. Lubasch sprang wütend aus dem Wagen und holte sich die Aktenmappe.

»Das wird Ihnen noch viel Kopfzerbrechen machen«, schrie er zu Schabse hinauf, und mit einer drohenden Geste entfernte er sich energischen Schrittes in der Richtung zur Stadt.

»Freilich«, antwortete Schabse ruhig und halblaut nur, ohne Wert darauf zu legen, daß Lubasch es noch hörte, »freilich, es wird mir einiges Kopfzerbrechen machen. Ich werde meinen Sitz umbauen müssen. Denn dieser Sitz war für zwei Personen gemacht.«

Ehe er in der nächsten Kehre der Chaussee verschwand, sah sich Lubasch für einen Augenblick um, und weil er seinen Freund und

Widersacher offenbar noch immer nicht kannte, wollte er seinen eigenen Augen nicht trauen. Obwohl Schabse nur noch etwa sieben Kilometer zur Stadt zu reisen hatte, war er nun tatsächlich damit beschäftigt, seinen Sitz umzubauen. Wie am frühen Morgen auf seinem Gehöft, so beugte, hockte, kniete und tummelte er sich fleißig in seinem Wagen in aller Einsamkeit der breiten Landschaft. Sich selbst und alle seine Sorgen vergessend, warf der Pferdehändler den Sitz um und baute und schichtete ihn von neuem auf. Er glättete und plättete mit flachen Händen, er drückte und hämmerte mit geballten Fäusten, er zwängte das Lockere mit den Ellbogen und preßte das Dichte mit den Knien; das alles tat er mit einem frischen, ja freudigen Eifer, als wollte er die Natur selbst zur Zeugin haben, daß zumindest sein eigener Drang zur Bequemlichkeit wohl die schöpferische Kraft eines Triebs hatte. In einer Viertelstunde war der Sitz fertig. Ein Laie würde nur oberflächlich bemerken, daß der Sitz nun schmaler war und etwas höher und daß die Roßhaarmatratze den neuen Sitz nicht in der Länge deckte, sondern quer in der Mitte gürtete. Aber wie Schabse ihn mit seinem Gesäß darauf prüfte, hätte man dem Gesicht des Baumeisters ansehen können, daß der neue Sitz für eine Person so gut war, wie der alte es für zwei gewesen war. Als er die Zügel wieder in die Hand nahm, wollten die Pferde, dankbar für die unerwartete Rast, ihren Trab vom Fleck beginnen, aber Schabse hielt sie noch eine Zeit auf der Stelle. Er kannte die Straße so gut, daß er sich genau ausrechnen konnte, wie weit Lubasch vorausgegangen sein mochte. Er vermutete ihn jetzt auf der letzten Anhöhe hinter dem Dorf Janówka und Schabse wollte es vermeiden, bergan und im Schritt hinter Lubasch heranzukommen. Er wollte auf geradem Wege und in gestrecktem Trab den Gemeindeschreiber überholen. Nach etwa zehn Minuten war er soweit. Angesichts des Gemeindeschreibers, der in der Hörweite des Gespanns am Rand der Straße stehengeblieben war und wartete, knallte Schabse über seinen zwei jungen Füchsen die Peitsche ab, und in einem Trab, der jeden Moment in Galopp übergehen konnte, kutschierte er an Lubasch vorbei.

»Hej, Herr Punes, hej!« hörte er Lubasch rufen, tat aber, als hörte er ihn nicht. – »Ein Wort, lieber Freund!« schrie Lubasch und lief hinter dem rollenden Wagen her. »Hej, nur ein Wort, Herr Punes, hej!«

Schabse ließ Lubasch noch eine Weile hinter dem Wagen herrennen. Dann hielt er die Pferde fest und wartete, ohne sich nach

Lubasch umzusehen. Nach einer Weile kam Lubasch, seine Aktenmappe in der rechten, seinen Hut in der linken Hand, mit schwitziger
Stirn und keuchendem Atem dahergelaufen.

»Ich – hab's mir – überlegt«, sagte er, noch ohne Atem, aber schon
freundlich lächelnd, als wäre nichts Besonderes vorgefallen, »ich –
nehme – die Bedingung an!«

»Welche Bedingung?« fragte Schabse, der tatsächlich nicht begriff,
was gemeint war.

»Die Lizenz. Die Lizenz kann auf den Namen von Walko Gulowatyj ausgestellt werden«, erklärte Lubasch. »Meinetwegen«, fügte er
mit großzügigem Leichtsinn hinzu. »Was liegt mir schon daran?«

In stummem Erstaunen sah nun Schabse zu Lubasch hinab. Da er
auch weiter schwieg, nahm es Lubasch als ein Zeichen des Einverständnisses. Er legte seine Aktenmappe in den Wagen und begann
einzusteigen, in der Absicht, seinen Sitz neben Schabse wieder einzunehmen. Als der Gemeindesekretär gerade soweit war, sagte Schabse:
»Nicht hier. Da können Sie nicht sitzen. Dieser Sitz ist jetzt ein Sitz
für eine Person. Setzen Sie sich dorthin!« Und mit ausgestrecktem
Peitschenstiel wies er Lubasch einen Platz hinten im Wagenkasten an,
auf dem Hafersack. Lubasch sah nun Schabse mit einem stummen
Blick der leidenden Kreatur an, den man ohne weiteres herzzerreißend
nennen könnte. Aber der Pferdehändler trug offenbar nichts Zerreiß-
bares in sich und auch der scharf ausgestreckte Peitschenstiel blieb
hart. Mit einem Seufzer der Entrüstung ergab sich nun Lubasch und
nahm den ihm zugewiesenen Sitz auf dem Hafersack ein. Der Wagen
setzte sich in Bewegung.

4

Lubasch war in seiner Art so gut ein Realist wie Schabse in seiner
Art. Der Sitzplatz auf dem Hafersack war nicht nur eine beleidigende
Zumutung, er war auch unbequem. Lubasch saß jetzt nicht eigentlich
im Wagen als ein Reisender auf seinem Platz, er hockte auf dem nur
noch halbvollen Hafersack, der so flach auf dem Bretterboden des
Wagens lag, daß Lubaschs Kinn beinahe seine Knie streifen konnte.
Wie ein Landstreicher saß er da, der von der Straße aufgeklaubt, noch
dankbar ist, daß er einsteigen und mitreisen darf. In dieser so schmäh-

lichen wie unbequemen Lage sah der Gemeindesekretär auf der Stelle ein, daß nunmehr in der ohnehin komplexen Beziehung zwischen ihm und dem Pferdehändler eine völlige Änderung eingetreten war. Er sah auch ein, daß diese Änderung eine Folge des heftigen Wortstreites war, und weil er noch glaubte, daß sie nur das Resultat des Wortwechsels war, gab er sich der Hoffnung hin, diese unerfreuliche Veränderung durch eine weitere Aussprache einigermaßen mildern zu können. Er strengte sein durchaus flinkes Gehirn an, um einen der Situation angemessenen Gesprächsstoff zu finden. Aber seine wütige Verbitterung über den schändlich unbequemen Platz vergiftete ihm zunächst jeden brauchbaren Einfall. Erst nachdem es ihm gelungen war, den verfluchten Hafersack ganz in den Hintergrund des Wagens zu verschieben und für das bereits schmerzende Rückgrat eine feste Stütze in der hinteren Wand des Wagenkastens zu erreichen, fand sich Lubasch in der Lage, eine längere Ansprache an seinen launischen Freund auszudenken. Nach einer langen Zeit diplomatischen Schweigens begann er in seinem aufrichtigsten Herzenston also zu Schabse Punes zu reden: »Sie, lieber Freund, machen einen sehr bedauerlichen Fehler, wenn Sie mich, Ihren guten Freund, für einen Feind der Juden halten. Nun, ich gebe zu, es hat bei uns immer Antisemiten gegeben, es gibt bei uns Antisemiten auch heutzutage, und es wird bei uns, so fürchte ich, immer Antisemiten geben. Wie groß die Zahl der Antisemiten jetzt bei uns ist, weiß kein Mensch. Nicht einmal ich, obwohl ich mich für dieses Problem schon als Schuljunge sehr interessierte. Aber das weiß ich so gewiß wie ich Lubasch heiße, daß die Israeliten selber die Zahl ihrer Feinde unsinnigerweise überschätzen, wenn sie solche Menschen wie mich zu den Antisemiten zählen. Wenn Sie, mein Freund, auch so zählen, wird Ihnen hierzulande bald wirklich nur die verrückte Gräfin übrigbleiben und der alte Bielak in Dobropolje. Hören Sie zu oder nicht?«

Schabse erwiderte nicht einmal mit einem Zeichen. Er saß da vorne hoch auf seinem Sitz für eine Person und kutschierte. Die Pferde witterten bereits das Ziel. Sie kannten den Weg. Sie wußten: bald gibt es einen kühlenden Trunk in einem Eimer und duftenden Hafer in der Krippe. Und sie liefen in gestrecktem Trab, mit den Köpfen klug nickend, mit den Ohren regsam horchend, der nahen Stadt entgegen.

»Daß Sie, ein Mann mit offenen Augen, der soviel herumkommt und soviel gesehen und gehört hat, gleich in Zorn geraten, wenn man unser nationales Handelsprogramm nur erwähnt, habe ich nicht erwartet. Sie nennen es, sehr witzig, das muß ich zugeben, das Owszem-Programm. Gut. Aber warum gleich hysterisch werden? Hand aufs Herz, wie Sie selbst zu sagen pflegen: Wie steht es hierzulande mit unserm Handel? In unsern Städten kann man keine Geschäftsstraße passieren, ohne auf jüdische Geschäfte zu stoßen. Wenn der Christ einen Schluck Branntwein trinken will, wohin geht er? Zum Juden. Wenn er ein Paar Stiefel haben will? Zum Juden. Wenn er ein paar Hosen haben will? Zum Juden. Die Juden kaufen und verkaufen: Bier und Doppelmalzbier, ungarischen Wein und französischen Wein, Champagner und Rheinweine, englisches Bier, polnischen Met, ungarischen Met, Kirsch und alle Art Liköre. Die Juden verkaufen: Butter, Käse, Fleisch, Eier, Mehl, Zwiebel, Knoblauch, Zündholz, Puder, Pomaden, Tabak, Zigarren, Öl, Schmieröl, Schusterkleister, Brot, Semmeln, Seife, Kerzen, Essig, Amber, Pfeffer, Safran, Nelken, Muskat, Salz, holländische Heringe, schwedische Heringe, Rosinen, Mandeln, Feigen, Datteln, Sirup, Honigkuchen, Beugel, Lachse, Oliven, Kapern, Sardellen, Anis, Zitronen, Zucker, Papier, Lack, Kreide, Farben, Nadeln, Sicherheitsnadeln, Seide, Bänder, Tuch – alles, mit einem Wort. Die Juden kontrollieren den ganzen Handel unseres Landes. – Hören Sie zu oder nicht?«

Schabse hielt die Pferde an, wandte sich mit dem ganzen Oberkörper Lubasch zu und sagte: »Haben Sie gesprochen? Ich dachte, sie lesen.«

»Ich habe zu Ihnen gesprochen.«

»Sie reden ja wie ein Buch!«

»Gratuliere, Herr Punes! Erraten! Es ist auch aus einem Buch. Aus einem alten Buch. Schon hundertundfünfzig Jahre ist es alt.«

»Sie sind gebildet!«

»Sie wissen ja, ich habe Matura gemacht.«

»Natürlich. Man nennt Sie ja auch im ganzen Dorf ›der Mensch mit Matura‹. Das haben Sie alles in der Schule gelernt? Auswendig?«

»In der Schule hab' ich das natürlich nicht gelernt. – Sie haben ja Material über mich gesammelt. Ich war doch eine Zeit ein Wahlversammlungsredner, das sollten Sie wissen. Und ein guter Redner war ich! Was ich Ihnen vorher da aufgezählt habe, das habe ich so oft in meinen Reden zitiert, daß ich es jetzt im Schlaf auswendig hersagen könnte.«

»Sehr schön«, staunte Schabse. »Aber was wollen Sie damit sagen?«

»Daß die Juden den ganzen Handel unseres Landes kontrollieren, das wollte ich Ihnen sagen.«

»Kontrollieren?« wiederholte Schabse. Er wandte sich wieder den Pferden zu, und sie fuhren weiter. Schabse war weder literarisch noch politisch so gebildet wie der Mensch mit Matura. Er wußte nicht, wo Lubasch das Wort »kontrollieren« herhatte. Schabse hatte das Wort in diesem Zusammenhang nie gehört, und es machte ihm aus diesem Grunde mehr Eindruck als die ganze epische Liste. Daß die Juden irgendwas irgendwo – den Handel in Polen, die Banken in Wien, die Presse in Budapest – beherrschten, wird auch Schabse gehört oder in einem Hetzblatt gelesen haben. Aber hier war was Neues: die Juden beherrschten nicht mehr. Sie kontrollierten. Obgleich er nicht imstande gewesen wäre, zu erklären warum es so war, fühlte auch Schabse, daß die Juden, die kontrollierten, bei weitem gefährlicher zu sein schienen als die, die bloß beherrschten. Auch er, Schabse, erlag dem dunklen Zauber des Worts. Auch er fing an, in Bildern zu denken. Während seine flinken Füchse der Stadt zutrabten, sah nun Schabse, wie in der Stadt dort die Juden, schwarze Gestalten mit bleichen Gesichtern, um die Mitternacht sich heimlich versammelten, um den Handel mit Zwiebeln sowohl wie den Handel mit Knoblauch zu kontrollieren. Auf einmal brach er in schallendes Gelächter aus. Wie vorher sein Jähzorn, so war auch jetzt das Gelächter des Fettkolosses hysterisch übersteigert. Seine Stimme war wieder hoch, weibisch. Er quietschte und piepste und patschte mit den Händen in unbändiger Ausgelassenheit, daß die jungen Füchse vor Schreck in Galopp übergingen. Ebenso plötzlich wie er begonnen, hörte Schabse auf einmal auf. Er zügelte die jungen Ausreißer und kutschierte schweigend weiter.

»Ich weiß nicht, was da so zum Lachen ist«, klagte Lubasch.

Schabse erwiderte mit keinem Wort. Seine ganze Aufmerksamkeit war jetzt den Pferden zugewendet. Wie sie kurz im Galopp waren, hatte Schabse im Aufschlag der Hufeisen ein Nebengeräusch erhorcht, einen knackenden Laut; ein Zeichen, daß eines von den Hufeisen gelockert war und vielleicht bereits in Gefahr, abzufallen. Im Trab wiederholte sich das Knacken des Hufeisens in regelmäßigem Takt, und Schabse konnte bald erspähen, welches von den acht Hufen das

Knacken erzeugte. Er hielt am Rande der Chaussee, stieg aus dem Wagen, ging zum Handpferd hin und untersuchte das Eisen seines linken Vorderbeines. Bis Zagrobela wird es noch halten, sah er und stieg wieder in den Wagen, ohne Lubasch eines Blicks zu würdigen, der nun bereits zu zweifeln begann, ob Schabse die lange Ansprache über die Handelskontrolle der Juden auch gehört hatte.

In Zagrobela, einem Dorf, das schon zu den Vororten der Stadt gehörte, lenkte Schabse die Pferde von der Chaussee auf einen Seitenweg ab und hielt auf dem kleinen Rasenplatz vor der Schmiede des Roten Sender. Während der kurzbeinige, stämmige Hufschmied, der einen fuchsroten Bart und einen schwarzen Lockenkopf hatte, das Hufeisen reparierte, stieg auch Lubasch aus dem Wagen, um – wie er mit einem klagenden Blick sich äußerte – seine verrenkten Beine ein bißchen zu strecken. Schabse tat desgleichen. Beide Männer ergingen sich gemächlichen Schritts auf dem Rasenplatz vor der Schmiede. Beide gingen einander mit Bedacht aus dem Wege. Nach einer Weile stellte sich Schabse neben Sender, den Hufschmied, hin, der von einem Lehrling assistiert, geschwind wie ein Gnom, mit Zangen und Hämmern verschiedener Größe hantierte und sehr bald mit der Arbeit fertig war. Schabse sah sich das reparierte Eisen genau an, strich dem nervösen und zittrigen Fuchs mit beruhigender Hand zärtlich über die Stirnmähne, bezahlte mit einer Münze und stieg wieder ein. Während Lubasch sich hinten wieder in den Wagen schwang, hörte er Schabse den rotbärtigen Schmied fragen: »Wieviel Hufeisen kontrollierst du per Tag, Senderl?«

»Was heißt hier: kontrollieren? Bin ich vom Zollamt? – Was lachen Sie so, Sie Dorfmann, Sie? Kontrollieren sagt er!«

»Herr Schabse ist heute sehr guter Laune. Der lacht schon so die ganze Zeit«, sagte Lubasch, auch er in guter Laune, da er ja nun wußte, daß der Pferdehändler alles gehört hatte. Als sie wieder die Chaussee erreichten, hielt der Wagen, und Schabse wandte sich mit einem freundlichen Gesicht zu Lubasch.

»Setzen Sie sich zu mir. Sie können nicht in der Stadt wie ein Ferkel da im Wagen liegen.«

Lubasch beeilte sich, der Einladung zu folgen. Es hat gewirkt, dachte er. Man muß nur wissen, wie man mit ihm reden soll.

»Es wird nicht sehr bequem sein«, sagte Schabse, indes er ein wenig zur Seite rückte, um Lubasch Platz zu machen, »denn dieser

Sitz ist für eine Person gemacht. Aber es dauert ja nur noch zehn Minuten, bis ich Sie los bin.«

Nach einer sanften Kehre waren sie auf der Anhöhe von Zagrobela angekommen. Man sah die Stadt am Fluß. Die Sonne war eben untergegangen. Ein Staub von Gold hüllte die Stadt ein. Ein Schein von Purpur lag über dem Fluß, der von einem langen Damm festgehalten, linker Seite so breit war wie ein See. Rechter Seite rauschten bereits die großen Mühlräder, über die das Wasser in breitem Fall mit angestauter Wucht sich ergoß. Von hier gesehen, machte die Stadt von vierzigtausend Einwohnern den Eindruck einer großen Stadt. Man sah die breiten Mauern des Schlosses am Fluß, die anschließenden gelbgestrichenen Kasernen, noch aus österreichischer Zeit, alte solide Häuser, Kirchtürme, Kuppeln und in Gold glänzende Kirchkreuze. Die Lemberger Chaussee hieß bald schon Ulica Lwowska, Lwowska-Gasse, und auf der Brücke, die sie eben erreicht hatten, herrschte ein nahezu großstädtischer Verkehr. Schabse hielt die Pferde im Schritt. Es waren viele Fußgänger auf der Straße, Bauernwagen, Fiaker, Fahrräder und dann und wann auch ein Automobil. Junge sportbeflissene Leute, die den Nachmittag in der Sonne am Wasser verbracht hatten, kehrten nun braungebrannt nach Sonnenuntergang heim. Ältere Leute, die noch keine Sonnenanbeter waren, eilten nun erst, nach Sonnenuntergang, zum Fluß, auf ihren bärtigen bleichen Gesichtern lag der Vorschein der Wonnen des kühlenden Bades im Schatten. Fischer, die wie Apostel aussahen, schleppten ihre Handkarren, beladen mit offenen Wasserbutten, in denen Fische zappelten, Karpfen, Hechte, auch Schleien. In Buden wurden Erfrischungen verkauft, Sodawasser mit Rosensirup oder Himbeersaft, Limonaden, Honigkuchen und andere Süßigkeiten. Eine dicke Marktfrau, die Wassermelonen verkaufte, schrie die Vorzüge der Frucht mit weithin schallender Stimme aus. »Kauft, Juden, kauft. Ein Essen und ein Trinken zugleich!« – Ambulante Eisverkäufer ließen Glöckchen läuten, um die heißäugigen barfüßigen Kinder anzulocken, die in Scharen auf der Gasse sich tummelten. Lubasch lächelte. Wenn er sich ein Bild zur Illustration für seinen Vortrag bestellt hätte, es hätte nicht treffender gemacht werden können. Lubasch lächelte maliziös, sagte aber nichts. Er war froh, nicht mehr auf dem Hafersack zu hocken und wollte sich es mit Schabse nicht wieder verderben. Aber alles Sinnen und Trachten des Herrn Lubasch war aufs Hetzen gerichtet, und er suchte und fand sogleich wieder einen Anlaß. Sie waren jetzt schon in der Stadt angekommen. Zur rechten Seite der Gasse hatten sie bereits eine Häuserzeile hinter sich, zur Linken stand die alte griechisch-katholische Kirche mit all ihren sanft gerundeten Zwiebeltürmen, großen und kleinen, alle byzantinischblau gestrichen. Lubasch sah zum höchsten Turm der Kirche hinauf und sagte: »Die Stadt ist, wie schon der Name sagt, eine alte polnische Stadt, gegründet von unserem großen Hetman Tarnowski. Aber von welcher Seite immer man zur Stadt kommt, das erste, was ins Auge fällt, ist die ukrainische Kirche.«

»Es ist nicht wahr, weil es nur halbwahr ist; und weil es nur halbwahr ist, ist es eine Lüge. Warum müssen Sie immer lügen?« Schabse sprach jetzt ruhig und unterbrach sich selbst hin und wieder, um einen Passanten zu grüßen. »Wenn man hier durch die Lwowska zur Stadt hereinkommt oder durch die Smykowiecka-Gasse, ist es wahr. Da sieht man erst die Kirche der Ukrainer. Kommt man aber von Biała oder von Zarudzie her, sieht man erst eine polnische Kirche. Die Hauptstraße, die vornehmste Straße der Stadt, hat zwei polnische Kirchen, eine am Kopf, eine am Ende der Gasse. Auf dem Hauptplatz, auf dem alten Dominikanerplatz, steht wieder eine polnische Kirche. Warum lügen Sie, Herr Lubasch? Die Stadt heißt nach einem polnischen Hetman? Sehr schön. Aber Lwów ist eine viel größere Stadt und sie heißt nach einem Fürsten Lew, der kein polnischer Fürst war. Warum hetzen Sie immer? Wenn ihr weiter so hetzt, werden wir, Gott behüte, noch eine vierte Teilung Polens erleben.«

»Gott behüte, Gott behüte«, wiederholte Lubasch in einer Art solenner Wut. Denn als Pole liebte auch dieser Lubasch, wie jeder Pole, Polen über alles.

5

Am Abend des folgenden Tages reisten sie beide heim. Um nicht noch einen Arbeitstag zu verlieren, beschloß Schabse, in der Nacht zu reisen, um am frühen Morgen in Dobropolje anzukommen. Keiner von den Heimkehrern war mit dem Ergebnis der Reise sehr zufrieden. Schabse hatte gehofft, in der Stadt seinen flüchtigen Schwager, und wäre es mit Hilfe der Polizei und des Gemeindeschreibers, wieder einzufangen. In einer Stadt war Mechzio nicht schwer zu finden. Man brauchte nur in den Bethäusern nachzuforschen, denn es war mit Gewißheit anzunehmen, daß Mechzio in der Stadt morgens und abends in einem von den zahlreichen Bethäusern sich einfinden würde. Kaum angekommen, ging Schabse in ein Bethaus in der Lwowska-Gasse. Hier mußte er gleich einsehen, daß es kaum Sinn hätte, in dieser Stadt weiter nachzuforschen. Man hatte nämlich bereits im Lauf der vergangenen Woche in vielen Bethäusern der Stadt nach einem jungen Mann namens Mechzio von Dobropolje nachgefragt – und zwar im Auftrag von Wolf Mohylewski – und nicht eine Spur entdecken können. Was Welwel Dobropoljer nicht gelungen ist, das sah Schabse gleich ein, wird weder mir noch Herrn Lubasch gelingen, und gab den Gedanken auf, seinen frommen Schwager hier in dieser Stadt einzufangen. Dann ging er seinen Geschäften nach, und es gelang ihm, ein Geschäft abzuschließen, von dem wir noch hören werden.

Gereizter Laune war auch Herr Lubasch. Seine Freunde in den Ämtern konnten ihm nicht versprechen, sich für eine Schanklizenz einzusetzen, die ihm so am Herzen lag. Mehr noch als dieser Mißerfolg verstimmten den Gemeindeschreiber die Ansichten seiner Freunde über die momentane politische Situation. Zu seiner großen Enttäuschung mußte Lubasch zur Kenntnis nehmen, daß man in den maßgebenden Kreisen keine Verschärfung des nationalen Programms an der Grenze des Landes wünschte; im Gegenteil, es lag den hohen Herren daran, ein besseres Verhältnis mit den Ukrainern anzubahnen. Zwar hatten ihm hernach seine Parteifreunde Trost zugesprochen, indem sie ihm versicherten, die Zeit des Beschwichtigens würde nicht zu lange dauern, aber Lubasch fühlte sich durch solchen Trost nicht ermuntert.

Eine Genugtuung hatte Herr Lubasch doch in der Stadt erfahren, einen kleinen Trost für den Mißerfolg in der Angelegenheit seiner Schanklizenz. Es gelang ihm, einen Bericht über den blutigen Sonntag in Dobropolje in einer Zeitung unterzubringen, die sich der »Podolische Bote« nannte, einer Bauernzeitung, wie ihrer mehrere in den kleinen Städten hergestellt wurden. Den Bericht hatte er bereits in Dobropolje abgefaßt und in seiner Mappe mitgebracht, und da der Redakteur nur geringfügige Änderungen in seiner Anwesenheit machte, glaubte der Gemeindeschreiber, seine Beziehungen zur Presse, mit denen er in Dobropolje zu prahlen pflegte, ein Stück gefördert zu haben. Wir werden uns leider mit dem literarischen Erzeugnis des

Herrn Lubasch noch zu befassen haben, denn sein Artikel im »Podolischen Boten« sollte Folgen haben, traurige Folgen für einige Personen, deren Schicksal uns am Herzen liegt, für Jankel Christjampoler vor allem und, wie wir noch sehen werden, für Herrn Lubasch selber.

Durch die Lwowska-Gasse mußten sie wieder in langsamem Schritt fahren, denn wie gestern war auch heute gutes Badewetter gewesen, und in bunten Scharen tummelte sich die Jugend auf der Gasse. Es roch abendlich nach Rauch und Küche, nach Pferdemist und Obst, aber auch nach Rosen. Vor einer Bude, wo das Gedränge nicht zu dicht war, hielt Schabse und ließ zwei Glas Sodawasser mit Rosensaft für sich und Herrn Lubasch zum Wagen herausreichen. Nachdem er mit dem zischend kalten Getränk seine Kehle erfrischt und die Münze entrichtet hatte, wandte Schabse seinem Freunde ein erheitertes Gesicht zu und sagte: »Sie haben gestern zu erwähnen vergessen, daß die Juden das ganze Soda mit Rosensaft in der Lwowska-Gasse kontrollieren.«

Mit abgewendetem Gesicht und klagender Gebärde, seine Arme ausstreckend, sagte Lubasch: »Er fängt schon wieder an!«

»Noch ein Glas gefällig?« fragte das schwarzäugige Mädchen, das die Getränke gebracht hatte. Schabse lachte, schnalzte den Pferden zu, und nun ging es in gemächlichem Trab über die Brücke, an den rauschenden Mühlen vorbei, zur Stadt hinaus. Auf der Anhöhe von Zagrobela sagte Schabse: »Ich fange nicht wieder an, Herr Lubasch. Ich wollte Sie nur zwingen, mich anzusehen. Sehen Sie mich an. Merken Sie gar keine Veränderung?«

»Sie haben sich ja den halben Bart wegschneiden lassen! Und Ihre Schläfenlocken sind weg! Was haben Sie gemacht?!«

»Habe ich mich sehr verändert?« fragte Schabse, aber jetzt mit verdüstertem Gesicht.

»Nein«, sagte Lubasch. »Ich hab's ja erst gar nicht bemerkt. Ein bißchen älter sehen Sie aus, merkwürdigerweise. Vielleicht weil die paar grauen Fäden jetzt sichtbarer sind. Es steht Ihnen ganz gut. Sie hätten das schon längst tun sollen. Sie haben ja einen Bart gehabt, der für drei Juden ausgereicht hätte. Ich frag' mich nur, warum Sie das getan haben.«

»Sie haben mir die Anregung dazu gegeben, Herr Lubasch«, sagte Schabse, jetzt wieder in heiterem Ton.

»Ich?« sagte Lubasch. »Nie! Das wäre mir nie eingefallen, daß Sie das tun könnten.«

»Sie haben mir eine Anregung gegeben, meinen Beruf zu wechseln. Oder sagen wir lieber: etwas zu erweitern. Ich hatte das schon längst geplant. Aber ich konnte mich nicht recht entschließen.«

»Sie wollen Ihren Beruf wechseln? Die Schanklizenz – mit der Schanklizenz – wird es noch eine Weile dauern.«

»Ihre Schanklizenz ist ins Wasser gefallen, Herr Lubasch. Machen wir uns nichts vor«, sagte Schabse.

»Das ist ein Mißverständnis«, sagte Lubasch. »Es wird nur eine Zeit dauern, Sie werden sehen!«

»Sie brauchen sich nicht weiter zu bemühen, Herr Lubasch. Die Schanklizenz werden Sie nie bekommen. Aber ich bin Ihnen dennoch zu Dank verpflichtet. Sie haben mir eine wichtige Anregung gegeben.«

»Eine Anregung? Wann?«

»Gestern«, sagte Schabse. »Wie Sie die Liste aufgesagt haben, ist mir eingefallen, daß es nur von mir abhängt, diese Liste um einen Posten zu erweitern. Sie können in Ihrer Liste jetzt ein neues Wort einsetzen: Schinken, polnischen Schinken.«

»Was?« sagte Lubasch, »Sie wollen mit Schinken handeln? Das hat ein Mann Ihres Glaubens hierzulande noch nie getan.«

»Ich weiß«, sagte Schabse. »Dennoch habe ich, wie Sie mich da sehen, den Entschluß gefaßt, mich an einem Schweineexport nach Wien zu beteiligen.«

»Das ist doch wieder ein Scherz!« meinte Lubasch.

»Vor einigen Wochen schon habe ich einen Brief bekommen. Von einem mir befreundeten ukrainischen Selcher. Er schrieb mir von einem neugegründeten Konsortium und stellte mir den Antrag, diesem Konsortium als kaufmännischer Leiter beizutreten, mit einer gewissen Kapitalsbeteiligung selbstverständlich. Ich habe mir das lange überlegt. Denn wie Sie selbst sagen, hierzulande hat noch kein Mann meines Glaubens je mit Schweinen gehandelt. Es war kein leichter Entschluß. Aber nach dem gestrigen Gespräch mit Ihnen habe ich mich entschlossen.«

»Alles wegen der Liste, die ich aufgesagt hab'?« wunderte sich Lubasch.

»Nein«, sagte Schabse, »das war natürlich ein Scherz. Aber wie Sie mir das Owszem-Programm unseres vortrefflichen Innenministers erklärten, da hab' ich mir gesagt: ich trete dem Konsortium bei. Und gedacht, getan. Bei mir geht so was sehr schnell.«

»Sie treten also einem ukrainischen Konsortium bei«, sagte Lubasch vorwurfsvoll. »Sie verbinden sich also mit den Ukrainern.«

»Gegen das Owszem-Programm unseres vortrefflichen Innenministers würde ich mich mit dem Teufel verbinden. Ich wollte ja sogar mit Ihnen in Compagnie gehen. Aber wo ist Ihre Lizenz, Herr Lubasch?«

»Daß Sie sich entschieden haben, einen Handel mit Schweinen zu beginnen, ist Ihre Sache. Aber wie wollen Sie jetzt Exporteur werden? Die Grenzen sind geschlossen.«

»Sie, Herr Lubasch, bilden sich ein, mehr zu wissen als ich. Das ist aber nicht der Fall. Unsere Regierung hat einen neuen Handelsvertrag mit Österreich. Man kann jetzt wieder Schweine nach Wien exportieren. Im Rahmen eines bestimmten Kontingents selbstverständlich.«

»Aha«, frohlockte Lubasch.

»Was heißt hier aha?!« schrie ihn Schabse an.

»Man wird also eine Ausfuhrlizenz haben müssen«, sagte Lubasch, und er bettete das Wort »Lizenz« in alle Wärme seines Herzens ein. Lubasch liebte das Wort »Lizenz« innig.

»Gewiß, man braucht eine Ausfuhrlizenz. Man hat sie auch bereits erhalten. Die ukrainischen Selcher haben eine Ausfuhrlizenz. Ich habe damit nichts zu tun. Ich bin der kaufmännische Leiter. Ich werde nach Wien fahren und alles dort erledigen. Darum hab' ich mir ja auch den Bart und das Schläfenhaar abschneiden lassen. Wenn man ein Schweinehändler ist, kann man nicht wie ein Rabbi aussehen. Die Wiener Schweinehändler würden sich wundern.«

»Am meisten, fürchte ich, wird sich Ihre Frau wundern, Herr Punes.« Lubasch sah Schabse lange an, und es kostete ihn keine geringe Anstrengung, nicht in Gelächter auszubrechen. Wie ein geschorener Pudel sah der Pferdegauner aus. Gar nicht wie ein Schweinehändler. Zu lachen getraute sich aber Herr Lubasch nicht, er fürchtete einen neuen Zornesausbruch des Kolosses, dessen Gesicht sich plötzlich verdüsterte, als Lubasch die Worte »Ihre Frau« ausgesprochen hatte. Schabse schwieg. Die zwei Worte hatten ihn mundtot gemacht. Er erinnerte sich, wie selbst der christliche Barbier, der ihm das Haar zugestutzt hatte, in Gelächter ausgebrochen war angesichts der Bestürzung, mit der Schabse das vollendete Werk im Spiegel betrachtete. Aber es war nicht die Szene, die er in seinem Hause wegen des abgeschnittenen Bartes und Schläfenhaars sich ausmalte, die ihm jetzt Sorgen machte. Selbst in Dobropolje gab es Juden mit kurzgeschorenen Bärten, Lejb Kahane zum Beispiel, der Herr Lembergdasheißtschoneinestadt, trug einen rundgeschorenen Bart an seiner zivilisierten Persönlichkeit; Schmiel Grünfeld, der ausgediente Feldwebel und Schankwirt, war glattrasiert, und die drei kurznackigen Söhne des Brenners Grünspan hatten auch glattrasierte Gesichter und mit ihren Schnurrbärten und bäuerlich rundgeschorenen Köpfen unterschieden sie sich von den jungen Kobzas und Zoryjs nur durch ihre Kleidung, und das einmal nicht zu ihrem Vorteil. Daß Schabse sein Leben lang sich wie ein Orthodoxer trug, das war ein Zugeständnis an seine Frau, die fromme Schwester des frommen Mechzio. Nun war Mechzio fort. Und hätte er sich nicht zum Beitritt zu dem Schweinekonsortium entschlossen, hätte Schabse sich ein Vergnügen daraus gemacht, das Abscheren seines Bart- und Schläfenhaars vor seiner Frau als Strafe für die Flucht ihres Bruders auszuspielen. Das würde sie hingenommen haben, die duldsame Schwester Mechzios, die ja die Frömmigkeit ihres Mannes im Laufe der Jahre richtig einzuschätzen gelernt hatte. Sie seufzte mitunter, und damit hatte es sein Bewenden. Aber mit dem Schweinehandel war das eine andere Sache. Das wußte Schabse sehr wohl. Er hatte ein paar Wochen Zeit gehabt, sich zu überlegen, ob er den Antrag des ihm befreundeten ukrainischen Selchers annehmen sollte. Den Widerspruch und den Zorn seiner Frau hatte er in das Kalkül rechtzeitig einbezogen und vorweggenommen. Aber wie ihn Lubasch jetzt an seine Frau erinnerte, sah Schabse in diesem Augenblick nicht seine bekümmerte Frau. Er sah in diesem Augenblick seinen Sohn, den Kleinen, den Schriftgelehrten. Wie wird Schlojmele das aufnehmen? Was wird mein Schlojmele sagen? Diese Frage hatte der listige Pferdehändler in dem Kalkül völlig vergessen. Und jetzt brach ihm darüber in der Kühle des Abends der Schweiß aus. Schlojmele wird das nicht hinnehmen. Sein kleiner Sohn war der Mutter nachgeraten, aber ein stiller Dulder wie seine Mutter war er nicht. Er war ja auch *sein* Sohn, der kleine Schriftgelehrte. Gott sei Dank. Es sind schlechte Zeiten für stille Dulder ausgebrochen. Seine Kinder sollen keine Mechzios werden. Um Kalman, den älteren, brauchte er sich nicht zu sorgen. Der wird auf der Seite des Vaters sein. Aber was wird *ihr* Liebling sagen? Dein Sohn und mein Sohn, so ging das Spiel im Hause Schabses seit Jahren. Er spielte mit. Aber er wußte sehr wohl, daß es ein Spiel war. Welcher von den Söhnen mein Liebling ist, das soll die Frau nie erfahren. Er, Schabse, wußte es besser. Er spielte das Spiel, weil es ihm Spaß machte, auch in seinem eigenen Haus die Künste des Roßtäuschers zu üben, sich selbst und seine Nächsten zu foppen und zu täuschen.

Die Füchse waren bereits schwankende Schatten im Lauf auf der grauen Chaussee, als Schabse wieder aus seinen Gedanken aufschreckte. An den Lichtzeilen der Häuser in Janówka sah er nun, daß indessen Nacht geworden war. »Ich habe für den Heimweg den Sitz nur für eine Person gemacht«, sagte er mit schwacher Stimme zu Lubasch.

»Er fängt schon wieder an!« schrie Lubasch in die Nacht hinaus.

»Ich habe mir nämlich gedacht«, setzte Schabse mit schwacher, sanfter Stimme fort, »es hat keinen Sinn, daß wir beide hier die Nacht nicht schlafen. Wir werden uns abwechseln.«

»Sehr gut«, beeilte sich Lubasch, Schabse zuzustimmen. »Geben Sie mir jetzt die Zügel und legen Sie sich ein bißchen hin. Sie scheinen ja sehr müde zu sein.«

»Nein, Herr Lubasch«, sagte Schabse, »in der Nacht gebe ich die Pferde niemals aus der Hand. Es sind gute Pferde, aber in der Nacht – was weiß man –, ein Hase huscht über den Weg, ein Pferd wird scheu, der Kutscher ist eingenickt und man liegt in einem Graben. Nein, Herr Lubasch, wir machen das so: wir essen eine Kleinigkeit – oder haben Sie schon zu Abend gegessen?«

»Nicht einen Bissen«, sagte Lubasch, »ich bin soviel herumgelaufen in der Stadt. Ich habe nicht einmal richtig zu Mittag gegessen. Haben Sie was mitgenommen?«

»Ich denke, wir werden jetzt eine Kleinigkeit essen. Dann legen Sie sich hin, und mit dem Licht des Morgens wecke ich Sie. Dann schlafe ich ein wenig. Dort im Körbchen, sehen Sie, hinterm Sitz, da habe ich was mit.«

Schabse hielt die Pferde an, nahm das Körbchen, das ihm Lubasch reichte, und verteilte die mitgebrachte Wegzehrung. Er hatte ein gebratenes Huhn, saure Gurken und einen Laib Weißbrot. Mit großer Geschicklichkeit zerriß Schabse das Brathuhn genau in zwei ungleiche Teile, reichte Lubasch die kleinere Portion, und sie aßen schweigend in der Stille der Nacht.

»In Janówka«, sagte Schabse, als sie das Abendbrot verzehrt hatten, »trinken wir einen Schluck Bier, und dann können Sie sich hinlegen.«

In der Schenke in Janówka war noch Licht. Schabse hielt vor der Tür und bestellte zwei Krügel Bier durch lauten Zuruf zum Fenster der Schenke hinein. Erfrischt und dankbar übersiedelte nun Lubasch wieder auf den Hafersack, den er diesmal als Kopfkissen benutzte, und streckte sich, so gut es ging, im Wagen aus. In schnellem Trab verließen sie Janówka, und Schabse fühlte sich bald erleichtert, als er merkte, daß sein Reisegefährte eingeschlafen war. Nun konnte er mit seinen Sorgen allein sein. Und die Sorgen ließen nicht lange auf sich warten. Wie Bluthunde auf einen wilden Eber, so stürzten sie sich auf Schabse. Und wie ein wilder Eber verteidigte sich Schabse.

Es war eine wolkige, sternenlose Nacht. Auf den Feldern sägten die Grillen ihre metallene Musik. Aber Schabse hörte sie nicht. Er fuhr an dunklen Wäldern vorbei. In den Wäldern sangen die Nachtigallen. Aber Schabse hörte sie nicht. Er fuhr an Flüssen und Sümpfen vorbei. In den Sümpfen quakten die Frösche. Aber Schabse hörte sie nicht. Um Mitternacht hielt er in einem nachtschlafenen Dorf an einer Tränke. Er gab den Pferden zu essen und zu trinken, aber er selber ging rastlos im Kreis um den Wagen und um das Gespann herum. Erst als die Pferde ihre Hälse senkten und an der Grasstelle zu zupfen und zu rupfen begannen, wurde Schabse inne, daß seine Pferde zu Ende gefuttert hatten. Er stieg schnell auf seinen Sitz. Und die Angst und die Sorgen saßen wieder neben ihm. Es kam ein Dorf und noch ein Dorf. In einem krähten bereits die Hähne ihren goldenen Ruf vor Sonnenaufgang, aber er hörte sie nicht. Die Pferde liefen in fleißigem Trab. Er brauchte sie nicht anzutreiben. Auf ihrem Heimweg sind alle klugen Pferde fleißig. Als Schabse wieder Augen für sie hatte, waren sie wieder Füchse im Lauf auf besonnter Straße.

Auch Lubasch erwachte, rieb sich die Augen, gähnte einen Morgengruß und sagte: »Wir sind ja bereits in Dobropolje! Warum haben Sie mich nicht geweckt?«

»Ich weiß nicht«, sagte Schabse mit heiserer Stimme. »Es war eine kurze Nacht«, fügte er staunend hinzu. »Eine sehr kurze Nacht.«

Schabse mußte sich darüber sehr wundern. Denn wie die meisten Menschen, die noch nie eine Nacht in Angst und Sorgen verbracht hatten, glaubte auch er, solche Nächte wären lang. Nun wußte er es anders. Und er hatte recht. Denn was immer man gegen Angst und Sorgen einwenden mag, langweilig sind sie nicht. Die von langen schlaflosen Nächten voll Sorge und Angst erzählen, haben sicher noch nie eine solche Nacht durchwacht. Sonst wüßten sie, daß solche Nächte kurz, erstaunlich kurz sind.

»Verstehen Sie etwas von Schweinen?« fragte Schabse nach einer Weile. Sie waren bereits in der Breiten Gasse von Dobropolje.

»Ich? Warum?«

»Ich werde zwei Einkäufer brauchen. Für Dobropolje und Umgebung. Sie könnten dabei etwas verdienen. Das heißt: wenn Sie etwas von Schweinen verstehen.«

»Ich soll Ihnen Schweine einkaufen?« schrie ihn Lubasch an. »Sie vergessen, scheint es, daß ich ein Mensch von Bildung bin, daß ich Matura gemacht habe.«

»Meinetwegen«, sagte Schabse friedfertig und müde. »So wird eben mein Nachbar Onufryj Borodatyj was verdienen. Und mein zweiter Nachbar, Iwan Kobza, wird auch verläßlicher sein als Sie.«

»Lassen Sie mich aussteigen!« schrie Lubasch im Zorn. Und seine Aktenmappe unterm Arm, sprang er aus dem Wagen. »Fahren Sie allein durch das Dorf, Sie auf Ihrem Sitz für eine Person! Ich gehe zu Seiner Hochwürden, dem Herrn Kanonikus Rogalski. Er hat schon einmal einen Juden in der Stadt getauft. Wenn ich ihm erzähle, daß Sie sich Ihren Bart und Ihr Schläfenhaar haben scheren lassen und ein Schweinehändler geworden sind, wird er das als Ihren ersten Schritt zur Bekehrung ansehen. – Guten Morgen, Herr Punes!«

6

Schabse hatte dem Gemeindeschreiber den Antrag gestellt, bei dem Schweineeinkauf mitzutun, in der Absicht, ihn vorläufig zur Verschwiegenheit zu verpflichten. Er wollte erst sehen, wie seine Familie, vor allem sein kleiner Sohn, die Veränderung in seinem Aussehen aufnehmen würde. Aber müde und überreizt wie er war, hatte er sich's mit Lubasch vollends verdorben, und nun mußte er es gewärtigen, daß im Laufe des Vormittags das ganze Dorf von seinem bevorstehenden Schweinehandel wissen würde. Nun beschloß er, das nicht erst abzuwarten. Kaum vor seinem Haus angekommen, während er die Pferde vom Weg zu seinem Gehöft einlenkte, rief er mit überlauter Stimme zu seinen zwei Nachbarn, Iwan Kobza und Onufryj Borodatyj, sie möchten doch gleich herüberkommen, er hätte mit ihnen zu reden. Die Nachbarn beeilten sich, der Aufforderung zu folgen. Er wird ein Stück von seinem Gemüsegarten verkaufen, dachte Kobza. – Er wird einen Teil seiner Weide verpachten, dachte Borodatyj. Sie waren aber nicht sehr enttäuscht, als er ihnen, indes er die Pferde ausspannte, von dem Schweinekonsortium erzählte und beide zur Mitarbeit als Sachverständige und Einkäufer für Dobropolje und Umgebung aufforderte. Sie waren nicht enttäuscht; aber sie zögerten; sie bedachten sich; sie fragten und waren sich beide darin einig, daß man so etwas nicht übereilen könnte; sie müßten erst mit ihren Weibern sprechen – genau wie es Schabse erwartet hatte. Mit dem Einkauf hatte es ja ohnehin Zeit, sicher ein paar Wochen, vielleicht sogar zwei Monate. Es lag ihm ja auch vorläufig nur daran, auf diese Weise seine Familie vom Fleck weg mit dem Schweinegeschäft zu überrumpeln. Das gelang ihm so gut – oder so schlimm –, wie er es erwartet hatte.

Die zwei Nachbarn waren noch nicht in ihre Häuser getreten, um ihren Weibern die Neuigkeit mitzuteilen, als Frau Punes mit ihren zwei Kindern aus dem Hause hervorgestürzt kam; die Kinder waren noch nicht ganz angekleidet, denn der Tag war schulfrei, die großen Ferien hatten begonnen. Sprachlos zunächst, Scham und Bestürzung auf den Gesichtern, betrachteten sie die gerupfte Physiognomie des Heimgekehrten.

»Was hat er getan?!« sagte leise der jüngere Sohn Schabses und nahm die Hand seiner Mutter.

»Du willst mit Schweinen handeln? Du?« sagte die Mutter.

»Ja!« schrie Schabse. »Paßt dir das vielleicht nicht?! Kannst du mir vielleicht sagen, wo dein Bruder ist?! Dein frommer Bruder, der Vagabund?!«

»Du willst mit Schweinen handeln? Du?« wiederholte die Mutter und hielt ihren älteren Sohn fest, der eben im Begriff war, zu seinem Vater hinzugehen. »Das Böse, das ich geträumt habe in dieser Nacht, das Böse, das ich geträumt habe in der gestrigen Nacht, alles Böse, das ich geträumt habe in allen bösen Nächten meines Lebens, wird auf deinen Kopf fallen«, sprach die Mutter wie die Formel einer Beschwörung, und sie packte ihre zwei Söhne und zog sie hinter sich zur Küche hinein.

Schabse blieb eine Weile versteinert auf dem Platz. Dann ging er in den Stall und versorgte die Pferde. Hernach kehrte er zu seinem Wagen zurück und holte sich die Geschenke, die er – wie es seine Gewohnheit war – aus der Stadt auch diesmal mitzubringen nicht versäumt hatte. Müde und sichtlich verwirrt ging er, drei Päckchen in den Händen, in das Haus. Er hatte einen Blusenstoff für die Mutter, eine Krawatte für den älteren, bald dreizehnjährigen Sohn und ein Buch für den kleinen. Er legte das in Papier eingeschlagene Geschenk für seine Frau auf den Küchentisch, übergab das schmale Schächtelchen mit der Krawatte seinem Sohn Kalman, der es sogleich auszupacken begann, und war eben im Begriffe, das dritte Geschenk seinem kleinen Sohn anzubieten, als dieser, rücklings gegen die Tür ausweichend, mit unerschrockenen Augen seinen Vater zurückwies und, wie er es gestern vor Lubasch getan, mit klarer Stimme den Spruch aufsagte: *Mit Abscheu sollst du es verabscheuen. Mit Haß sollst du es hassen. Denn unrein ist es!*

»Es ist ein Buch!« sagte der Vater mit weinerlicher Stimme.

»Es ist unrein«, sagte der Kleine.

»Es ist eine hebräische Grammatik, Schlojmele!«

»In deiner Hand ist sie unrein!« schrie der Kleine und brach in Tränen aus. Er hatte sich schon immer die Grammatik gewünscht.

Schabse griff nach seinem Sohn, verfehlte ihn, und Schlojmele rannte zur offenen Tür hinaus. Vor dem Haus blieb er eine Weile stehen, dann setzte er, als hätte er ein Ziel gefunden, seinen Lauf fort. Er lief zunächst über die Gasse, dann machte er kehrt und fing an, in der Richtung der Groblja zu rennen. Er war nur halb bekleidet, in kurzen Höschen, ein Käppchen auf dem Kopf und barfüßig. Leise in sich hineinweinend, lief er mit nackten Füßen über den noch taukühlen Staub der Groblja. Als er nahe der Stelle war, wo Lipusch umgebracht wurde, erschrak er so, daß er zu weinen aufhörte. Er schloß die Augen und überlegte einen Augenblick, ob er nicht umkehren sollte. Er bezwang sich aber und ging behutsam, Fuß vor Fuß setzend, an der gefährlichen Stelle vorbei. Da hörte er Lipusch schreien. Ohne es zu wissen, schrie er nun mit seiner eigenen Stimme und rannte mit aller Kraft die Groblja hinunter. Als er den Gazon hinter sich wußte und den Kleinen Teich schon sah, war ihm plötzlich so leicht zumute, als hätten ihn Flügel über die Groblja getragen. Schon sah er das Haus Reb Wolfs. Er war gerettet.

Der kleine Sohn des Pferdehändlers war das einzige Wesen im Orte, das Welwel Dobropoljer nie mit diesem Namen, nie »Herr Gutsbesitzer«, nie »Herr Mohylewski« nannte. Mit einem feinen Gefühl für geistige Würde, das einem frommen Kind nicht selten eigen ist, nannte der kleine Sohn Schabses Welwel Dobropoljer nie anders als »Reb Wolf«. Und mit dem sicheren Instinkt eines Kindes hatte er es längst herausgefunden, daß es Welwel Dobropoljer sehr recht so war. Für Schlojmele war Welwel der fromme Talmudgelehrte, der Hüter der Jüdischkeit, der Beschützer aller Juden in Dobropolje. Und so lief er in der Not seines Herzens zum Beschützer der Juden, zu seinem Reb Wolf.

Im Hause war alles still, alle Fenster noch verhängt. Die Steinplatten der Auffahrt waren schon warm von der Morgensonne und taten den nackten Füßen wohl. Eine Weile blieb er auf den warmen Platten stehen. Da sah er, daß die Küchentür bereits aufgesperrt war. Leise ging er hinüber. Die Küche war leer. Er ließ sich auf der Schwelle der Küche nieder und wartete. Nach einer Weile kam vom Blumengarten her Pesje. Sie hatte einen Blumenstrauß für ihre beste Freundin, für Bielaks Tochter, geschnitten.

»Was machst du hier so früh, weh ist mir?«

Das Kind erhob sich und lief ihr schnell entgegen. Pesje streckte ihre Arme aus. Aufschluchzend lief der Knabe in Pesjes offene Arme hinein.

»Mein – Vater – ist ein – Schweinehändler – geworden«, brachte er unter Schluchzen hervor.

»Wer hat dir das gesagt, du närrisches Kind?«

»Er ist eben heimgekommen. Er hat sich den Bart und die Schläfenlocken abscheren lassen. Und jetzt ist er ein Schweinehändler.«

»Komm«, sagte Pesje, »komm. Aber du darfst nicht weinen. Alle schlafen noch.«

Der Knabe hörte sofort zu weinen auf und folgte Pesje in die Küche.

»Hast du schon gefrühstückt, mein Kind?«

»Nein«, sagte Schlojmele. »Wir waren eben aufgestanden. Die Mutter war gerade dabei, Feuer zu machen. Da kam er aus der Stadt zurück und schrie zu Iwan und zu Onufryj, und jetzt werden sie alle drei Schweine einkaufen.«

»Setz dich«, sagte Pesje, »setz dich. Ich werde dir gleich ein Frühstück machen.«

»Wo ist der junge Herr?« fragte Schlojmele.

»Er schläft noch. Du weißt ja, Panjko ist so krank, und Alfred ist jede Nacht bei ihm und kommt erst morgens nach Haus.«

»Ich weiß«, sagte Schlojmele und seufzte tief. »Und Reb Wolf?«

»Reb Wolf wird bald aufstehn.«

»Ich will mit Reb Wolf sprechen«, sagte der Kleine.

»Was willst du ihm sagen?« fragte Pesje.

»In Kozlowa ist eine Talmudschule. Reb Wolf wird mich nach Kozlowa in die Talmudschule schicken. Das will ich ihm sagen.«

»Hast du Schokolade gern?« Pesje stellte ein Töpfchen heißer Schokolade auf den Tisch und rückte einen Stuhl für Schlojmele hin.

»Das ist Schokolade? Schokolade kann man trinken?«

»Ja«, sagte Pesje, »so wie Kaffee. Schmeckt's dir?«

Der Knabe hatte den ersten Schluck genommen. Er hielt inne und sah Pesje begeistert an.

»Ob's schmeckt! Es schmeckt wie –«

»Wie was?« wollte Pesje wissen, beglückt darüber, daß der Knabe nun offenbar alle seine Nöte vergessen hatte.

»Es hat den Geschmack des Gan Eden. Es schmeckt wie Manna.« Und im Tone, in dem singenden Tone des Lernens erklärte der Talmudschüler der Versorgten Pesje den Geschmack der flüssigen Schokolade: »Von der Manna heißt es, daß sie geschmeckt hat wie *zapichit bid'wasch.* D'wasch heißt Honig. *Zapichit bid'wasch* heißt: Zapichit in Honig. Was Zapichit ist, weiß man nicht. Ich habe meinen Rebbe gefragt, und mein Rebbe hat gesagt: das weiß man nicht. Aber jetzt weiß ich: Zapichit ist flüssige Schokolade.«

Nachdem er schmatzend das letzte Restchen vom Töpfchen getrunken und vom Löffelchen abgeschleckt hatte, sagte Pesje: »So, mein Kind. Jetzt nehm' ich dieses Körbchen, siehst du, das ist das Frühstück für Panjko. Ich muß jetzt zu dem armen Panjko. Und du wirst mit mir kommen.«

»Ich will auf Reb Wolf warten«, sagte Schlojmele.

»Du bist doch ein kluges Kind«, sagte Pesje. »Du weißt, Alfred und Reb Wolf sind in Trauer jetzt. Wir haben alle so viele Sorgen.

Reb Wolf kann dich nicht so einfach wegnehmen und wegschicken. Ich werde mit Alfred sprechen. Alfred wird mit Reb Wolf sprechen. Reb Wolf wird mit deinem Vater sprechen und mit deiner Mutter. Wart ein paar Tage. Warte und sag gar nichts zu Hause. Wie wenn nichts geschehen wäre.«

Sie waren bereits auf dem Wege, und Schlojmele versprach, zu Hause nichts von seinem frühen Besuch bei Pesje zu erzählen.

»Und wenn du wieder einmal so früh aufstehst, mein Kind«, sagte Pesje zum Abschied, »kannst du immer zu mir in die Küche kommen, und ich werde dir immer eine Schokolade kochen.«

Der Knabe ging guten Muts nach Hause. Vor dem Haus auf der Lehmbank saß die Mutter. Sie saß aber nicht, wie sie sonst vor ihrem Hause zu sitzen pflegte. Sie saß ruhig, aber mit wandernden Augen da, als erwarte sie jeden Augenblick, daß jemand komme und sie von hier weit wegführe. Im Hause murmelte Schabse das Morgengebet. Gegen seine sonstige Gewohnheit betete er an diesem Morgen fast so lange wie Reb Wolf.

ZWEITES BUCH

ZWEITES BUCH

1

Alfred hatte die erste Bekanntschaft mit dem Tode gemacht. Obschon er ohne Vater aufgewachsen war, dachte er an den Tod seines Vaters nur selten. Sein Vater war im Krieg gefallen, und die Mutter hatte dem Kinde viel von dem Vater erzählt, der in den Krieg gegangen war und nicht mehr heimgekommen. Das war eine Erinnerung aus der Kinderzeit, im Bereich der Märchen zurückgeblieben wie alles, was er aus der Kinderzeit noch erinnern konnte. Nun war der Tod in die Wirklichkeit seines Lebens getreten. Es war seine erste Bekanntschaft mit dem Tode. Die Bekanntschaft mit dem Tode machen wir alle, wenn wir zum ersten Mal in unserm Leben ein nahes, geliebtes Wesen verlieren. Die Bekanntschaft kann eine tiefe, echte, sie kann eine oberflächliche, eine flüchtige sein. Das hängt zumeist von dem Alter ab, in dem wir die erste Bekanntschaft mit dem Tode machen. Trifft sie uns in dem Alter, da wir schon reif geworden sind und also an unsern eigenen Tod denken, kann die Bekanntschaft eine flüchtige werden. Denn der Mensch, der in reifen Jahren an seinen Tod denkt, ist oft wie ein Reicher, der seine Verarmung gewärtigt und fürchtet: er wird den Armen, der die Hand ausstreckt, abweisen, weil er sich selbst schon zu den Armen zählt. Begegnet uns aber der Tod in den Jahren, da wir wohl schon alt genug sind, um uns Gedanken über den Tod zu machen, aber noch jung genug, um an den eigenen Tod nicht zu denken, so werden wir vielleicht mit dem Tode in eine tiefe Beziehung geraten, die im Leben nicht aufhören wird, eine erschreckend innige zu sein.

Alfred war noch jung, sein Herz noch reich genug, um den Tod seines kleinen Freundes ohne Furcht vor dem eigenen Tod zu erleben. So wurde seine erste Bekanntschaft mit dem Tod eine sehr innige. Obgleich er in Rembowlja von der Lehrerin Rakoczywna die ganze entsetzliche Wahrheit über den Tod des kleinen Lipusch erfuhr – denn selbst die Kinder im Dorf wußten, was geschehen war, und sie erzählten es ohne Befangenheit in der Schule –, nahm er das Entsetzliche nicht mit den Nerven auf, sondern mit dem Herzen. Das heißt vor allem: er flüchtete sich mit dem Schmerz über das Nicht-mehr-Sein des geliebten Knaben nicht in die Verzweiflung über das Geschehen. Sein Herz war dem Troste nicht zugänglich, und es wollte es nie werden. In der schmerzlichen Erkenntnis, daß dies das einzige Mittel sei, den kleinen Freund ohne Lug, wenn auch freilich nicht völlig ohne Trug, in dieser Welt sich zu erhalten, wünschte Alfred, sich seinen Schmerz in aller Schärfe, aller Frische, aller Schwere fürs Leben zu bewahren. Dieser Herzenswunsch gab ihm die Kraft und auch äußerlich die Haltung, die es ihm noch möglich machten, an der Trauer mit der Fürsorge um die Trauernden teilzunehmen. Zum Erstaunen seines Onkels Welwel, der, Schlimmes befürchtend, Alfred gleich nach dem Begräbnis schleunigst nach Wien schicken wollte.

Die ersten Tage vergingen Alfred mit der Sorge um den schwer-kranken Panjko. Sein gebrochenes Bein hatte eine offene Wunde, die zu eitern begann, und der herbeigerufene ukrainische Arzt, Dr. Chramtjuk, war der Ansicht, das Bein müßte amputiert werden. Aber Panjko wehrte sich dagegen mit einer Verbissenheit, der kein Zureden gewachsen war. Nach einigen Tagen sah es so schlimm um Panjko aus, daß der ukrainische Arzt ihn aufgab. Aber Alfred ließ zwei andere Ärzte holen, und nach einer Woche sah es so aus, als ob Panjko mit dem Leben davonkommen und auch das Bein retten sollte. Die Fürsorge um Panjko teilte mit Alfred vor allem Pesje. Sie kochte die leichte Diät für den Kranken, und beide – Alfred und Pesje – lösten einander ab in der Nachtwache am Krankenlager, denn die Mutter Panjkos zeigte sich völlig hilflos in ihrer dumpfen Bestürzung. Sie hatte zwei Söhne, der jüngere war im Militärdienst, und nun lag der ältere, wie sie glaubte, im Sterben.

Es war aber auch Jankel, der Alfred Sorgen machte. Der alte Mann war völlig gebrochen. Seine Hände zitterten, das Gesicht war wächsern und sein Bart dünn geworden. Er blinzelte mit den Augen, und wenn man zu ihm redete, legte er eine Hand ans Ohr und fragte: »He?« – Der alte Jankel war ein hilfloser Greis. In den sieben Tagen, da Awram Aptowitzer und sein älterer Sohn am Boden auf Schemeln saßen und in Asche getauchte Eier aßen, sorgte Alfred auch für die Zusammenstellung einer Betgemeinschaft im Trauerhaus, und er er-kundigte sich bei seinem Onkel, ob es ihm, Alfred, erlaubt wäre, das Totengebet für Lipusch zu sagen. Welwel verneinte aber die Frage, da doch Lipusch einen Vater und einen Bruder hatte, die dreimal am Tage das Totengebet für ihn sagten.

Nach den Sieben Tagen veranstaltete Alfred eine ständige Betgemeinschaft in Großvaters Zimmer fürs ganze Trauerjahr. Es war nicht leicht, an Wochentagen die zehn Mann zusammenzubringen, aber Alfred scheute keine Mühe, und es war seltsamerweise der alte Jankel, der ihm dazu zuredete, obwohl es in den Dörfern, weil meistens nicht möglich, auch nicht üblich war, an Wochentagen die Trauergebote genau zu befolgen. Mit dem Brenner und seinen kurznackigen Söhnen waren sie schon auf dem Gutshof neun Mann, da ja Dawidl Aptowitzer als ein nunmehr Dreizehnjähriger im Bethaus als Erwachsener galt. Es fehlte also meistens nur ein Mann. Zum Glück war ja Salmen, der Lehrer, da. Doch konnte nicht immer mit der Vollzahl der Brennersleute gerechnet werden, denn die Söhne des Brenners waren emsige Bauern, die mit ihrer Zeit kargten, und Alfred mußte oft am Abend den Eisenschimmel vorspannen lassen und ins Dorf fahren, um den zehnten Mann zu sichern; meistens war es Judko Segall, der kleine Levite.

Mechzio war, wie wir wissen, verschwunden. Welwel Dobropoljer hatte auf den Wunsch Alfreds überall in den Dörfern und auch in der Stadt, nach Mechzio fragen lassen, aber nirgends hatte man einen Mann gesehen, der eine Tuchmütze mit Schild auf dem kranken Kopf trug. Alfred ließ auch täglich beim Pferdehändler nachfragen. Er hatte Mechzio mitzuteilen, daß es mit dem Frondienst bei seinem Schwager zu Ende war; denn noch in Rembowlja, gleich nach dem Begräbnis, hatte Jankel plötzlich geäußert: »Ich werde Mechzio zu mir nehmen … Ich kann nicht weiter so allein sein.«

Wie alle Trauernden lebte nun Alfred in der Vergangenheit. Wie alle, die in der Vergangenheit leben, verlor auch Alfred jegliches Interesse an der Wirklichkeit, die – soweit sie nicht mit Lipusch zusammenhing – leer geworden war, ohne Inhalt, ohne Farbe. Er wurde pedantisch fromm. Wohl hatte er im Lauf des Jahres, neben seinem frommen Onkel lebend, schon längst die Gewohnheit angenommen, dreimal am Tag sich zum Gebet zu stellen, aber bis nun war es eine Gewohnheit, eine Übung, eine feinfühlige Anpassung an die Gewohnheiten seines Gastgebers, in dessen Hause er lebte. Jetzt, nach dem Tode seines kleinen Meisters, dessen betende Amen-Stimme noch in Großvaters Zimmer todstillschweigend lebte, zweimal am Tag ins Leben gerufen namentlich von den Betenden, in deren trauerndem Geflüster und Gemurmel die reinste Stimme zweimal am Tage so schmerzlich fehlte, daß sie nun erst recht über allen Gebeten in Großvaters Zimmer dominierte –: jetzt erst vermochte sich Alfreds Stimme mit der Stimme des kleinen Lipusch im Gebet zu vereinigen. Er empfand es wenigstens so, und seine trauernde Frömmigkeit steigerte sich von Abendgebet zu Abendgebet bis zur Beunruhigung seines Onkels. Der Tod ist der größte Missionar. Das wußten alle Priester, die echten und die falschen, alle Theologen, die echten und die falschen, alle Religionen, die echten und die falschen. Aber Welwel Dobropoljer gefiel diese Frömmigkeit Alfreds nicht. An den Abenden, nach dem letzten Totengebet des Tages, blieb Alfred mit Awram Aptowitzer in Großvaters Zimmer, und während der unglückliche Vater über Büchern sich beugte und schaukelte, deren Lesen und Studieren dem Trauernden geziemt, saß Alfred still in einer Ecke und starrte stundenlang in das Totenlicht, das in einem Glas voll Öl für den toten Knaben im Betraum brannte. Und in mystischem Erschauern sah Alfred im Totenlicht die Seele des zur Heiligung des Namens gemordeten Kindes.

Eines Abends – es war zum Beginn der dritten Trauerwoche – sagte Awram Aptowitzer in Großvaters Zimmer zu Alfred: »Morgen muß ich nach Kozlowa zu meiner Frau.«

Im schwachen Schein des Totenlichts sah Alfred das bleiche Gesicht des trauernden Vaters. Es lag aber diesmal nicht bloß Trauer auf dem Gesicht des Kassiers, sondern Angst und schmerzliche Enttäuschung.

»Ist es – soweit?« fragte Alfred, sein Herz hörte sekundenlang auf zu schlagen: auch auf seinem Gesicht war der Ausdruck von Angst und von Enttäuschung, wie auf dem Gesicht des Vaters.

»Ja«, sagte Aptowitzer.

»Ein – Mädchen«, sagte Alfred.

»Ein – Mädchen«, sagte Aptowitzer.

Sie sahen einander an und sie schwiegen. In diesem Augenblick haßte Alfred den Kassier. Er haßte den Vater, der Angst hatte vor der Mutter, die in ein entleertes Haus heimkehren und fragen und klagen und anklagen würde: Was habt ihr mit Lipusch gemacht? Wie habt ihr meinen Schatz gehütet? Zerbrochen, zertreten, die Krone meines Lebens! –

Es war Pesje, die schon in Rembowlja, nach dem Begräbnis, die Mutter so klagen und jammern gehört hatte, und Alfred fürchtete sich vor der heimkehrenden Mutter. Jetzt sah er, daß auch der Vater des Kindes sich fürchtete, und plötzlich wurde er sich dessen bewußt, daß sie beide schuldig waren – der Vater und er selber. Beide waren sie schuldig! Der Vater, der Lipusch an jenem Sonntag um Kirsch zur Schenke geschickt hatte; und er, Alfred, der keine Zeit gehabt hatte, mit Lipusch in den Wald spazierenzugehen. Auch in der Enttäuschung, das sah er jetzt, war er mit diesem trauernden Vater verbunden, der offenbar im stillen auch gehofft hatte, es würde die Mutter mit einem neugeborenen Sohn heimkommen – mit einem Ersatz für Lipusch. Und er haßte den Vater, der sich mit einem Ersatz für Lipusch zu trösten gehofft hatte, mit einem Ersatz für das Unersetzliche, weil er selber unter solchen heimlichen und vermessenen Trostgedanken zu leiden und sich zu schämen hatte.

2

Am Sonntag der dritten Trauerwoche war der Verwalter von Daczków, Herr Krasnianjski, bei Jankel zu Besuch. Alfred, der bereits soviel von dem bewährten Freunde Jankels gehört hatte, wurde ihm nun vorgestellt. Der Verwalter von Daczków war viel jünger, als Alfred ihn sich ausgemalt hatte. Er war kaum älter als Welwel Dobropoljer und sah noch jünger aus. Er war ein Mann von großem und kräftigem Wuchs, mit blauen Augen und einem buschigen, rotblonden Schnurrbart, der ihm wie ein Hufeisen den breitlippigen Mund einklammerte. Trotz seinem großen Wuchs bewegte er sich in Jankels geräumigen Zimmer mit nahezu eleganter Leichtigkeit. Es fiel Alfred auf, daß der Verwalter von Daczków sich vor Jankel wie ein verliebter Schüler vor einem verehrten Lehrer betrug. Alfred blieb nicht zu lange im Zimmer, denn er hatte den Eindruck, daß die beiden Männer Wichtiges zu besprechen hatten. Auch fühlte er sich vor dem fremden Mann verlegen, weil er nur mangelhaft Polnisch verstand und den Eindruck hatte, daß der alte Jankel in diesem Moment gewünscht hätte, diesen Mangel Alfreds zu verheimlichen. Er verabschiedete sich also nach dem Austausch einiger Höflichkeiten und ließ die beiden Männer allein.

Dem alten Freunde gelang es seltsamerweise, den zusammen-
gebrochenen Jankel wieder aufzurichten. Nachdem der Gast wieder
abgereist war, machte Jankel in sonntäglich ausgeglänzten Stiefeln
einen Rundgang um die Ökonomie, besprach mit Domanski die
Arbeit der kommenden Woche, gab Anordnungen für den Tennen-
meister, dann ging er, langsam und noch etwas schwankenden Schrittes, aber nicht mehr so kläglich gebeugten Rückens, durch Pesjes
Garten zu Welwel hin und sagte ohne Einleitung: »Du, Welwel, du
mußt sehen, wie du den Jungen für eine Zeit hier wegbringst. Und
sehr bald.«

»Das habe ich die ganze Zeit schon versucht. Er sagt: morgen. Er
sagt: nächste Woche. Und bleibt. Am Dreißigsten ist der Geburtstag
seiner Mutter, heute haben wir schon den Achtundzwanzigsten.
Sprich du mit ihm.«

»Es handelt sich nicht um den Geburtstag der Mutter – Wichtigkeit!«

»Dr. Frankl meint, es sei wichtig.«

»Alfred muß für ein paar Wochen verreisen. In seiner Abwesenheit
werde ich hier mit diesem Schuft abrechnen –«

»Mit wem wirst du abrechnen, Jankel?« fragte Welwel erschrocken.

»Mit diesem Schuft, mit dem Mörder, mit dem Herrn Lubasch, mit
diesem –«

»Ach, Jankel, du siehst noch immer nicht, in was für einer Zeit wir
leben. Du glaubst noch immer –«

»Nichts glaube ich. Da! – Lies das!«

Und mit zitternden Händen zog Jankel seine Brieftasche hervor,
entnahm ihr einen schmalen Zeitungsausschnitt und gab ihn Welwel.

»Lies das nur bitte. Dann rede!«

Welwel setzte seine Brille auf und las:

Unser Dobropoljer Berichterstatter teilt uns mit: Bei uns in Dobropolje haben unsere braven Bauern ein Beispiel gegeben, wie man
mit den Juden kurzen Prozeß macht. Wir haben da einen Gutsbesitzer, einen Kaftanjuden. Einen wahren Krösus. Der reiste eines
Tages nach Wien und kam mit einem Neffen heim, den er adop-
tierte und zum Erben seines Riesenvermögens machte. Der deutsche Gelbschnabel, kaum angekommen, erlernte in kurzer Zeit mit
seinem jüdischen Köppele die ukrainische Sprache – bezeichnen-

derweise die ukrainische, nicht die polnische Sprache, obschon Dobropolje eine uralte polnische Gemeinde ist – und begann unter den ukrainischen Bauern monarchistische Propaganda für das Haus Habsburg zu machen. Die Bauern nannten ihn darum gleich Tsisarskyj, der Kaiserliche. Unter der polnischen Bevölkerung trieb dieser freche, kaum siebzehnjährige Judenbengel kommunistische Propaganda, darum nannten ihn die Bauern den Kleinen Trotzki. Unter dem Vorwande, unser braves Bauernvolk, das hier im Grenzlande eine heilige nationale Mission erfüllt, mit den ukrainischen Hochverrätern zu »verbrüdern«, veranstaltete er politische Versammlungen, hielt teils monarchistische, teils kommunistische Reden und hetzte gegen unsere Staatsregierung, die leider noch immer glaubt, die Juden als gleichberechtigte Bürger behandeln zu müssen. Die Geduld unserer christlichen Bevölkerung ist groß, aber sie hat ihre Grenzen. Das zeigten unsere tapferen Landsleute von Dobropolje. Vor zwei Wochen, an einem Sonntag, sollte wieder so eine Verbrüderung stattfinden. Aber diesmal ging es dem Judenbengel schlecht. Diesmal bekam der Hetzer den Zorn des Volkes zu spüren. Ein Steinhagel empfing den Aufwiegler, als er auf dem Gemeindeplatz erschien. Mit gebrochenen Gliedern und ausgetretenen Gedärmen blieb er auf dem Platz. Das Aj-Waj-Geschrei Israels kann man sich wohl vorstellen. W. L.

»Na, was sagst du jetzt?«

Welwel rieb sich mit zitternder Hand die trockene Stirne, die andere Hand hielt den flatternden Zeitungsausschnitt. Er schwieg eine lange Zeit, dann sagte er: »Du glaubst?«

»Ich weiß es.«

»W. L. Das ist unser Gemeindeschreiber? Du weißt es?«

»Ja. Der Mensch mit Matura. Ich weiß es.«

»Woher hast du die Zeitung?«

»Krasnianjski hat sie mitgebracht.«

»Es ist aber nicht erwiesen, daß W. L. unbedingt Wincenty Lubasch heißen muß.«

»Krasnianjski weiß es, er kann es beweisen.«

»Du hättest diesem Schuft die zwei Kühe bewilligen sollen«, sagte Welwel ohne Vorwurf.

»Er hat aber doch keine, Welwel. Er hat doch keine! Er wollte Schabses Kühe in unserem Stall einstellen. Erpressen laß' ich mich nicht. Aber wenn ich gewußt hätte, daß es an dem armen Kinde ausgehen wird ... Ich werde ihm den Boden hier schon heiß machen. Aber erst muß Alfred weg.«

»Jankel, du vergißt –«

»Ich vergesse nichts. Krasnianjski hat mit der Gräfin gesprochen. Er hat ihr erzählt, was hier vorgefallen ist. Sie war außer sich. Sie wird dafür sorgen, daß dieser Schuft versetzt wird.«

»Das ist gut, Jankel. Das ist sehr gut. Misch nur du dich nicht ein.«

»Wenn ich mich nicht einmische, kann die Versetzung von oben Jahre dauern. Man muß ihn hier unmöglich machen.«

»Was willst du tun?«

»Das ist meine Sache. Gib mir den Zeitungsausschnitt wieder!«

Es war ein Ausschnitt aus dem »Podolischen Boten«. Es war der Artikel, den Lubasch während seines Aufenthalts in der Stadt der Zeitung anzuhängen verstanden hatte.

»Hör du, Jankel«, sagte Welwel und sah Jankel eindringlich an, »daß du diesem Schuft im Alten Dorf den Boden heiß machen kannst, daran zweifle ich nicht. Aber das Neue Dorf wird, fürchte ich, auf seiner Seite sein. Ich warne dich.«

»Das wollen wir sehen«, sagte Jankel. »Laß mich nur machen. Du sorg nur dafür, daß Alfred bald für eine Zeit verreist. Er soll nicht dabeisein.«

»Ich werde Dr. Frankl einen Eilbrief schreiben«, sagte Welwel.

»Und ich werde gleich mit Alfred reden.«

»Du zeigst ihm doch nicht den Wisch da, Jankel?«

»Gott bewahre! Alfred darf nichts davon wissen!« sagte Jankel, verwahrte den Zeitungsausschnitt wieder in seiner Brieftasche und ging zur Tür. Aber bevor er die Tür aufklinkte, wandte er sich noch einmal zu Welwel, sah ihn lange mit staunenden Augen an und sagte: »Was sagst du dazu, Welwel? Ein siebzehnjähriger Monarchist –«

»– und ein Bolschewik zugleich –«

»– ein kleiner Trotzki –«

»– der für das Haus Habsburg hier Propaganda macht –«

»Was ist das, Welwel?«

»Das ist schon die neue deutsche Schule, Jankel. Erinnerst du dich, wie ich in Wien, kaum angekommen, auf der Straße eine Zeitung kaufte, um nachzusehen, ob was drin über unsern Kongreß steht?«

»Ja«, sagte Jankel. »Du hast mich gleich ins Hotel zurückgebracht und bist aufgeregt weggegangen. Ich erinnere mich.«

»Ja«, sagte Welwel. »Was in der Zeitung über unsern Kongreß stand, war im Stil dieses Berichts. Erstaunlich ähnlich. Die Delegierten der Agudas Jisroel waren Bolschewiken und Finanzjuden in einem Satz. Genauso wie hier. Jeder Jude ein Magnat und ein Bolschewik zu gleicher Zeit. Erstaunlich ähnlich. Das ist schon die neue Schule.«

»Wo leben wir, Welwel?«

»In der Verbannung, Jankel.«

»Es war aber doch früher anders, Welwel.«

»Es war eine Atempause, Jankel.«

Jankel klinkte die Türe auf und ging schnell hinaus. Er ging zunächst in das Neue Dorf zu dem alten Bielak, dem Gemeindevorsteher. Der alte Bauer war seinerseits sicher, daß der Gemeindeschreiber der Verfasser des Berichtes war.

»Ich habe selber einen Bericht an die Behörden geschickt«, sagte der alte Bielak, »weil ich ja wußte, daß der Herr Lubasch gute Gründe hat, alles zu verdrehen und zu verfälschen. Ich habe auch gebeten, daß man mir den Mann vom Halse schafft. Nur Geduld. Wir werden ihn hier bald weghaben. Was gedenken *Sie* zu tun?«

»Ich werde mit diesem Wisch da von Hof zu Hof gehen, damit alle sehen, was der Herr Lubasch in den Zeitungen schreibt. Mit Ihrer Erlaubnis, selbstverständlich.«

»Mit meiner Erlaubnis, selbstverständlich. Tun Sie das.«

Und Jankel machte sich auf den Weg. Er ging wie ein Briefträger von Gehöft zu Gehöft und las den Artikel vor. Wo einer im Hause des Lesens kundig war, ließ er ihn vorlesen. Er ging erst die Gassen des Neuen Dorfes ab, und als er mit dem Neuen Dorf fertig geworden war, begab er sich, schon müde in den Beinen, in das Alte Dorf. Er erinnerte sich, wie Alfred auf dem Felde so unbändig gelacht hatte, als er ihm erzählte, daß er, Jankel, beinahe ein Briefträger geworden wäre, wenn er ganze neun Jahre dem Kaiser beim Militär gedient hätte, wie es sein Freund, der Feldwebel Belenoc, für richtig gehalten hatte. Nein, er war kein guter Briefträger, der alte Jankel. Er war schon sehr müde, als er langsam über die staubige Groblja zum Alten Dorf ging. Trotzdem setzte er seinen Weg fort. Es war bald Abend geworden, als er vom Alten Dorf heimkam. Er war erschöpft und heiser vom vielen Lesen, aber zuversichtlich und seiner Sache sicher. Er hatte tatsächlich dem Gemeindeschreiber den Boden heiß gemacht, heißer im Alten Dorf, wo die Ukrainer wohnten, denn im Neuen Dorf, wo die Polen wohnten – wie es Welwel richtig vorausgesehen hatte.

3

Am selben Abend, nach dem Totengebet, ließ Welwel Alfred nicht mit Awram Aptowitzer allein. Er blieb in Großvaters Zimmer bei einem Buch, in der Absicht, mit Hilfe des Kassiers, dem er am Nachmittag von dem Zeitungsbericht des Gemeindeschreibers erzählt hatte, Alfred zur schnellen Abreise zu bewegen; denn die Unterredung zwischen Jankel und Alfred, die vor dem Beten in Anwesenheit Welwels in Großvaters Zimmer stattfand, hatte zu keinem klaren Ergebnis geführt. Alfred hatte dem alten Jankel wohl zugesagt, bald nach Wien zu verreisen, doch konnte man es ihm ansehen, daß er noch nicht soweit war, sich von der Stätte des Verlustes wegreißen zu können.

Welwel blätterte in einem Buch, Awram Aptowitzer las ohne Stimme, mit bewegten Lippen, aus seinem Buch der Trauergebete, die Fenster waren offen, nachtkühle Sommerdüfte drangen ein, über der Lampe flatterten taubstumme Nachtfalter, Alfred starrte in das Öllicht, das dem toten Lipusch leuchtete.

Plötzlich sagte Alfred zu seinem Onkel – es hörte sich geradeso an, als ob er Welwel einen Stoß vor die Brust versetzte –: »Du, Onkel! Ich glaube nicht an Gott!«

Gleichzeitig war er aufgesprungen und er sah sich schnell um, als befürchte er, etwas in Großvaters Zimmer zerbrochen zu haben. Als er aber bemerkte, daß sowohl der Onkel als auch Awram Aptowitzer stillschweigend sitzen geblieben waren, setzte er sich schnell wieder, und mit aufgerissenen, erschreckten Augen schwieg er mit den Schweigenden.

»Woher wissen Sie das?« fragte Awram Aptowitzer nach einer Zeit bedrückenden Schweigens, und er sah dabei nicht Alfred, sondern Welwel an.

»Ja, woher weißt du das auf einmal?« wiederholte Welwel mit tonloser Stimme.

»Ich kann nicht beten«, sagte Alfred.

»Konnten Sie denn schon beten?« fragte Aptowitzer.

»Ich glaubte schon beten zu können«, sagte Alfred.

»Und warum glauben Sie es nicht mehr?« fragte Aptowitzer.

»Weil ich beten will und nicht beten kann«, sagte Alfred mit fester Stimme.

»Wer von sich behauptet, er könne beten, der weiß sehr wenig vom wahren Beten. Beten, das heißt: auf dem Altarstein liegen. Völlig als ein Opfer auf dem Altarstein liegen. Wer sich dessen rühmen kann, der war noch nicht einmal im ersten Vorhof«, sagte Aptowitzer.

»Ich habe mich nicht rühmen wollen«, sagte Alfred. »Ich sagte bloß: ich will beten und kann nicht.«

»Warum aber wollen Sie es«, fragte Aptowitzer.

»Weil – weil ich glauben will.«

»Das genügt«, sagte Welwel rasch.

»Das genügt«, wiederholte Aptowitzer ebenso schnell.

»Es genügt zu sagen: Ich will glauben, Sussja«, sagte Welwel.

»Es genügt: Ich will glauben. Mehr kann niemand von sich sagen als: Ich will glauben«, meinte Aptowitzer. Er schloß sein Buch und ging zur Tür. Schon im Begriffe, sich für die Nacht zu verabschieden, kehrte er um und stellte sich vor Alfred hin: »Darf ich eine kleine Geschichte erzählen?«

»Bitte«, sagte Alfred fast feindselig.

»Ein berühmter Rabbi hörte einmal in seiner Stube, wie im Lehrhaus einer seiner Chassidim die Glaubenssätze laut betete und, immer wieder abbrechend, mit sich selbst flüsterte: ›Das versteh' ich nicht. Das versteh' ich nicht.‹ Der Rabbi trat aus seiner Stube ins Lehrhaus und fragte: ›Was verstehst du nicht?‹ – ›Rabbi‹, antwortete der erschrockene Chassid, ›ich bete: Ich glaube im vollkommenen Glauben. Und doch sündige ich. Wie kann das zugehen? Glaube ich wirklich im vollkommenen Glauben, wie kann es sein, wie kann es geschehen, daß ich trotzdem sündige? Glaube ich aber nicht im vollkommenen Glauben, warum sage ich eine Lüge?‹ Der Rabbi antwortete: ›Der Satz: Ich glaube im vollkommenen Glauben, ist ein Gebet. Er bedeutet soviel wie: Ich möge glauben. Ich will glauben.‹ – ›So ist es gut‹, schrie der Chassid auf. ›Möge ich glauben! Schöpfer der Welt, möge ich glauben.‹ – Gute Nacht.«

»Erlauben Sie, daß ich Sie begleite«, bat Alfred, der sich schnell erhoben hatte und hinter Aptowitzer aus Großvaters Zimmer ging. Sie gingen schweigend durch Pesjes schon taunassen Garten. Als sie an der Schmiede vorbeigingen, berührte Alfred mit einer schüchternen Hand Aptowitzers Ärmel und sagte, auf einen Holzblock hinweisend: »Setzen wir uns eine Weile. Ich möchte Sie etwas fragen.« Aptowitzer ließ sich schweigend auf dem Holzblock nieder. Gesenkten Kopfes wartete er Alfreds Frage ab, der seinerseits vergessen hatte, daß er sich auch setzen wollte und schweigend vor Aptowitzer stand. Nach einer Weile sagte Aptowitzer, ohne seinen Kopf zu erheben: »Ich weiß, was Sie mich fragen wollen. Sie wollen Antwort haben auf die Frage: Warum kann es geschehn, daß ein Kind, das doch nicht schuldig sein kann, in so furchtbarer Weise gestraft wird?«

»Ja«, sagte Alfred, »ja, das ist es, was ich wissen will. Woher wissen Sie das?«

»Weil ich selber in all diesen schrecklichen Tagen und Nächten mich ebendas frage, was Sie wissen wollen.«

»Und«, sagte Alfred, »haben Sie eine Antwort gefunden?«

»Haben Sie je das Wort Gilgul gehört?«

»Nein«, sagte Alfred. »Ich höre das Wort zum ersten Mal.«

»Gilgul«, sagte Aptowitzer, »ist unser Wort für das, was Sie Seelenwanderung nennen würden.«

»Sie glauben daran?« fragte Alfred, fassungslos vor Erstaunen.

»Die Chassidim glauben daran«, sagte Aptowitzer.

»Sie sind ein Chassid«, sagte Alfred, »ich weiß. Aber sagen Sie mir: Glauben Sie daran? Glauben Sie an Seelenwanderung?«

»Ich müßte daran auch glauben, wenn ich kein Chassid wäre. Ich habe einen besonderen Grund dazu. Sozusagen einen Familiengrund. In meiner Familie geht das schon, soweit ich sehe, seit drei Generationen so zu. Vielleicht geht das schon seit mehr als drei Generationen so, aber das ist mir nicht bekannt. Ich entstamme nicht einer so ehrwürdigen Familie wie Sie, und so weiß ich nur von drei Generationen. Und in diesen drei Generationen wiederholt sich das immer wieder.«

»Was wiederholt sich«, fragte Alfred.

»In meiner Familie, nicht in der Familie meiner Frau, geht das schon so seit drei Generationen. Es werden Kinder geboren, Knaben und Mädchen, gewöhnliche Knaben und gewöhnliche Mädchen, nicht zu schön, nicht zu häßlich, nicht zu dumm, nicht zu klug, nicht zu begabt, nicht zu unbegabt, gewöhnliche, gute Kinder, wie mein Dawidl – möge er vor allem Bösen bewahrt bleiben. Aber in jeder Generation geschieht es einmal, daß ein Kind geboren wird, das

genauso ist wie Lipale war – möge er in Frieden ruhen. Genauso, sage ich. Äußerlich von ebenmäßiger Gestalt und mit allen guten Gaben des Geistes gesegnet. So war der jüngere Bruder meines Vaters; ich habe ihn nicht gekannt, aber ich kann Ihnen, wenn Sie einmal zu mir kommen, ein Bild zeigen. Sie würden schwören, es sei mein Lipale. Dieselben Augen, dieselbe Stirne, auch die Haarfarbe. Das Kind hieß Samuel und ist im Alter von sieben Jahren an einer Halskrankheit gestorben. Mein eigener Bruder wurde nach jenem verstorbenen Jungen auch Samuel genannt. Auch von ihm habe ich ein Bild. Ich werde es Ihnen zeigen. Er hatte die körperlichen und die geistigen Gaben des Verstorbenen, ein Abbild, möchte man sagen. Dieses Kind ist im Alter von sieben Jahren von einem Pferd erschlagen worden. Wie nun meine Söhne geboren wurden, habe ich mich gescheut, ihnen den Namen Samuel zu geben, weil ich glaubte, das Verhängnis brechen zu können. Aber ein Verhängnis läßt sich nicht brechen. Ich kann Ihnen aber sagen, daß ich keiner Stunde froh werden konnte, seitdem ich es meinem heranwachsenden Kinde ansehen konnte, daß es körperlich wie geistig ein Glied in jener immer wieder abbrechenden Kette werden sollte. Hat man Ihnen schon gesagt, daß ich ein Trinker bin?«
Awram Aptowitzer erhob jetzt den Kopf und versuchte, im Licht des indessen aufgegangenen Mondes einen Blick Alfreds festzuhalten.
»Ja, Sie wissen es. Sie haben mich ja einmal betrunken gesehen, ich weiß es. Meine Frau hat es mir gesagt, und auch Lipusch wußte, daß Sie mich in betrunkenem Zustand gesehen haben. Er hat sich große Sorgen deswegen gemacht, das arme Kind. Ja, ich bin ein Trinker. Schabse, der Pferdehändler, hatte Ihren Onkel informiert, als ich hier angestellt werden sollte. Er hatte ausnahmsweise nicht gelogen, Schabse. Ich bin ein Säufer. Ein Quartalssäufer, wie man das so nennt. Genauso wie unser Stellmacher, der Nazarewicz, Donjas Vater. Wie der Stellmacher ein Quartalssäufer geworden ist, weiß ich nicht. Er war ein Dragoner. Vielleicht hat er das bei den Dragonern gelernt. Ich war aber nicht bei den Dragonern. Ich wußte das in den Jahren nicht so genau, warum mich die Trunksucht alle paar Wochen einmal wie ein tödlicher Feind überfällt. Aber jetzt weiß ich es, und ich denke, jetzt wissen Sie es auch. Ich sage das nicht, um mich zu entschuldigen. Ich weiß, daß ich schuldig bin. Und Sie wissen es auch ... Oder wissen Sie es nicht?«

»Was?« fragte Alfred. Er bedauerte aber gleich die schnelle Frage, denn er wußte es ja.

»Sie wissen nicht, daß ich es war, der das Kind zu den Wölfen geschickt hat an jenem Sonntag? Meine Frau war aus dem Haus, und ich wollte einmal ungestört trinken. Kein zugeteiltes, kein sorgfältig von meiner Frau gestattetes, erbetteltes Maß, ein volles Maß wollte ich trinken. Nun habe ich es, das volle Maß. Wie es mir nach einem unbegreiflichen Ratschluß bestimmt worden war. Ich habe eine Ausflucht gesucht, und eine Ausflucht brauchte ich. Ich habe mich nicht getraut, in das Lichtgesicht meines Sohnes zu blicken. Sooft ich das Kind ansah, sah ich die schwarzen Flügel des Todesengels hinter ihm. Das ging so von Jahr zu Jahr. Können Sie sich das vorstellen? Hätte mich meine Frau nicht daran gehindert, ich wäre kein Quartalstrinker, sondern ein richtiger Säufer geworden. Jeden Tag gelüstete es mich, nach der Flasche zu greifen. Denn in trunkenem Zustand, nur in trunkenem Zustand, konnte ich meines Kindes recht froh werden. Sie haben mein Kind nur ein Jahr gekannt, aber Sie haben mehr Freude an ihm gehabt als ich. Denn in meine Freude war immer Bitterkeit gemischt, und nun bin ich in meiner Ausflucht in die Trunkenheit erst recht in das Verhängnis hineingerannt. Sie haben mich gefragt. Und ich habe Ihnen geantwortet. Und jetzt frage ich Sie: Warum mußte ich auch noch schuldig werden? Können Sie mir eine Antwort geben?«

»Warum beschuldigen Sie sich?« fragte Alfred. »Wir sind alle schuldig. Ich bin auch schuldig. Lipusch wollte an jenem Tage mit mir spazierengehen, und ich habe keine Zeit für ihn gehabt. Der alte Jankel fühlt sich schuldig, weil er Streit mit dem Gemeindeschreiber hatte. Mein Onkel fühlt sich schuldig, weil er diesen Streit nicht zugunsten des Gemeindeschreibers schlichtete. Sie sind nicht mehr schuldig als wir alle.«

Alfred, der noch vor ein paar Stunden selber Awram Aptowitzer beschuldigte, hatte jetzt großes Mitleid mit dem unglücklichen Vater, der viele Fragen so tiefsinnig beantworten konnte und nun völlig gebrochen, in hilfloser Verzweiflung, vor ihm dasaß. Beide schwiegen jetzt eine längere Zeit. Alfred überlegte, ob er nun nicht Abschied nehmen sollte, denn es war so spät geworden, und er wollte noch nach dem kranken Panjko sehen. Er hatte aber nicht die Kraft, Awram Aptowitzer allein seiner Verzweiflung zu überlassen, und er setzte sich auf ein Pfluggestell dem unglücklichen Manne gegenüber.

»Ich habe Ihre Frage nicht ganz beantwortet«, sagte plötzlich Awram Aptowitzer. »Gilgul oder Seelenwanderung, wie Sie sagen würden, sieht auch ein Ende des Verhängnisses vor. Einmal tritt eine Reinigung ein, und das Verhängnis hat ein Ende. Wir wollen hoffen, wir wollen beten, daß zu den drei Generationen nicht eine vierte hinzukommt. Ich muß morgen zu meiner Frau. Sie weiß noch nichts. Und ich weiß nicht, ob sie schon die Kraft hat, die Wahrheit zu ertragen. Ich werde sehen. Ich werde fragen. Ich werde den Arzt fragen. Die Ärzte wissen nicht viel. Wir wissen alle nicht viel. Wir wissen nichts. Wir wissen nichts von uns. Ich wünschte, ich wäre schon dort, wo mein kleiner Sohn ist. Aber ich werde kaum je würdig werden, dort zu sein, wo er ist.«

»Wo?« – Die Frage entschlüpfte Alfred unversehens, und er bedauerte schon, das Wort ausgesprochen zu haben.

»Es heißt in den Schriften der Kabbala, daß Kinder, die hierorts die Tora nicht zu Ende gelernt haben, höheren Ortes weiter in der Tora unterwiesen werden. Wenn je ein Kind dessen würdig befunden wurde, so ist es unser Lipusch, sollte man meinen.«

»Wer unterrichtet die Kinder?« fragte Alfred in einer Art freudigen Schreckens über diese Mitteilung.

»Metatron, der Herr der Gesichter. Der Sar-hapanim unterrichtet die Kinder.«

»Wer ist das?« wollte Alfred wissen.

»Das weiß man nicht. Das heißt: ich weiß es nicht.«

»Aber Sie glauben es?« fragte Alfred.

»Ich glaube es. Das heißt: Sie erinnern sich, was ich Ihnen in Großvaters Zimmer erzählte: ich will es glauben. Ich will es glauben. – Gute Nacht.«

Und Awram Aptowitzer erhob sich und ging schnellen Schrittes seinem Hause zu.

4

Alfred erhob sich nach einer Weile und ging durch die Pappelallee hindurch in der Richtung zur Groblja. Das Gespräch mit Awram Aptowitzer hatte ihm Eindruck gemacht, aber da er jetzt ruhiger über alles das nachdachte, was er von Aptowitzer gehört hatte, fühlte er sich keinesfalls von den Eröffnungen Aptowitzers befriedigt. Es war gewiß schön, sich vorzustellen, daß der kleine Lipusch, der hienieden ein so guter Lerner gewesen war, irgendwo weiter in der Tora unterwiesen wurde. Es war ein schöner Gedanke, und Alfred beneidete den unglücklichen Vater, daß er daran glaubte. Welch eine große Tröstung lag darin. Eine heilsame Tröstung – ob es ein wahrer Trost war, danach wollte Alfred nicht fragen. Gibt es überhaupt einen wirklichen Trost? Wenn ein Trost heilsam ist, ist es genug. Die Idee des Gilgul berührte Alfred als fremd und in einem gewissen Sinne, der weniger mit seinem Denken als mit seinem Geschmack zu tun hatte, billig und verwerflich. Obschon er nicht hätte sagen können, woher ihm dieses Wissen zukam, war er sicher, daß sein Onkel Welwel an Gilgul nicht glaubte. Er nahm sich vor, Welwel bei der nächsten Gelegenheit zu fragen. Er ging jetzt über die Groblja an der Stelle vorbei, wo das Kind umgebracht wurde, und zum ersten Mal, obschon jetzt tiefe Nacht über der Groblja lag, ging er ohne ein Gefühl des Grauens an der Stelle vorbei, vielleicht weil er noch immer nach der überraschenden Erklärung Aptowitzers, über den Gilgul zu denken hatte. Er war sich dessen bewußt, daß er Awram Aptowitzer mit einer Frage gekommen war, die allen Denkern, Theologen und auch Religionsstiftern mehr Kopfzerbrechen verursachte als alle andern schwierigen Fragen. Warum leidet der Gerechte? In keiner Wirrnis dieses Lebens kommt diese Frage so unabweisbar auf wie in der Frage: Warum hat ein Kind, das doch nicht schuldig sein kann, zu leiden? Alle Denker, zumindest alle, deren Antworten Alfred bekanntgeworden waren, stellten sich (und das schien Alfred jetzt zum ersten Mal ganz klar) auf die Seite der Vorsehung und nahmen offen Partei gegen den Menschen. Wenn er leidet und unschuldig ist, so muß er doch schuldig sein. Wie oft vor einem schwierigen Problem hätte Alfred auch jetzt gewünscht, seinen Freund Gabriel Friedmann zur Stelle zu haben, um ihn zu befragen. Gewiß, Awram Aptowitzer war sozusagen ein Schriftgelehrter. Aber Alfred konnte sich in diesem Augenblick nicht auf ein Wissen verlassen, das plötzlich mit dem Glauben an Gilgul geradezu die Farbe einer Folklore annahm. Der Mann, der vor etwa zweieinhalbtausend Jahren dieselbe Frage gestellt hatte: Warum leidet der Gerechte?, der Mann, der den »Hiob« geschrieben hatte, hat an Gilgul nicht geglaubt. Das war sicher. Und wie er vorher angenommen hatte, sein Onkel Welwel könnte kaum an Gilgul glauben, so sagte er sich jetzt mit einer Entschlossenheit, die ihn selber überraschte, daß der Verfasser des »Hiob« die Idee des Gilgul mit Abscheu verworfen hätte.

Alfred ging jetzt an der Schenke des Schmiel Grünfeld vorbei, in der noch zur späten Stunde Licht war und in nächtlicher Stille verspätete Trinker rauschten. Im Lichte des Fensters sah Alfred den Stellmacher Nazarewicz mit gerötetem Gesicht und einer Faust vor der Stirne in einer Bauernrunde sitzen. Es fiel ihm ein, daß er mit Nazarewicz zu sprechen hätte, und er beschloß, ihn auf dem Heimweg aus der Schenke abzuholen. Er bog in die Breite Gasse ein, und auch in dieser Gasse war noch ein Licht zu sehen, in dem Haus des kranken Panjko.

Alfred klinkte vorsichtig die Türe auf und trat in die Stube. Wie er vermutet hatte, schlief die Mutter des Kranken bereits auf dem Ofenplatz, einer bäuerlichen Konstruktion aus Lehm, wie es sie überall in den Bauernstuben des Ostens gab, einem primitiven Schlafplatz, der bei aller Primitivität der Konstruktion auf eine verblüffende Weise seinen Zweck erfüllte, indem er es fertigbrachte, im Winter so warm wie im Sommer kühl zu sein. Die alte Frau rührte sich im Schlaf, kam für einen Moment auf, erkannte Alfred und setzte ihren Schlaf fort. Panjko lag im Bett mit offenen Augen. Sein krankes Bein hing nicht mehr in der Schlinge. Nachdem der Brand an der offenen Wundstelle geheilt worden war, konnte das gebrochene Bein in Gips gelegt werden. Es lag nun über der Bettdecke wie eine lange plumpe Röhre, abgetrennt von der Person des Kranken. Wie bereits über Tag war der Kranke auch jetzt völlig fieberfrei und lächelte Alfred freundlich zu. Er ist über den Berg, dachte Alfred mit großer Erleichterung. Er ging ans Fenster und öffnete die eine Scheibe, das Guckloch, das zum Öffnen eingerichtet war. Alle Fenster waren dicht verschlossen und nicht zum Öffnen eingerichtet. Die Bauern hatten Angst vor frischer Luft. Wurde einer krank, so war das erste, was für ihn getan wurde, daß man ihn möglichst sicher vor jedem Zugang frischer Luft zu bewahren suchte. Die frische Luft war der gefährlichste Feind eines Kranken, und diesen Aberglauben teilten die Dorfjuden mit den Bauern brüderlich. Alfred wußte das schon längst, und es machte ihn immer wieder staunen zu sehen, wie Menschen, die ihr Leben in freier Luft verbrachten, dennoch der frischen Luft nicht trauten. Das Recht, das eine Guckloch im Krankenzimmer zu öffnen, hatte sich Alfred erst nach einigen Tagen und mit Hilfe des ukrainischen Doktors Chramtjuk gegen die Mutter des Kranken erkämpft.

Alfred setzte sich an das Bett und sagte: »Heute haben wir einen guten Abend, nicht wahr, Panjko?«

»Ja, Herr, gelobt sei Jesus Christus«, sagte Panjko. »Ich werde mein Bein behalten und nicht als Krüppel auf dem Kutschbock sitzen. Nein, das werden die Brüder Mokrzycki nicht erleben. Nein, Herr. In einem Monat werde ich wieder auf meinen Beinen sein, Herr. Und im Oktober kommt mein Bruder Petro vom Militär zurück, wir werden es den Brüdern Mokrzycki schon zeigen.«

Nun ist er gesund, dachte Alfred und nahm seine Hand.

»Das ist Unsinn, Panjko. Mit den Brüdern Mokrzycki wird man schon fertig werden. Dazu sind Gerichte da und das Gesetz.«

»Ja«, sagte Panjko und schloß die Augen, »das Gesetz. Die Untersuchungskommission war im Dorf, und mich hat man nicht einmal vernommen. Wenn einer da ein Zeuge ist, so bin ich es. Mich hat man gar nicht gefragt.«

»Weil du krank warst, Panjko. Du hast ja hoch gefiebert, und die Ärzte hätten kaum zugelassen, daß man dich vernimmt.«

Panjko öffnete die Augen und sah Alfred lange an.

»Hat man die Ärzte gefragt?«

»Ich weiß nicht«, sagte Alfred, »es ist ja auch nicht so wichtig. Wichtig ist, daß du wieder gesund wirst. Und das wichtigste ist, daß du dein Bein behalten hast.«

»Ich danke Ihnen, Herr«, sagte Panjko. »Sie haben mir mein Bein gerettet.«

»Ich?« sagte Alfred in ehrlichem Erstaunen. »Frag mal Doktor Chramtjuk. Er wird dir sagen, wer dir das Bein gerettet hat. Er war sehr bös mit dir, der Doktor Chramtjuk. Weißt du noch, was du ihm gesagt hast?«

»Was habe ich gesagt?«

»Du hast ihm gesagt: ›Mit einer Hacke kann ich auch kurieren. Da brauch' ich keinen Doktor.‹«

»Das habe ich gesagt?« wunderte sich Panjko. »Sie machen Spaß, Herr. Sie haben die andern Doktoren geholt. So viele Doktoren«, sagte Panjko mit großem Stolz. »Wie der alte Bielak krank war, waren nicht so viele Doktoren bei ihm wie bei mir. Das haben Sie gemacht, Herr.«

»Nicht ich, Panjko. Mein Onkel hat die Ärzte holen lassen. Ich habe meinem Onkel erzählt, was du Doktor Chramtjuk gesagt hast, und mein Onkel sagte mir, Panjko hat recht. Wir holen den Doktor Lustig und den Doktor Drettler, die kurieren nicht mit der Hacke. Also siehst du, das warst du.«

»Ja, Ihr Onkel«, sagte Panjko. »Und dreimal hat er mich schon besucht. Vielleicht wird er noch einmal kommen. Ich habe gehofft, daß er Freitag kommen wird. Was ist heute denn für ein Tag?«

»Sonntag«, sagte Alfred.

»Ja, richtig«, sagte Panjko. »Meine Mutter war ja heute in der Kirche. Am Freitag hab' ich geglaubt, daß der Herr Gutsbesitzer kommen wird.«

»Warum just am Freitag?« fragte Alfred. »Das ist merkwürdig. Am Freitag war es, daß mein Onkel mich fragte, ob du schon fieberfrei bist.«

»Hat er gefragt?« sagte Panjko. »Sehen Sie, also wird er nächsten Freitag kommen.«

»Warum gerade am Freitag?« wollte Alfred wissen.

»Wissen Sie nicht, warum, Herr Mohylewski?« wunderte sich Panjko.

»Nein«, sagte Alfred, »wie sollte ich das wissen?«

»Jeden Freitag«, sagte Panjko, »haben wir, der Herr Gutsbesitzer und ich, eine wichtige Sache.«

»So«, sagte Alfred, »das wußte ich nicht. Aber wenn es so ist, wird er am Freitag gewiß kommen. Vielleicht auch schon früher.«

»Vielleicht wird er früher kommen«, sagte Panjko, »er hat mich ja schon dreimal besucht, sagt mir meine Mutter. Aber am Freitag wird er bestimmt kommen. Denn am Freitag verkauft mir der Herr Gutsbesitzer das ganze Gut mit allem, Sack und Pack.«

Alfred nahm jetzt wieder die Hand Panjkos, um sich zu vergewissern, ob er nicht wieder fieberte. Das war aber nicht der Fall.

»Mein Onkel verkauft dir das Gut«, wunderte er sich.

»Freilich«, sagte Panjko, »wissen Sie das nicht? Früher, vor Jahren, pflegte Ihr Onkel meinem Vater das Gut zu verkaufen. Jeden Freitag. Und auch Ihr Großvater pflegte meinem Vater das Gut zu verkaufen. Jetzt, seitdem mein Vater tot ist, verkauft der Herr Gutsbesitzer alles mir. Jeden Freitag. Und am Samstagabend verkaufe ich es ihm wieder zurück.«

»So«, sagte Alfred, »das hab' ich gar nicht gewußt. Da bist du ja jede Woche für einen Tag der Gutsbesitzer«, scherzte Alfred.

»Vierundzwanzig Stunden«, sagte Panjko, »ja sogar länger. Dreißig Stunden vielleicht. Dreißig Stunden in der Woche bin ich Gutsbesitzer«, sagte Panjko, auch im Scherz.

»Das hab' ich gar nicht gewußt«, sagte Alfred.

»Ich hab' geglaubt, daß Sie das wissen«, sagte Panjko. »Das ist so: der Herr Gutsbesitzer ist ein frommer Mann, und in Ihrer Religion ist es nicht nur verboten, am Sabbat zu arbeiten; es ist auch verboten, andere Leute am Sabbat arbeiten zu lassen. Also verkauft mir der Herr Gutsbesitzer jeden Freitag das ganze Gut. Ich gebe eine Anzahlung. Zehn Złoty. Früher, wie wir noch österreichisch waren, hat mein Vater fünf Kronen Anzahlung gegeben. Am Samstagabend, wenn Sabbat aus ist, gehe ich zum Herrn Gutsbesitzer und verkaufe ihm das Gut wieder zurück. Und bekomme die Anzahlung doppelt zurück. Zwanzig Złoty. Zwanzig Złoty bekomme ich zurück. Mein Vater pflegte fünf Kronen anzuzahlen und so bekam er zehn Kronen zurück. Ich zahle zehn Złoty an und bekomme zwanzig zurück. Jeden Freitag. Haben Sie das nicht gewußt?«

»Nein«, sagte Alfred in Gedanken. Er glaubte wohl Panjko, aber dieser Scheinkauf und Scheinverkauf berührte ihn wie eine Fopperei. »Nein, ich hab' das nicht gewußt.«

»Das ist ja kein Geheimnis«, sagte Panjko. »Alle wissen es. Der Herr Oberverwalter weiß es. Der Herr Kassier weiß es. Und im Dorfe wissen sie's auch. Und sie gönnen mir nicht diesen leichten Verdienst, und sie beneiden mich, und darum nennen sie mich Judenknecht. Sie haben mich schon immer so gerufen, die Brüder Mokrzycki zum Beispiel. Natürlich nur hinter meinem Rücken. Ich möchte gerne wissen«, setzte Panjko fort, und er rieb sich die Stirne mit seiner großen Hand, als ob er sehr angestrengt nachdenken müßte, »ich möchte gerne wissen, wem der Herr Gutsbesitzer das Gut verkaufte, wie ich Fieber hatte. Wie viele Freitage bin ich schon krank, Herr Mohylewski?«

»Zwei«, sagte Alfred, »zwei – oder drei? Nein, zwei.«

»Sicher zwei. Meine Mutter sagt auch zwei. Wahrscheinlich dem Herrn Domanski. Aber fragen Sie ihn nicht, Herr Mohylewski. Nächsten Freitag wird der Herr Gutsbesitzer schon wieder zu mir kommen.

Wenn Sie ihm sagen, daß ich schon gesund bin, wird er sicher kommen.«

»Ich werd's ihm sagen«, sagte Alfred.

Panjko atmete tief auf, als hätte ihm Alfred eine Last abgenommen. Er schloß seine Augen und atmete in langen Zügen. Sein Gesicht war grau und gelb und hatte schwarze Schatten unter den Augen. Aber es schien Alfred nicht mehr so ausgebrannt zu sein, wie es in den Tagen des hohen Fiebers war.

»Hast du was zu Abend gegessen?« fragte Alfred.

»Freilich«, sagte Panjko. »Ich habe gegessen. Fräulein Pesje hat mir was zum Essen gebracht. Jeden Tag bringt sie mir zweimal das Essen. Ja, das Fräulein Pesje. Ihr Onkel und das Fräulein Pesje, wenn alle Leute so wären, das wäre es. Aber es gibt auch die Brüder Mokrzycki. Und weil es die Brüder Mokrzycki gibt, ist kein Platz für so ein Kind wie Lipale auf dieser Welt.«

»Wir haben schon genug geredet heute, Panjko. Jetzt werde ich gehen, und du wirst schlafen.«

»Ich habe den ganzen Tag geschlafen, Herr Mohylewski. Gut geschlafen. Ich erinnere mich nicht mehr, wann ich so gut geschlafen habe. Bleiben Sie noch, wenn Sie nichts zu tun haben.«

»Gut«, sagte Alfred, »wenn es dich nicht anstrengt, können wir noch ein bißchen reden.«

»Ich wollte Sie was fragen. Sie waren beim Begräbnis. Waren viele Menschen beim Begräbnis?«

»Ja«, sagte Alfred, »viele Menschen. Die ganze Stadt«, sagte Alfred.

»Das ist recht so«, sagte Panjko. »Ich wäre gern dabeigewesen. Das war ein Kind, Herr Mohylewski —«

»Wenn das Reden dich nicht anstrengt, Panjko, möcht' ich dich was fragen.«

»Es strengt mich nicht an, Herr Mohylewski. Gestern hätte es mich noch angestrengt. Heute nicht. Ich bin ja schon gesund.«

»An jenem Sonntag«, sagte Alfred, »wie kommt es, daß du am Sonntag mit einer Sense zur Stelle warst, wie das Kind um Hilfe geschrien hat?«

»Das war so, Herr Mohylewski: Ich bin eigentlich jeden Sonntagnachmittag auf dem Gazon. Das heißt, wenn ich mit dem Herrn Gutsbesitzer nicht wo hinfahren muß. Aber wenn ich frei bin, bin ich am

Nachmittag immer auf dem Gazon. Ich, Herr Mohylewski, sehen Sie, ich wäre lieber ein Gärtner geworden als ein Kutscher. Sagen Sie das dem Herrn Gutsbesitzer nicht, vielleicht wird es ihn kränken. Ich wäre sehr gern ein Gärtner geworden. Ich hätte schon immer gewünscht, daß man das Haus auf dem Gazon wieder einrichtet und ausbessert und auch den Park wieder pflegt. Aber so wie es jetzt ist, braucht man ja keinen Gärtner. Nun hab' ich ja meistens am Samstag und am Sonntag nichts zu tun. Am Samstag, wenn ich frei bin, putze ich das Geschirr, das alte und das neue, und auch das Geschirr für das Vierergespann, obwohl wir das ja gar nicht benutzen, höchstens wenn alle fünf Jahre einmal der Bischof kommt. Und am Sonntag arbeite ich ein bißchen auf dem Gazon, das heißt, Arbeit kann man das nicht richtig nennen. Das würde ja auch der Herr Gutsbesitzer nicht erlauben. Aber ein bißchen Unkraut ausjäten, einen verdorbenen Ast abschneiden, eine zu wild wuchernde Grasstelle abmähen, das ist keine richtige Arbeit. Und es macht mir großen Spaß. Und dem kleinen Lipusch auch. Jeden Sonntag, so zwischen vier und sechs Uhr, kam Lipusch zu mir auf den Gazon, und wir haben eine gute Zeit gehabt miteinander. Ich habe ihm gezeigt, wie man einen Rosenstock beschneidet, wie man ein Beet abgräbt oder einen Ast überbindet. Und er, Lipusch, hat mich unterrichtet, wo Städte liegen und Länder und Flüsse – wie heißt das?«

»Geographie«, schlug Alfred vor, mit schwacher Stimme, die ihm beinahe versagte, so sehr überwältigte ihn Panjkos Mitteilung, die – und dessen wurde er auf der Stelle in atemloser Erregung gewiß – von großer Bedeutung für den unglücklichen Vater sein mußte, für den Vater sowohl als für ihn selbst.

»Ja«, sagte Panjko, »Geographie. Das ist richtig. Ich habe nicht viel gelernt, Herr Mohylewski. Ich hab' einen schlechten Kopf zum Lernen. Gärtnerei, ja, Gärtnerei lern' ich leicht. Aber so richtig lernen, das wäre nichts für mich. Aber Lipusch, der hatte einen guten Kopf zum Lernen. Jeden Sonntag kam er mit was Neuem.«

»Jeden Sonntag, sagst du, Panjko?«

»Jeden Sonntag, Herr Mohylewski. Wenn es nicht donnerte und blitzte. Jeden Sonntag. Nicht einmal ist er ausgeblieben.«

»Ja«, sagte Alfred. »Aber an jenem Sonntag hat ihn doch sein Vater zur Schenke geschickt. Das weißt du doch?«

»Freilich«, sagte Panjko.

»Also wäre er diesmal ausgeblieben«, sagte Alfred, »da ihn doch sein Vater wegschickte.«

»Aber nein, Herr Mohylewski. Wie der Vater ihn schickte, das war ja erst so gegen zwei Uhr. Ich hab' ihn ja gehen sehn. Er wäre nach Hause gegangen, und dann wäre er so gegen vier Uhr, wie immer, zu mir gekommen. Und es wäre ihm dasselbe geschehen, auch wenn er keine Flasche bei sich gehabt hätte. Oder auch nicht, wer kann das sagen. Aber gekommen wäre er sicher. Sehen Sie, Herr Mohylewski, an den letzten drei, vier Sonntagen hat er mir immer etwas erklären wollen, was mir nicht in den Kopf geht. Er war ja schließlich doch noch ein Kind. Ein besonderes Kind, aber doch nur ein Kind. Manchmal hat er mir so Sachen erzählt, so Märchen, und sagte, das ist auch Geographie. Zum Beispiel ...«, Panjko stützte sich jetzt auf seinen Arm und wandte sich Alfred voll zu, als wollte er ihm erst jetzt etwas besonders Wichtiges mitteilen, »... zum Beispiel hat er mir erzählt, daß die Sonne nicht einfach so im Osten aufgeht, immer höher steigt, übers ganze Himmelsgewölbe aufsteigt, niedergeht und im Western untergeht, sondern – jetzt sehen Sie, was so ein Kind im Stande ist auszudenken – an vier Sonntagen hat er mir erzählt und gezeigt, daß es die Erde ist, die um ihre Achse kreist und so den Sonnenaufgang und den Sonnenuntergang macht. Zuerst hat er es mir erzählt. Dann hat er es mir erklärt. Dann hat er es mir gezeigt. Ob Sie's glauben oder nicht, Herr Mohylewski, das Kind hat einen Kürbis genommen und einen Apfel. Den Kürbis hielt er in einer Hand und den Apfel in der andern Hand. Erst ritzte er mit dem Nagel eine Stelle im Apfel ein und sagte: Hier ist Dobropolje. Dann drehte er den Apfel und zeigte mir: Wenn Dobropolje sich so weit gedreht hat, daß die Stelle dem Kürbis, also der Sonne gegenüberliegt, so haben wir hier Tag, die Sonne geht auf – und immer drehte er den Apfel! – so haben wir Tag, und Mittag, bis Dobropolje wieder auf der anderen Seite ist – da ist es Nacht. So, sagte er, kannst du verstehen, daß auf der Welt nicht überall gleichzeitig Nacht oder Tag ist, sondern auf einer Hälfte Tag, wenn auf der andern Seite Nacht ist. – Haben Sie, Herr Mohylewski, als Kind auch solche Märchen gehört oder gelesen?«

Alfred hatte in atemloser Spannung der Erzählung Panjkos zugehört. Es war in den letzten Wochen, daß er, Alfred, dem kleinen Lipusch genauso, wie es Panjko demonstrierte, die Bewegungen der Erde um ihre Achse und um die Sonne zugleich mit Hilfe eines

Kürbisses und eines Apfels erklärt hatte. Der kleine Lipusch hatte also auch vor ihm, vor Alfred, ein Geheimnis. Alfred wußte nichts von den Besuchen des Knaben auf dem Gazon. Er wußte auch nicht, daß Lipusch seine frisch erworbene Weisheit an Panjko weiterzugeben versuchte. Eine Weile überlegte er, was er nun Panjko antworten sollte. Sollte es ihm ein Märchen bleiben, eine Erzählung für Kinder? Oder sollte er ihn, wie es Lipusch versucht hatte, belehren? Alfred sah sich in der Stube um, Äpfel waren da, aber kein Kürbis. Er sah Panjko ins Gesicht, der seinerseits mit seinem Blick Alfreds Blick festhielt und eine Antwort haben wollte.

»Was Lipusch dir erzählte, Panjko, ist kein Märchen. Das hat er sich nicht ausgedacht. Das hat er gelernt. In den Schulen lernen das alle Kinder. Sie lernen das allerdings erst, wenn sie zehn Jahre alt geworden sind. Für Lipusch war es nicht zu schwer, das mit sieben zu lernen. Er hätte es wahrscheinlich auch schon mit fünf Jahren verstanden. Er war eben, wie du gesagt hast, ein besonderes Kind.«

»Sie wollen doch nicht sagen, Herr Mohylewski ...«, begann Panjko und stockte.

»Was?« fragte Alfred.

»Sie wollen doch nicht sagen, daß das wahr ist? Daß es wahr ist, daß die Erde sich so dreht?«

»Es ist wahr, Panjko«, sagte Alfred, »und Lipusch hat es dir gut erklärt. So wie ich es ihm erklärt habe, mit einem Kürbis und einem Apfel.«

»Ich hab's nicht verstanden«, sagte Panjko außer sich. »Ich hab's nicht verstanden. Ich hab' geglaubt, das Kind erzählt ein Märchen.«

»Wenn ich hier einen Kürbis hätte«, sagte Alfred, »würde ich es dir noch einmal erklären.«

Mit sehr lebhafter Geste und scheu zu Alfred hinaufblickend zeigte Panjko auf den Tisch, wo ein Brotlaib lag, und schlug Alfred vor: »Kann man's mit einem Brotlaib erklären?«

»O ja«, sagte Alfred, »das kann man auch.«

»An vier Sonntagen hat er mir's immer wieder erklärt, und immer mußte ich einen kleinen Kürbis mitbringen. Den Apfel brachte er mit. Ich hab's und ich hab's nicht verstanden. Erklären Sie mir das noch einmal.«

Alfred war indessen aufgestanden und kam mit einem Laib Brotes und einem Apfel an das Bett des Kranken. Und wie er es in der Schule gelernt und zum Teil, mit Hilfe des kleinen Lipusch, wieder genau gelernt hatte, demonstrierte er dem wißbegierigen Panjko die Drehungen der Erde um ihre Achse und um die Sonne zugleich. Und sei es, daß er ein besserer Demonstrator war als der kleine Lipusch, oder sei es, daß Panjko, nunmehr von Alfred versichert, daß dies kein Kindermärchen war, sondern eine erwiesene Naturerscheinung, seinen schweren Kopf etwas leichter machte: Panjko hatte diesmal verstanden. Und dieses Verstehen war so augenscheinlich auf seinem Gesicht ausgebreitet, daß Alfred, hingerissen von dem unbeschreiblichen Gesichtsausdruck seines Schülers, das Gefühl hatte, als hätte er selber das große Geheimnis zum ersten Mal in der ganzen Tragweite begriffen. Lange sahen sie einander wie zwei Verzückte an, dann ließ der Kranke sich langsam auf sein Bett nieder und brach zu Alfreds namenloser Bestürzung in Schluchzen aus. Eine lange Weile wartete Alfred, bis Panjko sich beruhigt hatte. Er ist doch noch sehr krank, dachte Alfred. Ich hätte nicht so lange bleiben sollen.

»Siehst du, Panjko, wir haben zuviel geredet, wir beide. Ich hätte dich längst in Ruhe lassen sollen. Gute Nacht, Panjko.«

»Es ist nicht das, Herr«, sagte Panjko mit tieferer, aber klarer, reingewaschener Stimme. »Ich weine nicht, weil ich krank bin. Ich weine, weil es so schön ist. Was das Kind sich alles ausdenken konnte … Gute Nacht, Herr.«

5

In der Schenke war nur noch der Stellmacher und jener Bauer, der aus dem Stegreif in Reimen sprechen konnte, sowie die schläfrige Channa Grünfeld, die Frau des Feldwebels und Schankwirts Schmiel Grünfeld. Nach einem kurzen Gespräch und einer Runde Kirsch, zu der Alfred die beiden späten Gäste einlud, gelang es Alfred, Donjas Vater zum Heimgang zu bewegen. Sie gingen erst schweigend nebeneinander. Die Nacht war lau, und auf dem Gazon schmetterten liebessüchtige Nachtigallen.

»Es ist mir nicht gelungen, mich zu betrinken«, sagte Nazarewicz, »aber ich bin in die Schenke nur aus dem Grunde gegangen, weil ich beschlossen habe, mich mit Schmielko zu versöhnen. Schließlich, was recht ist, ist recht – wenn ich auch ein Dragoner war und er nur ein

Infanterist, so war Schmielko doch Feldwebel, sogar dienstführender Feldwebel, und ich bloß Zugsführer. Und Disziplin muß sein.«

Nach dem Worte Disziplin konnte Alfred annehmen, daß der Stellmacher nicht so ganz nüchtern war wie er glaubte, aber Alfred war froh, ihn nicht ganz so volltrunken gefunden zu haben, wie er es erwartet hatte. Aber in nüchternem Zustand pflegte der Stellmacher nie von Disziplin zu sprechen, und Alfred war neugierig, ob Nazarewicz dabei bleiben würde, daß es ihm nicht gelungen war, sich zu betrinken, oder nach der Art der Trinker sich dennoch entschließen würde, den Trunkenen zu spielen. Er sagte also zunächst nichts zu ihm.

»Mir gelingt neuerdings überhaupt nichts mehr. Vor einer Woche, am Sonntag, wollte ich zum Gutsbesitzer gehen und kündigen.«

»Kündigen?« sagte Alfred. »Warum kündigen?«

»Ich hab' genug von diesen Mördern hier. Was brauch' ich in einem Dorf zu leben, wo Mörder wohnen. Kindermörder. Ich muß ja gar nicht immer nur in Dörfern wohnen. Ich kann ja auch in der Stadt wohnen. In der Stadt braucht man keine Stellmacher, das ist wahr. Aber ich bin ein ganz guter Drechsler und Lackierer. Wissen Sie das?«

»Gewiß, Meister«, sagte Alfred, »ich hab' ja in meinem Zimmer ein Büchergestell mit sehr schön gedrechselten Füßen, das Sie gemacht haben. Und es ist auch sehr schön lackiert, das ganze Gestell.«

»Sehen Sie, Herr Mohylewski, ich kann's mir auswählen. Ich kann im Dorf leben, und ich kann in der Stadt leben. Aber meine Frau läßt mich nicht kündigen, und diesmal war auch Donja gegen mich, meine Tochter. Sonst pflegte sie immer auf meiner Seite zu sein. Aber diesmal war sie gegen mich. Und so ist es mir nicht gelungen zu kündigen.«

»Offen gestanden«, sagte Alfred, »mich freut es, daß Sie nicht kündigen. So einen guten Stellmacher würden wir nie finden.«

»Es freut mich, daß Sie das sagen, Herr Mohylewski. Das freut mich. Aber es betrübt mich, daß Donja nicht auf meiner Seite war. Freilich, sie hat es sehr gut jetzt im Hause des Gutsbesitzers. Alle sind so gut zu ihr, der Herr Gutsbesitzer und das Fräulein Pesje. Meine Donja hat auch sehr viel zugelernt in dem Jahr: kochen, gut kochen, und backen. Sogar Mehlspeisen kann sie schon backen, meine Donja. Und nähen und stricken. Und Hände hat sie jetzt – haben Sie gesehen? Ihre Hände sind jetzt so fein und weiß wie bei einem Stadtfräulein.

Aber wenn wir schon von Donja sprechen, Herr Mohylewski – warum sprechen Sie eigentlich immer von Donja, wenn Sie mit mir sprechen?« schloß der Stellmacher plötzlich mit einer Frage, und er fing an, Trunkenheit zu spielen.

»Ich?« sagte Alfred. »Ich glaube nicht, daß ich es war, der Donja erwähnte. Nicht ich.«

»So?« wunderte sich der Stellmacher, »ich war es. Aber letztes Mal – es sind schon freilich Monate her, da war es noch Winter –, da haben Sie angefangen, von Donja zu sprechen. Das geben Sie doch zu?«

»Ich kann mich nicht erinnern«, sagte Alfred, »aber möglich ist es schon. Warum nicht?«

»Freilich«, sagte der Stellmacher, »warum nicht?«

Sie waren jetzt schon bei der Schmiede angekommen, und Alfred sah Licht in der Wohnung Jankels und ein zweites Licht in einem Fenster von Awram Aptowitzers Wohnung. Alfred, der die Absicht gehabt hatte, nur bis zur Schmiede den Stellmacher zu begleiten und auf dem Gartenpfad nach Hause zu gehen, überlegte sich nun, daß er vielleicht noch jetzt in der Nacht mit Awram Aptowitzer sprechen könnte, um ihm von den heimlichen Sonntagsbesuchen des Kindes auf dem Gazon zu erzählen. Er vergaß darüber, dem Stellmacher Rede zu stehen und sagte: »Ich werde noch ein Stück mitgehen. Im Hause des Kassiers ist noch Licht. Ich hätte ihm was Wichtiges zu sagen. Vielleicht schläft er noch nicht.«

Der Stellmacher sagte nichts darauf, und sie gingen ein Stück Weges schweigend nebeneinander. Sie waren bereits bei der Brennerei angekommen und sie sahen den Nachtwächter Jarema mit seinen zwei Hunden von der Tenne herkommen. Plötzlich blieb der Stellmacher stehen, faßte Alfred am Arm und sagte – und jetzt spielte er nicht mehr den Betrunkenen –: »Entschuldigen Sie, Herr Mohylewski. Ich weiß sehr gut, daß ich von Donja zu sprechen angefangen habe, nicht Sie. Aber ich wollte Sie was fragen.«

»Bitte«, sagte Alfred.

»Sie erinnern sich, Herr Mohylewski, was ich Ihnen gesagt habe, wie wir das letzte Mal, noch im Winter, von Donja gesprochen haben. Damals habe auch ich begonnen, nicht Sie. Ich weiß das sehr gut. Ich wollte Ihnen damals was sagen, und ich hab's auch gesagt. Und heute wollte ich Sie eigentlich nur fragen, ob Sie sich noch erinnern, was ich Ihnen damals über Donja gesagt hab'.«

In der Zeit von zwei, drei heftigen Herzschlägen entschied Alfred, daß er sich erinnerte.

»Ja«, sagte Alfred mit fester Stimme. »Ich erinnere mich sehr gut.«

»Ich habe gesagt …«, setzte der Stellmacher fort, und jetzt blickte er Alfred nicht mehr an. Er hatte seine Stirn gesenkt, als suchte er etwas im Mondschein auf dem Rasenplatz vor Jankels Wohnung, »ich habe Ihnen gesagt …«

»Sie haben mir gesagt, Herr Nazarewicz: Meine Tochter hat noch zu junge Knochen, um ihren Gefühlen nachzugehn. – Meinen Sie das?«

»Ja«, sagte der Stellmacher. Er schob jetzt seine Hand an Alfreds Arm bis zur Schulter hoch, wo er sie, wie es Alfred schien, eine sehr lange Weile leicht und überraschend zart ruhen ließ. »Ja«, wiederholte er, und jetzt blickte er Alfred gerade ins Gesicht, »Sie haben's nicht vergessen.«

»Nein«, sagte Alfred, »wie Sie sehen: ich hab's nicht vergessen.«

»Es wundert mich«, sagte der Stellmacher, »es wundert mich sehr, daß Sie's nicht vergessen haben. Können Sie mir sagen, warum Sie sich das so gut gemerkt haben?«

»Weil Sie sich sehr gut ausgedrückt haben, Meister. Ich werde Ihre Worte nie vergessen. Darauf können Sie sich verlassen.«

»Ich danke Ihnen«, sagte der Stellmacher. »Sehen Sie, Herr Mohylewski, schon damals, im Winter, habe ich gewußt, daß Donja nicht auf meiner Seite sein wird, wenn ich mich entschließen sollte zu kündigen. Und so ist es auch gekommen. Aber wenn Sie sich noch so gut erinnern, was ich Ihnen damals gesagt hab', so brauch' ich nicht zu kündigen. Und ich bleibe sozusagen auf Donjas Seite weiter in Dobropolje. – Gute Nacht, Herr Mohylewski.«

Alfred ging zu dem Fenster hin, in dem Licht war. Ein Fensterflügel war offen. Als er den Vorhang ein wenig lüftete, sah er Awram Aptowitzer mit geschlossenen Augen vorm Tisch sitzend. Auf dem Tisch lagen viele weiße Blätter, offenbar Lipales Landkarten. Alfred ließ den Vorhang aus der Hand und klopfte leise an den Fensterrahmen. Der Kassier kam schnell ans Fenster und zeigte sein erschrecktes Gesicht. Es fiel Alfred jetzt auf, daß Awram Aptowitzer schon die ganze Zeit der Trauer diesen Ausdruck des Schreckens trug, der auf seinem Gesicht so erstarrt war, daß er nicht einmal lebhafter werden konnte, da das Anklopfen zu so später Nachtstunde den schlaflosen Mann aufschreckte.

»Guten Morgen, Herr Aptowitzer«, sagte Alfred, »ich glaube, es ist schon Morgen. Aber ich wollte Sie noch sehen, weil ich Ihnen was mitzuteilen hab'.«

»Bitte, kommen Sie herein«, sagte Aptowitzer und ging vom Fenster, um Alfred die Tür im Flur aufzuschließen. Auf Zehenspitzen folgte Alfred dem Kassier durch das dunkle Zimmer, wo Dawidl schlief. Awram Aptowitzer machte zunächst eine Bewegung, als wollte er die überm Tisch ausgebreiteten Zeichnungen wegräumen. Er überlegte es sich aber, schob Alfred einen Stuhl vor, und beide setzten sich. Im rötlichen Schein des Lampenschirms schien es Alfred, als hätte Aptowitzer, der ihm bereits etwas schwankend vorangegangen war, wieder einmal getrunken. Er prüfte Aptowitzer mit einem langen Blick und lächelte verlegen. Da senkte Aptowitzer seinen Blick und sagte: »Nein, Herr Mohylewski, ich habe keinen Tropfen getrunken. Ich werde im Leben nicht mehr trinken. Das ist sicher.«

»Es ist so spät«, meinte Alfred und stockte.

»Sie waren wieder so spät bei Panjko«, sagte Aptowitzer. »Wie geht es dem Armen?«

»Besser«, sagte Alfred. »Es geht ihm gut. Er ist über den Berg, glaube ich. Heute war es das erste Mal, daß er völlig fieberfrei war und lange geschlafen hatte, und ich konnte mit ihm reden. Er hat mir etwas erzählt, was mir wichtig erscheint. Wichtig für uns beide, Herr Aptowitzer, für Sie und für mich.«

»Er hat Ihnen erzählt, wie es war?« flüsterte Awram Aptowitzer, und Alfred sah nun, daß er sich geirrt hatte: der Ausdruck des Schrekkens auf dem Gesicht des unglücklichen Vaters war noch einer Steigerung fähig.

»Lipusch«, setzte Alfred fort, und ohne dessen innezuwerden, senkte auch er seine Stimme zu einem Flüstern, »unser Lipusch hat ein Geheimnis gehabt, das wir alle nicht kannten –«

»– mit Panjko?« sagte Aptowitzer. »Ja, Panjko liebte er sehr. Bevor Sie zu uns gekommen sind, war Panjko sein liebster Freund.«

»Ja«, sagte Alfred, »Panjko erzählte mir, daß Lipusch jeden Sonntag am Nachmittag mit ihm auf dem Gazon war. Panjko unterrichtete

Lipusch in Gärtnerei, und Lipusch, denken Sie nur, Lipusch unterrichtete Panjko in Geographie.«

»So, in Geographie? Und er ging jeden Sonntag hin? Auf den Gazon? Das ist möglich. Das ist sehr gut möglich«, sagte Aptowitzer.

»Das ist sicher«, sagte Alfred. »Ich habe Panjko ausdrücklich gefragt. Ich habe ihn ausdrücklich danach gefragt, und Panjko war sicher –«

»Was haben Sie ihn gefragt?«

»Ich habe Panjko gefragt, ob es sicher sei, daß Lipusch auch an jenem Sonntag ihn auf dem Gazon aufgesucht hätte.«

»Er wäre also ohnehin über die Groblja gegangen ...«, sagte Aptowitzer. Er schloß die Augen. »Ich verstehe«, sagte er, »ich verstehe. Ich habe mir gerade überlegt«, fuhr er fort, und ohne die Augen zu öffnen wies er mit einem ausgestreckten Arm auf die Zeichnungen überm Tisch, »ich habe mir gerade gedacht: wenn man so einen Sohn hat, sollte man ihn bei der Hand nehmen und ihn immer bei der Hand halten und nicht auslassen. Und ihn immer bei sich haben. Aber das ist ja nicht möglich. Sie sehen, er hat ein Geheimnis gehabt, unser Lipusch. Nicht einmal Ihnen hat er das erzählt. Alle Jungen lieben es, irgendein Geheimnis zu haben. Irgendein Versteck. Irgendein Spielzeug, das sie niemandem zeigen. Wir wissen nichts. Wir wissen auch nichts von unsern Kindern. Wir geben ihnen eine Suppe. Wir geben ihnen ein Buch. Wir geben ihnen einen Lehrer und glauben, das ist alles. Aber es ist nicht so. Haben Sie als Kind auch so ein Geheimnis gehabt?«

»Ja«, sagte Alfred. »Sie haben recht. Ich glaube, alle Jungen haben irgendein Geheimnis. Auch ich bildete mir ein, daß Lipusch mir alles erzählte. Ich war ebenso überrascht wie Sie, Herr Aptowitzer, wie Panjko mir das alles erzählte. Ich wollte gleich aufspringen und zu Ihnen laufen, aber ich glaubte, Sie schliefen schon. Dann holte ich den Stellmacher aus der Schenke und ging mit ihm so weit, daß ich das Licht in Ihrem Fenster sehen konnte.«

»Ich danke Ihnen«, sagte Aptowitzer. Sein Gesicht war milde geworden, milde und traurig, aber der Ausdruck des Schreckens war augenscheinlich gewichen. »Für unsern Lipusch ist das alles gleich. Aber ich, wenn ich heute nach Kozlowa fahre, ich werde mich vor der Mutter, vor Lipales Mutter, nicht mehr so schrecklich zu schämen haben. Ich war ein Trinker, ein Sünder. Ein Sünder werde ich, Gott behüte, auch weiter sein. Aber zum Boten des Bösen wurde ich nicht erniedrigt. Der Herr hat gegeben, der Herr hat genommen. Gelobt sei der gerechte Richter.«

Alfred verabschiedete sich von Aptowitzer mit einem Händedruck. Ohne sich zu erheben, behielt Awram Aptowitzer die Hand mit beiden Händen eine längere Zeit fest.

»Panjko geht es besser, haben Sie gesagt. Das ist gut. Das ist eine gute Botschaft. Man sagte mir, er war in Todesgefahr.«

»Ja«, sagte Alfred, »er war sehr schwer verletzt. Aber jetzt ist er drüber. Und auch das Bein wird er behalten. Er wollte es dem Doktor Chramtjuk nicht hergeben, und er wird es behalten.«

»Er hat sein Leben für unsern Lipusch eingesetzt. Ein Zaddik. Sehen Sie, Herr Mohylewski, es kann einer Panjko Kossak heißen und ein Zaddik sein. – Ruhen Sie sich aus, Herr Mohylewski. Guten Morgen.«

Alfred ging wieder auf Zehenspitzen durch das Zimmer, wo Dawidl schlief, zur Tür. Im Vorbeigehen glaubte er im Dämmer des Morgens zu sehen, daß Dawidl seine aufgerissenen horchenden Augen schnell vor ihm schloß und sich schlafend stellte. Draußen war alles blau. In der nahezu übertriebenen Bläue des Morgens ging der Nachtwächter Jarema mit seinen zwei Hunden langsamen, schwankenden Schrittes wie in blauem Wasser. Die Luft war reglos und lau. So lau, wie sie in der Nacht gewesen. Kein Tropfen Tau war gefallen. Frühe Spatzen nahmen ihr Morgenbad im Staub der Tenne und zwitscherten ärgerlich über den Mangel an Tau an einem so warmen Morgen.

6

Während Alfred seine nächtlichen Gespräche mit Panjko, mit dem Stellmacher und mit Awram Aptowitzer führte, saß Wolf Dobropoljer bis spät in der Nacht an seinem Schreibtisch und verfaßte einen langen Brief an Dr. Frankl. Er begann vorerst in der Art der Berichte, die er dem gewesenen Vormund Alfreds über das Wohlergehen, die Lebensweise und die Fortschritte Alfreds im Laufe des Jahres zu schicken pflegte, dann entschuldigte er sich und erklärte Dr. Frankl, warum Alfred das Versprechen, zum Geburtstage seiner Mutter nach

Wien zu reisen, nicht einhalten würde. Er kam kurz auf das Unglück zurück, das sich in Dobropolje ereignet hatte und von dem er bereits gleich, nachdem es geschehen war, vor etwa zwei Wochen ihm berichtet hatte. Und nachdem er alle Umstände in Betracht gezogen hatte, die eine schnelle Abreise Alfreds wünschenswert machten, gab er offen zu, daß er Dr. Frankls persönliche Hilfe in Anspruch nehmen müsse, um Alfred zur Abreise zu bewegen. Und er richtete an Dr. Frankl die Bitte, sein gelegentlich geäußertes Versprechen, einmal nach Dobropolje zu Besuch zu kommen, zu erfüllen; möglichst bald zu erfüllen. Tags darauf am Morgen schickte er den Brief als Eilpost ab und kündigte obendrein die Eilpost mit einer Depesche an, in der er Alfreds Ausbleiben zum Geburtstag seiner Mutter noch einmal entschuldigte und eine telegraphische Antwort auf sein Schreiben erbat.

Nachdem er die Post abgefertigt hatte, blieb er noch eine längere Zeit in Gedanken vor seinem Schreibtisch sitzen. Er überlegte, ob es ratsam wäre, Alfred mitzuteilen, daß er seinen Wiener Onkel nach Dobropolje eingeladen hatte, konnte aber nicht zu einem Entschluß kommen und verschob die Entscheidung bis zum Mittag, um Jankels Meinung zu hören. Dann erhob er sich und ging, weil es schon an der Zeit war, in Großvaters Zimmer, um sich zum Morgengebet zu stellen. Im Flur traf er Pesje und er sah es ihr gleich an, daß sie hier schon eine Zeit in Bereitschaft gestanden haben mußte, um ihm eine schlechte Botschaft zu bringen. Wie immer in solchen Fällen wollte er ihr schnell ausweichen, wie immer in solchen Fällen mißlang sein Versuch.

»Der alte Jankel ist schon ganz verrückt geworden, weh ist mir«, sagte sie.

»Was ist geschehen?« wollte Welwel wissen.

»Gestern abend hat man im Alten Dorf dem Gemeindeschreiber Steine nachgeworfen.«

»Was hat Jankel damit zu tun?« fragte Welwel ärgerlich.

»Noch nichts«, sagte Pesje. »Aber heute morgen, wie Lubasch bei Channa Grünfeld zur gewohnten Zeit zum Frühstück erschien, waren ein paar Burschen zur Stelle. Sie suchten und fanden Streit mit Lubasch, und es endete damit, daß die Burschen den Herrn Gemeindeschreiber verprügelten und zur Schenke hinauswarfen.«

»Ja, aber was hat das alles mit Jankel zu tun?«

»Du wirst gleich sehen, Welwel. Herr Lubasch ging gleich zu Bielak, meldete den Vorfall, sagte: Dahinter steckt Jankel Christjampoler, und verlangte eine amtliche Anzeige.«

»Woher weißt du das alles?« fragte Welwel.

»Bielaks Tochter war eben bei mir. Sie will aber nicht, daß man das weiß, weh ist mir. Ihr Vater, der alte Bielak, zuckte die Achseln und meinte, das müßte erst untersucht und bewiesen werden. Und wollte keine Anzeige machen. Da ging Lubasch unter Drohungen zur Gendarmerie, und die Gendarmerie hat die Anzeige erstattet.«

»Gegen wen?« fragte Welwel.

»Gegen Jankel, weh ist mir«, sagte Pesje. »Das hab' ich dir ja gleich gesagt.«

»Was kann Jankel dafür?« fragte Welwel.

»Bielaks Tochter sagte –«

»Jetzt hab' ich genug davon, Pesje. Schick Donja herüber zu Jankel. Ich muß nicht den ganzen Dorftratsch hören. Jankel soll um zwölf Uhr hier sein.«

Pesje seufzte tief und blickte Welwel untröstlich nach, bis er hinter der Tür von Großvaters Zimmer verschwunden war. Dann blieb sie noch eine Weile im Flur und horchte an Alfreds Tür. Da sie ihn nicht mehr schlafen glaubte, ging sie überraschend leichtfüßig zur Küche, richtete ein erstes Frühstück für Alfred und brachte es ihm ausnahmsweise ans Bett, obwohl sie sehr wohl wußte, daß Alfred es gar nicht liebte, ja nicht leiden mochte, derart bedient zu werden. Aber es drängte Pesje, auch Alfred die neuesten Nachrichten von Dobropolje möglichst frisch mitzuteilen.

Als nun Welwel nach eineinhalb Stunden zum Frühstück erschien, war Alfred schon da, und Welwel sah es ihm gleich an, daß ihm Pesje, wie er nicht anders vermutet hatte, die beunruhigende Nachricht mit ihrem Kommentar bereits aufgebürdet hatte.

Alfred ließ den Onkel in Ruhe sein Frühstück beginnen. Er erzählte ihm indessen, wie gut es Panjko seit gestern ging, überlegte, ob er seinen Onkel nicht auch gleich von Lipuschs Geheimnis mit Panjko berichten sollte, unterließ es aber zunächst, weil ja damit zu rechnen war, daß Jankel bald erscheinen würde. Und er wollte den alten Mann nicht wieder aufregen. Als Welwel mit dem Frühstück bereits am Ende war, sagte Alfred: »Ich wollte dich was fragen, Onkel. Schon seit einigen Tagen. Aber ich vergesse es immer wieder. Es ist ja eigentlich belanglos, aber ich möchte wissen, ob du es veranlaßt hast.«

»Was?« fragte Welwel.

»Ob du veranlaßt hast, daß Walko mich auf meinem nächtlichen Weg zu Panjko und nach Hause bewacht?«

»Bewacht? Walko? Dich?« Welwel war bestürzt.

»Entschuldige, Onkel«, sagte Alfred, »ich habe geglaubt, daß du das weißt. Ich habe sogar vermutet, daß du es veranlaßt hast.«

»Mir ist nichts davon bekannt«, sagte Welwel, noch immer bestürzt. »Er begleitet dich?«

»Das nicht«, sagte Alfred. »Er ist immer auf dem Wege. Jeden Abend. Er folgt mir oder er geht voran, in einem Abstand natürlich. Aber er ist immer auf meinem Wege. Da es schon seit zwei Wochen so geht, kann es doch kein Zufall sein.«

»Jeden Abend?« fragte Welwel. »Oder erst gestern?«

»Gestern?« sagte Alfred. »Gerade gestern ist er mir nicht aufgefallen. Vielleicht weil ich in Gedanken war. Ich hatte ein längeres Gespräch mit Awram Aptowitzer und ich ging zu Panjko später als sonst. Gestern ist er mir nicht aufgefallen. Aber sonst jeden Abend, sicher.«

»Das hättest du mir aber gleich sagen sollen. Bewacht? Woher weißt du, daß er dich bewacht?«

»Dessen bin ich sicher, Onkel. Walko macht es ja nicht gerade sehr geschickt. Im Gegenteil. Es fehlte nur, daß er mir im Dunkeln zuwinkte, um mir ja zu zeigen: Ich bin auch noch da.«

Pesje kam jetzt mit einem Tablett und stellte noch ein Frühstück auf den Tisch.

»Hat Jankel noch nicht gefrühstückt?« wunderte sich Welwel.

»Nein«, sagte Pesje, »es geht ja schon so seit Tagen. Er schläft ja keine Nacht ordentlich durch.«

»Heute war um drei Uhr nachts noch Licht bei ihm.«

Jankel kam jetzt mit Donja an den Fenstern des Eßzimmers vorbei und sagte guten Morgen zum offenen Fenster herein.

»Wie elend er aussieht, weh ist mir«, sagte Pesje leise und ging schnell aus dem Zimmer, ehe Jankel hereinkam.

Jankel setzte sich zu Tisch und aß sein gewohntes erstes Frühstück. Es bestand in dieser Jahreszeit aus einer Schüssel voll Rettich und Gurken, frisch aus dem Garten geholt und in dünne Scheiben geschnitten; die Rettichscheiben tauchte er in sauren Rahm; dann folgte ein Teller gestürzter Kartoffeln mit einem Kranz in Scheiben geschnittener hartgesottener Eier garniert. Dann kam ein Schüsselchen Walderdbeeren mit saurem Rahm und Zucker und Kaffee mit Rahm. Jankel liebte es, jede Speise, die es zuließ, mit saurem Rahm zu kombinieren. »Die Bulgaren werden so alt«, pflegte er zu sagen, »weil sie viel Joghurt zu sich nehmen. Ich nehme Rahm.« Wenn Pesje ihm vorhielt – und das tat sie sehr oft, sooft kein anderer Anlaß zum Streit gegeben war –, daß Joghurt ja eher saure Milch sei als saurer Rahm, pflegte er ebensooft zu erwidern: »Bin ich ein Bulgare?« Obwohl er heute übernächtigt aussah und auf seinem Gesicht eine Milde ausgebreitet war, die namentlich Alfred sehr betrübte, weil sie den alten Jankel geradezu entstellte, verspeiste er sein Frühstück mit gutem Appetit. Als er beim Kaffee angelangt war, sagte Welwel: »Hast du Auftrag gegeben, daß der taube Walko Alfred bewache?«

»Ja«, sagte Jankel. »Woher weißt du das?«

»Es war nicht schwer herauszufinden«, sagte Alfred, »Walko ist kein Diplomat.«

»Es war recht so, Jankel«, sagte Welwel beschwichtigend, »ich habe mich nur gewundert, warum es gerade Walko sein mußte.«

»Weil alle Raufbolde im Alten und im Neuen Dorf sich vor ihm fürchten. Auch die Mokrzyckis werden's sich zweimal überlegen, ihm in den Weg zu kommen.«

»Ist denn der Mörder schon heimgekommen?« fragte Welwel.

»Das nicht«, sagte Jankel, »aber sein Bruder, der jüngere, hat es ja nicht einmal für nötig gehalten, davonzulaufen. Alfred war all diese Nächte mehr im Dorf als zu Hause. Und der Herr Lubasch ist ja noch immer hier. Ich bin etwas ängstlich geworden neuerdings, das gebe ich zu.«

»Ich wollte, es wäre wahr«, sagte Welwel. »Ich wollte, du wärest wirklich ängstlich geworden.«

»Ich bin natürlich nicht um mich besorgt«, sagte Jankel. »Heute bin ich ja schon mehr um das leibliche Wohl des Herrn Gemeindesekretärs besorgt.«

»Ach, du weißt schon«, sagte Welwel.

»Freilich«, sagte Jankel. »Ich habe nicht geglaubt, daß es so schnell gehen wird. Um so besser. Im Alten Dorf ist dem Herrn Lubasch schon heute der Boden zu heiß.«

»Und morgen wird man einen verhaften«, warf Welwel schnell ein, »und zur Stadt ins Gefängnis führen. Und sein Name wird nicht Wincenty Lubasch sein, sondern ...«, und Welwel sprang in großer Erregung vom Sitz auf, »... sondern Jankel Christjampoler.«

Auch Alfred war aufgesprungen und stand nun, zur Bildsäule erstarrt, zwischen den beiden. Jankel blieb ruhig auf seinem Platz. Auf seinem Gesicht war die Schafsmilde, die Alfred so betrübte, weggewischt. Sein Kopf war gesenkt und der Blick eines Tierbändigers auf Welwel gerichtet.

»Das kann auch noch kommen«, sagte Jankel nach einer Weile des Schweigens. »Wo Verbrecher regieren, gehören anständige Leute ins Kriminal.«

Welwel hielt sich mit beiden Händen die Ohren zu und blickte mit erschrockenen Augen klagend auf Alfred.

»Siebzig Jahre bin ich hier in diesem Dorf. Ich will sehen –«

»Nicht siebzig«, schrie ihn Welwel an, »höchstens fünfundsechzig, und –«

»Ich war acht, wie man mich hergebracht hat, und jetzt –«

»– und jetzt«, sagte Welwel, schon etwas ruhiger, »und jetzt sag mir nicht, daß du bald achtundsiebzig bist, denn du bist es nicht, sondern ...«

Zur höchsten Überraschung Alfreds verfärbte sich das Gesicht Jankels tiefdunkelrot. Eine Weile schwieg er in sichtlicher Verlegenheit. Dann sagte er mit einem erzwungenen Lächeln zu Alfred.

»Schön. Meinetwegen. Ich bin also nicht siebzig, sondern fünfundsechzig Jahre in Dobropolje. Ich will sehen, wer hier der Stärkere ist in diesem Dorf, ein hergelaufener Lump, ein Dieb, ein Erpresser oder ich.«

»Ist dir bekannt, daß eine amtliche Anzeige gegen dich läuft?« fragte Welwel. »Eine Anzeige wegen Aufreizung zur öffentlichen Unruhe oder wegen Aufwiegelung gegen eine Behörde. Das weiß ich nicht so genau. Vielleicht weiß es unser großer Diplomat hier besser.«

»Er weiß es«, sagte Jankel, »wegen Aufreizung gegen eine Behörde.«

»Auch nicht schlecht«, rief Welwel, »zwei Jahre Gefängnis – ein Honiglecken für einen zweiundsiebzigjährigen Greis.«

»Zweiundsiebzig ja. Greis nicht.« Und jetzt hob er einen klagenden Blick zu Alfred. »Wie ich jung war, hab' ich immer viel jünger ausgesehn als ich war. Wie ich vom Militärdienst zurückkam, war ich sechsundzwanzig. Und ich sah aus wie zwanzig. Meinen ersten Posten hatte ich beim Grafen Rey. Ich wollte mir mehr Autorität bei den Bauern verschaffen und habe mich ein paar Jahre älter gemacht. Das wirft er mir jetzt vor, dein klerikaler Onkel. Hat sich die beste Zeit ausgesucht dafür. Hat mich ertappt.«

»Was ich von dir jetzt will, ist, daß du aufhörst –«

»– daß ich aufhöre ›aufzureizen‹«, sagte Jankel höhnisch.

»Daß du aufhörst, dich ins Unrecht zu setzen. Ich zweifle nicht daran, daß du hier im Dorf, im Alten und vielleicht sogar im Neuen Dorf, die Partie gegen diesen Lumpen gewinnen wirst. Aber das Gericht ist in der Stadt. Und das Gefängnis ist auch in der Stadt. Und dort wirst du nicht als der Herr Verwalter Jankel Christjampoler dastehn, sondern als ein alter –«

»– als ein alter Narr, der sich noch immer einbildet, in einem Rechtsstaat zu leben, wo Gesetz Gesetz ist und Unrecht Unrecht. So war es hier fünfzig Jahre lang.«

»Ja, das ist es eben«, sagte Welwel, nunmehr ohne Zorn, »aber es hat sich eben was geändert. Es ist eine andere Zeit gekommen, und wenn man kein rechthaberischer Narr sein will, muß man sich den Zeiten anpassen. Oder –«

»– oder zur Kenntnis nehmen, daß freigelassene Sklaven regieren, und Erpresser sich als Beamte verkleiden.«

Welwel erhob seine Arme klagend gegen Alfred, dann legte er beide Hände an die Ohren und ging schnell aus dem Zimmer.

Indes Alfred überlegte, ob er nicht seinem Onkel folgen sollte, schwieg Jankel und sah zum Fenster hinaus. Donja kam soeben vom Garten her und lächelte Alfred zu. Alfred sah sie aber nicht, und sie ging enttäuscht und schnell in der Richtung zur Küche.

»Setz dich bitte«, sagte Jankel. »Unruhiger Sinn und hastige Entschlüsse führen zu nichts.«

»Sollte ich nicht den Onkel bitten, wieder herzukommen? Es hat doch keinen Sinn, sich gerade jetzt zu streiten.«

»Wir streiten uns ja nicht, Alfred. Dein Onkel hat recht.«

»Um so besser. So kann ich ihn ja herbitten.«

»Du läßt mich nicht ausreden«, sagte Jankel ungeduldig. »Dein Onkel hat recht und ich habe recht. Es hätte also keinen Sinn, hin und her zu reden.«

»Onkel Welwel ist ja nur um Sie besorgt.«

»Er ist nicht um mich besorgt«, sagte Jankel. »Er ist um dich besorgt.«

»Um mich?« sagte Alfred.

»Ja. Um dich. Dein Onkel wird gewiß nicht gerade froh sein, wenn er weiter recht behält und man mich verhaftet, aber er sorgt sich vor allem deinetwegen. Und das ist der Grund, warum ich mit dir sprechen will. Setz dich bitte.«

Alfred folgte der Aufforderung und Jankel wandte ihm sein Gesicht zu, auf dem Alfred wieder den milden Ausdruck bemerkte, der ihn an Jankel betrübte.

»Schon vor drei Wochen hatten wir ausgemacht, daß du zu Besuch nach Wien fährst. Es ist leider anders gekommen, du konntest natürlich nicht abreisen, es war recht so. Du warst der einzige, der den Kopf behalten hat, sonst hätte man Panjko vielleicht nicht eine Amputierung und vielleicht Schlimmeres erspart. Aber jetzt ist es Zeit, daß du hier wegkommst, ganz grob gesprochen. Dein Onkel wird sich wohler fühlen, und – offen gestanden – auch ich.«

»Bin ich hier ein Hindernis? Was geht denn hier eigentlich vor?« wunderte sich Alfred.

»Du hast ja eben gehört, was vorgeht. Ich werde nicht nachgeben. Ich habe nicht aufgereizt, nicht gegen eine Behörde. Im Gegenteil. Was ich getan habe, habe ich sogar mit Einwilligung des Gemeindevorstehers getan. Und er ist hier die Behörde. Ob der Hundsfott Lubasch hier eine Behörde repräsentiert, ist mindestens strittig. Aber eben strittig. Sonst hätte ich ihn schon längst und persönlich zum Dorf hinausgeohrfeigt. Denn ich bin ja noch kein Greis. Du warst ja eben dabei«, fügte Jankel mit einem Lächeln hinzu, das Alfred geradezu bezauberte, »du hast ja gehört, wie dein Onkel mich soeben um gut fünf Jahre jünger gemacht hat. Ich werde, was ich angefangen habe, zu Ende führen. So oder so. Aber mit einem Kind im Arm kann der beste nicht fechten. Also in Gottes Namen, mach daß du hier fortkommst.«

»Ich bin das Kind im Arm?« lachte Alfred Jankel an.

»Ja«, sagte Jankel. »Jetzt bist du das Kind im Arm. Das andere hab' ich schlecht beschützt. Ein schlechter Hüter war ich. Also abgemacht?«

»Ich muß mit Onkel Welwel noch sprechen«, sagte Alfred. »Ich habe es auch satt, ein Kind im Arm zu sein. Ich bin hierhergekommen. Man hat mich hier ein Jahr lang unterrichtet. Essen gelehrt, beten gelehrt, mähen gelehrt, sprechen gelehrt. Genug gelehrt. Ich bin jetzt schon bald zwanzig Jahre alt. Ich bin entschlossen, mich jetzt auf meine eigenen Beine zu stellen.«

»Auf die Hinterbeine?« fragte Jankel gutmütig und lächelte Alfred liebevoll an. »Komm, begleite mich ein Stück. Ich habe eine unruhige Nacht gehabt. Schlafen werde ich nicht. Aber ich will mich ein bißchen ausstrecken, und da können wir weiterreden. Hier ist so eine zänkische Atmosphäre heut. Es ist auch besser, wenn du mit deinem Onkel später sprichst, sobald er sich beruhigt hat. Komm!«

Sie nahmen den Weg, um nebeneinander gehen zu können, durch die Pappelallee, nicht über den kürzeren Gartenpfad.

»Ich wollte Sie etwas fragen, Jankel. Es liegt zwar weitab von unserm Gespräch. Da ich aber hier bald wegkommen werde, das seh' ich ja schon, will ich Sie jetzt fragen, weil ich es sonst vielleicht vergessen werde.«

»Was ist es?« fragte Jankel.

»In der Nacht gestern, da war ich bei Panjko. Und er hat mir was Merkwürdiges erzählt.«

»Von Lipusch?« fragte Jankel. »Das hat mir Awram Aptowitzer heute morgen schon erzählt. Was sagst du dazu? Er hat auch vor uns Geheimnisse gehabt.«

»Ich habe angenommen, daß Aptowitzer es Ihnen erzählen wird, sonst hätte ich es Ihnen schon vor dem Frühstück gesagt. – Ist Aptowitzer abgereist?«

»Ja«, sagte Jankel, »und soweit man so etwas sehen kann, schien er mir etwas erleichtert.«

»Gott sei Dank«, sagte Alfred. »Panjko hat mir aber noch was anderes erzählt. Er meinte sogar, daß Sie davon auch wissen. Panjko behauptet, daß Onkel Welwel ihm jeden Freitag den ganzen Betrieb hier verkauft. Halten Sie das für möglich?«

»Freilich«, sagte Jankel, »jeden Freitag. Das weißt du nicht?« Jankel war sehr erstaunt. Er blieb stehen und sah Alfred heiter, beinahe höhnisch an. »Doch nicht genug gelernt?«

»Nein«, sagte Alfred, »ich habe nichts davon gewußt. Wenn das wahr ist, es wäre das erste, was mir an Onkel Welwel nicht gefiele.«

»Warum?« wunderte sich Jankel.

»Daß Onkel Welwel sich auf so ein Spiel einläßt. Das ist doch eine Komödie.«

Jankel nahm ihn am Arm, und sie setzten ihren Weg fort.

»Wie ich so jung war wie du – ich war sogar noch jünger, dein Großvater hat noch gelebt, und er war auch noch kein alter Mann damals –, habe ich auch so gedacht wie du. Ein Spiel, eine Komödie. Genauso wie du. Ich wußte – und ich brauchte kein ganzes Jahr dazu wie ein studierter Kopf –, daß dein Großvater seinem Kutscher Matwej jeden Freitag den ganzen Krempel da verkaufte. Dein Großvater pflegte am Samstagnachmittag in Großvaters Zimmer zu sitzen und zu studieren, und wir wußten alle, daß man ihn da nicht stören durfte. Wenn du deinen Großvater gekannt haben würdest, so wäre es dir ganz klar, daß es keinem Menschen eingefallen wäre, ihm am Sabbat mit irgendwas zu kommen, was seine Sabbatruhe im geringsten stören konnte. Dein Großvater war auch kein so ein Amateur-Landwirt wie dein Onkel. Und es waren auch andere Zeiten. Eines Sabbats, und es war zur Zeit des Dreschens, das ganze Getreide war eingefahren, das ganze Betriebskapital sozusagen war beisammen, da ist ein Brand ausgebrochen in einer Scheune. Du kannst dir vorstellen, wie schnell es hier brennt, wie schnell es hier brennen kann – wo alles mit Stroh bedeckt ist –, nicht nur zur Zeit des Dreschens. Versicherung gegen Feuer gab es damals noch keine, und wenn ich auch noch jung war, so habe ich doch die Katastrophe richtig eingeschätzt. Ich war auf der Tenne und ich verlor den Kopf. Und ich fing zu laufen an. Ich lief zu deinem Großvater. Ich lief um das Haus herum und klopfte an ein Fenster in Großvaters Zimmer. Ich mußte ein paarmal klopfen, bis dein Großvater einen Fensterflügel auftat. ›Es brennt, Reb Juda! Die ganze Ernte steht in Flammen‹, schrie ich zum Fenster hinein. Dein Großvater sah mich in Gedanken an und sagte mit ruhiger Stimme: ›Sag's Matwej. Es ist seine Ernte, die brennt‹, und schloß das Fenster. – Jahrzehnte hab' ich nicht mehr daran gedacht. Jetzt, da du mich mit deiner Dummheit an meine Dummheit erinnerst, fällt es mir zum ersten Mal auf, daß ich, obschon ich den Kopf verloren hatte, in diesem meinem Kopf vielleicht auch einen Hintergedanken hatte, der mich zum Laufen bewogen hat. Aha, muß ich mir wohl gedacht haben, jetzt werden wir sehen, wie diese Komödie des Verkaufs platzen wird wie eine Blase. Ich bin sogar sicher, daß ich mit diesem

Hintergedanken zu deinem Großvater gelaufen bin. Denn, siehst du, der Mensch ist immer geneigt, was er an seinem Nächsten nicht versteht, übel zu deuten. Es ist mir fast ein Vergnügen zu sehen, daß du genauso dumm bist wie ich war. Verstehst du jetzt? Oder hältst du diesen Scheinverkauf noch immer für eine Komödie?«

»Ich weiß nicht«, sagte Alfred, »wozu ist das gut? Weil man am Sabbat nicht arbeiten darf? Was nützt da ein Scheinverkauf?«

»Das frage du die Rabbiner, die Schriftgelehrten. Dein Großvater hatte von einem Rabbi die ausdrückliche Erlaubnis, einen solchen Verkauf zu tätigen. Auch dein Onkel hat eine solche Erlaubnis.«

»Wäre es nicht richtiger«, meinte Alfred, »richtiger und anständiger, am Sabbat den Betrieb einfach einzustellen?«

»Gewiß«, sagte Jankel, »gewiß. Aber man muß ja, wie du weißt, den Betrieb am Sonntag einstellen. Und zwei Tage Ruhe, das könnte kein Betrieb aushalten. Gut, daß du mich gefragt hast. Dein Onkel wird dir gewiß mehr darüber zu sagen haben. Was mich betrifft, so habe ich mit deinem Onkel nie darüber gesprochen. Mir genügte die Belehrung, die mir dein Großvater an jenem denkwürdigen Sabbat der Feuersbrunst erteilt hat. Was ist da noch zu erklären? ›Sag's Matwej, es ist seine Ernte.‹«

»Glauben Sie, Jankel«, wollte Alfred jetzt wissen, »glauben Sie, daß Onkel Welwel sich genauso verhalten würde wie Großvater?«

»Genauso«, meinte Jankel. »Haargenau so würde er sich verhalten. Und doch wäre es nicht dasselbe. Einfach aus dem Grunde nicht, weil wir jetzt gegen Feuer versichert sind. Dennoch haben wir beide keinen Grund, die Haltung deines Onkels weniger zu respektieren. Sprich mit deinem Onkel nicht darüber vor deiner Abreise. Wenn du jetzt eine Zeit weg bist und eine Zeit auf deinen eigenen Beinen stehst, wirst du vielleicht noch draufkommen, daß du am Ende hier noch was zu lernen haben wirst.«

Sie waren jetzt vor Jankels Haus angekommen und sie traten ein. Im Zimmer ging Jankel schnurstracks auf eine große Pendeluhr zu, schloß sie mit einem kleinen Schlüsselchen auf, das er seiner Westentasche entnommen hatte, hantierte eine Weile an einem Geheimfach des Gehäuses, kam Alfred mit einem umfangreichen Briefumschlag entgegen, forderte ihn zum Sitzen auf und sagte: »Tu einen Blick hinein. Du kannst es öffnen. Es ist nur leicht zugeklebt.« Und er ging zu seinem Sofa und streckte sich aus. Alfred öffnete den Umschlag und las ein Schriftstück. Es war mit deutlicher, kalligraphischer Hand geschrieben, wie man sie in Schriftstücken der österreichischen Behörden findet. Es war eine kurze Aufzählung des irdischen Besitzes des alten Jankels. Punkt eins enthielt eine genaue Beschreibung und die Lage der Grundstücke, die der alte Jankel in Dobropolje sein eigen nennen durfte: es waren fünfundsechzig Morgen Ackers, nicht mehr, nicht weniger. Des weiteren war alles an Geld, Papieren und sonstigen Wertsachen genau aufgezählt und beschrieben. Alfred las alles schnell durch und kam mit seinem Blick wieder zu dem ersten Paragraphen zurück, der ihn offenbar am meisten interessierte. Jankel mußte ihm das angesehen haben, denn er sagte: »Fünfundsechzig Morgen. Was sagst du dazu?«

»Sehr schön«, sagte Alfred, »Sie sind ja ein vermögender Mann! Ein richtiger Kulak!«

»Freilich«, sagte Jankel stolz, »ein Großbauer. Fünfundsechzig Morgen, das ist schon ein Großbauer. Ein richtiger Kulak bin ich. Ich habe es dir nur gezeigt, weil ich dir mitteilen wollte, daß ich bereit bin, mich selbst zu liquidieren. Ich bin nämlich bereit, alles was ich besitze auszugeben, um mit dem Herrn Lubasch, mit dem Menschen mit Matura, fertig zu werden. Natürlich hoffe ich trotz allem, daß es nicht soviel kosten wird. Aber ich wollte dir nur zeigen, wie Ernst es mir mit der Sache ist. Ich wollte es eigentlich deinem Onkel sagen, aber er ist ja leider davongelaufen. Er muß das schon geahnt haben. Dein Onkel ist ein sehr kluger Mann. Aber jetzt hoff' ich, daß du es ihm sagen wirst. Ich hoffe aber auch, daß du nun siehst, wie ernst die Sache ist, und spätestens Ende der Woche machst, daß du davonkommst. Wenn die Luft hier wieder sauber ist, wird man dich rechtzeitig wieder zurückrufen. Das kannst du mir schon überlassen.«

Jankel schwieg jetzt still und zog die leichte Decke, die er über den Knien liegen hatte, hoch. Alfred sah, daß Jankel nun sehr ruhebedürftig war.

»Ich kann nichts versprechen«, sagte er. »Ich werde es mir überlegen. Ich muß auch noch mit Onkel Welwel reden. – Auf Wiedersehen, Jankel. Hoffentlich können Sie jetzt ein bißchen schlafen.«

7

Am Dienstag morgen hatte Pesje nichts Neues zu melden; vielleicht kam sie bloß nicht dazu, eine ihrer frühen Botschaften anzubringen, weil Welwel ihr an diesem Morgen mit großer Geschicklichkeit auswich. Am Mittwoch aber war Pesje die Geschicktere. Sie fing Welwel wie immer zu solchem Zweck im Flur ab und sagte: »Bielaks Tochter war schon wieder da, weh ist mir.«

»Und?« sagte Welwel und seine Stirn verfinsterte sich.

»Man hat den Haman auch schon im Neuen Dorf verprügelt.«

»Gut, gut. Was noch?« sagte Welwel zornig. »Hast du noch was Gutes zu erzählen?«

»Bielaks Tochter hat gesagt, daß der alte Jankel gar nichts getan hat. Er hat nur was vorgelesen im Dorf, eine Zeitung, weiß ich was.«

»Schön, eine Zeitung«, sagte Welwel.

»Und sie hat noch gesagt –«

»Wer?«

»Bielaks Tochter. Warum bist du so bös? Ich erzähl' dir's ja nur, weil ich glaube, daß es wichtig ist. Sie hat erzählt, daß der alte Bielak ihm das erlaubt hat.«

»Und –?«

»So ist doch Jankel nicht schuldig, weh ist mir.«

»Ich weiß schon. An Jankel ist ein Briefträger verlorengegangen. Ich weiß schon«, sagte Welwel und entfernte sich, wie immer nach einem solchen Morgengespräch mit Pesje, mit zornigen Schritten.

Am Donnerstag morgen sagte Welwel zu Alfred: »Ich habe heute Besuch. Beinah hätte ich es vergessen. Ein Mann hat sich hier angesagt. Schon vor einigen Wochen. Er kommt aus Warschau. Ich kenn' ihn gar nicht. Eine wichtige Angelegenheit, schreibt er mir. Er heißt ... Ein sonderbar Name ...« Welwel ging an seinen Schreibtisch und holte einen äußerst noblen Briefumschlag hervor, entnahm ihm einen Brief, blickte ihn flüchtig durch und gab ihn Alfred. »Bolesław de Rada-Zarudski.«

»Conseiller au Ministère du Commerce et de l'Industrie de la République de Pologne«, las Alfred. »Ein Ministerialrat, so wie Onkel Stefan. Ein hohes Tier.«

»Ja«, sagte Welwel und sah Alfred forschend an. »Ich schrieb ihm, daß ich mich freuen würde, ihn zu empfangen. Selbstverständlich. Ich habe mich natürlich vorher erkundigt. Ich habe mich eine Zeitlang mit Politik beschäftigt.«

»Ich weiß«, sagte Alfred. »Du warst ja sogar Sejm-Deputierter.«

»Woher weißt du das?« wunderte sich Welwel.

»Es stand ja auf dem Programm«, sagte Alfred.

»Auf welchem Programm?«

»Auf dem Programm der Eröffnungssitzung deines Kongresses in Wien.«

»Ach so«, sagte Welwel, »auf dem Programm.«

»Ich hab's noch«, sagte Alfred. »Onkel Stefan hat's mir gegeben. Willst du es haben?«

»Ich bin kein Sammler«, sagte Welwel lachend, »aber diesen Brief werde ich mir aufheben. So was habe ich noch nie gesehen.«

»Ja«, sagte Alfred und gab den Brief seinem Onkel mit großer Geste zurück. »Onkel Stefan hat mir einmal ein Handschreiben Mussolinis an den österreichischen Bundeskanzler gezeigt – zum Anschaun natürlich nur, nicht zum Lesen. Mussolinis Briefpapier war bescheidener als das hier.«

»Er hat sich für elf Uhr angesagt. Er kommt mit seinem Wagen. Bleib in der Nähe. Ich möchte, daß du dabei bist. Sicher ein sehr interessanter Mann.«

Mit einer Verspätung von nur einer halben Stunde traf der Gast in einem selbstchauffierten Fordwagen ein. Er hatte einen blütenweißen Staubmantel an, und sein Gesicht verfinsterten Autobrillen von einem Ausmaß, das selbst auf den staubreichen Wegen Polens kaum am Platze war. Welwel und Alfred empfingen den Gast an der Auffahrt und geleiteten ihn ins Haus. Als er sich der Brille entledigte, kam ein nahezu kindlich offenes Gesicht zum Vorschein, blaue Augen, die treuherzig lächelten. Der Ministerialrat war ein noch junger Mann, kaum vierzig, hochgewachsen, mit breiten Schultern und einer tänzerischen Leichtigkeit der Bewegungen. Seine Stirn war rund und glatt, wie man sie nur bei Jungen unter zwanzig sehen kann. Nur das dunkelblonde Haar, das schütter und dünn etwa an der Mitte des Kopfes ansetzte und eine gewölbte Halbglatze aufscheinen ließ, verriet das Alter des Gastes – man hätte ihn sonst für einen zwanzigjährigen Eintänzer in einer östlichen Bar halten können. Er begrüßte Wolf

Mohylewski mit kollegialer Ehrerbietung. Als ihm Alfred vorgestellt wurde, drückte er ihm recht kräftig und nicht zu kurz die Hand und sagte:»Enchanté, Monsieur.«

Man setzte sich im Wohnzimmer, und das Gespräch begann. Alfred verstand nicht genug Polnisch, um der Konversation genau zu folgen, und den Inhalt des Gesprächs erfaßte er mehr durch Erraten.

»Zuerst meine herzlichste Gratulation«, eröffnete Herr de Rada-Zarudski die Konferenz.

»Zu welchem Anlaß?« wunderte sich Welwel.

»Man hat Sie wieder als Kandidaten für die nächsten Wahlen aufgestellt. Wir sind informiert, Herr Mohylewski.«

»Das stimmt«, sagte Welwel, »aber zur Beglückwünschung liegt kein Anlaß vor. Ich habe die Kandidatur nicht angenommen. Ich habe mich vom politischen Leben zurückgezogen, wie Sie vielleicht auch wissen.«

»Das ist mir, offen gestanden, neu«, sagte der Gast und lächelte Welwel ermunternd zu. »Solche Entschlüsse pflegen selten unumstößlich zu sein, und wenn ich Ihnen einen Rat geben dürfte –«

»Danke«, warf Welwel schnell ein, »es hat keinen Sinn, weiter darüber zu sprechen. Wenn das der Zweck Ihres Besuches war, täte es mir leid, daß Sie sich die Mühe genommen haben, fünfzig Kilometer auf einer nicht sehr guten Straße zu reisen.«

»Das war nicht der Zweck meines Besuchs. Die Mühe ist nicht der Rede wert. Zwei Stunden, bei schönem Wetter obendrein, hätte ich gern geopfert, auch in meiner Urlaubszeit, um das Vergnügen Ihrer Bekanntschaft zu haben. Aber ich bin, offen gestanden, gekommen, um Ihnen einen sehr wichtigen Vorschlag in der Judenfrage zu machen, Herr Mohylewski. Wenn auch nicht offiziell.«

»Privat?« fragte Welwel. »Einen persönlichen Vorschlag?«

»Nicht ganz«, sagte der Gast, schaltete eine kleine Pause ein und wiederholte mit einem bedeutungsvollen Blick: »Nicht ganz privat.«

»Bitte«, sagte Welwel, »es interessiert mich sehr.«

Der Gast öffnete seine solid-lederne Aktenmappe, zog ein saffianledernes Notizbuch hervor, schlug es auf, las darin eine Weile mit sehr wichtiger Miene, dann verwahrte er es wieder in seiner Aktenmappe und begann: »Herr Mohylewski, wir sind Realpolitiker. Mit Ihnen kann man offen reden. Die Sache ist die: Polen war immer ein antisemitisches Land, Polen ist – leider, aber es ist – ein antisemitisches Land. Und es wird, leider, nach menschlichem Ermessen, ein antisemitisches Land bleiben. Wir haben hier im Lande –«

»Verzeihen Sie, Herr Ministerialrat«, sagte Welwel und rückte mit seinem Stuhl etwas vom Gast ab. »Daß Polen ein antisemitisches Land ist, ist der Welt bekannt und Gott kein Wohlgefallen. Daß es immer ein antisemitisches Land gewesen ist, das ist nicht wahr, Herr Zarudski, Herr de Zarudski. Und Ihre Annahme, daß Polen ein antisemitisches Land –«

»Nach menschlichem Ermessen, sagte ich, Herr Mohylewski.«

»– nach unmenschlichem Ermessen immer ein antisemitisches Land sein wird, ist, hoffe ich, hoffe ich auch zugunsten unseres Vaterlandes, Ihre private, nicht offizielle Prognose.«

»Das sind Ansichtssachen, Herr Mohylewski. Das gebe ich zu«, gab der Gast mit anmutiger Konzilianz zu. »Und ich persönlich wünsche aus tiefster Seele, daß Sie recht hätten, nicht wir.«

»Wer: wir?« fragte Welwel.

»Sagen wir vorläufig: ich«, sagte der Gast. »Aber was hab' ich gerade sagen wollen?«

»Entschuldigen Sie, ich habe Sie unterbrochen«, sagte Welwel, »ich hatte den Eindruck, Sie waren gerade daran, zur Realpolitik zu kommen.«

»Ja, gewiß«, sagte der Gast. »Eh bien, ich wollte sagen: Wir haben hierzulande dreieinhalb Millionen Juden. Das sind schätzungsweise zwei Millionen zuviel –« Welwel machte eine Geste, als ob er den Gast wieder unterbrechen wollte, überlegte es sich aber und nahm seine vorgestreckte Hand zurück. »Auf eine genaue Ziffer kommt's nicht an«, fuhr Herr de Zarudski fort. »Und da haben wir einen Plan. Sie, Herr Mohylewski, haben gute Beziehungen auch im Ausland, wir nehmen an, auch zu den amerikanischen jüdischen Kreisen. Unser Plan erfordert Kapitalien, größere Summen. Polen, das ja nun zum Rang einer Großmacht aufgestiegen ist, wird, das vertraulich bitte, demnächst bei günstiger internationaler Konstellation einen begründeten Anspruch auf ein Kolonialgebiet erheben. Das, wie gesagt, im Vertrauen. Nun haben wir uns ausgedacht: Wir dirigieren eine jüdische Massenauswanderung zu irgendeinem Punkt. Wo dieser Punkt sein wird, glauben wir auch schon zu wissen. Was wir brauchen, ist das Interesse der einflußreichen jüdischen Kreise im Ausland. Sie verstehen. Wir haben – und das ist was Neues, und das ist es, was Sie sicher gleich einsehen werden – ein nationales Interesse, nicht nur an einer Massenauswanderung der Juden, das wäre nichts Neues: wir haben ein nationales Interesse, das weit darüber hinausgeht. Was wir planen, ist keine Emigration, die die jüdischen Massen in alle vier Winde zerstreut – bitte beachten Sie das, Herr Mohylewski –, wir wollen die Auswanderer, je mehr je besser, in einem bestimmten Kolonialland auffangen und als Polen durch die Gründung einer polnischen Kolonie seßhaft machen. In enger Verbundenheit mit dem Vaterland. Als eine Großmacht haben wir Anspruch auf Kolonien. Das ist gerecht. Und die Auswanderer als gute polnische Staatsbürger haben das Recht, das unentäußerliche Recht, auch fern der Heimat als Polen mit dem polnischen Vaterland in innigster Verbindung zu sein. Das ist, kurz und grob gesagt, unser Plan. Das ist mal was Neues.«

»Sie wollen, noch kürzer und noch gröber gesagt, Sie wollen, daß die Juden – zwei Millionen, nicht wahr? – sich selbst hinauswerfen, die Kosten des Hinauswerfens bezahlen und das unentäußerliche Recht behalten, sich auch fern der Heimat von halbgebildeten Scharlatanen, womöglich als Oberste verkleidet, weiter womöglich recht antisemitisch regieren zu lassen. Hab' ich Sie richtig verstanden, Herr de Zarudski?«

»Warum als Oberste verkleidet?« wollte Herr de Zarudski wissen. Auf seinem Gesicht lag eine nahezu weinerlich-kindliche Gekränktheit. »Wie kommen Sie darauf?«

»Ich habe auch meine Information«, sagte Welwel, »ich weiß ungefähr, in wessen Auftrag Sie zu mir kommen. Nicht offiziell, natürlich.«

»Ich glaube, daß hier ein Irrtum vorliegt, Herr Mohylewski. Ein bedauernswerter und nicht ungefährlicher Irrtum. Eh bien, einerlei. Das ist nicht so wichtig. Von welcher Seite immer ich herkomme, die Frage ist: Wie stehen Sie zu unserm Vorschlag, Herr Mohylewski?«

Welwel erhob sich und sah zu Alfred hinüber, als ob er ihn fragen wollte: Was sagst du dazu? Alfred verstand ihn und er erhob sich schnell von seinem Sitz. Herr de Zarudski drehte sich um und blickte sitzend von einem zum andern. Er sah aus wie ein ausgesetztes Kind.

»Eh bien, ich verstehe«, sagte er leise vor sich hin und erhob sich schnell von seinem Sitz. Welwel ging langsam zur Tür und öffnete sie. Der Gast folgte ihm. Schon in der Tür, wandte er sich um und sah

Welwel bestürzt an. »Eh bien. Wir werden einander noch einmal begegnen.«

»Nicht in dieser Welt, hoffe ich«, sagte Welwel zum lebhaften Erstaunen selbst Alfreds in jiddischer Sprache, »und in der zukünftigen Welt nach menschlichem Ermessen kaum.«

Noch in dem Entsetzen, das nun das kindliche Gesicht des Herrn de Rada-Zarudski für einen Augenblick gräßlich entstellte, konnten sowohl Welwel als auch sogar Alfred lesen, daß der Herr de Rada-Zarudski Jiddisch verstand. Welwel las es mit Befriedigung, Alfred in Verwirrung. Nachdem Welwel die Tür hinter dem davongestürzten Gast langsam zugeschlossen hatte, sagte Alfred: »Onkel Welwel, ich könnte schwören, daß der Herr auf französisch nur ›enchanté‹ und ›eh bien‹ sagen kann. Wie konntest du annehmen, daß er auch noch Jiddisch versteht?«

»Glaubst du, daß er verstanden hat?« fragte Welwel, obgleich er ja wußte, daß er im Gesicht des flüchtigen Gastes richtig gelesen hatte. Er wollte sich versichern, ob auch Alfred richtig gelesen hatte.

»Gewiß hat er verstanden, Onkel Welwel. Darum ist er ja so entsetzt davongestürzt.«

»So«, sagte Welwel. »Ich bin auch sicher, daß er verstanden hat. Ich hatte es nur vermutet, daß er verstehen würde. Aber ich hätte es auch ausprobiert, wenn ich das Gegenteil vermutet hätte. Siehst du, Sussja, wenn ich so einen Brief aus Warschau bekomme, von einem mir unbekannten Herrn, der mit einem wichtigen Auftrag in mein Haus kommen möchte, sage ich ja und lade ihn ein. Gleichzeitig aber informiere ich mich ein wenig, wer der Mann ist. Nicht gerade aus Mißtrauen. Im Gegenteil, aus Höflichkeit, möchte ich sagen. Ich will wissen, wie ich mit dem Herrn reden soll, ohne ihn zu enttäuschen. So hab' ich mich auch über den Herrn de Zarudski informiert. Und da habe ich ausreichende Auskunft bekommen. Der Herr de Rada-Zarudski ist, oder war, ein Jude.«

»Das scheint mir, offen gesagt, unglaubhaft«, sagte Alfred. »Bist du sicher?«

»Ja. Er ist in Lwów geboren. Sein Vater war ein Gymnasiallehrer, ein achtbarer Mann. Der Großvater des Herrn de Rada-Zarudski war Klarinettist in einer jüdischen Kapelle. So einer Kapelle, die auf jüdischen Hochzeiten spielt.«

»Der wird doch kaum ›de Zarudski‹ geheißen haben, der Klarinettist?«

»Piceles hat er geheißen. Herschel Piceles. Nicht mehr und nicht weniger.

»Wieso dann Zarudski?«

»Weil es sich auf Piłsudski reimt, nehme ich an.«

»Ich hätte nicht geglaubt, daß ihr hier in Polen auch solche Juden habt. In Deutschland gibt es einen Juden, Naumann heißt er. Ich könnte mir denken, daß Herr de Rada-Zarudski und jener Naumann einander auf gleicher Ebene leicht verstehen würden. Ich hätte aber nicht angenommen, daß es in Polen auch schon solche Naumann-Juden gibt.«

»Wir haben auch solche. Nicht so viele wie in Deutschland; aber wir haben auch ein paar Zarudskis. Aber das ist nicht das Problem, das mich gerade beschäftigt. Verräter haben alle, und wir haben sie auch. Ich frage mich bloß, warum ich so einen Ekel empfinde, noch jetzt, da ich ihn nicht mehr vor mir sitzen habe. Einen solchen Ekel empfinde ich ja nicht einmal dem Herrn Lubasch gegenüber. Kannst du mir das erklären?«

»Er ist ja auch nach meinem Empfinden viel schlimmer als der Herr Lubasch.«

»Gewiß. Für uns. Weil er ja doch ein Jude ist. Aber das meine ich nicht. Ich denke, ich hätte dasselbe Gefühl, wenn ich kein Jude wäre. Ich frage mich, ob der Oberst, der ihn zu mir geschickt hat – nicht offiziell, selbstverständlich – ob der Oberst im Grunde nicht dasselbe Gefühl hat, wenn er mit Herrn de Zarudski zusammen sitzt. Ich schließe es nicht aus. Obwohl der Oberst auch nicht der tadelloseste Ehrenmann unter unsern Obersten ist. – Hast du Heine gern?«

»Heinrich Heine meinst du, Onkel Welwel?«

»Ja«, sagte Welwel, »Heinrich Heine.«

»Offen gestanden: ja, Onkel. Sehr.«

»Offen gestanden: ich nicht. Aber Heine, siehst du, wenn er nicht gerade ›Du hast Diamanten und Perlen‹ schrieb, war ein sehr kluger Mann. Er hat alles vorausgewußt. Er muß auch irgendeinen de Rada-Zarudski gekannt haben. Irgendwo sagt Heine: ›Wenn ein Jude edel ist, ist er edler, wenn er gemein ist, gemeiner als ein Christ.‹«

»Es ist etwas prägnanter formuliert, glaube ich«, sagte Alfred. »Aber dem Sinne nach ist es richtig. Bist du auch der Ansicht, Onkel Welwel.«

»In diesem Augenblick, offen gestanden: ja. – Geh, sei so lieb, sag unserer Pesje, daß wir keinen Gast zu Tische haben werden.«

Alfred ging und kam schnell zurück und wollte seinem Onkel berichten, daß Pesje sehr enttäuscht war. Aber er fand seinen Onkel am Fenster stehend und sah, daß er in Gedanken zur Groblja hinausblickte. Er setzte sich in einer Ecke des Sofas nieder und wartete. Nach einer Weile wandte Welwel Dobropoljer sich um, und mit einer Hand an der Stirn, sprach er leise vor sich hin: »Es ist ein altes Spiel.«

Dann sah er Alfred an und setzte fort: »Ich meine das Spiel, das Stück, das uns Herr Lubasch hier aufgeführt hat. Es ist ein uraltes Spiel. So ist es immer vor sich gegangen. Man macht aus den Juden einen Dämon in den Städten und einen Bauernschreck auf dem Lande. Das weitere ist dann leicht. Kennst du die Legende von Ahasver, dem ewigen Juden? Ich nehme an, es ist dir bekannt, daß dies keine jüdische Legende ist.«

»Das habe ich nicht gewußt«, sagte Alfred.

»Ahasver, das ist der ewige Jude, verdammt durch alle Zeiten zu wandern zur Strafe für die Sünde, die er am Bringer des Heils begangen hat. Ein Dämon. Das sind wir. Unser Lipale war ein Dämon. Ein Bauernschreck. Ein Brandstifter. Das ist das alte Spiel. Daß es überall Lubasche gibt, die hetzen, kann diese und jene und noch andere Gründe haben. Man kann sie benennen wie man will: politisch, ökonomisch, sozial – man kann sich das aussuchen. In diesem Falle, in diesem unsern Unfalle, wollte Lubasch ja eigentlich nur bei uns zwei Kühe melken. Da könnte man also sagen: ökonomisch. Das ist einerlei. Daß es aber den Lubaschen immer wieder gelingt, das ist das alte Stück. Und gar nicht so dunkel, wenn auch finsteren Ursprungs. Die Bauern hier, siehst du, sind Menschen wie wir. Nicht einmal die Brüder Mokrzycki sind richtige Mörder. Raufbolde sind sie und Säufer. Aber zeigt man dem Bauern einen Bauernschreck, greift er nach alter Weise zur Sense. Du sollst aber nicht glauben, daß solche Unfälle sich nur hier ereignen können.«

»Das glaube ich nicht, Onkel Welwel. Im Gegenteil: es wundert mich, daß es in der Atmosphäre, in der geladenen Atmosphäre, in der hier Polen und Ukrainer leben, nicht schlimmer zugeht. Aber du hast recht: es kann überall geschehen. Hier stehen wir zwischen zwei Nationen, anderswo zwischen zwei Klassen.«

»Sehr richtig«, sagte Welwel Dobropoljer, »so ist es. Und wir können es nicht ändern. Es beruhigt mich ein wenig, daß du es auch so siehst. Ich habe vermutet, daß du es so erst sehen wirst, wenn du es von der Ferne betrachten wirst. Um so besser. Dennoch wird es mich noch mehr beruhigen, wenn du bald sozusagen in Urlaub gehst. Seltsam geht es zu: vor einem Jahr, wie du schon hier warst, hätt' ich mir kaum vorstellen können, daß ich einmal dir zureden werde, für eine Zeit von hier abzureisen. Im Gegenteil. Ich habe mich immer davor gefürchtet, dich hier abreisen zu sehen. Jetzt kann ich dir zureden, in Urlaub zu gehen. Weil ich sicher bin, daß du gern zurückkommen wirst.«

»Wann, glaubst du, sollte ich fahren? Zum Geburtstag meiner Mutter ist es ohnehin zu spät.«

»Den Tag der Abreise«, sagte Welwel, sichtlich erleichtert, »wirst du selbst bestimmen. Über den Sabbat bleib noch hier.«

»Ich möchte gern bleiben, bis Frau Aptowitzer heimkommt«, sagte Alfred.

»Awram Aptowitzer rechnet damit, daß er mindestens zwei Wochen bei ihr in Kozlowa bleiben wird, vielleicht auch länger. Das wird vom Gesundheitszustand der Frau Aptowitzer abhängen.«

»Ich werde sehen«, sagte Alfred. »Vielleicht fahre ich für einen halben Tag nach Kozlowa.«

»Gut«, sagte Welwel, »das sollst du tun.«

Pesje erschien vorm Fenster und sagte: »Warum hast du den jungen Mann abreisen lassen? Er wird doch hungrig sein, weh ist mir.«

»Er hatte es sehr eilig, Pesje. Wir konnten ihn nicht zurückhalten. Nicht wahr, Sussja?«

»Es ist noch nie vorgekommen, daß ein Gast hier beinahe um die Mittagszeit zu Besuch ist und nicht zum Essen bleibt. Was sind das für neue Moden, weh ist mir?«

»Sussja, sag du Pesje, wie es war.«

»Der Herr hatte es sehr eilig, Pesje«, sagte Alfred mit einem Blick auf Welwel, »er hat einen neuen Wagen, und er hat mit einem Freund gewettet, daß er um ein Uhr wieder in der Stadt sein wird. Er hat sich nicht zurückhalten lassen.«

Andern Tags, zur gewohnten frühen Stunde, fing Pesje im Flur Welwel Dobropoljer ab und sagte: »Heute morgen sind zwei Männer gekommen. Auf Motorrädern, so mit Ledergamaschen und Lederjacken, weh ist mir.«

»Wahrscheinlich die Untersuchungskommission«, sagte Welwel. »Sie waren ja schon einmal da. Sie wollen wahrscheinlich weitere Zeugen verhören.«

»Sie scheinen sich aber mehr für den alten Jankel als für die Brüder Mokrzycki zu interessieren.«

»Wie kannst du das wissen?«

»Bielaks Tochter«, sagte Pesje, »war wieder da. Was sagst du dazu, weh ist mir?!«

An diesem Morgen hatte aber Welwel Dobropoljer bereits Post von Dr. Frankl, eine Depesche, in der er seinen Besuch in Dobropolje und seine Ankunft in Rembowlja für Sonntag ankündigte.

»Morgen abend, nach dem Sabbatausgang, fahre ich nach Rembowlja, Pesje. Wir werden Besuch bekommen. Am Sonntag. Einen wichtigen Besuch. Sag aber Alfred nichts davon. Das ist eine Überraschung.«

»Die Mutter, weh ist mir?«

»Nein. Sein Vormund. Ein sehr lieber Mann. Mach für ihn das beste Zimmer bereit und laß dir von Bielaks Tochter, so gut sie es meint, nicht den Kopf verdrehen. Wir haben genug Sorgen ohnehin.«

Am Nachmittag sagte Welwel zu Alfred: »Ich möchte heute ins Schwitzbad. Willst du mitkommen?«

»Ja«, sagte Alfred, »gern. Glaubst du, Jankel wird uns Pferde geben?«

»Ich hab's schon Domanski gesagt. Jetzt machen wir schnell einen Sprung zu Panjko. Komm.«

Als sie vor Panjkos Haus angekommen waren, sagte Welwel: »Bleib du eine Weile draußen. Ich hab' mit Panjko etwas zu erledigen. Ich rufe dich, wenn es soweit ist.«

Alfred wartete ab. Er hatte vergessen, Panjkos Unruhe wegen des Freitagsbesuchs dem Onkel mitzuteilen, und er war froh, daß Welwel nun bei Panjko war. Als er hernach das Krankenzimmer betrat, sah er, daß Onkels Besuch Panjko sehr wohl getan hatte. Alfred hatte wohl schon bemerkt, daß es Unglückliche gibt, die, ihrer Beine nicht mächtig, es fertigbringen, würdig und stolz in einem Rollstuhl zu sitzen, ja zu thronen. Daß aber einer, ein Kranker, stolz im Bett liegen kann, hätte er nicht für möglich gehalten.

»Jetzt wird es nicht mehr lange dauern«, redete Panjko mit Welwel. Schmerzen hab' ich keine mehr. Keine großen Schmerzen. Fieber hab' ich keins. Jetzt wird es schnell gehen.«

»Gewiß«, sagte Welwel, »bei einem so jungen Mann heilen alle Wunden schnell, Panjko. Mach dir keine Sorgen deswegen.«

Welwel und Alfred blieben eine Weile. Welwel hatte angeordnet, daß der Wagen sie von Panjkos Haus abholen solle. Als sie den Wagen heranrollen hörten, erkannte Panjko, daß es der Wagen Welwels war, und er sagte nicht ohne Wehmut: »Sie fahren ins Dampfbad, Herr Gutsbesitzer.«

»Ja«, sagte Welwel. »Am kommenden Freitag, wer weiß, wirst du schon wieder auf dem Kutschbock sitzen.«

Welwel erhob sich und verabschiedete sich vom Kranken. Hinter dem Rücken Welwels gab Panjko Alfred ein Zeichen.

»Ja?« sagte Alfred.

»Ich wollte Sie was fragen, Herr Mohylewski«, flüsterte er schnell. »Wenn man ein Bein abnimmt, macht man das mit einer Hacke?«

»Nein«, sagte Alfred, »mit einer Säge. Mit einer feinen kleinen Säge. Und man bekommt was zum Einschlafen. Man spürt gar nichts. Und wenn man erwacht – –« Alfred stockte. Das Gesicht des Kranken hatte sich völlig verändert. Es wurde aschgrau, und die Nasenflügel hatten den wächsernen Glanz seiner schlimmen Tage. »Was ist denn, Panjko? Dein Bein ist doch gesund?«

»Jesus Maria!« flüsterte Panjko. »Gut, daß ich das nicht gewußt habe! Gut, daß ich das nicht gewußt habe! Ich habe geglaubt, man macht's mit einem Beil. Man haut hin, man trifft nicht, dann haut man noch einmal – gut, daß ich das nicht gewußt habe! Wer weiß, was geschehen wäre. Wenn ich gewußt hätte, daß man dabei schläft, daß man das mit einer Säge macht, daß man nichts spürt – ich hätte mich vielleicht von Dr. Chramtjuk überreden lassen. Gut, daß ich Sie nicht gleich gefragt habe, Herr Mohylewski!«

»Denk nicht mehr an solche Sachen, Panjko. Dein Bein ist gesund. Die Wunde heilt. Ich komme morgen zu dir, ich kann jetzt den Onkel nicht warten lassen.«

»Entschuldigen Sie mich beim Herrn Gutsbesitzer. – So was!«

8

In Kozlowa, ehe sie zum Dampfbad gingen, sagte Welwel zu Alfred: »Ich glaube, du solltest die Gelegenheit benützen und dir das Haar schneiden lassen.«

Alfred folgte der Anregung ohne weiteres, obschon es ihm gleich auffiel, daß Onkel Welwel sich im Laufe des Jahres nie um derlei Äußerlichkeiten gekümmert hatte. – Auf dem Heimweg erwähnte Welwel beiläufig seine Reise nach Rembowlja, und Alfred bat ihn, sich dort zu erkundigen, ob der Grabstein für Lipusch vielleicht schon fertiggestellt sei.

Am Sabbat abend, nach Abstattung eines kurzen Besuches bei Panjko, reiste Welwel nach Rembowlja ab. Und während Welwel am Sonntag neben Dr. Frankl in der gelben Kalesche saß und dem Wiener Vormund einen genauen Bericht über Alfreds erstes Jahr in Dobropolje erstattete, bereitete der alte Jankel Alfred auf die große Überraschung vor. Alfred wollte es erst gar nicht glauben, daß sein Onkel Stefan je leibhaftig in Dobropolje erscheinen würde. Dann hatte er es sehr eilig, sich schnell umzukleiden und seinen besten Anzug anzuziehn; dabei betrachtete er sich gegen seine sonstige Gewohnheit eine Zeit vor dem Wandspiegel, als wollte er die Veränderungen seiner Person erraten, die Onkel Stefan gewiß wahrnehmen würde. Dann geriet er in ungeduldige Erregung und wollte gleich mit der Britschka den beiden Onkeln wenigstens bis Poljanka entgegenfahren. Dann kam Dr. Frankl wirklich in Dobropolje an.

Klein und sehr müde stieg der Onkel Stefan aus der gelben Kalesche, sagte: »Wenn der Berg nicht zum Propheten kommt ...«, und wollte zunächst nichts als sich ein wenig ausruhen. Es war sechs Uhr abends. Auch Pesje war zur Begrüßung auf der Auffahrt vor dem Haus erschienen: »So ein zarter Herr, weh ist mir!«

»Und das ist Pesje«, stellte Alfred vor, »die gute Seele unseres Hauses.«

»Josseles Freund«, flüsterte Pesje mit bleichen Lippen. »Zu guter Stunde.« Und dicke Tränen rollten über ihre verblühten Wangen.

»Wir werden heute bald zu Abend essen, Pesje«, sagte Welwel, und Pesje lief schnell zur Küche.

»Ist sie eine Witwe?« wollte Dr. Frankl wissen, indes sie ins Haus gingen.

»Es ist ein Fräulein. Eine Verwandte. Ein altes Fräulein, die Arme«, sagte Alfred. »Du sagst ihr einfach Pesje.«

Während Alfred ihm im Badezimmer behilflich war, sagte Dr. Frankl: »Du siehst ja aus, als ob du hier geboren wärst und deine ganzen zwanzig Jahre hier verbracht hättest. Und dieser tartarische Schnurrbart! Ein Kartoffeljunker!«

»Hier im Dorf haben alle Männer Schnurrbärte«, entschuldigte sich Alfred. – »Wie geht's Mama? Ist sie sehr bös?«

»Es geht ihr gut. Wenn sie nicht gerade gut gelaunt ist, spielt sie ein bißchen die verlassene Mutter. Es geht ihr gut.«

»Du hast dich gar nicht verändert, Onkel Stefan. Ich kann's noch gar nicht glauben, dich hier in Dobropolje zu haben. Das ist eine schöne Überraschung! Dabei sind's noch zwei Monate bis zu meinem Geburtstag.«

»Ich hab' dir was zum Geburtstag mitgebracht«, sagte Dr. Frankl und sah Alfred bedeutungsvoll an.

»Du hättest dir damit Zeit lassen können, Onkel Stefan. Zu meinem Geburtstag werden wir ja wieder in Wien sein. Oder willst du hier zwei Monate bleiben?«

»Das werde ich dir morgen sagen«, sagte Dr. Frankl. »Eine Woche bleibe ich hier sicher.«

Man aß früh zu Abend. Man ging zeitig zu Bett an diesem Abend. Am Montag sah Dr. Frankl das Haus und die Wirtschaft, das Gut und den alten, verwahrlosten Park, dann saß er lange mit Welwel Dobropoljer in Großvaters Zimmer. Zum Abendessen erschien Dr. Frankl frisch, feierlich angezogen, eine dicke Aktentasche unterm Arm. Und nach dem Abendessen entnahm er der Aktenmappe ein versiegeltes Paket und überreichte es Alfred: »Hier ist dein Geburtstagsgeschenk. Es ist nicht von mir. Ich bin nur der Überbringer. Eigentlich habe ich die Einladung nach Dobropolje nur angenommen, um dir dieses Geschenk zu überreichen. Denn es ist offenbar Bestimmung, daß es hier, in diesem Hause, geschehen soll.«

Alfred nahm das Paket und hielt es eine Weile in Verlegenheit.

»Warum so feierlich, Onkel Stefan? Du machst dir doch sonst nichts aus Geburtstagen. Dabei hab' ich ja nicht einmal Geburtstag heut!«

»Es ist das Vermächtnis deines Vaters«, sagte Dr. Frankl. »Ich habe dieses versiegelte Paket im Jahre 1916 von einem Notar aus Złoczów erhalten. Es ist für dich bestimmt. In einem Begleitschreiben bittet mich dein Vater, dir dieses Schriftstück zu deinem zwanzigsten Geburtstag zu übergeben. Was dein Vater dir schreibt, weiß ich nicht. Aber es scheint mir wichtig zu sein, daß es hier in diesem Hause in deine Hände kommen soll. Dein Vater hat es mir freigestellt, das Paket zu öffnen und zu entscheiden, ob du es überhaupt bekommen sollst und wann es geschehen soll. Aber der Brief, den er mir schrieb, war offenbar in Hast und Verwirrung geschrieben; ich fühlte mich nicht berechtigt, von seiner Erlaubnis Gebrauch zu machen und es zu öffnen.«

»Du hast nie hineingeschaut?« wunderte sich Alfred.

»Du siehst ja, es ist versiegelt. Ich weiß ja auch gar nicht, wie gesagt, ob es richtig ist, daß du es kennenlernst. Aber dein Vater hat mir die Entscheidung überlassen, und ich habe es mir lange genug überlegt. Nun hast du es. Entscheide du selbst.«

»Wollen wir es nicht gleich zusammen lesen?« fragte Alfred mit einem Blick auf Onkel Welwel, der mit Mühe seine große Erregung unterdrückte, obschon ihm Dr. Frankl in Großvaters Zimmer bereits von dem Schriftstück erzählt hatte.

»Ich denke, es wird so recht sein«, sagte Dr. Frankl.

Alfred öffnete vorsichtig das Paket, sah hinein und zeigte den Inhalt erst Welwel, dann Dr. Frankl, dann Jankel, der nicht weniger erregt war als Welwel.

»Gehen wir in Großvaters Zimmer«, sagte Welwel, ging schnell voraus, öffnete die Tür und gab Dr. Frankl den Vortritt; ihm folgte Alfred. Als Jankel an der Reihe war, schon im Türrahmen, wandte er sich um, legte eine Hand auf Welwels Schulter und sagte halblaut: »Welwel, sooft wir verschiedener Meinung sind, habe ich einen Tag recht, und dann stellt sich heraus, fast immer, daß du es besser gewußt hast. Laß mich auch diesmal einen Tag recht haben. Du weißt ja nicht, was drinsteht. Laß uns das Schriftstück in deinem Zimmer lesen.«

»Für mich kann nur Gutes drinstehen. Ich habe meinen Bruder besser gekannt als ihr alle –«

Da erschien Pesje im Flur: »Ich hab' in deinem Zimmer zum Kaffee gedeckt, Welwel.«

»Du sollst einen Tag recht haben, Jankel. Gehen wir in mein Zimmer.«

»Bitte, Onkel Stefan, fang du an«, bat Alfred, nachdem alle vier Männer in Welwels Zimmer ihre Plätze eingenommen hatten. »Du wirst die Schrift am besten kennen.«

Es war ein umfangreiches Schriftstück. Sie hatten den Abend und die halbe Nacht daran zu lesen, und sie hätten bis in den hellen Morgen darin zu lesen gehabt, wäre nicht um Mitternacht eine Unterbrechung eingetreten. Erst las Dr. Frankl, dann Welwel, hernach wieder Dr. Frankl, dann Alfred. Es war das Vermächtnis Josef Mohylewskis an seinen Sohn, geschrieben in den letzten Tagen vor seinem Tod. Es war in der Form eines Briefes abgefaßt, in dem eine Seite durchgestrichen war und nur von Pesje entziffert werden konnte. – Im übrigen lautete der Brief wörtlich also:

I

Mein lieber Sohn,
Du bist jetzt beinahe sechs Jahre alt und alle haben Dich lieb: Deine Mutter, Dein Vater, Dein Großvater und Deine Großmutter, alle. Du hast leider nur einen Großvater und nur eine Großmutter. In Deinem Alter haben die meisten Kinder noch zwei Großmütter und zwei Großväter. Du aber hast nur zwei Großeltern. Wie es so gekommen ist, daß Du nur zwei hast, das wird Dir dieser Brief, das werden Dir diese Blätter erzählen. Was ist da viel zu erzählen, wirst Du, mein Liebblickender, vielleicht sagen. Ein Großvater und eine Großmutter sind eben gestorben, so habe ich nur zwei Großeltern. Ich will Dir aber erzählen, wo und wie die andern zwei Großeltern gelebt haben und wie sie gestorben sind, und wenn Du zu Ende gelesen haben wirst, wie sie gelebt haben und wie sie gestorben sind, wirst Du auf einmal begreifen, daß Du schon immer nur zwei Großeltern hattest, die Eltern Deiner Mutter. Denn die Eltern Deines Vaters haben nie von Dir gewußt und würden, lebten sie heute noch, nichts von Dir wissen wollen, obwohl ja Du ihnen nichts zuleide getan hast. Daß es so gekommen ist, daran bin ich ganz allein schuld, das weiß ich jetzt, heute, während ich Dir schreibe. Leider weiß ich das erst jetzt, und so schreibe ich es für Dich auf. Nur für Dich allein. Es liegt mir sehr

daran, daß Du mich verstehst, daß Du versuchst, mich zu verstehen. Jetzt bist Du noch ein Kleiner und Du könntest es natürlich nicht, aber wenn Du mein großer Sohn sein wirst, sollst Du mich verstehen lernen. Ich bitte Dich darum. Es ist meine letzte Bitte.

Es ist Krieg. Gestern, es war das erste Gefecht mit patrouillierenden Kosaken, habe ich zum ersten Mal den Tod vor den Augen gehabt. Heute habe ich ihn beständig im Sinne. Morgen, wer weiß, werde ich ihn vielleicht schon im Herzen haben. Ich werde ihn, ich hoffe es, mit Ruhe aufnehmen. Ich bin ihm schon jetzt Dank schuldig. Er hat mich mein verworrenes Leben klarsehen, er hat mich einer Schuld bewußt gemacht. Damit will ich nicht sagen, daß ich dem Tod etwa entgegenzulaufen gedenke: das nicht. Das würde Dich, mein Sohn, vielleicht kränken. Ich kann mir einen wohlgeratenen Sohn denken, der den frühen Tod seines Vaters als einen an ihm begangenen Verrat empfände. Ich wünsche sehr, Du wärest ein solcher Sohn. Du siehst, ich will Dir hier nichts aufschreiben als die Wahrheit. Der Tod läßt sich nicht belügen, sagen die Bauern in Dobropolje, und mir ist nicht zumute, als hätte ich danach ein Verlangen. Was ich hier aufschreibe, ist nicht für Dich bestimmt, mein Sohn, nicht für Dich, wie Du jetzt bist: ein Kind. Aber da Du diese Blätter vor Dir hast, liest Du sie, und so weißt Du, daß sie für Dich geschrieben wurden, für Dich, mein Sohn, da Du sie liest und verstehen kannst: ein erwachsener Sohn. Denn ich treffe die Anordnung, daß man Dir diese Blätter erst dann zum Lesen geben soll, wenn Du in dein zwanzigstes Jahr gehst. Mein Freund, Stefan Frankl, wird die Blätter so lange aufbewahren. Er hat einen Beruf gewählt, der zum Krieg ein gedeihliches Verhältnis hat: mitten im schönsten Frieden befaßt er sich mit dem Krieg. Nun aber, im Krieg, hat er für den Frieden zu tun: Onkel Stefan, wie Du ihn nennst, steht in diplomatischen Diensten, und so hat er eine gute Chance, den Krieg zu überleben. Gott segne den Tag, da er diesen Beruf gewählt hat. Ich könnte nicht so ruhig an den Tod denken, wenn ich meinen einzigen Freund nicht außer Gefahr wüßte. Er wird Dein Vormund sein. Er wird ein Vater sein. Vielleicht sogar ein besserer Vater als ich geworden wäre. Ich war ein schlechter Sohn. Wie sollte ich zu einem guten Vater taugen? Onkel Stefan hat Dich auch sehr lieb, mein Kleiner, und diese seine Liebe wird Dir mit Hilfe Gottes von großem Wert sein. Ich ermahne Dich gar nicht erst, ihn wiederzulieben. Eine solche Ermahnung, sollte sie nötig geworden sein, käme hier wohl zu spät.

II

Es komme mir keine Trauer in die Blätter, die ich beschreiben will – beschloß ich, als ich diese Schreibhefte in dem Buchladen von Samuel Zuckerkandl eben einkaufte. Hier in Galizien kauft man Schreibpapier in einer Buchhandlung. Es komme keine Trauer über diese Blätter, wünsche ich mir, aber dieser Wunsch wird kaum in Erfüllung gehen. Nicht etwa, weil es nicht möglich wäre, ohne Trauer an den eigenen Tod zu denken. Es gibt keinen Tod, es gibt nur Sterben. Und solange ich diese Blätter beschreiben kann, bin ich ja kein Sterbender. Allein, die Trauer kommt nicht einmal vom Sterben. Sie kommt vom Leben, wenn man es denkt. Lebt man es, so ist kaum Platz für Trauer. Denkt man es aber, ist so viel Trauer, daß sie dem Leben den Platz bestreitet. Der Soldat im Krieg, sollte man meinen – und man meint es auch törichterweise –, der Soldat im Kampf ist ein Mann in höchster Tätigkeit, in der wahren Wirklichkeit also. Es ist nicht wahr. Der Soldat, der schießt und sticht und tötet. Das tut er wie im Traum. Seine Wirklichkeit ist das nicht. Nur für den Zuschauer ist das Schießen, das Stechen, das Töten des Soldaten Wirklichkeit. Für ihn selbst ist die Wirklichkeit in den Gedanken an das Leben. Das ist seine Wahrheit. Alles andere ist Rausch und Lüge, Trug und Selbstbetrug.

Ich war gestern im ersten Gefecht. Wir wurden von einer Kosakenpatrouille angegriffen. Es wurde geschossen und auch gestochen. Wir haben den Angriff abgewehrt. Wie das geschehen ist, wüßte ich nicht zu sagen, ich will auch nicht das Gefecht schildern. Was ich Dir erzählen will, ist gewiß merkwürdiger als ein kleines Gefecht an der russischen Grenze. Ich hatte mich eines Kosaken zu erwehren, der mich mit einer Lanze angriff und meinen linken Arm auch traf und verletzte; es ist eine leichte Verletzung. Ich verteidigte mich mit dem Säbel. Der Kosak hatte im Kampf seine Mütze verloren, und ich hieb mit dem Säbel über den entblößten Schädel. Das war schon am Ausgang des Gefechts. Den verletzten Russen haben meine Ulanen gefangengenommen. Da ist kein Heldenstück vollbracht worden in diesem Gefecht, wenigstens von mir nicht. Aber ich war zum ersten Mal in einem Gefecht, es war meine Feuertaufe, wie man das – meinem momentanen Empfinden nach sakrilegisch durchaus – nennt. Ich werde mein Leben lang diesen ersten Eindruck nicht vergessen. Wie seltsam! Woran glaubt man, dachte ich in dem Augenblick, da ich mit dem Säbel über den hellen Kopf des Kosaken hieb? An seinen Tod? An meinen Tod? An das Vaterland? Nein. So war es nicht. Es war seltsamerweise so, daß ich, alle Kraft meines leiblichen Lebens im Arm, im Säbelgriff, im Auge, angesichts des hellen Kosakenkopfes an eine Begebenheit aus meiner Kindheit denken mußte. An meinen Bruder erinnerte ich mich in diesem Augenblick, an meinen Bruder Welwel.

Ich muß jetzt unterbrechen. Ich bin im Dienst.

III

Mein Bruder Wolf – wir nannten in Welwel – ist um eineinhalb Jahre jünger als ich. Als Kinder hingen wir sehr aneinander. Wir lebten im Rausch der Freiheit, wie die Kinder nur im Dorf leben können, wenn die Schule und das eifrige Lernen der ostjüdischen Kinder aus ist. Als der Ältere war ich bei allen Spielen der Führer, auf allen verbotenen Wegen der Verführer. Mein kleinerer Bruder war ein stilles und sanftes Kind. Nie wäre er selbst darauf verfallen, daß man anläßlich der abendlichen Pferdeschwemme bei äußerster Ausnützung der Zeit es bis auf zehn verschiedene Pferde bringen kann, die man im Galopp den Hügel zum Pferdestall hinaufreitet. Aber er tat mit, und weil er so sanft und fügsam war, gab es selten Streit zwischen uns. Das war nicht mein Verdienst, denn mit den übrigen Jungen im Dorf bekam ich Streit und Prügeleien genug. Nur einmal – soweit ich mich erinnere nur ebendies eine Mal – gab es einen Streit und sogar eine böse Prügelei zwischen mir und meinem Bruder Welwel. Durch meine Schuld, gewiß, es kann nicht anders gewesen sein. Seit gestern, seit dem Gefecht mit dem Kosaken, erinnere ich mich sehr genau, wie es war, obgleich ich im Leben keine Erinnerung an diese Begebenheit mehr hatte, bis auf den gestrigen Tag, da ich den Kosaken auf seinen hellen Scheitel schlug. Der Streit mit meinem Bruder ging um ein Kälbchen. Mein lieber Kleiner, Du kannst es natürlich nicht verstehen, daß man sich mit einem Bruder um ein Kälbchen streiten kann.

Was ist Dir schon ein Kälbchen, Dir, dem Großstadtkind? Ach wie schade, daß Du noch nie in dem Dorfe warst, wo mein Bruder heute noch lebt! Wie jammerschade, daß Du nie in dieses Dorf kommen wirst! In der Welt gibt es keinen schöneren, keinen besseren Aufenthalt für einen richtigen Jungen als so ein Dorf. Richtiges Dorf gibt es nur noch hier im Osten. Das habe ich auch nicht gewußt. Ein Krieg mußte ausbrechen, damit ich wieder herkomme und das einsehe. Das Kälbchen, da wir um es stritten und rauften, war eigentlich kein Kälbchen mehr, sondern eine Kuh, eine dreijährige Kuh. Aber noch als ausgewachsene Kuh war sie das Kälbchen. Denn sie war unser Kälbchen gewesen, nicht irgendeines von den vielen, die es im Stalle immer gab, sondern unser Kälbchen, meines und meines Bruders Eigentum, unser Privatkälbchen. Wir hatten es mit eigenen Händen aufgezogen, genau gesagt: mit unsern eigenen Fingern. Das Kälbchen hatte nämlich keine Mutter. Es gab im Stall eine Schwergeburt, eine Kuh starb, ein seltener Fall, der uns sehr naheging. Als man uns Kindern das gerettete Kälbchen zeigte, waren wir sehr erschüttert. Das Neugeborene war schneeweiß, mit schwarzen Ohren und schwarzer Stirne, es hatte ein allerliebstes rußschwarzes Gummischnäuzchen und es lag ganz schwach in einem Winkel der Box, wo sich ein paar schon muntere Säuglinge auf ihren unsicheren Kälberbeinen tummelten.

»Die arme Waise«, seufzte mein Bruder Welwel. Er war damals acht Jahre und hatte im Herzen viel Liebe für alles Kleinvieh, namentlich für Füllen und Kälbchen. Mein Vater, der zugegen war, sonst ein unsentimentaler Landmann, schenkte uns das neugeborene Kälbchen: »Wenn es euch gelingt, dieses Kälbchen durchzubringen, bleibt es euer Eigentum. Andrej wird euch zeigen, wie man es pflegen soll«, sagte er. »Wenn ich aber hören sollte, daß ihr auch beim Lernen das Kälbchen im Kopf habt, wird die Waise geschlachtet«, fügte er schnell hinzu, und diese Drohung ging uns durch Mark und Bein.

Die strenge Mahnung anläßlich eines Geschenks wunderte uns Kinder weniger als die Schenkung. Denn der Vater hielt uns, solange wir Kinder waren, mit strengstem Vorsatz von allem fern, was mit Stall und Scheune, mit Acker und Feldarbeit, zusammenhing. Wir hatten zu lernen. Heute verstehe ich das Motiv der Schenkung: es war ein Akt frommer Pädagogik. Die Armenfürsorge, namentlich die Sorge um Witwen und Waisen, ist ein großes Kapitel der jüdischen

Frömmigkeit. In dem mitleidigen Seufzer meines Bruders angesichts des verwaisten Kälbchens sah der Vater eine fromme Regung und er, aller übertriebenen Tierliebe abhold, gab uns Kindern das Kälbchen gleichsam als praktische Übung in der Waisenfürsorge auf. Das verstehe ich erst jetzt. Sehr bezeichnend für mich übrigens, wenn es mir auch erst jetzt eben beim Schreiben einfällt, daß ja der Vater das Kälbchen eigentlich in erster Reihe meinem Bruder Welwel zum Geschenk machte. Ich hatte ja nichts dazu getan, um beschenkt zu werden. Dennoch hielt ich mich für gleichberechtigt am Geschenk. Zu meiner Entschuldigung kann ich nur sagen, daß ich ja damals auch erst zehn Jahre alt war und daß ich bis auf den gestrigen Tag gar keine deutliche Erinnerung an das Kälbchen hatte.

Muß ich Dir, mein kleiner Sohn, erst weitläufig schildern, wie zärtlich wir die Waise hegten und pflegten? Hätte der Stallmeister Andrej nicht die Oberleitung der Pflege aufgetragen bekommen, das liebe Kälbchen wäre gewiß schon nach einigen Tagen unserer gar so beflissenen Pflege erlegen. Da es keine Mutter hatte, kein Euter kannte, verstand es nicht zu trinken. In den ersten Tagen war es obendrein von der schweren Geburt geschwächt und schläfrig. Nach Anweisungen Andrejs überlisteten wir es zum Trinken: wir setzten ihm eine Schüssel Milch vor, steckten ihm – in eifervoller Abwechslung einmal ich, einmal mein Bruder – die Finger ins Mäulchen, drückten das Maul in die Milch und lehrten es so trinken. Welch ein Jubel, als die Waise nach ein paar Tagen auf der Streu nicht schlechter hüpfte als die übrigen Kuhkinder! Als es größer wurde und zu essen begann, stahlen wir für unser Kälbchen alles Freßbare, was unsere Augen in Wirtschaft, Haus und Garten erspähen konnten. Das Kälbchen gedieh in der besonders gesegneten Art, wie auch zuweilen menschliche Waisenkinder zu gedeihen pflegen, wenn sie ausnahmsweise das Glück haben, vom Wohlstand adoptiert und verwöhnt zu werden – ein Gegenstand des Neides für reiche Leute mit mißratenem Nachwuchs. Den Mutterzitzen, also unsern Fingern, entwöhnt wurde das Kälbchen erst als ausgewachsene Färse. Wir hatten die Waise so verwöhnt, daß sie bei der Kuhtränke zwar das Maul ins Wasser tunkte, aber nicht trank, wenn wir ihr die Finger nicht gaben. Und es gab immer großes Gelächter beim Stallpersonal, wenn einer von uns Kindern zur Tränke geholt werden mußte, weil die Waise, bereits so groß wie eine Kuh, in Durststreik getreten war.

Mit dem Geschenk an uns Kinder hatte übrigens der Vater sozusagen zwei Fliegen mit einem Schlag getroffen. Um jeden Anschein, als störte die Waisenpflege unser Lernen, zu vermeiden, lernten wir beide eine lange Zeit wie – wie die wilden Ostjuden. Ich mache mich keiner Übertreibung schuldig: wenn ich noch heute eine ganze Reihe von Psalmen in hebräischer Sprache auswendig hersagen kann, so ist es ein Verdienst des Kälbchens. Namentlich in den ersten Monaten seines Daseins trieb uns die Liebe zu dem Kälbchen zu besonderen Leistungen an, nicht anders als die Liebe zu einer Frau einen Helden angeblich zu großen Taten anspornt. Kühe sind im allgemeinen stumpfe Geschöpfe. Unsere Waise aber war – vielleicht weil wir sie so gut fütterten – kein stumpfes Geschöpf. Sie lohnte unsere zärtliche Fürsorge als Kälbchen und als Färse mit ihrem schönen Aussehen, als Kuh sodann mit viel fetter Milch. Die Waise war die beste Milchkuh im Stall geworden. Sie vergalt es uns auch mit Liebe. Als Kälbchen schon kannte sie uns wie ein Hund seinen Herrn, und sie ging uns zu und nach wie ein treuer Hund. Als erwachsene Kuh lief sie auf dem Heimweg von der Weide an der Spitze der Herde. Sie kannte unser Lehrzimmer, das nicht in unserem Haus war, sondern in der Ökonomie, und nie ging sie auf dem abendlichen Heimweg zur Tränke, ohne uns ihre Aufwartung gemacht zu haben. Sie stahl sich von der Herde weg – kein noch so flinker Hirt hätte sie daran hindern können – sie kam vor die Ökonomie herangetrabt, steckte ihren schwarzen Kopf mit den kräftigen Stierhörnern zum Fenster herein und erschreckte mit einem zärtlich erbebenden Muh unsern alten Lehrer Reb Motje zu Tode.

Die Erinnerung verklärt alles, gewiß. Welcher Mann, hat er einmal im Leben eine Kuh geliebt, wird schon eine dumme Kuh geliebt haben wollen? Vielleicht verklärt auch meine Erinnerung die Waise nicht wenig. Doch sicher nicht zuviel. Unser Kälbchen war eine besondere Kuh, das lasse ich mir nicht nehmen. Welche Kuh in Dobropolje schwamm je, ohne angetrieben zu werden, ohne Not, sondern aus freien Stücken zum Beispiel über den ganzen Teich bis zum andern Ufer, zum Gazon, hinüber? Oder sogar über den stark strömenden Fluß, über die Strypa? Keine einzige. Nur unsere Waise, das Kälbchen.

Wo sich zwei in eine Liebe teilen müssen, sei es auch nur in die Liebe zu einer Kuh, da meldet sich natürlicherweise bald die Eifersucht zu Wort. Eines schönen Tages ritt mich – mich doch, nicht etwa den sanften Welwel –, es ritt mich eines Tages der Teufel und ich forderte meinen Bruder heraus: »Probieren wir es einmal aus, wen das Kälbchen mehr liebt, mich oder dich.«

»Wie kann man das ausprobieren?« fragte Welwel und wich mit den Augen aus.

»Wenn die Kühe von der Weide heimkommen, am Abend, stellen wir uns beide auf, ich auf einer Seite des Weges, du auf der andern, und sehen, wem das Kälbchen erst zugeht, mir oder dir.«

»Gut«, sagte Welwel, »aber du mußt mir schwören, daß du das Kälbchen nicht schlagen wirst.«

»Ich?! Das Kälbchen schlagen?! Hab' ich's denn schon einmal geschlagen?!« Ich sah bereits, wie es gemeint war, und die Siegesgewißheit Welwels erzürnte mich.

»Die Hand, die sich gegen eine Waise erhebt, die läßt Gott verdorren, sagt Reb Motje. Du weißt. So wirst du schwören, daß du das Kälbchen nicht schlagen wirst.«

Ich schwor. Die Probe machten wir aber, um Zuschauer und Zufälle auszuschalten, nicht auf dem Wege zur Ökonomie. Wir machten uns die Schwimmlust der Waise zunütze. Wir erwarteten das Kälbchen auf dem Teichufer, gerade gegenüber der Stelle, wo die Kuhschwemme war. Die Hände verabredungsgemäß auf dem Rücken verschlungen, damit das Kälbchen nicht etwa durch einen erwarteten Leckerbissen mit einer Handbewegung verwirrt würde, fünf Schritt Abstand voneinander, so standen wir am Ufer des Teiches da und erwarteten das Kälbchen. Zu Beginn gab es gleich eine Schwierigkeit. Just an diesem Tage hatte die Waise keine Lust, über den Teich zu schwimmen. Der Teich war ziemlich breit, vielleicht erblickte sie uns nicht gleich. Wir halfen uns durch ermunternde Zurufe.

»Syrota!« rief ich sie als erster an. Syrota ist das ukrainische Wort für Waise. Wir sprachen mit den Tieren, wie wir es von den Bauern gelernt hatten, ukrainisch.

»Syrotka!« rief Welwel noch lauter als ich, und er verzärtelte obendrein den Namen der Waise. Er sah in meinem Ruf eine Mogelei, denn es war nicht abgemacht, daß gerufen werden sollte.

So riefen wir um die Wette, und jeder achtete genau darauf, daß der andere nicht öfter rufe als er selbst. Es war ein schöner Abend eines sehr heißen Sommertags. Ehe die farbenbunte Kuhherde zur

Schwemme herangedrängt kam, war es über dem brütenden Teich flüsterstill gewesen; tiefgrün und glatt der Wasserspiegel am Ufer, wo ihn die Baumschatten kühlten, hellrot und glatt der Wasserspiegel in der Mitte des Teiches, wo ihn die sinkende Sonnenscheibe mit Blut übergoß. Dann kam mit der großen Kuhherde Aufruhr in den Teich, als sich die Herde mit ihrem hundertfachen Leben in das Wasser hineinwälzte, Aufruhr in unsere Herzen, als die Waise, zwischen zwei runden Sonnen, der ruhigen Sonne des Himmels oben und der schaukelnden, tanzenden Wassersonne im Teich herangeschwommen kam, schier überirdisch beleuchtet.

Prustend und schnaubend wie ein Nilpferd, von der Sonne geblendet, richtete sie sich in der Ferne mit ihren schwarzen Ohren nach unsern Zurufen, farbenschöne Wasserspiele mit dem Schwanz versprühend. Kaum aber bei den Schattenbäumen im Wasser angelangt, und ihrer großen Kuhaugen mächtig, nahm sie, noch schwimmend – die Schattenbäume hatten ihre abendliche Länge – schon klaren Kurs auf Welwel. Sie stieß überm Wasser ein brustbebendes Freudenmuh aus – es war ein so tiefer und weicher Ton, als erbebten aus der Tiefe das Herz der Kuh und das Herz des Teiches zugleich in einer Liebe Welwel entgegen –, wie feine Seide fältelte sich der Wasserspiegel unter diesem Herzensmuh; mich schien sie gar nicht bemerkt zu haben. Ich versuchte noch schnell unsere Abmachung zu ändern: erst wenn die Waise Grund unter den Beinen hat, wenn sie nicht mehr schwimmen muß, sollten wir uns in verabredetem Abstand aufstellen, die Schwimmrichtung gälte nicht –; und Welwel ging darauf ein. Aber auch das nützte mir nichts. Kaum aus dem Wasser, ging die Waise wie mit Stricken herangezogen, nur hin und wieder eine Station haltend, um das Naß abzuschütteln, meinem Bruder Welwel zu.

Der Waise hab' ich meine Niederlage nicht vergolten. Ich hatte ja geschworen, ich hatte ja doch Angst, es könnte mir die Hand verdorren. Wohl aber erhob ich die Hand gegen meinen Bruder. Als ich sah, wie er, obschon die Waise triefnaß war, sie umarmte und herzte, wie er triefnaß bereits an ihrem Kopf, an ihre Hörner, an ihren Hals sich hängte, faßte mich gleich ein Zorn, zugleich aber ein solcher Ekel vor dieser triefenden Zärtlichkeit, daß ich mich auf und davon zu machen schon im Begriffe war. Im Weggehn erblickte ich aber noch, wie mein Bruder aus der Tasche eine Kartoffel hervorzog und der Waise ins Maul steckte.

»Du hast gemogelt, du!« schrie ich ihn an, mit einem Sprung schon bei ihm.

»Ich habe nicht gemogelt«, sagte er in seiner ruhigen Art.

»Du hast sie mit der Kartoffel gelockt!« schrie ich.

»Ich hab' doch die Kartoffel in der Tasche versteckt gehabt«, sagte er.

»Sie hat die Kartoffel gerochen!« schrie ich.

»Eine Kuh ist kein Hund nicht«, sagte Welwel naseweis, im Bauernton.

»*Ich* habe keine Kartoffeln mitgenommen«, schrie ich, schon außer mir vor Wut.

»Du hast auch keine gebraucht«, sagte Welwel leise. »Ich hab' sie ihr zur Belohnung mitgebracht.«

So sicher war er also seiner Sache gewesen! Er hatte gleich die Belohnung mitgebracht! Und ein Haß, Haß gegen meinen Bruder stieg in mir auf, und Lüge und Verleumdung brachen aus.

»Du bist schon immer heimlich zu ihr gegangen!«

»Nie bin ich heimlich zu ihr gegangen.«

»Du warst nie allein bei ihr? Du Lügner!?«

»Und du? Du nicht? Wie es sich eben traf. Einmal ich, einmal du.«

»Warum aber geht sie dir zu? Es muß doch einen heimlichen Grund haben? Warum?« brüllte ich ganz blöde schon vor Haß. Welwel schwieg. »Sie wäre mir zugegangen, wenn du nicht immer schon gemogelt hättest.«

»Du glaubst immer, daß jeder dich lieber haben muß als mich.«

»Liebt vielleicht der Vater dich so wie mich?!«

»Du bist ja der Erstgeborene.«

»Und Mutter?«

»Unsere Mutter liebt uns beide gleich.«

»Nein!« schrie ich, obschon ich sehr wohl wußte, daß Welwel Mutters Liebling war. »Auch die Mutter liebt mich mehr. Weil ich der Erstgeborene bin.«

»Gut. Schön. Gut. Auch die Mutter liebt dich mehr. Alle lieben dich mehr. Aber die Waise, siehst du, das Kälbchen, siehst du, liebt eben mich mehr«, sagte er trotzig und schlang seine Arme um den Kopf der Waisen.

Mit einem Stoß vor die Brust warf ich ihn aus der Umarmung. Es war das erste Mal, daß ich gegen meinen Bruder die körperliche

Überlegenheit des älteren anders als im Spiel hervorkehrte. In den Spielen der Knaben war es mir immer ein leichtes gewesen, den Kleinen zu bewältigen, und ich muß wohl, da ich ihm den Stoß versetzte, gedacht haben, daß es damit sein Bewenden haben würde. Denn ein Raufbold war mein Bruder Welwel nicht. Wie war ich nun aber verblüfft, ja, bestürzt, als der kleine, sanfte Welwel mit aller Kraft nicht bloß den Stoß abwehrte, sondern gleich in heller Wut zum Kampf ansetzte.

Es ging nicht gut aus für mich. Sei es, daß ich von jenem Angriff des Schwächeren überrumpelt, sei es, daß mich die Scheu vor den kuhnassen Kleidern Welwels behinderte, oder sei es, daß der gerechte Zorn des Mißhandelten seine Kräfte übersteigerte –: im Wechsel der Schläge, der Püffe, der Stöße, der Kniffe verspürte ich nur zu bald, wie mir die sonst schwächeren Kinderfäuste meines Bruders immer härter zusetzten, wie seine dünnen Ärmchen mich stählern klammerten und zwangen – der noch so schmerzlich frischen moralischen wäre auch gewiß noch die körperliche Niederlage gefolgt! Da tat ich denn, um diese Schmach ja nur abzuwehren, etwas Schändliches. Etwas so hundsgemein Niederträchtiges, daß es mir jetzt beinahe unbegreiflich ist, wie es mir gelingen konnte, jede Erinnerung an diese Schandtat aus dem Gedächtnis des Knaben, des Jünglings, des Mannes bis auf den gestrigen Tag zu verdrängen. Aber ist es denn gelungen? Gestern, im Gefecht, als mein Säbel über dem hellen Scheitel des Kosaken aufblitzte –: da brach die alte Wunde, die ich meinem Bruder einst geschlagen hatte, wieder auf. Als wäre sie in mir nie geheilt. Nicht sah ich den Kosaken mit einem Schrei niederstürzen: meinen Bruder Welwel hörte ich aufschreien. Ihn, nicht den Kosaken, sah ich stürzen. Vielleicht sah ich auch nicht den Säbel auf dem Kopf des Kosaken einschlagen, sondern ein Kämmchen, ein schmales, langes Taschenkämmchen, mit dem ich einst meinen kleinen Bruder kampfunfähig gemacht hatte; das könnte ich nicht so genau sagen.

Bei der Balgerei der Knaben fügte es sich nämlich, daß mich ein Faustschlag Welwels vor die Brust gerade dort traf, wo ich in der Brusttasche meiner Jacke ein Kämmchen verwahrte. Um das Kämmchen vor Schaden zu bewahren – nein, wahrscheinlich schon in der tückischen Absicht, das scharfzähnige Kämmchen als Schlagwaffe zu gebrauchen, zog ich es blitzschnell hervor und blitzschnell schlug die verkrampfte Hand das Kämmchen mit der ganzen scharfen Zahnreihe in das helle Köpfchen meines Bruders. Mein Bruder Welwel hatte übrigens schon damals nicht eigentlich ein Köpfchen, er hatte einen langen schmalen Schädel, in der Schule die Bauernjungen nannten ihn: der Doppelkopf.

Daß ich, damals ein Dorfjunge von kaum zwölf Jahren, bereits ein Taschenkämmchen bei mir trug, möchte ich nicht so nebenbei erwähnt haben. Jenes Taschenkämmchen sagt, wie mir scheint, über meinen Charakter und über mein weiteres Leben am Ende mehr aus, als Du, mein Sohn, es mit Deinen zwanzig Jahren auszurechnen vermöchtest.

IV

Diese Geschichte erzähle ich Dir, mein lieber Sohn, nicht etwa, weil ich mir vorgenommen hätte, hier alle Schandtaten meines Lebens zu bekennen und zu bereuen. Offen gestanden, ich weiß es nicht mehr so genau, wie es dazu gekommen ist, daß ich Dir just diese Geschichte erzähle. Ich habe hier nicht die Ruhe, was ich da aufschreibe, auch noch nachzulesen. Mir drängt sich in diesen Tagen mein Leben so zusammen, daß es mir völlig gleich erscheint, aus welchem Zusammenhange ein Kapitel dieses Lebens herausgelöst wird. Vielleicht wollte ich Dir bloß zeigen, an was alles ein Soldat denken kann, von dem man glaubt, er dächte an den Tod. Möglich auch, daß ich Dir andeuten wollte, wo die Trauer herkommen mag, die sich in diese Blätter doch einschleichen wird. Nicht vom Tode kommt sie. Sie kommt vom erinnerten Leben. Bekennen? Bereuen? Ich will mit Dir reden, mein Sohn. Ich will mit Dir nur reden; weil ich das Gefühl habe, daß dies die letzte Gelegenheit ist, mich vor Dir auszusprechen. Bist Du mein wahrer Sohn, so wirst Du mir zuhören und mich verstehen. Bist Du aber nichts weiter als der Enkel des Kommerzialrats Peschek, bist Du mir das – nun, so kann ich wohl von mir sagen: *omnis moriar*. Auf wienerisch gesagt: Ich stirb aus … Auch das ist – jetzt erlebe ich es an mir – nicht so schlecht, gar nicht schlecht. Bist Du aber mein wahrer Sohn, so bist Du auch der Enkel des Mannes Juda Mohylewski, der Enkel meines Vaters, dem ich ein sehr schlechter Sohn war. Bereuen? Reue ist nichts, wenn ihr Buße nicht folgt. Für

Buße aber ist keine Zeit mehr. Buße heißt in der Sprache meines Vaters Teschuwa, das heißt: Rückkehr. Umkehr. Rückkehr ist aber nur möglich, wo ein Weg führt. Mein Weg aber ist, scheint mir, zu Ende. Hab' ich je eine Rückkehr erwogen? Gewiß kein unbefangener Zeuge, wage ich es dennoch zu sagen: Nein. Nie habe ich an Rückkehr gedacht. Wenn mich heute dieser Gedanke von ferne her wie ein Hauch berührt, so ist das vermutlich auf die äußeren Umstände zurückzuführen: Es ist Krieg, und der Krieg hat mich an die Grenze unseres Landes gerückt. Nun stehe ich da, ein fremder Soldat in der Traumlandschaft meiner Kindertage …

Ich sitze in einer Dorfschenke. Meine Soldaten haben abgesattelt. Wir rasten. Genauso eine Schenke gab es in Dobropolje. Die Schankwirtin hier könnte auch Czarne Grünfeld heißen. In ihrer Gaststube hängt auch ein Bild des Kaisers, ein alter Öldruck: Seine K. und K. Apostolische Majestät, jung und schön, in weißem Paraderock mit der roten Schärpe über der Brust. In der Stube dieselben Geräte der östlichen Armut und der östlichen Jüdischkeit. Nur die Angst in den Augen der alten Frau sagt mir: das ist nicht die alte Czarne Grünfeld. Die hätte gewiß keine Angst vor mir. Draußen lagern Soldaten auf dem Rasenplatz. Einer spielt Mundharmonika. Einer singt auf ukrainisch:

> *Unser Herr Kaiser, die Frau Kaiserin*
> *Drei Tag schon beraten,*
> *Was für ein Präsent sie machen*
> *Den Złoczower Soldaten.*

Das Lied hat unzählige solcher Strophen. Vielleicht dichtet der Soldat aus eigenem eben ein paar dazu. Die Worte, nun, ich hab' Dir eben eine Strophe verdeutscht; aber die Melodie – die ist so traurig schön und weit, wie nur ukrainische Lieder schön und weit sein können. Ich sitze in der Schenke und schreibe. Und ich schreibe gar nicht das, was ich Dir sagen will. Ich fürchte, ich werde Dich in diesen Blättern belügen und betrügen. Ich müßte mich ganz für Dich vereinsamen. So ganz einsam sein vor Dir, wie nur ein Vater vor seinem unbekannten Sohn einsam sein kann. Allein, das Dorf, die Schenke, die Gesichter, die Töne, diese ganze verzauberte Landschaft: sie dringt in mich ein wie Wasser in ein leckes Schiff. Werde ich es Dir sagen können? Was habe ich bereits gesagt? Und was bleibt noch zu sagen? Könnte ich mich jetzt auch nur über die Melodie eines vertrauten Liedes so hinwegsetzen, wie ich mich in den Jahren der Entscheidung einst über den Kopf eines Vaters, über das Herz einer Mutter, über den Blick eines Bruders, hinwegzusetzen verstand – Du würdest einen klaren Bericht erhalten. Allein, ich kann es nicht. In dieses Land wie durch einen Zauber gebracht, sitze ich still da, willens, streng an mich zu halten. Aber ich sitze da in der Stube mit wandernden Augen, und alle Erinnerung löst sich im Bild auf. Im Bild und Laut. Verlange Du keine Klarheit der Gedanken von mir, mein Lieber.

Ich sehe – vielleicht trägt mir ein so wehmütig ausgezogener Ton der Mundharmonika dieses Bild zu –, ich sehe die Lange Gasse in Dobropolje. Da gibt es eine Gasse, die so heißt. Es ist ein heißer Tag. Viel Sonne liegt auf der Gasse und eine Staubschicht, so dick, daß die Kinder barfüßig in dem weichen heißen Staub waten wie im Wasser. Viele Kinder sind auf der Gasse, denn es ist ein Ferientag. Ich bin zu Besuch beim Tischlerssohn Katz, der – um sechs Jahre älter als ich – einmal mein Lehrer war. Wir sitzen im Schatten, auf der niederen, aus gestampftem Lehm nach Bauernart an die Frontwand des Hauses angebauten Anschütte, zu ermattet von der Hitze, um ein Gespräch zu führen. Der Tischlerssohn ist bereits Hochschüler, ich Gymnasiast, vielleicht siebzehn, vielleicht noch jünger. Über die Stille des Dorfs schallt von Zeit zu Zeit, einmal schnell hintereinander, dann wieder in langen Abständen, ein gedehnter melodischer Ruf: »Men – Hi – Men – Hi – Meeen!« Wir kennen den Ruf. Alljährlich um diese Zeit kommt Koppel der Drucker auf seiner Wanderung von Dorf zu Dorf nach Dobropolje und erfüllt ein, zwei, drei Tage Gasse um Gasse mit seinem heißen Schrei: »Men – Hi – Men – Hi – Meeen!«, dem unausbleiblich, wie nach einem Naturgesetz, Hundegebell, Gejohle von Kinderstimmen, Gegacker erschrockener Hühner folgt. Was dieses über die Dorfgassen hinausgeschriene Wort heißt, weiß ich nicht mehr – es macht mich seltsamerweise zum Weinen traurig, daß ich es nicht mehr weiß –. Es gehört jedenfalls zu Koppels Gewerbe wie das Liedchen vom Lavendel zu den Lavendelweibern in Wien. Erschallt dieser Ruf in der Dorfgasse, so öffnen die Bäuerinnen ihre Wäschetruhen, holen die Stücke groben Leinens hervor, aus denen die Hosen ihrer Männer genäht werden, und tragen sie Koppel entgegen, der auf einem Wägelchen eine Druckpresse mitführt und gleich an Ort und

Stelle wie ein Zauberer gewöhnliche grobe Leinwand in blau und weiß gemustertes Hosenzeug verwandelt.

Koppel der Drucker ist ein knochiger Mann mit zwei riesigen Händen, die fast so groß sind wie die Steinplatten seiner Druckpresse, mit der er das weiße Bauernleinen blau druckt. Das Blau prangt in vielen Schattierungen an seinem Gewand, an seinen Händen, an seinen Stiefeln, an seinem Bart, an seinem Wägelchen, sogar am Stiel seiner Peitsche. Wenn Koppel einen Auftrag erhält, wenn er mit seinem Wägelchen vor einem Bauernhof haltmacht und seine Presse in Betrieb setzt, stehen die Bauernkinder um ihn herum, und mit angehaltenem Atem, Fingerchen in Mund und Nase, bestaunen sie Koppels schöne Druckkunst rein als Zauberei. Hat aber Koppel seine Arbeit gemacht, hat sich sein Gaul wieder in Bewegung gesetzt, hat Koppels heisere Stimme wieder, einen neuen Auftrag lockend, seinen melodisch langgedehnten Ruf ausgeschrien, verwandelt sich die von Koppels Künsten bezauberte Kinderseele in Bosheit, Fluch und Pest. Johlend, pfeifend, Schmährufe schreiend, Spottlieder singend, mit Steinen werfend, wälzt sich ein ländlicher Janhagel hinter dem armen Manne her, der gebeugten Rückens mit müden Schritten neben seinem Gaul so langsam die besonnte Dorfgasse herankommt, als bewegten sich Koppel, der Gaul und das Wägelchen in einer Hypnose. Der Gaul, offenbar eine ausgediente Remonte, trägt den Kopf so hoch, daß der Drucker unterm Hals des Pferdes wie unter einem Bogen einhergeht. Mit einem Arm hängt er leicht am Pferdehals, hinter dem er, wenn er ihn mit einem leichten Druck ein wenig herabzieht, je nach Bedarf – das heißt, je nach der Richtung der Steinwürfe – rechts oder links hinter dem Pferdehals Kopf und Gesicht vor den Geschossen decken kann. Aber erst in der Nähe sehen wir, bis zu welchem Grade der Meisterschaft in der Abwehr Koppel der Drucker es gebracht hat. Als wären die Steine, die ihn umschwirren, ein harmloser Mückenschwarm, den man besser gar nicht beachtet und erst, wenn ein klebriges Insekt gar zu lästig geworden ist, mit einem Augenklimpern verscheucht – so seelenruhig und von Zeit zu Zeit seinen Ruf erschallen lassend geht Koppel der Drucker seinen Weg. Und er bringt es fertig, gleichzeitig sich mit dem Leib des Pferdes und das Pferd mit dem eigenen Leib vor den Steinwürfen zu decken: während er Kopf und Gesicht hinterm Bogen des Pferdehalses schützt, legt sich, je nach der Richtung eines Geschosses, seine große, flekkige, gute Hand schützend einmal über das linke, ein andermal über das rechte Auge des Gauls, der so dürftig angeschirrt wie Koppel ärmlich gekleidet geht – vielleicht könnten seine Augen Schaden nehmen von den Würfen. Koppel der Drucker war gewiß kein Mitglied des Tierschutzvereins: er schützte seinen Gaul, denn seine eigene Existenz war mit dieser armen Haut von einem Gaul auf Gedeih und Verderb verbunden. Sie waren beide aufeinander angewiesen, Koppel und die Remonte. Es war schon recht, wenn sie in Gefahr füreinander eintraten.

Meinem Freunde Katz war die Szene sowenig neu wie mir. Aber weil wir miteinander saßen, fühlte sich der Erwachsene zur Hilfe für einen Bedrängten veranlaßt. Mit einem Prügel in der Hand stürzte er sich mitten in die Kinderschar, und wie Geflügel vor einem zustoßenden Habicht zerstob die johlende Meute. Koppel der Drucker hielt sein Gefährt an, sah sich eine Weile um, fuhr mit den knochigen Fingern durch seinen apostolischen Bart, und gegen einen halbwüchsigen Peiniger gewendet, der bereits in einem Garten geborgen, zwischen mannshohen Maisstengeln Kopf und Zunge herausstreckend, den Drucker mit den landesüblichen Schmährufen »Jud', Parach-Jud'« bewarf, redete er ihn mit philosophischer Würde also an: »Möge es dir, Söhnchen, so leichtfallen, die Luft zu atmen, wie es mir leichtfällt, ein Jude zu sein.« Dann tat er mit einer Handbewegung, einer sehr ausdrucksvollen Handbewegung, die Hilfe meines Freundes Katz so vielsagend ab, daß sie mir noch jetzt als die weiseste Absage an alle wohlgemeinten Hilfsaktionen der gesitteten Kulturmenschheit vorschwebt, gesellte sich zu seinem Gaul, und ein paar Häuser weiter ging das alte Spiel von neuem wieder an.

Nach einer Weile hörte ich meinen Freund sagen: »Es fragt sich nur, ob es in aller Ewigkeit so weitergehen muß.« Mein Freund stocherte dabei mit dem Prügel im Erdreich und ließ seine Augen nicht vom Prügel, während er stocherte. Ich verstand, daß er nicht zu mir geredet, sondern laut gedacht hatte. »Es fragt sich nur, ob man dabeibleiben muß. Wenn es ja doch so schwer ist ...«

Zehn Jahre später tat ich, für meine Person, diese Frage radikal von mir ab.

V

Habe ich es getan, um es mir leicht zu machen? Guten Gewissens darf ich es aussprechen: nicht einmal, um es mir auch nur leichter zu machen. Auf diese Frage gibt es übrigens keine generelle Antwort. Ein berühmter russischer Orientalist, Mitglied der Kaiserlichen Akademie zu Petersburg, ein getaufter Jude, der in seiner Jugend ein Lehrer, ein kleiner Lehrer in einer Judenschule in Wilna gewesen war, antwortete einmal auf die Frage, ob er denn aus Überzeugung die Taufe genommen hätte: »Gewiß. Aus Überzeugung. Ich bin nämlich zur Überzeugung gekommen, daß es besser sei, Professor an der Kaiserlichen Akademie in Petersburg zu sein als ein jüdischer Lehrer an einem Cheder in Wilna.«

Ich erlaube mir zu vermuten, es sei ein Schuß Galgenhumor in dieser Antwort. Wohl hat es, im Westen Europas namentlich, viele Fälle gegeben, die mit einer solchen Antwort vortrefflich gekennzeichnet sind. Wohl hat es in einer gewissen gehobenen Schicht des jüdischen Großbürgertums gleichsam zum guten Ton gehört, ihren gesicherten Wohlstand durch Erwerbung einer »schöneren« Konfession gesellschaftlich zu verzieren. Aber wollen wir im Ernst vom Herrn Kommerzienrat Peschek reden? Oder von Frau Kommerzienrat Peschek? Von Deiner Großmutter, die jeden zweiten Satz mit der ekstatischen Konfession beginnt: »Ich als gute Christin«? Die haben sich eine »schönere« Religion angeschafft, wie einen teuren Logensitz bei einem Brahmsfest. Nicht gedacht sei dieser Fälle hier! Ich bin auch nicht in dem Falle des berühmten Orientalisten gewesen, der, eine Forschernatur, vielleicht die Arbeit seines Lebens nur leisten konnte, nachdem er zu jener Überzeugung sich bequemt hatte. Um die Prokura in der Textilfabrik Peschek ging es mir vielleicht? Es gibt welche in meinen Wiener Kreisen, die es so sehen. Wie denn nicht? Für gewisse Wiener Kreise ist ja jeder Ostjude ein hergelaufener Eindringling, auf nichts so sehr bedacht als auf schnelle Bereicherung und eine glückliche Einheirat in ein bodenständiges Haus. Die Einsicht etwa, daß ein so östlicher Jude wie mein Vater zum Beispiel einen so vornehmen Kommerzienrat wie Herrn Peschek nur ungern über die Schwelle seines Hauses ließe, eine solche Einsicht würde in jenen kultivierten Wiener Kreisen eine schwere Erschütterung der Kommerzgehirne hervorrufen.

Bleibt noch ein Motiv abzutun: Ich wäre aus dem Judentum ausgetreten, weil ich mich in das schöne Fräulein Fritzi Peschek verliebte, die man mir nur eben um diesen Preis gegeben hätte. Stillschweigend habe ich diese Auffassung auch gelten lassen, da mir mein lieber Freund Stefan Frankl erzählte, man verstünde es so – und nur so – leider auch in Dobropolje. Denn mochte es mir nach dem vollständigen Bruch mit meiner Familie gleichgültig sein, wie man im Dorf von mir dachte und redete, in dem Entsetzen und in der Verzweiflung, in die ich meine Familie durch den Übertritt gestürzt hatte, konnte es für sie vielleicht eine geringe Linderung bedeuten, meine schwere Schuld einer Leidenschaft zuzuschreiben, die sich dem Einfluß des Elternhauses entzog. Unter uns aber, mein Sohn, unter uns Männern sage ich: Ein Mann, dem man ein geliebtes Wesen zur Frau geben kann oder auch nicht, das ist so gut wie gar kein Mann. Pfui! Ein solcher Schlemihl darfst Du mir nicht werden, mein Lieber, das wirst Du auch kaum. Denn bist Du auch mir nicht sehr ähnlich – soweit man es Dir jetzt ansieht –, so bist Du doch kurioserweise just Deinem Dobropoljer Großvater sehr ähnlich. Und der war ein Mann, mein Sohn!

Deine Mutter wird es Dir gewiß kaum verhehlen, daß sie mit mir an das Ende der Welt gegangen wäre, hätte ich es von ihr verlangt. Und wir würden gewiß auch ohne den väterlichen Segen des Herrn Kommerzienrats Peschek glücklich geworden sein. Nein! *Coge intrare* – zwinge einzutreten –, obendrein von Vater Peschek ausgesprochen, würde schon damals die gerade entgegengesetzte Wirkung geübt haben. Damit will ich meine Liebe zu Deiner Mutter beileibe nicht kleiner gemacht haben. Wir sind ein sehr glückliches Paar geworden. Meine Heirat war vielleicht die einzige klare und gesegnete Entscheidung meines Lebens. Löse ich sie aus dem Zusammenhang meiner Taten und Untaten heraus, fällt alles Licht auf unsere Ehe. Und von Licht und Harmonie erfüllt war unser Zusammenleben durchaus, noch ehe Du, mein kleiner Sohn, es mit Deinen reinen Augen erleuchtet hast.

Wunder, das nur große Liebe wirken kann! Wie verschieden, wie weltenfern verschieden waren wir, Deine Mutter und ich. Sie – ein Wesen aus der Wende des Jahrhunderts, feinnervig, unbefangen, im Grunde unwissend, auf eine melancholische Weise heiter, ein wenig ironisch, vor allem leichtlebig, und doch sehr natürlich, schön und voller Musik. Ich – ein lebenshungriger, bildungshungriger, schon ziemlich viel wissender, aber im Grunde doch unkultivierter Jüngling mit ungebrochenem Instinkt.

Deine Mutter zähmte den Wildling mit Musik und brachte ihm Lebensart bei. O Wunder der Kultur! Groß sind sie mitunter wie nur die der Natur! Kommerzienrat Pescheks Tochter war mit allen Reizen einer Wienerin begabt. Vor allem mit einer sanften Natürlichkeit, die über alle kleinen weibischen Verstellungskünste triumphierte. Mit jener herzenslieben Anmut, mit jener erotischen Huld gesegnet, die den Zauber der Strauß- und Lanner-Welt ausmacht, hatte sie ein leichtes Spiel mit mir. Geistig eigentlich nur für die große Musik aufgeschlossen, führte sie mich in eine Welt ein, von der ich bis dahin nur ein kümmerliches Echo vernommen hatte. Die Musik war ihre Domäne. Hier durfte ich mich ihrer Führung überlassen. Die große Musik, die eminent christliche Kunst, kann auch geistig verführen. Bei mir war das damals, wie es mir scheint, kaum mehr nötig. Die Saat war längst ausgesät, und wenn sie scheinbar plötzlich aufbrach – die Musik war gewiß nur ein später Regen, der die Saat sprießen und gedeihen machte.

Deiner Mutter bedeutete die Musik bei weitem mehr als den meisten musikbeflissenen Damen ihrer Gesellschaftskreise. Wohl hat sie, wie alle glücklich verheirateten Frauen, das ernste Klavierstudium später aufgegeben, aber in den wenigen getrübten Tagen unseres Zusammenlebens, wenn Mißverstand und Übellaune sich einmischten, ergriff, erschütterte es mich immer, zu erleben, wie sie sich mit ihrem Kummer in ihre Musik zurückzog, als sei in dieser ihrer privatesten Heimat die geheime Quelle ihres Lebens verborgen. – Sei lieb zu Deiner Mutter, mein Sohn: sie hat zwar immer ihre sichere und schöne Haltung, unsere Mama, aber im Grunde ist sie doch nur ein hilfloses Kind.

VI

Ich habe bis nun damit gezögert, Dir einen Tag aus meinem Leben zu schildern, den Tag, an dem ich das geworden bin, was hüben ein Bekehrter, drüben ein Abtrünniger heißt. Ich habe damit gezögert, weil ich nicht glaubte, noch so viel Zeit übrig zu haben, um in eine

Schilderung einzugehen, von der ich nicht weiß, womit sie beginnen, wie lange sie dauern, womit sie enden soll. Nun bin ich mit der Patrouille zu meiner Eskadron zurückbefohlen, ich habe ein paar Stunden sogar in einem richtigen Bett geschlafen. Ich will nun den Versuch machen zu überlegen, denkend und schreibend zu überlegen, ob mit Fug behauptet werden kann, ich hätte es mir damals nur leichter machen wollen.

Das Zerwürfnis mit meinem Vater – es gab da im Laufe der Jahre ein paar schwere Konflikte, ich mag hier nicht soweit zurückgreifen, es würde Dich und vielleicht auch mich nur verwirren, diese Konflikte sind meinem Freunde Stefan bekannt genug, er wird sie Dir gewiß nicht verschwiegen haben –, das letzte Zerwürfnis, das mit Bruch und einer Art Enterbung endete, ging um eine recht harmlose Liebschaft mit einem Bauernmädchen aus unserem Dorf. Es war, zugegeben, ein leichtsinniger Streich, eine jugendliche Verstrickung. Ich verstehe es heute nicht mehr, wie ich das meinem Vater antun konnte. Mein Vater konnte es offenbar noch weniger begreifen, und er ließ sich, zu meiner Schande sei es gesagt, zu einer körperlichen Züchtigung hinreißen. Es war die erste und die letzte. Er schlug nach mir mit einem Stock, und ich war schon neunzehn Jahre damals. Es waren die letzten Ferien im Vaterhaus. Ein vorangegangenes Zerwürfnis mit meinem Vater lag schon Jahre zurück.

Von meiner Familie war ich schon längst abgetrennt, als ich mich vom Judentum abkehrte. Nur mit meinem geliebten Bruder Welwel wechselte ich noch hin und wieder eine Zeile. Ich stand allein in der Welt und durfte mich frei fühlen von allen kleinen menschlichen Bindungen. Ich sage: klein. Klein in dem Sinne einer Freiheit, wie ich sie damals begriff. Im falschen Sinne einer falschen Freiheit, so empfinde ich es nun, da ich aus einem harten Sohn ein weichherziger Vater geworden bin. Ich war ein gläubiger Jude und bin ein Gläubiger geblieben, wenn auch kein Jude mehr. Religionsphilosophisch oder gar theologisch gebildet war ich drüben nicht und bin es hüben nicht geworden. Ich lebte und lebe aus unmittelbarer Eingebung. Wie aber, so fragst Du mich wahrscheinlich, gelangt man von einem Äußersten des Judentums zum Christentum? Ist man soweit, einzusehen, Christentum sei nichts anderes als ins Universum ausgestreutes Judentum – und die besten unter den Juden wissen das so gut wie die besten unter den Christen –, ist man soweit, so scheint alles, was dazwischenliegt, als ein Streit um die Einkleidung des Unaussprechlichen. Altes? Neues? Nichts ist im Neuen, was nicht schon im Alten gewesen. Gewiß leuchtet die Sonne anders am Morgen als am Mittag, anders am Mittag als zur Neige des Tages. Aber ist sie morgens, mittags, abends nicht dieselbe Sonne? Und wer, er wäre denn ein anmaßender Ästhet, wer würde sich vermessen zu entscheiden, wann sie schöner sei: am Morgen? Am Mittag? Am Abend?

Du siehst, mein Sohn: Ist man versucht zu eifern, gleich sucht einen mit dem lärmenden Geist auch die lärmende Sprache der Eiferer heim. Ich habe diese Sprache nicht gern. –

VII

Mein Vater war ein Czortkower Chassid. Alljährlich einmal im Herbst, zum Fest der Torafreude, pflegte er zum Rabbi nach Czortków zu reisen. Mein Vater war ein schweigsamer Mann. An uns Kinder wandte er sich nur selten in direkter Anrede, und wir empfanden es geradezu als Auszeichnung, wenn er es ausnahmsweise, an Feiertagen meistens, tat. Kam er aber vom Rabbi heim, hatte er immer viel zu erzählen. Im Lager der Chassidim, der Anhänger eines Wunderrabbis, die in wahrer Bruderliebe auch sozial verbunden waren, ging nach der alten chassidischen Tradition das erzählende Wort um.

Kam der Vater von solcher Reise heim, hatte er eine milde Klarheit im Gesicht. Er brachte Geschenke mit für Mutter, Kinder und Hausgesinde. Er brachte aber auch immer einen frischen Schatz von Geschichten, Gleichnissen und weisen Worten mit. Und bis er die verteilt hatte, wich die milde Klarheit nicht von seinem Gesicht. Das dauerte oft Wochen. Denn Vater ging mit diesem Schatz so um, wie Gottes Engel es getan mit den fünf Broten. Nie kam es vor, daß er ein solches Kleinod an einem Werktag verausgabt hätte. Er teilte sie erst nach einem Plan zum Sabbat aus, nach dem Beten, in dem Betraum, der sich in unserm Hause befand, in Großvaters Zimmer, nach dem Weihsegen, wenn die Beter mit einem Schnaps sich gestärkt, ein Stückchen kalten Fisches genossen hatten und unter verschiedenen Gesprächen noch eine halbe Stunde beisammenblieben, ehe sie zum zweiten Sabbatmahl heimgingen. Wir Kinder teilten wohl das Entzücken der kleinen Dorfgemeinde, die auch die geistigen Leckerbissen wie das himmlische Manna genossen. Wenn ich mich aber recht erinnere, ging uns Kindern der tiefere Sinn dieser Geschichten und Gleichnisse nicht immer leicht ein. Nicht selten aber rührte ein überliefertes Sprüchlein, eine kleine Geschichte, eine Anekdote, ein Wort, ein Wörtel auch dem Kinde ans Herz. Es ergriff uns die innige Stimme dieser Geschichten, in denen eine bittliche, eine flehentliche Kühnheit der wahren Demut an die Tore der Erlösung pochte, gewiß auch schon uns Kinder. Ich war aber kein Kind mehr, sondern schon ein Abiturient, als der Vater eines Sabbats nach einer Heimkehr vom Hof seines Rabbis ein ihm bis dahin unbekannt gebliebenes Gebet eines Wunderrabbis zitierte, ein kleines Gebet, beinahe ein Stoßseufzer nur, ein Stoßgebet an die Tore des Himmels: *Herr der Welt, erlöse die Juden. Und willst Du nicht die Juden erlösen, so bitte ich Dich, Schöpfer der Welt, erlöse die Gojim.* – Wie, wenn es im Rat des Herrn beschlossen wäre, nicht die Juden, sondern erst die Gojim zu erlösen, wie, wenn er sie schon längst erlöst hätte? Wenn wir Juden bald zwei Tausend Jahre auf dem Irrweg waren? Wenn die christlichen Meister, die ihre großen Kathedralen mit Figuren verzieren und die Figur der Synagoge mit einer Binde um die Augen darstellen – wie, wenn sie recht daran taten, sie als eine Blinde darzustellen? Wenn wir ein beispielloses Martyrium nicht Gott zu willen erduldet hätten? Wenn die tausend und abertausend Tode, die wir zur Heiligung des Namens starben – wenn sie nicht zur Heiligung des Namens, wenn sie nicht Gott zuliebe, wenn sie Gott zuleide gestorben wären? Entsetzlicher Gedanke! – Solche Gedanken, wäre ich ihrer schon damals fähig gewesen, vor meinem Vater auszusprechen, hätte ich mich wohl gehütet. Allein, jenes kleine große Gebet, es traf mich wie ein Stoß vor die Brust. Bebenden Herzens trat ich vor meinen Vater und sagte: »Siehst du, Vater, siehst du, der große Rabbi, der dieses Gebet gesprochen hat, der hat die Welt mit andern Augen gesehen als der Rabbi Abba, dein Großonkel.« –

Nachdem die Gäste gegangen waren, nahm mich mein Vater beiseite und sagte: »Wieso mit andern Augen? Ich sehe da gar keinen Widerspruch. Es sollte mich aber nicht wundern, wenn es doch einen gäbe. Und du solltest dich auch nicht wundern. Du weißt ja, unser Rabbi Abba, gesegnet sein Andenken, war kein Chassid.«

Nein, Rabbi Abba war kein Chassid. Vielmehr ragte er noch bis in meine Jünglingsjahre als eine Randgestalt der Zeit des Kampfes, den das gelehrte Judentum gegen den volkstümlichen Chassidismus führte. Er war Vaters Großonkel, hatte aber seit meinem Eintritt ins Gymnasium mit unserer Familie gebrochen. Ein Zufall hatte mich und meinen Bruder in einer Winternacht in sein Haus geführt. Ohne daß er gewußt hätte, wer wir waren, behielt er uns über Nacht, bewirtete uns mit Tee und fragte mich bei Tische dies und jenes. Ich hatte in meiner Manteltasche ein Buch mit, und der Rabbi wollte wissen, was der Inhalt dieses Buches wäre. Es war ein erzählendes Werk eines bedeutenden Dichters. Ich versuchte, es dem Rabbi zu erklären, und ich erklärte es vielleicht mangelhaft, behindert durch meine Ehrfurcht vor einem so großen Talmudgelehrten wie Rabbi Abba. Immerhin konnte ich ihm andeuten, was das Buch zum Inhalt hatte: »Der Verfasser«, so werde ich ungefähr gesagt haben, »wirft in diesem Buch die Frage auf, ob es erlaubt sei, ein unbedeutendes menschliches Wesen für einen großen Zweck zu opfern.«

»Phi!« fiel mir der Rabbi Abba mit einem Hochmut ohnegleichen ins Wort, »über eine solche Frage schreibt der Goj ein so dickes Buch? Wer so fragt, ist selbst ein Mörder.«

Was er hernach gegen solche Fragen aus seinem Talmud anzuführen wußte, das spielte freilich auf einer ethischen Höhe, der ich damals leider nicht gewachsen war. Dem Hochmut seines »Phi« allerdings auch nicht, Gott sei Dank. Von diesem unserm Urgroßonkel wird übrigens erzählt, er habe in der letzten Nacht seines Lebens einen Fremdling bewirtet, in dem er seinen Todesengel sah. Er hatte mehrmals von dem Fremdling, dem Todesengel, geträumt. Dennoch hatte er die Kraft, nach Verrichtung der Gebete für die letzte Stunde mit jenem fremden Gast zu Tische zu gehen und mit ihm Tee zu trinken. So wird erzählt. Und ich habe Grund zu glauben, daß die Geschichte wahr ist. Denn mit meinem Bruder Welwel war ich in der letzten Nacht bei ihm zu Gaste. Er war in seiner Art ein großer Mann, der Rabbi Abba. Ich hätte Dir noch viel von ihm zu erzählen. Vielleicht komme ich noch in einem andern Zusammenhang auf jene Nacht in seinem Hause zurück. Jetzt muß ich leider abbrechen. Ich habe Dienst.

VIII

Vielleicht wirst Du Dich fragen, wie es mit rechten Dingen zugegangen sein konnte, daß ich, der einen solchen Großonkel hatte wie
den Rabbi Abba, dennoch Kommerzienrat Pescheks Schwiegersohn
geworden bin. Die Geschichte meiner Wandlung genau hier zu
erzählen, dazu fehlt es mir an Zeit und auch an Kraft. Leicht fiel mir
diese Wandlung nicht, und ohne Deine Mutter wäre es wohl kaum
geschehen. Oft genug war ich nahe dran, umzukehren. Meine Dobropoljer Natur raste in mir und rebellierte gegen die glättende Hand der
sogenannten Kultur. Als Deine Mutter mir, der ich, Juda Mohylewskis
Sohn, Josef heiße, zum ersten Mal in einem Brief »mein Pepperl«
schrieb, zerriß ich den Brief in Stücke. Und ich packte meine Koffer,
entschlossen, wegzulaufen, weit weg, bis zu meinem Heimatdorf, in
meines Vaters Haus, und hier zu den Füßen des Vaters, ein verlorener
Sohn, mit dem glattgekämmten Knechtskopf, es auszuschreien, daß
ich sein Sohn geblieben, Josef, sein Erstgeborener, ein Josef, der um
nichts und für niemand in der Welt ein Pepperl sein mag ... Aber
Deine Mutter zähmte und glättete mich mit ihrer Musik. Und ich war
schwach genug, die Koffer wieder auszupacken.

Und nun bin ich soweit, Dir erklären zu können, warum ich nicht
in Wien römisch-katholisch geworden bin, wie es die Familie Peschek
nicht anders erwartet hat, sondern zum Entsetzen namentlich der
Mutter Peschek in einem kleinen Städtchen im Osten griechisch-
katholisch. Man hat mich auch hierin mißverstanden und sogar gemut-
maßt, ich hätte aus Bosheit und der Familie Peschek zum Ärger so
gehandelt. Man hat meine Bosheit überschätzt, mit dieser Vermutung
weit gefehlt. Warum aber habe ich so – wie Mutter Peschek meinte –
übel gehandelt? Diesmal doch aus keinem andern Grunde als dem:
weil ich es mir leichter machen wollte. Freilich, mit welchem Ergebnis, wirst Du ja bald sehen.

Vielleicht weil ich noch die dörfische Sprödigkeit in mir hatte, fiel
es mir sehr schwer, mich mit der Vorstellung abzufinden, daß ich wie
ein Primaner neue Artikel des Glaubens zu lernen, neue Gebete zu
memorieren haben sollte; alle vorbereitenden Schritte zum Übertritt,
das kleine Herangehen an so Großes erschien mir als ein – ja: als ein
Spiel! Als ein Spiel gewiß, dessen Dignität ich mit ganzer Seele erfaßte, als ein Spiel aber doch eben, das mit dieser meiner unveränderten

diesseitigen Leiblichkeit durchzustehen ich als ein fremdes Spiel empfand. Vielleicht aber wäre es nicht gefehlt anzunehmen, daß ich – ohne daß es mit Bewußtsein geschah – längst innerlich schlüssig geworden war, in die griechisch-katholische Kirche einzutreten. Da erübrigten sich all diese Schritte der Vorbereitung, denn der griechisch-katholische Ritus war mir von jeher vertraut genug.

Wenn ich auch in einem streng orthodoxen Hause aufgewachsen bin, so doch im Dorfe, unter Bauernkindern griechisch-katholischen Bekenntnisses. Schon im Vorschulalter wußte ich von ihren Gebeten, von ihrem Gottesdienst, von ihren Feiertagen wahrscheinlich nicht weniger als die Bauernkinder auch. In der Schule dann gab es die Religionsstunden, die griechisch-katholischen selbstverständlich, denn für die fünf jüdischen Kinder – so wenig waren es in der ganzen Dorfschule – konnten keine jüdischen Religionsstunden auf dem Schulplan stehen. In meinem Jahrgang war ich das einzige jüdische Kind in der Klasse und hatte von rechtswegen die Stunden des Religionsunterrichtes frei. In der Praxis ergab es sich, daß die jüdischen Schüler von dieser Freiheit tatsächlich Gebrauch machten – in den schönen Jahreszeiten und bei gutem Wetter. Aber im Winter und bei schlechter Witterung blieb man, mit Erlaubnis des Priesters selbstverständlich, im Klassenzimmer. Es gab wohl Dörfer, wo die geistlichen Herren die Judenkinder bei ihrem Religionsunterricht nicht duldeten, da verbrachten sie diese Stunden bei schlechter Witterung in einem der Schule nahegelegenen Juden- oder auch Bauernhaus. Unser ehrwürdiger Kanonikus Nikifor Horodynskyj, weit entfernt davon, den Bauernkindern in den Religionsstunden etwa Feindschaft gegen die Juden zu predigen, ein gütiger, kinderfreundlicher Mann, sah uns sogar sehr gern in den Klassen. Er war so lieb und freundlich mit uns, daß wir mit der Zeit uns nicht getrauten und es für unschicklich hielten, auch bei schönem Wetter seiner Religionsstunde fernzubleiben. Taten wir es dennoch, so machten wir uns heimlich davon und hatten dabei das schlechte Gewissen des Schulschwänzens.

Am Unterricht nahmen wir, als Gäste, nicht aktiven Anteil. Wir saßen da. Wir hörten zu, was gelernt, wie gelehrt, wie geprüft wurde. Aber wenn der Pfarrer – Pope sagen sie dort – aus der Bibel oder aus der biblischen Geschichte die Bauernkinder prüfte, wenn er nach so vielen Stunden harter Lehrarbeit keine rechte Antwort erhielt, wenn er mit evangelischer Geduld den Klassenkatalog in alphabetischer

Reihenfolge durchging, die Schüler mit Namen aufrufend, Namen um Namen mit seiner skeptischen Formel einleitete: »Vielleicht sagt mir das der –«, wenn er, nun auch schon von Mokry Petro enttäuscht, den Namen Mohylewski einmal nicht mit einem Hochziehen seiner Augenbrauen übersprang, sondern, als gehörte es sich so und nicht anders, »Vielleicht sagt mir das Mohylewski Osyp?« fragte – was nun? Nun: der Schüler Mohylewski Osyp sprang eben auf und sagte, was er wußte. Und es war kein Heldenstück, wenn er es wußte: mit dem fünften Lebensjahr fängt das Bibellernen der Judenkinder an, und unser Rebbe Motje stellte ganz andere Ansprüche an uns. Manchmal freilich konnte es vorkommen, daß der Pope auch bei Fragen aus dem Katechismus den Namen Mohylewski nicht übersprang. Sei es, daß er zu seinem Privatvergnügen ein Experiment anstellte, sei es, was viel wahrscheinlicher ist, daß er von seinen vielen Seelsorgen geplagt und ermüdet eine Weile aussetzte – man macht sich ja schwer eine rechte Vorstellung von der Mühsal, die ein Dorfpope aufwendet, um Bauernjungen, die Morda heißen und Popko und Zawyrucha und so aussehen, als wären sie fertig aus der Landschaft geboren, wobei sie mit ihren wie Drahtspieße aus der Stirne stechenden Haaren die Erdkruste durchstießen –, wieviel apostolische Milde in unserem Falle, wieviel zuchtmeisterliche Härte in anderen Fällen aufgewandt werden muß, um solchen übrigens sehr lieben und naturgewachsenen Erdenklößen ein bißchen Christentum einzupflanzen. Es mochte also vorkommen, daß der müde und zerstreute Kanonikus den Namen Mohylewski auch bei Fragen aus dem Katechismus nicht übersprang und aus seiner Zerstreuung erst erwachte, als der aufgerufene Judenjunge, erstaunt und zögernd, die richtige oder falsche Antwort gab.

Zu Ehren des Popen sei gesagt, daß er in solchem Falle das niederträchtige pädagogische Mittel: ›Da seht, Mohylewski muß es zwar nicht wissen, und er weiß es doch‹, verschmähte. Anders als unser Schuldirektor Kapetko, der uns zwar Gegenstände lehrte, die für alle gleich galten, der aber nur zu oft – und vielleicht nur unter dem Vorwand lobender Anerkennung – Neid und Feindschaft gegen einen Musterknaben säte; wenngleich ohne ersichtlichen Erfolg, denn der Musterknabe war sonst keiner, und die Mitschüler wußten es besser.

Schön waren die Religionsstunden des Popen Horodynskyj namentlich in den Wochen vor Weihnachten. Da war der Unterricht Musik, das Gebet Gesang, die Klasse ein aus Mädchen- und Knabenstimmen gemischter Chor, der Pope ein Sänger des Herrn. Kein Volk der Erde ist so mit Gesang gesegnet wie das ukrainische. Selbst unter den musikalischen slawischen Völkern kommt keines im Gesang ihm gleich. Ich sage: in Gesang, nicht: in Musik. Und an Liedern, an weltlichen wie kirchlichen Volksliedern, ist es wie kaum ein anderes reich. Seine weltlichen Lieder, breit wie die Steppe, die weltlichen Lieder sind von einer einfachen und derben, von einer heidnisch-kosakischen Irdischkeit. In der Weihnachtszeit aber wölbt sich ein christlich-mild ausgestirnter Himmel des innig frommen ukrainischen Volksliedes über der frostklirrenden Schneelandschaft: wahrlich ein christliches Wunder. Gesegnet das tausendjährige Werk von Generationen solcher Priester, wie der weihnachtsliederreiche Pope Horodynskyj einer gewesen ist! Gesegnet sein Andenken – er ist schon längst tot.

Seine Lieder aber lebten und leben fort. Auch in mir. Viele, alle weiß ich heute noch. Aber wenn ich hier die Strophe eines solchen Weihnachtsliedes aufschriebe, das in Wort und Ton aus einfachem Herzlicht und christlichem Sternschein zusammenklingt –, wenn ich hier solche vier kleinen Zeilen aufschriebe, so wären sie Dir, mein Sohn, ein fremder, schöner, aber unverständlicher Klang. Mir aber sind sie leuchtende vier Sternreihen, vier klingende Lichtzeilen, die mir den Himmel vieler Winternächte meines Lebens erleuchteten.

Hier öffnen meine Erinnerungen einen Spalt, durch den man leicht ein »Aha, da sieht man's« einschieben könnte. Da sieht man eben, wo es hinführt, wenn ein Kind in so zartem Alter der Gefahr einer Verführung ausgesetzt wird. Es ist ja kaum daran zu zweifeln, daß der Pope Horodynskyj die ersten christlichen Saatkörner ins Herz eines jüdischen Knaben senkte. Dennoch täuscht man sich sehr, wenn man solche Vermutungen anstellt. Die Erinnerung hat den Drang, alle Dinge zu vereinfachen. Die Erinnerung kann offenbar nur Profil sehen. Die Erinnerung fälscht schon, indem sie ein Ereignis scharf in den Vordergrund rückt, ein anderes aber, vielleicht ebenso wichtiges, in den Hintergrund verweist. Es liegt gewiß an der Unvollkommenheit jeglichen Erinnerns, mehr noch wahrscheinlich an den Mängeln meiner Darstellung, wenn hier ein Spalt für eine falsche Durchsicht aufklafft.

Warum ging es denn meinem Bruder Welwel anders? Er hatte dieselbe Erziehung, dieselben Erlebnisse. Er war denselben Einflüssen, meinetwegen Gefahren, ausgesetzt. Mein Bruder Welwel war dennoch schon als Jüngling sehr fromm, ein Chassid. Er hat, so weit bin ich auf Umwegen unterrichtet, in sehr jungen Jahren eine fromme Frau geheiratet, er hat vielleicht schon Kinder, er ist ein frommer jüdischer Familienvater, der streng nach der orthodoxen Überlieferung lebt. Und doch hat er als Knabe dieselben Weihnachtslieder gehört, mit der Frische der Kindheit aufgenommen und gewiß auch in seinem Gedächtnis behalten. Ich bin dessen ganz sicher: Mein Bruder Welwel wird die Zeilen jenes Weihnachtsliedes zum Beispiel noch heute genauso auswendig wissen wie ich, mitsamt der schönen Melodie. Aber ihm ist es nicht mehr als ein kleines Lied unter vielen andern vertrauten Bauernliedern, eine Erinnerung aus der Kindheit, nichts weiter.

Mir ist es mehr. Wenn es mir aber mehr ist, so ist es mir erst später mehr geworden, im Lauf der späteren Jahre und eines Schicksals, das mich einen ganz andern Weg führte als meinen Bruder. Das ist es.

Eine andere Frage ist, ob die Erinnerung an den guten Hirten seiner Herde, an unsern guten Popen Horodynskyj, bei meiner Entscheidung für die griechisch-katholische Kirche nicht wesentlich mitgewirkt hat. Diese Frage hängt wieder schon mit dem zusammen, was ich bereits über die Vorbereitungen, über die ersten Schritte, über das Spiel sowie meine Hemmungen bei diesem Spiel erklärt habe.

Wie immer dem sein mochte, wie immer dem sein mag, eines ist über alle Zweifel erhaben: die Weihnachtsfeiern im Hause meines Schwiegervaters Peschek haben mich nicht bekehrt. Diese Bescherung kennst Du, mein Sohn, gewiß nur zu gut. Was Du an Erinnerung davon mitnehmen wirst, kann ich leider nicht erraten. Für Dich wird der Weihnachtsabend bei den Großeltern vielleicht eine schöne Erinnerung sein: beschenkt wurdest Du da immer reichlich, vielleicht nur zu reichlich – Kinder sind bestechlich, und ein schön illuminierter Christbaum tut allenfalls seine Wirkung. Auf Deinen Großvater Peschek zum Beispiel diese: Kaum waren die Lichte am Christbaum entzündet, bemächtigte sich seiner eine Erregung, die ihn den ganzen Heiligabend nicht mehr losließ: »Es wird noch Gott behüte ein Brand ausbrechen!« – mit diesem Ruf weihte er den Christabend ein, um in der Folge der Festlichkeit von dieser seiner Beängstigung nicht loszukommen und seinen Warnungsruf vor, während und nach dem Mahl mit entsprechender Steigerung zu wiederholen. Nun war wohl der Christbaum im Hause Peschek ein enorm ausgewachsener Baum, der mit dem überreichen Lichterschmuck, mit seinem Gegolde und Geglänze, mit seinem Geflacker und Geflunker geradezu barbarisch den Raum bedrückte und gewiß keinen schönen Anblick bot. Aber ihn den ganzen Abend hindurch lediglich als möglichen Brandherd anzusehen, das ist denn doch nicht ganz christlich. Da Großvater Peschek obendrein im Zustande der Erregung ein wenig lispelte und sein ständiger Angstruf »EthwirdnochGottbehüteeinBrandauthbrechen!« lautete, war so ein Weihnachtsabend bei Pescheks für mich immer ein Abend nicht gerade weihevoller Erheiterung. Ich hoffe und ich fürchte, daß Du, mein Lieber, von diesen Abenden keine wesentlich anderen Eindrücke mitgenommen haben wirst. Ich hoffe und ich fürchte, weil ja diese Eindrücke vielleicht die einzigen sein werden, die wir beide gemeinsam haben.

IX

Auf dem K. K. Gymnasium der P. P. Dominikaner mit polnischer Vortragssprache in T. – so hieß amtlich die Anstalt – saß neben mir vom ersten Tage an, in einer Bank für zwei, ein Schüler namens Philip Partyka, ein Bauernsohn aus dem unserm Dobropolje benachbarten Dorf Nabojki. Unsere Freundschaft begann gleich damit, daß wir zwei Dörfler uns beide von der Stadt eingeschüchtert, beängstigt, überwältigt fühlten. Die Stadt T. – zweiundvierzigtausend Einwohner, acht Kirchen, zwei Synagogen mit zahlreichen Bethäusern, drei Mittelschulen, ein Lehrer- und ein Priesterseminar, ein Infanterie-, ein Kavallerieregiment, eine Feldkanonenbatterie, drei Kaffeehäuser, kein Theater, Wochenmarkt mittwochs – ist gewiß keine Metropole, aber für Partyka wie für mich wird es immerdar als das steingewordene Symbol des Städtischen an sich gelten. Wie ich war auch Partyka nie aus seinem Heimatdorf herausgekommen. Wie ich war auch er von dem städtischen Leben und Treiben geradezu niedergeschmettert. Wie ich hatte auch er keine andere Schule gesehen als die Dorfschule, und so saßen wir eingeschüchtert in der düsteren Klasse eines alten Klostergymnasiums, bestürzt von der ungezwungenen, ja übermütigen Haltung der anderen, städtischen Jungen, der Frechheit der Repetenten, die uns beide ungehobelte Dörfler gleich hänselten und mit ihren

Vorkenntnissen in Latein geradezu niederschmetterten. Wie wünschten wir uns beide ins Dorf zurück!

In den ersten Wochen hatte namentlich mein Nachbar Partyka auch unter dem leicht schikanösen Humor einiger Professoren zu leiden, die ihm bald dahintergekommen waren, daß er im schriftlichen Gebrauch des lateinischen Alphabets bedenklich unsicher war, manche lateinische Buchstaben in der ihm gewohnten kyrillischen Lesart gebrauchte und mitunter wirklich ergötzliche Gebilde produzierte. Die Ukrainer, ein von den polnischen Magnaten in Jahrhunderten niedergehaltenes Bauernvolk, hatten damals im österreichischen Galizien sich ihre ukrainische Mittelschule noch nicht erkämpft. Sie mußten ihre Kinder, die Auslese der Begabten und der Besserbemittelten, nach Beendigung der ukrainischen Volksschule in die Kaiser-Königlichen Gymnasien mit polnischer Vortragssprache schicken. Die wenigsten Kinder, denen man zur Aufnahmeprüfung schnell ein bißchen Polnisch einpaukte, überstanden diesen Sprachwechsel ohne Schwierigkeiten. Namentlich in der ersten Klasse hatten sie diese Schwierigkeiten zu überwinden. So auch mein Nachbar Partyka. Als er zum ersten Mal vor die Klassentafel gerufen, den ersten lateinischen Satz »Terra rotunda est« aufzuschreiben hatte, geriet er in eine solche sprachliche Verwirrung, daß er in einem plötzlichen Rückfall ins Kyrillische den lateinischen Satz an die Tafel malte, der so aussah: »Meppa pomynda ecm«. Das Gelächter, mit dem die fünfundvierzig Jungen der Klasse Ib solches Latein begrüßten, war – nun, von Homer trennten uns noch ganze vier Jahre, aber was ein homerisches Gelächter ist, hatte uns unser Lateinprofessor Partyka zuliebe gleich in der ersten Stunde erklärt.

Ich hatte es leichter, mit dem armen Partyka mitzufühlen. Auch ich kam aus einer ukrainischen Volksschule, und wenn mir auch solche humoristischen Leistungen erspart geblieben sind, weil ich ja schon vor dem ukrainischen das hebräische und bald danach auch das polnische Alphabet gelernt hatte und also die Umstellung auf Latein in meinem Kopf etwas flinker vonstatten ging – ich hätte schon aus Solidarität mit ihm gelitten, wenn er mir nicht bereits durch die zufällige Sitznachbarschaft in einer Bank nähergerückt wäre. Ganz nahe rückte er mir aber erst anläßlich der ersten schriftlichen Schulaufgaben. In der Klasse herrschte jene aus Weihe und Furcht gemischte Stille, die nur in streng humanistischen Schulen gedeiht. Über den erstmalig verteilten, noch jungfräulich unbefleckten Schulheften leuchteten im weißen Widerschein des reinlichen Papiers fünfundvierzig rosig erhitzte Gesichter. Schon begannen die Federn zu zirpen, die Nasen näßlich zu schnaufen –, da hörte ich dicht neben mir ein leises unterdrücktes Stöhnen, ein gepreßtes Glucksen, und als ich über meinem Heft seitwärts hinschielte, sah ich, wie Partyka geneigten Kopfes, die linke Schläfe auf der Bank, die rechte Hand mit der Feder ohnmächtig hingestreckt, verzweifelt in sich hineinschluchzte. Sein Gesicht war naß von Tränen, die in großen Tropfen auf die Bank kullerten und – schrecklich, auch aufs Heft, auf das Schulheft, das neue!, das er aber zum Glück in einem Rest von Selbsterhaltungstrieb mit dem Löschblatt schützte, indem er es so dazwischengeschoben hatte, daß es noch gerade die hurtigsten Tränenrinnsale auffing und aufsog.

»Was tust du da, Partyka?!« flüsterte ich erschrocken.

»Rette, Bruder, rette mich!« stöhnte er mit verrotzter Flüsterstimme in ukrainischer Sprache, die er sonst in der Schule zu sprechen nicht wagte.

»Was ist denn mit dir los?«

»Ich schreib' schon wieder kyrillisch«, stöhnte er und drehte sein Heft sachte um, daß ich einsehen konnte, was er angerichtet hatte: eineinhalb Zeilen, kyrillisch, durchgestrichen, Kleckse und ein paar Tränen, unter denen die Heftseite bereits quoll und aufging wie ein Hefeteig.

»Mohylewski, Bruder, rette, laß mich abschreiben«, flehte er und wandte mir ein verschwollenes Gesicht zu.

»Mach nur recht vorsichtig«, willigte ich ein.

Mit lebhaften Augen, deren blaues Feuer schon die Tränen trocknete, verscheuchte er meine Besorgnis, und ohne mir auffallend nahe zu rücken, klaubte er mit dem flinken Instinkt eines Dorfjungen Wort um Wort aus meinem Heft heraus, zärtlichen und genauen Blicks, als finge er ganz kleine Vögelchen ein. Einmal schob er mir sein Löschblatt zu und darauf stand – kyrillisch gekritzelt –: »In hortum, nicht: in horto«, und er hatte recht.

Als wir die korrigierten und klassifizierten Hefte nach einer Woche von unserm Lateinprofessor wiederbekamen, hatte er »Gut«, ich »Sehr gut«.

»Wieso das, Partyka?« staunte ich.

»Ich habe ›in horto‹ geschrieben, damit er nichts merkt.«

So entstand eine Freundschaft fürs Leben.

Wir zwei Dörfler hatten uns bald ganz gut herausgemacht. In der Klasse und vor uns selbst galten wir das ganze erste Semester als schwächere Nachhut. Wie groß war nun aber das Erstaunen der ganzen Klasse, als es sich bei der ersten Zeugnisverteilung herausstellte, daß wir zwei, Partyka und ich, zu den fünf Vorzugsschülern der Klasse zählten. Wir zwei Dörfler waren erst wie betäubt, dann berauscht. Ich las mein, er las sein Zeugnis, dann ich seines, er meines, dann wieder jeder sein eigenes. Die ganze Klasse versammelte sich um uns, dann wurden wir geschaukelt: man warf uns hoch, man ließ uns hochleben, und wenn auch der Repetent Rechowicz in den fröhlichen Tumult mit dem Ausruf »Die Dorftrottel haben das Glück!« einbrach, es schadete uns nicht mehr: wir waren keine Dorftrottel mehr, sondern anerkannte, gleichberechtigte, ja bevorzugte Mitglieder einer sehr bunt gemischten Klassengemeinschaft.

Bis zum Abiturjahr hielt sich mein Freund Partyka sehr gut in der Schule. Mit achtzehn Jahren hatte er die Gestalt, die Kraft und auch die Schönheit eines römischen Gladiators. Unser Klassenlehrer, ein vortrefflicher Altphilologe, ein Herr de Przeworski, der Partyka väterlich zugetan war, pflegte oft zu äußern: »Du, Partyka, hast alles deinem fleißigen Studium der Griechen und Lateiner zu verdanken. Homer hat dir die Drahtspießhaare über deinem ukrainischen Schädel, der an den Kopf eines wilden Ebers gemahnte, fein geglättet. Plato hat dir deine Stirne, die einst so schmal war wie die Zunge eines Säuglings, nahezu denkerisch geweitet. Cicero hat dir deine schwere Bauernzunge gelöst. Sophokles' Verse haben Rhythmus und Harmonie in deinen ungeschlachten *corpus* gegossen – du, Partyka, wenn du Ehre im Leibe hättest, du müßtest zum Dank dafür klassischer Philologe werden.«

Im letzten Schuljahr blieb Partyka im Hintertreffen. Da lernte er fast nichts, da lebte er sich bereits aus. Er lebte sich aus nicht etwa wie ein Achtzehnjähriger, der am Becher der verbotenen Laster und Leidenschaften nur eben zaghaft zu nippen sich getraut, nein: er trank aus dem Becher in großen vollen Zügen und er vertrug sie vom Fleck weg gut; sie bekamen ihm wohl nach dem Maße der athletischen Kraft seines Körpers. Er hatte es so eilig mit dem Leben, weil er wohl wußte, daß es ihm nicht vergönnt sein würde, es noch lange in voller Freiheit und mit gutem Gewissen zu genießen. Denn mit der klassischen Philologie oder mit einem andern weltlichen Studium sollte es nichts werden: Es war seines Vaters Lebenstraum, den Sohn als Priester zu sehen, als einen Dorfpopen mit seiner guten Pfründe und vielen rotbackigen Kindern. Das ist noch jedem wohlhabenden Bauern im Osten sein schönster Traum gewesen.

Partyka wehrte sich gegen diesen Traum, solange es anging. Eine Zeit sah es danach aus, als ob es meinem Vater gelingen möchte, den alten Partyka umzustimmen: mein Freund war alljährlich in den Sommerferien wochenlang unser Gast, und mein Vater hatte ihn sehr liebgewonnen, vermutlich weil er ein so guter Sohn war. Allein, der alte Bauer träumte hartnäckig seinen Popentraum, und der Sohn war ein zu gehorsamer Sohn. Als wir nach den letzten Ferien Abschied voneinander nahmen – ich reiste nach Wien und er fuhr mit bis Lemberg, wo er in einem Priesterseminar bleiben sollte –, tat er es mit der traurigen Bemerkung: »Du ins Leben, ich in die Gruft.« Und er ist tatsächlich wider seinen Willen Priester geworden.

Als ich nun nach Jahren soweit war, in die griechisch-katholische Kirche einzutreten, beschloß ich: Mein lieber Freund Partyka soll mich da führen, kein anderer. Ich schrieb ihm, er schrieb schnelle Antwort, und eines Tages setzte ich mich in den Zug und reiste nach dem Städtchen H., wo mein Freund Partyka Priester war.

X

Es war im späten Herbst, im November. Aber es gab einen schönen und milden Herbst in jenem Jahr. Das Wetter war schön am Tage meiner Ankunft, es war schön am Tage meiner Abreise. Die Woche, die ich in H. verbrachte, hatte sechs goldene Tage, und so sind sie, voller Klarheit, voller Milde, in meiner Erinnerung geblieben, obwohl die Nächte dieser Tage von Schrecken und Träumen, von echt jüdischen Schreckensträumen, erfüllt waren. Es war, und ich sah es gleich, kein glücklicher Einfall, nach H. zu reisen. Hätte ich dieses Städtchen gekannt, nicht um meine Sünden dort abzubüßen wäre ich hingereist. Aber ich kannte es nicht. Und so habe ich, vielleicht war es mir so vorausbestimmt, in der Tat dort alle Sünden abgebüßt.

Das Städtchen H. ist ein Grenzstädtchen. Der Grenzbalken spaltet es in zwei Teile. Ein Teil ist schon russisch und hat einen russischen

Namen, der andere Teil ist österreichisch und hat einen ukrainischen Namen. Den Russen drüben wird ihr Teil dieses Städtchens vermutlich schon ganz österreichisch vorkommen, mich mutete das Städtchen H. diesseits schon ganz russisch an. Auch die Juden erschienen mir schon mehr als russische denn als polnische Juden. Sie trugen weiche Mützen mit Tuchschirmen wie die Russen. Sie redeten eine breitere und härtere Mundart als die polnischen Juden, und auch in ihrer Gestalt schienen sie mir fast urtümlicher zu sein als die meiner engeren Heimat, auch bigotter und noch fanatischer als die mir bekannten kleinstädtischen Ostjuden.

Das fiel mir gleich auf dem Bahnhof auf: Die Art und Weise, wie sich ein Haufen Träger auf dem Bahnhof meines Gepäcks bemächtigte, wie sie sich vor mir um meine Person stritten, wie ungeheuerlich sie miteinander fluchten und schimpften, ehe sie zu einem Ausgleich über das arme Geschäft mit dem einzigen Fremden übereingekommen waren, um dann mit den Fiakerkutschern auf dem Platz den Handel um meine Person neuerlich zu einem grotesken Raufhandel zu gestalten – dieses hemmungslose, in Wort, Ton und Gesten ausgeführte Geschreie bestürzte und beschämte mich um so mehr, als sich diese Szenen in Anwesenheit meines Freundes Partyka abspielten, der mich auf dem Bahnhof erwartet hatte.

»Mach dir nichts draus«, meinte er nachsichtig, »es gibt ohnehin nur ein Hotel, und dorthin werden wir noch ohne Schaden gelangen.« Und mit einem Lächeln über meine Bestürzung fügte er hinzu: »Es gibt hier eine Sorte Juden, die selbst du nicht kennst.«

Ich hatte gleich auf dem Bahnhof eine trübe Vorahnung, den Ort der heiligen Handlung nicht glücklich gewählt zu haben.

»Bei mir kannst du leider nicht absteigen«, entschuldigte sich mein Freund Partyka, »ich führe keinen eigenen Haushalt. Ich wohne beim Propst, dessen Coadjutor ich seit drei Jahren bin. Der Propst läßt dich aber bitten, bei uns zu speisen, solange du hierbleibst. Er ist ein hochgebildeter, sehr feiner alter Herr. Er wird dir gewiß sehr gefallen.«

Wir waren bereits im Hotel, in meinem Zimmer. Es war ein jüdisches Hotel, wie ich es nicht anders in H. hätte erwarten können, und mein Freund übermittelte mir die Einladung, gleichsam um mich über das Milieu zu trösten. Ich nahm auch die Einladung gleich gern an, denn das Speisen außer Haus enthob mich eines in meiner Situation nur zu peinlichen näheren Kontaktes mit dieser Gastwirtschaft.

Ich war spät am Nachmittag in H. angekommen. Ich hatte eine kühle, windige Nacht und einen sonnigen Herbsttag in einer Ecke eines Abteils verbracht, ich war müde, und mein Freund Partyka ließ mich erst ausruhen und versprach wiederzukommen, um mich zum Abendessen abzuholen. Das Gastzimmer im ersten Stock roch zwar nach alten Schränken und Schubladen, es war offenbar selten bewohnt, aber sauber war es, sehr geräumig, und in jeder von den drei Außenwänden hatte es je ein großes Fenster, und jedem dieser Fenster zeigte das Städtchen ein völlig verschiedenes Gesicht. Aus dem Frontfenster sah man auf den Marktplatz hinunter, auf einen jüdischen Marktplatz eines kleinen Städtchens. Wer einen solchen Marktplatz nie gesehen hat, der hat die Grimassen des wahren Elends im Leben nicht kennengelernt. Ich kannte einige solcher Marktplätze. In den Jahren der Kindheit schon und später im Jahr des Militärdienstes hatte ich mehrere solcher Marktplätze gesehen. Noch ehe ich aus dem Fenster einen Blick hinunter tat, erkannte ich das Bild des Elends wieder an einer einzigen Stimme, deren krächzender Laut das Lob einer Sorte Birnen durchs Fenster ins Zimmer heraufbrachte: »Weiche Baralach, Jiden!« krächzte die Stimme, und jeder solchen Verkündung, die nur eine Introduktion war, folgte monoton der lockende Refrain »An Ess' und a Trink, an Ess' und a Trink!« ununterbrochen in regulärem Takt wie das heisere Ticken einer rostigen Uhr – so weich waren ihre Birnen, ein Essen und ein Trinken zugleich. Die schon abendlich müde Stimme des Obstweibes brachte mir sogleich das schlimm vertraute Bild eines ganzen Jahrmarkts in einem solchen Städtchen. Ruhend auf dem Plüschsofa, hörte ich, sah ich, roch ich den Marktplatz. Ich sah die Holzbuden der Fleischhauer, der Bäcker, der Gemüsehändler, der Obstweiber, der Tuchhändler, der Gebetbuchhändler. Ich sah die Fleischhauer mit ihren blutbefleckten Schürzen und fuchsroten Bärten, die Bäcker in ihren mehlbestaubten Gewändern, die Fischhändler mit ihren braungebrannten Nacken und vom Schreien anschwellenden Halsadern. Ich sah die Schuster mit ermunternden Blicken die bäuerliche Kundschaft locken, ich sah die alten Obstweiber mit den Zügen einer stolzen Rasse, grotesk vermischt mit der Häßlichkeit des Alters, gemein und roh gemacht von der Armut. Ich sah die Tuchhändler mit flinken Armen ihre Tuchballen triumphal balancieren. Ich sah die zarten Gebetbuchhändler, die mit ihren bleichen Gesichtern, schwarzen Bärten und weißen Händen aussahen, als hätten sie die Gebetbücher selbst geschrieben. Ich sah die Bauern und die Bauersfrauen in Gier und in Mißtrauen sich vor den Buden drängen. Ich sah die Makler mit aus der Stirn geschobenem Hütchen, wie sie hinten auf ihre Stöcke gestützt, halb sitzend, als Feldherrn das Kampffeld des Handels überblickten. Ich sah die rotznasigen Kinder in ihren fantastisch geflickten Gewändern mit langem Schläfenhaar, knallfarbene Karamellen in den Schleckmündchen. Ich sah die Rinder, Kälber, Schafe, die Pferde in furchtsamem Gedränge. Ich sah in all dem Durcheinander die schmutzigen Kleider der fahrenden, karrenschiebenden, stoßenden, bedrängten und bedrängenden Lastfahrer und Träger. Ich sah die Bettler und die Krüppel in Trachten so bunt zusammengeflickt, als sollten sie dartun, wie reich an Armut die Armut dieses Volkes ist. Die schwere Ausdünstung des Marktplatzes legte sich auf meine Brust. Ich roch die übel zugerichtete Luft, die von diesen Buden aufstieg, den Schmutz der armen Kleinstadt, durchsetzt mit dem Atem alkoholisierter Bauern, vermischt mit dem Dunst und Gestank des in Angst vor dem ungewohnten Getriebe sich dauernd verunreinigenden Viehs.

Auf dem Sofa ruhend sah ich, roch ich diesen ganzen elenden Tumult um das armselige Stückchen Brot, das, mit einer Knoblauchzehe eingerieben, an Werktagen meistens gleich auf dem Platz verzehrt wurde. Ich hörte die schallenden Schreie der Männer, die spitzen Rufe der Weiber, das Blöken der Schafe, das Wiehern der Pferde, das Geschnatter der Gänse. –

Auf dem Sofa ruhend hörte ich eigentlich nur den einen Ruf: »An Ess' und a Trink – an Ess' und a Trink«. Denn als ich mich erhob, um das Fenster zu schließen, sah ich, daß die Buden abgeräumt und der Marktplatz leer und sogar sauber gefegt war. Nur zwei alte Obstweiber harrten in der Dämmerung vor ihren Buden noch aus, und ihre monotone Litanei von der Köstlichkeit ihrer Birnen hatte mir einen ganzen Jahrmarkt vorgegaukelt.

Am nächsten Morgen konnte ich mich aber schon sehr früh überzeugen, daß die Wirklichkeit dieses Marktplatzes mit meinen Halluzinationen völlig übereinstimmte. Dieses Fenster hielt ich über die Dauer meines Aufenthaltes in H. geschlossen und verhängt.

Das zweite Fenster in der Schmalwand bot einen freundlichen Anblick. Man übersah hier von der Ferne das christliche Viertel von H. Kleine, meistens einstöckige Häuschen, nicht zu enge Gäßchen, eine Kirche mit einem Zwiebelturm, eine Schule, und ganz unten, beinahe schon am Ufer des Flüßchens, eine Kavalleriekaserne, habsburggelb angestrichen, in dieser Umgebung eine Wohltat dem Auge: man war hier noch in Österreich.

Sehr schön war aber der Anblick vom dritten, vom Hoffenster. Sah man über die Nebengebäude des Gasthofs rechts hinaus, so lag hier gleich der Park, der Stadtgarten von H., der überraschend groß angelegt war, mit alten stämmigen Buchen und einer langen Pappelallee in der Mitte. Es war der private Park des Grafen P., der einen Teil zur öffentlichen Benützung freigegeben hatte, im ganzen mehr Stadtwäldchen als Park, nicht gerade gepflegt, aber viel zu groß und viel zu schön für ein Städtchen wie H.

Die alten Bäume standen bereits völlig entlaubt da. Das nackte Gitterwerk der Zweige hob sich in düsterer Schwärze vom herbstlichen Dämmerhimmel ab. Der Waldboden, die Fahr- und Gehwege, waren stellenweise knöchelhoch mit Laub bestreut, stellenweise lag das Laub so hoch angehäuft, daß die Judenkinder, die hier bis spät in den Abend ihre Spiele und Kämpfe austrugen, mit jauchzenden Schreien in diese Laubtristen sich stürzten wie kühne Schwimmer in aufspritzende Wasserwellen. Auch die herbstlichen Winde warfen sich, als wollten sie den Kindern den Spielplatz streitig machen, mit plötzlichen Stößen in die Laubhaufen wie wilde Tiere in die Büsche, und so ging beständig ein Rascheln und ein Rauschen vom Wäldchen aus, das alle meine Tage und Nächte in H. erfüllte.

Diese Herbstwoche werde ich nie vergessen. Als hätte ich in jenen sechs Tagen den Herbst aller Herbste erlebt. Als wäre mein Herz mit jedem einzelnen Blatt welk, gelb, rot, braun und endlich schwarz wie der Waldboden geworden, um sich mit ihm in der Wollust des Sterbens zu vermischen, Leichnam und Grab mit einem Mal. Mir ist noch heute so, als hätte ich vorher nicht und nicht nachher im Leben gefallenes Laub so rascheln gehört. Es raschelte die Tage, es raschelte die Nächte, es raschelte am Morgen und am Abend, und es kam geraschelt im Traum.

Doch will ich den Träumen nicht vorgreifen. Ich muß jetzt unterbrechen. Ich habe Dienst.

XI

Wo das Stadtwäldchen in nördlicher Richtung vor einer sanften Kuppe haltmachte, begann der durch eine Mauer abgeschlossene Klostergarten. Auf dem südlichen Abhang der Kuppe stand das Kloster, die blaue Klosterkirche mit ihren gesetzten Zwiebeltürmen; etwa fünfzig Schritt tiefer unten, aber noch innerhalb der Klostermauer, die an dieser Stelle von einem kleinen grüngestrichenen Pförtchen durchbrochen war, stand ein kleines Haus, vermutlich die Wohnung des Propstes und meines Freundes, der in diese Richtung gewiesen hatte, als er mir von der Einladung des Propstes sprach.

Angenehm berührt von der Aussicht, auf dem hübschen Wege zu den Mahlzeiten das Städtchen gar nicht erst berühren zu müssen, beugte ich mich ein wenig aus dem Fenster, um einen Blick auf das Städtchen weiter gegen Norden zu tun. Da sah ich inmitten eines kunterbunten Durcheinanders von niedrigen Häuschen, ärmlichen Gemüsegärten und schiefen Lattenzäunen, durch eine zum Teil in Trümmern liegende Mauer abgeschlossen, ein aus braunen Steinquadern zusammengefügtes imposantes Haus mit flachem Dach und großem Davidstern an der Stirnwand: die Synagoge von H. Ein so kleines Städtchen und eine so große Synagoge? überlegte ich, wieder auf dem Sofa ruhend, schon von der Müdigkeit umfangen, in einem wohlig durchwärmten Schacht des Schlummers versinkend, als mich plötzlich, wie in einem tiefen Brunnen ein Mondstrahl erzittert, ein Gedanke durchzuckte, eine Erinnerung: das Städtchen H. war ja der Sitz eines Wunderrabbis! Eines aus der Dynastie von Zaddikim, die ihre stolze Abstammung von einem Schüler des heiligen Baal-Schem herleitete! Verscheucht war mit einem Male der Schlaf, alle Müdigkeit hinweggewischt. Eine halbe Stunde wälzte ich mich noch auf dem Lager, dann stand ich auf, rasierte, wusch und kleidete mich in Hast und Besorgnis um, und da es mich im Zimmer nicht mehr duldete, ging ich, nachdem ich die Tür versperrt und den Schlüssel in meiner Rocktasche verwahrt hatte, hinunter, um meinen Freund vor dem Haus zu erwarten.

Im Flur stand der Gastwirt, ein breiter, fetter Jude in einem speckig glänzenden Kaftan, auf dem Kopf ein samtenes Käppchen, im Gespräch mit einem jüngeren Mann, dessen chassidische Tracht einen herkulischen Körperbau in einer nahezu frohlockenden Art zu verhehlen schien. Der Physiognomie dieses Mannes war ein geradezu strotzender Widerspruch eingeprägt: den asketisch verwahrlosten kupferroten Bart, ein Demut und Einfalt ausdrückendes Gesicht, die in frommer Verzücktheit flatternden Schläfenlocken überwältigten zwei große Augen, hart in ihrem graublauen Blick, gewalttätige Augen. Wie es nicht schwer ist, in einer Massenansammlung von Menschen unter Hunderten einen Geheimpolizisten auf den ersten Blick zu erkennen, so leicht erkennt der mit dem Milieu Vertraute in einer solchen östlichen Erscheinung den Türhüter eines Wunderrabbis, den Gabbe. Das Wort erschöpft aber weder das Amt noch die Begabung noch den Charakter. So einer ist: Adjutant, Sekretär, Kassier, Propagandist, Massenbändiger, Türhüter, Bote – kurzum, das *bracchium saeculare*, die irdische Macht des Wunderrabbis. Es ist kein leichtes Amt. Allein, die Schultern dieses Mannes, den ich im Hausflur im Gespräch mit meinem Gastwirt antraf, sahen nicht aus, als ob ihnen dieses Amt beschwerlich wäre.

Als ich vorbeiging, riß das Gespräch jäh ab, der Gastwirt machte sich an der Flurlampe zu schaffen, die er schnell entzündete, obschon es in diesem langen Flur noch nicht so dunkel war. Dabei verstellte er mir vor lauter Diensteifer den Weg, und eine kurze Weile stand ich im Lichte der Flurlampe Aug in Aug dem roten Gabbe gegenüber. Er blickte aber gleich so geflissentlich ohne Interesse über mich hinweg, daß ich mit einer beschämenden Beklemmung auf der Stelle Verdacht schöpfte: dieser Besuch im Gasthof galt mir. Der Gabbe hatte einen dicken Knotenstock in der rechten Hand, und obgleich die Juden hier an Werktagen meistens mit Stecken herumgehen, fiel es mir auf, wie eigentümlich die Hand des Gabbe den Stock hielt – als würde die Hand vom Stock gehalten – und sogleich das magische Bild herstellte: Bote mit Stock.

»Entschuldigen Sie, Herr, die Frage: Ist der Herr vielleicht ein Israelit?« wandte sich der Gastwirt an mich, als er mit der Lampe fertig wurde, indem er den Schein des Lichtes geschickt gegen mein Gesicht lenkte und es eindringlich prüfte. Er hatte mich ukrainisch angesprochen, vermutlich weil er mich in dieser Sprache mit dem Geistlichen hatte reden gehört.

»Nein«, erwiderte ich und steckte den Zimmerschlüssel, den ich im Begriffe war ihm einzuhändigen, wieder in die Tasche.

»Verzeihen Sie. Ich wollte Ihnen nicht zu nahe treten. Aber dieser Mann« – er wies mit dem Lichtschein auf den Gabbe – »sucht einen. Einen Fremden, der dieser Tage in unsere Stadt kommen soll. Aus Wien soll er kommen. Ich hab' mir gleich gedacht, Sie sind nicht der Fremde, den der Mann sucht.«

»Nein«, wiederholte ich, »ich bin nicht der Fremde«, und schritt langsam dem Ausgang zu. Im Abgehen hörte ich den Gabbe in jiddischer Sprache auf die Versicherung des Gastwirtes: »Sehen Sie, sehen Sie, ich hab's gleich gesagt«, in verdrossenem Ton erwidern: »Vielleicht ist er es nicht, vielleicht ist er es doch. Ein so großer Hundsfott wird eine so kleine Lüge nicht verschmähn.«

»Wir werden ja sehen, Reb Goddl, wir werden ja sehen«, flüsterte der Gastwirt schon hinter mir. In der Haustür holte er mich ein: »Entschuldigen Sie, Herr. Ich hab' vergessen: da ist der Meldezettel.«

»Danke«, sagte ich und nahm den Meldezettel. »Das hat doch bis morgen Zeit.«

»Wir sind hier an der russischen Grenze, Herr. Die Vorschriften sind sehr streng.«

An dem Aufschlagen des Stockes auf den Steinfliesen im Flur erkannte ich, ohne mich umzuwenden, daß auch der Gabbe hinter mir das Gasthaus verließ. Schnellen Schritts ging ich über den Platz, wandte mich nach links, und schon im Stadtwäldchen, sah ich meinen Freund Partyka mir entgegenkommen.

XII

Wohl hinderte mich ein Gefühl der Scham, dem Freunde meine Besorgnis mitzuteilen und bei ihm, einem Popen, gewissermaßen Schutz vor den Juden, meinen Brüdern, zu suchen. Allein, ich bedurfte dringend seines Rates. Wenn man auch in H. an der Grenze, schon fast in Rußland war, so war man doch noch in Österreich, wo mit dem Meldezettel nicht zu spaßen ist. Wenn der Gabbe schon von dem Fremden aus Wien wußte, so wird ihm der Zweck seines Aufenthalts in H. auch nicht verborgen geblieben sein; am Ende auch nicht sein Name. Welcher Art die Juden dieses Städtchens waren, konnte ich mir, namentlich nachdem mich ein Blick auf die Synagoge erinnert hatte, daß hier der Sitz eines berühmten Wunderrabbis sei, nur zu lebhaft ausmalen. Das Grauen vor dem Fanatismus einer östlichen Kleinstadt vertrieb den letzten Rest eines Solidaritätsgefühls mit diesen Leuten hier, und ich erzählte meinem Freunde von der Begegnung im Gasthof.

»Goddl der Rote, so nennt man hier den Gabbe«, eröffnete mir mein Freund, »ist nicht der einzige Jude, der von deiner Ankunft und vom Zweck deines Aufenthalts hier weiß. Das ganze Städtchen weiß es.«

»Auch meinen Namen?!« fragte ich erschrocken.

»Auch deinen Namen.«

»Da muß ich aus dem Gasthaus hier heraus«, sagte ich.

»Im Gegenteil. Es ist besser, du bleibst«, sagte Partyka.

»Du kennst offenbar diese fanatischen Kleinstadtjuden nicht. Es kann zu Exzessen kommen.«

»Doch. Ich kenne die Leute. Ebendarum wirst du im Gasthaus bleiben. Natürlich nicht unter deinem Namen.«

»Ich soll mich falsch melden?!« – Ich hatte ein Jahrzehnt in Wien gelebt, lange genug, um von der Heiligkeit des Meldezettels durchdrungen zu sein.

»Mir scheint, Josko, du bist schon ganz ein Deutscher geworden. Falsch melden! Ich werde selber vor dem Gastwirt den Meldezettel ausstellen. Du heißt hier Doktor Eustach Partyka. Du bist mein Vetter und Advokat in Lemberg.«

»Wenn du den Meldezettel ausstellst, kannst du schreiben, was du willst. Auf deine Verantwortung«, sagte ich.

»Auf meine Verantwortung, du Deutscher, du.«

»Ein Meldezettel ist ein Dokument.«

»Vielleicht in Wien. Hier nicht. Der Wirt hätte dir wahrscheinlich gar keinen vorgelegt, wenn er nicht darauf aus wäre, zu erfahren, ob du ein Jude bist.«

»Danach hat er mich schon gefragt.«

»Siehst du. Du hast hoffentlich nein gesagt.«

»Hab' ich. Ich log einfach, ohne zu wissen warum.«

»Du hast gar nicht gelogen. In fünf Tagen, am Freitag, bist du auch dokumentarisch kein Jude mehr. – Was würdest du übrigens in die Rubrik ›Konfession‹ hineingeschrieben haben, wenn du den Meldezettel auszufüllen gehabt hättest?«

»Darüber habe ich, offen gestanden, gar nicht nachgedacht.«

»Siehst du. Also du bleibst in diesem Gasthof. Es ist am besten so, ich hab' das gut überlegt. Goddl der Rote wird morgen erfahren, daß du Eustach Partyka heißt, eine Stunde später wird's das ganze Städtchen wissen, daß du nicht derjenige bist – und du wirst deine Ruhe haben. Aus diesem Grunde haben wir beschlossen, daß du am besten im Gasthof bleibst.«

»Wir?«

»Der Propst und ich. Ich bin bloß der Coadjutor hier.«

»Das hättest du mir aber schreiben sollen, wie das hier zugeht. Da wäre ich gar nicht erst hergereist.«

»Ich habe mich gefreut, Josko, dich einmal wiederzusehen. Übrigens überschätzt du das alles. Wir könnten mit diesen kleinstädtischen Juden leicht fertig werden, wenn wir die politische Behörde verständigen. Aber daraus könnte uns unter Umständen eine Pogromstimmung entstehen; wir sind ja hier an der russischen Grenze.«

»Das würde mir gerade noch fehlen!«

Mit Entsetzen sah ich meinen Freund an. Von der Reise ermüdet, von bösen Ahnungen befangen, hatte ich meinen Freund Partyka noch gar nicht recht in seiner Priesterwürde kennengelernt. Neun Jahre waren seit den letzten Ferien vergangen, die ich in Dobropolje verbracht hatte. Neun Jahre hatte ich auch meinen Freund Partyka nicht gesehn. Eine Zeit hatten wir uns wohl viel zu schreiben gehabt, aber im Lauf der Jahre war auch die Korrespondenz eingeschlafen. Wir wußten nicht viel voneinander. Nun hatten wir uns in eine für Jugendfreunde nicht gerade gewöhnliche Situation zu finden, und wir halfen uns zunächst damit, daß wir unsere Verlegenheit hinter den Worten, hinter dem jokosen Ton eines Idioms verbargen, das sich unter Freunden in der Schulbank herauszubilden pflegt. Noch im Gespräch über den Meldezettel versuchten wir, diesen Ton zu halten, aber bald lag er zerbrochen zwischen uns –: ich sah meinen Freund an, und ein Fremder stand vor mir.

»Ich hab' mich wohl sehr verändert?« sagte er und wich mit den Augen aus.

»Wahrscheinlich nicht mehr als ich mich auch«, sagte ich.

»Du hast dich wenigstens äußerlich nicht zu deinem Nachteil verändert.«

Wir gingen im fahlroten Schein eines fast schon winterlichen Sonnenunterganges. Wir schritten auf der weichen Laubschicht, die über allen Gartenwegen ausgestreut lag. Wir gingen wie in einem farbenbunten Bachbett, in dem anstatt des Wassers welkes Laub dahinflutete, vor den Windstößen in Wellen aufrauschend. Mein Freund ging in Gedanken voran. Ich folgte ihm schweigend. Wenn ich erwartet hatte, meinen lieben Freund Partyka als einen munteren jungen Priester zu sehn, vielleicht gar schon vermählt, als einen von den jungen Popen, die, Bauernsöhne unter Bauern, einfach und wurzelfest in völliger Zufriedenheit lebten; wenn ich meinen Freund in der Ferne so gesehen hatte – und wie hätte ich ihn, den ich so gut kannte, anders sehen können? –, so hatte ich die Rechnung ohne das Priesterseminar gemacht. Man hatte dort seine Fähigkeiten offenbar rechtzeitig bemerkt, und auch er selber war bald dahintergekommen, daß er wohl ein Bauernsohn, doch nicht aus dem Holz geschnitzt war, aus dem man schlichte Landpfarrer macht. Neben mir schritt ein ganz anderer Partyka. Ein junger geistlicher Herr mit scharfem Profil, mit ruhigen und strengen Augen, ein katholischer Priester von körperlich wie geistig gleich besondrem Wuchs. Nur ein Zug von milder Resignation um den Mund erinnerte noch an den lebenslustigen Abiturienten, der vor dem bevorstehenden Priesterseminar wild und störrisch werden konnte wie ein junger Dorfrekrut angesichts der steinernen Kaserne.

»Du wirst wohl nicht heiraten?« fiel es mir ein, und ich sagte es, um das Schweigen zu brechen.

»Nein«, sagte er lächelnd, »ich habe nicht die Absicht, mich im Familienglück des niedern griechisch-katholischen Klerus zu wälzen. – Du bist verlobt, glaube ich?«

»Ja«, sagte ich.

»Geschieht es wegen der Frau?«

»Nein, nicht wegen der Frau.«

»Deine Braut ist aber keine Jüdin, sagte mir dein Vater?«

»Du hast meinen Vater gesehn?!«

»Ja. Vor einem Jahr, im Sommer. Ich war zu Hause in Urlaub, da hab' ich auch deinem Vater einen Besuch gemacht.«

»Wie geht es – *deinem* Vater?«

»Recht gut. Ein rüstiger Bauer noch unter seinem weißen Haar, Gott sei Dank.«

Wir gingen an einem Häuflein spielender Kinder vorbei, die sich jauchzend mit Laub bewarfen. Angesichts des Priesters hielten sie in ihrem Spielen inne, nahmen schnell ihre Mützen ab und grüßten: Gelobt sei Jesus Christus. Auch die Judenkinder hoben die Mützen und standen eine Weile mit entblößten, nacktgeschorenen Köpfchen und flatternden Schläfenlocken und sahen mit Scheu und Neugier zu, wie die beherzten kleinen Mädchen an den Priester sich herandrängten, um ihn nach der Sitte des Landes mit einem Handkuß zu ehren. Als die Kinder sich wieder in ihre Spiele gestürzt hatten, legte mein Freund seinen Arm um meine Schulter und sagte mit leiser Stimme: »Hör mal, Josko. Ich kenne dich lange genug, um mir selbst vorzuhalten, daß du wohl weißt, was du tust. Ich als Priester hätte sogar die Pflicht, dir das Heil anzubieten, auch wenn es dich selbst dazu nicht drängte. Aber mein Vater schreibt mir –«

»Dein Vater weiß, daß ich hier bin?«

»Er weiß, daß wir dich hier erwarten.«

»Aber woher weiß er das?! Ich schrieb nur dir und bat dich eindringlich genug – – und jetzt wissen's alle.«

»Beruhige dich, Josko. Ich werde dir alles erklären. Wir nehmen diesen Weg da links, es ist ein Umweg, aber wir haben noch eine halbe Stunde Zeit. Ich muß dir erst noch ein paar Worte über den Propst sagen, damit du weißt, wie du dich mit ihm verhalten sollst. Er ist kein so einfacher Priester wie unser braver Horodynskyj. Erinnerst du dich noch an unsern alten Horodynskyj?«

»Was schrieb dein Vater?« wollte ich wissen.

»Er bittet mich – nun denn, er läßt dir sagen, daß dein Vater auch schon ein alter Mann ist und keinen Stoß mehr aushalten würde –«

»Weiß man denn in Dobropolje auch schon, daß ich hier bin?! Das ist ja entsetzlich! Woher weiß man das?!«

»Von meinem Vater offenbar.«

»Und dein Vater, woher weiß es dein Vater? Von dir, Philko? Von dir?«

»Nein, Josko, nicht von mir.«

»Von wem denn sonst?«

»Es war der Propst, der meinem Vater schrieb.«

»Der Propst??«

»Ja, der Propst. Er schrieb meinem Vater, und mein Vater spannte sein Pferdchen vor und fuhr eilends mit der Botschaft nach Dobropolje. Dein Vater tat übrigens, als käme ihm die Nachricht nicht überraschend. Es wäre ihm gleich, so schrie er, ob du so oder so eine getaufte Jüdin heiratetest. Und er fertigte meinen Vater kurz ab. Dein Bruder aber fragte meinen Alten genau aus: wie und wo und wann. Und ich denke, es wird wohl dein Bruder gewesen sein, der hierher an den Rabbi einen Brief geschrieben hat.«

»Mein Bruder? Dem Rabbi? Weißt du das sicher?!«

»Ja. Sicher. Wir haben hier auch einen christlichen Goddl, der alles weiß. Es ist unser Küster Onufryj, der uns alles zubringt, was unter den Juden vorgeht.«

»Das hättest du mir aber alles schreiben sollen, Partyka! Wenn du einen solchen Propst hast, wäre ich besser gar nicht hergekommen!«

»Du glaubst wohl, der Propst hätte in schlechter Absicht den Brief geschrieben?«

»Warum hat er denn geschrieben?«

»Das wirst du bald verstehen. Der Propst ist ein alter Herr. Ein hervorragender Theologe. Vor zwanzig Jahren war er ein sehr wichtiger Mann in der Diözese, die rechte Hand des Bischofs, dessen Bibliothekar er war. Eine große Karriere stand ihm offen.«

»Du, Partyka, sei mir nicht böse. Aber im Augenblick habe ich nicht die Geduld, die Biographie deines Propstes kennenzulernen, mag sie noch so interessant sein. Sag mir lieber erst: warum verständigte er deinen Vater? Was hat er damit erreichen wollen? Wozu war das gut?«

»Wenn ich es dir jetzt kurz sagen muß: Der Propst wollte es verhindern, daß du dich taufen läßt.«

»Verhindern? Ein Propst?«

»Ja, es gibt auch solche Priester. Ich kenne allerdings nur einen, der so denkt.«

»So weit geht seine Abneigung gegen die Juden?«

»Im Gegenteil. So weit geht seine Zuneigung.«

»Ist das dein Einfluß?«

»Nicht im geringsten. Ich habe Juden persönlich gern, habe mir aber nie eigene Gedanken über die sogenannte Judenfrage gemacht. Ich stehe auf dem Standpunkt der Kirche.«

»Der Propst meint es aber anders?«

»Ja. Er ist der Meinung, die Vorsehung habe Israel für die letzten Dinge aufgespart, wir hätten nicht das Recht, uns da einzumischen. Er hat es auch abgelehnt, dir das Sakrament zu spenden. Ich werde es tun.«

171

»Er ist also gegen Judentaufen?«

»Ja. Und darüber wollte ich eben mit dir reden. Lasse dich in keine Debatten mit dem Propst ein. Wenn du auch, wie ich aus deinen letzten Briefen gesehen habe, beinahe wie ein Theologe beschlagen bist: er wird den jüdischen Standpunkt beziehn, und es wird ihm nicht schwerfallen, dich und mich gründlich zu widerlegen. Keine Debatte also, ich bitte dich. Er wird damit nicht beginnen. Aber es bleibt dabei, daß du aus Liebe zu einer Frau Christ werden willst, und damit genug.«

»Das läßt er gelten?«

»Als bedauerliche, aber entschuldbare menschliche Schwäche. Der Propst ist ein sehr menschlicher Mensch. Du wirst ja sehen.«

Wir waren vor dem grünen Pförtchen angelangt, das in die Klostermauer eingelassen war. Mein Freund schloß es auf, öffnete es und wies mit einer Wendung des Kopfes auf das kleine Haus, das ich aus dem Fenster meines Hotelzimmers entdeckt und für ein Gartenhäuschen angesehen hatte.

Hier wohnte der Propst, hier wohnte mein Freund Partyka.

Er führte mich vorerst durch einen dunklen, mit Steinfliesen bepflasterten Gang in seine Wohnung. In seinem Arbeitsraum saßen wir eine Weile in der Dämmerung nebeneinander, zwei schweigende Schatten. Ich war von dem vielleicht durch mein Hinzutun nicht gerade herzlich geratenen ersten Gespräch mit dem Freunde meiner Jugend niedergedrückt und es tat mir wohl, mich in der Dämmerung von ihm abgetrennt zu fühlen. Ich versuchte, Ordnung in meine Gedanken zu bringen, die durch die Mitteilungen meines Freundes durcheinandergerüttelt waren. Ein Mißmut, ein Ärger, ein Zorn regte sich gegen Partyka. Es war gut, in der uns einhüllenden Abenddämmerung, die sich allmählich zur nächtlichen Finsternis verdichtete, als Schatten neben einem Schatten zu sitzen, dem Freunde nicht ins Gesicht sehn zu müssen. In der Finsternis durchschaute ich ihn erst recht. Was war aus dem heißblütigen, phantasievollen, was war aus dem gutmütigen, gescheiten Partyka geworden! Ein kalter Streber. Kein bäuerlich väterlicher Priester wie Horodynskyj. Ein strenger, ehrgeiziger Kleriker war mein Partyka geworden, ein Karrieremacher mit kühlem Verstand. Warum mußte ich herreisen, wenn hier ein kalter Freund saß, der es zuließ, daß Post nach Dobropolje geschickt wurde, wo er doch wußte, was solche Botschaft dort anrichten konnte? Wozu hatte er mich herkommen lassen, in dieses finstere Städtchen, wo eine fanatisierte Kleinstadtjudenschaft, auf den Fall schon vorbereitet, auf der Lauer lag, informiert durch unverzeihliche Fahrlässigkeit eines Freundes, der nach seinem eigenen Geständnis nur zu gut wußte, was ein solcher Fall in einem solchen Städtchen – was da alles aufgerührt, aufgewühlt werden konnte?

»Du, Partyka, willst wohl Bischof werden?« warf ich plötzlich eine Insulte gegen meinen Freund, die in die Finsternis des Raumes fiel wie ein Stein in einen Brunnen. Partyka antwortete mir nicht. Er seufzte nur tief und hörbar. Erst nach einer geraumen Weile des Schweigens hörte ich, wie er sich erhob und mit schweren Schritten in der Stube umherging, als hole er meine Worte ein, die sich in der Dunkelheit verloren hatten. Dann blieb er in der Mitte der Stube stehn, ein Streichholz flammte auf, und ich sah, wie er die Petroleumlampe entzündete, die zwischen drei dünnen Kettchen, die mit einem Haken am Plafond befestigt waren, schaukelte. Zwischen den Kettchen der Hängelampe sah ich jetzt Partykas gelichteten Scheitel, der beinahe den Plafond berührte, sein bleiches, knochiges Gesicht und einen müden Blick, der aus blinzelnden Augen prüfend mich traf. Als habe das langsam und umständlich gemachte Licht meine finstere Frage ausgelöscht, so leicht ging mein Freund über sie hinweg. Mit einem Rundblick und mit ausgebreiteten Armen wies er mir den Raum und sagte mit gesenkter Stimme: »Hier hause ich seit drei Jahren schon.«

»Du hast es sehr schön hier«, sagte ich ebenso leise und überlegte, ob ich nicht wegen der zudringlichen Frage mich entschuldigen sollte.

»Als ich hierherkam, vor drei Jahren, hätte mich eine solche Frage in Verlegenheit gebracht, namentlich wenn sie der Propst hätte hören können. Jetzt habe ich keine Geheimnisse mehr vor ihm«, sagte Partyka, setzte sich neben seinen Schreibtisch hin und lächelte in trauriger Versonnenheit. Ich sah mich im Raume um. Es war ein großes Zimmer, sehr einfach eingerichtet, mit weißen nackten Wänden und zwei schönen Fenstern, hinter denen die schon kahlen Bäume des Klostergartens schattenhaft schwankten.

»Du hast es sehr schön hier, Partyka«, wiederholte ich, von der Nachsicht meines Freundes beschämt.

»Als ich hierherkam, stand es nicht gut um den Propst. Man war mit ihm sehr unzufrieden, seine Absetzung war nur noch eine Frage der Form. Man war seit Jahren mit ihm unzufrieden. Er hatte hier mit zu großer Milde, mit zu großer Sorglosigkeit sein Amt verwaltet. Man schickte mich her, nicht so sehr zur Aushilfe als zur Überwachung. Ich hätte hier ordentlich durchgreifen sollen. Der Propst hatte kurz vorher einen Streich gespielt, von dem im Lande noch verschiedene Legenden im Umlauf sind. Er hat aber den Fall durchgekämpft und ist auch mit mir fertig geworden. Mit mir und meinem Ehrgeiz. Jetzt ist er ein müder alter Herr, ich ein resignierter junger Vikar. Wir kommen sehr gut miteinander aus.«

Es tat mir nun leid, meinem Freunde vorher in die Rede gefallen zu sein, da er sich anschickte, mir vom Propst zu erzählen. Er mußte das gefühlt haben, denn er fügte gleich hinzu: »Den Fall, den ich eben erwähnte, hätte ich dir gern erzählt, bevor du den Propst kennenlernst. Es hat sich auch um eine Judentaufe gehandelt, und du hättest an dem Falle am besten gesehen, wie er ist. Nun müssen wir aber zu ihm, er ist ein alter Herr, gewohnt, seine Mahlzeiten sehr pünktlich einzunehmen. Ich erzähle dir die Geschichte ein andres Mal.«

9

Alfred, der vierte in der Reihe der Vorleser, sah jetzt zu Welwel hinüber und sagte: »Hier ist das erste Heft zu Ende. Das zweite ist zum Teil mit Bleistift geschrieben. Ich werde Pesje bitten, noch ein paar Kerzen zu bringen. Es ist nicht Licht genug. Die Bleistiftzeilen sind zu matt und die Lampe hängt zu hoch.«

Auch Onkel Stefan und Jankel blickten zu Welwel hin, der Alfred kaum gehört zu haben schien. Er saß neben Dr. Frankl auf dem Sofa, seine linke Hand über den Augen, den Ellbogen auf die rechte Hand gestützt. So hatte er die ganze Zeit zugehört. Gelesen hatte Welwel selber nur ein paar Seiten, denn als er an der Stelle angekommen war, die von dem Streit um das Kälbchen erzählt, schob er mit einem flehentlichen Blick das Heft wieder zu Dr. Frankl hin, lehnte sich zurück, beschattete Stirn und Augen mit seiner linken Hand und blieb in dieser Haltung.

Alfred erhob sich und ging leise aus dem Zimmer zu Pesje. Eine lange Weile saßen sie schweigend zu dritt. Dann sagte Welwel: »Du hast recht gehabt, Jankel. Es ist besser, wir hören das hier. Es ist leider nicht viel darin, was in Großvaters Zimmer noch am Platz wäre.«

»Warten wir es ab, Welwel. Es ist ja noch nicht alles gesagt. Du bist doch sonst immer so zuversichtlich. Warten wir es ab.«

Als Alfred wieder ins Zimmer trat, erhob sich Welwel und ging ihm entgegen: »Wenn es dir recht ist, mein Lieber, laß uns das zweite Heft morgen hören. Vielleicht morgen abend, bitte. Du kannst selbstverständlich noch heute weiterlesen. Was dein Vater dir schreibt, ist ja für dich bestimmt, und ich kann mir denken, daß du sehr begierig bist, weiterzulesen. Das sind wir hier alle. Aber es ist spät.«

»Gut, Onkel Welwel, lassen wir das Weitere für morgen abend. Natürlich möchte ich gleich alles erfahren. Aber es ist mir lieber, wir hören es zum ersten Mal hier alle zusammen. Wir hätten ohnehin unterbrechen müssen, denn Pesje hat die ganze Zeit gekocht und gebacken —«

»Die brave Pesje«, sagte Jankel. »Sie macht alles zur rechten Zeit. Ich hab' schon ein Loch im Magen.«

Pesje ließ nicht lange auf sich warten. Sie war schon eine Zeit in Sorgen gewesen, wie sie die so lange Lektüre unterbrechen könnte. Nun war sie froh, daß Alfred die Männer auf das von ihr nach einer Beratung mit Donja eigenmächtig improvisierte Mahl vorbereiten konnte. Von Donja gefolgt, kam sie und deckte den Tisch nach einer Entschuldigung: »Es ist ja schon nach Mitternacht, weh ist mir!« Dann brachte sie – unterstützt von Donja, die wie Pesje noch alle Gluten des Backofens auf dem Gesicht trug und mit ihrem Liebreiz die staunende Aufmerksamkeit Dr. Frankls erregte –, dann brachte Pesje nach ihrem eigenen Ratschluß jedem sein Lieblingsgericht: für Dr. Frankl das Grießrahmgebäck, über das er nach seiner ersten Mahlzeit in Dobropolje sich so lobend geäußert hatte; ein Hühnerragout in süßsaurem Saft für Welwel, wie er es sonst nur einmal wöchentlich, am Freitag, zum Frühstück als Vorgericht für den Sabbat zu genießen pflegte; eine Goulaschsuppe, scharf und heiß, für den alten Jankel und Alfred; das alles in Schüsseln, die hinreichten, daß jeder von den vier Männern mit jedem sein Lieblingsgericht teilen konnte. Mit einem Appetit, den jeder für sich überraschend fand, griffen sie alle zu, und sie lobten Pesje.

»Das Mädchen – sie ist ja eine vollkommene Schönheit. Ist das ein Bauernmädchen?« wollte Dr. Frankl wissen. Seine Augen fragten Alfred.

»Sie ist«, sagte Alfred und stockte, »sie ist – sie heißt Donja.«

»Sie ist die Tochter unseres Stellmachers«, half ihm Jankel. »Sie ist ein Bauernmädchen – nicht eigentlich. Ihre Mutter ist eine Bäuerin. Der Vater ist ein Handwerker. Ein sehr tüchtiger Handwerker. Ein Künstler in seinem Beruf.«

»Onkel Welwel«, fiel Alfred ein, »was ich dich fragen wollte: dieses Kälbchen, die Waise, wie lange hat die gelebt?«

Alle Gabeln standen still. Selbst Jankel, der neben Alfred bei Tische saß, wandte ihm sein volles Gesicht zu, und er vergaß, seinen Bissen herunterzuschlucken. Alfred geriet in Verlegenheit, als hätte er etwas Unschickliches gesagt.

»Ich meine – so eine Kuh verkauft man doch nicht. Was ist mit der Waise geschehn?«

Welwel sah Alfred mit einem liebevollen Blick an: »Merkwürdig, daß du danach fragst«, sagte er, und man sah ihm an, daß er es nicht sagte, um Alfred in seiner Verlegenheit zu helfen. »Dein Vater hat die Geschichte von dem Kälbchen nicht zu Ende erzählt.«

»Das Kälbchen hat noch eine weitere Geschichte?« wunderte sich Jankel.

»Ja«, sagte Welwel, und er sprach zu Alfred: »Wie du weißt, ist die Mutter unseres Kälbchens bei der Geburt gestorben. Unsere Waise war, wie dein Vater sich so gut erinnerte, eine ungewöhnlich große und starke Kuh geworden. Leider aber war sie sozusagen erblich belastet. Wie ihre Mutter war sie trotz unserer Pflege und Fürsorge eine recht schwache Gebärerin geworden. Das stellte sich zu unserm großen Kummer gleich bei der ersten Geburt heraus. Sie gebar ein großes schönes Stierkalb, weiß, mit schwarzem Kopf und schwarzen Ohren wie die Mutter. Es geschah in der Nacht, und unser Stallmeister Andrej erzählte am Morgen von der schweren Geburt. ›Das Kalb ist gesund‹, sagte Andrej, ›aber die Mutter gefällt mir nicht. Ein Teil der Nachgeburt ist drinnengeblieben. Ich garantiere für nichts.‹ – Wir Kinder wußten natürlich nicht, was das zu bedeuten hatte. Aber mein Vater ließ den Tierarzt kommen. Es war damals kein studierter Tierarzt, selbstverständlich. Es war unser Bauern- und Tierdoktor. Er kam, untersuchte die kranke Waise mit all seiner Umständlichkeit, setzte eine wichtige Miene auf und sagte sachverständig: ›Die Kuh wird entweder gesund werden oder sie wird krepieren.‹ – Dein Vater und ich, wir wichen nicht von der Seite der Kranken, und wir holten eigenmächtig den alten Kurpfuscher am nächsten Tag wieder. Die Waise hatte Fieber, und Andrej erzählte, daß sie nicht uriniere. ›Führt sie ein bißchen spazieren‹, sagte Andrej, ›manchmal hilft es, manchmal nicht.‹ Der Doktor wußte auch nicht mehr zu sagen. Wir nahmen die Kuh aus dem Stall, dein Vater und ich, und führten sie ein paarmal um den Stall. Es war Winter. Der Tag war kalt. Der Schnee lag hoch. Der Spaziergang half nicht. Um uns den Anblick der versiechenden Kuh zu ersparen, ließ mein Vater einen Schlächter aus Kozlowa holen und verkaufte die Kuh. Wir weinten, dein Vater und ich, mußten uns aber dreinfinden, daß nichts weiter zu machen war.

Folgenden Tags kam ein Kuhtreiber aus Kozlowa, ein hochgewachsener jüdischer Kuhtreiber, in dem wir den Todesboten unserer Waise sahen. Unsere kluge Waise wird ihn auch gewittert haben. Sie war nicht vom Fleck zu bewegen. Ihre Apathie wich für eine Weile, und sie ließ sich von dem Treiber nicht aus dem Stall wegbringen. Weinend mußten wir hinzutreten und auch noch dem Treiber helfen. Mit uns ging sie ruhig zum Stall hinaus. Da sagte uns der mitfühlende alte Andrej: ›Kinder, nehmt eure Mäntelchen und geht mit. Geht ein Stück durch das Dorf mit. Die Waise hat Angst vor dem fremden Treiber. Vielleicht hilft das. Sollte was geschehn, so nehmt ihm die Kuh einfach weg und bringt sie zurück.‹ Wir kleideten uns schnell an, stahlen uns aus dem Haus und folgten der Waise und dem Treiber.

Es schneite nicht an diesem Tage, es war frostig und die Wege waren vereist. Wir gingen durch das Dorf und zum Dorf hinaus. Wenn wir neben ihr gingen, ging die Waise mit uns. Wenn wir stehenblieben, um Atem zu holen, blieb auch die Waise stehen. Der Treiber ermahnte uns immer wieder, heimzugehen, denn es war schon spät am Nachmittag und er hatte es eilig, vor Anbruch der Nacht mit der Kuh in Kozlowa anzukommen. Wie lange wir der Waise folgten, weiß ich nicht mehr. Aber wir gingen bis zum nächsten Dorf, bis nach Poljanka. Und vor Poljanka geschah es. Unsere Waise krümmte ihren Rücken, spreizte die Hinterbeine und – die Rettung war da. Unser Jubel war groß. Wir packten unsere Waise bei den Hörnern, um sie auf der Stelle dem Treiber zu entreißen. Allein, der törichte Mann, der für den Schlächtermeister, dem er diente, ein gutes Geschäft vermutete, ließ den Strick nicht los und wollte uns die Waise nicht hergeben. Wir baten ihn, wir weinten – es half nichts. Jetzt, da auch er die Kuh gesund wußte, wurde er grob und mit Schreien und mit Stockstreichen versuchte er nun, die Kuh anzutreiben.

›Lauf du zurück‹, sagte dein Vater zu mir, ›und hol Andrej.‹ Aber wir rechneten uns gleich aus, daß der Treiber nun mit seinem Stock unsere Waise bis nach Kozlowa getrieben haben würde, ehe ich Dobropolje erreichte. Wir blieben also beide und kamen bald in Poljanka an. Hier liefen wir schnell in das erste Bauernhaus und erzählten dem Bauern, daß ein fremder Mann aus der Stadt unsere Kuh gestohlen habe. Der Bauer, der uns Kinder kannte, glaubte uns natürlich aufs Wort, und da es sich obendrein um einen fremden Mann aus der Stadt handelte, kam er uns nur zu bereitwillig zur Hilfe. Wir hatten noch unsere liebe Not, den Treiber vor dem Bauern zu schützen, der ihm sonst gern eine Tracht Prügel verabreicht hätte. Er machte nun schnell, daß er davonkam, der Treiber, und beglückt führten wir unsere Waise heim.

Indessen war es dunkel geworden und es begann zu schneien. Uns wurde etwas bange zumute. – Und Andrej zu Hause kriegte es auch mit der Angst. Er ging zu meinem Vater und erzählte, daß wir auf sein Anraten der Kuh gefolgt waren. So kam es, daß wir – es war bereits Nacht – auf halbem Wege zwischen Poljanka und Dobropolje einem Schlitten begegneten. Im Dunkeln konnten wir die Pferde nicht erkennen. Aber als der Schlitten hielt, sahen wir, daß es unser Schlitten war und im Schlitten unser Vater. In großer Aufregung erzählten wir, einander überschreiend, was vorgefallen war, und atmeten erst auf, als wir zu unserm Erstaunen merkten, daß Vater gar nicht so böse war. ›Wo ist der Treiber?‹ fragte er. ›Er ist davongelaufen‹, sagten wir. ›Dumme Jungen‹, sagte mein Vater, ›ihr seid ja nicht viel gescheiter als der Treiber. Der Schlächter hätte ja auch die Kuh morgen zurückgegeben. Ist das die erste Kuh, die er bei mir gekauft hat?‹ – Wir sahen ein, daß wir dumm waren. Aber immerhin nicht so dumm, um unserm Vater die ganze Wahrheit zu erzählen. Daß wir den Treiber vor dem Bauern als Kuhdieb hingestellt hatten, verschwiegen wir Vater wohlweislich. Sehr viel Mitleid mit dem Treiber hatten wir auch jetzt noch nicht. Der dumme Mann hätte ja wissen müssen, daß sein Schlächtermeister mit meinem Vater sich wegen einer Kuh nicht streiten würde. Diesmal ging es noch gut aus. Aber –«

Hier unterbrach Welwel seine Erzählung, und alle horchten nun mit Welwel auf: zum Fenster kam das Geknatter eines Motorrads herein. In der Stille der Nacht hörte es sich wie Flintenschüsse an. Das Geknatter kam immer näher, und jetzt hörte man es schon von der Pappelallee her, die zur Ökonomie führte. Pesje trat wieder ins Zimmer. Diesmal allein. Sie trat an den Tisch heran, als schickte sie sich zum Abräumen des Tisches an. Sie überlegte es sich aber und sagte mit einem ängstlichen Blick auf Welwel: »Es ist sicher einer von den zweien von der Kommission.«

»Die sind doch schon am Sabbat abgereist«, sagte Welwel.

»Ja«, sagte Pesje, und jetzt sah sie Jankel an, »aber einer von ihnen ist heute mittag zurückgekommen. Und Bielaks Tochter –«

»Liebe Pesje, wir haben jetzt keine Zeit für Bielaks Tochter«, unterbrach sie Welwel. »Geh schlafen, Pesje. Wir gehen auch gleich schlafen. Ich muß nur noch meine Geschichte zu Ende erzählen.«

Nachdem Pesje zögernd aus dem Zimmer gegangen war, schloß Welwel seine Erzählung: »Aber – wie gesagt – viel Freude haben wir an der Waise leider nicht mehr gehabt. Sie war zwar wieder völlig gesund geworden. Beim zweiten Kalben, ein Jahr später, aber ging es noch schlimmer: diesmal überstand es das Kalb nicht und auch nicht die Mutter.«

Draußen war es jetzt still.

»Was macht der Kerl so spät in der Nacht in unserer Ökonomie?« sagte Alfred, »oder hat man ihn zurückfahren gehört?«

»Nein«, sagte Welwel mit einem nachdenklichen Blick auf Jankel. »Was hat der Motorradler dort zu suchen?«

Als Antwort kam jetzt das Knattern des Motorrads wieder. Alle schwiegen. Man hörte es wieder in der Pappelallee. Dann kam es ganz nahe und polternd von der Auffahrt vorm Haus her, wo es verstummte. Jetzt hörte man zwei Männer miteinander reden. Dann hörte man Pesjes Stimme.

»Wir bekommen, scheint es, späten Besuch«, sagte Welwel und erhob sich. Noch ehe er sich zum Fenster hinausbeugen konnte, öffnete sich die Tür, und herein trat bleich, mit erschrockenen Augen Pesje, hinter ihr ein Mann in einer Lederjoppe und Ledergamaschen. Hinter ihm, in sichtlicher Verlegenheit, der Ortsgendarm.

»Guten Abend«, sagte der Mann in der Lederjoppe. »Entschuldigen Sie die Störung, Herr Gutsbesitzer. Wir haben in der Ökonomie

179

nach einem Mann gefragt. Der Nachtwächter sagte uns, der Herr wäre hier bei Ihnen.«

»So spät in der Nacht?!« sagte Welwel. »So dringend ist es?«

»Es handelt sich um einen Haftbefehl, Herr Mohylewski.«

»Gegen wen?« fragte Welwel.

Der Mann in der Lederjoppe tat seine Hand in eine Seitentasche, zog ein Schriftstück hervor und sagte, als lese er darin: »Ein Haftbefehl gegen Herrn Jakob Christjampoler.«

Alle blickten auf Jankel, der allein bewegungslos auf seinem Sitz geblieben war. Ohne sich zu erheben, sah er den Mann mit der Lederjoppe ruhig an und sagte nach einer Weile: »Sie kommen spät. Ich habe Sie schon gestern erwartet.«

DRITTES BUCH

DRITTES BUCH

1

»Sie haben einen Haftbefehl gegen Jakob Christjampoler und Sie tun Ihre Pflicht, Herr —«

»Kommissar Guzik«, stellte sich der Mann in der Lederjoppe vor.

»Herr Kommissar Guzik«, wiederholte Welwel. »Sie haben einen Haftbefehl, das ist wahr. Sie haben ihn ja gezeigt. Aber haben Sie auch einen Befehl, hier bei mir in mein Haus um Mitternacht einzudringen?« Welwel war bei weitem mehr erregt als Jankel selber, der noch immer seinen Platz behielt, als sei er gar nicht betroffen.

»Ich habe keinen Befehl hier einzudringen«, sagte der Kommissar, »und ich bitte Sie um Entschuldigung. Offen gestanden, es wäre mir sehr unangenehm, wenn Sie, Herr Mohylewski, deswegen eine Beschwerde gegen mich einreichten. Aber ich konnte es nicht anders machen. Ich weiß, daß der Herr Christjampoler hier im Dorf sehr beliebt ist, und es war zu befürchten, daß die Bauern sich einmischten. Das hätte die Sache schlimmer gemacht. Schlimmer auch für Herrn Christjampoler selbst.«

»Das ist richtig«, sagte Jankel. »Sie haben also abgewartet, bis im Dorf alles schläft. Das haben Sie sehr gescheit gemacht, Herr Kommissar. Wie stellen Sie sich nun das Weitere vor? Wenn ich nun jetzt in der Nacht nicht mitgehe, glauben Sie, mein Freund Paliwoda«, zeigte Jankel gegen den Ortsgendarm, der noch immer bei der Tür stand, »wird mich in Ketten legen und mit Gewalt abführen?«

Der Gendarm trat vor Jankel hin und sagte: »Herr Verwalter, ich kann Ihnen nicht sagen, wie mir das unangenehm ist. Aber Sie wissen, ich habe da nicht mitzureden. Ich glaube, es wird am besten sein, wenn Sie dem Befehl Folge leisten.«

»Das werde ich gewiß«, sagte Jankel, »aber nicht so schnell. Wir wollen uns einigen, Herr Kommissar. Sie haben mich morgen beim Starosta vorzuführen?«

»Das ist richtig«, sagte der Kommissar.

»Müssen wir zu einer bestimmten Stunde dort erscheinen?« erkundigte sich Jankel.

»Diesbezüglich liegt kein Befehl vor«, sagte der Kommissar. »Und es wäre auch nicht nötig, daß wir jetzt gleich abreisen, das heißt, wenn Sie meinen Vorschlag annehmen.«

»Wenn ich mein Gespann beistelle«, sagte Jankel, »– Sie sehn, ich will es Ihnen bequem machen –, wenn wir mit meinen Pferden fahren, sind wir in sieben Stunden in der Stadt.«

»Mit meinem Motorrad«, sagte der Kommissar, »geht's viel schneller.«

»Ich bin kein Motorradfahrer«, sagte Jankel. »Wenn Sie auf Ihrem Motorrad bleiben wollen, werden Sie meinen Wagen eskortieren. Ich fahre im Wagen. Da ich immerhin keine Löffel gestohlen habe, kann ich, glaube ich, mir das auswählen. – Und was ist Ihr Vorschlag?«

»Mein Vorschlag ist«, sagte der Kommissar, »daß wir um sechs Uhr morgens abreisen, wenn Sie mir versprechen, daß Sie während der sechs Stunden, die wir noch zur Reise haben, von Ihrer Verhaftung im Dorfe nichts verlauten lassen. Sonst müßte ich zu meinem Bedauern darauf bestehn, daß wir gleich reisen.«

»Abgemacht!« sagte Jankel, »wir reisen morgen um sechs Uhr. Und jetzt gehn wir alle schlafen. Pesje, gib den Herren was zu essen.«

Pesje stand in Tränen da, aber sie folgte. Sie lud den Kommissar und den Gendarm ein, mitzukommen, und alle drei gingen aus dem Zimmer in die Küche. Draußen hörte man noch Pesje äußern: »Wenn Sie unschuldige Menschen verhaften und Mokrzycki laufen lassen, warum verhaften Sie mich nicht?«

Man hörte noch den Kommissar lachen und Pesje versichern: »Wir sind kleine Leute, Fräulein. Wir tun unsere Pflicht. Mitzureden haben wir auch nicht.«

»Was werden wir jetzt tun?« fragte Alfred, nachdem die Fremden gegangen waren.

»Ich habe an Doktor Katz geschrieben«, sagte Welwel zu Jankel, der aufgestanden war und Alfred am Arm hielt, »und ich habe auch schon Antwort.«

»Du hast Doktor Katz geschrieben? Meinetwegen?« wunderte sich Jankel.

»Ja«, sagte Welwel. »Ich hab' ja gesehen, daß du Dummheiten machst. Aber du brauchst dir keine zu großen Sorgen zu machen.

Doktor Katz ist der Ansicht, daß unser Gemeindeschreiber kein Beamter ist. Er ist hier auf Probe angestellt, ein Schreiber und nichts weiter. Er ist eine Privatperson.«

»Das sagst du mir jetzt?!« schrie ihn Jankel an. »Wenn ich das gewußt hätte, ich hätte ihn ja längst zum Dorf hinauspeitschen lassen.«

»Ein junger Heißsporn«, sagte Welwel zu Dr. Frankl. »Was sagen Sie zu dem jugendlichen Übermut?«

»Wo ist der Gemeindeschreiber jetzt?« wollte Frankl wissen.

»Er wohnt schon bei den Gendarmen«, sagte Jankel, »schon seit drei Tagen traut er sich nicht mehr auf die Gasse. Nicht einmal im Neuen Dorf. Das habe ich gemacht, das ist wahr, und ich werde es auch nicht bestreiten. Aber wenn ich gewußt hätte, daß er kein Beamter ist, hätte ihm auch mein Freund Paliwoda gern ein paar Ohrfeigen gegeben, außer Dienst natürlich.«

»Wenn Sie im Dorf wirklich so beliebt sind, wie der Herr Kommissar zu befürchten scheint, wird Ihnen nichts geschehn, Herr Christjampoler«, sagte Dr. Frankl.

»Natürlich wird ihm nichts geschehn«, sagte Welwel zornig, und sein Zorn wendete sich gegen Jankel, »er wird nur ein paar Wochen in Untersuchungshaft sitzen.«

»Was werden wir jetzt tun?« wiederholte Alfred, der in seiner Bestürzung neben Welwel stand und nichts gehört zu haben schien.

»Ich werde mit dir fahren«, sagte Welwel zu Jankel.

»Nein«, widersprach ihm Jankel, »das wirst du nicht. Du wirst mit unserm lieben Gast schön hierbleiben. Ihr habt gewiß genug zu besprechen. In der Stadt genügt mir Doktor Katz. Jetzt geht ruhig schlafen. Und du, Alfred, komm mit mir, du wirst für mich was tun.«

»Was soll er tun?« fragte Welwel erregt und trat dazwischen. »Alfred soll sich da nicht einmischen. Sag's nur mir, ich werd' es schon erledigen.«

»Nur keine unnötige Aufregung«, sagte Jankel. »Alfred wird sich in nichts einmischen. Er wird nur jetzt, das heißt, wenn er nicht zu schläfrig ist, und mit deiner Erlaubnis, Welwel, mit mir zur Ökonomie gehen. Wir werden Nazarewicz wecken und ihn bitten, mit Alfred zur Gräfin zu fahren.«

»Jetzt in der Nacht?« fragte Welwel.

»Jetzt in der Nacht«, erwiderte Jankel. »Darum will ich ja, daß Nazarewicz mit ihm fährt, sonst könnte es ja auch irgendein Kutscher tun. Oder hast du was dagegen, Welwel?«

»Ich fahre, selbstverständlich«, sagte Alfred.

»Mit unserm Stellmacher kannst du fahren«, sagte Welwel. »Ich versteh' nur nicht, warum es gleich in der Nacht sein muß. Mich willst du nicht mitreisen lassen, und Alfred schickst du in der Nacht zur Gräfin.«

»Du kannst mir in der Stadt nichts helfen, Welwel. Wenn Alfred aber so freundlich ist und jetzt gleich abreist, wird er morgen um zehn Uhr bei der Gräfin sein und ihr alles berichten. Und die Gräfin, die ja auch eine telephonische Verbindung mit der Stadt hat, wird – so nehme ich an – sofort etwas in Bewegung setzen, damit ich nicht so unangesagt beim Starosta erscheine. Es ist immer besser, man kommt angesagt zu einem hohen Amt.«

»Als ein alter Beamter kann ich nur sagen: Das ist sehr weise gedacht, Herr Christjampoler.«

»Kommen Sie, Jankel«, drängte Alfred, »wir haben schon genug geredet. Es ist Zeit, etwas zu tun.«

»Gute Nacht«, wünschte Jankel. »Ich habe nur noch eine Bitte, an alle drei Herren diesmal: Wenn ich nicht zu lange im Kriminal bleibe, wäre ich Ihnen sehr dankbar, wenn Sie mit dem Weiterlesen auf mich warteten. Gute Nacht.«

»Auf Wiedersehn«, sagte Dr. Frankl und verabschiedete sich mit einem Händedruck von Jankel. »Ich werde nicht abreisen, ehe Sie wieder hier sind. Und mit dem Lesen werden wir –«

»– und mit dem Lesen werden wir natürlich auf euch warten«, warf Welwel schnell ein, und er verabschiedete sich von Alfred mit einem Händedruck und von Jankel mit einer Umarmung, die den alten Mann für einen Augenblick nachdenklich machte und seine siegessichere Haltung beinahe erschütterte.

Welwel und Dr. Frankl saßen nun beide, zwei Hinterbliebene, im Zimmer. Sie saßen einander gegenüber, zwischen ihnen auf dem Tisch lagen die aufgeschlagenen Hefte des Verstorbenen, und es schien ihnen beiden, als wäre eine lange Zeit vergangen, seitdem sie darin gelesen hatten. Wie auf Verabredung schwiegen sie beide, bis sie die Schritte des Kommissars und des Ortsgendarmen hörten, die sich mit Dank von Pesje verabschiedeten und bald auch mit ihrem lärmenden Vehikel in die zerrissene Stille der Nacht eingingen. Dann sagte Dr. Frankl: »Der Streich, der üble Streich, der da diesem prächtigen alten Manne gespielt wird, ist das Radau-Antisemitismus?«

»Was Sie da heute gesehen haben«, sagte Welwel zögernd, »ist es sicher nicht.«

»Ist das nicht eine patriotische Deutung Ihrerseits, Herr Mohylewski?« fragte Dr. Frankl mit einem Lächeln.

»Wieso patriotisch?« wunderte sich Welwel Dobropoljer.

»Alfred sagte mir, Sie wären ein polnischer Patriot.«

»Vielleicht hat Alfred recht. Das wirft mir auch immer unser Jankel vor. In diesem Sinne sind Sie, Herr Doktor, ja auch ein österreichischer Patriot.«

»Gewiß«, gab Dr. Frankl zu, »aber ich bin, vielleicht von berufswegen, gewohnt, mich an Tatsachen zu halten. Sie doch auch, nehme ich an.«

»Soweit ich selbst urteilen kann: ja. Ebendarum sagte ich Ihnen: Was Sie heute, zu meinem großen Bedauern, mit ansehn mußten, hätte auch geschehen können, wenn es sich nicht um einen Juden handelte. Aber wie es dazu gekommen ist, das ist eine andere Sache. Da haben Sie gewiß recht, Herr Doktor. – Es begann, wie ich Ihnen bereits – vielleicht nicht sehr genau – erzählte, mit einem schäbigen Erpressungsversuch. Aber daß ein so kleiner Hund sich an einen Mann wie unsern Jankel heranwagt, das konnte hier im Dorfe nur einem Juden geschehn.«

»Erklären Sie mir das genauer«, bat Dr. Frankl.

»Der Vorgänger dieses Schreibers, ein guter, ehrbarer Mann, hatte in unserm Stall seine zwei Kühe stehn, die bei uns, im Winter und auch im Sommer, sozusagen in Kost und Quartier waren. Es war eine Gefälligkeit, die Jankel, als mein Verwalter, dem Manne erwies, der als Schreiber in einer Dorfgemeinde ein kärgliches Einkommen hatte. Das ging so jahrzehntelang bis zu seinem Tode. Nach seinem Tode hat unser Jankel die Witwe besucht und ihr selbstverständlich zu verstehen gegeben, daß unsererseits alles so bleibt, wie es war. Und es blieb auch dabei. Der Nachfolger, ein rechter Habenichts, den man uns hierher mehr aus politischen als aus administrativen Gründen geschickt hat, hat natürlich keine Kühe mitgebracht. Um sich dafür zu entschädigen, daß er keine Kühe hatte, kam er mit einem sonderbaren Ansinnen zu Jankel. Er wollte, wie sich Jankel trefflich ausdrückte, die Kühe der Witwe melken. Er stellte sich auf den Standpunkt, daß wir seinem Vorgänger nicht etwa eine Gefälligkeit erwiesen hatten, sondern einer von ihm erfundenen Stall-Servitut zufolge zu einer Leistung verpflichtet waren. Und er kam damit nicht *einmal*. Er kam mit diesem Ansinnen zu Jankel so oft, bis er ihm die Türe wies. Wenn ich mich nicht irre, habe ich vorher in Ihrer Anwesenheit unsern Jankel einen Heißsporn genannt. Er ist weit davon entfernt, ein Heißsporn zu sein. Er ist ein alter Fuchs, der uns alle in die Tasche stecken kann. Und er hat recht gehabt, sich nicht erpressen zu lassen. Ich habe das alles erst später erfahren, aber ich glaube nicht, daß ich daran etwas hätte ändern können, wenn ich es früher gewußt hätte. Da er Jankel nichts anhaben konnte, mußte das arme Kind das Opfer sein. Ein Verhängnis. Wie ich es Ihnen bereits in meinen Briefen geschildert habe.«

»Darf ich Sie noch etwas fragen?« sagte Dr. Frankl.

»Bitte«, sagte Welwel.

»Wenn dieser Habenichts, der Nachfolger, zwei Kühe mitgebracht hätte, hätte ihm Jankel dieselbe Gefälligkeit erwiesen wie seinem Vorgänger?«

»Selbstverständlich«, sagte Welwel, »selbstverständlich. Und Jankel hat ihm das auch gesagt.«

»Wenn es so ist«, sagte Dr. Frankl, »verstehe ich nicht, was Sie an der Haltung des alten Mannes in dem Falle – oder sagen wir besser: in dem Unfalle – auszusetzen haben.«

»Hat er sich darüber geäußert? Hat er sich bei Ihnen beklagt?«

»Nicht im geringsten«, beeilte sich Dr. Frankl, ihn zu beruhigen. »Das ist eine Vermutung meinerseits. Entschuldigen Sie, wenn ich mich darin geirrt haben sollte.«

»Sie haben sich nicht geirrt, Herr Doktor. Durchaus nicht. Ihre Vermutung ist richtig. Jankel ist, bei allen seinen Vorzügen, ein Mann aus einer anderen Zeit. Er glaubt noch immer, es genüge, Recht zu haben, um es auszukämpfen. Ich aber bin der Ansicht, daß es in unserer Zeit und in der Lage, in der wir hier sind, nicht vernünftig ist, so zu handeln. ›Wenn dich ein Hund beißt oder anbellt‹, pflegte mein Vater zu sagen, ›gehst du nicht auf alle viere nieder und bellst und beißt zurück.‹ Ich glaube, mein Vater hat recht gehabt.«

»Was Ihr Vater Ihnen sagte, ist sehr weise gedacht, das gebe ich zu. Aber ist es nicht auch sehr hochmütig? Das müssen Sie doch zugeben?«

»Ich habe das bis jetzt nicht so gesehen. Man kann auch sagen, es sei hochmütig. Ich gebe es zu, aber ich bleibe dabei. Denken Sie an Koppel den Drucker, an den mein Bruder sich so deutlich erinnerte. Jetzt erinnere ich mich auch. Ich sehe ihn noch vor mir mit seinem Wägelchen und seinem Pferd. Mein Bruder hat da eine sehr richtige Beobachtung gemacht. Koppel der Drucker, sehen Sie, Herr Doktor, hat es nicht leicht gehabt. Er hat aber nach dem Grundsatz meines Vaters gehandelt. Und er war dem jungen Hochschüler Katz für sein Eintreten nicht dankbar. Warum konnte er so handeln? Weil er trotz seiner Not und Bedrängnis sich nicht erniedrigt fühlte. Er ließ sich anbellen, und er bellte nicht zurück. Hingegen habe ich im Jahre 1918 in Wien einen Mann gesehen, der war Doktor, Professor und Hofrat sogar. Und ich habe es mit eigenen Augen gesehen, wie er grün und gelb wurde und einem Schlaganfall nahe war, als zwei Lausbuben an ihm vorbeigingen und einer sagte: ›Schau dir den Juden an.‹ Was ist hier würdiger? Koppels Hochmut oder die Demütigung des Hofrats? Weit gebracht haben es die Hofräte! Wenn Koppel der Drucker hochmütig war, so sei mir sein alter Hochmut gesegnet.«

»Amen«, sagte Dr. Frankl zur großen Überraschung Welwels. »Ich sage Amen zu Ihrem Segen. Vielleicht etwas voreilig. Ich habe nämlich noch eine Frage: Sie sagten vorher, Jankel sei ein Mann aus einer anderen Zeit: nun, Ihr Vater, war er nicht aus derselben Zeit?«

»Nein«, sagte Welwel, »durchaus nicht. Mein Vater war ein Mann der Tradition, unserer Tradition, die zeitlos ist. Wie Koppel der Drucker. Jankel hingegen war nie in dieser Tradition. Er lebt noch immer in der liberalen Zeit, die es nicht mehr gibt. Wundert Sie das?«

»Nein«, sagte Dr. Frankl. »Auch ich lebe in einer Zeit, die es nicht mehr gibt. Aber ich weiß, daß es sie nicht mehr gibt, und darum sagte ich Amen zu Ihrem Segensspruch. Obgleich ich zugeben muß, daß ich wahrscheinlich so handeln würde wie Jankel, weil ich ja leider, wie Jankel, nicht in Ihrer Tradition aufgewachsen bin.«

Die beiden Männer blieben noch lange im Gespräch. Welwel wäre gern auf das schriftliche Vermächtnis seines Bruders zurückgekommen. Er hätte gern die Meinung Dr. Frankls namentlich über eine Stelle in dem Vermächtnis gehört, die ihn in große Verwirrung gestürzt hatte. Als Dr. Frankl in so feierlicher Weise Alfred das Schriftstück einhändigte, war es Welwel, als sei mit Dr. Frankl sein Bruder leibhaftig wieder in seinem Hause erschienen. Als Dr. Frankl mit dem Lesen begann, hörte Welwel so andächtig zu, daß Alfred nicht umhinkonnte, Jankel zuzuflüstern: »Onkel Welwel hat sein Sabbatgesicht.« Als er später selber das Heft in der Hand hatte und es las, als er zu der Stelle kam, die von dem Kälbchen und dem Streit der Kinder um die Liebe des Kälbchens erzählt, vermochte er seine Ergriffenheit nicht zu meistern, und mit einer flehenden Gebärde schob er das Heft zu Dr. Frankl zurück. Im Lauf der Lektüre mußte er sich immer wieder Gewalt antun, um nicht immer wieder mit einem »So war es! Genauso war es!« das Gelesene zu bestätigen. Dann kam eine Zeile, die sich wie ein Stein auf sein Herz legte. Da war die Rede von dem Fremdling, den Rabbi Abba in der letzten Nacht seines Lebens bewirtet hatte. Wieso Fremdling? Warum Fremdling? Er war es doch, sein Bruder selber. Warum sagt er Fremdling? Warum sagt er nicht die Wahrheit? Versprach er nicht seinem Kinde in dem Vermächtnis, die Wahrheit zu sagen? Nichts als die Wahrheit!? – Welwel sah erschreckt zu Alfred hinüber. Hat der Sohn bemerkt, daß der Vater nicht die Wahrheit sagt? Nicht einmal im Vermächtnis? Alfred weiß ja, wer der Fremdling ist, der bei Rabbi Abba in jener Nacht gewesen. – Gott sei Dank, er hat es nicht bemerkt. Aber er wird ja das Vermächtnis einmal wieder lesen. Einmal wird er ja doch dahinterkommen, wer der Fremdling gewesen ist.

In diese Befürchtungen verstrickt, hörte Welwel das Weitere nur noch mit großer Anstrengung seines Willens. Als Erleichterung kam ihm dann die Mitteilung Alfreds, daß das erste Heft zu Ende sei. Die Unterbrechung war ihm willkommen. Dann kamen die unwillkommenen Gäste, und die Erregung, die darauf folgte, verdrängte die Stimme seines Bruders. Kaum aber waren alle gegangen, war er wieder mit seinem Bruder und Dr. Frankl zu dritt, und er war begierig, von Dr. Frankl zu hören, was er von dem Fremdling in dem Hause des Rabbi Abba wußte. Als er Koppel den Drucker erwähnte, hoffte er, Dr. Frankl würde sich auch des Schriftstücks erinnern und darauf zurückkommen. Allein, der Gast war offenbar von dem nächtlichen Überfall nicht abzubringen und stellte immer neue Fragen über die Verhältnisse im Lande, die den Politiker von Beruf lebhaft interessierten. Indessen hatte Welwel Zeit, es sich zu überlegen, ob es auch ratsam sei, dem Gaste die Bestürzung über jene Stelle im Vermächtnis einzugestehen, ehe sie das Schriftsstück zu Ende gelesen hatten. So blieb es denn bei dem politischen Gespräch, das beide Männer nunmehr eher anregte als ermüdete.

Plötzlich sahen sie einander im hellen Licht des Morgens. Welwel erhob sich und löschte die fahle Lampe aus. Dr. Frankl sah durch das offene Fenster einen Streifen blauen Wassers und einen Streifen blauen Himmels zwischen dem sachte schwankenden Schilf des Kleinen Teichs und hörte die klingende Stimme des Schweigens im Zimmer. Von einem nahen Bauernhof her kam der goldene Morgenruf eines Hahns ins Blaue gekräht. Ihm schloß sich ein recht mangelhafter heiserer Schrei eines jungen Hahnes an. Es war, wie wenn in reines Gold kreischender Kiesel gefallen wäre. Einmal und immer wieder, Ruf auf Ruf. Dr. Frankl wandte Welwel ein erheitertes, entzücktes Gesicht zu: »Krähen junge Hähne immer so mangelhaft?«

»Dieser da ist ein perfekter Komiker. Ich hatte keine ruhigen Nächte in den letzten Tagen. Aber jeden Morgen erheiterte mich dieser jugendliche Sänger und brachte mir ein wenig Ruhe.«

Beide schwiegen und hörten lächelnd den Ruf und den erheiternden Gegenruf. Dann geleitete Welwel den Gast in sein Zimmer.

»Ich habe Jankel versprochen, nicht abzureisen, ehe er wiederkommt. Ich wollte mich ohnehin bei Ihnen zum Sabbat einladen. Alfred hat mir viel Schönes über den Sabbat in Großvaters Zimmer geschrieben.«

»Wenn Sie hierbleiben, wird es mir ein schöner Sabbat sein, wie ich ihn schon lange erwünscht habe. Ich bin sicher, unser Jankel wird am Sabbat auch schon zurück sein. – Vielleicht sollte ich doch mit ihm fahren. Was glauben Sie, Herr Doktor?«

»Warten wir zwei, drei Tage. Wenn Sie bis dahin keine gute Nachricht haben, fahre ich mit Ihnen.«

Das Landhaus der Gräfin erinnerte Alfred an das Haus auf dem Gazon. Es war etwas länger gestreckt, und die Zufahrt führte durch einen größeren Park, aber auch dieses Landhaus war im Geschmack des achtzehnten Jahrhunderts gebaut, und auch der Park war nach französischer Art angelegt. Das Haus war gut erhalten, gelb gestrichen, die Fensterrahmen und Jalousien grün. Im Park waren die Grasplätze und Blumenstücke gut gepflegt und die Wege reinlich gehalten. Sie waren um halb zehn angekommen, und Alfred hatte Bedenken, sich zu so früher Stunde bei der Gräfin anzumelden, aber Donjas Vater hatte auch hier als Stellmacher, wie er sagte, gedient und auch hier eines Tages ohne Grund gekündigt, und er versicherte Alfred, daß die Gräfin eine Frühaufsteherin war und ihn gewiß gleich empfangen würde. Der Stellmacher selber hatte es eilig, mit dem Gefährt von der Auffahrt zu verschwinden, um von der Gräfin nicht gesehen zu werden: er befürchtete, die Gräfin an die grundlose Kündigung zu erinnern und den Zweck des Besuches dadurch etwa zu gefährden. »Die großen Damen sind sehr launisch«, sagte er zu Alfred. »Es ist besser, daß ich verschwinde.«

Alfred folgte dem Rat des Stellmachers und trat zu früher Stunde in das Haus. Im vielfenstrigen hellen Korridor kam ihm ein Mann entgegen, halb als Diener, halb als Gärtner gekleidet, und er nahm ohne ein Zeichen des Erstaunens über den frühen Besuch Alfreds Visitenkarte und den Brief, den Jankel ihm mitgegeben hatte, entgegen. Nach einer Weile kam er wieder und führte Alfred durch ein Zimmer zu ebener Erde auf eine Terrasse an der Ostseite des Hauses, wo die Gräfin allein bei ihrem Frühstück saß. Wie ihm Jankel eingeschärft hatte, führte sich Alfred französisch sprechend ein. Die weißhaarige, zartgebildete alte Dame hatte indes offenbar die paar Zeilen Jankels gelesen. Den Brief noch in der Linken, bot sie ihre rechte Hand Alfred nach Wiener Art zum Kuß und sagte: »Sie sind ein Wiener, Herr Mohylewski. Ich höre Deutsch nicht gern. Aber wenn Sie es wienerisch sprechen, ist es mir recht angenehm. Es erinnert mich an meine Jugend. Nehmen Sie bitte Platz, Herr Mohylewski. Sind Sie ein Verwandter meines alten Freundes Jankel Christjampoler?«

»Mein Onkel sagt, er sei unser Verwandter. Aber ich weiß nicht recht, wie wir verwandt sind, gnädige Frau.«

»Wann ist es geschehn?« fragte die Gräfin.

»Gestern, um Mitternacht ungefähr.«

»War er sehr aufgeregt, der Arme?«

»Nicht im geringsten«, sagte Alfred. »Er war so sicher, daß Sie ihm schnell heraushelfen werden, gnädige Frau.«

»Vermuten Sie das, oder hat er es Ihnen gesagt?«

»Er hat es mir auch gesagt«, sagte Alfred.

»Sonderbar geht es zu auf dieser Welt. Ich hab' in meinem Leben viele Männer gekannt«, sagte die alte Dame und sah Alfred mit einem melancholischen Blick und einem beinahe koketten Lächeln an. »Männer aus meinen Kreisen, männliche Männer alten Schlags, in deren Gesellschaft eine Frau sich sicher fühlen konnte. Aber nicht mit einem von ihnen habe ich mich je so sicher gefühlt wie mit Jankel. Das fällt mir eben zum ersten Male ein, jetzt, da ich *ihm* helfen soll. Aber ich rede soviel, und Sie haben doch gewiß noch nicht gefrühstückt?«

»Nein, gnädige Frau«, sagte Alfred. »Ich bin soeben angekommen, und ich bitte Sie um Entschuldigung, daß ich so früh am Morgen unangenehme Botschaft bringe.«

Die Gräfin läutete ein Glöckchen, das auf dem Tisch stand, und ließ noch ein Gedeck bringen. Indessen überflog sie noch einmal das Schreiben Jankels und fragte Alfred genauer über die Vorfälle in Dobropolje aus, die zur Verhaftung Jankels geführt hatten. Von der Ermordung des Kindes war sie, wie alle in den Dörfern um Dobropolje herum, unterrichtet, und es fiel Alfred nicht schwer, die alte Dame des weiteren zu informieren: schon in ihren Fragen zeigte sie mehr Kenntnisse und mehr Interesse, als ihr Alfred zugetraut hatte. Noch mehr überraschten Alfred ihre gelegentlich geäußerten Ansichten, die erstaunlicherweise mit den Ansichten Welwel Dobropoljers übereinstimmten.

»Sie sind mit der Bahn gekommen?« fragte sie.

»Nein«, sagte Alfred. »Mit dem Zug hätte ich erst am Nachmittag ankommen können. Und Jankel lag es daran, Sie, gnädige Frau, zu informieren, ehe er in der Stadt dem Starosta vorgeführt wird.«

»Das ist gut«, sagte die Gräfin. »Jedenfalls besser früher als später. Entschuldigen Sie mich jetzt. Ich werde gleich ein paar Briefe schreiben. Ich habe noch ein paar Freunde in der Stadt, auf die ich mich verlassen kann. Die Briefe müssen so schnell wie möglich in ihre Hände kommen. Die Tatsachen sprechen zwar für Jankel. Aber es ist die Frage, ob man sich an Tatsachen halten wird, wenn man den Fall politisch färben will. Wir wollen darum eingreifen, ehe die Färbung gelungen ist. Entschuldigen Sie mich. Ich bin gleich wieder da.«

Während die Gräfin die Briefe schrieb, sah sich Alfred den Park an, dann ging er zur Wagenremise, wo er den Stellmacher vermutete. In der Remise stand neben den Wagen verschiedener Art auch ein Automobil, das soeben ein Chauffeur putzte. Von dem Chauffeur erhielt Alfred die Auskunft, daß der Stellmacher in der Küche beim Frühstück sei. Nachdem er wieder zur Terrasse zurückgekehrt war, saß er nur noch eine kurze Zeit dort, bis die alte Dame mit den Briefen wiederkam. Sie hatte drei Schreiben verfaßt. Zwei von den Briefen waren geschlossen, einer war offen. Die Gräfin übergab zunächst Alfred den offenen und sagte:»Dieser Brief ist für den Anwalt, den Jankel bestimmt hat. Er ist ein sehr tüchtiger Mann. Ich kenne ihn. Diese da werden Sie so freundlich sein auch dem Anwalt zu übergeben, aber er soll entscheiden, wie und wann sie den Adressaten überreicht werden sollen. Das machen wir möglichst schnell. Darum schlage ich Ihnen vor, Ihre Pferde nach Haus zu schicken. Mein Chauffeur wird Sie viel schneller zur Stadt bringen. Mit dem Auto werden Sie wahrscheinlich früher die Stadt erreichen als Jankel.«

Alfred nahm die Briefe, bedankte sich und war im Begriffe, sich zu verabschieden, aber die Gräfin hielt ihn zurück:»Der Chauffeur wird Sie hier abholen. Bleiben Sie noch eine Weile. – Es wundert Sie vielleicht, daß ich nicht selbst zur Stadt fahre. Ich tue es nicht, weil es so besser ist. Jankel wird das verstehen. Grüßen Sie ihn. Und sagen Sie ihm, er solle sich die Sache nicht zu sehr zu Herzen nehmen. Bei uns wird immer heißer gekocht als gegessen. – Wie lange sind Sie schon hier bei uns?«

»Ein Jahr ungefähr, gnädige Frau«, sagte Alfred.

»Da werden Sie uns noch nicht so genau kennen. Es ist alles Strohfeuer. Unser Land war seit hundertfünfzig Jahren versklavt. Die Herren, die jetzt am Ruder sind, betragen sich leider nur zu oft wie freigelassene Sklaven. Freiheit versteht ein Sklave als die Freiheit, seinerseits Sklaven zu haben und sie zu unterdrücken. Aber das geht vorüber. Unser Volk ist im Kern gesund. Es wird sich nicht lange so regieren lassen. Ich hoffe, Sie, Herr Mohylewski, unter erfreulicheren Umständen wiederzusehen. Wo steigen Sie in der Stadt ab?«

»Jankel hat mir von einem Hotel Podolski gesprochen. Es soll in der Nähe vom Büro des Anwalts sein«, sagte Alfred und er erhob sich; das Auto war eben vorgefahren.

»Ja«, bestätigte die Gräfin. »Geben Sie mir bitte täglich Nachricht, wie es steht. Ich werde meinen Chauffeur täglich am Nachmittag zu Ihnen ins Hotel schicken. Machen Sie's gut. Auf Wiedersehn.«

Alfred verabschiedete sich mit Dank und versprach, auch der freundlichen Einladung zu folgen.

»Kommen Sie, kommen Sie oft. Ich möchte gern mit Ihnen gelegentlich ein bißchen über Wien tratschen«, hörte Alfred, schon beim Auto, die Gräfin ihm nachrufen. Da er schon zu weit von der Terrasse entfernt war, um der so freundlichen Dame zu erwidern, ohne seine Stimme ungebürlich zu erheben, verneigte er sich stumm und wartete ab, bis sie ins Haus ging. Ehe er in den Wagen stieg, erinnerte sich Alfred des Stellmachers und bat den Chauffeur, ihn zu holen. Aber das war nicht nötig, denn sie mußten ohnehin um das Haus herumfahren. Nazarewicz, der indessen schon in der Küche gehört hatte, daß der Chauffeur den fremden jungen Mann zur Stadt fahren sollte, stand bereits am Ausfahrtstor, wo er Alfred erwartete. Obgleich er enttäuscht war, allein die Heimreise nach Dobropolje zu machen, war er sichtlich erfreut, daß die Gräfin die Sache so dringend behandelte. Er versprach, in Dobropolje alles genau zu berichten und schärfte seinerseits Alfred ein, so lange in der Stadt zu bleiben, bis der arme Herr Verwalter wieder auf freiem Fuß sein würde.

Alfred hatte seit einem Jahr keine Reise in einem Automobil gemacht und er war nun erst erstaunt zu sehen, wie schnell der Park und der Dorfweg und die Felder rechts und links vorbeiglitten. Obgleich sie nicht auf der Chaussee fuhren und der Fahrweg recht mangelhaft war, erreichten sie die Stadt um zwei Uhr. Alfred nahm das kleine Necessaire, das der Stellmacher dem Chauffeur mitgegeben hatte, verabschiedete den Chauffeur und begab sich sogleich zum Rechtsanwalt. Wie Alfred bereits wußte, war Dr. Katz kein anderer als jener Tischlerssohn von Dobropolje, der vor vielen Jahren der Lehrer Josef Mohylewskis gewesen war, und Alfred hatte noch frisch im Gedächtnis die Erinnerung, wie Koppel der Drucker die wohlgemeinte Hilfsbereitschaft des Studenten Katz mit einer so ausdrucks-

vollen Geste abgelehnt hatte. Allein, der Rechtsanwalt, ein unter-
setzter, kahlköpfiger Mann mit energischem Gesicht und gewölbten,
kurzsichtigen Augen hinter dicken Gläsern in einem Hornrahmen,
erinnerte sich wohl an Dobropolje, die Familie Mohylewski und
Jankel Christjampoler, schien aber nicht gern seines gewesenen Schülers Josef Mohylewski zu gedenken.

»Sie sehen Ihrem Vater sehr ähnlich«, sagte er nachdenklich,
nachdem er Alfred mit Wohlwollen, dem eine sanfte Trauer bei-
gemischt war, betrachtet hatte.

Ein wenig enttäuscht darüber, daß der Rechtsanwalt mit dieser
einen Bemerkung alles Erinnern an Josef Mohylewski erschöpft hatte,
übergab ihm Alfred der Reihe nach erst den Brief Jankels, dann den
Brief der Gräfin an den Anwalt und schließlich die andern Briefe.
Dr. Katz las beide Briefe, die an ihn gerichtet waren, dann ließ er sich
von Alfred einen mündlichen Bericht erstatten, den er nur hin und
wieder unterbrach, um sich eine Notiz zu machen.

»Wann, glauben Sie, wird Jankel Christjampoler hier ankommen?«
fragte er.

»Im Lauf des Nachmittags wahrscheinlich«, sagte Alfred.

»Sie müssen also diesen einen Brief da an den Starosta gleich
bestellen«, sagte Dr. Katz.

»Die Gräfin wünschte ausdrücklich, daß Sie, Herr Doktor, diese
Briefe befördern«, sagte Alfred.

»Warum nicht Sie?« fragte Dr. Katz.

»Vermutlich, weil ich sehr mangelhaft polnisch spreche«, sagte
Alfred.

»Wie lange sind Sie in Dobropolje?« fragte Dr. Katz.

»Ein Jahr«, sagte Alfred.

»Sie haben das alles miterlebt?« fragte Dr. Katz. Waren Sie auf der
Groblja an jenem Sonntag?«

»Leider nicht«, sagte Alfred. »Ich bin zu spät gekommen.«

»Ich bin in Dobropolje geboren und dort aufgewachsen. Nie hätte
ich geglaubt, daß man die Dobropoljer Bauern so weit verhetzen
könnte.« Dr. Katz erhob sich, nahm den Brief an den Starosta und
ging in das nächste Zimmer, wo seine Gehilfen und Schreiber waren.
Als er wieder Alfred gegenübersaß, nahm er den andern Brief der
Gräfin und verwahrte ihn in einem Fach seines Schreibtisches: »Diesen zweiten Brief, an den Wojewoden, werden wir, ich hoffe es, nicht

brauchen. Vielleicht wird es möglich sein, das Verfahren in erster Instanz niederzuschlagen. Noch gut, daß die Gräfin diesen Brief nicht selbst gleich weggeschickt hat. Noch besser, daß sie nicht persönlich mitgekommen ist.«

»Warum?« wollte Alfred wissen. »Wäre es nicht besser, wenn sie persönlich vorgesprochen hätte?«

»Nein«, sagte der Rechtsanwalt, »es ist besser so. Die Gräfin hat im Lauf der letzten Jahre sich zu oft für Juden eingesetzt. Öfter, als es den Behörden lieb war. Sie hat natürlich noch immer Einfluß. Sie kann aber mehr durch ihre Freunde erreichen, wenn man namentlich nicht weiß, daß sie dahinter steckt. Sie werden gut daran tun, Herr Mohylewski, die edle Frau daran zu hindern, persönlich hervorzutreten. Es handelt sich darum, die Affaire nicht zu wichtig zu machen. Viel geschehen kann dem alten Mann nicht. Schlimmstenfalls wird er ein paar Wochen in Untersuchungshaft bleiben.«

»Ein paar Wochen!?« rief Alfred erschreckt aus. »Warum? Er hat doch nichts getan!«

»Das wissen wir«, sagte darauf der Anwalt.

»Das weiß das ganze Dorf«, sagte Alfred in Erregung.

»Wir werden sehn, Herr Mohylewski«, sagte der Rechtsanwalt. »Ich habe Ihnen gesagt, was schlimmstenfalls geschehen kann. Was bestenfalls dabei herauskommen kann, werden wir ja sehen. Sie können sicher sein, daß ich für Jankel Christjampoler alles tun werde. Er hat übrigens Ihnen einen Kredit bei mir eröffnet. Brauchen Sie Geld?«

»Jankel will es nicht haben, daß mein Onkel sich in seinen Prozeß einmischt«, sagte Alfred mit einem Lächeln. »Sie werden es vielleicht nicht glauben, aber der alte Jankel ist geradezu stolz auf diesen Prozeß. Aber Sie können sich denken, daß mein Onkel Ihnen zur Verfügung steht. Wenn ich was brauchen sollte, so soll es auf das Konto meines Onkels gehn. Ich danke Ihnen, Herr Doktor.«

Ehe er das Zimmer verließ, sagte Alfred noch: »Sie haben im Leben meines Vaters eine wichtige Rolle gespielt, Herr Doktor. Ich freue mich, Ihre Bekanntschaft gemacht zu haben. Wenn die Sache bald zu einem guten Ende kommt, werden Sie mir hoffentlich Gelegenheit geben, Sie länger zu sehn.«

»Sehr gerne, Herr Mohylewski. Kommen Sie, sooft es Ihnen recht ist. Aber ich sage Ihnen das gleich: auf die Rolle, die ich im Leben

Ihres Vaters gespielt habe, bilde ich mir nicht sehr viel ein. Auf Wiedersehn.«

3

Im Hotel angekommen, war Alfred angenehm überrascht, ein sauberes, solid eingerichtetes Zimmer, und sogar mit eigenem Bad, zu bekommen. Der freundliche Portier, der ihm das Zimmer zeigte, sagte ihm: »Das ist das beste Zimmer. Wir haben nicht viele Gäste heute. Morgen um diese Zeit hätte ich Ihnen kaum dieses Zimmer geben können. Morgen haben wir Wochenmarkt, da ist mehr Betrieb bei uns.«

Die zweite angenehme Überraschung, die Alfred beinahe überwältigte, war die Entdeckung: das Hotel hatte ein Kaffeehaus. Obschon das Hotel selbst »Podolski« hieß, führte das Café den internationalen Namen »Café Boulevard«. Trotz seines französischen Namens war das Café ein richtiges Wiener Kaffeehaus. An hellrot lackierten Tischchen saßen Damen und Herren auf dem Trottoir vor dem Café, mehr Herren zu dieser Tageszeit als Damen, nicht gerade nach der neuesten Mode, aber gar nicht provinzlerisch gekleidet. Sie tranken Kaffee mit Schlagobers wie in Wien, und wie eine Wiener Caféterrasse war auch diese auf dem Trottoir eingefriedet mit Bäumchen, mit Kübeln, mit Blattpflanzen, mit Töpfen, mit Blumen. Das alles konnte Alfred vom Fenster seines Zimmers übersehen, und er wäre schnurstracks aus dem Zimmer unverzüglich zur Caféterrasse gegangen, hätte er nicht angesichts des bequemen, geräumigen Bettes im Zimmer sich erinnert, daß er die Nacht nicht einen Augenblick geschlafen hatte. Er bat den Portier, ihn um fünf Uhr zu wecken, und schärfte ihm ein, etwa ankommende Post ihm jederzeit ohne Verzug aufs Zimmer zu schicken. Nachdem der freundliche Portier gegangen war, entkleidete sich Alfred, ging zu Bett und schlief sofort ein.

Um fünf Uhr schreckte er aus dem Schlaf auf. Er sah auf die Uhr, es fehlten nur noch zwei Minuten bis fünf Uhr. Er blieb noch eine Zeit im Bett, dann kam das erwartete Pochen an der Tür, und er sprang völlig erfrischt aus dem Bett. Er hätte gern ein Bad genommen, war aber wegen der erwarteten Nachricht von Jankel, die offenbar noch immer nicht eingetroffen war, zu unruhig. Er rasierte sich schnell, kleidete sich an und ging hinunter. Der Portier hatte noch immer keine Post für ihn. Jankel war also noch nicht eingetroffen. Nun ging er ins Kaffeehaus. Auf der Terrasse fand er keinen Platz mehr, aber drinnen war ein Tischchen am offenen Fenster frei, und es war ihm auch lieber hier zu sitzen, weil er hier das ganze Getriebe besser übersehen konnte. Auf der Terrasse waren jetzt mehr Damen als Herren, und unter diesen weniger zivile als Militärs. Auch auf der Straße waren viele Menschen, auch hier viele Offiziere und Soldaten, ihre hohen Tschapkas mit dem silbernen Adler kühn aufgesetzt, die scharf abgebogenen Mützenschilder tief über den Augen, als wollten diese Soldaten mit ihrem allzu kriegerischen Übermut allein sein. Auf der Straße hatte offenbar der allabendliche städtische Korso eingesetzt, denn nach einer kurzen Zeit vermochte Alfred bereits ihm bekannte Gesichter unter den Passanten auszunehmen. Die Kellner waren nach der Wiener Hierarchie des Gewerbes eingeteilt, ein Pikkolo brachte Alfred eine Aschenschale, der servierende Kellner den Kaffee und der Herr Ober die Zeitungen, die wie in einem Wiener Café in Holzrahmen eingespannt waren. Alfred geriet darüber in solche Begeisterung, daß er sich und die Welt und leider auch Jankel vergaß. Er erinnerte sich jetzt, wie oft ihn im Winter in Dobropolje, wenn alles in Schnee und in Eis war, eine nagende Sehnsucht nach Wien überfallen hatte. Nun wußte er: es war nicht die Sehnsucht nach Wien, sondern die Sehnsucht nach dem Kaffeehaus. Denn wie die Rehe ihre Wälder, wie die Vögel ihre Büsche, also liebt der Wiener allein das Kaffeehaus. Alfred erinnerte sich, wie er zum letzten Mal mit Onkel Stefan in einem Wiener Kaffeehaus auf der Ringstraße saß. Sie hatten damals auch einen Fensterplatz und saßen in der Schattenkühle des Lokals, wo man, wie hier eben, das weiche, angenehme Knallen der Billardkugeln hörte, ohne die Spieler zu sehn. An diesem Fenster war es hell genug, um einen Blick in die Zeitungen zu tun. Es waren darunter welche in westeuropäischen Sprachen, die Alfred verstand. Obschon er sich im Laufe des Jahres in Dobropolje das Zeitunglesen abgewöhnt hatte, war es doch eine eigentümliche Sensation, wieder eine in der Hand zu haben, obendrein in einem handlichen Holzrahmen eingespannt wie in Wien.

Es war halb sechs, als Alfred sich im Kaffeehaus niedergelassen hatte. Auf der Terrasse waren die Gäste vom künstlichen Halbschatten der Marquise geschützt, auf der Straße war heller Sonnenschein gewesen. Als er aber wieder, aus den Wollüsten des Kaffeehaussitzens erwachend, zu sich kam, sah er, wie der Ober die Marquise über der Terrasse soeben einkurbelte. Ein kühler Luftzug überwehte jetzt die noch immer dicht und bunt besetzte Terrasse, er drang zu den Fenstern vor und erfrischte die schon verbrauchte Schattenkühle des Raums. Alfred sah auf die Uhr. Es war sieben. Er zahlte schnell und lief in das Hotel zum Portier. Jetzt war Post für ihn da. Ein Brief.

»Wer hat diesen Brief gebracht?« fragte Alfred den Portier, indes er den Brief öffnete.

»Ein Herr von der Polizei«, sagte der Portier mit besorgter Teilnahme. »Der Polizeikommissar Guzik.«

»War nicht auch ein alter Mann dabei mit einem langen Bart?« fragte Alfred.

»Nein«, sagte der Portier.

Alfred las den Brief. Jankel teilte ihm mit, daß er im Amt des Starosta kein Verhör hatte, sondern gleich dem Gericht eingeliefert wurde und nun in Untersuchungshaft sei. Er bat, dies ohne Verzug dem Rechtsanwalt mitzuteilen. Alfred war untröstlich. Wäre er nicht so lange im Kaffeehaus geblieben, er hätte vielleicht Jankel für einen Moment sehn und sprechen können.

»Der Herr Guzik wird vielleicht noch im Amt sein«, sagte der Portier.

»In welchem Amt?« fragte Alfred. »Wo ist das Amt?«

»Der Kommissar Guzik ist nicht bei der Kriminalpolizei«, sagte der Portier. »Er ist bei der Politischen Polizei. Fragen Sie im Starostwo nach.«

»Wo ist das Starostwo?« fragte Alfred.

Der Portier führte ihn zum Haustor und wies ihm ein Haus auf der anderen Seite der Straße: »Das ist das Starostwo«, sagte er. »Wenn Sie hier durch die Gartenanlage gehn, sehen Sie gleich den Eingang.«

»Ich möchte nicht persönlich nachfragen. Können Sie mir einen Laufburschen mitgeben?«

»Ja«, sagte der Portier. »Bleiben Sie hier. Ich schicke gleich einen.«

Nach einer Weile kam ein etwa vierzehnjähriger Junge, der besser jiddisch sprach als polnisch, und führte Alfred durch die Anlage zum Starostwo.

»Geh hinein«, sagte Alfred, »und frage nach einem Kommissar Guzik.«

»Und wenn er da ist?« fragte der Knabe, »was soll ich sagen?«

»Sag ihm, ein Herr Mohylewski, von Dobropolje, möchte ihn sprechen.«

Der Junge lief schnell die paar Stufen der Freitreppe hinan und kam gleich wieder: »Der Herr Kommissar Guzik ist schon um sechs Uhr weggegangen.«

»Wo ist das Gericht?« fragte Alfred. »Kannst du mich hinführen?«

»Ja«, sagte der Junge. »Es ist ganz nahe, auf dieser Straße.«

Alfred ging mit dem Jungen. Er wußte wohl, daß es unsinnig wäre, namentlich so spät am Abend Zutritt zu Jankel zu erbitten, aber es drängte ihn, wenigstens das Gebäude zu sehen, wo der arme Jankel nun ein Gefangener war. Es war ein altes, massives Haus, ein typisches österreichisches Amtsgebäude. Vier, fünf breite, in der Mitte ausgetretene Steinstufen führten zu einem eisenbeschlagenen Holztor, dessen einer Flügel noch halb offen war. Auf der obersten Stufe saß auf einem niedern Stühlchen ohne Lehne ein alter Mann in einer Uniformbluse von undefinierbarer Farbe. Die Bluse war aufgeknöpft, und am Kragen sah Alfred die violetten Aufschläge der österreichischen Gerichtsdiener, abgerieben und verwittert. Aber nicht die Bluse und nicht die Aufschläge waren es, die Alfred in Erstaunen setzten, sondern das Gesicht des alten Mannes. Seine K. u. K. Apostolische Majestät, der Kaiser Franz Joseph I., saß leibhaftig vor dem Tor dieses Gerichtsgebäudes. Der weiße schüttere Bart des Greises hatte, wie das Tor des Gebäudes, zwei Flügel. In der Mitte das Kinn war säuberlich ausrasiert, der Schnurrbart, buschiger und bei weitem martialischer als beim allerhöchsten Vorbild, war ordentlich gebürstet. Tausende von Beamten des Zivil- und Militärdienstes, Tausende kaiserlicher Räte, Tausende von Bankdirektoren, Tausende von Wachtmeistern, Tausende von Briefträgern, Tausende von Amtsdienern aller Zweige der Administration trugen durch drei Generationen der österreichisch-ungarischen Monarchie diese Maske des Kaisers. Es waren Deutsche darunter, österreichische Deutsche und Tschechen, Polen und Juden, Ukrainer und Rumänen, Ungarn und Kroaten, Italiener und Slowenen, Serben und Slowaken, das ganze bunte Gemisch der Doppelmonarchie. So zahlreich waren sie, daß sie noch dreizehn Jahre nach dem Tode des Kaisers und elf Jahre nach der Grablegung der

Monarchie selbst die historische Maske weitertrugen. Alfred hatte die noch überlebenden Träger der kaiserlichen Maske in Wien mit eigenen Augen oft bestaunt. Hier, vor diesem Gerichtsgebäude, noch ein so authentisches Abbild des Kaisers anzutreffen, ging über das Staunen hinaus. Der Doppelgänger faszinierte Alfred dermaßen, daß er selbst zu einem Standbild erstarrte.

»Mit diesem Alten zu sprechen hätte keinen Sinn«, sagte der Junge, der Alfreds Interesse offenbar mißverstand.

»Wer ist dieser Alte?« fragte Alfred.

»Er war Oberprofos hier in dem Gefängnis, mehr als fünfzig Jahre lang. Er ist längst pensioniert. Aber er war aus seiner Amtswohnung nicht herauszukriegen, und man bewilligte sie ihm als Ehrenwohnung in dem Gerichtsgebäude. Er wohnt hier allein, und am Abend sitzt er immer hier vor dem Tor. Sonst sitzt er immer da in dem Park.«

»Merkwürdig, daß man den Alten noch drinnen wohnen läßt«, sagte Alfred, der sich von dem Anblick des alten Mannes nicht trennen konnte, nur um etwas zu sagen. »Er muß ja längst einen Nachfolger haben.«

»Ja«, sagte der Junge, »schon seit fünfzehn Jahren ist er pensioniert. Außerdem ist er ein Kaisertreuer«, fügte er mit einem Lächeln hinzu. »Er schimpft immer ganz laut. Er sagt: Unter dem Kaiser Franz Joseph war alles besser. Aber man tut ihm nichts, weil er so alt ist und weil er einen Sohn hat, der ist die rechte Hand des Starosta. Er wird vielleicht einmal noch Starosta werden.«

»Ist das Haus des Wojewoden auch in dieser Straße?«

»Nein«, sagte der Junge. »Es ist aber nicht weit. Wollen Sie hingehn?«

»Nein«, sagte Alfred. »Aber wenn du noch Zeit hast, möchte ich diese Straße hier kennenlernen.«

»Ich hab' Zeit. Der Herr Weiss hat nicht gesagt, daß ich gleich zurückkommen soll.«

»Wer ist der Herr Weiss?« wollte Alfred wissen.

»Der Portier im Hotel«, sagte der Junge. Wenn wir in den Park hier hineingehen und weiter im Park gehen, können Sie die Straße zu beiden Seiten gleichzeitig übersehen. Und ich werde Ihnen zeigen, wo alle Ämter sind.«

Sie gingen in die Gartenanlage hinein, und Alfred sah jetzt, daß die Straße ein Dreieck bildete, in dessen Mitte die Gartenanlage das gestreckte Dreieck wiederholte. Die Straße begann mit einer Kirche, die als Basis des Dreiecks mit ihrem breiten Vorplatz die zwei Linien der Straße band. Es war eine neue Kirche, Backstein, die falsche Gotik des 19. Jahrhunderts. Linker Seite war das erste Gebäude eben das Gericht mit dem düstern Hintergrund des Gefängnisses. Rechter Seite war die Prokuratur, dann das mehrstöckige Haus, das Alfred gleich erkannte. Es war das Haus, wo der Chauffeur der Gräfin ihn abgesetzt hatte: »Der Rechtsanwalt Katz wohnt in diesem Haus, nicht wahr?« fragte er den Jungen.

»Er hat hier sein Büro. Er wohnt aber in der Straße des Dritten Mai«, erklärte ihm der Junge.

»Dr. Katz wird jetzt kaum noch im Büro zu finden sein«, sagte Alfred.

»Nein«, sagte der Junge. »Aber nach dem Nachtmahl kommt Dr. Katz fast jeden Abend ins Kaffeehaus. Nicht in unser Kaffeehaus, Dr. Katz geht immer in das Wiener Café, wo die Zionisten sitzen.«

»Gibt es noch ein Kaffeehaus hier in der Straße?«

»Ja«, sagte der Junge, »haben Sie's nicht gesehen? Ich werde es Ihnen gleich zeigen.«

Sie gingen weiter durch den Garten, der hier noch die Breite eines Parks hatte. Es standen große alte Bäume da, Akazien und Kastanienbäume. Die Rasenplätze waren spärlich, und es gab keine Blumenbeete. Viele, viel zu viele Bänke standen da, bequeme Holzbänke mit hohen Lehnen, braun gestrichen. Linker Seite war noch immer das Gerichtsgebäude, und zur Rechten waren Wohnhäuser verschiedener Höhe; es standen da alte einstöckige, aber auch neue vierstöckige Häuser und sogar ein sechsstöckiges Haus. Wo das Gerichtsgebäude zur Linken endete, standen zwei kleine Gebäude mit Freitreppen, in einem war ein Restaurant. Hier endete der erste Teil der Parkanlage und eine Querstraße schnitt das Dreieck. Als sie diese Querstraße überschritten, waren sie im Mittelstück der Gartenanlage, die hier jünger und durchsichtiger war. Da waren runde Plätze um Blumenbeete herum, Spaliere von kurzgeschnittenen Büschen und wenig Ruhebänke. Hier hatte offenbar die Jugend der Stadt ihren abendlichen Korso. Linker Seite war das Café, wo die Zionisten zu sitzen pflegten, und ein paar Häuser weiter das gelbgestrichene Gebäude des Starostwo. Rechter Seite eine Bank, eine Apotheke und auch schon das Hotel Podolski mit dem Café Boulevard, dem sich wieder ein altes Gebäude anschloß, das Amt des Bürgermeisters. Dem Mittelstück der Gartenanlage machte hier eine zweite Querstraße ein Ende, die breit war, so breit, daß hier Platz war für das dritte und letzte Dreieck der Gartenanlage. Hier stand das Denkmal des großen Dichters Adam Mickiewicz, nach dem der kleine Platz benannt war wie die ganze Straße. Es war ein einfaches Standbild aus Sandstein, verfertigt nach dem Muster der Heiligen, die vor Kirchen stehn. Hier konnten sie nicht mehr in der Mitte der Straße gehn, denn die Anlage war zu Ende und der Verkehr auf der Straße nahezu großstädtisch. Sie gingen jetzt an dem Postgebäude vorbei, zur Linken sah man hinter einer weißgestrichenen Gartenmauer ein Militärspital inmitten eines Baumgartens, der wie ein privater Park gehalten war. Von hier übersah man den letzten Teil des Dreiecks der Straße, die immer schmaler wurde. Die Häuserzeilen der Straße rückten immer näher zueinander und mündeten schließlich in einen kleinen Platz, auf dem zum Abschluß, wie zum Anfang der Straße, eine Kirche stand. Diese Kirche war alt und schön. Auf dem Rückweg zum Hotel entdeckte Alfred noch einige Sehenswürdigkeiten der Straße: ein Kino, zwei Photographen, noch eine Apotheke und noch ein Kinotheater, das aber schon im Hof des Hotels Podolski stand.

»So, jetzt haben Sie alle Ämter gesehn«, sagte der Junge, der offenbar annahm, daß Alfred ein ausschließliches Interesse für Ämter hatte.

»Bis auf die Wojewodschaft«, sagte Alfred, »die hast du mir unterschlagen.«

»Zur Wojewodschaft müßten wir durch die Straße des Dritten Mai gehn«, sagte der Junge. »Wenn Sie es wünschen, führe ich Sie morgen hin. Jetzt kommen schon die Gäste zum Nachtmahl, da muß ich in der Küche aushelfen.«

»Wie heißt du?« fragte ihn Alfred und gab ihm einen Geldschein.

»Ich heiße Benzion Schwarz«, sagte der Junge.

»Weil du so einen schönen Namen hast, kriegst du noch einen Złoty.«

»Wegen Schwarz oder wegen Benzion?« wollte der Junge wissen.

»Wegen Benzion«, sagte Alfred.

»Danke«, sagte der Knabe, »einen schönen Dank. Und wie heißen Sie?«

»Ich heiße Sussja Mohylewski«, stellte sich Alfred vor.

»Sussja?« wunderte sich der Knabe. »Sie heißen Sussja!? Das hätte ich nicht gedacht. Aber das ist auch ein ganz schöner Name. Und morgen zeig' ich Ihnen die Wojewodschaft.«

»Auf Wiedersehn, Benzion.«

»Auf Wiedersehn, Herr Mohylewski.«

Nach dem Abendessen ging Alfred in das Café, wo die Zionisten saßen. Dieses Café war größer als das »Boulevard« und hieß tatsächlich »Kawiarnia Wiedeńska« – Wiener Café. Auch hier war eine Terrasse im Freien, und Alfred, der zeitiger kam als die Stammgäste, fand ein freies Tischchen auf der Terrasse. Gegen zehn Uhr kam auch Dr. Katz, aber er war in Gesellschaft, und Alfred mußte noch eine Zeit warten, bis der Rechtsanwalt ihn bemerkte, seinen Gruß sehr freundlich erwiderte und auch bald an Alfreds Tisch kam.

»Die Sache steht nicht so gut, wie ich gehofft hatte«, sagte er.

»War Jankel bei Ihnen?« fragte Alfred.

»Nein«, sagte der Rechtsanwalt. »Das war auch nicht zu erwarten. Aber ich hatte gehofft, daß man ihn im Starostwo verhört und vielleicht gar nicht erst in Haft nimmt. Ich werde morgen im Laufe des Vormittags Jankel sehen. Wenn Sie um zwei Uhr in meine Kanzlei kommen, werde ich Ihnen mehr sagen können. Vielleicht kann ich es durchsetzen, daß auch Sie ihn sehen.«

»Glauben Sie, Herr Doktor, daß der Brief der Gräfin den Starosta erreicht hat, ehe Jankel hier angekommen ist?« fragte Alfred.

»Das weiß ich eben nicht«, sagte der Rechtsanwalt. »Ich hoffe, daß er ihn noch nicht erhalten hatte.«

»Warum?« fragte Alfred, »warum hoffen Sie das, Herr Doktor?«

»Weil es ein Zeichen wäre, daß der Brief keine Wirkung gehabt hat.«

»Halten Sie es für möglich, daß der Brief nichts nützt?«

»Leider ja«, sagte der Rechtsanwalt. »Ich schließe es nicht aus. Morgen werde ich auch wissen, ob der Starosta den Brief rechtzeitig erhalten hat. Kommen Sie um zwei Uhr. Am Nachmittag können Sie übrigens wann immer zu mir in die Kanzlei kommen. Vormittags habe ich in den Ämtern zu tun.«

Obwohl ihn der Anwalt in Unruhe und Sorgen zurückließ, blieb Alfred in der Kawiarnia Wiedeńska beinahe bis zur Sperrstunde sitzen.

4

Andern Tags ging Alfred zur verabredeten Stunde zum Rechtsanwalt. Dr. Katz hatte Jankel gesehen, hatte aber nichts Günstiges zu erzählen. Der Starosta hatte offenbar den Brief der Gräfin erst heute morgen gelesen, und der einzige Erfolg schien zu sein, daß Jankel, der die Nacht in einem zellenartigen Raum verbracht hatte, gegen Mittag in einem Zimmer untergebracht wurde. Der Anwalt schien das Verfahren gegen Jankel jetzt ernster zu nehmen als bei der ersten Unterredung mit Alfred.

»Die Beschuldigung«, sagte der Anwalt, »ist viel ernsterer Art als ich gestern angenommen hatte. Man wirft Jankel nicht vor, daß er gegen den Gemeindeschreiber in beiden Dörfern geredet hat. Einer solchen Beschuldigung wäre, wie ich bereits Ihrem Onkel schrieb, leicht mit dem Einwand zu begegnen, daß der Gemeindeschreiber kein Beamter sei, wie ich ermittelt habe. Man beschuldigt Jankel, bei den Bauern gegen die Regierung gehetzt zu haben.«

»Das ist aber nicht wahr«, sagte Alfred.

»Es handelt sich um eine Beschuldigung, wie gesagt. Eine Anklage ist noch nicht erhoben worden, und ich kann in diesem Stadium das Verfahren noch nicht beurteilen. Worauf es jetzt ankommt, ist: das Verfahren niederzuschlagen, ehe die Anklage erhoben wird.«

»Wie geht es Jankel?« fragte Alfred.

»Er hält sich sehr gut. Ich habe übrigens die Erlaubnis erwirkt, daß er sich privat verpflegt. Sorgen Sie dafür, daß er die richtige Kost bekommt.«

»Darf ich ihm das Essen bringen?« fragte Alfred.

»Das hätte nicht viel Sinn«, sagte der Anwalt, »Zulaß für Sie konnte ich nicht erwirken; es ist also ganz gleich, wer das Essen über die Straße trägt. Bestellen Sie das Essen für Jankel in Ihrem Hotel und sorgen Sie dafür, daß er es pünktlich bekommt.«

Alfred ging schnell zum Hotel zurück und besprach sich mit dem freundlichen Hotelportier. Es wurde abgemacht, daß der kleine Benzion Schwarz dreimal täglich das Essen zu Jankel tragen solle. Obschon es beinahe drei Uhr war, riet Herr Weiss, sogleich ein verspätetes Mittagessen für Jankel zu bestellen. Alfred ging mit dem kleinen Benzion Schwarz bis zum Gerichtsgebäude. Er wartete eine Zeit vor der Treppe, auf der jetzt die helle Glut eines heißen Sommertags lag. Dann zog er sich in den nahen Park zurück und saß auf einer schattigen Bank, wo er das Tor des Gerichts überblicken konnte, das nun offen, aber von einem Gerichtsdiener bewacht war. Ihm gegenüber, auf einer Bank in der Sonne, saß der alte Profos, eine Zeitung über den Knien, eine Brille auf der Nasenspitze, eingenickt.

»Man hat mich nicht hereingelassen«, erzählte der kleine Benzion Schwarz, »man hat mir im Hof das Essen abgenommen, und ich mußte warten, bis man das Geschirr zurückgebracht hat. Darum hat es so lange gedauert.«

Es war vier Uhr geworden, als Alfred mit Benzion Schwarz ins Hotel zurückkam. Vor dem Hotel stand das Auto der Gräfin, und der Chauffeur wartete auf Alfred in der Loge des Portiers, im Gespräch mit Herrn Weiss. Er überreichte Alfred einen Brief. Es waren ein paar Zeilen nur. Die freundliche Dame wollte einen Bericht haben. Alfred überlegte, ob er seine und Dr. Katz' Enttäuschung über den geringen Erfolg der Briefe zugeben sollte. Er hätte gern den Rechtsanwalt zu Rate gezogen, entschloß sich aber, in ein paar Zeilen der Gräfin mitzuteilen, daß vorläufig nichts von besonderem Belang zu berichten sei. Hernach ging er ins Wiener Kaffeehaus, das an der Schattenseite der Straße lag. Es waren nur wenige Gäste da zu dieser Tageszeit, und er fand einen Tisch auf der Terrasse, wo nur ein paar ältere Herren Zigarren rauchten und Zeitungen lasen und von Tisch zu Tisch Gespräche führten.

Er saß lieber hier in diesem Café, nicht nur weil es hier am Nachmittag kühler war als im Café Boulevard, sondern auch weil das Café Boulevard ihn an seinen ersten Abend erinnerte, da er die Ankunft Jankels versäumte. Er wurde aber dessen erst inne, als er seinen Platz auf der Terrasse eingenommen und seine Bestellung gemacht hatte. Eine schmerzliche Verzagtheit überfiel ihn plötzlich und malte ihm ein klares Bild der Hoffnungslosigkeit: Er sah sich ausgesetzt auf dieser freundlichen Straße; in sinnlosem Gang vom Hotel zum Anwalt, vom Anwalt zum Gericht, vom Gericht zum Café; von Tag zu Tag, von Woche zu Woche, von Monat zu Monat. Daß er diese Stadt nicht verlassen würde, es sei denn mit Jankel zusammen, hatte er längst entschieden. Aber war er eine Hilfe für Jankel? Der Kellner brachte die Bestellung, und Alfred blickte eine Weile auf die Straße hinaus. Der Anblick der spärlichen Passanten, die langsam und bedächtig ihren Geschäften nachgingen, beruhigte ihn ein wenig. Wie anders als in der Großstadt, wo ihn oft der Anblick der Passantenketten mit dem jähen Schreck des sinnlos Ruhelosen überfiel. Zwei junge Frauen in weißen Leinenkostümen und flachen Strohhüten kamen gerade an der Terrasse vorbei. Beide waren hübsch und jung und hatten lachende Gesichter. Da sie noch näher herankamen, erhob sich Alfred schnell von seinem Sitz und sah nun, daß die eine von den zwei lachenden Mädchen ihn auch sogleich erkannte: es war die Lehrerin von Dobropolje, das Fräulein Tanja Rakoczywna.

»Sie sind in der Stadt und Sie besuchen mich nicht?« sagte sie. »Ein schöner Freund sind Sie.«

»Ich habe vergessen, daß die Ferien bereits begonnen haben. Ich glaubte Sie noch in Dobropolje«, sagte Alfred.

»Das ist meine jüngste Schwester, Xenia«, stellte Tanja vor. Die Schwester, kaum älter als siebzehn, hatte die Gestalt Tanjas, war aber rothaarig und viel hübscher als die Lehrerin. Als Alfred ihr die Hand drückte und sagte: »Ich habe von Ihnen schon gehört«, errötete sie heftig und rückte näher an ihre ältere Schwester nach der Art der Backfische.

»Haben Sie hier eine Verabredung?« fragte Tanja.

»Nein«, sagte Alfred, »ich sitze hier, weil ich, offen gestanden, nicht weiß, was ich mit mir anfangen soll.«

»Kommen Sie mit uns«, sagte Tanja. »Wir haben unsere Besorgungen gemacht und gehn jetzt heim. Kommen Sie mit, ich möchte Sie meinem Vater vorstellen.« Sie sah die Kaffeetasse, die Alfred noch nicht berührt hatte, und sagte: »Einen Kaffee können Sie auch bei uns bekommen.«

Alfred zahlte und schloß sich den Mädchen an. Sie gingen über die Bahngasse bis zum Bahnhof, den Alfred noch nicht gesehen hatte, am Bahnhof vorbei und an einen Platz, wo ein Wanderzirkus seine luftigen Zelte aufgeschlagen hatte. Dann hatten sie viele Treppen zu steigen und erreichten eine Holzbrücke, die hoch über den Bahngeleisen gespannt war. Im Gegensatz zum Bahnhof, der alt und recht kleinstädtisch aussah, war die Bahnanlage selbst erstaunlich breit, mit vielen sich überschneidenden Geleisen, einigen Rangierhöfen und zahlreichen Depots. Ein Knotenpunkt, fiel es Alfred ein, der schweigend mit den Mädchen über die Brücke ging, durch Rauch und Dampf der unter der Brücke rollenden Lokomotiven, im Gepolter und Gepfiff des nahen Rangierverkehrs.

»Ich frage nicht, was Sie in der Stadt zu tun haben, weil ich es weiß. Mein Freund Dudka hat mir geschrieben. Ich habe den Brief heute morgen bekommen und hab' an Sie gedacht.«

Sie hatten jetzt die Brücke hinter sich und gingen auf dem Pflaster eines stillen, breiten Gäßchens im Schatten blühender Akazien, die in zwei Reihen zu einem großen Park führten.

»Ich bin gestern angekommen«, sagte Alfred, »aber ich fürchte, ich werde sehr lange hierbleiben müssen.«

»Wie geht es Herrn Christjampoler?« fragte Tanja.

»Ich hab' ihn leider nicht sehen können«, sagte Alfred. »Wie es ihm geht, kann man sich wohl denken.«

»Mein Vater sagt, daß die Sache nicht sehr ernst zu nehmen sei«, sagte Tanja. »Aber das werden Sie ja gleich von ihm selbst hören. Hier ist unser Haus.«

Tanja öffnete jetzt ein Pförtchen in einem Zaun aus Birkenknüppeln, und sie traten in einen Garten. Das Haus war ein villenartiges Gebilde mit vielen Türmchen und romantischen Treppchen, aber der Garten war schön mit saftigen Rasenplätzen. Alfred folgte den Mädchen auf einem gepflasterten Gartenpfad um das Haus herum. Auf einem Rasenplatz hinterm Haus saß im Schatten ein geistlicher Herr, lesend, ein Büchlein in Leder mit Goldschnitt in der Hand.

»Das ist mein Vater«, sagte Tanja, da der Leser seinen Kopf erhob und die Brille abnahm. »Und das ist, schau, Vater, wen ich da mitbringe, das ist der junge Herr Mohylewski von Dobropolje.«

Alfred verneigte sich vor dem geistlichen Herrn, der sich nun zur Begrüßung des Gastes erhoben hatte und Alfred seine Hand bot. Tanjas Vater war ein großgewachsener Mann, den die lange schwarze Sutane und die kerzengerade, nahezu soldatische Haltung noch größer erscheinen ließ.

»Willkommen in meinem Haus«, begrüßte er Alfred in ukrainischer Sprache, »meine Tochter hat mir viel von Ihnen erzählt.« Auch die Stimme des prächtigen Mannes war in aller Jovialität mehr soldatisch als die Stimme eines Seelenhirten.

»Ich habe mir längst gewünscht, Ihnen, Hochwürden, vorgestellt zu werden«, antwortete Alfred, und wie nur noch in seinen Gesprächen mit Donja war er jetzt froh, ukrainisch zu sprechen.

»Bringt noch ein paar Stühle, Kinder. Wir wollen im Garten bleiben. Oder?« sagte der Vater mit einem fragenden Blick zu Tanja.

»Ja«, sagte Tanja, »wir werden gleich Kaffee bringen.«

Alfred half den Mädchen, die einen Gartentisch und ein paar Sessel heranbrachten und sodann ins Haus gingen.

»Es tut mir leid«, sagte Vater Rakoczyj, nachdem beide sich am Tisch niedergelassen hatten, »es tut mir leid, Sie in Sorgen zu sehn, mein Sohn. Aber nehmen Sie sich das nicht zu sehr zu Herzen. Wer ist Ihr Anwalt?«

»Doktor Katz«, sagte Alfred.

»Das ist gut«, sagte Vater Rakoczyj. »Er ist ein kluger Mann. Er wird schon einen Weg finden, einem Prozeß auszuweichen. Darauf kommt es an. Wo man Schikanen ausgesetzt ist, muß man sich mit allen Mitteln wehren. Doktor Katz wird schon ein Mittel finden. Und wenn es sein muß, ein Mittelchen.«

»Meinen Sie, Hochwürden, Protektion?« fragte Alfred.

»Protektion, Finten, Bestechung –«

»Bestechung?« wunderte sich Alfred und sah Vater Rakoczyj erschreckt an.

»Warum nicht?!« sagte Vater Rakoczyj und warf Alfred einen beinahe zornigen Blick aus seinen klaren grauen Augen zu, die fast von derselben Farbe waren wie sein dichtes, kurzgeschorenes Haar. »Wo Tyrannen herrschen, ist Bestechung die letzte Form der Humanität. So war es im alten Rußland. Wenn der Tschinownik der Zaren auch noch unbestechlich gewesen wäre, wäre die Tyrannei noch unerträglicher gewesen.«

»Ich hoffe, daß wir in diesem Fall ohne solche Mittelchen durchkommen«, sagte Alfred.

»Wenn man so jung ist wie Sie und wenn man der Politik fern steht, ist es schön, so zu denken wie Sie, mein junger Freund. Aber reden Sie Ihrem Anwalt nicht drein. Er wird tun, was er für nötig befindet«, sagte Vater Rakoczyj.

»Es liegt mir aber daran, den alten Mann möglichst schnell herauszubekommen. In seinem Alter ist es doch schrecklich, auch nur vierundzwanzig Stunden eingesperrt zu sein«, sagte Alfred.

»Für einen jungen Mann ist es vielleicht noch schlimmer«, sagte Vater Rakoczyj mit einem Lächeln. »Das kann ich Ihnen aus eigener Erfahrung sagen.«

»Sie wollen doch nicht damit sagen, daß Sie, Hochwürden …«

»Just das will ich sagen!« sagte Vater Rakoczyj, und sein breites fleischiges Gesicht leuchtete jetzt in priesterlicher Milde. »Freilich war ich damals noch kein Hochwürden. Ja, aber was ich Ihnen sagen wollte: Wie mir meine Tochter heute von der Verhaftung des alten Mannes erzählte, habe ich mir überlegt, ob ich da nicht helfen könnte. Ich bin nicht so ganz ohne Einfluß, wie Sie vielleicht glauben. Wenn es sich um einen Ukrainer handelte, könnte ich da schon was ausrichten. Aber wie die Sache steht, würde mein Dazwischentreten sicher eher schädlich sein.«

»Warum?« fragte Alfred. »Warum, Hochwürden, glauben Sie das?«

»Wenn ich mich für Ihren Verwalter verwende, wird man sagen, der alte Mann ist einer von denen, die zu den Ukrainern halten. Und das würde ihm nur noch mehr schaden. Und wenn ich Ihnen einen Rat geben darf, mein Sohn, halten Sie sich auch hübsch im Hintergrund. Sie haben einen ukrainischen Namen –«

»Ist mein Name ukrainisch?« fragte Alfred. »Offen gestanden, Hochwürden, das wußte ich gar nicht.«

»Freilich«, sagte Vater Rakoczyj, »Ihr Name ist ukrainisch. Und das würde nichts ausmachen. Viele Polen haben Namen, die ukrainisch, viele Ukrainer Namen, die polnisch klingen. Aber Sie sind erst ein Jahr im Lande und Sie haben schon Ukrainisch gelernt. Das würde auch eine politische Ausdeutung zulassen. Also lassen Sie Doktor Katz alles machen und mischen Sie sich nicht ein.«

»Ich bin Ihnen sehr zu Dank verpflichtet, Hochwürden. Ich habe kein großes Interesse für Politik, und hier ist sie besonders verzwickt«, sagte Alfred.

»Ich könnte Ihnen unsere Politik hier gleich erklären. Aber meine Kinder kommen jetzt mit dem Kaffee. Ich spreche zuviel Politik mit meinen Kindern. Meine Frau wirft mir das immer vor, und manchmal glaube ich selber, daß es meinen Töchtern gar nicht guttut, soviel Politik zu hören. Aber alle Politiker sind Schwätzer, und ich, wie Sie sehen, mache keine Ausnahme.«

Die Mädchen deckten jetzt den Tisch, brachten Kaffee und Backwerk, und in ihrer Anwesenheit nahm das Gespräch eine andere Wendung.

»Sie sehen hier nur die halbe Familie«, sagte Vater Rakoczyj.

»Genau die halbe«, sagte Tanja. »Meine Mutter und zwei Schwestern erholen sich von der Stadt auf dem Lande, und wir erholen uns vom Land in der Stadt.«

»Und ich fahre morgen auch aufs Land«, sagte Vater Rakoczyj. »Aber ich bleibe nicht lange. Wenn Sie uns nächste Woche wieder besuchen wollen, Herr Mohylewski, bin ich wieder da.«

»So sehr ich mich freuen würde, Hochwürden, Sie wiederzusehen, hoffe ich doch, nächste Woche nicht mehr hier zu sein. Nächste Woche hoffe ich schon auf dem Wege nach Wien zu sein.«

»Werden Sie lange dort bleiben?« fragte Tanja.

»Ein paar Wochen«, sagte Alfred. »Ich werde mich auch ein wenig vom Lande in der Stadt erholen.«

»Ich kann es verstehen, daß Sie es eilig haben, eine Zeit von Dobropolje wegzubleiben. Aber ich fürchte, es wird nicht so schnell hier gehen wie Sie glauben.«

»Ich wollte Sie etwas fragen, Hochwürden. Sie kennen doch gewiß viele ukrainische Geistliche. Ist Ihnen der Name Partyka bekannt?« fragte Alfred.

Wie auf Verabredung stellten jetzt beide Mädchen ihre Kaffeetasse ab und sahen betroffen ihren Vater an, der seinerseits auch seine Tasse auf den Tisch stellte und Alfred groß anblickte.

»Wie kommen Sie auf den Namen?« sagte er nach einer Weile.

»Mein Vater hat Erinnerungen aus seinem Leben hinterlassen. In diesen Erinnerungen ist viel von einem jungen Geistlichen Partyka die Rede, der meinem Vater sehr nahestand. – Aber mir scheint, der Name ist hier nicht gern gehört. Entschuldigen Sie.«

»Nichts ist zu entschuldigen«, sagte Rakoczyj nunmehr in seiner lebhaften Art. »Sie haben das sehr richtig gesagt. Der Name ist nicht gern gehört in meinem Hause. Aber wir nennen ihn nur zu oft. Es ist ein sehr wichtiger Name. Sie meinen doch Philip Partyka?«

»Ja«, sagte Alfred, »Philip Partyka. Jetzt erinnere ich mich auch an den Vornamen. Ich habe die Aufzeichnungen meines Vaters erst vor kurzem zu Gesicht bekommen. Wir hatten gerade darin zu lesen

begonnen, als wir durch die Verhaftung um Mitternacht unterbrochen
wurden.«

»Ihr Vater war mit Partyka befreundet, sagten Sie?« fragte Vater
Rakoczyj. »Sind Sie dessen gewiß?«

»Es scheint so«, sagte Alfred. »Mein Vater und Partyka saßen in
einer Schulbank im Gymnasium. Partyka war oft in Dobropolje. Mein
Vater erzählt viel von ihm.«

»Wenn es so ist, mein Sohn, brauchen Sie sich keine weiteren
Sorgen um den alten Mann im Gefängnis zu machen. Haben Sie daran
gedacht, als Sie Partyka erwähnten?«

»Nein«, sagte Alfred. »Nicht im geringsten. Ich wußte ja nicht
einmal, ob der Philip Partyka, von dem mein Vater spricht, noch am
Leben ist.«

»Und wie er noch am Leben ist! Er ist ein sehr wichtiger Mann. Er
ist Prälat und einer von den einflußreichsten Ratgebern unseres
Metropoliten, des Grafen Szeptyckyj. Sie sollten Ihrem Anwalt alles
erzählen, was in den Erinnerungen Ihres Vaters von Partyka gesagt
wird. Dr. Katz wird Sie wahrscheinlich sofort zu ihm schicken.«

»Wo lebt der Prälat Partyka?« fragte Alfred.

»In Lwów«, sagte Vater Rakoczyj. »Er ist viel auf Reisen. Aber es
ist mir bekannt, daß er zur Zeit in Lwów ist.«

»Glauben Sie, Hochwürden, daß der Prälat sich für den Fall interessieren wird?« fragte Alfred.

»Sie können jetzt ruhig seinen Namen nennen. Unsere Überraschung ist bereits vorüber, wie Sie sehen. Und jetzt muß ich Ihnen
erklären, warum wir so überrascht waren. Der hohe Würdenträger
Partyka und ich, ein kleiner Pope, wir sind politische Gegner, seit
vielen Jahren schon. Wir haben einander so viel Schwierigkeiten
gemacht, als wir nur konnten, milde gesagt. Und was mich betrifft, so
bin ich gesonnen, den hohen Herrn auch weiterhin zu bekämpfen.
Aber das liegt auf politischem Gebiet. Als Mann und als Priester ist
Prälat Partyka einwandfrei und respektabel. Er ist ein Geistlicher von
höchster Bildung, edler Menschlichkeit. Er wird Sie, den Sohn eines
Freundes, gut aufnehmen und Ihnen helfen.«

»Ich danke für Ihren Rat, Hochwürden«, sagte Alfred. »Ich werde
Doktor Katz alles berichten. Was ich aber nicht verstehe, Hochwürden, und ich bitte Sie, mir das zu erklären, was ich nicht verstehe —«

»Was Sie nicht verstehen, mein Sohn, vermute ich. Ich sagte Ihnen vorher, daß ich mich nicht für Ihre Sache verwenden kann, weil eine Einmischung meinerseits nur schaden würde. Nun rate ich Ihnen selbst, zum Prälaten Partyka nach Lwów zu reisen, obwohl ja der Prälat auch ein Ukrainer ist. Ist es das, was Sie nicht verstehen?«

»Ja«, sagte Alfred. »Ich hoffe, ich frage nicht zuviel.«

»Durchaus nicht«, sagte Vater Rakoczyj. »Der scheinbare Widerspruch ist leicht zu erklären. Ich bin ein nationaler Ukrainer. Mir ist die Vereinigung aller Ukrainer das Wichtigste. Der Prälat Partyka ist vor allem ein Mann der Kirche. Ich will nicht sagen, daß ihm die Vereinigung aller Ukrainer nicht auch wichtig ist. Aber als griechisch-katholischer Würdenträger sieht er in der politischen Vereinigung der Ukrainer hier in diesem Lande mit den griechisch-orthodoxen Ukrainern in Sowjetrußland eine Gefahr für die griechisch-katholische Kirche. Darum ist er gegen die Vereinigung und gegen Sowjetrußland.«

»Aber Sie, Hochwürden, sind doch auch ein griechisch-katholischer Priester?« sagte Alfred. »Sind Sie nicht auch gegen Sowjetrußland?«

Vater Rakoczyj sah eine Weile seine beiden Töchter an, als erwartete er ihre Antwort. Die Mädchen aber, die mit angespannter Aufmerksamkeit zugehört hatten, schwiegen und sahen ihren Vater mit belustigter Neugier an, als wollten sie sagen: Da hast du es!

»Räumt jetzt den Tisch ab, Kinder«, sagte Vater Rakoczyj mit einem schelmischen Blick auf seine Töchter, »und bringt ein paar Photographien heraus, damit unser Gast auch den Rest unserer Familie kennenlernt.«

Die Mädchen räumten den Tisch ab und gingen in aller Heiterkeit ins Haus.

»Sie haben hier den Kern des Problems berührt, mein Sohn. Es ist gut so, denn jetzt erst werden Sie mich verstehen. Wie mein Bruder, der im Krieg gegen die Polen gefallen ist – meine Tochter hat Ihnen das erzählt –, wollte auch ich eigentlich Rechtsanwalt werden. Ich habe mich aber doch entschlossen, ein Geistlicher zu werden, um nahe meinem Volk zu bleiben. Meine Töchter sind aus demselben Grunde alle Lehrerinnen geworden, auch die jüngste wird Lehrerin werden. Ich bin nun ein ukrainischer Pope mit einer Familie und lebe mit meinem Volk. Hüben und drüben, hier und in Sowjetrußland, ist es dasselbe Volk: Ukrainer. Daß sie drüben griechisch-orthodox und hier griechisch-katholisch sind, macht für mich keinen großen Unterschied. Ich bin kein so großer Theologe wie der Prälat Partyka. Und ich bin nicht gegen Sowjetrußland wie der Prälat Partyka. Meine ukrainischen Bauern sind auch keine Theologen; man wird sich wundern, wie leicht meine Bauern hier griechisch-orthodox werden könnten. Das sage ich Ihnen als ein kleiner Pope. Als Politiker – und da bin ich gar nicht kleiner als selbst der Prälat, im Gegenteil: da stehen mehr hinter mir als hinter dem Prälaten –, als Politiker sage ich Ihnen: Hier in diesem Ländchen wird erst Ordnung sein, wenn eines Tages die Rote Kavallerie einrückt und Ordnung macht. Da wird der Herr Prälat, der mit den Polen gegen Rußland ist, sehen, wer von uns ein Politiker war.«

Alfred saß eine Weile sprachlos dem Popen Rakoczyj gegenüber. Er war den Mädchen dankbar, daß sie eben im Haus einen kleinen Wortstreit miteinander austrugen, der die Aufmerksamkeit des Vaters von ihm ablenkte. Man hörte aber nur die jüngere heftig auf ihre Schwester einreden, die sie lachend zu beruhigen versuchte.

»Entschuldigen Sie«, sagte der Pope, »meine Kinder streiten so selten. Ich weiß nicht, was da los ist.« Er wollte sich erheben, sah aber die Mädchen eben wieder in den Garten kommen, Tanja noch lachend voran, hinter ihr die jüngere zornigen Blicks.

»Ist die Rote Kavallerie schon einmarschiert?« erkundigte sich Tanja bei Alfred.

»Da sehen Sie«, sagte Vater Rakoczyj. »Ich hab' Ihnen gesagt, ich spreche zuviel Politik mit meinen Töchtern.«

Tanja nahm wieder ihren Platz neben Alfred ein und reichte ihm von den mitgebrachten Photographien jede einzeln zu. Alfred sah zuerst Mama und Papa Rakoczyj als Verlobte. Mama Rakoczyj war schlank und hübsch, wie Xenia sah sie aus, Papa Rakoczyj wie ein junger Kosak in Zivil. Dann kam die ganze Familie, die Eltern sitzend, von je zwei Töchtern flankiert. Die andern zwei Mädchen sahen einander ähnlich wie ein Ei dem andern.

»Sind's Zwillinge?« fragte Alfred.

»Ja«, sagte Tanja, »kann man das sehen?«

»Ich hab's erraten«, sagte Alfred.

»Ich wollte sechs Söhne haben«, sagte Papa Rakoczyj, »jetzt hab' ich vier Töchter.«

Zum Abschluß überreichte ihm Tanja ein Gruppenbild unter Glas und Rahmen: »Das ist die Aufnahme der Abiturienten von der Klasse meines Onkels, von dem ich Ihnen erzählt habe. Hier werden Sie auch Bekannte finden.«

Xenia, die schon bei der Überreichung des großen Bildes unruhig geworden war, stand jetzt nervös auf und stellte sich neben ihren Vater. Alfred betrachtete das Bild. Es waren Brustbilder von etwa vierzig Jungen in Uniformen, gruppiert um den inneren Kranz von Bildern der Lehrer, unter jedem Halbbrustbild der Lehrer sowohl wie der Schüler der Name des einzelnen in Blockschrift. Mit Hilfe Tanjas fand Alfred den achtzehnjährigen Bruder des Popen. Es war ein energisches slawisches Gesicht mit starken Augen.

»Und jetzt finden Sie Ihren Doktor Margulies selbst«, sagte Tanja.

Alfred suchte erst die Gesichter ab und konnte das gesuchte Bild nicht finden. Er las jetzt der Reihe nach die Namen.

»Da!« sagte er. »Da ist ja noch einer, den ich kenne.«

»Der da?« fragte Tanja.

»Ja«, sagte Alfred. »Morgenstern.«

»Den kennen Sie auch?« fragte Tanja.

»Ja«, sagte Alfred, »er ist ein Verwandter. Seine Großmutter war eine Mohylewski. Ich sehe ihn öfters in Wien.«

Indessen hatte Xenia vom Tisch sich entfernt und stand lauernd in einem Abstand von ein paar Schritten.

»Aber was ist denn dem passiert?« sagte Alfred und hob das Bild aus dem Baumschatten ins Licht. »Dem hat man ja die Augen ausgestochen!«

»Ich hab's ja gesagt!« zischte Xenia ihre Schwester an und lief zornig aus dem Garten und um das Haus auf die Gasse hinaus.

»Was hat sie?« fragte Vater Rakoczyj.

»Du weißt ja«, sagte Tanja. »Sie hat dem Morgenstern die Augen ausgestochen. Sie war ja noch ein Kind damals. Und jetzt schämt sie sich.«

»Darum habt ihr so gestritten!?« sagte Vater Rakoczyj. »Ich hab' mich schon gewundert.«

»Das Bild hat im Kinderzimmer gehangen, und in ihren Backfischjahren bildete sich Xenia ein, daß alle diese Burschen da sie mit den Augen verfolgen. Erst drehte sie immer das Bild zur Wand um, wenn sie sich entkleidete. Und eines Tages nahm sie das Bild aus dem Glas heraus und stach diesem einen Gesicht die Augen aus. Es sieht schrecklich aus. Wie ein Toter. Damals war sie sehr stolz darauf. Jetzt schämt sie sich.«

»Das zeigt, daß sie noch immer ein Backfisch ist«, sagte Vater Rakoczyj. »Das sage ich ja immer. Geh, hol sie zurück!«

»Sie wird schon wiederkommen«, sagte Tanja, sammelte die Bilder ein und trug sie wieder ins Haus.

Alfred blieb noch eine Zeit im Gespräch mit Vater Rakoczyj. Als Tanja wiederkam, erhob er sich und nahm Abschied.

»Ich muß jetzt noch Dr. Katz in seiner Kanzlei erreichen, um ihm vom Prälaten Partyka zu erzählen.«

»Tun Sie das, tun Sie das«, sagte Vater Rakoczyj, »das ist sehr wichtig. Und besuchen Sie mich bitte, sooft Sie in der Stadt sind.«

Tanja begleitete Alfred.

»Ich bringe Sie bis zur Brücke«, sagte sie, da sie Xenia auf der Gasse vor dem Haus nicht fand.

Als sie zur Brücke kamen, sahen sie gleich Xenia; mit den Ellbogen auf das Brückengeländer gestützt, blickte sie einem herausfahrenden Zuge nach.

»Sie sieht uns natürlich«, sagte Tanja. »Sie tut nur so.«

Als sie aber noch näher kamen, gab Xenia das Spiel auf, wandte sich um und sah mit einem verlegenen Lächeln auf Alfred: »Ich wollte Sie etwas bitten, Herr Mohylewski.«

»Bitte, Fräulein Xenia«, sagte Alfred.

»Erzählen Sie Ihrem Verwandten in Wien nicht, daß ich ihm die Augen ausgestochen hab'«, sagte Xenia, und sie lächelte jetzt nicht, sie war eher dem Weinen nahe.

»Das werde ich keinesfalls tun«, versicherte ihr Alfred.

»Es ist schrecklich, sich vorzustellen, daß einer in Wien herumgeht und weiß, daß man ihm hier in dieser Stadt die Augen ausgestochen hat.« Xenia sah reizend aus in ihrem Kummer. Trotz ihrer roten Haare hatte sie eine dunkelgebräunte Haut und nur ein paar Sommersprossen auf der Stupsnase. Ihre Augen waren von einem rötlichen Braun und das Gesicht jungenhaft trotzig. Alfred tröstete das Mädchen, so gut er konnte. Beim Abschied am Ende der Brücke war es Xenia leicht anzusehen, daß sie seinem Versprechen, in Wien nichts zu erzählen, glaubte.

In der Kanzlei des Rechtsanwaltes war der Raum, wo die Gehilfen zu sitzen pflegten, bereits leer, aber Dr. Katz war noch in seinem Zimmer. Alfred erzählte ihm von seinem Gespräch mit Vater Rakoczyj über den Prälaten Partyka und war angenehm überrascht, zu sehen, daß auch der Rechtsanwalt der alten Freundschaft zwischen dem Prälaten und Alfreds Vater große Wichtigkeit beizumessen schien.

»Der Prälat«, sagte der Anwalt, »ist ein sehr einflußreicher Mann in unserem Lande. Ich weiß nicht, ob der Pope Rakoczyj Ihnen ganz klargemacht hat, wie weit der Einfluß des Prälaten reicht. Kostja Rakoczyj ist ein Feind des Prälaten, nicht bloß ein politischer Gegner.«

»Er hat zwar nur von politischer Gegnerschaft gesprochen, aber es war nicht schwer herauszufühlen, daß der Pope den Prälaten nicht gerade liebt. Ich muß ihm zugute halten, daß er die Persönlichkeit des Prälaten nicht herabzumindern gesucht hat. Er hat mir auch geraten, sofort zu Ihnen zu gehen.«

»War er der Meinung, daß Sie sofort nach Lwów fahren sollten?« fragte der Anwalt.

»Er zweifelte nicht daran, daß der Prälat Partyka mich empfangen würde. Ob ich aber fahren soll, das wollte er Ihrer Entscheidung überlassen, Herr Doktor.«

»Wenn ich da zu entscheiden habe, bitte ich Sie, Herr Mohylewski, nicht nach Lwów zu reisen«, sagte der Anwalt.

»Sie versprechen sich also nichts davon?« fragte Alfred.

»Im Gegenteil. Ich verspreche mir zuviel davon. Der Prälat ist eine zu wichtige Persönlichkeit für eine immerhin so geringe Sache. Für uns ist sie nicht gering, das will ich nicht sagen. Aber dieser Prälat Partyka kann morgen Bischof werden. Er ist, was immer Ihnen Rakoczyj gesagt haben mag, ein edler und hilfsbereiter Mann, und was für uns noch wichtiger ist, ein Freund der Juden. Sie werden gut tun, einmal eigens nach Lwów zu reisen und sehen, wie er Sie empfängt. Die Freundschaft mit Ihrem Vater liegt weit zurück. Wir wissen nicht, was sie ihm noch bedeutet. Das herauszubekommen, wäre eine Reise nach Lwów schon wert.«

»Lassen Sie mich gleich morgen fahren«, unterbrach Alfred.

»Ich würde Sie heute fahren lassen und Ihnen meinen Segen auf den Weg geben. Aber ich glaube nicht, daß es nötig sein wird, mit einer so großen Kanone auf den Gemeindeschreiber von Dobropolje zu schießen. Ich verstehe Ihre Ungeduld. Ich kenne Jankel Christjampoler seit meiner Kindheit, und das, was in Dobropolje geschehen ist, geht mir so nahe wie Ihnen. Warten Sie noch einen Tag. Ich habe einen Weg gefunden, der uns noch schneller zum Erfolg führen kann als Ihre Reise nach Lwów. Genau gesagt, nicht ich habe den Weg gefunden. Kommen Sie morgen um zwei Uhr.«

»Gut«, sagte Alfred. »Ich warte noch einen Tag. Ich bin morgen um zwei Uhr hier.«

»Nicht hier«, sagte der Anwalt. »Kommen Sie morgen um zwei Uhr in die Kawiarnia Wiedeńska. Der Weg, von dem ich gesprochen habe, geht nicht von meiner Kanzlei aus. Es ist ein kleiner Umweg, wie Sie sehn werden. Auf Wiedersehn.«

Alfred ging ins Hotel, um das Nachtmahl für Jankel zu besorgen. Aber der kleine Benzion Schwarz war schon auf dem Wege. Das war ein guter Tag, dachte Alfred auf seinem Weg zum Zimmer. In freudiger Erregung wusch er sich und ruhte noch eine Zeit vor dem Nachtmahl. Dann fiel ihm ein, daß der Chauffeur der Gräfin seinen Besuch für zwei Uhr am Donnerstag angesagt hatte. Er setzte sich nun an das kleine Hoteltischchen, das zum Schreiben recht unbequem war, und verfaßte einen Bericht an die Gräfin, da er nicht wußte, wie lange er mit dem Rechtsanwalt in der Kawiernia Wiedeńska bleiben würde. Der Bericht war noch nicht zu Ende geschrieben, als es an der Tür seines Zimmers klopfte. Der kleine Benzion kam mit freudig erhitztem Gesicht und erzählte Alfred: »Heute hat man mich hereingelassen. Ich hab' ihn gesehen. Er war sehr hungrig. Er läßt Sie grüßen. Er hat gesagt, auf jiddisch, Sie sollen morgen zur Gräfin fahren. Ich weiß nicht, zu welcher Gräfin. Ich konnte nicht fragen, weil ich mit einem Arrestanten nicht sprechen darf. Ein alter Mann. Aber er war sehr hungrig. Was hat er getan?«

»Etwas Gutes«, sagte Alfred, »etwas sehr Gutes.«

»Das ist nicht gut«, sagte Benzion in Trauer.

»Was ist nicht gut?« wollte Alfred wissen.

»Daß er was sehr Gutes getan hat«, sagte Benzion.

»Warum?«

»Wenn er was Gutes getan hat, wenn er was sehr Gutes getan hat, wird er sehr lange drinnenbleiben.«

»Woher weißt du das, kleiner Prophet?«

»Der alte Mann ist nicht der erste Arrestant, dem ich das Essen ins Gefängnis trage.«

5

Zur Besprechung mit dem Rechtsanwalt kam Alfred eine halbe Stunde früher in die Kawiarnia Wiedeńska, als am vergangenen Abend verabredet worden war. Er wählte ein Tischchen in einem Winkel des Cafés, weil er vermerkt zu haben glaubte, daß Dr. Katz nicht gern auf der Terrasse saß. Das Café war nicht gut besucht zur Mittagsstunde, es waren nur wenige Tische besetzt. An einem, nahe dem Eingang zum Billardzimmer, saß ein Mann, den Alfred schon öfter hier gesehen hatte. Er saß immer auf diesem Platz, soweit er überhaupt saß. Es war ein ambulanter Stammgast, wie sie auch in Wien in Kaffeehäusern nicht selten sind. Er schien alle Gäste zu kennen und alle kannten ihn. Obschon jetzt noch wenige Gäste da waren, war der Stammgast alle paar Minuten zu Besuch in allen Ecken des Lokals. Eine Zeitung in der Linken, in die er hin und wieder auch während seiner Unterredungen einen Blick tat, ein leichtes Stöckchen in der Rechten, saß er vor seinem Tischchen, die Beine eingezogen, bereit, jeden Moment auf dem Laufenden zu sein. Diesmal zeigte er großes Interesse für Alfred. Es sind nur wenig Gäste da, dachte Alfred, und nachdem er ein paar neugierige Blicke mit dem Stammgast getauscht hatte, zog er sich hinter eine Zeitung größeren Formats zurück, um die Neugier des ruhelosen Gastes ein wenig zu entmutigen. Der Mann sah wohl freundlich und recht harmlos aus, aber Alfred war nicht in der Stimmung, Bekanntschaften zu machen und sich den Fragen eines Stammgastes auszusetzen. Kaum aber hatte Alfred seinen Kaffee getrunken, als der Stammgast sich erhob und mit seiner Zeitung und seinem Stöckchen wie gerufen zu Alfreds Tisch kam: »Mein Name ist Elfenbein, Abraham Elfenbein.«

Alfred erhob sich schnell, entschlossen, mit ausgesuchter Höflichkeit den Angriff abzuwehren.

»Behalten Sie Platz, Herr Mohylewski. Mit mir brauchen Sie nicht so höflich zu sein. Ich werde Ihnen nichts tun«, sagte der Stammgast. Schon saß er und lud Alfred ein, an dem Tisch Platz zu nehmen, der indessen – Alfred war entzückt, es festzustellen – bereits der Stammtisch des Herrn Elfenbein geworden war. Aufs freundlichste eingeladen, nahm auch Alfred an dem Tische Platz.

»Sie wundern sich wahrscheinlich, daß ich Ihren Namen weiß.«

»Offen gestanden: ja, Herr Elfenbein«, sagte Alfred.

»Ich heiße Abraham Elfenbein, aber man nennt mich noch immer Abraham Gott«, sagte Herr Elfenbein.

»Wie das? Gott mit zwei ›t‹?« fragte Alfred, schon lachbereit.

»Ganz einfach Gott«, sagte Elfenbein. »Das ist nämlich der Name meiner Mutter. So hab' ich früher geheißen. Jetzt heiß' ich Elfenbein nach meinem Vater, aber man ruft mich noch immer Abraham Gott nach meiner Mutter.«

»Das ist leicht zu verstehen«, sagte Alfred.

»Nicht so leicht wie Sie glauben«, sagte Elfenbein. »In früheren Zeiten, wie wir noch österreichisch waren, hat die Regierung die Ehen, die nur nach jüdischem Ritus geschlossen wurden, nicht anerkannt. Kinder aus solchen Ehen mußten also nach dem Gesetz die Namen ihrer Mütter führen. Nach dem Gesetz waren wir ungesetzlich. Zwanzig Jahre meines Lebens war ich ungesetzlich und hieß Gott. Dann entschloß sich mein Vater, meine Mutter gesetzlich zu heiraten. So heiße ich jetzt gesetzlich Elfenbein. Abraham Elfenbein. Man ruft mich aber Gott, Abraham Gott.«

»Sie haben recht, Herr Elfenbein, es ist nicht so leicht zu verstehn wie ich dachte. Aber jetzt verstehe ich. – Darf ich Ihnen einen Kaffee bestellen?« fragte Alfred, nunmehr froh, die Bekanntschaft gemacht zu haben.

Elfenbein warf einen schnellen Blick auf die Wanduhr und sagte: »Bitte. Bitteschön. Ich hab' noch soviel Zeit. – Also jetzt wissen Sie: man ruft mich Abraham Gott. Was Sie noch nicht wissen, ist: in unserer Stadt ist ein Sprichwort in Umlauf: Gott weiß alles, aber Abraham Gott weiß mehr. Jetzt wissen Sie, wieso ich Ihren Namen kenne.«

Der Kellner brachte jetzt den Kaffee für Herrn Elfenbein. Ohne zu zögern, begann er, den Schlagobers behutsam und mit Genuß zu löffeln. Hin und wieder tat er einen schnellen Blick in die Zeitung und er setzte seine flüchtige Lektüre auch fort, während er den Milchkaffee in kleinen Schlückchen mit sichtbarem und hörbarem Genuß schlürfte. Indessen hatte Alfred, völlig ausgeschaltet, Zeit, seinen seltsamen Tischgenossen zu betrachten. Sein Gesicht setzte sich aus drei scharfen Linien zusammen: der Linie seiner zurückfliehenden Stirn, die von hellblondem gekräuseltem Haar umkränzt, nackt bis zur Mitte des rosigen Scheitels lief; der scharfen Linie einer fleischlosen, zartgebildeten Hakennase; der kurzen Linie eines zurückfliehenden, fast nicht vorhandenen Kinns. Sein Hals war lang, mit einem hervortretenden Adamsapfel. Er trug einen durchaus weißen, steifen Umlegekragen mit einer phantasievoll geknoteten schwarzen Lavallière; ein leichtes Röckchen aus dunkelblauem Rips, eine weiße Piquéweste und eine blaugestreifte Leinenhose, die, nicht gebügelt, in einer Röhre das schadhafte gelbe Schuhwerk eng umschloß.

»So«, sagte Herr Elfenbein, nachdem er seinen Kaffee ausgeschlürft und die letzten Restchen vom Zuckersatz appetitlich mit der Spitze des Löffels aufgeklaubt hatte. »So«, wiederholte er und warf seine Zeitung auf einen Nebentisch, als wären die zwei Tätigkeiten, das Kaffeetrinken und das Zeitunglesen, aufeinander angewiesen. »So. Jetzt möchte ich Ihnen verraten, daß ich auch weiß, warum Sie hier sind.«

»Hier, in der Stadt?« fragte Alfred beunruhigt.

»Hier, in der Stadt. Und hier im Café. Es tut mit leid. Es ist eine ernste Sache, ich weiß. Aber verlassen Sie sich auf mich. Ich werde Ihnen helfen. Es ist jetzt bald zwei Uhr. Sie haben eine Verabredung. Ich will nicht weiter stören. Sie werden mich wiedersehen. Sie werden mich sehr bald wiedersehen.« Damit verließ er Alfred und ging an sein Tischchen nahe dem Billardsaal, wo er sogleich hinter einer neuen Zeitung sich verbarg.

Von der Ferne kam nun der allwissende Herr Elfenbein dem betroffen allein gelassenen Alfred recht verdächtig vor. Daß er seinen Namen kannte, war in einer kleinen Stadt nicht verwunderlich. Daß er offenbar von Jankel wußte, war auch zu erklären. Aber daß er auch noch von der Verabredung mit dem Rechtsanwalt Kenntnis hatte, war beunruhigend und machte den Mann verdächtig. Alfred beglich sogleich die Rechnung und war entschlossen, Dr. Katz draußen abzufangen. Ehe er aber soweit war, kam der Rechtsanwalt mit einer Aktenmappe ins Kaffeehaus herein. Er winkte von der Ferne Alfred einen Gruß zu, trat aber vorerst in den Billardsaal. Darauf erhob sich Abraham Elfenbein und folgte mit seinem Stöckchen und seiner Zeitung dem Rechtsanwalt. Nach einer Weile kam Dr. Katz wieder und setzte sich zu Alfred.

»Sie haben also bereits die Bekanntschaft gemacht«, sagte er.

»Ich kann nichts dafür«, sagte Alfred. »Er kam einfach an meinen Tisch, und ich hielt ihn erst für recht harmlos.«

»Er hat Sie in meinem Auftrag angesprochen«, erklärte der Rechtsanwalt. »Ich wollte kein Rendez-vous zu dritt hier abhalten.«

»Ich hab' schon gefürchtet, er sei ein Polizeispitzel«, sagte Alfred.

»Ein Polizeispitzel! Elfenbein! Wie kommen Sie darauf?«

»Weil er alles weiß.«

»Ach so! Er hat Ihnen schon von seinem Sprichwort erzählt?« Der Rechtsanwalt mußte jetzt lachen, und Alfred lachte mit.

»Er ist der harmloseste Mensch, den man sich denken kann.«

»Was ist seine Beschäftigung?« fragte Alfred. »Er sagte, er würde mir helfen.«

»Er beschäftigt sich mit nichts«, sagte der Anwalt, »das heißt: mit allem möglichen. Er lebt von seiner Freundlichkeit. Er ist mit jedermann freundlich, und demzufolge ist auch jedermann freundlich mit ihm. Und tatsächlich weiß er sehr viel. Er ist die wandelnde Chronik unserer Stadt.«

»Aber wie kann er mir helfen?« fragte Alfred.

»Hat er sich hier ein bißchen aufgespielt?« fragte der Anwalt und wartete nicht erst eine Antwort ab. »Das hat nichts zu sagen. So merkwürdig es Ihnen scheinen mag, er hat den Weg gefunden, von dem ich Ihnen gestern gesprochen habe. Das heißt, den Weg entdeckte ich erst gestern während unserer Unterredung. Ihre Erzählung vom Prälaten Partyka erinnerte mich daran, daß Ihr Vater sehr viele Freunde hier hatte; namentlich unter Christen.« Der Rechtsanwalt sah jetzt Alfred vorwurfsvoll an, als könnte Alfred noch jetzt etwas dafür, daß sein Vater just unter Christen viele Freunde hatte. »Aber wie Sie wissen«, setzte er fort, »bin ich um einige Jahre älter als Ihr Vater und ich weiß nicht, wer seine Freunde waren und wo sie sich jetzt befinden. Und das eben habe ich heute vormittag mit Hilfe Herrn Elfenbeins herausbekommen. Keine zwei Stunden waren vergangen, und er hat den Mann gefunden, den wir brauchen.«

»Elfenbein? War er auch ein Freund meines Vaters?« wunderte sich Alfred.

»Das nicht. Aber wie ich Ihnen schon sagte, Elfenbein ist mit jedermann freundlich. So ist er auch seit Jahren mit einem Manne freundlich, den Sie wahrscheinlich auch schon gesehen haben: es ist der alte Mann mit dem Kaiserbart, der vor dem Gerichtstor sitzt –«

»Der alte Profos?!« rief Alfred aus. »Natürlich. Den sah ich, sooft ich an dem Gerichtsgebäude vorbeiging, vorm Tor oder im Garten.«

»Dieser alte Profos hat einen Sohn, der ist Sekretär beim Starosta. Der Profos heißt Flisak. Sein Sohn, Doktor Jan Flisak, war im Gymnasium in der Klasse Ihres Vaters. Und er war recht schwach in Latein, der Jan Flisak. Und Ihr Vater hat ihm Nachhilfestunden in Latein gegeben. Obendrein unentgeltlich. Das hat unser Elfenbein, der alles weiß, auch schon gewußt, weil er auch nichts zu tun hat und oft mit dem alten Flisak auf einer Bank im Garten sitzt und schwätzt. Jetzt kommt es darauf an, Sie, Herr Mohylewski, mit dem alten Flisak zusammenzubringen. Das ist aber nicht so leicht wie Sie sich denken. Erstens weil der alte Flisak schon ein bißchen altersschwach ist und sein Gedächtnis nicht leicht aufzufrischen. Das zweite Hindernis ist, daß Sie nicht polnisch sprechen können. Warum haben Sie nicht Polnisch gelernt? Sie kommen nach Polen, und das erste, was Sie lernen, ist Ukrainisch! Was haben Sie sich dabei gedacht?«

»Ich weiß nicht«, sagte Alfred errötend, »das hat sich zufällig so ergeben. Wenn ich ein polnisches Wort aussprach, hat man immer gelacht. Ukrainisch fiel mir viel leichter. So ist das gekommen.«

»Nun, einerlei«, beschwichtigte der Anwalt sich selbst, »ich kann von Ihnen nicht verlangen, daß Sie jetzt schnell Polnisch lernen. Aber was ich von Ihnen verlange, ist: reden Sie weder mit dem alten noch mit dem jungen Flisak ukrainisch.«

»Ich soll mit ihnen reden? Wie soll ich denn mit ihnen reden?«

»Reden Sie deutsch, französisch, was Sie wollen. Nur nicht ukrainisch. So. Jetzt ist meine Aufgabe zu Ende. Sie werden jetzt gleich in den Garten gehn. Dort werden Sie Elfenbein im Gespräch mit dem alten Flisak vorfinden. Sie gehen einfach vorbei, als ob Sie es sehr eilig hätten. Elfenbein wird Sie sehr laut mit Ihrem Namen begrüßen. Sie werden es aber sehr eilig haben und nicht stehenbleiben, auch wenn er Sie wiederholt ruft. Sollte Sie aber der alte Flisak rufen, dann gehen Sie hin. Und das Weitere hängt von Ihnen und dem alten Flisak ab.«

»Vater Rakoczyj hat mir dringend abgeraten, mich irgendwo in einem Amt zu zeigen. Ich weiß nicht, ob ich das tun soll, Herr Doktor«, sagte Alfred. »Ich bitte Sie um Entschuldigung, mir kommt es so vor, als ob ich nicht der geeignete Partner wäre für Elfenbein. Wäre es nicht viel einfacher, wenn Sie, Herr Doktor, mich bei dem Sohn einführen? Wozu brauchen wir den alten Flisak?«

»Diese Fragen«, sagte Dr. Katz lächelnd, »so richtig sie sind, könnte man nur einem erklären, der hier aufgewachsen ist, vorausgesetzt, daß einer, der hier länger gelebt hat, solche Fragen stellen würde. Sie können sich denken, daß ich gute Gründe habe, mich da weiter nicht einzumischen. So wie ich es Ihnen dargestellt habe, hat sich Elfenbein das ausgedacht. Und Sie werden sehen, daß *er* recht hat, nicht wir. Sie, Herr Mohylewski, können hier nichts verderben. Wenn es Elfenbein nicht gelingt, Sie mit dem alten Flisak zusammenzubringen, so können wir noch immer überlegen, wie Sie ohne diesen Umweg bei Doktor Jan Flisak eingeführt werden sollen.«

»Wie Sie meinen«, sagte Alfred nervös, aber entschlossen. »Wo ist der Herr Elfenbein?«

»Er ist schon längst beim alten Flisak auf der Gartenbank.«

Alfred verabschiedete sich von Dr. Katz. Seinen Hut mit der Hand an die linke Schulter drückend, ging er schnell durch die Gartenanlage, wie er zur Hochschule in Wien zu gehen pflegte, wenn er einmal unvorbereitet zu einer Prüfung ging. Er wußte: Es kann nicht gut ausgehn, wenn kein Wunder geschieht; aber es drängte ihn, das Spiel mit Herrn Elfenbein möglichst schnell zu überstehen. Je näher er zu der Gartenbank kam, wo er schon von der Ferne das so ungleiche Paar im Gespräch sitzen sah, je unwürdiger kam ihm dieses Spiel vor. Ein Provinzadvokat, dachte er wütend. Wie verabredet war, ging er in gespielter Eile nicht zu nahe an der Bank vorbei. Wie verabredet war, grüßte ihn Elfenbein mit einem fröhlichen Ausruf: »Wohin so eilig, Herr Mohylewski?« – Wie ausdrücklich nicht verabredet war, blieb Alfred gleich nach dem ersten Anruf stehn und schritt nach einer Weile des Zögerns trotz verzweifelter und dramatischer Mimik des Herrn Elfenbein kurzwegs auf die Bank zu.

»Sie haben alles verdorben«, zischte ihn Elfenbein an. »Sie sehen ja, er hat nichts gehört.«

»Ich bin ein schlechter Schauspieler«, sagte Alfred zornig, kehrte Elfenbein den Rücken und ging, wie er gekommen war, eilends zurück.

»Hej, Herr Mohylewski! Herr Mohylewski!« schrie ihm der verzweifelte Elfenbein nach, und das war nicht mehr gespielt. Die Verzweiflung Elfenbeins klang nun so ehrlich, daß Alfred nicht umhinkonnte, sich umzublicken. Da sah er Elfenbein vor dem alten Flisak stehen, der seinerseits sich eben anschickte, vom Sitz aufzustehn. Während er sich um den alten Mann bemühte, unterließ es Herr Elfenbein nicht, immer wieder Alfred mit dem Namen zu rufen und mit einer erregten Hand zu winken. Während Alfred mehr aus Mitleid mit Elfenbein den nicht aussetzenden Rufen und Winken zögernd folgte, wurde er zu seiner Überraschung inne, daß der alte Profos ihn nunmehr auch bei seinem Namen rief und ihm freundlich zuwinkte.

Das Weitere spielte sich nun genauso ab, wie der schlaue Herr Elfenbein es sich ausgedacht hatte. Einmal auf den Beinen, war die Gefahr, daß der alte Mann wieder einnicken könnte, vorbei. Und Elfenbein, der nur diese Gefahr eben befürchtet hatte, machte jetzt mit geradezu weltmännischer Geschicklichkeit den alten Profosen und Alfred miteinander bekannt. In aller Bescheidenheit war er jetzt nur noch Interpret; Interpret des Profosen mehr als Alfreds, den er mehr als Freund und Gönner behandelte. Alfred verstand zunächst nicht viel von dem, was der alte Mann ihm sagte, indes er seine Hand herzlich drückte und für eine lange Weile nicht ausließ. Der erste Satz, den Herr Elfenbein einigermaßen zusammenhängend übersetzte, lautete: »Es macht nichts, Sie können deutsch sprechen. Seine Majestät, der Kaiser Franz Joseph, hat auch deutsch gesprochen, und er war doch kein Deutscher.« Im übrigen war das Gespräch zerstückelt, und Alfred gelang es nicht, es im Zusammenhang zu halten. Es waren aber nicht die Mängel des Interpreten Elfenbein, die das Gespräch verwirrten. Der alte Profos fügte zwar jeder seiner Äußerungen ein herrisches: »Übersetz ihm das!« zu, aber er brachte nicht die Geduld auf, die Übersetzung erst abzuwarten; er fiel Herrn Elfenbein immer ins Wort, er ließ den Übersetzer im Stich, wandte sich immer wieder direkt an Alfred und schob den dazwischentretenden Interpreten mit ungeduldiger Geste beiseite. Alfred verstand zunächst nur, daß sein Vater dem jungen Flisak tatsächlich in Latein nachgeholfen und daß der alte Flisak dies keinesfalls vergessen hatte. Aber immer wieder kam der Alte auf einen gewissen Brief zu sprechen, den er seinem Vater besonders hoch anrechnete und den ihm der alte Profos auch gleich zu zeigen versprach.

»Was ist das mit dem Brief?« erkundigte Alfred sich bei Elfenbein.

»Weiß ich?« sagte Elfenbein. »Er kommt immer wieder auf diesen Brief zurück. Wir werden ja sehen. Wir gehen jetzt mit ihm in seine Wohnung.«

Flankiert von Alfred und Herrn Elfenbein, führte nun der alte Profos beide zum Gerichtsgebäude. Im Gehen schwieg er still. Er ging kurzen, schlürfenden Schritts, lehnte aber die Hilfe Elfenbeins, der ihm immer wieder einen Arm anzubieten suchte, entschieden ab. Von der Nähe sah dieser slawische Doppelgänger des Kaisers bei weitem majestätischer aus als der Kaiser, der als Greis bereits so aussah wie einer von den vielen Briefträgern, die so aussahen wie Seine Majestät. Der Profos überragte seine beiden Begleiter um einen Kopf. Er war noch gut im Fleisch und er hielt sich soldatisch. Nur die Beine taten nicht recht mit. Das zeigte sich namentlich beim Besteigen der Freitreppe zum Gericht. Um so strammer ging es dann durch die kühlen Korridore des Gerichts. Sie hatten mehrere mit Steinplatten ausgepflasterte Korridore zu durchschreiten. Überall roch es, wie in allen Ämtern Österreichs, nach feinem Aktenstaub und unsichtbarem Pissoir. Erst als sie den Hof erreichten, der zum Gefängnis führte, war die Luft rein. Es standen sogar ein paar alte Bäume auf dem Hof. In einem der einstöckigen Gebäude, die zur rechten wie zur linken Seite des Hofes das Gericht mit dem Gefängnis geradezu idyllisch verbanden, wohnte der Profos. Sie traten durch eine geräumige, hellgestrichene Küche in einen länglich gestreckten Raum mit großen Fenstern, der offenbar das Wohnzimmer des alten Mannes war. Der Raum war mit Möbeln überladen, an den Wänden hingen viele Bilder uniformierter Gruppen mit martialischen Schnurrbärten. Auch das Bild Seiner Majestät des Kaisers in jugendlichem Alter, in weißem Paraderock mit der purpurnen Schärpe um die Brust fehlte nicht. In der Mitte stand ein Tisch mit vielen Decken und Deckchen und einem Bilderalbum in Plüsch. Kaum ins Zimmer getreten, rief der Alte mit lauter Stimme einen Namen zum Hof hinaus, ohne sich weiter darum zu kümmern, ob ihn auch die Wachtposten auf dem Hofe gehört hatten. Er kam jetzt wieder auf jenen Brief zu sprechen, und jetzt begriff der Herr Elfenbein, was es damit für eine Bewandtnis hatte, und da ihn der Alte jetzt ausreden ließ, vermochte er es Alfred zu erklären.

»Ihr Vater hat, wie Sie wissen, seinen Mitschüler Flisak unentgeltlich in Latein unterrichtet. Das, sagt der Alte, war sehr nobel. Wer weiß, ob sein Sohn ohne diese Hilfe durchs Gymnasium mit Erfolg gegangen wäre. Denn er war schwach in Latein. Sehr schwach, sagt der Alte. Nur in Latein. Sonst war er ein sehr guter Schüler. Aber mit Latein hat's eben gehapert. Fünf Semester hat Ihr Vater dreimal in der Woche hier in diesem Zimmer mit Janek Latein gebüffelt. Unentgeltlich. Das war sehr nobel. Aber es ist denkbar, daß sich auch vielleicht ein andrer gefunden hätte, der so nobel gewesen wäre. Ihr Vater war ja nicht auf Stundengeben angewiesen. Aber eines Tages geschah es, daß Ihr Vater verhindert war, zur Stunde wie gewöhnlich zu erscheinen. Und da hat er durch einen Boten einen Entschuldigungsbrief an den alten Flisak geschickt, in dem er sein Ausbleiben erklärte und versicherte, daß es nicht wieder vorkommen würde. Und dieser Brief ist es, den der alte Mann nicht vergessen konnte.«

Indessen war ein junger Mann in Sträflingskleidern eingetreten. Er brachte Gläser heran und eine Flasche Schnaps, und der Alte saß eine Weile mit seinen Gästen und kippte auch ein Gläschen vom hochgrädigen Branntwein. Er hatte jetzt seine Brille auf und betrachtete Alfred mit großem Wohlwollen: »Jetzt kann ich Sie sehen. Meine Augen sind schwach. Aber jetzt kann ich Sie sehen. Sie sind Ihrem Vater sehr ähnlich. Etwas größer, scheint mir, sind Sie als Ihr Vater. Aber vielleicht täuscht mich meine Erinnerung. – Übersetz ihm das!«

Aber kaum hatte Elfenbein mit der Übersetzung begonnen, unterbrach ihn der Profos, schob ihm das Bilderalbum zu, öffnete es und herrschte Elfenbein wieder an: »Da! Zeig ihm die Bilder und erklär ihm alles! Ich will mich jetzt umziehn, und dann gehen wir gleich zu meinem Sohn.« – Er winkte dem ihn bedienenden Sträfling, und beide gingen in das Nebenzimmer, wo man den alten Mann stöhnen und schimpfen hörte, indes ihm der Sträfling beim Umziehen behilflich war.

»Ich werde nicht bis zum Starosta mitgehn«, sagte Elfenbein zu Alfred. »Sie müssen sehr darauf achtgeben, daß der Alte unterwegs oder im Amt sich nicht wo hinsetzt. Sonst schläft er Ihnen ein und vergißt alles.«

Im Album waren nur wenige Photographien, die nicht den Profosen darstellten. Sein ganzes Leben trug er irgendeine Uniform. Man sah ihn als Kind in einer Uniform, die Elfenbein als die eines Waisenhauses erklärte. Dann stand er, schon stramm wie ein Soldat, in einer Schuluniform. Dann als Soldat der Infanterie mit Tschako und Paraderock. Dann sah man den Aufstieg des Profosen vom Gefreiten bis zum

Feldwebel. Die Figuren auf diesen Bildern waren so martialisch, daß die darauffolgenden Bilder, die ihn in den verschiedenen Uniformen des Gerichtsdienstes zeigten, nahezu zivilistisch anmuteten. Hier setzte die Barttracht des Kaisers ein, die dann nur in der Länge und Dichte der zwei Bartflügel mit zunehmendem Alter abnahm. Von der verstorbenen Frau Flisak waren nur einige Jugendbilder vorhanden. Die letzten Seiten des Albums füllten die Bilder des Sohnes, der – fast wie sein Vater – die meisten Jahre seines Lebens in irgendeiner Uniform gesteckt zu haben schien. Im Gegensatz zu seinem Vater sah aber der Sohn in allen Uniformen recht zivilistisch aus. Alfred, der erwartet hatte, in diesem Album auch seinen Vater auf irgendeinem Gruppenbild zu finden, war enttäuscht.

Dieser Enttäuschung folgte aber bald eine Überraschung. Als nämlich der Alte mit dem Umziehen fertig geworden war, erschien er in der Tür seines Schlafzimmers, überraschenderweise als Zivilist gekleidet, und lud Alfred mit einer breiten Geste ein, in das Schlafzimmer einzutreten. Elfenbein, der mit Alfred sich erhoben hatte, um der Aufforderung zu folgen, winkte er zornig ab und ließ nur Alfred eintreten. In dem Zimmer standen ein eisernes Bettgestell, ein Kleiderkasten, ein Nachtkästchen und eine Kommode. Das geräumige Zimmer war sonst leer. An den sehr hohen und weißgetünchten Wänden hingen hier keine Bilder, nur über dem Kopfstück des Feldbetts sah man in der Mitte ein Kruzifix aus Ebenholz, rechts ein Bild des jungen Flisak, links ein Bild von Josef Mohylewski, beide in der Leutnantsuniform der k. u. k. Armee.

»Was hat er Ihnen gezeigt?« wollte Elfenbein wissen, da beide wieder ins Wohnzimmer traten.

»Das bleibt so bis zu meinem Tode. Dann bekommt das Bild mein Sohn. Übersetz ihm das!« herrschte der Profos wieder Elfenbein an.

»Er hat mir ein Bild meines Vaters gezeigt«, sagte Alfred leise zu Elfenbein, der diesmal gar nicht erst zu übersetzen begann, so betroffen war er von dem Gesichtsausdruck Alfreds, da er aus dem Schlafzimmer des Profosen trat.

»So, jetzt gehn wir«, sagte der Alte, und nachdem er die Wohnung versperrt und dem Sträfling den Schlüssel übergeben hatte, gingen sie zu dritt über den Hof durch die Korridore und zum Gerichtstor hinaus. Auf der Straße in der Sonne sah man erst recht, wie feierlich der alte Profos sich für den Besuch bei seinem Sohn angekleidet hatte. Er trug jetzt einen schwarzen Schlußrock, der ihm bis an die Knie reichte, eine schwarzgestreifte Hose, die ihm offenbar zu lang geworden war, und schwarze Schnürschuhe. Er hatte sich ein steifes weißes Hemd mit steifem Stehkragen und überbogenen Spitzen angezogen und einen schwarzen Schlips umgebunden. Auf dem Kopf hatte er einen weißen Strohhut behalten, in der rechten Hand trug er einen Stock mit einer silbernen Krücke. Als sie die Gasse des Dritten Mai überschritten hatten, verabschiedete der Profos den Herrn Elfenbein sehr höflich und mit Dank.

»Geben Sie acht, daß er sich ja nicht wohin setzt und einschläft«, warnte Herr Elfenbein Alfred noch einmal zum Abschied. Er blieb an der Ecke der Straße stehn und sah den beiden mit besorgtem Gesicht so lange nach, bis sie die Freitreppe zum Amt des Starosta hinangegangen und in der Tür verschwunden waren.

Alfred atmete erleichtert auf, als er innewurde, daß der alte Profos im Starostwo von den Dienern mit großem Respekt, ja mit serviler Höflichkeit empfangen und unverzüglich nach telephonischer Anmeldung in das Büro seines Sohnes vorgelassen wurde. Der alte Profos ließ Alfred nicht erst draußen warten. Als die Tür zum Büro des Dr. Jan Flisak geöffnet wurde, nahm er Alfred bei der Hand und ließ sie nicht aus, bis er sie in die Hand seines Sohnes gelegt und Alfred vorgestellt hatte: »Sieh, wen ich Dir da bringe. Das ist der Sohn unseres Josef Mohylewski.«

So viel verstand Alfred. Und angesichts des Mannes, der die rechte Hand des Starosta war, wußte Alfred gleich, daß es nun um Jankel gut stand. Denn der hohe Beamte war in Gestalt und Benehmen genau ein Ministerialrat Dr. Frankl, ins Slawische übertragen. Wie Dr. Frankl war er klein von Wuchs, schmalschultrig, sehr mager, mit nervösen Energien geladen. Obwohl Alfred wußte, daß er Mitte Fünfzig sein mußte, da er doch ein Mitschüler seines Vaters gewesen war, erschien er bei weitem jünger. Er hatte schwarzes Haar, das dichter war als bei Dr. Frankl, und die gelbliche Haut der Bürositzer. Doch trug er keine Brillengläser und seine Augen waren kleiner, lebhafter und härter als die Augen Dr. Frankls. Er sprach fließend deutsch und versicherte Alfred sogleich, daß er es gern spräche, da er es für wichtig halte, die Sprache des Feindes zu kennen. Er empfing Alfred mit ungekünstelter Herzlichkeit und bedauerte, daß seine Frau und die Kinder bereits auf dem Lande waren, da er ihn gern seiner Familie vorgestellt hätte.

Allein, der Alte war ungeduldig und brachte sogleich das Anliegen vor. Er sprach lange und eindringlich auf seinen Sohn ein, der aufmerksam zuhörte und hin und wieder einen fragenden Blick auf Alfred richtete. Es schien Alfred, als ob der alte Profos immer wieder dasselbe wiederholte und es auch an heftigen Schmähungen nicht fehlen ließe, denn der Sohn mußte den Vater immer wieder beschwichtigen, ehe er soweit war, sich Alfred zuzuwenden: »Wann ist Ihr Onkel verhaftet worden?« fragte Dr. Flisak, schon wieder vor seinem Schreibtisch, die Hand auf dem Telephonapparat.

»Das muß ein Mißverständnis sein«, sagte Alfred erschrocken. »Es ist nicht mein Onkel, der verhaftet wurde.«

»Mein Vater erzählt mir was von Ihrem Onkel«, sagte Dr. Flisak, ohne aber dem Mißverständnis besondere Wichtigkeit beizulegen.

»Es handelt sich nicht um meinen Onkel, Herr Doktor. Es ist unser Verwalter, der verhaftet wurde«, sagte Alfred. »Er ist ein Verwandter«, fügte er hinzu.

»Wie heißt Ihr Verwalter?« fragte Dr. Flisak und hob den Telephonhörer ab.

»Jakob Christjampoler«, sagte Alfred.

»Akt Jakob Christjampoler«, sprach Dr. Flisak ins Telephon und wandte sich wieder Alfred zu. »Ist das im Zusammenhang mit jenen Sonntagsunruhen in Dobropolje?« fragte er. »Jetzt erinnere ich mich. Waren Sie dabei?«

»Ich bin leider zu spät gekommen«, sagte Alfred.

»Wie alt war der Junge?« fragte Dr. Flisak.

»Sieben Jahre«, sagte Alfred.

»Sind Sie dessen sicher?« fragte ihn Dr. Flisak. »Haben Sie den Jungen gekannt?«

»Ich bin jetzt ein Jahr in Dobropolje«, sagte Alfred, »und ich war mit dem Kind täglich zusammen. Wäre es mein Bruder gewesen, ich hätte ihn nicht lieber gehabt.«

Ein Beamter trat jetzt ein und überbrachte Dr. Flisak ein Aktenstück.

»Entschuldigen Sie einen Moment«, sagte Dr. Flisak. »Es wird nicht lange dauern«, fügte er, schon den Akt überfliegend, hinzu: »Ich kenne den traurigen Fall. Nur von dem Jakob Christjampoler hab' ich nichts gewußt. Ein merkwürdiger Name: Christjampoler ... Christjampoler.«

Dr. Flisak vertiefte sich jetzt in den Akt und machte sich hin und wieder eine Notiz auf einem Zettel. Der alte Profos winkte Alfred mit einer geballten Faust ermutigend zu. Nach einer Weile schloß Dr. Flisak den Aktendeckel zu, schob das Schriftstück mit einer kurzen, abschätzigen Bewegung beiseite, erhob sich und sagte zu Alfred: »Ihr Mann wird morgen um zwölf Uhr auf freiem Fuß sein.« Dann wandte er sich an seinen Vater, dem er offenbar dieselbe Mitteilung in polnischer Sprache machte. Er hatte aber damit größeren Erfolg bei Alfred als bei seinem Vater. Denn während Alfred in freudiger Erregung gleichzeitig mit Dr. Flisak sich erhoben hatte und sich vor ihm in Dank verneigte, stürzte der alte Profos an den Tisch, und mit der Faust auf den Akt hämmernd, schrie er heftig mit seinem Sohn, der ihn wieder zu beschwichtigen versuchte. Es dauerte eine Weile, bis der Alte sich beherrschte. Als er soweit war, sagte Dr. Flisak mit einem nachsichtigen Lächeln zu Alfred: »Mein Vater ist ein ungeduldiger Mann. Er möchte Ihren Onkel schon heute auf freiem Fuß sehen. Wir müssen ihn schon dabei lassen, daß es Ihr Onkel ist. Aber leider kann ich die Entlassung des Herrn Jakob Christjampoler heute nicht mehr anordnen. Ich brauche die Unterschrift des Starosta. Ich könnte es ja allein machen, und mein Vater weiß das, darum regt er sich so auf. Aber aus Gründen, die für Sie nicht interessant sind, möchte ich die Unterschrift des Starosta haben. Wenn Sie morgen um zwölf zum Gericht gehen, wird Ihr Verwalter schon frei sein. Ehe er wegfährt, soll er mich hier besuchen. Ich bitte darum. Ich hätte ihn so manches zu fragen.«

Alfred bedankte sich und folgte dem alten Profosen, der sich zwar in väterlicher Weise von seinem Sohn verabschiedete, aber noch immer seine Unzufriedenheit offen zur Schau trug. Vor der Tür schon sagte Dr. Flisak zu Alfred: »Es tut mir leid, daß meine Frau nicht da ist. Aber wenn Sie keine Verabredung haben, könnten wir heute abend zusammen essen. Es wäre schöner, wenn wir bei mir zu Hause essen könnten. Aber es gibt hier ein gutes Restaurant, das Sie vielleicht nicht kennen. Bitte holen Sie mich hier um acht Uhr ab. Ich hab' noch zu tun.«

Alfred nahm die Einladung an. Es war ihm recht, daß er noch Zeit hatte, zu Dr. Katz zu gehn und ihm den Erfolg seines Besuches mitzuteilen. In der Nähe der Kawiarnia Wiedeńska tauchte Elfenbein auf.

»Sein Onkel wird morgen um zwölf Uhr frei sein!« flüsterte der Profos Elfenbein ins Ohr. »Übersetz ihm das!«

Sie begleiteten den Profosen zum Gerichtsgebäude, wo er sogleich, ermüdet von den Ereignissen des Tages, auf seinem Platz vor dem Tor sich niederließ und nach herzlichem Abschied von Alfred sofort in seinem Sonntagsstaat einnickte.

Herr Elfenbein kam in die Kanzlei des Anwalts nicht mit. Er amtierte im Kaffeehaus und er schärfte Alfred ein, morgen um ein Uhr mit seinem freigelassenen Klienten im Kaffeehaus zu erscheinen.

Dr. Katz war zufrieden, aber nicht überrascht. Er war wie immer sehr beschäftigt, und die Unterredung mit Alfred war kurz. »Eines nur möchte ich Sie fragen«, sagte er zu Alfred: »Wie Sie wissen, kennt mich Jankel Christjampoler seit meiner Kindheit. Er hat mich aber noch nie in irgendeiner Sache zu Rate gezogen, im Gegensatz zu Ihrem Onkel, der ein alter Klient von mir ist. Können Sie mir sagen, warum er mit dieser Sache zu mir gekommen ist?«

»Das weiß ich leider nicht«, sagte Alfred. »Aber ich werde ihn fragen, wenn Sie es wünschen.«

»Tun Sie's bitte und kommen Sie morgen um zwei Uhr zu mir.«

Auf dem Weg zum Hotel fand nun Alfred, daß die Adam Mickiewicz-Gasse eine der hübschesten Straßen war, die er je gesehen hatte. Alles war da schön beisammen, die hohen Ämter, das Gefängnis, der Rechtsanwalt und alle Rettungsengel. Das war nur in einer so kleinen Stadt möglich, in einer Provinz eben. Daß er den Dr. Katz vor kaum zwei Stunden einen Provinzadvokaten genannt hatte, fiel ihm jetzt nicht auf. Hingegen wurde er erst jetzt inne, daß in dieser lieblichen Gasse alles da war, nur keine Geschäfte, wo man etwas kaufen konnte. Aber schon in der Nähe des Hotels, entdeckte er die photographische Anstalt des Hermann Laub. Der Name kam ihm bekannt vor. Er hatte aber so viele Photographien besichtigt in den letzten zwei Tagen, daß es eine Weile dauerte, bis er sich erinnerte, daß der Name Hermann Laub auf jenem Gruppenbild stand, das der reizenden Xenia Rakoczywna so viele Sorgen machte. Er trat in das Atelier und fragte nach Herrn Hermann Laub. Ein Angestellter führte ihn in ein Zimmer, wo ihn ein kleiner und quicklebendiger Mann von etwa fünfundsechzig Jahren sogleich zwischen eine Dekoration und einen Apparat hineinkomplimentieren wollte. Er zeigte sich aber nicht minder freundlich, als Alfred zunächst nur eine Auskunft haben wollte: »Wie lange heben Sie die Platten von Ihren schönen Gruppenbildern auf? Ich habe eine Aufnahme gesehn, die ich gern haben möchte.«

»Von welchem Jahre?« fragte Herr Laub.

»Es ist ein Gruppenbild der Abiturienten vom Jahre 1912«, sagte Alfred.

»Hab' ich«, sagte Herr Laub. »Die Platten von Abiturientenbildern heb' ich immer auf. Welches Gymnasium bitte? Oder ist es vielleicht Realschule?«

»Realschule ist es sicher nicht. Aber gibt es denn hier mehrere Gymnasien?«

»Wir haben zwei Gymnasien. Die gab es schon im Jahre 1912. Ich werde beide heraussuchen lassen, und Sie werden mir sagen, für welche Platten Sie sich interessieren. Beide sind sehr schön.«

Nach einer Zeit, die Alfred nicht zu lange vorkam, brachte Herr Laub zwei Platten der Abiturienten vom Jahre 1912. Mit Hilfe des freundlichen Photographen fand Alfred sogleich die Platte mit den drei ihm bekannten Namen und bestellte zwei Abzüge: »Ein Bild schicken Sie bitte nach Wien. Ich schreibe Ihnen hier die Adresse auf. Und das zweite an Fräulein Xenia Rakoczywna –«

»Eine Tochter von Kostja Rakoczyj?« fragte der Photograph, sichtlich interessiert. »Diese Adresse brauchen Sie mir nicht aufzuschreiben, die kennt hier jedes Kind.«

Mit dem Gefühl, als hätte er eine gute Tat vollbracht, verließ Alfred den freundlichen Herrn Laub und ging ins Hotel. Der kleine Benzion war leider nicht da. Er kam erst nach einer Stunde zu Alfred aufs Zimmer.

»Am Donnerstag nachmittags hab' ich immer frei. Da geh' ich in eine Schule«, entschuldigte er sich bei Alfred. »Ich bin nur gekommen, um dem armen alten Mann das Essen hinüberzutragen.«

»Ich gehe heute mit dir mit«, sagte Alfred.

»Was hat der alte Mann davon, wenn Sie mitgehn?« sagte Benzion. »Ruhen Sie sich lieber aus.«

»Gut«, sagte Alfred, »wenn du mir etwas versprichst.«

»Bitte«, sagte Benzion, »auf mich kann man sich verlassen.«

»Wenn man sich auf dich verlassen kann, werde ich dir ein Geheimnis erzählen. Kannst du den Mund halten?«

»Auf mich kann man sich verlassen«, wiederholte Benzion. »Fragen Sie Herrn Weiss.«

»Gut«, sagte Alfred. »Wenn man dir aber etwas sagt, was auch der Herr Weiss nicht wissen soll, kann man sich auch dann auf dich verlassen?«

»Ja«, sagte Benzion, »Herr Weiss sagt mir auch nicht alles.«

»Schön«, sagte Alfred. »Also hör zu: wenn man dich heute mit dem Essen zu dem alten Mann hereinläßt, sag ihm, daß wir morgen heimfahren.«

»Wer?« fragte Benzion. »Sie fahren schon morgen heim?«

»Sag's ihm, wie ich's dir gesagt habe: daß er und ich morgen heimfahren. Verstehst du?«

»Wenn es nicht sicher ist, soll man so etwas nicht sagen. Es ist dann nur noch schlimmer.«

»Wenn es aber sicher ist?« fragte Alfred.

»Wenn es sicher ist, werde ich's ihm sagen. Aber ist es denn sicher? Wie können Sie das wissen?«

»Es ist sicher«, sagte Alfred.

»Das haben Sie sehr gut gemacht. So schnell ist's noch nie gegangen. Sie können sich auf mich verlassen.«

Damit ging er. Als er wiederkam, war er sehr traurig. Diesmal hatte man ihn nicht zum Gefangenen hereingelassen.

6

Mit Hilfe des alten Profosen, der die bürokratische Prozedur beim Entlassen eines Untersuchungsgefangenen beschleunigte, war Jankel bereits um elf Uhr folgenden Tages frei. Als Alfred um zwölf Uhr die Treppe zum Gericht hinaufging, wurde er von dem Türsteher aufgefordert, in die Wohnung des Profosen zu gehen, wo er Jankel in einem angeregten Gespräch mit dem alten Flisak vorfand. Beide Männer waren sich darin einig, daß dergleichen Mißgriffe der Behörden unter der gerechten Herrschaft Seiner Majestät des Kaisers Franz Joseph denn doch nicht möglich gewesen wären, und sie schieden in Freundschaft.

Alfred, der versucht hatte, die Stimmung Jankels nach der Freilassung zu erraten, hatte sich zwei Möglichkeiten vorgestellt: Entweder wird der Alte sehr zornig sein oder triumphant. Jankel zeigte aber weder Entrüstung über das Unrecht noch schien er Stolz über den schnellen Sieg zu empfinden. Auf dem Wege zu Dr. Flisak sah er so aus wie in Dobropolje, da er nach der ersten Pferdefütterung sich für den Tag ankleidete und, ohne sich bei ihr anzusagen, ausnahmsweise bei Pesje zum Frühstück erschien. Er trug seinen halblangen Kaftan, der in der Mittagssonne grau schimmerte, dem Schnitte nach mehr Bauernkittel als Judenkaftan. Unterm Kittel, der offen war, trug er ein kurzes Spenzerchen mit zwei Reihen Stoffknöpfen, auf dem Kopfe einen Strohhut aus schwarzem Stroh mit nach unten abgebogenen Rändern, eine graue Reithose mit Lederbesatz, schwarze Stiefel mit hohen, weiten Schäften, die auch heute so blank ausgeglänzt waren, daß der durch die Gartenanlage langsam Schreitende in ihrem Glanz wie in einem schwarzen Spiegel bald einen Grashalm, bald einen Blumenstengel mit Blüte, bald ein Streifchen blauen Himmels in reinem Bild mitnahm. Heute hatte er sich seine Stiefel von dem Sträfling des Profosen überputzen lassen, der es fast so gut verstand wie Panjko. Er schien sehr erfreut darüber zu sein, daß ihm nun doch Gelegenheit geboten war, im Amt des Starosta zu erscheinen, und fragte Alfred erst gar nicht aus, wie seine Entlassung so schnell durchgesetzt worden war.

»Hast du dem alten Mann gesagt, daß ich dein Onkel bin?« wollte Jankel wissen, ehe er zu Dr. Flisak hineinging, schon auf der Treppe des Starostwo.

»Nein«, sagte Alfred. »Das werde ich Ihnen alles noch erklären. Doktor Flisak weiß, wer Sie sind. Ich erwarte Sie in der Kawiarnia Wiedeńska.«

Sehr stolz über das gelungene Werk zeigte sich Herr Elfenbein. Er saß, wie gewöhnlich um diese Zeit, an seinem Tischchen vorm Eingang zum Billardsaal, eine Zeitung in der Linken, das Stöckchen in der Rechten. Diesmal nahm Alfred an seinem Tischchen Platz, und Elfenbein nützte die Zeit bis zum Erscheinen Jankels, um Alfred genau zu informieren, wie er, Abraham Elfenbein, genannt Gott, beinahe auch Rechtsanwalt geworden wäre wie Dr. Katz. Es war, wie es Alfred schien, eine recht traurige Geschichte, aber Herr Elfenbein erzählte sie leicht und mit Laune, als gäbe er eine heitere Humoreske aus der Provinz zum besten.

Elfenbeins Vater war ein kleiner Geflügelhändler, der den Ehrgeiz hatte, seinen Sohn studieren zu lassen, um aus ihm einen Rechtsanwalt zu machen. Tatsächlich brachte es der junge Elfenbein in seinem Studium bis zum vierten Jahrgang eines humanistischen Gymnasiums. Arm wie er war, hätte er sich durch das Gymnasium durchbringen können, wenn er ein besonders guter Schüler gewesen wäre; da hätte er von Nachhilfestunden – wie viele arme Gymnasiasten – schlecht und recht leben und studieren können. Leider aber war der junge Elfenbein kein besonders guter, wenn auch ein fleißiger Schüler. Da hatte er eine Idee, die an sich nicht schlecht, aber in dem humanistischen Gymnasium nicht ganz am Platze gewesen zu sein schien. Um sich etwas zu verdienen, fing er an, schon als Dreizehnjähriger, mit Schulbüchern Handel zu treiben. Zum Schluß des Semesters kaufte er den Schülern ihre Bücher ab, um sie nach den Ferien zum Beginn des Schuljahres mit einem kleinen Gewinn wieder zu verkaufen. Das Geschäft ging gut, aber nicht zu lange. Schon nach einem Semester wurde sein Handel entdeckt und der junge Elfenbein vom Gymnasium relegiert.

Die Geschichte diente aber Herrn Elfenbein nur als Vehikel, um die Verhältnisse in einem humanistischen Gymnasium vor vierzig Jahren zu schildern. Schüler und Professoren kamen in der Geschichte vor, die Herr Elfenbein dramatisch einführte; namentlich das strenge Verhör des angeklagten kleinen Buchhändlers, das mit seinem Ausschluß aus dem Gymnasium endete, gelang dem Erzähler besonders gut. Die Rede des Direktors der Anstalt, die er dem jungen Elfenbein gleichsam als Geschenk für den Lebensweg mitgegeben hatte, wußte der Erzähler noch heute auswendig, und er gab sie Alfred mit allen Nuancen wieder. »Wenn Sie einen unwiderstehlichen Drang zum Handel verspüren, Schüler Abraham Gott, so lassen Sie sich in eine Handelsschule einschreiben. Wir hier sind eine humanistische Anstalt. Wir erziehen Humanisten und keine Händler.« Damit schloß sowohl die Rede des Direktors als auch die Erzählung des Herrn Elfenbein.

Obschon nun Herr Elfenbein die Geschichte, wie er beinahe Rechtsanwalt geworden wäre, als eine heitere Geschichte erzählte, machte sie Alfred recht traurig. Und das Traurigste daran war, daß Herr Elfenbein auch heute noch die Moral dieser Geschichte, wie sie der Direktor der Anstalt in dem letzten Satz seiner Rede zusammengefaßt hatte, durchaus billigte.

»In Amerika«, sagte Alfred, »hätte man Sie photographiert und Ihr Bild in einer Zeitung veröffentlicht als ein schönes Beispiel für die

Schuljugend: Armer Schüler verdient sich sein Schulgeld als Buchhändler.«

Allein, Herr Elfenbein verwarf eine solche Anschauung.

»Wenn schon herausgeschmissen, dann wenigstens aus einer feinen humanistischen Anstalt.«

Herr Elfenbein zeigte auch weiterhin seine stolze Haltung, indem er trotz herzlichen Zuredens von Jankel es entschieden ablehnte, zu Dr. Katz mitzukommen.

»Ich gehe nie zu den Advokaten. Wenn sie mich brauchen, wissen sie, wo ich zu finden bin«, erklärte er Jankel. »Mein Honorar wird Doktor Katz bemessen, und Sie werden die Freundlichkeit haben, das Honorar bei Doktor Katz zu hinterlegen. Wenn Sie mich wieder brauchen sollten, wissen Sie, wo ich zu finden bin.«

Der Rechtsanwalt beglückwünschte Jankel Christjampoler. Er versicherte ihm, daß er wohl seinen Prozeß gewonnen hätte, daß er aber in solchem Falle ein paar Wochen, vielleicht ein paar Monate in Untersuchungshaft geblieben wäre. Er erhob seinerseits keinen Honoraranspruch. Den schnellen Erfolg hielt er völlig Herrn Elfenbein zugute. Das Honorar bemaß er mit fünfhundert Złoty. Jankel bemaß es aber mit tausend.

»Ich war bereit, viel mehr Geld auszugeben. Das kann ich dir ja sagen, wo es nicht mehr gefährlich ist«, versicherte er Dr. Katz. »Ich hatte natürlich nicht damit gerechnet, daß du es kostenfrei für mich machst.«

»Ich mache es Ihnen nur kostenfrei«, sagte Dr. Katz lachend, »weil es das erste Mal ist. Ich möchte bloß wissen, warum es das erste Mal war. Von Welwel Mohylewski bis zum kleinsten Bauern kommen alle Dobropoljer zu mir. Nur Sie, Herr Christjampoler, haben mich nie in einer Sache zu Rate gezogen. Warum sind Sie nun diesmal zu mir gekommen?«

»Erstens werde ich ja nicht so oft verhaftet, wie du zu glauben scheinst. Und zweitens – und zweitens, ja, warum bin ich denn diesmal zu dir gekommen?« sagte Jankel und sah Alfred fragend an.

»Ich weiß es nicht«, sagte Alfred. »Der Herr Doktor hat mich schon gestern gefragt.«

»Ja, jetzt weiß ich's«, sagte Jankel. »Hast du Doktor Katz nicht von dem Vermächtnis deines Vaters erzählt? Sein Vater hat ein Vermächtnis an seinen Sohn hinterlassen, in dem auch von dir, Doktor Katz, die Rede ist. Wir haben dieses Schriftstück gerad an dem Abend gelesen, wie diese Rotzbuben bei Welwel Dobropoljer eingedrungen sind, um mich zu verhaften. Das wird wohl der Grund sein, warum ich an dich dachte, als ich einen Anwalt brauchte.«

»Das erklärt, warum Sie diesmal zu mir gekommen sind«, sagte Dr. Katz, vielleicht nur, um einem Gespräch über den verstorbenen Josef Mohylewski auszuweichen. »Aber warum sind Sie früher nicht zu mir gekommen, Herr Christjampoler?«

»Ah, das ist sehr einfach!« sagte Jankel. »In der Stadt geh' ich nie zu einem Friseur, zu dem Wolf Mohylewski geht; ich geh' nie in ein Gasthaus, zu dem Wolf Mohylewski geht; ich gehe nie zu einem Schneider, der Wolf Mohylewskis Schneider ist. In der Welt will ich ein bißchen mich von den Mohylewskis ausruhen und auf meinen eigenen Füßen stehn. Mein ganzes Leben lang stehe ich im Schatten der Familie Mohylewski. Auf Wiedersehn, Doktor Katz. Komm, du Mohylewski!«

»Einen Moment«, sagte Dr. Katz, »ich habe noch ein Anliegen an den jungen Herrn Mohylewski. Sie müssen mir versprechen, daß Sie bei der nächsten Gelegenheit nach Lwów reisen und eine Beziehung zum Prälaten Partyka anknüpfen. Das ist sehr wichtig. Das sag' ich Ihnen nicht als Rechtsanwalt. Das sag' ich Ihnen als Zionist. Ich habe kein Bedenken, mich in den Schatten der Familie Mohylewski zu stellen, wenn man dadurch etwas Gutes erreichen kann.«

»Gutes – für wen?« fragte Jankel.

»Für die Juden«, sagte Dr. Katz.

»Wir sind keine Zionisten«, sagte Jankel. »Komm, Alfred.« Er drückte Dr. Katz die Hand und nahm Alfreds Arm. Aber Alfred machte sich sanft von Jankel frei, trat schnell zu Dr. Katz hin und sagte ihm zum Abschied: »Ich bin zwar kein Zionist, Herr Doktor. Aber ich werde Ihrem Wunsch folgen und mit Ihnen in Verbindung bleiben.«

»Was?« sagte Jankel. »Du? Mit Zionisten? Ich werd' es deinem Onkel sagen!«

»Das werde ich selbst besorgen. Und zwar sehr bald«, erwiderte Alfred, noch in der Kanzlei. Draußen auf der Straße fragte ihn Jankel: »Warum hast du ihm das gesagt? Seit wann interessierst du dich für Zionisten?«

»Seitdem wir Lipusch in Rembowlja begraben haben«, sagte Alfred.

Jankel blieb stehen und sah Alfred erstaunt an. Aber der Ausdruck des Staunens verwandelte sich in Trauer. Ohne Alfred zu erwidern, nahm er seinen Arm, und sie gingen schweigend zum Hotel. In der Portiersloge wartete der Chauffeur der Gräfin. Jankel begrüßte ihn wie einen alten Bekannten. Der Chauffeur hatte einen Brief der Gräfin an Alfred mit. Alfred öffnete den Brief und übergab ihn Jankel. Die Gräfin schrieb, daß sie sich indessen an zwei Freunde gewandt habe, die eine Fürsprache zugunsten Jankels in Aussicht stellten.

»Das wird Gott sei Dank nicht mehr nötig sein«, sagte Jankel zu Alfred. »Hast du nach Dobropolje telegraphiert? Hast du Pferde bestellt?«

»Ich habe gestern nach dem Gespräch mit Doktor Flisak am Abend ein Telegramm aufgegeben, daß die Sache gut stände. Pferde habe ich nicht bestellt. Es ist jetzt schon zwei Uhr und es ist Freitag. Wie könnten wir noch vor Anbruch des Sabbats in Dobropolje ankommen?«

»Du hast recht«, sagte Jankel. »Aber wie sollen wir hier über Sabbat bleiben? Wir haben einen so lieben Gast in Dobropolje. Wenn wir mit dem Zug nach Daczków fahren, kommen wir auch erst spät in der Nacht an. Wann geht ein Zug nach Daczków?«

»Um drei Uhr«, sagte Herr Weiss. »Um fünf Uhr sind Sie in Daczków.«

»Sagen Sie, Osuch«, wandte sich Jankel an den Chauffeur der Gräfin, »braucht die Gnädige Frau heute noch den Wagen?«

»Aber nein, Herr Verwalter«, sagte der Chauffeur, »die gnädige Frau braucht den Wagen erst am Sonntag. Nach Dobropolje fahren wir fast die ganze Zeit auf der Chaussee. Ich bringe Sie in zweieinhalb Stunden hin. Die gnädige Frau wird sich sehr freuen, daß Sie in ihrem Wagen heimfahren können.«

»Das ist gut«, sagte Jankel. »Mach dich fertig, Alfred. Wir fahren gleich. Oder haben Sie noch was zu besorgen, Osuch?«

»Nichts«, sagte Osuch, »gar nichts. Ich bin ja schon zum vierten Mal in dieser Woche in der Stadt.«

»Zahl die Rechnung, Alfred. Dann essen wir zu dritt eine Kleinigkeit, und dann fahren wir«, sagte Jankel.

Alfred verabschiedete sich von Herrn Weiss und dem kleinen Benzion Schwarz, der Alfreds Necessaire zum Auto brachte und ihm versprach, einmal nach Dobropolje zu kommen. Um halb drei reisten sie ab. Als sie in die Gasse des Dritten Mai einbogen, wurde das Auto von einem Mann mit einem Stöckchen angehalten. Es war Herr Elfenbein. Er wünschte den Reisenden gute Fahrt und gab Jankel Christjampoler zu verstehn, daß er mit dem Honorar sehr zufrieden sei, aber eine kleine Zugabe – etwa ein paar Säcke Kartoffeln, neue Kartoffeln natürlich – eine nette Überraschung wäre. Für einen Städter wäre es immer angenehm, etwas Frisches, direkt vom Lande, ins Haus geliefert zu bekommen. Jankel drückte ihm herzlich die Hand und versprach ihm eine alljährliche Kartoffelladung für Lebensdauer: »Für meine Lebensdauer, selbstverständlich, nicht für Ihre.«

»Hast du dir die Stadt angesehn?« fragte Jankel, da sie über den schönen Dominikanerplatz fuhren und Alfred die alte Dominikanerkirche bewunderte.

»Ich habe sehr wenig von der Stadt gesehn«, gestand Alfred. »Auf der Mickiewicz-Gasse war alles da, was wir brauchten: das Gefängnis, das Gericht, das Starostwo, der Advokat, die Kaffeehäuser und Elfenbein. Auf dem Wege zu Vater Rakoczyj habe ich noch den Bahnhof gesehn, eine Brücke und von der Ferne den Stadtpark. Das ist alles. Aber ich habe die Absicht, jetzt öfter in die Stadt zu fahren. Es ist sehr hübsch hier –«

»Hübsch? Hier?!« sagte Jankel.

Sie waren nun auf der Lwowska-Gasse angekommen, wo sie sehr langsam fahren mußten, denn die ganze Bevölkerung schien jetzt, am Freitagnachmittag, auf der Gasse zu tun zu haben.

»Halten Sie hier bitte für einen Moment, Osuch«, sagte Jankel zum Chauffeur. »Steig hier aus. Ich will dir was zeigen. Wir haben noch Zeit.«

Als sie beide ausgestiegen waren, nahm Jankel Alfreds Arm und führte ihn durch ein Gäßchen, das so schmal war, daß beide gerade noch nebeneinander gehen konnten: »Du kannst nicht heimkommen und deinem Onkel erzählen, daß du zwei Kaffeehäuser, eine Brücke und ein Gefängnis gesehen, aber keine Zeit gefunden hast, dir die Synagoge anzuschauen, die berühmte Alte Schul. Er wird dich bestimmt danach fragen. Wenn wir dieses dreckige Gäßchen da heruntergehen, sind wir gleich da.«

Die Alte Schul stand in einer Ecke, wo zwei alte holperige Straßen einander schnitten. Es war ein breiter, flacher Würfel aus rauhem Stein, bis zur Schwärze verwittert, daß es aussah, als sei die ganze Alte Schul aus einem einzigen Stein gehauen. Der dunkle Bau nahm die ganze Ecke ein. Aber obwohl der massive Würfel der Schul gegen Osten, Norden und Süden mit drei Wänden frei stand, war in keiner der drei freien Seiten ein Eingang. Dieser befand sich auf der Westseite des Würfels. Um ihn zu finden, mußte man durch das Tor eines massiven Eisengitters auf einen kleinen Vorplatz treten, auf dem zwischen Lehmhaufen und verkümmertem Gebüsch Gras wild wucherte. Der Vorplatz sah aus wie eine ausgebrochene Zahnlücke in der Häuserzeile, die mit der Alten Schul begann und sich weiter in einer krummen Reihe gegen Westen erstreckte. Scharen schulfreier Kinder, Jungen mit langem geringeltem Schläfenhaar und kleinen Samtkäppchen, tummelten sich auf dem Vorplatz. Das eisenbeschlagene Holztor der Schul war zugemacht, aber in dem Tor war eine kleine Tür eingelassen, die Jankel aufklinkte. Sie traten ein. Im Vorraum waren zur Rechten und zur Linken kleine Zimmer, die Wände voller Bücher, mit langen Lerntischen, die Zimmer leer.

»Die frommen Lerner sind jetzt, am Freitagnachmittag, im Schwitzbad, drum sind die Zimmer leer«, belehrte Jankel Alfred mit leiser Stimme. »Du mußt einen Blick in den Betraum tun.« Und er öffnete einen Flügel der großen Bogentür.

Einen kurzen Augenblick glaubte Alfred, sie hätten einen falschen Eingang benützt und seien irrtümlicherweise auf einer Galerie angekommen. Aber schon wurde er inne, daß er auf der ersten Stufe einer breiten Treppe stand, die tief hinunterführte: die Alte Schul war in die Tiefe gebaut, so tief, daß der Betraum gut zwei Mal so hoch war als man ihn draußen vermuten konnte. Sie gingen langsam die Stufen hinunter und standen nun im großen Atem des Schweigens, das nur in hohen Orten wohnt, die für die Ewigkeit gebaut sind. In dem großen Betraum war es taghell. In beiden Seitenmauern waren große Bogenfenster, je drei auf jeder Seite, alle in winzige Glasscheiben geteilt. In der Ostwandmitte sah Alfred den breiten Vorhang vorm Toraschrein mit dem goldgewirkten Davidstern. Ein paar Holztreppen führten zu dem Schrein, dessen dunkelroter Vorhang fast die ganze Mitte der Ostwand ausfüllte.

Jankel und Alfred ließen sich in einer Bank vor zwei Betpulten nieder und saßen ganz klein in dem mächtigen Raum. Alfred sah nun den Almemor mit dem Lesetisch und der Galerie für den Chor in der Mitte des Betraums, auf einer Erhöhung, die genau dem Niveau des Eingangs entsprach. Der ganze Raum war von Bänken und Betpulten bestanden, mit vielen Durchgängen kreuz und quer. Hoch oben waren die Galerien für die Frauen, durch mannshohe Mauern verbaut, mit wenigen rundverglasten Gucklöchern.

»Wie alt ist die Synagoge?« fragte Alfred und erschrak vor dem mächtigen Widerhall seiner Stimme.

»Wir müssen jetzt gehen«, sagte Jankel leise und erhob sich.

Alfred erhob sich und folgte Jankel. Diesmal zählte er die Stufen, es waren achtundzwanzig.

»Du müßtest einmal diese Alte Schul an einem hohen Feiertag sehn«, sagte Jankel, schon draußen in dem schmalen kleinen Gäßchen.

»Waren Sie einmal da an einem hohen Feiertag, Jankel?« wollte Alfred wissen.

»Einmal«, sagte Jankel. »Wie dein Großvater krank war und hier im Spital gelegen ist. Da war ich mit deinem Onkel zu den hohen Feiertagen hier, zu Neujahr und Jom Kippur. Es sind schon fast dreißig Jahre her, aber diese Feiertage werd' ich nie vergessen.«

Sie stiegen in das Auto und fuhren langsam durch die Lwowska-Gasse zur Stadt hinaus.

»Die Alte Schul ist kaum mehr als zweihundertfünfzig Jahre alt«, sagte Jankel. »Sie ist auf den Ruinen einer viel älteren Synagoge aufgebaut, die in der Zeit des Aufstandes des ukrainischen Atamans Bohdan Chmelnytskyj zerstört worden war.«

»Darum«, sagte Alfred, »darum ist sie so tief in die Erde hineingebaut. Darum hat sie den Eingang, wo man ihn gar nicht vermuten würde. Sie will sich verbergen, die Alte Schul. Um ja nicht aufzufallen. Draußen scheint sie klein, drinnen ist sie groß. Jetzt verstehe ich diese Architektur. Vor drei Wochen hätte ich sie vielleicht noch nicht so gut verstanden.«

»Sind's schon drei Wochen«, wunderte sich Jankel. »Drei Wochen seit Lipuschs Begräbnis.«

»Nicht ganz drei Wochen«, sagte Alfred. »Mir kommt's vor, als ob es schon viel länger wäre.«

»Ist der Grabstein schon fertig? Ich habe ganz vergessen, den Onkel zu fragen«, sagte Jankel.

»Er ist noch nicht fertig. Ich habe den Onkel gefragt. Er soll diese Woche fertig werden. Wenn ich mit Onkel Stefan nach Wien reise, werden wir uns in Rembowlja aufhalten, Onkel Welwel wird ja wahrscheinlich mitfahren, und da werden wir veranlassen, daß der Stein gleich aufgestellt wird.«

»Ich werde auch nach Rembowlja mitfahren«, sagte Jankel.

Sie waren bald schon auf der Anhöhe von Janówka, und Jankel, der zum ersten Mal auf dieser Chaussee in einem Auto fuhr, wunderte sich, wie schnell die Reise vonstatten ging.

»Kannst du eigentlich chauffieren?« fragte er Alfred.

»Ja«, sagte Alfred, »das ist kein großes Kunststück.«

»Du solltest dir ein Auto anschaffen«, sagte Jankel. »Ich hab's zwar nie in meinem Leben eilig gehabt, aber es ist doch schön zu sehen, wie ein Weg sich verkürzt, den man sechzig Jahre für einen langen Weg gehalten hat.«

Da sie Janówka hinter sich hatten und wieder nichts mehr zu sehen war als Felder und Wiesen und Wälder, sagte Alfred: »Glauben Sie, Jankel, daß mein Vater die Alte Schul gekannt hat?«

»Was fragst du!« sagte Jankel. »Hinter der Alten Schul, gleich hinter der Ostwand, steht ein altes kleines Haus, wo der Raw der Stadt wohnt. Dein Großvater war mit dem alten Raw sehr befreundet. Er pflegte bei uns in Dobropolje in der heißen Sommerszeit sich zu erholen. Als dein Vater aufs Gymnasium ging, mußte er deinem Großvater das Versprechen abgeben, jeden Tag vor der Schule im Hause des Raws zu beten. Du erinnerst dich doch aus der Geschichte vom Rabbi Abba, die dir dein Onkel schon in Wien erzählte, daß dein Vater das Versprechen gehalten hat. Dein Vater hat es ja Rabbi Abba gesagt, daß er den alten Rabbi Simon kannte.«

»Ja«, sagte Alfred, »ich erinnere mich. Rabbi Abba wunderte sich, daß Rabbi Simon auch schon ein alter Mann sei. Ich erinnere mich.«

»An Wochentagen und am Sabbat ging dein Vater in das Bethaus des Rabbi Simon. Aber an den hohen Feiertagen ging er in die Alte Schul.«

»Ich kann's nicht fassen, wie einer, der in dieser Alten Schul gebetet hat, so weit sich verrennen konnte.«

»Mit dieser Frage haben wir uns in Dobropolje jahrelang abgequält; jahrzehntelang, kann man sagen. Und wir haben keine Antwort gefunden. Es hat keinen Sinn, daß du dich jetzt damit quälst. Wir werden ja sehr bald die Antwort hören.«

»Sie glauben noch, daß im Vermächtnis meines Vaters die Antwort zu finden sein wird?« fragte Alfred. »Mein Vater erzählt soviel, aber ich bin nicht so sicher, daß wir die Antwort finden werden, die wir erwarten.«

»Ich bin fast sicher«, sagte Jankel. »Aber wir wollen deinem Onkel das nicht sagen. Wenn Gott behüte eine Enttäuschung kommt, wird es ein schwerer Schlag für ihn sein. Ich habe im Gefängnis, Zeit hatte ich ja dazu, immer dran denken müssen. Ich hab' mir auch Sorgen gemacht, daß ich so lange drinbleiben werde, bis du die Geduld verlierst und nach Dobropolje zurückfährst. Ich hab' mir schon vorgestellt, wie ihr zu dritt weiterlesen werdet und ich nie dazu kommen werde, das Vermächtnis deines Vaters zu kennen.«

»Aber, Jankel. Ich hätte Ihnen das Vermächtnis jederzeit zum Lesen gegeben.«

»Ich kann mit meinen alten Augen so klein Geschriebenes längst nicht mehr lesen«, sagte Jankel. »Du vergißt, daß ich ein alter Mann bin.«

»Vergessen Sie nicht, Jankel, daß mein Onkel Welwel Sie erst vor kurzem um ganze fünf Jahre jünger gemacht hat, wenn ich nicht irre«, sagte Alfred.

Jankel lächelte und Alfred war glücklich, es zu sehn. Es war das erste Mal seit dem Tode des Kindes, daß Alfred den alten Mann lächeln sah.

»Glauben Sie, Jankel, daß wir heute abend nach dem ersten Sabbatmahl das Vermächtnis meines Vaters weiterlesen werden?«

»Nein«, sagte Jankel, »das wird dein Onkel nicht haben wollen. Wenn ich sicher wäre, daß im Vermächtnis das steht, was wir alle erhoffen, würde ich deinem Onkel zureden, es heute noch lesen zu lassen. Aber du wirst vielleicht bemerkt haben, daß dein Onkel sehr niedergedrückt war, wie dein Vater von dem Fremdling erzählte, der in jener Nacht zu Rabbi Abba kam.«

»Ich habe nichts bemerkt«, sagte Alfred.

»Weil du die Stelle selbst gelesen hast. Darum hast du es nicht bemerkt. Aber ich habe es ihm angesehn und ich möchte es nicht auf mich nehmen, deinem Onkel einen Sabbat zu zerstören. Aber auch abgesehen davon bin ich sicher, daß dein Onkel erst nach dem Ausgang des Sabbats auf das Schriftstück zurückkommen wird. Wir wollen es ihm überlassen. Es handelt sich ohnehin nur um vierundzwanzig Stunden. Soviel Geduld werden wir aufbringen. Was hättest du getan, wenn ich noch eine Woche im Kriminal gesessen wäre?«

Sie fuhren jetzt an einem breit sich erstreckenden Weizenfeld vorbei, das bereits abgeerntet war. In unzähligen Reihen standen die Weizenmandeln wie dicke rundliche Bäuerinnen mit ihren Kopftüchern über den Stirnen.

»Sieh mal an«, sagte Jankel wie aus einem Traum erwachend, »die Kornernte ist ja schon vorbei. Hat man bei uns in Dobropolje auch schon mit der Ernte begonnen?«

»Ja«, sagte Alfred und sah Jankel mit einem prüfenden Blick an. »Wissen Sie das nicht, Jankel?«

»Ich habe nichts bemerkt. Ich habe gar nichts davon bemerkt. Ich hab' gar nicht mehr gelebt in den letzten zwei Wochen.«

»Wissen Sie, Jankel, daß Sie Ihre schnelle Entlassung eigentlich meinem Vater zu verdanken haben?«

»Ja, das ist ein merkwürdiger Zufall«, sagte Jankel. »Wie ist dieser Elfenbein draufgekommen, daß Doktor Flisak ein Jugendfreund deines Vaters war?«

»Das war durchaus kein Zufall, Jankel. Sie haben an Doktor Katz gedacht, weil er im Vermächtnis meines Vaters vorkommt«, sagte Alfred, und er erzählte Jankel, wie er bei Vater Rakoczyj sich nach Partyka erkundigte, weil er in Vaters Vermächtnis vorkomme, wie Vater Rakoczyj ihm geraten hatte, zum Prälaten nach Lwów zu reisen, und wie dann Doktor Katz mit Hilfe Abraham Elfenbeins, der alles wisse, noch einen andern Freund entdeckte: »Wie Sie sehen, war es durchaus kein Zufall.«

»Dein Vater hat sehr viele Freunde gehabt in seiner Jugend«, sagte Jankel. »So mancher von ihnen war in Dobropolje zu Besuch, in den Ferien. An Partyka kann ich mich sehr gut erinnern. Der hat in einem Dorf gleich in der Nähe gewohnt und er war oft bei uns. Aber an Doktor Flisak kann ich mich nicht erinnern. Der war sicher nie bei uns.«

»Merkwürdig, daß mein Vater schon damals mehr Freunde unter Christen hatte als unter Juden.«

»Das stimmt nicht«, sagte Jankel. »Es waren auch sehr viele Juden unter seinen Freunden.«

»Die erinnern sich aber, scheint es, nicht gern an meinen Vater«, sagte Alfred. »Doktor Katz zum Beispiel wich mir immer aus, wenn ich im Gespräch meinen Vater erwähnte.«

»Ach, Doktor Katz«, sagte Alfred. »Der war schon immer ein Zionist. Aber dieser Doktor Flisak ist ein sehr feiner Mann.«

»Ja«, sagte Alfred. »Er hat mich gestern in ein jüdisches Gasthaus zum Abendessen eingeladen. Ein sehr gutes Gasthaus übrigens. Schwadron heißt es. Und den ganzen Abend hat er mir von meinem Vater erzählt. Mich hat das sehr berührt. Wie kommt das, Jankel: mein Vater war in dieser Stadt nicht mehr gewesen, seitdem er das Gymnasium verlassen hat. Und doch hat er hier gewissermaßen fortgelebt. Auf Photographien, in Gruppenbildern war er da und hat in der Freundschaft seiner Freunde mit ihnen weitergelebt. In der Groß-stadt, wenn jemand verreist und nicht wiederkommt, fällt er aus dem Leben heraus und ist vergessen.«

»Ich kann nicht glauben, daß da ein großer Unterschied ist. Du mußt auch daran denken, daß eine Freundschaft für einen längst Ver-storbenen vielleicht leichter in Treue bewahrt werden kann als eine Freundschaft unter Lebenden. Auch Freundschaft nützt sich ab, mein Lieber. Wäre dein Vater hiergeblieben und hätte er mit seinen Freun-den weitergelebt, hätten die Freunde einander täglich gesehen, wie es in einer Provinzstadt so üblich ist, wer weiß, wie viele Freundschaften sich da bewährt hätten. Außerdem handelt es sich hier um Jugend-freundschaften, und die halten immer am längsten, in der Provinz wie in der Großstadt.«

»Es ist gut, daß Sie mir das sagen. Ich hatte schon in Gedanken falsche Schlüsse gezogen. Man sollte dort bleiben, wo man seine besten Freunde hat, sagte ich mir. Wenn man seine Heimat verläßt, verliert man alles, was man in jungen Jahren erlebt hat, und muß alles von neuem beginnen.«

»Der Mensch ist kein Baum, hat ein weiser Mann gesagt. Gott hat dem Menschen zwei Beine gegeben, damit er auch eine Heimat verlassen kann, wenn sie feindselig und bösartig geworden ist.«

»Das sagen Sie, Jankel, und Sie sind in fünfzig Jahren aus Dobro-polje nicht herausgekommen?«

»Ich hatte keinen Anlaß, Dobropolje zu verlassen. Hätte ich einen Anlaß gehabt, ich hätte es gewiß getan. Ich bin kein Baum. Weißt du übrigens, was mir Doktor Flisak gesagt hat? Man hat mich nicht verhaftet, weil dieser Mensch mit Matura mich angezeigt hat. ›Das ist ein Lump‹, hat er gesagt, ›wir kennen ihn.‹ Und der alte Bielak hat sich in seinem Bericht ganz auf meine Seite gestellt. Aber das wußte ich. Bielak ist ein braver Mann.«

»Trotzdem hat man Sie verhaftet! Wer steckt also dahinter?« fragte Alfred.

»Das«, sagte Jankel, »werde ich hier noch herausbekommen.«

»Hier?« wunderte sich Alfred.

»Freilich«, sagte Jankel. »Hier. Wir sind schon in Dobropolje. Das haben Sie sehr gut gemacht, Osuch.«

Zur Enttäuschung namentlich Jankels waren alle im Hause Mohylewski von der Ankunft der beiden beglückt, aber nicht überrascht. Pesje hatte nämlich zur rechten Zeit, wie immer, eine Vorahnung gehabt: »Bielaks Tochter war heute sehr früh am Morgen bei mir. Sie erzählte mir, daß ihr Vater gestern abend ein Telegramm vom Starostwo erhalten hat, und daß er daraufhin den Gemeindeschreiber sofort entlassen hat und dem Gendarmen den Befehl gegeben, dafür zu sorgen, daß der Mensch mit Matura binnen vierundzwanzig Stunden das Dorf verläßt.«

Das hatte Pesje Welwel Dobropoljer schon morgens mitgeteilt, und nun wußte man, daß Jankel und Alfred bald heimkommen würden. Welwel hatte sich nur Sorgen gemacht, ob es Jankel nicht auf sich nehmen würde, zu tief in den Sabbat hineinzufahren. Um so glücklicher war er jetzt.

»Pesje«, sagte Jankel, »das ist Herr Osuch, der Chauffeur der Gräfin. Gib ihm ein gutes Nachtmahl, damit er der Gräfin erzählen kann, wie gut du kochst. Und daß du es ja nicht wagst, heute zu früh die Sabbatkerzen anzuzünden: ich muß jetzt gleich einen Brief an die Gräfin schreiben.«

»Kaum aus dem Kriminal heraus, kommandiert er schon«, sagte Pesje, sah aber den alten Jankel mit ihren kleinen Augen glückselig an. Pesje war schon sabbatlich gekleidet, in ihrem langen schwarzen Tuchkleid mit drei Reihen Stoffknöpfchen an der eingefallenen, mit Fischbein gepanzerten Brust, ein weißes, seidig schimmerndes Tuch auf dem Kopfe, einen schweren Schlüsselbund am breiten, schwarz-lackierten Gürtel.

Nachdem der Chauffeur Osuch gut gespeist hatte und von Jankel mit einem Brief an die Gräfin abgefertigt worden war, versammelten sich alle im Speisezimmer. Der Tisch war bereits zur ersten Sabbatmahlzeit gedeckt. Im damastenen Weiß der Tischdecke spiegelten sich die vier großen silbernen Leuchter des Hauses, flankiert von den zwei kleinen Messingleuchtern Pesjes. Die weißen Kerzen ringelten ihre Dochtspitzen ungeduldig der Weihe des Sabbats entgegen, die in der Dämmerung der Zimmerecken wartete. Pesje kam feierlich und entzündete die Kerzen. Über den sechs aufzuckenden Flämmchen breitete sie ihre Arme aus. Mit schöpfenden Händen sammelte sie das Licht ein und tauchte ihre Augen in die lichterfüllten Hände. Dreimal schöpften die Hände das Licht ein, dreimal tauchten die Augen in den heiligen Balsam des Lichts. Dann schlug sie die Hände vors Angesicht, und ihre Lippen, die unterdessen mit dem Segnen der Sabbatkerzen schüchtern begonnen hatten, entfachten hinter den erleuchteten Händen die ganze Inbrunst des geflüsterten Gebets.

Als mit dem letzten Wort des Segensspruches ihre Hände sich entfalteten, lag auf Pesjes Angesicht der fromme Schein der flackernden Kerzen, und der Schein blieb auf dem Gesicht liegen und breitete sich aus und erhellte es, als hätte Pesje mit den Sabbatkerzen auch ihr Gesicht zur Weihe des Sabbats fromm illuminiert.

Entzückt von diesem Lichtzauber, blickten alle, Onkel Stefan, Onkel Welwel, Jankel und Alfred, auf die sechs flackernden Flammen und auf Pesje. Vergessen waren die Sorgen und Aufregungen der Wochentage. Es war Sabbat im Hause Mohylewski.

7

Zum Morgengebet waren viel Beter in Großvaters Zimmer. Alle hatten gehört, daß Welwel Dobropoljer einen wichtigen Gast aus Wien hatte. Sie hatten auch von Jankels Verhaftung gehört. Alle drängten sich, um dem Gast den Friedensgruß zu bieten, und sie beglückwünschten Jankel. Es war ein schöner Sabbat für Welwel Dobropoljer. Nur Alfred hatte eine heimliche Unruhe zu überstehen, als Welwel, der in Abwesenheit Aptowitzers diesmal die Tora las,

ohne sich mit Alfred besprochen zu haben, Dr. Frankl zur Tora aufrief, obendrein als achten, als Maftir. Alfred war nicht sicher, ob sein
Onkel Stefan auch die Segenssprüche wußte, und in seiner Aufregung
erinnerte er sich seines ersten Sabbats in Großvaters Zimmer, da ihn
in seiner großen Not vor der Tora Mechzio schier wunderbarerweise
errettet hatte. Nun war Mechzio nicht da, und Onkel Stefan stand so
klein unter den Wellen des Gebetsmantels, den ihm, dem Jung-
gesellen, Jankel geliehen hatte. Seine Aufregung wich auch noch nicht
von ihm, als er zur momentanen Erleichterung Onkel Stefan mit
sicherer Stimme, ja sogar melodisch, den ersten und dann auch den
zweiten Segensspruch tadellos aufsagen hörte. Denn als der achte, als
Maftir, hatte ja Dr. Frankl auch noch den Abschnitt aus den Propheten
vorzulesen, und das hatte Alfred selber erst nach einem halben Jahr in
Dobropolje fertiggebracht. Aber mit gelassener Ruhe entledigte sich
Onkel Stefan auch dieser Ehre. Und von seiner Pein erlöst, erlebte es
Alfred mit Entzücken, daß selbst Judko Segall, der kleine Levite, den
vornehmen Herrn zu seiner Leistung vor der Tora aufs herzlichste
beglückwünschte: »Aj, ist *das* gut!« Dr. Frankl lächelte sanft und warf
Alfred einen triumphalen Blick zu.

Allein, als nun Judko Segall hernach an das Pult des Vorbeters trat
und die sabbatlich heiteren Melodien nach seiner Art zu singen
begann, wurde Alfred auf einmal wieder inne, wie sehr Lipusch in
Großvaters Zimmer beim Sabbatbeten fehlte. Die heitersten Melodien
waren Totenklagen, wenn Lipusch sie nicht sang, die innigsten Worte
der Gebete waren entleerte Hülsen, weil die hohe Stimme des Knaben
sie nicht mehr zum Himmel trug; der Chor der Beter war zerbrochen,
weil ihn die Stimme Mechzios nicht mehr in die Tiefe, die Stimme
des Knaben nicht mehr in die Höhe trug. Ein verwaistes Haus war
Großvaters Zimmer am Sabbat, jede betende Stimme eine Hinterbliebene, die um den Verlust klagte, ohne es zu wissen.

Am Sabbat nachmittag, zur dritten Mahlzeit, hatte Welwel einige
Gäste zu Tisch geladen: den alten Brenner Grünspan, Judko Segall,
Schmiel Grünfeld und noch ein paar andere, denn Dr. Frankl interes-
sierte sich sehr für die kleine Dobropoljer Gemeinde. Zum Ausgang
des Sabbats standen sie wieder zu fünft mit Pesje im Eßzimmer und
Welwel sprach über einen Becher voll Branntwein den letzten
Segensspruch des Tages, der den Sabbat von dem Wochentag schei-
det. Nachdem er das Gebet vollendet und ein wenig vom Branntwein

getrunken hatte, goß er den Rest über die nackte Tischplatte, setzte eine Kerze mit ihrer Flamme in die Flüssigkeit, daß sie erlosch und erlöschend die Flüssigkeit in Brand steckte. Über den kleinen blauen Flammen hielt er seine Hände, dann führte er die Finger an die Augen und ans Gesicht, und wieder tunkte er die Finger in die flackernde Flüssigkeit und sammelte mit sanften Bewegungen der Hände das Licht in seine Taschen ein.

»Was bedeutet das?« wollte Dr. Frankl wissen, nachdem die Flüssigkeit ausgebrannt war und Welwel dem Gast ein liebevolles, aber nicht mehr sabbatliches Gesicht zugewandt hatte.

»Man sammelt ein bißchen von der Heiligkeit des Sabbats für die Wochentage ein, bis zum nächsten Sabbat. – Eine gute Woche uns allen!«

»Eine gute Woche, Onkel Welwel«, sagte Alfred. »Wollen wir nicht jetzt gleich mit dem Lesen beginnen?«

»Ja, gewiß, mein Lieber«, sagte Welwel, »ich kann mir denken, daß du schon ungeduldig bist. Bring die Hefte herein. Wir wollen gleich anfangen. Pesje wird so gut sein, uns heute ein sehr spätes Nachtmahl zu bereiten. Wir werden heute wieder lange aufbleiben, Pesje.«

»Eine gute Woche uns allen«, sagte Pesje. »Ich werde gleich noch Kerzen bringen.«

Und nachdem Alfred die Hefte und Pesje die Kerzen gebracht hatte, nahmen sie alle ihre Plätze am Tisch ein, wie sie vor fast einer Woche gesessen waren: Dr. Frankl und Welwel auf dem Sofa, ihnen gegenüber auf Stühlen Jankel und Alfred. Diesmal machten Dr. Frankl und Alfred die Vorleser, denn Welwel Dobropoljer saß gleich zu Beginn so sehr in sich zurückgezogen, daß sie sich nicht getrauten, ihn zum Vorlesen aufzufordern. An der Stelle, wo er vor fast einer Woche aufgehört hatte, begann Alfred nun mit dem Vorlesen:

XIII

Mein Freund führte mich nun zum Propst. Wir gingen über den dunklen Gang ein paar Schritte nur, denn das Arbeitszimmer des Propstes war gleich daneben. Es gab sogar eine Verbindungstür zwischen den beiden Arbeitsräumen, was ich aber erst später bemerkte, als mich Partyka nach dem Abendessen vom Speisezimmer noch zu sich mitnahm, wobei er diesmal die Verbindungstür benützte. Der Arbeitsraum des Propstes glich dem meines Freundes, nur gab es hier weit mehr Büchergestelle die Wände entlang, und der Fußboden war so dicht und stellenweise sogar doppelt mit Teppichen von so bunter bäuerlicher Knüpfarbeit ausgelegt, daß man gleich beim Betreten des Raumes in eine heitere Stimmung versetzt wurde und auf einem gewöhnlichen Sessel Platz nehmend, der genauso hart war wie die Sessel bei Partyka, sich sehr behaglich untergebracht fühlte, ohne daß man hätte sagen können warum.

Der Propst, rund, weiß und rot, frisch im Gesicht mit vielfach gefälteltem Fettkinn, lebhaften schwarzen Glanzaugen unter schlohweißem dichtem Haar, sah, solang er saß, noch recht rüstig aus. Als er aber, uns zu begrüßen, sich erhob und – Partyka war rasch hinzugetreten und half ihm dabei – vom jüngeren Geistlichen gestützt, zur Mitte des Raumes mir entgegenkam, sah er in seiner weiten Sutane wie ein altes Bild aus, das durch einen Zufall in den oberen Partien gut konserviert, mit allen seinen Farben uns frisch entgegenlächelt, ohne Bewußtsein des Schadens, den es in den unteren abgeriebenen, verknüllten und schadhaften Teilen genommen hat. – Der geistliche Herr empfing mich sehr freundlich. Er empfing mich mit einer Freundlichkeit, wie sie nur ältere Herren von erlesenem Geist jungen Leuten gegenüber aufbringen, edle Männer, die abgeschirrt vom Joch jeglicher Berufsinteressen ihr eigenes kontemplatives Leben in selbstgewählter Abgeschiedenheit leben.

»Mein junger Bruder«, so nannte er Partyka. »Mein junger Bruder«, sagte er nach der Begrüßung, »hat mir viel von Ihnen erzählt.« Und mit einem flinken Blick auf Partyka, der bei diesen Worten ein schüchternes Zeichen der Unruhe verriet, mit dem raschen Vogelblick der Greise schaltete er ein: »Man erzählt sich ja viel, wenn man so eng beisammen haust – und so hatte ich schon viel von Ihnen gehört, noch ehe Sie uns den Besuch hier ankündigten. Ich freue mich sehr, in meinem Hause den Sohn eines frommen Mannes zu empfangen, von dessen Gastfreundschaft mein junger Bruder so Rühmliches zu erzählen weiß.«

»Du mußt wissen«, mischte sich Partyka schnell ein, der meine Verwirrung sah, »Gastfreundschaft, das Verhältnis zwischen Frömmigkeit und den Formen der Gastfreundschaft, ist Seiner Hochwürden Spezialgebiet. Durch meine häufigen Besuche in Dobropolje, die mir in schönster Erinnerung geblieben sind, war ich in der glücklichen Lage, auf die ehrwürdigen Formen einer Gastfreundschaft hinzuweisen, die älter –«

»Auf die Gastfreundschaft der frommen Juden«, warf der Propst ein und fuhr in demselben entschiedenen Ton fort: »Übrigens hat Sie mein junger Bruder in aller Eile nicht ganz genau unterrichtet: Mein Spezialgebiet ist nicht die Gastfreundschaft. Worüber ich mir einige Gedanken gemacht und auch aufgezeichnet habe, das ist der Unterschied zwischen Frömmigkeit und Gläubigkeit. Soweit ich sehe, gibt es kaum eine Universität, wo zu diesem Thema ein Kolleg gelesen würde. – Oder kennen Sie vielleicht eine?«

»Ich bin leider darüber nicht unterrichtet«, sagte ich. Das war, ich weiß es heute noch ganz genau, der erste gerade Satz, den ich hervorzubringen vermochte.

»Ich glaube, mich nach menschlichem Ermessen genau umgesehen zu haben: es gibt keine. Wenn schon nicht die zünftigen Theologen – Philosophen sollten sich doch Gedanken darüber machen. Man sagt: ein gläubiger Christ, ein frommer Christ – wie es sich trifft, wie das Wort einem kommt, gläubig oder fromm, als bedeuteten diese Worte ein und dasselbe Ding. Es sind aber doch verschiedene Dinge, die Gläubigkeit und die Frömmigkeit.«

Mein Freund Partyka saß jetzt erleichtert da und er zwinkerte mir zu, als wollte er sagen: Jetzt sitzt der Alte auf seinem Steckenpferd, das Schlimmste ist vorbei.

»Es ist oft ein Mensch gläubig, ohne fromm zu sein, und das ist sogar bei den meisten Menschen der Fall. Und es kann einen Frommen geben, der vielleicht nicht gläubig ist. Dieser Fall ist der seltenere, ohne daß er gar so selten wäre. Gläubigkeit ist eine Verfassung der Seele oder des Geistes, wie man will. Gläubigkeit ist eine organische Konstitution. Frömmigkeit aber, ja: was ist Frömmigkeit? Frömmigkeit ist: Dienst. Dienst Gottes in weitestem Sinne. Zu dieser Unterscheidung gelangt man nicht immer, wie Sie vielleicht annehmen wollen, gerade von der Theologie her. Bei mir wenigstens war dies seltsamerweise nicht der Fall. Ein durchaus profaner Zufall brachte mich zu dieser Unterscheidung, die ich in einem kleinen Werke, ich darf wohl sagen, rein und genau herausgearbeitet habe. Und es ist keine Theologie geworden. Zu einer Veröffentlichung meiner Arbeit wird es wohl nicht so bald kommen. Sie würde höheren Ortes vielleicht Mißverständnis erregen. Seine Eminenz hat viel Nachsicht mit mir gehabt, mir zuviel Gnade erwiesen, als daß ich es über mich brächte, Seiner Eminenz auch noch mit Geschriebenem einen Kummer zu bereiten. Nein, ich will gar nicht daran denken, diese Arbeit zu veröffentlichen. Und das ist vielleicht der Grund, warum ich, wie Sie sehen, ohne triftige Veranlassung davon rede. Aber es gilt ja schließlich gleichviel, zu welchem Thema einen alten Mann seine Geschwätzigkeit führt – schwätzen wird er auf alle Fälle.«

»Hochwürden«, sagte ich mit wahrem Eifer, »Hochwürden verschwenden die Belehrung nicht: mich interessiert diese Unterscheidung sehr.«

Seitwärts geneigten Hauptes, ein Lächeln auf dem weißen, wie mit Puder bestreuten Gesicht, als sinne er seinen eigenen Worten nach, schwieg der Hochwürdige eine gute Weile. Dann, als wäre er zu einem Entschluß gelangt, nahm er das Gespräch wieder auf: »Meine Untersuchung wird Sie vielleicht nicht so sehr interessieren. Aber der erste Anstoß zu meiner Arbeit wird gerade Sie vielleicht interessieren. Vor einigen Jahren las ich in einer russischen Zeitschrift, es war eine rein literarische Zeitschrift, ein Gespräch mit Leo Tolstoi, ein Tischgespräch, mitgeteilt, ich weiß nicht mehr von welchem Schriftsteller.« –

Als wäre mit dem Namen des großen Dichters das Stichwort gegeben, erhob sich Partyka, gab mir hinter dem Rücken des Hochwürdigen ein ermunterndes Zeichen, dann machte er sich, indes der Propst ohne Unterbrechung fortsetzte, an einem Glasschränkchen zu schaffen, trug Getränke und Gläschen auf, ließ sich durch eine mit Holz verkleidete Wandluke aus der Küche frisches, heißduftendes Gebäck auf einem Tablett durchreichen, setzte sich wieder zu uns, füllte die Gläser und bewirtete uns, als wäre er der Herr im Hause, der über einer geistigen Unterhaltung seiner Gäste ihr leibliches Wohl nicht vergessen darf.

»Es war dem Dichter nach Jasnaja Poljana ein neuerschienenes Buch ins Haus geschickt worden, das den Meister selbst sowie Dostojewski mit Nietzsche in einen Zusammenhang brachte, ein literarisches Machwerk, das bei allen am Tischgespräch Beteiligten Widerspruch und Ärgernis erregte. Es muß nun in der erlesenen

Gesellschaft ein Individuum zugegen gewesen sein, einer von jenen heuchlerischen Tolstojanern, die dem Weisen immer nach dem Munde zu reden gedachten, ohne den wahren christlichen Sinn seiner Lehre erfaßt zu haben. Dieses Individuum nun meinte, der Verfasser jenes Werkes müßte ein Jude sein. ›Kaum‹, sagte Tolstoi nachdenklich. ›Nein, er ist nicht wie ein Jude. Es gibt keine ungläubigen Juden. Sie können nicht einen nennen … Nein.‹ Es war, wie gesagt, eine erlesene Tischgesellschaft beisammen, Männer wie Anton Tschechow, Maxim Gorki saßen neben dem Meister, einige bedeutende russische Gelehrte waren zugegen. Und keiner öffnete den Mund. Keiner konnte einen ungläubigen Juden nennen. Wäre ich dabeigewesen, ein Dutzend jüdischer Namen würde ich genannt haben können – so war mein erster Gedanke. Aber je mehr ich über diese Bemerkung des Meisters nachdenken mußte, je weniger Namen fielen mir ein. Und bald vermochte auch ich keinen zu nennen. Es ging mir ein Licht auf. Auf einmal sah ich es, das neue Licht, das von dem Worte ›Glaube‹ ausgeht, wenn Tolstoi es ausspricht. Ich verstand auf einmal –«

In der Wandluke verschob sich die Glasscheibe mit störendem Geräusch, ein breites Gesicht, auf dem alle Wärme des Küchenherdes dünstete, erfüllte die Luke, und eine mütterliche Stimme verkündete, das Abendessen sei fertig. Der alte Herr brach das Gespräch gleich ab, hieß das Essen auftragen, und seine Augen eilten schon den Wohlgerüchen voraus ins Speisezimmer, noch ehe mein Freund Partyka schnell hintreten konnte, um dem Hochwürdigen beim Aufstehen zu helfen. Dies geschah dann so unauffällig, daß der alte Herr die Hilfe kaum bemerkte, und ich bewunderte die Zartheit meines Freundes, der mit mädchenhafter Geschmeidigkeit jene kleinen Dienste leistete, die nur sehr große Liebe dem Alter erweisen kann, ohne durch allzu jugendliche Beflissenheit die Bürde der Jahre zu deutlich zu machen und so dem Alter gleichsam noch die eigene Jugend zuzufügen.

»Wie sind wir aber so schnell zu meinem Steckenpferd gelangt?« fragte lächelnd der Propst, indes er auch meinen Arm nahm und, einmal auf den Beinen, erstaunlich festen Schrittes uns ins Speisezimmer mitnahm.

»Wir sprachen von Gastfreundschaft«, erinnerte Partyka.

»Ja, ja, die Gastfreundschaft«, wiederholte der Hochwürdige, »die Gastfreundschaft, ja, ja«, während seine Augen den gedeckten Tisch schon von der Ferne prüften, der Länge und der Breite nach, wie die

Wendungen seines schlohweißen Hauptes andeuteten. »Die Gastfreundschaft gehört zum Dienst«, fügte er hinzu, schon auf seinem Platz an der Schmalseite, mit dem Wohlbehagen des guten Appetits in der erfrischten Stimme, die gleichsam schon von den Speisen gekostet hatte, ehe sie auf den Tisch gekommen waren. »Die Gastfreundschaft ist ein Teil des Dienstes. In den guten Zeiten war sie ein sehr wichtiger Teil des Dienstes. Die guten – das waren die ländlichen Zeiten der Menschen. Die ländlichen Zeiten waren die Zeiten der Religionsschöpfer. Alle Religionen sind in den ländlichen Zeiten entstanden. In den Städten gedeihen die Wissenschaften, die Künste, und es gedeiht die Philosophie. Aber nie wird in der Stadt eine Religion entstehen.«

»Ja«, sagte ich, überrascht von der Erkenntnis. »Ja, das ist so. In allen Schriften aller Religionsstifter ist Dorfluft. Immer ist Dorfluft in den heiligen Schriften.«

»Schön haben Sie das gesagt. In allen heiligen Schriften ist Dorfluft. Sehr schön, mein Sohn. Seien Sie mir nochmals herzlich willkommen.«

Im Arbeitszimmer war der alte Herr wohl sehr freundlich zu mir gewesen, auf seinem weißen Gesicht hatte ein Lächeln der Freundlichkeit geschimmert wie das Licht auf Porzellan, allein, ich verspürte es doch, wie er gesprächsweise in einer innerlich abstrebenden Haltung sich mir bloß äußerlich zuneigte.

Jetzt erblühte ich im Stolz über die Belobigung und ein Zittern der Freude strich über mein Gesicht nach dem wiederholten herzlichen Willkommensgruß. Auch mein Freund Partyka, der zur Linken des Hochwürdigen mir gegenübersaß, schien gar stolz auf mich geworden zu sein. Seine Augen blickten offen und warm zu mir herüber, und es waren nunmehr die ehrlichen hellen Augen des Bauernjungen, die ich an meinem Freunde so liebte, die ich an ihm die ganze Zeit seit meiner Ankunft in H. mit Schmerz vermißt hatte, bis zu diesem Augenblick, da er mich enthusiastisch ermunterte: wie einst im Klassenzimmer, wenn ich seinen persönlichen Feind, unseren Lateinprofessor, einen eitlen Mann, der alles konnte, nur nicht Latein, zum Jubel der ganzen Klasse in eine gefährliche Debatte verwickelte. Ich war beinahe glücklich eine Weile. Aber sie dauerte nicht lange, denn bald darauf wurde die Suppe aufgetragen, und in der Suppe ertrank gewissermaßen mein Triumph.

Es kam – und ich erinnere mich, als wäre ich beim Propst von H. gestern zu Tisch gewesen – so kam es: Eine kolossale Dorfschönheit mit flachem Gesicht, kleinen Schlitzaugen und blitzenden Zähnen, die Magd, die an der Wandluke – auch in diesem Zimmer gab es eine, der Propst legte offenbar großen Wert auf viele direkte Verbindungen mit der Küche – vor der Anrichte gewartet hatte, bis wir bei Tische auf unseren Plätzen waren und der Hausherr ein Zeichen zum Auftragen gab, setzte eine große dampfende Suppenterrine auf den Tisch. Der Hochwürdige faßte behutsam die Suppenschüssel, schob sie vorerst langsam noch näher an sein Gedeck, dann flocht er gleichsam seine schmalen zittrigen Hände um die bäuchige Schüssel, die zwischen seinen Händen und den schwarzbeärmelten Handgelenken wie in einer zärtlichen Umarmung ruhte und auf einmal die Würde einer besonderen Köstlichkeit anzunehmen schien, dann blinzelte er einmal Partyka und einmal mich mit seinen lebhaften Augen herausfordernd an, als wollte er sagen: Na, hab' ich es gut gemacht? – und erhob die dampfende Schüssel. Da sah ich, wie mein Freund Partyka heftig den Kopf schüttelte, sein Gesicht war bis an den Haaransatz gerötet. Er schüttelte wiederholt und heftig den Kopf, als wollte er den Hochwürdigen bitten, ja anflehn, von dem Spiel mit der Suppenschüssel doch lieber zu lassen. Der Propst setzte darauf die Schüssel ab, und indes seine Arme und Hände das Spiel mit der Suppenterrine wiederholten, sagte er mit leiser Stimme, als wäre Partyka gar nicht zugegen, nur zu mir: »Weil vorher von der Gastfreundschaft die Rede war: Mein junger Bruder hat mir oft von der großen Gastfreundschaft Ihres Vaters erzählt. Man erzählt sich viel, wenn man so einsam zu zweit lebt, wie wir hier leben. Schon die Art und Weise, wir Ihr Vater dem Gast die Suppenschüssel reichte, schon in dieser Geste allein sei soviel Ernst und Würde – die ganze Frömmigkeit Ihres Vaters und das ganze Wesen der Gastfreundschaft, beides sei in dieser einen Geste in Vollkommenheit vereint gewesen. So habe ich meinen jungen Bruder oft sagen hören. Ihr Freund hat schöne Eindrücke im Hause Ihres Vaters erlebt. Er hat sie nicht vergessen. Er hat als Knabe in der Gestalt Ihres Vaters die Gastfreundschaft selbst gesehen, und durch ihn habe ich sie auch mit den Augen des Knaben kennengelernt. Nun ist Ihr Freund kein Knabe mehr, aber er ist ein guter Sohn geblieben, und er besucht seinen Vater jedes Jahr. Und jedes Jahr, sooft er in Urlaub geht, bitte ich ihn, nach Dobropolje zu fahren, dort dem ehrwürdigen Juda Mohylewski einen Besuch abzustatten und mit den Augen des Erwachsenen die Art und Weise zu beobachten, wie der große Gastfreund seinem Gast die Suppenschüssel reicht. Ich weiß sehr wohl: so etwas läßt sich von außen nicht lernen. Ich weiß wohl, ich bin in der Gastfreundschaft nur ein geringer Mann, verglichen mit Ihrem Vater. Aber ich habe von ihm durch Ihren Freund gelernt, und Ihr Freund hat mich schon das eine und das andere Mal ermuntert und geäußert: Heute haben Sie die Schüssel schon fast so in den Händen gehabt wie der alte Mohylewski. Nun, mein Sohn, urteilen Sie. Als Sohn Ihres Vaters urteilen Sie selbst.«

Der hochwürdige Mann hatte, wie gesagt, leise zu mir gesprochen. Vor dem letzten Satz aber erhob er seine Stimme, und indem er mich zum Urteil aufrief, bannte er mit seinen Augen, die mich jetzt wie zwei schwarze Blitze trafen, meinen Blick, und seine Hände wie ein Zauberer vor einem Kunststück zurichtend, erfaßte er die Suppenschüssel und setzte sie mit feierlicher Bewegung in meine Hände, die ebenso gebannt wie mein Blick, ihm willenlos gehorchten.

Mein Vater hatte andere Hände als der Hochwürdige. Die Hände meines Vaters waren nicht weiß. Mein Vater war ein Landmann. Seine Hände waren knochig, braun und von kräftiger Ruhe. Aber Partyka hatte offenbar genau beobachtet und genau berichtet. Namentlich aber die schwarzen Ärmel der Sutane umrahmten das weiße Porzellan wie die Ärmel vom schwarzen Kaftan meines Vaters.

Ich wundere mich noch heute, wo ich die Kraft hergenommen habe, die Schüssel nicht fallen zu lassen. Ich war eine Nacht und einen Tag gereist, die herbstliche Trauer der heimatlichen Landschaft hatte mich weich gemacht, ich hatte unterwegs nichts gegessen, das Wiedersehen mit Partyka hatte mich aufgewühlt, das Städtchen, der Gasthof, der Marktplatz, der Rote Goddl hatten mich erschreckt. Nun traf mich die gewiß wohlgemeinte und so wohlbedachte Ermahnung wie ein Hieb auf den Kopf. Mit tiefgesenkter Stirne saß ich vor meinem Teller, in den ich unterdessen, ohne es zu wissen, von der Brühe mit Nudeln einen Löffel eingeschöpft hatte. Ein Flammen und Zittern ging über meine Wangen. Der würzige Dampf der Brühe zauberte für einen Atemzug die ganze Brutwärme des Vaterhauses, die Geborgenheit in der Familie, die süße Weihe der Feiertagabende in Dobropolje … Ein Krampf bemächtigte sich meiner Schultern, meiner

Brust, der Löffel entfiel meiner Hand. Ich brach in Tränen aus, ich schluchzte.

»Weinen Sie, mein Sohn. Schämen Sie sich nicht. Erst wenn wir weinen, werden wir wie Kinder. Erst wenn wir wie Kinder weinen, wissen wir, was wir unsern Vätern schuldig sind«, hörte ich den Hochwürdigen mir zureden, und ich fühlte, wie seine Hand meine Schulter berührte. Es war eine unendlich zarte, unendlich wohltuende Berührung. Durch diese Berührung vollends betört, stammelte ich eine recht kindische Entschuldigung: »Bei uns in Dobropolje gab es Nudelsuppe nur bei der ersten Sabbatmahlzeit am Freitagabend.«

XIV

Der gütige alte Mann hatte es sich offenbar vorgesetzt, ohne direkte Zurede auf mich einzuwirken. Und es wäre ihm vielleicht – diese Möglichkeit sehe ich jetzt ein – es wäre ihm vielleicht gelungen. Die Achtung, ja Verehrung für meinen Vater, den er ja doch nur aus den Erzählungen meines Freundes kannte, machte mir gewaltigen Eindruck. Und die nachgeahmte Geste des Gastfreundes, die ich als Kind schon an meinem Vater so liebte, diese mit beinahe zauberischer Einfühlung ausgeübte Geste, war wie ein Stoß vor die Brust des schlechten Sohnes, der seinem Vater schon damals viel abzubitten gehabt hätte. Ich will diese Erschütterung nicht übertreiben – die heiße Nudelsuppe wird an meiner Erschütterung nicht geringen Anteil gehabt haben – aber die jugendliche Rebellion gegen den patriarchalisch strengen Fanatismus, die mich nach dem Westen getrieben und mich seit ein paar Jahren in einer lichtvolleren und glücklicheren Welt getragen hatte, die jugendliche Auflehnung gegen einen tyrannischen Vater, der seinen Sohn so gar nicht verstehen wollte, war mit einem Schlag ins Wanken geraten. Und für die Dauer eines Abends trat erstaunende Ruhe ein; Ruhe und Staunen über den besinnungslosen Lauf meiner letzten Jahre. Wie, fragte ich mich – gebeugt über einen Teller voll Nudelsuppe, die ich mit Tränen schluckte –, wie, wenn der tyrannische Dorftyrann, den ein so hochstehender Mann wie der Propst verehrte: wenn mein Vater nicht der fanatische Satrap meiner Jünglingsjahre gewesen wäre, sondern der würdige und fromme Mann, dessen Gesicht aller Schein aller Lichter aller unserer Festtage so mild erleuchten konnte: der gütige Vater meiner Kinder- und Knabenjahre, der Nährer und Gastfreund, dessen Haus wie das Zelt unseres Erzvaters von allen vier Seiten dem armen Wanderer offenstand – mein Vater ...?

Allein, was der christliche Priester beinahe gutgemacht hatte, das verdarben wieder die Juden dieses elenden Städtchens, das verdarb Goddl der Gabbe bald darauf mit einem Schlag. Genau gesagt: mit mehreren Schlägen! Denn diese finstere Kreatur von einem fanatischen Juden hat sich wahrhaftig vermessen, gegen mich seinen Stock zu erheben. Und er tat es am Morgen nach einer Nacht, die bis an den Rand angefüllt war mit Schrecken und eine solche Verwirrung über mich gebracht hatte, daß ich – ich! – eine Tracht Prügel von dem Boten eines kleinstädtischen Wunderrabbis hinnahm, ohne beiden, dem Diener und seinem Herrn, die Knochen zu zerbrechen! So schwach hatte mich ein Stock gemacht. Nicht der Stock, mit dem Goddl der Gabbe auf mich einschlug. Sondern ein anderer Stock. Der Stock eines Wunderrabbis. Ein magischer Stock, der der Stock des Rabbis und der Stock meines Vaters in einem war ...

XV

Es folgten jenem ersten Abend zwei goldene Herbsttage, so mild und unirdisch klar, wie man sie nur in diesem Lande erleben kann, wo die Sonne oft mit übertriebener Milde den Trost ihrer letzten Wärme spendet, ehe sie die Kreatur den Gewalttaten eines kruden Winters ausliefert. Ich hatte mich Jahre nach den Herbsttagen der Heimat gesehnt, nun ging ich in der Landschaft wie ein Träumender umher. In diesen zwei Tagen war mir selbst der Zweck meiner Reise nach H. völlig abhanden gekommen. Ich verbrachte die Tage in dem Stadtwäldchen, glücklich, als hätte ich alles verlorene Gold der versäumten Herbsttage hier wiedergefunden. Wie in dem eingebildeten Leben der Knabenjahre, verloren in der Landschaft, färbte ich mich mit allen grellen Farben herbstlichen Ermattens und Vergehens. Alles Glück der Jahre des Wachstums, da man die eingebildete Kraft hat, mit jedem welken Blatt zu verwelken, mit jedem fallenden Blatt zu fallen, mit jedem entlaubten Baum vor Kälte zu erschauern, alle Wehlust der Herbstzeit meiner Kindheit war wiedergekehrt. Wie im Wald von

Dobropolje bückte ich mich über dem gefallenen Laub und hob mir die vom Tod am schönsten gezeichneten Blätter auf. Es gab Blätter noch halb grün mit gelben Punkten, Blätter gelb mit braunen Punkten, Blätter braun mit roten Flecken, rote Blätter mit schwarzen Flecken. Und die Punkte und die Flecke waren der bunte Aussatz, an dem sie zugrunde gingen. Es gab Blätter, die alle diese Farben gewechselt hatten und bereits schwarz wie die Erde den Waldboden düngten. Der Waldboden selbst prangte in diesen Farben, kein Waldboden mehr, sondern ein gelbbraunrot aufgeputztes Prunkbett des Todes, knöchelhoch aufgebettet mit Millionen Laubleichen. Allein, die Bäume waren so reich an Leben, daß sie trotz der Millionen Opfer, die sie dem Waldboden dargebracht hatten, noch nicht völlig nackt dastanden. Es gab alte Buchen, die noch mit letzter Kraft an ihrem leuchtenden kupfernen Blattpanzer festhielten. Es gab junge, an deren Zweigen noch grüne Blätter klebten. Sah man aber näher hin, so waren auch diese grünen Blätter schon vom Tod gezeichnet. Ihr Fleisch war noch grün, aber ihr Geäder schimmerte bereits in Fäulnis dunkelviolett. Eine zarte Birke, weiß mit zitrongelben Blättern, zitterte am Rand des Wäldchens, schwach und fahl unter einem blauen Himmel wie eine Totenkerze. Von der großen Sonne, die einst die Quelle seines Lebens war, mochte der Wald, dem Sterben zugewandt, nur das Licht, nein, nur noch die Beleuchtung nehmen und ein wenig matter Wärme zur Verwesung. Dennoch brannte ein so ungeheures Leben in diesem braunen, gelben, roten, purpurnen, schwarzen Sterben des Laubwaldes, daß die vereinzelten Tannen und Fichten in ihrem von keinem Hauch des Todes berührten Nadelkleid wie grünlackierte Attrappen dastanden und inmitten des rauschenden und berauschten Laubsterbens einen leblosen Eindruck machten.

Zwei Tage ging ich unter dem kobaltblauen Himmel umher, zwei Vormittage und zwei Nachmittage, die, unterbrochen von den Mahlzeiten am gastlichen Tische des Propstes, so lang und inhaltsreich erschienen wie zwei Jahre und so kurz wie zwei glückliche Augenblicke. Am Abend des zweiten Tages aber verdüsterte sich der Himmel, winterkalte Winde brachen plötzlich in das Wäldchen ein, den reinen Himmel überzogen im Nu stürmische Wolkenfetzen, hinter denen die goldene Sonne erbleichte und wie ein Mond im Gewölk versank und ertrank. Vom scharfen Novemberwind vertrieben, schon am Fenster meines Zimmers, nahm ich Abschied von dem Wäldchen, das mir in zwei unvergeßlichen Tagen die Herbstlandschaft meiner Jugend, die Landschaft meiner Heimat mit allen ihren Farben, allen Gerüchen, mit allem Glück, aller Trauer, aller Verzückung und aller Verlorenheit der Kindheit wiedergegeben hatte. Mit Wehmut sah ich noch eine Weile zu, wie die Winde das Wäldchen stürmten, wie sie die Ruhe des sich so schön zu Tode bettenden Wäldchens zerstörten, wie sie es aufrührten, wie sie an ihm rüttelten, wie sie mit Getöse den letzten Schmuck der Bäume niederwarfen, wie sie die Kronen nieder- zwangen und den Waldboden aufwühlten. Bunten Vögeln gleich, flogen die gefallenen und die frisch abgeschlagenen Blätter in allen Richtungen auf; sie flatterten und zuckten, sie stiegen und sanken, erstaunlich lang, erstaunlich weit über das Städtchen hin und über das Städtchen hinaus trug sie der kranke Flug.

Ich hatte mir aus purpurnen Buchenblättern einen Strauß zusam- mengebündelt und mitgenommen; mein Mantel, meine Kleider, meine Hände, das ganze Hotelzimmer – das Ganze roch nach dem Wäld- chen. Ein gemischter Geruch von welkem Gras, moderndem Laub, verwesenden Wurzeln erfüllte den Raum. Es roch wie im Wäldchen nach Moos des Sommers und nach feuchten Pilzen, die längst nicht mehr da waren. Und es roch auch schon frisch und kühl nach dem Schnee, den die stürmischen Wolken erst herantrugen. Als wären diese Gerüche nicht nur an meinen Kleidern haftengeblieben, nicht bloß in meine Sinne eingedrungen, sondern als hätten sie meine ganze Seele erfüllt: ermattet und erfrischt, berauscht und klarsichtig zugleich ging ich in meinem Zimmer um den Tisch herum, auf dem im Wasserkrug der purpurne Strauß leuchtete, als wäre mit den Herbst- gerüchen dieses Wäldchens die Meisterin meiner Jugend: die Land- schaft der Heimat, in meine Brust eingezogen. Und ich hörte meinen Seufzer: Wie schön ist erst der Wald von Dobropolje in solchen Herbsttagen! Wer sprach so? Der nach dem Städtchen H. zu dem Freunde Partyka gereist war? Oder schon der andere, der sich in meiner Brust eingerichtet hatte und bereits im Begriffe war, sich auf den Weg nach Dobropolje zu machen?

Da hörte ich jemand hinter der Tür meines Zimmers atmen, gleich darauf ein Pochen an der Tür. Ein starkes und zorniges Pochen, das offenbar bereits in Ungeduld wiederholt wurde. Und indes ich noch in Gedanken zu erraten suchte, wer der ungeduldige Besucher wohl sein mochte, trat Goddl der Gabbe ein. Er klinkte hinter sich die Türe zu und blieb stehn.

»Was wünschen Sie!« rief ich, von diesem Überfall überrascht.

»Josef ben Juda von Dobropolje –«, begann Goddl in bedächtigem, singendem Tonfall, als spräche er nicht zu mir, sondern als rufe er mich zur Tora auf.

»Ich heiße nicht so«, sagte ich.

»Josef ben Juda Mohylewski«, hob er wieder an, als rufe er nicht mich auf, sondern jemanden, der hinter mir verborgen war.

»Ich bin nicht der, den Sie rufen«, warf ich schnell ein.

»Josef ben Juda!« wiederholte er nunmehr mit warnender Stimme. »Josef ben Juda! Unser Rabbi ruft Sie so. Also heißen Sie so. Und der Rabbi ruft Sie zu sich.«

»Ich kenne ihn nicht«, sagte ich und überlegte, ob dieser Einwand nicht schon meine Schwäche zeigte.

»Unser Rabbi kennt *Sie*! Unser Rabbi befiehlt Ihnen, sofort zu kommen.«

»Ich werde nicht kommen!« rief ich mit lauter Stimme. Dennoch klang es matt, als sei meine Stimme zu schwach, um auch nur das Haargestrüpp auf dem Gesicht dieses Boten zu durchdringen.

»Wen der Rabbi ruft, der kommt. Auch Sie, Josef ben Juda, auch Sie werden kommen.«

»Nicht mich ruft der Rabbi. Er ruft einen andern.«

»Der Rabbi weiß wohl, daß Sie auf dem Wege sind, ein anderer zu werden. Der Rabbi fordert Sie zur Umkehr auf. Es ist Zeit, Josef ben Juda. Noch ist Zeit zur Umkehr. Der erste Schritt soll Sie zum Rabbi führen.«

»Wenn ich aber doch nicht gehen will!« schrie ich.

»Wenn Sie nicht gehen wollen, so wird der Zaddik Sie bannen!« sagte Goddl mit seiner ruhigen Stimme, obgleich er bei diesen Worten seinen Stock erhoben hatte.

Es war nicht der dicke Knotenstock, auf den er sich am Abend meiner Ankunft im Flur des Gasthofes stützte. Es war ein alter leichter Stock mit einer sanft und breit ausgebogenen Krücke, die, von den Handtellern vieler Träger geglättet, bleich und wächsern schimmerte wie die Stirn eines alten Talmudisten. Der Gabbe hatte den Stock wohl gegen mich erhoben, aber nicht so, wie man einen Stock mit einer drohenden Gebärde erhebt. Er hatte den Stock nicht an der

Krücke, sondern ungefähr in der Mitte erfaßt und er hielt ihn nicht mit einer, sondern mit beiden Händen hoch. Die dicken Finger zweier Bärentatzen umflochten den dürftigen Leib des Stockes als eine heilige Reliquie. Schon bei seinem Eintritt ins Zimmer hatte mich Goddls feierliche Haltung überrascht: ein Bote mit einem Stock. So war er erschienen. Und so sah ich ihn. Ich hatte auch den alten Stock in seiner Hand bemerkt und mich gleich gefragt, woran mich dieser Stock nur gemahnte. Unter dem Gespräch hatte sich diese Frage verflüchtigt; nun aber, angesichts des erhobenen Stockes, stand sie wieder vor mir da.

»Der Rabbi hat nicht die Macht, mich zu bannen.« Ich stellte diesen Satz gleichsam als Wehr gegen den erhobenen Stock hin, und ich wiederholte ihn gleich noch einmal.

»Unser Rabbi ist wohl noch jung an Jahren«, begann Goddl mit einem Lächeln des Bedauerns, das über das kupferrote Gestrüpp seines Bartes mit einem Glanz der Trauer sich ausbreitete. »Aber so jung er auch sein mag, er ist ein Ururenkel des großen Zaddiks Rabbi Schmelke von Szarygrod, gesegnet sein Name. Des zum Zeichen hier dieser Stock: es ist der Stock des heiligen Rabbi Schmelke, gesegnet sein Name. Sie wissen, was das heißt.« – Goddl war, sprechend, immer näher gekommen und hatte, sprechend, den Stock des großen Zaddiks immer höher gehoben.

»Ich weiß, ich weiß«, sagte ich schnell, worauf Goddl seine Arme und seinen Stock ein wenig sinken ließ. Der Griff des Stockes schwebte jetzt etwa in Brusthöhe vor mir. Nun wurde ich gewahr, daß der Stock Rabbi Schmelkes von demselben Holz und genauso geformt und gebogen war wie der Stock meines Urgroßonkels Rabbi Abba. Diesen Stock hatte mein Vater nach dem Tode Rabbi Abbas im Trauerhaus an sich genommen und in seinem Zimmer als ein kostbares Erbstück aufbewahrt. Wie der Zwillingsbruder vom Stock meines Urgroßonkels sah Rabbi Schmelkes Stock aus. Es war aber jener Stock, mit dem mein Vater, als er von meiner Liebschaft mit einem Bauernmädchen erfahren hatte, mich schlug, weil ich von dem Mädchen nicht lassen wollte. Darüber waren wohl Jahre vergangen, aber der letzte Grund meiner Flucht aus dem Vaterhaus war nicht vergessen. Ich konnte die Züchtigung meinem Vater, mein Vater mir nicht vergessen, daß ich ihn so weit gebracht hatte, Rabbi Abbas

Stock zu solchem Mißbrauch zu entwürdigen. Für den Stock Rabbi Schmelkes war diese Erinnerung keine glückliche Fügung.

»Wie alt ist Ihr Rebtschik?« versetzte ich nunmehr Goddl eine Frage.

»Unser Rabbi ist noch sehr jung an Jahren«, murmelte Goddl, verblüfft über den Ton sowie über die verletzende Bezeichnung »Rebtschik«, und er wich zwei, drei Schritt zurück.

»Nun? Wie alt?« fragte ich »Wie alt ist der Rebtschik?«

»Unser Rabbi ist neunzehn Jahre alt«, sagte Goddl, und ich hörte, wie der Zorn über die Beleidigung an seiner Stimme würgte. »Unser Rabbi ist erst neunzehn Jahre alt«, keuchte er. »Aber wenn Sie noch einmal Rebtschik sagen –«

»So? Neunzehn Jahre ist er, der Wundermann von H.? Und so ein Rotzjunge will mich bannen?!«

Über das knochenflächige Gesicht Goddls strich erst eine Blutwelle, daß Stirne und Backen so kupfern wurden wie sein Bart. Die Blutwelle schien aber zusehends im Barte und in dem Schläfenhaar zu versickern, denn je mehr das Gesicht erbleichte, desto blutvoller entflammte sein Bart. Die Adern in seinem Stierhals schwollen an, und mit einem gurgelnden Laut aus seiner Blasebalgbrust stieß er zwei, drei Schritt gegen mich vor. Daß Goddl der Gabbe es wohl wagen würde, Hand an mich zu legen, dachte ich mir schon. Daß er mir an Kraft überlegen war, daran war kein Zweifel. Aber trotz allen Wandlungen, die ich bis dahin in meinem Leben durchgemacht hatte – ein Dobropoljer ist noch selten einer Schlägerei ausgewichen, und das Wäldchen von H. hatte mir offenbar in den zwei schönen Tagen mit dem Gold der Jugend auch ihre Rauflust wiedergebracht.

Allein, es kam nicht soweit. Schon im Begriffe, mich mit einer Tatze zu fassen, besann sich der Gabbe und ließ von mir ab. Einen Augenblick schien er, noch keuchend und mit geballten Brauen, zu überlegen, ob er nicht lieber gehen sollte. Doch gleich riß er sich mit imponierender Selbstbeherrschung zusammen, und es machte mir keinen geringen Eindruck, wie schnell und wie vollkommen ein zu äußerster Gewalttat entschlossener Türsteher in einem Nu sich wieder in den würdevollen Boten eines Wunderrabbis verwandelte. Er stellte jetzt den Stock – den er vorher mit dem Griff an seine breite Brust gedrückt hatte, als wollte er die Reliquie im Brustbausch seines Kaftans vor Entweihung behüten – er stellte jetzt den Stock weit von sich ab, und mit vorgestreckten Armen, beide Hände leicht auf die Krücke gestützt, nahm er wieder das Wort. Seine Stimme, als sei sie in der Flut des Zornes ertrunken, versagte aber zunächst völlig. Eine Weile bewegten sich seine schweren Lippen tonlos und stumm, als beschwörten sie die verlorene Stimme, wieder zum Dienst an der Botschaft zu erscheinen. Dann kam sie dunkel und tief, aber ruhig und milde: »Heute, am Vormittag schon, nach seinem Morgengebet, sagte mir der Rabbi: ›In Nuchim Schapiras Gasthof ist ein Fremder angekommen. Dieser Fremde ist ein Jude.‹ – ›Rabbi‹, sagte ich darauf, ›wohl ist vor Tagen schon ein Fremder in Schapiras Gasthof angekommen, aber dieser Fremde ist kein Jude. Und außer diesem Fremden ist kein anderer Gast in unsere Stadt gekommen.‹ – ›Der Fremde, der bei Schapira wohnt, ist ein Jude‹, sagte der Rabbi. ›Er heißt Josef, er ist der Sohn des Juda Mohylewski von Dobropolje.‹ – ›Rabbi‹, sagte ich, ›diesen Fremden habe ich schon gesehen. Der heißt nicht so. Er hat einen christlichen Namen. Ich habe diesen Fremden gesehen, es ist kein jüdischer Zug in seinem Gesicht.‹ – ›Ein Gesicht kann täuschen, Goddl‹, sagte der Rabbi. ›Der Fremde ist ein studierter Mann, ein Doktor. Er kommt von weit her, und er ist, nicht hier sei es gesagt, im Begriffe, vom wahren Weg abzukommen. Zu diesem Fremden wirst du, Goddl, sogleich hingehn, und du wirst ihm sagen: Der Rabbi weiß längst, was du in deinem Willen trägst, Josef ben Juda. Der Rabbi fastet und betet, um deinen bösen Willen zu brechen. Jung an Jahren und Verdiensten ist der Rabbi und seine Macht über die Seelen ist gering wie sein Verdienst. Aber wissen will der Rabbi, was in deinem Sinne, Josef ben Juda, was denn in deinem Sinne so böse wider uns und unsern Glauben redet?‹ – ›Rabbi‹, sagte ich, ›dieser Fremde, dieser Doktor, hat sich schon einen christlichen Namen beigelegt, seine Mahlzeiten nimmt er, der Allmächtige möge alle jüdischen Kinder davor behüten, beim Pfarrer ein!‹ so sagte ich. ›Rabbi, wenn ein Jude schon so weit ist, Rabbi, wird er uns gehorchen?‹ Da ging der Rabbi in die Ecke seines Zimmers, wo an die Ostwand gelehnt, der Stock seines Ururgroßvaters Rabbi Schmelke steht, sein Name sei gesegnet, und der Rabbi nahm den Stock und überreichte ihn mir mit den Worten: ›Geh hin zu dem Verwirrten und sage ihm, daß ich ihm befehle, hierher zu mir zu kommen. Meine Verdienste sind so gering wie meine Kräfte. Aber ich habe gefastet und gebetet, daß mir die Verdienste meines Vaters, Rabbi Salmen, und die Verdienste meines Großvaters, Rabbi Mosche, und die Verdienste meines Ururgroßvaters, Rabbi Schmelke, beistehen mögen, des großen Zaddiks Rabbi Schmelke, der ein Enkel eines Schülerschülers des Baal-Schem-Tow war, die Namen der Heiligen uns allen zum Segen. Das sag ihm! Und er wird kommen.‹ So habe ich den Stock, und ich bringe die Botschaft.«

»Daß er mich bannen wollte, hat aber Ihr Rabbi nicht gesagt!«

»Ich bin ein schlechter Bote. Dem Schöpfer der Welt gefiel es, mein sündiges Herz mit Jähzorn zu strafen. Ich war ein schlechter Bote. Vergelten Sie aber unserem Rabbi den schlechten Boten nicht.«

Mit gebeugter Stirne, die Augen niedergeschlagen, stand nun der Riese vor mir, und die Demut seiner Bitte machte einen rabiaten Türhüter nahezu schön.

»Der Rabbi hat seit zwei Tagen keinen Bissen zu sich genommen. Auch seine Schüler beten Tag und Nacht, und sie fasten streng. Es sind zarte jüdische Kinder darunter, und sie spannen ihre Seelen an, um den bösen Willen zu brechen, und die Schande von unserer Stadt, von Ihrer Familie, von ganz Israel, abzuwenden. Sie werden hier nicht durchkommen, Herr Doktor! Sie werden gehorchen. Der Stock Rabbi Schmelkes –«

Aus dem Stock Rabbi Schmelkes machte ich mir, wie Du Dir, mein lieber Sohn, wohl denken wirst, nicht viel. Aber wenn ich auch schon ein Jahrzehnt unter jenen Wiener Israeliten gelebt hatte, die von den schwanken Türmen ihrer westlichen Kultur auf jeden polnischen Juden mit Verachtung herabblicken und aus dem Reichtum ihrer verfeinerten Phantasie jeden Kaftan mit galizischen Läusen bedenken – mir hatten die zwei Tage in H. mit der Landschaft der Kindheit auch die Erinnerung erfrischt an die Frömmigkeit meiner Kindheit, an die süßen meditativen Morgenstunden im Bethaus des Rabbi Simon, des Raws von T., unter dessen gütiger Aufsicht ich Jahre und Jahre als Gymnasiast vor dem Schulbeginn früh am Tage mit den frömmsten Kindern der Stadt täglich beten durfte.

Wir kamen um sieben Uhr ins Bethaus, und wir Gymnasiasten hatten nur eine halbe Stunde Zeit für das große Morgengebet. Wir wurden zu jenen nicht gerade beliebten Betern gezählt, die von den Frommen mit abschätzender Ironie »Bnei-rano« genannt wurden. Bnei heißt »Söhne« auf hebräisch, rano heißt »früh« in polnischer Sprache. Schon in dieser Kuppelung der heiligen Sprache mit einer fremden liegt die heiter wohlwollende, aber doch sehr deutliche Distanzierung einer solchen Sorte von Betern, die zwar ihre Pflicht erfüllen, aber in törichter Überschätzung ihrer profanen Geschäfte, sehr früh am Tage ihre Morgenandacht verrichten und eilends abbeten, um gleich darauf sich in ihr Tagwerk zu stürzen. Es waren meistens arme Leute, die früh ins Bethaus kamen, Handwerker, kleine Krämer, und dieser Sieben-Uhr-Turnus war nicht einmal der früheste. Manche beteten noch früher, und es gab Bethäuser des kleinen Volks, wo das Beten bei Tagesanbruch begann. Im Bethaus des Raws versammelte sich aber die Elite der Frommen, wohlhabende Leute, die es sich leisten konnten, das Morgengebet wichtiger zu nehmen als ihre Geschäfte. Es waren aber auch welche dabei, die so spärlich mit irdischen Gütern gesegnet waren, daß sie keine Geschäfte zu versäumen hatten. Diese Elite kam wohl schon früh ins Bethaus, ehe sie sich aber zu dem Kollektivgebet stellte, verrichtete jeder seine eigene Einzelandacht, die wohl ihre geheime Ordnung hatte, die aber uns Knaben als eine freiwillige Psalmen-Kür von gewaltigen Ausmaßen täglich großen Eindruck machte. Hier in diesem Bethaus waren wir Gymnasiasten die Bnei-rano. Aber man sah uns gerne. Ich vermute, daß der eine oder andere von dieser Elite an besonders kalten Wintertagen nur uns zuliebe so früh ins Bethaus kam, um nötigenfalls die erforderliche Zehnzahl eines Betkollegiums zu ergänzen.

Mit besonderem Wohlwollen behandelte uns ein junger Mann, der zwar noch keinen Bart, dafür aber eine tiefmännliche Baßstimme hatte, die wir sehr liebten. Er war es, Reb Herschel, der immer dafür sorgte, daß die Zehnzahl schnell bereit war, daß wir rechtzeitig in die Schule kamen. Wenn im Winter bei grimmigem Frost die Zehnzahl um sieben Uhr noch nicht beisammen war, stürzte der kinderfreundliche Reb Herschel auf die Straße hinaus, kam eilends mit einem Marktgeher oder einem Wasserträger zurück, und das Beten begann. Rabbi Herschel selber machte uns den Vorbeter. Seine schöne Stimme erfüllte den Betraum mit weicher Wärme, von dem Atem seines Gesanges fingen die blauen Eisblumen an den Fensterscheiben zu tauen an. Der noch nachtblaue schneefahle Wintermorgen schlug taggläubig seine Eisblumenaugen auf, und die Inbrunst des jungen Vorbeters wirkte das Wunder, daß unsern kleinen Herzen alle Angst vor dem Tag genommen wurde. Die Angst vor der Schule wich dem morgenfrühen Mirakel des Betens; die große Herzensangst kleiner Kinder vor

Schulen, in denen so manches jüdische Kind sich genötigt fand, den Lehrern nicht bloß zu entsprechen, sondern sie zu entwaffnen.

Am Sabbat und an Feiertagen, wenn der junge Rabbi Herschel noch schöner sang als an Wochentagen, blieben wir so lange, daß wir den Weg zur Schule im Laufschritt machen mußten. Aber im Hausflur noch verstellte uns die ehrwürdige alte Frau des Raws den Weg. Schon früh am Morgen mit ihrer Sabbatseide angetan, erwartete sie uns mit Sabbatgebäck, das die Köchin Jitte in einem Körbchen bereithielt. Und während sie uns ungeduldigen und vor ihrem Sabbatstaat befangenen Jungen die Taschen mit Sabbatgebäck vollstopfte, flüsterte sie Worte des Abschieds, der Sorge und des Segens zugleich: »Geht gesund. Ihr sollt, mit Gottes Zulassung, gute jüdische Kinder bleiben. Geht gesund.«

Nein, es waren gewiß nicht die magischen Kräfte von Rabbi Schmelkes Stock. Es war die Stimme, die kinderliebe Stimme des jungen Rabbi Herschel, die mich beinahe bezwungen hätte. Der Rabbi von H., der noch so jung an Jahren war, vielleicht sah er aus wie der fromme Kinderfreund, unser Rabbi Herschel? Der Rabbi betete für mich. Vielleicht konnte er so inniggroß beten wie Rabbi Herschel? Und er fastete für mich. Und seine Schüler fasteten, während ich am Tisch des Propstes aß ...

Ich kehrte dem Roten Gabbe den Rücken, daß er nicht merkte, wie mir zumute war, und ich sagte ihm etwa: »Ich bin hier zu Besuch bei einem Freunde; sollte ich eines Rats bedürfen, werde ich den Rat des Rabbis von H. mit Dank in Anspruch nehmen. Bestellen Sie das Ihrem Rabbi.«

Hinter meinem Rücken hörte ich an den Atemstößen Goddls, welche Erleichterung ihm schon meine ausweichende Antwort verschaffte. Er schwieg eine längere Weile, als überdenke er, was er im Sinne des Rabbis noch vorzubringen hätte, dann sagte er: »Ich komme morgen wieder. Wenn Sie morgen noch nicht bereit sein sollten, komme ich wieder und rufe Sie zum dritten Mal. Und zum dritten Mal werden Sie, mit Gottes Hilfe, dem Rabbi folgen.«

Damit ging er.

XVI

An diesem Abend war es, daß ich bei Tische und zur Rechten des Propstes die Empfindung hatte, nunmehr frei und ohne Bedrückung Anspielungen auf Apostasie und Glaubenswechsel vernehmen zu können. Denn seit meinem kindischen Betragen am ersten Abend begnügte sich der alte Herr nur eben mit Andeutungen und Anspielungen, die an meinen Fall meistens sehr behutsam und nur von fern her rührten. An diesem Abend wurde ich zum ersten Mal gewahr, wie schon die leiseste Anspielung auf meine Situation den Freund, meinen Freund Partyka, augenscheinlich sehr verdroß, denn er gab sich nicht einmal die Mühe, seinen Ärger zu unterdrücken. Wohl wußte er, mit verzogener Miene seinem Ärger den Anschein des Kummers zu verleihen, doch in seinen Augenwinkeln blitzte es hin und wieder eisblau auf. Ich mußte mich über die kecke Unduldsamkeit Partykas wundern, und ich fragte mich, was ich, von meinen eigenen Sorgen benommen – was ich wohl alles an Veränderungen in der Gemütsart meines Freundes nicht bemerkt haben mochte.

Allein, der Propst gab ihm diesmal im Lauf des Tischgesprächs nur sehr wenig Anlaß zum Verdruß. Der alte Herr hatte den Nachmittag in einem Buche gelesen, dessen Autor, nach dem Urteil des Propstes ein Meister der Exegese, sehr kühne Behauptungen über die Frage anstellte, warum die Anhänger der griechisch-katholischen Lehre – wie die Evangelien – stets einen ganz bestimmten Unterschied machen zwischen der Maria, die Nardenöl auf Jesu Füße goß, und der andern Maria, welcher der Herr zurief: »Noli me tangere« – während in der Überlieferung der abendländischen Kirche schon in früher Zeit Maria, die Schwester Marthas, und die Sünderin Maria zu einer Person verschmolzen wurden. Mit dem Behagen an einer fremden Meisterschaft, die zu würdigen nur einem gegeben ist, der selbst ein Meister ist, erzählte der alte Herr von dem Autor, dessen Geist und Wissen zu rühmen er nicht müde wurde, obgleich er selbst eine wesentlich verschiedene Theorie vor uns entwickelte. Aber auch mein Freund Partyka überraschte mich mit geistvollen Aussprüchen, die ich ihm nicht zugetraut haben würde. Zum ersten Mal konnte ich mich der Vermutung nicht entschlagen, daß Partyka nicht nur mich, sondern vielleicht auch den Hochwürdigen täuschte, wenn er sich als den jungen Priester gab, der mit dem bescheidenen Posten in H. sich für alle Fälle zufriedengeben wollte. Daß er seine Kenntnisse und seinen Scharfsinn nicht zum geringen Teil offenbar in der Schule des Propstes erworben hatte, daran war sowenig zu zweifeln wie an der Vortrefflichkeit dieser Schule. Wohl behielt Partyka in dem lehrreichen Gespräch die Haltung des Schülers vor dem Meister, allein, als Schüler durfte er nur angesichts des Meisters gelten, und selbst da langten seine Kenntnisse zur Beziehung einer Linie, die vom Standpunkt des Meisters sehr deutlich abwich. Und obschon mir die Materie fremd war, so viel verstand ich davon, um feststellen zu können, daß Partyka mit seinen Ansichten, wie immer, völlig auf dem Boden der griechisch-katholischen Kirche blieb.

Der alte Herr sprach, wie es seine Art war, ohne Schärfe, als seien seine eigentlichen Gedanken irgendwo unterwegs in einer helleren Landschaft, von deren Licht nur hin und wieder ein kleiner Strahl sich ablöste und im Fluß der Worte sich spiegelte. Partyka hingegen debattierte wie ein junger Student, der im Feuereifer unbedenklich von einem Gebiete ins andere springt, wenn es gilt, ein stichhaltiges Argument herbeizuholen. In welchen Sprüngen nun die Ausführungen Partykas das Gespräch von den kultischen Unterschieden zum Unterschied der abendländischen und griechischen Riten hinlenkten, hätte ich vermutlich schon tags darauf nicht zu sagen gewußt. Heute weiß ich nur noch zu erinnern, daß beim Nachtisch das Gespräch bereits von den Missionen zu den Proselyten übergegangen war, um schließlich bei Anekdoten von Bekehrern und Bekehrten die längste Zeit zu verweilen.

Zum Abschluß des Abends aber, der alte Herr hatte uns schon beurlaubt und war im Begriffe, sich zurückzuziehn, erzählte er, gleichsam mir zum Geleit, noch folgende Geschichte: »Der Weise von Jasnaja Poljana hatte einen jüdischen Freund, der ihn öfter besuchte. Wie es in seiner Gewohnheit war, sprach der Dichter auch mit seinem jüdischen Gast von den Evangelien, natürlich ohne Absicht, den Gast zu bekehren. Eines Tages erhielt er aus Petersburg einen Brief, in dem ihm dieser Jude mitteilte, er sei zum Christentum übergetreten. Der Dichter war über diese Nachricht sehr bestürzt. Mit zitternden Händen überreichte er diesen Brief seinem Sekretär mit den Worten: ›Sieh, ich habe vielleicht eine Todsünde auf mich geladen.‹ Und er brach in

Tränen aus.« – Und mit dem unschuldigen Gesicht eines Kindes, das sein Abendgebet ordentlich aufgesagt hat, verabschiedete uns der Hochwürdige und verschwand hinter der Tür seines Schlafzimmers.

»Siehst du«, sagte Partyka, als wir uns hernach in seinem Wohnzimmer, wie an allen Abenden, zu einer katechetischen Unterweisung eingerichtet hatten, »siehst du, wie hinterhältig er sein kann.«

»Warum denn gleich hinterhältig?«

»Du kennst ihn nicht. Du kennst ihn noch lange nicht. Das ganze heutige Tischgespräch hat er daraufhin aufgebaut, um uns zum Schluß diese Literaturanekdote zu versetzen. Du kennst ihn noch nicht.«

Ich wüßte kaum genau zu sagen, welcher Zug im Gesicht meines Freundes mich beunruhigte, als ich ihn, erstaunt über die harten Worte, daraufhin ansah. So viele Bilder vom Gesicht Partykas trage ich in meiner Erinnerung, alles Bilder, die ihn darstellen, daß es mir nicht möglich wäre zu beschreiben, wie jener Partyka aussah, der so von einem bewundernswerten Manne sprechen konnte. Vielleicht, daß ich mir schon an diesem Abend dachte: den Alten kenne ich wohl, allein, dich, mein Freund, dich erkenne ich nicht wieder, wenn ich dich so sprechen höre. Doch sagte ich nur etwa: »Laß gut sein! Dieser Mann ist nicht hinterhältig. Und die Anekdote, nun, mir gibt sie zu denken.«

»Das Gift fängt schon an zu wirken!« rief Partyka im Zorn.

»Was für ein Gift?«

»Er ist kein Diener der Kirche mehr. Vor Jahren schon hat er einen ähnlichen Streich verübt.«

»Was für einen Streich?«

»Das erzähle ich dir erst, wenn du außer Gefahr bist.«

»Ich fühle mich durchaus nicht gefährdet.«

»Aber du sprichst heute schon anders als gestern. Und ganz anders als am ersten Tag. Dabei hat er mir zugesagt, dich nicht zu beeinflussen. Und doch verzapft er täglich ein Tröpfchen Gift.«

»Aber Partyka! Der Unsinn wird nicht sinnreicher, wenn du ihn wiederholst. Er hat seine eigene Ansicht.«

»Er ist ein Tolstojaner, das wird mir langsam klar. Und ein Russophile ist er auch. Wenn du griechisch-orthodox werden möchtest, würde er nicht gegen mich sprechen.«

»Wieso denn, Partyka«, hielt ich ihm vor. »Jener Petersburger Jude ist doch griechisch-orthodox geworden!«

Partyka besann sich, lächelte und setzte sich, anscheinend beruhigt. Wir saßen dann, jeder in seiner Ecke auf dem Sofa, zwischen uns eine Aschenschale. Wir rauchten, jeder mit seinen eigenen Gedanken beschäftigt. Als unsere Hände einmal über der Aschenschale aufeinandertrafen, klopfte Partyka mit einem Finger ein paarmal auf meine Hand und sagte nunmehr freundlich und zutraulich: »Und doch, Osyp! Und doch irre ich mich nicht, du warst heute bei Tisch ganz anders als sonst. Heute saßest du bei Tisch ganz deutlich mit ihm, nicht mit mir.«

»Ich bin mir dessen zwar nicht bewußt, es kann aber so gewesen sein. Dafür kann aber der Hochwürdige nichts.«

»*Ich* doch nicht?«

»Nein. Es hat einen ganz andern Grund.«

»Den mußt du mir aber sagen.«

»Bei mir war heute ein Besuch.«

»Jemand von deinen Leuten?« rief Partyka aus und sprang vom Sitz.

»Aber nein, Partyka. Bei mir war heute Goddl der Gabbe.«

»Ach so, der Rote! So. So. Und?«

»Der Rabbi ruft mich.«

»Und du wirst gehn?«

»Vielleicht. Ich hab' noch Bedenkzeit.«

»So? Bedenkzeit?« meinte Partyka. Mit langen Schritten ging er auf und ab im Zimmer und wiederholte ein paarmal: »So, so. Bedenkzeit.«

»Ich hatte heute den ersten guten Tag hier, und da bin ich auch vor Goddl ein wenig weich geworden, obschon er zuerst nicht so sanft mit mir verfuhr.«

»Ja, ja. Die Juden hier sind frech. Und weißt du, wer schuld ist daran? Der Hochwürdige!«

Die Scham des Abtrünnigen überkam mich zum ersten Mal, da ich Partyka in meiner Anwesenheit von Juden so sprechen hörte, als wären es Feinde. Das hatte er nie vorher getan.

»Du wunderst dich natürlich. Und doch ist es so. Ich erzähle dir gelegentlich, was er hier für einen Streich gespielt hat, noch vor meiner Zeit. Seitdem sind die Juden noch frecher geworden. Aber diesmal sollen sie nicht recht behalten. – Entschuldige mich, ich bin gleich wieder da.«

»Du wirst doch nichts gegen die armen Juden unternehmen, du?!« rief ich ihm nach.

»Aber nein!« rief er schon von draußen zurück, »ich will nur unserem Küster, meinem Goddl, weißt du, einen Auftrag geben. Das hat mit dir nichts zu tun.«

Ich hatte keinen Grund, meinen Freund einer Lüge oder gar einer Falschheit zu verdächtigen. Daß er einen Auftrag an den Küster hatte, wenn auch so spät am Abend, mochte nicht selten vorkommen. Der Küster wohnte im Kloster, Partyka hatte keinen weiten Weg zu machen, auf den bequemen Herrn Pfarrer war er von Natur nicht eingerichtet. Dennoch – mein Freund hatte diesmal gelogen.

An diesem Abend machte ich mir aber keine weiteren Gedanken darüber. Allein geblieben, streckte ich mich auf dem Sofa bequem aus, und in der matten Gemütsverfassung, die einer vortrefflichen und mit Heißhunger genossenen Mahlzeit zu folgen pflegt, vernahm ich mit eindämmernden Sinnen die Laute der Novembernacht. Hinter den Fenstern war Wind und Stille, Rauschen und Stille, Rascheln, Stille und Stille.

XVII

Als hätte ihn die Stille selbst ins Zimmer gesetzt: Vor mir stand plötzlich Goddl der Gabbe. Riesengroß, Reb Schmelkes Stock in der erhobenen Rechten, die linke Hand spielerisch beschäftigt mit einem Strauß wunderschönen Buchenlaubs, der im Gürtel seines Kaftans steckte.

»Komm«, sagte er ohne Stimme. Ich las ihm den Laut von den Lippen ab.

»Wohin?« fragte ich törichtermaßen, wie ein Schüler bei einer Prüfung eine Frage wiederholt, um Zeit zu gewinnen.

»Der Rabbi ruft«, sagte Goddl.

»Sie wollten mich ja doch erst morgen zum zweiten Mal rufen?«

Darauf streckte Goddl den Stock vor und berührte mit der Krücke meine Brust. Ich fühlte, wie mein Herz und meine Brust sich weiteten, und in einem langen Zug tiefen Atem holend, glitt ich, als hätte der mächtige Atemzug mit meiner Brust auch mein Lager in die Höhe gehoben, vom Sofa und stand schwankend vor Goddl.

»Komm«, winkte er mir mit einer langsamen Drehung des Kopfes.
»Ich habe mir ja doch Bedenkzeit ausbedungen«, versuchte ich noch einzuwenden.

»Wenn der Rabbi ruft, gibt es keine Bedenkzeit, Narr du«, hörte ich Partykas Stimme, und er selbst trat auch gleich hinter Goddl hervor und gab mir, wie der Gabbe, einen Wink mit dem Kopf.

»Du gehst mit?« fragte ich, erfreut über sein Hinzutreten.

»Freilich«, sagte Partyka. »Man ruft auch mich. Komm!«

Goddl stand schon vor der Tür. Ohne seine Hand zu bemühen, klinkte er sie mit einem Druck des Ellbogens auf. Wir folgten und traten hinter ihm in die Nacht hinaus.

Es war gutes Mondlicht. An dem tiefdunklen Himmel hingen die Sterne. Seltsam rein, plastisch und eckig, wie goldene hebräische Buchstaben auf schwarzem Pergament. Sieh, ich kann in den Sternen lesen wie in einem Buch! – wollte ich Partyka sagen, aber mein Entzücken darüber, daß ich in den Sternen lesen konnte, übermächtigte meine Stimme. Die Luft war so leicht und still, als gingen wir hinter Goddl in einem geschlossenen Raum daher, dessen Decke als Sternhimmel ausgemalt war. Der Mond war nicht zu sehen. Das scharfe Geräusch der Schritte im Laub band unsere Füße im Gleichschritt, und obschon wir, Partyka und ich, sehr behutsam auftraten, hatte ich den Eindruck, als verfolgten wir in mörderischer Absicht die große Nachtstille, die vor der Schärfe unserer rasselnden Schritte flüchtete und vorauslief, um sich im Wäldchen vor uns zu retten. Vor uns Goddl benützte den Stock beim Gehen als Stütze wie einen ganz gewöhnlichen Stock – Reb Schmelkes Stock! Mir war es gleich zum Weinen vor Scham, als ich dies sah. Warum tat er das? Der mißbrauchte Stock behielt dennoch seine eigentümliche Würde. Er glitt über die Laubstreu in schiefschwebender Haltung, wie über einem reißenden Wasser gegen die Strömung gezogen. Die Blattstreu zischte unter der Berührung der stählernen Stockspitze auf. Zrrr – schwirrte das Laub. Topp – pochte die Stockspitze auf dem Laubbett des Pfades. Zrrr – topp – zrrr – topp –: es war, als messe und zähle der Stock unsere Schritte. Wir traten in den Wald.

Auch im Walde war mondklare Nacht. Wenn aber die Stille glaubte, sich hier vor uns zu retten, so war sie übel beraten. Ein großes Rauschen empfing uns gleich im Walde. Vielleicht war es die Stille, die das Rauschen erzeugte, um sich darin vor uns zu verbergen?

Der Wald rauschte ganz anders als am Nachmittag, da der Sturm sich erhoben und mich aus dem Wäldchen vertrieben hatte. Die Windstöße waren nicht schwächer, vielleicht sogar stärker als die am Vorabend, aber es waren helle und milde Windstöße. Vielleicht milderte das Mondlicht die Windstöße, das fließende flutende Licht des noch immer unsichtbaren Mondes, denn auch das Heulen des Windes war hell anzuhören, wie es der Mond so milde überfloß. Von den Bäumen, die nur auf den ersten Blick schon ganz entlaubt dastanden, fiel das Laub in ununterbrochenem Rieseln. Im klaren Schein zeigten manche Bäume ihre nackten Skelette, denen die Winde das Fleisch abgenagt hatten; viele aber hatten noch Laub genug zu verlieren. Je tiefer wir in den Wald eindrangen, je dichter fielen die Blätter. Sie fielen erst in Flocken wie Schnee, aber wo der Wind zustieß, gingen sie in ganzen silbernen Säulen nieder. Sie fielen sanft und leise rauschend, aber so dicht, daß wir, Partyka und ich, mitunter unsere Hände vor dem Gesicht hochhalten mußten, um hinter dem Schutz der Handteller ungehindert Atem zu holen bei dem scharfen Gang durch das Blattgestöber.

An allen schönen Bäumen, die ich in den drei schönen Tagen gesehen hatte, an allen meinen bekannten Bäumen vorbei, führte der Weg zum Rabbi. Da stand die junge Birke, in allen Blättern erschauernd vor dem Sturm, dem wilden Tod, und wie das Mädchen bat auch die zarte Birke den Wilden: Rühre mich nicht an. Die hohe Zitterpappel bewahrte auch im Sturm ihre stolze Haltung. Griff der Sturm ihr noch so frech in die schön belaubten Äste, sie stand in ihrer Würde da, eine hohe Edelfrau, die dem Waldpöbel ein Beispiel noch im Sterben gibt. Die Zitterpappel aber hatte ich bei Tag gar nicht gesehn. Und es standen auch Linden und verschiedene Ahornarten, und Platanen prangten in der unermeßlichen Vielgestalt ihrer Blätter! Alle Bäume des Dobropoljer Waldes und des Gazons waren auf einmal da! Sogar die Trauerbuche, die ihre Äste so breit über dem Kleinen Teich ausstreckte, fand sich auch hier ein. O ihr Bäume meiner Kindheit! Wie wart ihr groß! Wenn Goddl nicht so scharf ausschreiten möchte, könnte ich alle Bäume von Dobropolje hier begrüßen …

»Wo ist Goddl«, fragte plötzlich Partyka.

»Er ist eben in der Biegung verschwunden«, sagte ich. »Hörst du nicht den Stock? Zrrr – topp – zrrr – topp!«

»Wenn wir nur nicht den Weg verlieren«, sagte Partyka.

»Du weißt ja doch den Weg«, sagte ich.

»Welchen Weg?« fragte er.

»Den Weg zum Rabbi«, sagte ich.

»Goddl geht einen andern Weg«, sagte er.

»Wenn der Stock Rabbi Schmelkes ihn führt, so führt auch dieser Weg zum Rabbi«, sagte ich, und Zuversicht erfüllte mein Herz.

»Hast du die Bäume gesehn?« fragte Partyka.

»Ja«, sagte ich. »Alle sind sie da, und ich hab' sie alle lieb.«

»Alle Bäume von Dobropolje sind hier«, flüsterte Partyka. »Es geht hier nicht mit rechten Dingen zu.«

»Wo diese Bäume sind, da geht ein guter Weg«, frohlockte ich.

»Gott sei Dank, da ist ja Goddl!« sagte Partyka.

Wir hatten fast im Lauf – denn Partyka drängte sehr – die Biegung des Pfades erreicht. Rechter Seite war jetzt eine Waldlichtung. Am Rande des Waldes, der Lichtung entlang, schritt Goddl, die Stahlspitze des Stockes blitzte im Mondlicht über der Laubstreu wie ein silbernes Glühwürmchen. Der Sturm hatte indes nachgelassen. Am Himmel schwebte, hinter einem dünnen Schleier, die Mondsichel, deutlich inmitten der Sternenbuchstaben, wie ein Initial, mit dem das Buch des Himmels anhebt.

»Schau, Partyka, die Mondsichel ist wie ein großer Buchstabe!«

»Ja«, sagte Partyka, »wie das große Bet, mit dem die Heilige Schrift beginnt: Bereschit.«

»Du kannst Hebräisch, Partyka?« verwunderte ich mich.

»Freilich, freilich«, sagte er. »Aber in dem Himmelsbuch kann ich nicht lesen. Da sind die Buchstaben mir zu groß.«

»Ich kann es!« rief ich übermütig.

Und tatsächlich, ich konnte es auf einmal! Im Schreiten, im Gleiten, das Gesicht gegen den Himmel, las ich die großen goldenen Sternzeilen, entzückt von der Schönheit der Worte, deren Sinn sich meinem Herzen mit wunderbarer Leichtigkeit eröffnete.

»Da, sieh, da ist auch die Zeile vom Dobropoljer Wald«, flüsterte mir Partyka zu.

Als hätten die Worte den Mond und die Sterne ausgelöscht – plötzlich war es dunkel. Die Lichtung war hinter uns. Wir waren wieder im Walde. Obgleich der Wald hier sehr dicht und sehr dunkel war, erschien alles, die Baumstämme, die Äste, die Blätter an den Zweigen und das Laub am Waldboden – alles erschien sehr deutlich,

viel deutlicher und näher als es selbst im vollen Mondlicht der Waldlichtung war. In der Stille, wie sie nur in ganz alten Wäldern wohnt,
vernahm ich auch gleich das sanfte Rauschen und Murmeln des
Baches; den Bach aber konnte ich nicht sehen. Wie ich aber dem
beharrlich in eine Richtung weisenden Zeigefinger Partykas ungeduldig abwinken wollte, trat auf einmal der Bach in die dunkle, aber
eigentümlich deutliche Sicht. Kein Wunder, daß ich ihn nicht gleich
zu sehen vermochte! Der Bach schien gar kein Wasser mitzuführen,
nur welkes Laub! In einer dicken Schicht mit gefallenen Blättern
bedeckt, bewegte er sich langsam durch den Wald, von der Boden-
streu seiner Ufer, die ja auch nur aus Laubleichen bestanden, durch
nichts unterscheidbar als durch die Bewegung. Wie eine Riesenraupe
dicht mit Laub bepelzt, sich buckelnd und dehnend, sich zusam-
menziehend und sich streckend, kroch der Bach durch die finstere
Deutlichkeit des Waldes. Doch eben an dieser Laubfracht hätte ich
ihn, wie Partyka, gleich erkennen sollen. Im Walde von Dobropolje
gab es diesen Bach. Wenn er im November, von den Regengüssen
angeschwollen, aus dem Walde ausbrechend, den Hang hinab zum
Tale stürzte und die Wiesen überschwemmte, führte er aus dem Wald
eine solche Laubfracht mit, daß die Bauern scherzten: Der Gutsbesitzer spendet uns Heizung für den Winter.

»Wieso hast du ihn gleich bemerkt?« fragte ich Partyka, denn es
kränkte mich, daß er unsern Bach entdeckte, nicht ich.

»Wie ich diesem Goddl nicht traue«, sagte er finster. »Wer weiß,
wohin er uns führt, dieser böse Mann?«

»Keine Angst, Partyka«, sagte ich. »Mag er ein böser Mann sein,
er hat Rabbi Schmelkes Stock! Es ist ja der Stock, der uns führt, nicht
Goddl.«

»Wir versäumen uns hier, Josko«, mahnte Partyka besorgt, »schau,
wie weit Goddl schon ist. Wenn wir ihn aus den Augen verlieren –«

»Laufen wir ein wenig«, schlug ich vor, denn auch mir erschien
auf einmal der Vorsprung Goddls beunruhigend groß zu werden.

Wir faßten uns an den Händen und liefen eine Strecke. Keuchend,
denn der Lauf auf der tiefen Laubstreu war beschwerlicher als wir es
im Laufen empfanden, kamen wir dem ruhig schreitenden Goddl auf
etwa zehn Schritt nahe, machten aber halt, als Goddl im schnelleren
Fortschreiten nach uns zurückblickte.

»Wir sollen Abstand wahren«, flüsterte Partyka mir zu, und auch ich faßte Goddls mahnenden Blick so auf. Wir hielten uns daran und gingen eine Zeit in dem erreichten Abstand hinter Goddls Rücken, der aber trotz des Abstandes breit und wuchtig vor uns aufragte wie der Rücken eines Kutschers auf dem Kutschbock. Partyka fühlte sich nunmehr hinter dem Rücken Goddls so sicher, daß er meine Hand, die er im Laufen krampfhaft in der seinen gehalten hatte, jetzt ausließ. Obschon der Wald immer dichter und unser Weg jetzt voller Gestrüpp war, ging es dennoch leichter. Auf einmal spürte ich, wie Partyka im Gehen sich mit beiden Armen an meinen Hals hängte, den Kopf an meine Schulter drückte, ich hörte seine Zähne klappern, und mit vor Angst gepreßter Stimme fragte ich ihn: »Was ist mit dir, Lieber?«

Mit versagender Stimme flüsterte Partyka mit bebenden Lippen an meinem Ohr: »Josko – Josko – der Stock – der Stock – marschiert – er marschiert allein – Goddl ist verschwunden –«

»Was redest du, Philko«, rief ich und blickte über seinen Kopf hinweg hin.

»Oh, oh, oh!« hörte ich Partyka aufstöhnen, und ich sah: auf dem ausgetretenen Pfad, der sich deutlich von der höheren Laubschicht des Waldbodens absetzte, schritt, wie vorher an Goddls Seite, der Stock Reb Schmelkes allein!

In schiefschwebender Haltung glitt er über das Laub, wie über einen reißenden Bach gegen die Strömung gezogen, und das Laub zischte unter der Berührung der Stockspitze auf. Zrrr – schwirrten die Blätter, topp – pochte der Stock auf das Laubbett des Pfades, als ermahne er uns, ja nicht stehenzubleiben. Trotz lähmender Angst blieben wir nicht stehen. Wir folgten dem Stock, Partyka mit beiden Armen an meinem Hals, ich mit meinen Blicken an dem einsam schreitenden Stock hängend. Doch empfand ich – und ich empfand es mit begeistertem und feierlichem Erstaunen –: der Stock übte auf mich keine Beängstigung mehr aus, sondern eine Verlockung! War es nicht Reb Schmelkes Stock, der uns vor ein Gericht zitierte und uns zwang? Was Wunder, wenn ein solcher Stock ohne die armselige menschliche Begleitung allein uns zum Gerichtshof zu führen vermochte?

»Hab keine Angst, Philko«, tröstete ich meinen Freund, »der Stock wird uns schon den rechten Weg führen. Es ist ein jüdischer Stock.«

Partyka wollte etwas einwenden, es war aber keine Zeit dazu. Denn ein plötzlicher Wind erhob sich im Walde, und der Stock – als hätte er kein Vertrauen mehr zu dem Pfad, der im Laubgestöber verschwand – setzte mit einem seitlichen Sprung über die aufgewirbelten Laubhaufen hinweg, und die Krücke zurück zu uns drehend, als gäbe er uns einen Wink, ihm zu folgen, hüpfte er schnell in der Richtung zum Bach hin, dessen Rauschen und Gurgeln jetzt sogar den Sturm übertönte. Und sofort erfaßte uns alle, erst den Stock, dann mich und Partyka, der noch immer an meinem Halse hing, eine starke Strömung und glitt mit uns davon.

Es war, als ob wir in der Luft dahinschwebten. Doch standen wir auf dem Laubrücken des Baches aufrecht wie auf einer treibenden Eisscholle. Ein Rauschen über uns, ein Sausen erfüllte Ohren und Augen. Von allen Seiten umwirbelte uns das fallende Laub, so dicht schneite es jetzt welke Blätter, daß Partyka seine Sutane hochschürzte, damit wir Atem holten in der rasenden Fahrt. Über unsern Köpfen klafterten große Vogelflügel.

»Was mögen das für Vögel sein?« hörte ich mich laut fragen.

»Das sind keine Vögel, Josko. Es sind Ahornblätter.«

»So große?«

»Es sind keine einzelnen Blätter. Ahornblätter halten sich im Fall aneinander fest, um gesellig in den Tod zu gehn«, belehrte mich Partyka. Dabei drückte er meine Hände, als ob er andeuten wollte, daß auch uns beiden die Gelegenheit gegeben sei, es den Ahornblättern gleichzutun und gesellig in den Tod zu gehn. Obschon ich seine Furcht nicht teilte, durchschauerte mich der Druck seiner Hände und ich fing an, mit schwacher Stimme Psalmen in die Nacht hinauszusingen. Da verspürte ich mit geschlossenen Augenlidern und durch das Sausen hindurch, wie der Wald sich lichtete, und hinter dem Schutz der Sutanenschöße Partykas lugte ich hinaus. Alles war in flaschengrünes Licht getaucht. Am grünen Himmel der Mond und die Sterne waren klein und ohne eigenes Licht, wie versunken und ertrunken in den Fernen. War es noch Nacht? War es schon Morgen? Auf einmal stürzte das Bild durcheinander: Himmel, Mond und Sterne unten – Wald, Felder, Wiesen droben. Ich schloß die Augen, und alle meine Sinne erstarben. Partykas Stimme holte mich ein: »Der Morgen dämmert, und ein Dorf ist in Sicht.«

»Das ist ja schon –«, sagte ich, »– es ist aber kein Dorf, Partyka.«

»Nein«, sagte Partyka, »es ist ein Städtchen.«

»Es ist aber nicht unser Städtchen.«

»Nein«, sagte Partyka, »es ist ein andrer Ort.«

»Wann ist denn so viel Schnee gefallen?«

Es war ein Städtchen. Die Häuser waren aber so eingeschneit, daß sie klein und verstreut in der blauen Dämmerung dalagen wie die Hütten in einem Dorf. Über dem Städtchen war Nacht und Schnee und Sturm.

»Dort oben ist in einem Häuschen noch Licht«, sagte Partyka und zeigte mit ausgestrecktem Arm auf eine Anhöhe, wo überm Schnee ein schwaches Licht blinkte. War das Haus so niedrig oder war der Schnee so hoch? Oder kam das Licht von einer Laterne, die auf einer Schneewächte stand?

Während wir unsere Blicke in die Ferne richteten und nach dem Licht des Häuschens auf den Schneewächten ausspähten, war plötzlich das Häuschen auf der Anhöhe neben uns, ja gleich schon fast hinter uns, und zwischen den Schneewächten schritt Goddl der Gabbe mit dem Stock auf das Häuschen zu. Wir sprangen schnell in den Schnee und stürzten tief hinein. Liegend sahen wir, daß unser Weg weiterglitt: es war der Bach, mit dem Laub überstreut, die Raupe, die uns hierhergetragen hatte, die weiterraste. Während wir uns aus der weichen Tiefe herausarbeiteten, bemerkten wir erst, daß das Weiße nicht Schnee war, sondern Laub, angewehtes Laub in hohen Haufen: Laub vom Licht des Monds übersilbert, der hier rund und voll leuchtete. Auch die Schneewächten vor dem Häuschen waren aus gefallenen Blättern, das ganze Häuschen war von silbernem Laub überweht. Vom erleuchteten Häuschen her kam zarter leiser Gesang, so zart und so leis, daß ich erst glaubte, es sei der summende Atem von Schläfern, die mit schlaflahmen Lippen sangen. Doch hörten wir bald auch die Worte des Gesanges, die im Gegensatz zu der traurigen Melodie recht heiter waren:

Freuet euch, Chassidim,
Es naht für euch a gute Zeit:
Der Rebbe kommt
Der Rebbe kommt –
Der Rebbe ist schon da!

Er hat einen Stecken
Ah-aj-aj-aj!
Er wird euch erwecken
Ah-aj-aj-aj!

»O wie traurig ist diese Melodie«, sagte Partyka, als ob ihm die Traurigkeit des Gesanges Kummer bereitete.

»Aber nur die Melodie«, tröstete ich ihn. »Die Worte sind recht lustig.«

»Wer singt hier so traurig?«

»Die Schüler. Der Rabbi hat doch Schüler.«

»Warum singen sie so traurig?«

»Weil sie fasten.«

»Sie fasten?! Warum? Ist denn heute Fasttag?«

»Sie fasten für mich. Sie wollen den bösen Trieb in mir brechen, so fasten sie und spannen ihre Seelen aus. Zarte, gute jüdische Kinder.«

»Du weinst ja, Osyp.«

»Nein, Philip, ich weine nicht. Die Melodie ist so schön.«

»Aber traurig. Zu traurig. Wir Ukrainer haben ja auch traurige Lieder, recht traurige. Aber was die Juden da singen, ist schon zu traurig. Warum?«

»Ja, mein Lieber, bei uns Juden kann die Trauer so viel Feuer, ja so viel Jubel entfachen wie die Freude. So ist das jüdische Herz.«

»Ich fürchte mich, Josko.«

»Vor dem Rabbi?«

»Ja.«

»Fürchte dich nicht, Philko. Ich werd' ihm nicht erzählen, daß du mir nachstellst und mich verleiten willst.«

»Ich? Dich? Ich will dich verleiten?! Du!«

»Ja. Doch.«

»Du Verräter, du! Wegen einer Frau willst du deinen Gott, dein Volk und deine Familie verraten, du!«

»Ah, weil du mich verleitet hast, du Teufel, du!«

»Ich werde dem Rabbi alles erzählen, du Schürzenjäger.«

»Ich werde den Hochwürdigen als Zeugen führen, wie du mich verführst —«

»Ach, du Verräter!« zischte Partyka und lief zum Häuschen hinan.

»Ach, du Verführer!« zischte ich und folgte ihm.

Wir pochten an die Tür, Partyka und ich. Auf das erste Pochen hin ging die Tür von selbst auf, fiel gleich hinter uns zu, und ein Windstoß trieb uns durch den dunklen Flur in eine Stube, deren Tür sich gleichfalls selbst zu einem Spalt vor uns auftat und hinter uns gleich lautlos zuging.

XVIII

Es war eine langgestreckte Stube, sehr still und so warm! Der Fußboden aus gestampftem Lehm war gelb wie Safran, die Wände grün gestrichen. Wenig Möbel gab es in der Stube und viele Bücher, die in Holzregalen die Ostwand entlang von halber Höhe bis zur dunklen, holzgebälkten Decke hinaufreichten. Viel mehr Bücher noch waren in der Stube als bei uns in Großvaters Zimmer, mit dem sie insofern eine Ähnlichkeit hatte, als sie mehr wie eine Bet- und Studierstube aussah als wie ein Wohnraum. Die Stube war spärlich beleuchtet. Wohl hing über dem langen und schmalen Tisch eine große Lampe an drei Kettchen, aber ein breiter Lampenschirm sammelte beinah alles Licht ein und warf auf die Mitte des Tisches einen sehr hellen Kreis, in dem zwei Schriftstücke lagen. Hell war in der Stube nur noch eine Ecke, in der Goddl der Gabbe vor einem Kamin saß, den er mit welkem Laub heizte, das er mit seinen großen Händen einem Haufen entnahm und über die Glut im Kamin ausstreute, ohne daß der Laubhaufen geringer wurde. Es war ein traurig-schöner Anblick, wenn die großen Ahornblätter in die Flammen fielen und lichterloh entbrennend, eine Weile noch ihr glühendes Geäder in der vollkommenen Reinheit des Feuers zeigten wie eine durchblutete Hand gegen die Sonne gehalten. Sooft ein frischer Wurf im Kamin aufzischte und die Flammen hochschlugen, sah man in der Stubenecke gegenüber den Stock Rabbi Schmelkes, der an einer seidenen Schleife in der Ecke stand, flankiert von zwei anderen gewöhnlichen Stöcken, die aber nicht mit Seidenschleifen gesichert waren. Wie man nach einer langen und gefährlichen Reise mit Dank und Rührung das gute müde Pferd im Stall der Heimat rasten und futtern sieht, so blickten wir, Partyka und ich, auf den Stock Rabbi Schmelkes, ergriffen auch von der besonderen Würde dieses in Form und Beschaffenheit scheinbar ganz gewöhnlichen Stockes. Unseren Streit vor dem Haus des Rabbis hatten wir vergessen.

»Die Schriftstücke auf dem Tische, was mögen das für Schriftstücke sein?« fragte Partyka, und es war mehr ein lauter Seufzer als eine laute Frage.

»Es sind Gerichtsakten«, sagte ich, schon vorm Tisch über die Schriftstücke gebeugt.

»Kannst du die Schrift lesen?« fragte Partyka.

»Ja«, sagte ich. »Auf dem einen Aktendeckel steht: Ein falscher Priester.«

»Das bin ich«, sagte Partyka.

»Auf dem zweiten Aktendeckel steht: Ein Heide.«

»Das bist du«, sagte Partyka.

Wieso Heide? Wieso bin ich ein Heide? wollte ich fragen, aber meine Stimme versagte.

»Da steht einer entblößten Hauptes vor dem Gerichtshof«, hörte ich eine sanfte Stimme sagen, und ich griff mit beiden Händen an meinen Kopf.

»Ein christlicher Priester weiß, daß man hier nicht entblößten Kopfes stehen darf, und der Sohn des Juda ben Sussja weiß es nicht?« fragte dieselbe sanfte Stimme.

»Rabbi«, sagte ich, obschon ich, abgesehen von Goddl und Partyka, keinen Menschen in der Stube sah, »Rabbi, ich bitte um Vergebung. Im Walde, als ich den Stock Rabbi Schmelkes allein schreiten sah, sind mir vor Schreck die Haare zu Berge gestiegen, und so verlor ich meinen Hut.«

Da spürte ich Goddls Atem im Nacken, etwas ganz Leichtes deckte meinen Kopf zu. Ich fühlte es wie zwei leichte Flügel um meine Schläfen, und also erst würdig geworden ihn zu sehen, erblickte ich: den Gerichtshof.

XIX

»Philip, Sohn des Iwan«, sagte der jüngere Richter mit milder Stimme, und Partyka trat vor. Dieser Richter, ein noch sehr junger Rabbi mit schmalem, bleichem Gesicht und schwarzem wolligem Bart, war der Klagende Richter.

»Du bist ein Priester?« fragte der zweite Richter, der neben dem Klagenden saß, ein Rabbi von etwa vierzig Jahren, der sehr lange, geringelte braune Schläfenlocken hatte und auffallend große braune Augen; er war der Fragende Richter.

»Ja«, sagte Partyka, »ich bin ein Priester.«

»Du bist angeklagt«, sagte der Klagende Richter leise.

Ich sah jetzt, daß die Richter weiße Gewänder anhatten – Totenkleider.

»Ja«, sagte Partyka, »man hat mich gerufen.«

»Wie bist du ein Priester geworden?« fragte der Fragende Richter.

»Mein Vater wünschte es, daß ich Priester werde«, sagte Partyka, »und ich gehorchte meinem Vater.«

»Dein Vater meinte es gut«, sagte der Klagende Richter. »Er konnte nicht wissen, daß du nicht berufen bist. Du aber hast es gewußt.«

»Ich hab' es gewußt«, sagte Partyka.

»Dein Vater ist ein Bauer. Ihm ist ein Priester das Höchste. Dir aber stand die Wahl zu. Sprich, warum hast du falsch gewählt?« fragte der Fragende Richter.

»Ich liebe meinen Vater«, antwortete Partyka, »ich war nicht frei.«

»Das ist wahr«, sagte der Fragende Richter. »Verstehst du die Sprache der Schrift?«

»Ja«, antwortete Partyka, »ich habe gelernt, was ein Priester zu lernen hat.«

»Gelernt hat er«, sagte der Klagende Richter. »Das ist aber nur ein Milderungsgrund.«

»Weißt du, wie in der Sprache der Schrift der Storch genannt wird?« fragte der Fragende Richter.

»Ja«, antwortete Partyka wie in der Schule. »In der Heiligen Schrift heißt der Storch *Chassida*.«

»Was bedeutet dieses Wort?« fragte der Fragende Richter.

»*Chassida* heißt soviel wie ›die Fromme‹.«

»Weißt du auch, warum der Storch so heißt?«

»Nein«, antwortete Partyka, »das weiß ich nicht.«

»Der Storch heißt in der Sprache der Schrift die Fromme«, sagte der Klagende Richter, »weil der Storch den Seinen Liebe erweist. Dennoch gehört der Storch zu den unreinen Vögeln.«

»Weißt du auch, warum der Storch, obschon er den Seinen Liebe erweist, dennoch zu den unreinen Vögeln gehört?« fragte der Fragende Richter.

»Nein«, sagte Partyka, »das habe ich nicht gelernt.«

»Weil der Storch nur den Seinen Liebe erweist«, sagte der Klagende Richter.

»Ich sehe, meine Sache steht schlecht«, sagte Partyka.

»Nicht so schlecht, Sohn«, sagte der Fragende Richter. »Erweist du deinem Vater, dem zuliebe du Priester geworden bist, noch die wahre Sohnesliebe?«

»Ich besuche ihn einmal im Jahr«, sagte Partyka leise.

»Dein Vater hat dich öfter besucht«, sagte der Klagende Richter.

»Sorgst du auch für deinen Vater?« fragte der Fragende Richter.

»Wenn er eine schlechte Ernte hat, schicke ich ihm was«, sagte Partyka sehr leise.

»Dein Vater hat dir ohne Rücksicht auf seine Ernte nach deinem Bedarf immerzu geschickt und dich gefüttert, daß du der Stärkste deiner Altersgenossen geworden bist«, sagte der Klagende Richter.

»Das hat nichts zu sagen«, sprach plötzlich eine tiefe Stimme, und sie sprach wie im Zorn. – Ich sah erst jetzt, daß der Gerichtshof sich nicht aus zwei, sondern aus fünf Richtern zusammensetzte. In der Mitte saß der Kleine Alte. Ihm zur Linken saßen der Klagende und der Fragende, ihm zur Rechten der Lächelnde und der Erzählende Richter; der Lächelnde Richter war ein alter Mann mit schönem bartlosen Gesicht, schwarzen Augen und schlohweißem Haar. Es war aber so, daß man jeweils nur den Richter im Lichtkreis der Lampe sehen konnte, der gerade das Wort nahm. Nur wenn der Kleine Alte das Wort nahm, waren alle Richter auf einmal im Lichtkreis überm Tisch zu sehn.

»Das fällt nicht in die Waagschale«, sprach wieder der Kleine Alte wie im Zorn. »Das liegt in der menschlichen Natur: Wenn der Vater dem Sohn gibt, lachen beide; wenn der Sohn dem Vater gibt, weinen beide. Weiter!«

»Mein Vater soll hier als Zeuge aussagen. Mein Vater wird mir beistehn«, sagte Partyka.

»Er steht dir bei, Sohn«, sagte der Fragende Richter, »womit aber kannst du selber deine geminderte Sohnesliebe rechtfertigen?«

»Ich trug das Joch eines Berufes, zu dem ich nicht berufen war. Große und strenge Pflichten drückten mich nieder. Dabei ist mir das Herz verwelkt. Ich weiß nicht, wie es enden soll«, brach Partyka in eine Klage aus. Aber er jammerte nicht und er flehte nicht um Gnade. Es war ein starker, ein männlicher Ton in seiner Klage.

»Genug! Das Urteil!« rief der Kleine Alte in seiner zornigen Art. Alle vier Richter erhoben sich und standen schweigend in ihren weißen Gewändern im Lichtkreis des Richtertisches. Da hob der Kleine Alte den Zeigefinger und gab dem Lächelnden Richter ein Zeichen.

»Philip, Sohn des Iwan«, verkündete der Lächelnde Richter das Urteil, »du hast das Herz eines Sohnes und den Verstand eines Vaters. Darum bist du ein schlechter Priester geworden. Denn zum wahren Priester gehört das Herz eines Vaters und der Verstand eines Vaters. Darum mußt du verurteilt werden. Du wirst aber zu einer Strafe verurteilt, die nicht mit einem Mal einsetzt, sondern allmählich, im Schrittmaße deines Ehrgeizes, kommen wird. Du, guter Sohn eines guten Vaters, du sollst Erzpriester werden! Und damit Gott befohlen!«

Partyka verneigte sich tief vor den Richtern, die seinen Gruß erwiderten, sich alle verneigten und, in der Neigung aus dem Lichtkreise sich zurückziehend, alle auf einmal entschwanden. Mit dem Gerichtshof war auch das eine Schriftstück vom Tische verschwunden, jener Akt, auf dem zu lesen war: Ein falscher Priester.

XX

In der Stube war es dunkel geworden, selbst der Lichtkreis über dem Gerichtstisch war jetzt matt. Nur hin und wieder zuckte an den Wänden ein roter Schein auf, wenn Goddl über der Glut des Kamins frisches Laub aufstreute und die Flammen hochsprangen. Partyka stand vor dem Kamin, schlug sich mit beiden Fäusten an die Brust und betete.

»Du hast ja eine milde Strafe, Philip«, sagte ich zu ihm. »Du tust gut daran, Gott zu danken.«

»Ein Mensch kann nicht schuldig werden«, flüsterte Partyka wie im Gebet, »aber ein Erzpriester – wie leicht kann ein Erzpriester schuldig werden. O Gott!«

»Boshe! Boshe!« entrang sich der breiten Brust Goddls ein Seufzer in ukrainischer Sprache. Er saß auf einem Schemel, trank Tee und schnitt mit einem Taschenmesser schmale Scheiben Brot dazu. »O Gott! O Gott!« seufzte er in Mitleid mit dem verurteilten Partyka. Auf einmal stellte er sein Teeglas schnell ab und machte mir ein Zeichen. In der Stube war es wieder hell geworden. Ich wandte mich schnell um – und schon stand ich vor dem Gerichtshof.

»Jossef, Sohn des Jehuda!« rief mich der Fragende Richter an, und an der Sanftheit seiner schönen Stimme erkannte ich ihn jetzt: der Fragende Richter war ja Rabbi Herschel! Jener kinderliebende Mann, der uns im Haus des Raws den Vorbeter machte am frühen Morgen! War aber nicht Rabbi Herschel in der Blüte seiner Jahre verstorben?

»Man muß mich mißverstanden haben«, sagte ich schnell, noch ehe der Klagende Richter das Wort genommen hatte. »Ich bin kein Heide.«

»Du sprichst wie einer, der schuldig geworden ist«, sagte der Klagende Richter, »es ist kein gutes Zeichen, daß ich in dem Verfahren schon das Wort nehmen muß.«

»Warum hast du Laub im Haar, wenn du kein Heide bist?« fragte der Fragende Richter. Ich griff mich an den Kopf und tastete Laub mit meinen Fingern.

»Ich habe meinen Hut im Walde verloren«, sagte ich. »Erst hier in der Stube hat mir einer den Kopf mit Laub bedeckt.«

»Das sind Nebensachen«, sagte eine Stimme, und es schien mir, als ob der Fragende Richter, der die Augen gesenkt hielt, nun diese Meinung teilte.

»Ich bin kein Heide«, wiederholte ich. »Ich kann alle Psalmen Davids auswendig«, fügte ich leise hinzu, und ich schämte mich selbst, denn man sah mir an, wie es um mich stand.

»Er war ein guter Lerner?« sagte der Fragende Richter.

»Sein Vater hat ihm für jeden Psalm ein Geld geschenkt, und er hat für sein Psalmengeld Knaster für den Melker Andrej gekauft«, sagte der Klagende Richter.

»Das sind Nebensachen«, warf der Kleine Alte in seiner zornigen Art ein. Er blieb nunmehr die ganze Zeit im Lichtkreis, und ich konnte sein Gesicht sehen. »Das ist die Art der Kinder. Ein guter Lerner war er, das ist nicht zu bestreiten.«

Das Gesicht des Kleinen Alten war nur von den Knochen der Stirne, der Backen und der Nase zusammengehalten. Es war nur noch ein Gewirr von Hautfalten und Runzeln. Aber die Haut war nicht gelb wie sonst bei Greisen. Die Haut seines Gesichts war weiß; fast so weiß wie der kleine schüttere Bart, der um das Kinn herum nackte, wie ausgerupfte Flecken hatte. Auch seine Augen schimmerten weiß zwischen den entzündeten Lidern, die von Blutwasser geschwellt waren.

»Er war ein guter Lerner in unsern, er blieb ein guter Lerner auch in den fremden Schulen. Er hat schon alles vergessen, was er in unsern Schulen gelernt hat. Doch soll er befragt werden«, sagte der Klagende Richter.

»Im fünften Buch Mosis, im dreiunddreißigsten Kapitel, heißt es in –«, begann der Fragende Richter, aber ich fiel ihm gleich ins Wort, denn in meinem Gedächtnis wurde es angesichts des Kleinen Alten weiß und hell: »Im dreiunddreißigsten Kapitel heißt es in der zweiten Schure«, setzte ich ein: *»Er, vom Sinai kam Er heran – Feuer des Gesetzes Ihm zur Rechten –* heißt es nicht so?«

Alle Richter sahen jetzt nahezu mit Wohlwollen auf mich, und eine innere Stimme redete und schrie in mir: Zeig, zeig hier deine Kenntnisse. Nur dein Wissen kann dich hier rechtfertigen! Und doch war es vielleicht meine eigene innere Stimme, die mich über die Art dieses Gerichtes täuschte.

»Du hast gut gelernt«, sagte der Fragende Richter, und sein Gesicht versprach mir Rettung. »Vielleicht weißt du auch noch, wie unsere Erklärer den Satz deuten?«

»In der Pessikta des Rabbi Kahana heißt es: *Rabbi Jochanaan sagte: ›Jeder, der darangeht, sich mit der Tora zu beschäftigen, der sehe sich an, als stände er im Feuer‹«,* wußte ich, und ich sagte es mit dem Eifer des Lernenden.

»Als Kind, als Sohn deines Vaters, standest du in diesem Feuer«, sagte der Klagende Richter. »Und wo stehst du jetzt!« schrie er gegen mich.

»Ich hielt es im Feuer des Gesetzes nicht aus, Rabbi. Ich sehne mich nach den Bildern der Mythen, nach der Gestalt der Legenden«, gestand ich.

»Ein Heide!« sagte der Klagende Richter, »du redest als ein Heide.«

»Mag ich wie ein Heide reden«, antwortete mein Trotz, »vor diesem Gericht wird auch ein Heide sich rechtfertigen dürfen. Unsere Gerichte haben viel Nachsicht mit den Heiden. Gilt hier unser Gesetz oder gilt es nicht?«

»Es gilt«, sagte der Fragende Richter. »Du darfst es berufen.«

»Nach unserm Gesetz muß ein Jude, will er das Heil seiner Seele retten, sechshundertdreizehn Gebote und Verbote erfüllen. Ein Heide aber hat sich nach unserm Gesetz schon bewährt, wenn er nur drei Gebote erfüllt hat.«

»Welche drei Gebote? Weißt du noch?« fragte der Fragende Richter mit der großen Milde seines Wesens.

»Der Heide wird seines Heils teilhaftig, wenn er Gott geliebt, das Gute getan und das Wahre gesprochen hat. Gilt das?«

»Es gilt«, sagte der Klagende Richter. »Willst du das Verfahren in diese Richtung drängen?«

»Er sieht den Abgrund nicht«, sagte der Fragende Richter mit einem Blick auf den Kleinen Alten. »Man darf ihn nicht stoßen.«

»Er wird nicht gestoßen«, sagte der Kleine Alte. »Er läuft. Es ist sein Wesen in diesem Laufen.«

»Unsere Weisen haben Nachsicht mit den Heiden. Einer, der ein Großer bei den Heiden war, wird mit auffälliger Milde, ja mit Wohlwollen behandelt«, warf ich schnell ein, denn es schien mir, als streckte sich vor mir ein lichter Pfad zur Rettung, als bäte mich der Pfad, ihn zu betreten.

»Wen willst du nennen?« fragte der Fragende Richter.

»Alexander den Großen will ich als Beispiel nennen. Er war ein großer Held, aber ein Heide war er, wenn auch der größten Heiden einer. Dennoch wird er in unseren Schriften groß gerühmt, und bis auf den heutigen Tag benennen fromme Juden ihre Söhne mit seinem Namen, während es in der ganzen Welt kaum einen Juden gibt, der sein Kind etwa mit dem Namen Joab nennen würde, der doch auch ein großer Feldherr war, obendrein ein jüdischer.«

»Wir nennen unsere Kinder längst nicht mehr nach Kriegern, da hast du recht«, sagte der Fragende Richter. »Aber mit Alexander dem Großen machen wir eine Ausnahme. Weißt du aber warum?«

»Nein«, sagte ich.

»Kennst du die Geschichte von Alexander dem Großen?« fragte der Fragende Richter.

»Gewiß«, sagte ich. »Wer kennt sie nicht.«

»Er kennt sie!« sagte der Klagende Richter mit Hohn. »Du weißt von dem großen Mazedonier, daß er seinen Vater verfluchte, daß er über den Festtisch hinweg seinen Freund mit der Lanze ins Herz stach, daß er –«

»– daß er den Weg nach Indien wies«, warf ich ein.

»Große Sache! Den Weg nach Indien!« höhnte der Klagende Richter. »Den Weg nach Indien wußte unser König Salomo lange vor den Mazedoniern, wenn er es auch vorzog, keine Kriegerscharen nach Indien zu schicken, sondern nur Friedensbotschaften und Kaufkarawanen.«

»Die wahre Geschichte von Alexander weißt du also nicht?« sagte der Fragende Richter und blickte den Kleinen Alten an, als erwarte er von ihm eine Entscheidung.

»Die wahre Geschichte von dem großen Mazedonier sollst du gleich hören, Soldat!« sagte der Kleine Alte zu mir. »Erzählender Richter!« rief er mit feierlicher Stimme aus, »sage ihm unsere Geschichte von Alexander, welche die wahre Geschichte ist.«

Und jetzt geschah etwas, was mich in dem Maße entzückte, daß ich den Ort, die Verhandlung, das Gericht und mich selbst vergaß. In der halbkreisrunden Reihe der Richter erhob sich der Erzählende Richter. Und dieser Richter war ein Knabe! Ein Knabe von nicht mehr als zehn Jahren, in einem weißen Kittelchen, in weißen Höschen, weißen Strümpfen, ein weißes Käppchen auf dem schwarzen Lockenhaar. Das Gesicht war schmal und so weiß wie das Weißeste an seinem Gewand: wie der weißseidene Gürtel, der seinen kleinen Kaftan schloß. In seinem blutleeren Gesicht leuchteten groß zwei schwarze Augen, die mit einem schluchttiefen, gebrochenen Lichtblick auf mich sahen. Auf einen fast zärtlichen Wink des Klagenden Richters trat das Kind zu dem Kleinen Alten hin, ließ sich auf dem Schemel zu den Füßen des Obersten Richters nieder und fing zu erzählen an. Die Stimme des Kindes war stark und süß und sie setzte die Worte sichtbar in die Luft, als schriebe die Stimme mit einem flinken Stift weiße Buchstaben in reiner Spur auf schwarzem Grund. Und als erzählte er und schriebe er zugleich, hörte ich und las ich zugleich die Sage des Erzählenden Richters von Alexander dem Großen:

»Es geschah, daß der König, den alle Völker Alexander den Großen nennen, nach der Eroberung des Landes Indien mit seinen starken

Heeren an einem Strom haltmachte, der hieß Physon. Der Fluß war breit, die Strömung reißend. Die Menschen, die an seinen Ufern wohnten, sagten dem König, der Fluß Physon entströme dem Paradies, und reich an Frucht und Getreide seien alle Länder, die er wässerte. Die Häuser, in denen die Bewohner der Flußufer wohnten, waren mit Blättern gedeckt, die so lang und so breit waren, wie sie kein Baum trägt, der in der Erde wurzelt. Bei Tag, wenn die Sonne diese Blätter wärmte, dufteten sie lieblicher als alle Düfte.

König Alexander sprach zu den Bewohnern des Stromufers: ›Wo pflückt ihr die Blätter, die eure Häuser decken? Von welchem Baum? Von welchem Strauch?‹ Die Bewohner antworteten dem König: ›Auf seinen Wellen bringt uns diese Blätter der Fluß Physon, der dem Garten Eden entströmt.‹

Als der König zum zweiten Mal vom Paradies reden hörte, wurde er nachdenklich, und er sprach zu seinen Hauptleuten: ›Wohl habe ich die ganze Welt erobert, aber was sind alle meine Siege, wenn ich nicht die Wonnen des Paradieses erwerbe?‹

Und er wählte aus seinem Heere fünfhundert unerschrockene Krieger, erprobt in vielen Schlachten, gab jedem Rüstung, Schwert und Schild und bestieg mit ihnen ein Schiff, das mit Speisen aller Art versorgt war für die Fahrt und für die Rückkehr. Und er fuhr mit seinen Kriegern den Fluß Physon hinauf, und sie ruderten stark Tag um Tag.

Am dreiunddreißigsten Tag erlahmten ihre Kräfte und ihre Ohren wurden taub im Brausen der Wasser. Die Krieger zogen die Ruder ein und sprachen: ›Unsere Kraft ist erschöpft, unsere Ohren sind taub. Herr, laß uns umkehren, oder wir sterben.‹ Der König aber sagte: ›Harrt aus, ihr Tapferen, nur noch einen Tag!‹

Andern Tags erblickten sie die weißen und goldenen Dächer einer Stadt, und als sie näher kamen, war die ganze Stadt von einer hohen Mauer umgeben, die kleine Türme hatte und keine Wehren zum Schutz. Aber von unten bis oben war die Mauer von einem grünen Panzer bewachsen, der von Moos war und alle Steine der Mauer und alle Fugen zwischen den Steinen bedeckte. Drei Tage lang ruderten noch die Krieger auf der starken Strömung entlang der grünen Mauer. Am vierten Tag erblickten sie ein schmales Fenster in der Mauer und sie machten halt. Und der König erwählte sieben Krieger aus der Schar und hieß sie ein Boot besteigen und zu dem Fenster rudern.

Die sieben Krieger bestiegen das Boot und ruderten zum Fenster hin. Sie pochten an die hölzernen Flügel des Fensters, und nach einer kurzen Weile wurde ein Riegel zurückgeschoben und die Flügel des Fensters geöffnet. Ein alter Mann zeigte sich ihnen und fragte sie mit milder Stimme: ›Wer seid ihr und wo kommt ihr her? Und was sucht ihr an diesem Ort?‹ Die Krieger antworteten: ›Boten sind wir. Boten sind wir und kommen nicht von einem der vielen Könige, die da gebieten über ein begrenztes Land. Uns schickt der König der Könige, der Herrscher über alle Gebiete und alle Gebieter, der unbesiegte Alexander, der große Mazedonier. Wissen will der König, wie dieses Land heißt und wer es bewohnt und wie sein Herrscher heißt. Und sagen läßt König Alexander, daß ihr ihm Zins und Tribut zahlen sollt wie alle Länder der Erde. Oder er wird euch schlagen mit der Schärfe seines Schwertes!‹ Der alte Mann antwortete den Kriegern: ›Drohet hier nicht. Drohet nicht und wartet, bis ich zurückkomme.‹ Und er schloß das Fenster. Erst nach einigen Stunden öffnete er es wieder. In seiner Hand war ein Edelstein, der wie ein menschliches Auge geformt war, und ein großer Glanz ging von ihm aus. Er reichte den Stein dem Anführer der sieben Boten des Königs und sagte ihm: ›Diesen Stein schicken wir dem König zur Erinnerung an seine Fahrt auf dem Flusse Physon. Mag er diesen Edelstein als ein Geschenk ansehn oder als einen Tribut – nach seinem Wunsch. Und sagt dem König: Aus Liebe zu den Menschen wird dir, König Alexander, dieser Stein geschickt. Lerne seine Eigenschaften kennen, und ablassen wirst du von allen Zielen, zu denen Ehrgeiz dich treibt und unersättliche Begierde. Und noch sagt dem König: Mach dich auf und eile zurück. Sonst kommt ein Sturm, und umkommen wirst du mit deinen Gefährten auf dem Flusse Physon.‹

Der Greis schloß das Fenster, die Boten des Königs ruderten schnell zum Schiffe zurück, überreichten den Edelstein dem König und erzählten ihm die Botschaft. Und der König kehrte um und kam wieder in sein Lager heim, das in der Stadt Susa war. Da ließ er die Weisen des Landes rufen, damit sie ihm die Eigenschaft des Edelsteins erklärten, der geformt war wie ein Menschenauge. Doch die Weisen redeten viel, aber die Eigenschaft des Steines und die Art seiner Kraft verstanden sie nicht zu deuten. Der große griechische Weise Aristoteles, der des Königs Lehrer war, hätte vielleicht die Eigenschaft des Steines vom Garten Eden erkannt. Denn dieser

Grieche hatte die Werke des Königs Salomo gelesen. Als der König Alexander die Stadt Jeruschalajim erobert hatte, machte er seinen Lehrer Aristoteles zum Aufseher über den Bücherschatz des Königs Salomo. Und Aristoteles las die Schriften, und er kehrte zurück und las sie wieder. Und er konnte sich nicht mehr vom Bücherschatz trennen. Und er blieb in Jeruschalajim, und so war er mit dem König Alexander nicht in das Lager nach Susa mitgekommen.

Zu dieser Zeit lebte aber in Susa ein frommer Gelehrter, der hieß Rabbi Papas. Er war ein Greis und ging in seinem Hause an Stöcken. Als er von dem Wunsch des Königs hörte, sprach er zu seinen Dienern: ›Tragt mich in einer Sänfte hin zum König!‹ Und der König ließ den Rabbi Papas in den Thronsaal kommen, und er setzte ihn zu seiner Rechten, denn er hatte Ehrfurcht vor dem Weisen. Und der König fragte auch den Rabbi Papas nach der Art und der Kraft des Steines, der wie ein menschliches Auge geformt war.

Und Rabbi Papas sprach: ›Gepriesen seist du, König Alexander! Gelungen ist dir, was noch keinem gelang: An den Ort bist du gekommen, wo die Seelen der Gerechten weilen bis zum Ende der Zeiten.‹ Darauf nahm er den Stein aus der Hand des Königs und sprach: ›Laß eine Waage bringen und alles Gold aus deinem Schatzhaus.‹ Und so geschah es.

Und Rabbi Papas legte in die eine Waagschale den Stein, der einem Menschenauge gleichsah, und in die andere Schale ließ er Gold auflegen, wieviel sie nur fassen konnte. Doch alles Gold konnte den Stein nicht um den Schatten eines Schattens heben. Der König verwunderte sich sehr und fragte: ›Was bedeutet das?‹ Rabbi Papas ließ aber eine noch größere Waage bringen und Lasten Goldes in die eine Schale häufen, und den Stein tat er in die andere. Der Stein aber wog schwerer. Und aufs neue verwunderte sich der König, aber er schwieg.

Rabbi Papas nahm darauf den Stein, tat ihn wieder in die eine Schale der kleinen Waage, stäubte Staub über den Stein, und jetzt hob ein einzelnes Goldstück den Stein – ja eine Flaumfeder wog ihn auf!

Und Rabbi Papas erklärte dem König die Art dieses Edelsteins und sprach: ›Das Auge des Menschen, Großer König, ist der Stein. Nicht satt werden kann es von allem Gold der Welt, bis es vom Staube bedeckt ist. O König Alexander, dieses Auge bist du!‹

Da umarmte der König den Rabbi Papas, schickte Gaben in sein Haus, und er tat seinen Ehrgeiz ab von seiner Seele. Und er entließ alle seine Krieger und lebte in Frieden bis an seinen Tod.

Das ist unsere Geschichte vom König Alexander, den alle Völker nennen: den Großen. Die Verdienste des Rabbi Papas mögen uns allen beistehn. Amen.«

Diese Geschichte war mir aus dem Talmud bekannt, doch hatte ich ihren Sinn nie so erfaßt wie jetzt, da ich sie von dem Erzählenden Richter hörte. Während der Knabe erzählte, schien es mir, als habe die Geschichte nur eine Bedeutung. Doch dieser Eindruck wich am Ende der Erzählung, und als der erzählende Mund des Knaben sich schloß, fühlte ich mich von einer großen Traurigkeit erfaßt, die alle meine Gedanken verschlang. Eine trostlose Mattigkeit band meine Sinne und machte mich stumpf, daß ich eine Zeit den Ort des Geschehens, den Gerichtshof, die Verhandlung und die Anklage vergaß. Nur meine Augen hatten noch die Kraft, am Blick des Erzählenden Richters haftenzubleiben. Es ging aber von dem gebrochenen Licht der Knabenaugen eine solche Kraft aus, daß alles Trübe sich wieder klärte und die reine Gestalt der Erzählung wieder vor mir erstrahlte.

Der Gerichtshof war indessen an die Deutung der Geschichte gegangen. Die Geschichte wurde erläutert, erklärt, kommentiert nach den Regeln und sogar in dem singenden Ton des Talmudlernens ausgelegt:

»In einer Geschichte ist wichtig der Anfang.«

»In einer Geschichte ist wichtig der Schluß.«

»Im Anfang der Geschichte wird erzählt, wie der König zu seinen Feldhauptleuten sprach: ›Wohl ist die ganze Welt mir untertan, doch was taugen mir alle meine Eroberungen, wenn ich nicht die Wonne des Paradieses erwerbe?‹ Ist das eines Heiden Rede?«

»Zum Schluß der Geschichte wird gesagt: ›Und er tat seinen Ehrgeiz ab von seiner Seele und entließ alle seine Krieger und lebte in Frieden bis an seinen Tod.‹ Ist das eines Heiden Art?«

»Weil er an das Tor des Paradieses gepocht hat, ist er würdig geworden, ein Geschenk aus dem Garten Eden zu erhalten.«

»Weil er den Stein aus dem Garten Eden geschenkt erhielt, ist er würdig geworden, daß man Kinder mit seinem Namen nennt alle Zeit.«

»So ist sein Name ein reiner Name geworden.«

»Weil es ihn zum Paradies hinzog.«

»Weil er den Ehrgeiz von seiner Seele getan hat.«

»Weil er seine Krieger entließ.«

»Weil er die Deutung Rabbi Papas verstand und in Frieden lebte bis an seinen Tod.«

»Doch soll über dem Anfang nicht die Mitte einer Geschichte vergessen werden.«

»Und was wäre der Schluß einer Geschichte, wenn er nicht im Anfang seine Wurzeln, in der Mitte nicht seine Säfte hätte.«

»In einer Geschichte ist wichtig die Mitte.«

»So wichtig wie der Anfang, so wichtig wie der Schluß.«

»Denn eine wahre Geschichte ist wie ein Baum gewachsen: sie hat ihre Wurzel, sie hat ihren Stamm, sie hat ihre Blätter. Hat sie das nicht, ist die Geschichte eine krumme Geschichte.«

»Und wie man angesichts eines Baumes der Wurzel nicht gedenkt und nur den Wuchs des Stammes bewundert und an dem grünen Blattwerk sich erfreut, so achtet man oft nicht des Anfangs einer Geschichte, weil man sich zu sehr an dem Wuchs des Stammes und an dem grünen Blattwerk obenhin erfreut.«

»Darum achten die weisen Erklärer und Deuter vorerst der Wurzel der Geschichte.«

»Womit aber nicht gesagt ist, daß der Anfang einer Geschichte wichtiger wäre als ihre Mitte.«

»Wie heißt es nun aber in der Mitte unserer Geschichte vom König Alexander?«

»Da heißt es: ›Am vierten Tage gewahrten sie ein schmales Fenster. Und Alexander erwählte sieben aus der Schar seiner Krieger und hieß sie ein Boot besteigen und hin zu dem Fenster rudern.‹ Das war ein Fehler, für den es keine Vergebung gibt.«

»Schon vor dem Eingang zum Garten Eden, schickte er noch Boten aus.«

»Er bestieg nicht das Boot und pochte nicht selbst an.«

»Und seine Boten stießen Drohungen aus gegen den Torhüter des Paradieses.«

»Das war noch vergleichsweise ein geringes Vergehen, das nicht schwer ins Gewicht fiel. Gewiß, die Boten waren töricht genug zu drohen. Aber es ist nicht gesagt, es sei des Königs Befehl gewesen, dem Torhüter zu drohen. Dafür gäbe es Sühne und Buße.«

»Daß er nicht selbst angepocht hat.«

»Daß er Boten hinsandte.«

»Daß er im Entscheidenden sich hat *vertreten* lassen.«

»Das, das allein ist der Grund, warum der König sich nicht zu
bewähren vermochte.«

»Darum ward er nicht eingelassen.«

»Er hatte den Weg zum Garten Eden gefunden. Und er ging den
Weg in großer Gefahr.«

»Und er vermochte bis zu dem Eingang zu gelangen.«

»Weil er aber geglaubt hat, man könne sich da noch *vertreten* lassen, ward er nicht eingelassen.«

»Und er mußte umkehren.«

»Eilends umkehren.«

»Denn er war in großer Gefahr.«

Hier gab mir der Erzählende Richter einen Wink. Das weiße Gesicht des Knaben war jetzt streng, strenger noch als die Gesichter der
vier großen Richter. Mit einem Wink, der eine Warnung war und eine
Ermutigung zugleich, entließ mich der Erzählende Richter aus dem
Bann seiner Augen, und in dem letzten gebrochenen Lichtblick des
Knaben war alle Heiligkeit des Lebens und alle Verstoßenheit des
Todes. Doch war der Wink in der Art eines Schuljungen gegeben, der
einen vor dem Lehrer stehenden Kameraden ermuntert. Ich sah nun,
daß die Auslegung und die Deutung nichts anderes war als das Verfahren des Gerichts gegen mich, und mit bebenden Lippen und
schwacher Stimme warf ich ein: »Aber der Stein? Der Stein aus dem
Garten Eden?«

»Der Stein war eine Lehre.«

»Eine Lehre für den König.«

»Die Lehre für den König ist in der Geschichte gedeutet.«

»Die Geschichte selbst ist aber eine Lehre für uns.«

»Und was lehrt sie uns, die Geschichte?«

»Sie lehrt uns: Es gibt keine Vertretung im Heil.«

»Das lehren alle unsere Geschichten. Die uns das nicht lehren, sind
krumme Geschichten.«

»Das ist die Lehre.«

»Und der Messias?« wagte ich einzuwenden. »Der Messias – soll
nicht der Messias uns erlösen und die Verbannten heimführen?«

»Vom Messias heißt es: Vor den Toren Roms sitzt der Messias. Er blutet aus tausend Wunden, und er verbindet seine Wunden, und er reißt sie wieder auf. Denn das Volk in der Verbannung sündigt weiter. Mit dem sündigen Volk ging aber auch die Schechina ins Exil, und die abgeschiedene Glorie kann nicht heimfinden, solange das Volk nicht Buße getan hat. Denn es gibt keine Vertretung in Buße. Erst wenn das Volk gereinigt in das Reich der Umkehr eintritt, wird die abgeschiedene Schechina heimkehren. Des zum Zeichen wird der Messias erscheinen und das Volk aus der Verbannung heimführen. Die Verbannung sühnt die Sünden, wird gesagt. Doch wirken muß der Mensch an der Erlösung der Welt. Wer nicht wirkt, mehrt die Wunden des Messias, verzögert die Erlösung und verlängert das Exil.«

»Und bis dahin sollen wir weiter die Schmach des Exils tragen?« schrie ich. »Wie Koppel der Drucker, verspottet, geschmäht, mit Steinen beworfen daherziehen und lächeln wie ein verbannter König, den der Pöbel höhnt?! Mir ist dieses Lächeln ein Wurm im Herzen! Ausreißen will ich diesen Wurm, wegtun von meiner Seele die Schande des Exils. Abfinden will ich mich mit dieser Welt nach ihrer Art. Wie die Söhne glücklicher Völker will ich leben. Heiter will ich in diese Welt eingehn! Heiter gehe diese Welt in mich ein! Ich mag den Wurm im Herzen nicht tragen –«

»Genug!« schrie mich der Kleine Alte an. »Heiter gehe die Welt in ihn ein!« wiederholte er meine Worte in großer Trauer, die mich tief beschämte. »Ist das eure Lehre?« wandte er sich fragend an den Lächelnden Richter.

»Der Fürst dieser Welt ist der Satan. Wer in dieser Welt den Lohn erwartet, der ist verloren. Das ist unsere Lehre von dieser Welt. Er spricht nicht für uns. Er spricht wie ein Heide«, sagte der Lächelnde Richter.

»Und saß als Kind bei der Schrift«, sagte der Kleine Alte. »Und war ein guter Lerner. Als Jüngling wollte er mich täuschen. Ich sagte: ›Du bist ja ein Soldat!‹ – ›Nein‹, sagte er, ›ich bin ein Student.‹«

»Ein Heide«, sagte der Klagende Richter, nahm das Schriftstück und legte es dem Kleinen Alten vor. Es war das Schriftstück mit dem Vermerk: Ein Heide.

»Er fühlte das Feuer des Gesetzes«, sprach der Kleine Alte vor sich hin, ohne auf das Schriftstück zu achen. »Er wußte die Pessikta und er weiß die Psalmen. Und doch hat er mich täuschen wollen: ›Ein

Student‹, sagte er, ›ich bin ein Student, Rabbi, ein Student und kein Soldat.‹«

»Vielleicht war er selbst in einer Täuschung befangen?« fragte der Fragende Richter.

»Genug«, sagte der Kleine Alte, und er sprach jetzt wieder wie im Zorn. »Das Urteil!«

Die Richter erhoben sich. Der Lichtkreis erstrahlte so mächtig, daß ich das Dunkel um mich wie einen brennenden Schmerz empfand. Ich wollte den Mund auftun und mich noch im letzten Augenblick rechtfertigen. Aber meine Lippen waren lahm. Ich wollte mich zum Lichtkreis näher hintasten, aber meine Füße waren wie angewurzelt. Und nun kam das Urteil:

»Jossef, Sohn des Jehuda, täuschen wolltest du mich, bist aber selbst ein Getäuschter. Es müßte das Urteil streng nach dem Gesetz auf völlige Aufhebung der Täuschung lauten. Weil du aber als Kind bei der Schrift saßest und vom Feuer des Gesetzes gekostet hast, soll das Urteil nicht im Wort gesprochen, sondern im Bild dir gezeigt werden.« Es sprach der Kleine Alte: »Denn die Buchstaben sind die Elemente der Welt: in ihren Verbindungen, in den Worten, ist das Innere der Wirklichkeit. Deine Wirklichkeit, du Heide, ist aber so geartet, daß du nur ihr Äußeres noch ertragen kannst. Darum wird das Urteil dir im Bilde bloß gezeigt. Sieh!«

Er nahm das Schriftstück mit der Inschrift »Ein Heide« und hauchte es an. Die Inschrift ward wie ein Licht ausgelöscht. Dann hielt er mir mit seinen beiden Händen, die verschrumpft und so klein waren wie die Hände eines kranken Kindes, das Schriftstück vor. Ich sah auf dem ersten Blatt eine eingeschneite Winterlandschaft, eben und weiß wie das Blatt, mit niederem Gestrüpp, das aus dem Schnee herausragte. Über den Schnee lief in gelblicher Spur ein schmaler Gehweg, und auf dem Wege in militärisch gleichem Schritt ein junger Mann in einer Uniform – ich selber trug einmal als Student eine solche Uniform! Der schreitende Jüngling sah mich durchbohrend an, gab mir mit den Augen einen kurzen Wink und ging weiter; der Schnee knirschte scharf unter seinen Schritten.

»Wohin gehst du?« fragte ich ihn.

»Ich gehe deines Wegs«, sagte der Student.

»Hier ist kein Weg für mich«, sagte ich.

»Was weißt du von deinem Weg?« sagte er.

»Was weißt du von meinem Weg, Student?«

»Ich bin kein Student«, sagte der Student.

»Nein«, sagte ich. »Du bist kein Student. Du hast ja einen Fiedelbogen in der Hand. Du bist ein Spielmann.«

»Ich bin kein Spielmann«, sagte er, »und was ich da habe, sieh nur her: ist denn das ein Fiedelbogen?«

»Ich sehe«, sagte ich, »das ist mein Cellobogen.«

»Es war ein Cellobogen. Sieh nur gut her: was ist es jetzt?«

»Du bist ja kein Student«, sagte ich, »du trägst ja einen Soldatenrock.«

»Jossef ben Jehuda«, sagte der Soldat. »Ich bin du. Und du bist ein Soldat. So bin ich auch ein Soldat. Und ich gehe deines Wegs.«

»Ich will mit dir gehen«, sagte ich.

»Du gehst ja schon mit mir«, sagte der Soldat.

»Wohin führt der Weg?« fragte ich.

»Dein Weg ist kurz«, sagte der Soldat. »Wie bald wird er zu Ende sein!«

Auf einmal wurde es dunkel in der Schneelandschaft, und ich fühlte, wie ich langsam in den Schnee sank, tief, immer tiefer. Ich schrie um Hilfe. Ich schrie mit der ganzen Kraft meiner Stimme, aber meine Stimme war stumm. Eine finstere Schlucht saugte mich ein, tiefer, immer tiefer.

»Der Klagende Richter war der Rabbi von H.«, hörte ich plötzlich Partykas Stimme warm an meinem Ohr.

»Sinkst du auch, Philip?!« schrie ich.

»Ja«, sagte Partyka, »wir versinken im Laub.«

»Wo sind wir, Philip?«

»Wir sind draußen. Siehst du den Himmel nicht?«

Ich sah den Himmel, den Mond und neben dem Mond einen Stern, einen schönen, grüngeschliffenen Stern, der den Mond überstrahlte. Und ich fühlte, daß ich nicht mehr sank. Wir saßen in einem tiefen Haufen silbernen Laubes vor dem Haus des Gerichts. Und wieder kam vom Häuschen her der zarte, leise Gesang, so leise und so zart wie der summende Atem von Schläfern, die mit schlaflahmen Lippen singen. Es war ein großer Trost in dem Gesang.

»Der Klagende Richter war der Rabbi von H.«, wiederholte ich.

»Und der Lächelnde Richter war unser Hochwürdiger«, sagte Partyka.

»Ja!« rief ich freudig aus. »Jetzt weiß ich's auch. Der gute, hochwürdige Herr.«

»Aber wer waren die andern Richter?«

»Der Fragende Richter war der liebe Rabbi Herschel, ein Freund der Kinder.«

»Und wer war der Erzähler des Gerichts?«

»Ein Kind mit einem Lichtblick.«

»Warum aber wurde ein Knabe mit solcher Würde ausgezeichnet?«

»Vielleicht weil nur ein Knabe die Gnade des klaren Blicks hat.«

»Und wer war der Kleine Alte? Ein strenger Richter! O wie streng war er!«

»Dich hat er milde behandelt.«

»Dich vielleicht nicht? Du hast den Tod verwirkt und bist mit dem Leben davongekommen.«

»Das Leben ist kein Ziel, Partyka. Das Leben ist ein Weg. Und mein Weg war kurz. Hast ihn gesehen, den Weg im Schnee?«

»Nein. Gesehen hab' ich nichts. Nur gehört hab' ich den Urteilsspruch.«

»Soldat, hat er gesagt. Soldat! Du, Partyka, jetzt kommt es mir so vor, als ob ich die Stimme des Kleinen Alten schon wo gehört hätte.«

»Wer kann das gewesen sein?«

»Sehen wir nach. Es ist noch Licht im Häuschen.«

»Ich fürchte mich.«

»Ich fürchte mich nicht. Ich bin ja ein Soldat.«

Ich arbeitete mich, bis zum Gürtel im Laub versinkend, zur goldgelben Lichttafel des Fensters durch und sah hinein: in der Stube war der lange Richtertisch mit dem Halbkreis der hochlehnigen Richterstühle verschwunden. Die Stube war nur spärlich beleuchtet. Hell war es nur in einer Ecke, wo ein Bet- oder Lernpult stand. Vor dem Pult, mit dem Arm darauf sich stützend, stand der Kleine Alte. Auf dem Pulte lag ein großes, offenes Buch. Die Buchstaben in dem Buch waren so groß, daß ich darin lesen konnte. Ich las den Satz: *Wer ein lebendes Wesen tötet, der tötet die ganze Welt. Denn die Welt besteht nicht für sich allein. Die Welt besteht nur im Namen der Wesen. Wer also ein Wesen tötet, und wäre es das geringste Wesen, der tötet die ganze Welt.* Da griff der Kleine Alte nach seiner Brille, setzte sie mit zittrigen Bewegungen seiner eingeschrumpften Greisenhände auf, und mit einer Hand noch die Brille schattend, als schaue er gegen die

Sonne, sah er zum Fenster her. Da erkannte ich ihn. Das ist ja der Rabbi Abba, mein Urgroßonkel, wollte ich ausrufen. Da ging das Fenster mit beiden Flügeln auf, ein starker Windstoß warf mich zu Boden, und ein Berg, eine Lawine welken Laubs stürzte aus dem Fenster über mich und begrub mich in Nacht und Finsternis. Schon erstickend, stieß ich einen Schrei aus und – – –

Ich lag im Zimmer Partykas auf dem Sofa. Mein Freund war offenbar eben eingetreten. Er stand noch im Mondschein der offenen Tür und kämpfte mit einem heftigen Windstoß, der ihm die Türklinke beinahe aus der Hand riß, das ganze Zimmer mit kalter, nach Wald und welkem Laub riechender Luft erfüllte und angenehm kühlend über mein erhitztes Gesicht blies.

»So«, sagte Partyka, mit einem Knall die Tür schließend, »jetzt wirst du von dem Roten Goddl nicht mehr belästigt werden.«

XXI

In unsern Träumen, mein lieber Sohn, ist nichts, was nicht in uns ist. In diesem Traum ist das Bild meiner Seele eingeschlossen, wie sie damals war, und alles, was sie in jenen Tagen bewegte. Dir wird mein Traum freilich wirr und unverständlich erscheinen, denn es fehlt Dir zum Verständnis dieses Traumes ein wichtiges Erlebnis aus meinen jungen Jahren, ein Erlebnis, das mich als Jüngling zutiefst erschüttert und aufgewühlt hatte und noch später im Lauf der Jahre durch die Träume des Mannes ging: ein immanentes Motiv all meiner Schreckensträume. Es hat fast jeder Mensch ein solches konstantes Traummotiv, das in den verschiedensten Verkleidungen in seinen Träumen spukt und durchaus kein Mysterium zu sein braucht. In meinen Träumen ist die Geschichte vom Tod des Rabbi Abba, meines Urgroßonkels, ein solches Motiv. Ich sage: ist; denn jener Traum war nicht der letzte von der Art meiner Träume, in welche die Geschichte von Rabbi Abba hineinspielt. Leider habe ich es unterlassen, Dir diese Geschichte zu erzählen. Begonnen habe ich mit der Erzählung wohl – und Du wirst, wenn Du zurückblätterst, einen Ansatz dazu finden – doch kam es mir, da ich diese Blätter zu beschreiben begann, so vor, als hätte ich nicht mehr Zeit genug, um mit dieser Geschichte zu Rande zu kommen, und ich brach an der Stelle ab, wo ich meinen

Urgroßonkel erwähnt hatte. Nun, mein lieber Sohn, hab' ich tatsächlich keine Zeit mehr, dieses Versäumnis nachzuholen. Der Schaden ist aber nicht so groß: Dein Onkel Stefan kennt die Geschichte, ich habe sie ihm in der geschwätzigen Stimmung, die unter guten Freunden keine Seltenheit ist, vermutlich zu wiederholten Malen erzählt – er wird sich gewiß ihrer noch erinnern. Sollte sich mein Freund der Geschichte nicht erinnern, so bitte ihn, Dir eines von den Heften zu zeigen, die ich in jungen Jahren, noch in polnischer Sprache, als eine Art Tagebuch vollgekritzelt habe: da gibt es eine ausführliche Erzählung vom Tode des Rabbi Abba in einem von diesen Heften. Du kannst Dir eine Übersetzung davon machen lassen. Diese Niederschrift wird Dir die schrecklichste Nacht meines Lebens besser erzählen, als ich es jetzt, in Eile, vermöchte. – Ich bin sehr müde und meine Erinnerung läßt mich mitunter im Stich, indes ich mich hier mit großer Anstrengung wach zu halten bemühe.

Daß ich mich des Traumes vom Gericht dennoch gut erinnere, ist nicht verwunderlich – diesen Traum habe ich in jener Nacht gleich dreimal geträumt, und ich weiß nicht mehr, ob sie auch wirkliche Träume oder zum Teil schon Wachträume waren. Nachdem ich beim Eintritt Partykas erwacht und meiner Benommenheit einigermaßen Herr geworden war, erhob ich mich und begab mich sogleich zu dem Gasthof. Partyka, der mich sonst jeden Abend bis zur Tür des Gasthofes begleitete, kam diesmal nicht mit – vielleicht war er noch zu sehr in der Gewalt des seltsamen Traumgeschehens.

Du siehst, mein lieber Sohn, ich rede schon wirres Zeug: wie konnte von meinem Traum er befangen sein? Weder in jener Nacht noch später, habe ich je mit Partyka von meinem Traum gesprochen. Ich hatte keine Zeit mehr dazu, denn in den eineinhalb Tagen, die ich noch in dem Städtchen H. verbrachte, kam es zu keiner persönlichen Aussprache mehr zwischen uns. Du wirst gleich hören warum.

In jener Nacht also ging ich allein durch das Stadtwäldchen zum Gasthof. Das Wetter war stürmisch, und auch in meiner Seele war ein Gewitter von Gefühlen, ein Sturm von Gedanken. Im schnellen Gang durch das Wäldchen kam ich schnell zum Entschluß: Morgen gehe ich, ohne erst den Ruf des Boten abzuwarten, zum Rabbi – dann reise ich; aber nicht nach Wien zurück, sondern vorerst fahre ich heim nach Dobropolje! Morgen reise ich heim, sagte ich mir, während ich mich entkleidete und zu Bett ging. Morgen fahre ich heim, sprach ich mir laut die Worte vor. Morgen fahre ich heim, jubelte es in mir. Und mit diesen Worten auf den Lippen schlief ich wie zu den Worten des Schlafgebetes selig ein, selig mit dem Glück des Heimwehs, das ein Jahrzehnt in meinem Herzen heimlich brannte, beherrscht, doch nie gestillt, nie völlig unterdrückt. Ich schlief gut in dieser Nacht, obwohl der Traum vom Wald und vom Gericht zweimal mit bildhafter Klarheit durch meinen Schlaf ging, zweimal den Schlaf unterbrechend. Ich schlief lange, bis in den Morgen hinein, der mit blendend weißem Schein mein Hotelzimmer erfrischte: in der Nacht war der erste Schnee gefallen. Schon wach und noch im Bette, malte ich mir die Heimreise aus und die Ankunft in Dobropolje, schon froh mit der Freude meines Bruders, glücklich mit dem Glück meiner Mutter, stark mit der Kraft meines Vaters.

Doch mitten in diese meine Träumereien brach das Verhängnis ein. Es nahm die finstere Gestalt Goddls, des Türhüters, an, und mit einem Schlag waren alle Fäden, die mich mit meiner Familie und meinem Volk noch verbanden, zerrissen. Mit einem Schlag, ist zuwenig gesagt. Es waren mehrere, es waren sehr viele Schläge, die ich vom Gabbe des Rabbis von H. erhielt. Schläge waren es, nicht welche im bildlichen, sondern im tatsächlichen Sinn: richtige Schläge mit einem Stock! Mit Rabbi Schmelkes heiligem Stock, der in meinem nächtlichen Traumgang durch den Wald so viele Wunder gewirkt hatte.

XXII

Ich stand halbnackt vor dem Waschtisch, glättete mein Rasiermesser über dem Riemen und wartete auf das warme Wasser, das ich zum Rasieren bestellt hatte. Ich dachte an meinen Besuch beim jugendlichen Rabbi, und ich nahm mir vor, auch seine Schüler zu besuchen, die für mich fasteten, die frommen Kinder. In Gedanken muß ich wohl auch ein Lied gesummt haben – vielleicht war es jenes geträumte Liedchen von den Chassidim, die sich so freuen, daß *der Rebbe kommt, der Rebbe kommt* … Der Rote Goddl mußte schon draußen auf dem Flur meine Stimme gehört haben, denn mit dem Wutschrei: »Du singst noch chassidische Lieder?! Du Schuft, du Lügner, du Abtrünniger!« brach der Wüterich in mein Zimmer ein und – schon traf er mich mit dem Stock.

Der Überfall kam so plötzlich, daß ich nicht das geringste unternehmen konnte, um ihn abzuwehren. Daß ich halbnackt, unbeschuht dastand, und der Gewalttäter, auch sonst an Kraft mir weit überlegen, gestiefelt und mit einem Stock bewaffnet war, nicht das war der wahre Grund meiner Hilflosigkeit: man kann sich auch gegen einen Stärkeren zur Wehr setzen. Doch ich war angesichts des mir vom Traum so vertrauten Stocks gleich in einer seltsamen Art mutlos geworden. Vollends wehrlos aber hat mich der Umstand gemacht, daß der Gabbe mich gleich mit »du« anschrie. Mehr als sein Stock schlug mich dieses »du« nieder. Dieses »du« rief mir ein schreckliches Erlebnis wach, ein Erlebnis aus den Tagen meiner Kindheit. Ich will es hier kurz erinnern, um die Wirkung dieses »du« einigermaßen zu erklären.

Bei uns in Dobropolje gibt es einen alten Park, den man den Gazon nennt. In dem Park steht das alte Herrenhaus unbewohnt. Ein paar Zimmer aber waren noch in gutem Zustand und sogar recht hübsch eingerichtet. In diesen Zimmern pflegten, wenn es in der Gegend Manöver gab, Offiziere zu quartieren. Als ich zwölf oder dreizehn Jahre alt war, geschah es, daß ein Offizier in einem dieser Zimmer Selbstmord beging. Der alte Gärtner kam zu meinem Vater gelaufen und erzählte von einem Hauptmann von Scholz, der seit einigen Tagen marode und dienstfrei gewesen sei, von einem Schuß und von einer versperrten Tür. Wir liefen alle hin. Die Soldaten waren ausgerückt, einen Arzt gab es nicht. Aber mein Vater hatte auf alle Fälle unterwegs einen Bauern geholt, der sich auf Wunden verstand und den man im Dorf den Feldscher nannte. Wir klopften und horchten erst an der versperrten Tür. Es war ganz still drinnen. Da ließ mein Vater die Tür einbrechen, und während der Feldscher und der Gärtner in den Schlafraum des Offiziers vorangingen, hielt mich mein Vater im Wohnzimmer zurück. In der schrecklichen Stille des Hauses hörten wir bald die Stimme des Feldschers: »Was hast du gemacht, du?«

Da nahm mein Vater mich bei der Hand und führte mich schnell hinaus.

»Vater«, bat ich, »vielleicht lebt er noch? Vielleicht kann man ihm noch helfen.«

Der Hauptmann von Scholz war ein lustiger Herr, und wir Kinder liebten ihn sehr. Mein Vater schüttelte den Kopf und sagte: »Wenn Iwan Pjetuch ihm ›du‹ sagt, ist der Herr von Scholz ein toter Mann.«

Daß Goddl der Gabbe mir »du« sagte, war ein Zeichen, daß ich für das Judentum tot war. Diese Erkenntnis kam mir so plötzlich wie die Schläge mit dem Stock Rabbi Schmelkes; plötzlich und dennoch nicht überraschend. Hatte ich nicht so auch einmal schon geträumt? Hatte ich dies nicht schon erlebt? Ein Tag des verfrühten Winterschnees, die Stürme des Herbstes, die matt geworden waren, erfrischt vom ersten Hauch des Winters; Juden, schwarz wie Schwalben, die nicht zur rechten Zeit geflohen waren vor dem weißen Tod; und ich, einsam in dem fallenden Schnee, in dem die andern wie in einer Heimat geborgen gingen – ich allein mit meinem Schicksal … Ich setzte mich nicht zur Wehr, nicht zu meiner Schande sei es gesagt. Mich überkam wohl die Angst des Tieres, das von der schlagenden Hand auf den rechten Weg zurückgetrieben wird und, den Weg erkennend, des Stockes nicht achtet, der schlagend ihm den Weg weist. Ich wußte: dies ist der Augenblick des Schicksals. Goddl der Gabbe war sein Bote. Er wußte nicht, was er tat, und ich wußte es besser.

Nachdem er genug an mir gewütet hatte, ging der Gabbe, von seinen Gewalttaten nicht minder als ich erschöpft. Ich ging wieder zu Bett. Den ganzen Tag blieb ich liegen. Meine Glieder brannten, aber in meinem Kopf war es kühl. In meinem Kopf war Kurzschluß eingetreten. Ich hatte nichts weiter zu denken. Der Gabbe hatte mich mit dem Stock Rabbi Schmelkes zum Tor des Judentums hinausgeprügelt. Ich selbst hatte nicht weiter zu entscheiden. Nicht einmal der Zorn über den finstern Fanatismus des Kleinstadtjudentums, der mich seit meinen frühesten Jahren oft genug überkam, vermochte mich an diesem Tag aufzurütteln. Mir war, als wäre ich auf einer Reise gestorben und läge aufgebahrt im Zimmer eines fremden Gasthofs; bald werden die Träger kommen und mich zur Tür, die Füße voran, hinaustragen; die Träger aber werden keine Juden sein.

Nach Mittag kam mein Freund Partyka dahergerannt. Ich hatte vergessen, daß ich auch an diesem Tage beim Hochwürdigen zu Tisch geladen war. Mir war der Sinn für die Zeit völlig abhanden gekommen. Von dem, was indessen vorgefallen war, erzählte ich Partyka kein Wort. Ich redete mich mit einer Magenverstimmung aus, und er glaubte mir; zum Glück hatte ich an den sichtbaren Stellen meines Körpers keine Spuren der Mißhandlung. Partyka bedauerte meine Erkrankung um so mehr, als er, wie er mir nun andeutete, den Tag der heiligen Handlung bereits angesetzt hatte. »Dein Taufpate wird untröstlich sein«, meinte er nachdenklich. »Er muß am Samstag verreisen.«

»Ich werde morgen sicher ganz gesund sein«, versicherte ich Partyka.

Wir hatten nichts weiter mehr zu besprechen, und so ging er bald und kam erst spät am Abend wieder.

Am andern Tag ward das Glück des heilbringenden Mysteriums mir zuteil.

Mein Taufpate, ein älterer Herr, der nur eine Viertelmeile von H. entfernt auf einem Gutshof wohnte, holte mich mit seinem Wagen ab. Obschon es in dichten Flocken schneite, war noch kein Schlittenweg, und so fuhren wir im Wagen zur Kirche. Der Weg führte uns über den Markt und durch die Hauptgassen des Städtchens. Zum Glück war unser Wagen wegen des Schneefalls dicht geschlossen. Tat ich aber einen Blick durchs Fenster der Wagentür, sah ich, daß der Markt von H. genauso aussah, wie ich ihn in der ersten Stunde nach meiner Ankunft halluziniert hatte. Ich tat aber nur einen Blick hinaus. Ich war viel zu schwach, um den Anblick dieses Städtchens und seiner Juden zu ertragen. An dieser körperlichen Verfassung mag es denn auch liegen, daß ich von der heiligen Handlung selbst nicht viel zu erinnern vermag. Ich weiß nur noch das Weiß, das Rot und das Gold vom Ornat Partykas; die kindlich glückseligen Augen des alten Herrn, meines Taufpaten; und das Schwarz der Ärmel meines Anzugs, die faltenlos, leblos an mir herabhingen wie das schwarze Tuch an einer Totenbahre. So ward ich getauft. Vielleicht aber versagt meine Erinnerung aus tiefheiligen Gründen. Die Taufe ist eine Wiedergeburt. Eine Wiedergeburt ist eine Geburt. – Wer vermag seine eigene Geburt zu erinnern? Nach der heiligen Handlung fühlte ich mich wie neugeboren. Wie es geschrieben steht: *Er besprengte sie mit reinem Wasser, und sie waren von allen Schlacken gereinigt.*

XXIII

Am Nachmittag reiste ich ab. Mein Taufpate begleitete uns zum Bahnhof, denn Partyka reiste mit mir bis Lemberg. Noch einmal ging es im Wagen durch das Städtchen. Es war ein Freitag. Das ganze Städtchen war auf den Beinen. Der eingeschneite Marktplatz war schwarz von Kaftangestalten, die dem über den teigigen, von geschäftig hastenden Schritten zertretenen Schnee langsam rollenden Wagen laute Verwünschungen nachschrien. Wenn ich einen Blick aus dem geschlossenen Wagen tat, sah ich, wie sie ausspuckten, hörte ich, wie sie fluchten. Sie taten es in Ängsten. Sie täuschten die ausgesuchtesten Vorwände vor, aber ich verstand sehr wohl, daß ihre Flüche und Verwünschungen mir galten. Diesmal tat ich mehr als einen Blick hinaus auf diesen fanatischen Aufruhr, denn es tat mir gut, zu empfinden, wie gleichgültig mir diese Anfechtungen nunmehr waren.

Nach einem kurzen Abschiedsbesuch beim Hochwürdigen ging es dann schnell zum Bahnhof. Auch hier wimmelte es von schwarzen Gestalten. Auch hier hasteten sie geschäftig, die Händler und die Makler, einzeln und in Gruppen, auch hier fuchtelten sie mit ihren dünnen Stöckchen, als scheuchten sie bissige Hunde. Und nur wer ihre krassen Fluchformeln verstand, konnte innewerden, daß ich der Hund war, gegen den sie verstohlen und gleichsam spielerisch mit ihren Stöckchen fuchtelten.

Partyka schien nichts zu bemerken. Vielleicht tat er aber nur so. Denn er hatte es sehr eilig, in den Zug zu steigen und er bat auch den alten Herrn, meinen Taufpaten, nicht bis zum Abgang des Zuges zu bleiben, der in der Grenzstation H. nur zu lang verweilte. Eine gute halbe Stunde saßen wir still im Abteil, nur noch mit unserem Gehör im Städtchen H., bis das Signal zur Abfahrt ertönte. Während der Zug langsam zu rollen begann, erhob ich mich und trat ans Fenster, um mit einem letzten Blick Abschied zu nehmen von dem schönen Stadtwäldchen von H. Hätte ich das doch lieber nicht getan! Denn was ich da auf dem Perron mit dem letzten Abschiedsblick noch sehen mußte, das grub sich mit der tiefsten Spur in mein Herz. Alle Wunden, die ich von diesem Städtchen H. davongetragen habe, sind spurlos verheilt. Diese letzte ließ eine unauslöschliche Narbe zurück. Und noch das Lächeln der Vergebung, mit dem ich jetzt diesen Anblick hier beschwöre, ist diese Narbe …

Auf dem Bahnhof standen die Juden Spalier an dem langsam rollenden Zug. Ich wußte gar nicht, daß ihrer so viele sich angesammelt hatten, auf dem Perron. Sie schrien aber jetzt nicht und sie fuchtelten nicht mit den Stöckchen. Alle ihre Augen suchten an dem langsam rollenden Zug nach meinem Abteil. Als mich einer am Fenster erblickte, stieß er einen lauten Schrei aus, und sogleich wie auf ein Kommando erhoben sich ihre Stöcke, und an einem ganzen Wald von drohenden Stöcken glitt der Zug vorbei. Ich hatte mich indessen so weit mit Gleichmut versorgt, daß mir diese Kundgebung der Volkswut nicht den geringsten Eindruck gemacht hätte, wäre nicht vom äußersten Rand des Spaliers her ein Stock plötzlich in mein Blickfeld gefallen, ein gewisser Stock, den ich sofort erkannte. Es war nicht der Stock Rabbi Schmelkes, wie ich im ersten Augenblick, noch ruhig, vermutete. Es war ein alter Stock mit einem sanft gebogenen Griff, beinbleich geglättet, matt schimmernd wie ein besonnter Stein. Er war dem Stock Rabbi Schmelkes wohl ähnlich, aber es war doch der Stock Rabbi Abbas, meines Urgroßonkels.

Und hinter dem schwarzen Ärmel, der diesen Stock mit der glatten Krücke nach oben streckend, mir drohte, sah ich das Gesicht meines Bruders, das Gesicht meines Bruders Welwel, totenbleich …

Wie von einem Hieb dieses Stockes über den Kopf getroffen, fiel ich, auf der Stelle ohnmächtig, rücklings zu Boden.

XXIV

Später erzählte mir Partyka, wie schlau er es angestellt hatte, um die Juden zu täuschen. An jenem Abend, da ich träumend in seinem Zimmer auf dem Sofa lag, hatte er einen Gang zum Küster gemacht und ihm aufgetragen, dem Roten Gabbe zu bestellen, ich wäre wohl derjenige, den er im Namen des Rabbis von H. suche, ich sei aber schon in Wien getauft worden und hier bloß für ein paar Tage beim hochwürdigen Herrn zu Gast. Nun verstand ich erst, warum der Rote Gabbe an mir so gewütet hatte, warum er mich einen Lügner geheißen. Hatte ich ihm nicht zugesagt, dem Ruf seines jugendlichen Rabbis zu folgen? Wenn er dann diese Ausstreuungen des Küsters hörte und ihnen Glauben schenkte, mußte ihm meine Zusage nicht als eine schändliche Verhöhnung seines Meisters vorkommen?

Ich erwähne das nicht, um meinen Freund zu belasten – er hat seine Pflicht getan und glaubte, mich, da er mich im entscheidenden Augenblick schwanken sah, mit einer kleinen List auf den rechten Weg bringen zu müssen. Ich sage es auch nicht in der Absicht, mich zu entschuldigen. Wenn die kleine List Partykas einen von uns entschuldigen soll, so mag es der Rote Gabbe sein. Ich erzähle Dir das, um Dir ein Beispiel zu zeigen, wie das Schicksal sich auch kleiner Mittel zu bedienen versteht und mitunter just in dem, was wir Menschen ein Mißverständnis nennen, den Sinn seines Waltens offenbart. Wie weise sprach doch der Kleine Alte in meinem Traum: Laßt die Nebensachen!

XXV

Um Dir, mein lieber Sohn, noch ein Beispiel zu zeigen: Zeit meines Lebens habe ich es als ein Mißverständnis, wenn auch als ein verhängnisvolles Mißverständnis angesehn, daß mein Urgroßonkel Rabbi Abba mich mit einem Soldaten verwechselt hat, als ich in einer argen Winternacht Zuflucht in seinem Hause suchte und fand. Ich trat zusammen mit meinem Bruder Welwel in seine Stube, weil ich aber meine Gymnasiastenuniform trug, glaubte er, ich wäre ein Soldat. Und weil der hochbetagte Greis, er war zweiundneunzig Jahre alt, am Ende seiner Tage oft vom Engel des Todes träumte, der in Gestalt eines Soldaten mit einem Messer in der Hand den Tod ihm verkündete, sah er in mir, dem vermeintlichen Soldaten, seinen Todbringer und – er starb in meinen Armen in jener Nacht. Zwei Jahre später war ich eingerückt, ich war bei den Soldaten, ich trug des Kaisers Rock, aber innerlich war ich sehr weit davon entfernt, mich für einen Soldaten zu halten. Was bin ich ein Soldat? sagte ich mir. Wie alle Studenten, die gerade Glieder haben, bin ich für ein Jahr eingerückt, ich tue meiner staatsbürgerlichen Pflicht Genüge, ich diene mein Jahr ab und bleibe im übrigen, was ich war, ein Student. Ich bin dann zum Offizier befördert worden, jedes zweite Jahr rückte ich zu den Übungen ein, ich war Offizier in der Reserve, aber es schien mir wie ein Spiel und wie eine Verkleidung. Ich war ein Zivilist geblieben, durchaus kein Soldat. Mein Urgroßonkel hatte sich geirrt, als er in mir seinen Traumsoldaten sah, sagte ich mir. Es war ein Mißverständnis.

Nun ist der Krieg da. Wieder trage ich des Kaisers Rock, und es ist kein Spiel mehr. Viele, die gleich mir dem Ruf des Vaterlands mit Begeisterung gefolgt sind, mögen ihre Soldatenuniform noch als eine Verkleidung empfinden, mir ist nicht so zumute. Ich fühle jetzt, Rabbi Abba hat klargesehen. Ich bin ein Soldat. Wäre ich doch immer ein Soldat gewesen! Vielleicht wäre so manches anders gekommen, wenn ich als Soldat gelebt hätte. Vielleicht wäre so mancher Irrtum nicht geschehn. Doch das sind nur müßige Gedanken. Habe ich auch nicht als Soldat gelebt, werde ich doch als Soldat sterben. Erst jetzt vermag ich meinen oft geträumten Traum vom Gericht in seinem wahren Zusammenhang zu fassen. Erst jetzt verstehe ich jenes Urteil, das mir im Bilde gezeigt wurde: Der Soldat, dessen Weg im Bilde mir so verkürzt erschien, bin ich. In Worte gefaßt, müßte das Urteil heißen: Soldatentod. Das Urteil ist, strenggenommen, nur eine Auslegung, eine Deutung des vierten Gebots. Ehre deinen Vater und deine Mutter, damit deine Tage verlängert werden. Ich habe mich gegen dieses Gebot vergangen, also werden meine Tage nicht verlängert, sondern gekürzt. Ein gerechtes Urteil. Ein mildes Urteil. Das Milde ist darin, daß meine Tage durch einen Soldatentod verkürzt werden sollen. Ein gerechtes Urteil, ein mildes Urteil, vielleicht schon ein himmlisches, kein irdisches Urteil mehr. Denn in der Milderung ward dem Urteil eine Verschärfung zugleich beigegeben. Wurde mir doch nebst dem Bilde des Urteils noch ein anderes Bild gezeigt, das Bild der Schrift. Von der Schrift aber – was bekam ich im Bilde zu sehn? Das Schriftbild jenes Spruches, der mit den Worten anhebt: *Wer ein Wesen tötet, der tötet die ganze Welt.* Mit diesem Spruch im Herzen ein Soldat im Krieg zu sein, ist nicht leicht. Aber vielleicht liegt gerade in dieser Verschärfung die wahre Gnade des Gerichts? Vielleicht wird ein Soldat wie ich, der vor dem Töten bei weitem mehr Grauen empfindet als vor dem Tod, noch Erbarmung finden vor dem höchsten Richter?

XXVI

Du siehst, mein lieber Sohn, Rabbi Abba, gesegnet sein Andenken, hat recht gehabt: ich bin ein Soldat. Ich bin ein Soldat und ich glaube nicht, daß ich es erst durch eine Verwandlung oder gar durch einen Zufall geworden bin. Es gibt keine Zufälle. Es ist kein Zufall, daß ich bei einer Truppe bin, die just diese Grenze des Vaterlands verteidigt, die Grenze zwischen Österreich und Rußland, die Grenze zwischen dem Licht Europas und der Finsternis des Zarenreichs. Dieser Krieg ist der letzte Krieg der Völker. Aus dem Munde meines Vaters hörte ich als Kind eine Prophezeiung des großen Rabbis von Kobryn, der gesagt hat: »Wenn der Messias kommt, wird er zuerst in Rußland erscheinen. Weil hier die Not schon so groß geworden ist wie die Not vorm Ende der Zeiten.«

XXVII

Viel werde ich Dir nicht mehr schreiben können, mein lieber Sohn. Bis jetzt gab es nur kleine Grenzscharmützel, aber jetzt scheint etwas Größeres im Gange zu sein. Von der Nähe sieht alles anders aus als von der Ferne; nicht nur ein Berg und ein Fluß und ein Mensch, auch der Krieg sieht von der Nähe anders aus, als man ihn sich vorstellt. Gestern zogen wir in ein Dorf ein, ein kleines Dorf an der Grenze, ein Dorf wie Dobropolje. Das erste, das wir sahen, war ein Galgen. Und am Galgen hing ein Priester, ein griechisch-katholischer Priester. Man nennt sie hier Popen. Eine ungarische Abteilung, die vor uns hier war, hat herausbekommen, daß der ukrainische Pope ein sogenannter Russophile war. Mit einer Laterne soll er in der Nacht der feindlichen Artillerie Lichtsignale gegeben haben. Ich habe viele solcher Popen gekannt, und es waren vielleicht Russophile darunter, das ist nicht zu bestreiten. Aber die Vorstellung, daß ein Priester mit einer Laterne der feindlichen Artillerie Zeichen gibt, scheint mir so grotesk zu sein wie der Anblick dieses Galgens. Auch das ist Krieg. Mein Gott, hoffentlich lebt mein alter Propst nicht mehr. Er war ein Russophile.

XXVIII

Die erste Schlacht hat stattgefunden. Es war eine Schlacht zwischen österreichischer und russischer Kavallerie. Wir in Österreich haben die russische Armee für eine rückständige Armee gehalten. So wußten es unsere Generale. Unsere Kavallerie rückte in roten Hosen und bunten Waffenröcken ins Feindesland ein wie zu einer Parade. Die Kosaken hatten feldgrüne Uniformen und sie hatten leichte Maschinengewehre mit, und wir hatten rote Hosen und Karabiner. So ging es auch aus. Wir sind nicht mehr im Feindesland, wir, die Überreste einiger Kavalleriedivisionen. Ich liege in einem Spital in Złoczów. In meinem Regiment waren gut fünfzig Prozent Ukrainer. Bauernjungen meistens. Man hat sie in österreichische Uniformen gesteckt und gegen die Russen gestellt. Drüben bei den Russen, unter den Kosaken, waren gewiß noch mehr als fünfzig Prozent Ukrainer. Man hat sie in russische Uniformen gesteckt und gegen die Österreicher gestellt. Der einzige Unterschied zwischen den Ukrainern hüben und jenen drüben ist, daß diese griechisch-orthodox und jene griechisch-katholisch sind. Sie haben sehr tapfer aufeinander losgeschlagen. Und hüben wie drüben haben die Priester die Waffen gesegnet. Wir zählen jetzt das Jahr neunzehnhundertundvierzehn des Heils – – –

XXIX

Ich habe Dir so viel erzählen wollen, mein lieber Sohn. Recht viel von meinem Leben wollt' ich Dir aufschreiben. Und was hab' ich Dir erzählt? Träume. Doch ist es mir recht so. Ohne es vorbedacht zu haben, blieb ich in unserer alten Tradition, da ich Dir Träume erzählte. In der Geschichte unseres Volkes haben Träume eine große Rolle gespielt. Das Schicksal unseres Volkes ist von Träumen gewoben schon zum Beginn. Im Traume erschien unserm Erzvater Abraham der Herr und sagte ihm: »Geh! Und suche ein Land.« Im Traume sah unser Erzvater Jakob die Himmelsleiter. Träume entschieden das Schicksal seines Sohnes Josef. Und nicht nur unsere eigenen, auch die Träume anderer haben oft die Rettung gebracht. Unserm Erzvater Abraham, da er in Gefahr gewesen, brachte die Rettung ein Traum des Königs von Gror. Unserm Erzvater Jakob half in Gefahr ein Traum Labans. Und unsern Josef in Ägypten retteten aus dem Gefängnis die Träume des Pharao. Wie Du siehst, mein lieber Sohn, bin ich in guter Gesellschaft mit meinen Träumen. Freilich weiß ich nicht zu sagen, ob meine Träume mich geführt oder verführt haben. Und der Traum des andern, des Rabbi Abba, hat er mich verleitet, hat er mich geleitet?

Wie immer dem sein mag, was immer ich zu bereuen hätte: daß ich Dir Träume erzählt habe, bereue ich nicht. Es war gut so. Der Tod läßt sich nicht belügen. Das sehe ich jetzt, da ich ihm so nahe bin. Ich liege im Garnisonspital in Złoczów. Die Russen sind auf dem Vormarsch. Unsere Armee ist auf dem Rückzug. Das Spital wird evakuiert. Die Ärzte sagen, man wird auch mich mitnehmen. Ich glaube das nicht. Man wird die Schwerverletzten hierlassen. Ich werde den

Russen in die Hände fallen. Es ist das letzte Kapitel. Und so sei der letzte Satz in diesem letzten Kapitel nach unserer alten Tradition der Lebens- und Todesruf unseres Volkes: *Höre Israel, unser Gott, Er ist der Eine.*

Hiermit Gott befohlen.

Dein Vater

VIERTES BUCH

VIERTES BUCH

1

Es war heller Morgen geworden, als Alfred vom abschließenden Wort des Vermächtnisses seinen Blick ablöste und die Augen erhob. Er sah durch das offene Fenster einen Streifen blauen Wassers und einen Streifen blauen Himmels zwischen dem sachte schwankenden Schilf des Kleinen Teichs und hörte die klingende Stille des Schweigens im Zimmer. Wie die ganze Nacht beim Lesen, so fühlte er auch jetzt, was im Raum vorging. Er wußte, ohne hinzublicken, daß Onkel Stefan seine Brille abgenommen hatte und, um seine Gemütsbewegung zu verbergen, die Gläser sorgsam putzte, indes seine nackten, kurzsichtigen Augen im Zimmer blind wanderten. Er fühlte, wie Onkel Welwel tiefgesenkten Kopfes, mit dem Gesicht in den Händen, versteinert vor dem Tisch saß wie in einem separaten Raum, einsam in seiner Trauer. Er hörte Jankels leise pfeifenden Atem und wußte: bald, gleich schon wird der Alte den Mund öffnen und was Böses über die Juden sagen. Alfred wußte sogar, was er sagen würde. Der alte Jankel war der einzige Zuhörer, der schon beim Lesen des Vermächtnisses nicht hatte umhinkönnen, seinen Gefühlen Luft zu machen. Mit stoßenden Seufzern, scharfen Schnalzern und heisern, unartikulierten Ausrufen hatte er namentlich die Schilderung der Kleinstadtjuden von H. begleitet, und zur Neige der Erzählung – an der Stelle, wo davon die Rede ging, wie auf dem Bahnhof unter den vielen gegen den Abtrünnigen erhobenen Stöcken auch der Stock Rabbi Abbas und das totenbleiche Gesicht Welwels, des Bruders, drohend auftauchten – hatte der alte Jankel völlig die Selbstbeherrschung verloren und Welwel angeschrien: »Du warst dort?! Gedroht hast du ihm?! Mit dem Stock?! Mit Rabbi Abbas Stock?!«

Ohne den Kopf zu heben, hatte ihm Welwel mit einer kleinen mutlosen Handbewegung abgewinkt, und Jankel hatte sich selbst mit einer drastischen Gebärde beschwichtigt. Nur an dem heftigen, stoßenden Atemgang war zu erkennen, wie erregt der alte Mann noch war. Jetzt, in der Stille, die nach dem letzten gelesenen Wort im

Zimmer sich ausspannte, war der pfeifende, heisere Atem Jankels wie ein ununterbrochenes heiseres Geschrei anzuhören. Dennoch hatte Alfred nur den einen Wunsch: es möchte diese halbe Stille ewig so anhalten und niemals von einem gesprochenen Wort zerrissen und geschändet werden.

Als eine Ewigkeit lang kein Wort kam, als sogar die Gemütsbewegung des alten Mannes, von der Stille eingeschüchtert, in langsame Atemzeichen sich auflöste, getraute sich Alfred, mit einem Blick ihm zu danken. Seine Augen begegneten wohl den Augen Jankels, aber ihre Blicke trafen sich nicht, die greisen Augen Jankels waren gleichsam nach innen verschollen. Dr. Frankls nackte, der Brille entkleidete Augen waren undurchsichtig wie trübe Gläser. Welwel Dobropoljer barg sein Gesicht zwischen den Armen, die über der Tischplatte gekreuzt, leblos dalagen; es schien, als wären seine Arme und sein Kopf eingeschlafen, aber sein Atem ging in leise schluchzende Seufzer über, unterbrochen durch wache, lauschende Atempausen. So saßen sie zu viert, abgetrennt und doch zutiefst verbunden durch die fast sichtbare Anwesenheit eines fünften, des Mannes Josef Mohylewski, der vor langer Zeit gefallen war und doch mit so vielen schwarzen Fäden der Trauer und so vielen goldenen Fäden der Liebe mit dem Leben noch verbunden war. Sie saßen in der Stille des Morgens, die durch die offenen Fenster frisch ins Zimmer flutete. Sie sahen einander nicht an und sie schwiegen, um die Stimme des Toten nicht zu verscheuchen, die mit lebendigem Wort eine Nacht lang zu ihnen geredet hatte. Auf einmal, als wäre ein weckender Ruf an sie ergangen, erwachten draußen alle Vögel, und in flötendem Geschwätz verkündeten sie heiter und schnell einen heißen Tag.

Dann ging langsam und unhörbar die Tür auf und Pesje trat ein. Ihr folgte, auf den Zehenspitzen noch behutsamer als Pesje auftretend, Donja. Da die Vögel draußen lärmten, es sei Tag, getrauten sich nun auch die Frauen, den aufgestörten Männern einen guten Morgen zu sagen. Mit den Frauen, die Tablette mit heißen Schüsseln und dampfenden Töpfchen hereintrugen, war ein sehr angenehmer Duft von frisch Gekochtem, frisch Gebratenem, frisch Gebackenem ins Zimmer eingedrungen, und der angenehme Duft drang belebend auch in die Nasen der übernächtigten Männer. Pesje war in dieser Nacht nicht schlafen gegangen. Obwohl sie erst nicht wußte, was die Männer so lang zu lesen hatten – ihr ahnender Sinn hatte diesmal versagt – war sie wach, aber ruhig auf ihrem Posten in der Küche geblieben. Als sie aber schon spät in der Nacht auf einen Vorschlag Jankels zur Entzifferung einer unleserlichen, verblaßten und teilweise durchgestrichenen Stelle des Schriftstücks gerufen wurde – es war jene Stelle des Testaments, da Josef Mohylewski von der vorbereitenden katechetischen Unterweisung durch Partyka erzählt – und das ihr von Jankel zugetraute Kunststück zum staunenden Entzücken namentlich Dr. Frankls glatt geleistet hatte, geriet sie in eine solche Aufregung, daß sie die halb schlummernde, halb mit ihrer Beschützerin wachende Donja völlig aufrüttelte, um mit ihr die erregende Sensation sowohl als auch die Aufregung zu teilen. Obwohl es bereits Mitternacht war, getraute sich Pesje nicht – nun, da sie wußte, was gelesen wurde –, mit dem bestellten Nachtmahl in das Zimmer einzudringen und die Leser zu stören. Eine Zeit schwätzte sie mit Donja in der gemeinsamen Schlafkammer, dann lagen sie beide im offenen Fenster der Küche und horchten in die Nacht hinaus. Sie hörten wohl die lesende Stimme – einmal war es Alfreds ihnen beide vertraute, einmal wieder des wichtigen Gastes fremde Stimme –, aber nicht einmal Pesje verstand von dem Gelesenen auch nur ein Wort. Die Stimme kam in der Stille der Nacht zwar von ganz nahe her, aber die Worte waren nicht deutlicher und nicht verständlicher als etwa die zuweilen in den Nächten vor den großen Feiertagen in Großvaters Zimmer monoton psalmodierende Stimme Welwel Dobropoljers. Die kühle Nachtluft erfrischte sie und verscheuchte vollends den Schlaf, aber die Erregung der Erwartung, vielleicht noch einmal zur Entzifferung eines unleserlichen Blattes gerufen zu werden, wich nicht von Pesje. Auf einmal hielt sie die peinigende Untätigkeit nicht mehr aus und machte sich ein Feuer auf dem Herd, ein Feuer im Backofen, und begann wie für den Sabbat zu kochen, zu backen, zu braten. Obgleich sie sich nicht sonderlich beeilte und im Eifer des Schaffens mitunter sogar den ungewöhnlichen Anlaß ihrer nächtlichen Tätigkeit vergaß, war mit Hilfe Donjas beinahe alle Zurüstung für einen Sabbat bereits am frühen Morgen geleistet – und die Männer waren noch immer nicht schlafen gegangen. Sie lasen aber nicht mehr, sie schwiegen. Darüber war nun Pesje sehr froh: jetzt konnte sie, ohne erst gerufen zu werden, zu den Männern hineingehn und den Ereignissen dieser Nacht auch ihren improvisierten Beitrag hinzufügen. So kam es, daß Dr. Frankl die kleinen Gerichte und Leckerbissen, die er mit Welwel Dobropoljer als Vorschuß auf die leiblichen Sabbatwonnen zum Zehn-Uhr-Frühstück am Freitag bereits kennen- und schätzengelernt hatte, schon in aller Frühe vor Sonnenaufgang am Sonntag wieder kosten durfte.

Es war aber nicht der Gast, der als erster dem Duft des vortrefflichen Imbisses nicht widerstehen konnte, sondern der alte Jankel. Nachdem Pesje und Donja den Tisch gerichtet, aufgetragen und sich auf den Fußspitzen wieder entfernt hatten, ward im Zimmer ein deutliches Knurren hörbar, das die Stimmen der jubilierenden Vögel überschallte: »Ich hab' ein Loch im Magen«, sagte Jankel, um das Geräusch zu entschuldigen, und schielte ängstlich zu Welwel hin.

Welwel Dobropoljer hörte nichts. Wie er vor den Hantierungen der Frauen die Hefte vom Tisch gerettet und mit träumenden Handbewegungen an sich genommen hatte, so saß er in seiner Versunkenheit bei Tische, mit beiden über der Brust gekreuzten Armen das Vermächtnis seines Bruders ans Herz pressend. Seine Augen waren weit aufgerissen, aber seine Ohren waren taub.

»Welwel«, begann Jankel nach einer Weile. »Ich muß dich um Vergebung bitten. Ich habe vorher eine dumme Frage gestellt. Eine recht dumme Frage. Wie konntest du Jossele mit dem Stock drohen? Du warst ja gar nicht dort. Ich erinnere mich jetzt, wie es war. Du wolltest hinfahren. Aber man hat dich nicht fahren lassen.«

»Wäre ich doch hingefahren«, flüsterte Welwel mit bebenden Lippen. »Wäre ich doch hingefahren.«

Er hatte sich indessen erhoben und stand eine Zeit in Gedanken versunken vor Alfred. Dann streckte er beide Hände, die das Schriftstück hielten, vor, sah Alfred fragend an, als bäte er um die Erlaubnis, es zu behalten, und schnellen Schrittes verließ der das Zimmer.

»Ich hab' ein Loch im Magen«, wiederholte gleich darauf Jankel, rückte näher an den Tisch und machte in Vertretung Welwels den Hausherrn, der seine Gäste bewirtet und mit gutem Beispiel vorangeht. Sie speisten nun, erst mit dem scharfen Appetit von Männern, die eine Nacht nicht geschlafen, dann mit dem heißen Hunger von Menschen, die eine schwere Erschütterung des Gemüts erlitten hatten. Sie aßen zu zweit, Jankel und der Gast, denn Alfred hatte gleich nach Welwel unauffällig das Zimmer verlassen. Sie saßen schweigend, denn sie hatten sich zuviel zu sagen. Hernach begaben sie sich zur Ruhe. Aber nur einer von den vier Männern vermochte ein paar Stunden Schlaf zu finden; das war Alfred.

2

Den Nachmittag verbrachte Dr. Frankl in Gesellschaft Jankels. Sie gingen zusammen zur Ökonomie, sie gingen in den Kuhstall, und Jankel erklärte dem Gast den ganzen Betrieb. Dann führte er ihn über die Groblja auf den Gazon und zeigte ihm das alte Haus. Wie Alfred, da er zum ersten Mal den alten Park und das Haus gesehen hatte, wunderte sich auch Dr. Frankl darüber, daß man ein so hübsches Haus dem Verfall überließ, und wollte von Jankel wissen, wie lange es nicht mehr bewohnt war.

»Die Familie Mohylewski hatte ursprünglich, wie viele Generationen weiß ich nicht genau, dieses Gut in Pacht. Sie wohnten immer in dem Haus der Pächter, wo Welwel jetzt wohnt. Das Gut selbst gehörte einer Familie Zabilski, der es von irgendeiner Seitenlinie als Erbstück zugefallen war. Ihren Familiensitz hatten sie hier nie. Aber einem von den Zabilskis, der einmal hier das Gut inspizierte, gefiel der Teich hier so gut, daß er sich ein Sommerhaus bauen ließ und auch diesen Park hier anlegte. Diesen Zabilski kannte ich nicht. Das liegt weit zurück. Aber den letzten von den Zabilskis kannte ich, und ich erinnere mich noch an ihn. Ich hab' ihn als Kind gesehen. Da hat noch der Großvater Welwels, Sussja Mohylewski, gelebt. Der letzte Herr Zabilski war ein polnischer Edelmann alten Schlags. Er haßte Österreich, und den Kaiser Franz Joseph nannte er immer den ›Schwaben‹. Von seinen vielen Gütern hat er die meisten, wie es beim polnischen Adel üblich war, in Pacht gegeben. Eines, wo er seinen Sitz hatte, bewirtschaftete er selbst. Er war sehr reich und kinderlos, und wie er gewirtschaftet hat, habe ich von Reb Sussja Mohylewski noch selbst gehört.

In den sechziger Jahren, vielleicht war es früher, vielleicht war es später, das weiß ich nicht mehr so genau, wurde hier das Staatsmonopol für die Erzeugung von Spiritus eingeführt. Die Gutsbesitzer, die Spiritusbrennereien hatten, durften ein gewisses Kontingent jährlich erzeugen. Eine Überschreitung des Kontingents, das von der Finanzbehörde genau kontrolliert wurde, war strafbar. Die Geldstrafe hing von dem Quantum ab, das verbotenerweise über das Kontingent hinaus erzeugt wurde. Nun waren die Meßapparate nicht sehr genau, und die Leiter der Spiritusfabriken, die nicht gerade gebildete Ingenieure waren, machten in den ersten Jahren alle Irrtümer, die nur möglich waren. Natürlich wußte die Kontrollbehörde, daß die Überschreitung der Kontingente eben auf solche Fehler zurückzuführen war, und war vernünftig genug, in solchen Fällen von Geldstrafen abzusehn. Der Vorgang war einfach genug: es gab in jedem Betrieb vorgedruckte Formulare, in denen man einen Irrtum nur anzumelden hatte, und damit war der Fall erledigt. Einmal unterlief dem Leiter der Spiritusbrennerei des Herrn Zabilski ein solcher Irrtum. Der Mann füllte das Formular aus und legte es dem Herrn Zabilski zur Unterschrift vor. ›Wieviel macht die Strafe aus?‹ fragte Herr Zabilski seinen Brenner. Der Mann rechnete die Strafe aus und zeigte Herrn Zabilski die Summe: zwölftausend Gulden. ›Was!?‹ sagte der Herr Zabilski, ›wegen zwölftausend Gulden soll sich ein Zabilski bücken vor dem Schwaben?‹ Und er verweigerte die Unterschrift und zahlte die Strafe.«

»Hat dieser Herr Zabilski hier in dem Haus gewohnt?« fragte Dr. Frankl.

»Nein«, sagte Jankel, »das Haus stand schon damals unbewohnt. Aber es waren noch ein paar gut eingerichtete Zimmer, in denen der letzte Herr Zabilski zwei, drei Tage wohnte, sooft er das Gut inspizierte. Er pflegte, wie ein Bischof seine Diözese, Dobropolje einmal in fünf Jahren zu inspizieren. Als er das letzte Mal hier war, habe ich ihn gesehen. Ich war damals zwölf Jahre alt. Ich hatte die Ehre, dem alten Herrn seine Schuhe abzustauben, als er vom Pferdestall herauskam. Dieser Herr Zabilski war es, der Dobropolje an Sussja Mohylewski verkaufte. Das geschah anläßlich seines letzten Besuchs. Er hielt sich damals nur zwei Tage hier auf. Ehe er abreiste, rief er Sussja Mohylewski zu sich auf den Gazon, und der Kaufvertrag wurde abgeschlossen. Zum Abschied sagte er noch: ›Ich habe aus den Papieren meiner Familie herausbekommen, daß die Mohylewskis hier in Dobropolje schon als Pächter gelebt haben, wie das Gut noch gar nicht den Zabilskis gehört hat. Irgendeine Urgroßmutter hat den Zabilskis diesen Schatz als Mitgift angehängt. Mein Großvater, der gern in dem Großen Teich fischte, hat dieses Haus aufgebaut. Ich habe keine Erben, und du, Sussja, hast einen tüchtigen Sohn. Es ist mir recht, daß das Gut in keine fremden Hände übergeht.‹ Und nach einem herzlichen Handschlag fügte er hinzu: ›Ich übergebe dir

Dobropolje, weil du einer ehrwürdigen, alteingesessenen Familie entstammst. Weil du ein Mohylewski bist. Wenn du Rosenfeld hießest oder Rosenkranz oder sonst irgendeinen deutschen Namen führtest, würde ich dir trotz allem das Gut nicht überlassen. Aber Mohylewski und Dobropolje, das paßt sehr gut zusammen. Gott segne dich und deine Familie.‹ Damit reiste er ab, und wir haben ihn nie mehr wiedergesehn. Ich sehe ihn noch vor mir: er war ein kleiner, stämmiger Mann mit einem schneeweißen Spitzbart und einem schönen Löwenkopf. Er trug immer blütenweiße Gamaschen über seinen Schuhen und ein Stöckchen mit goldenem Griff. Er sagte allen ›du‹, auch Sussja Mohylewski, der nicht viel jünger war als er. Freundlich war er mit niemandem. Nur die alte Frau Elke Mohylewski verehrte er sehr. ›Ich komme gar nicht, um das Gut zu inspizieren, sondern um Ihren gefüllten Fisch zu genießen, Frau Mohylewski‹, pflegte er ihr bei jeder Ankunft zu sagen. Tatsächlich traf er immer am Freitagnachmittag ein und aß alle drei Sabbatmahlzeiten bei den Mohylewskis.«

»Warum aber übersiedelten die Mohylewskis nicht in dieses Haus auf dem Gazon, anstatt es verkommen zu lassen?« fragte Dr. Frankl.

»Das Haus und der Park waren sehr gut instand gehalten bis 1914, bis zum Krieg. Im Krieg hat hier Militär gehaust, österreichisches, ungarisches, dann russisches, dann wieder österreichisches und deutsches. Sie wissen, wie Soldaten hausen. Sie können sich vorstellen, wie das nach vier Jahren hier ausgeschaut hat. Ich war die ganze Zeit hier. Am Anfang versuchte ich, das Schlimmste zu verhindern und immer wieder nach den abziehenden Soldaten säubern und aufräumen zu lassen. Aber schließlich mußte ich es aufgeben. Welwel hat diese vier Jahre in Wien als Flüchtling gelebt, und wie er dann im Herbst 1918 zurückgekommen ist, nach dem Zusammenbruch der Monarchie, hab' ich ihm zugeredet und ihn gebeten, das Haus renovieren zu lassen und zu übersiedeln. Aber wie Sie wissen, hat Welwel im Krieg seine Frau und seine Kinder verloren. Er kam allein, in Trauer, zurück. Es war nichts mit ihm anzufangen. Er wollte das Haus seines Vaters nicht aufgeben und namentlich nicht Großvaters Zimmer. Das ist begreiflich, und es wäre auch begreiflich, wenn unser lieber Welwel nicht so ein Klerikaler wäre. Aber Alfred, wie er das Haus das erste Mal gesehen hat, war genauso beeindruckt wie Sie, Herr Doktor. Und ich halte es für wahrscheinlich, daß er dieses alte Haus einmal wieder herrichten wird.«

»Ist es aber sicher, daß Alfred, wenn er jetzt wegfährt, auch zurückkommen wird?« fragte Dr. Frankl. »Unser Alfred häutet sich sehr schnell. Sie kennen ihn ja erst ein Jahr. Ich kenne ihn länger.«

»Er hat sich hier sehr verändert. Finden Sie nicht?« sagte Jankel.

»Verändert hat er sich, und das nicht zu seinem Nachteil. Er ist fast ein Mann geworden in diesem einen Jahr«, gab Dr. Frankl zu.

»Ja, er ist fast ein Mann geworden. Darum glaube ich sicher, daß er zurückkommen wird. Wenn er nicht zu seinem Onkel und zu seinem Studium in Großvaters Zimmer zurückkommt, wird er vielleicht zu mir und zur Landwirtschaft zurückkommen«, sagte Jankel nachdenklich. »Und wenn er nicht zu mir und zur Landwirtschaft zurückkommt«, fügte er hinzu, als überlege er sich diesen Fall zum ersten Mal, und machte eine lange Pause vor der Schlußfolgerung, »... so wird er zu dem Mädchen Donja zurückkehren – das ist so gut wie sicher.«

»Zu dem hübschen Mädchen?! Sie glauben wirklich –?«

»Sie ist die Tochter unseres Wagnermeisters. Aber bis Alfred wieder da ist, wird sie schon eine richtige Bauersfrau sein. Ich und Pesje, wir haben für alle Fälle vorgesorgt.«

»Wenn man für alle Fälle vorgesorgt hat, geht es zuweilen am besten schief«, sagte Dr. Frankl leichthin; er bedauerte es aber gleich, als er die Bestürzung sah, die Jankels Gesicht verwirrte. »Und doch ist es ratsam, für alle Fälle vorzusorgen«, setzte er schnell hinzu.

»Ja, man muß vorsorgen«, stimmte ihm Jankel erleichtert bei, »für alle Fälle vorsorgen, und im übrigen sich darauf gefaßt machen, daß alles auch anders kommen kann. Wie in der Landwirtschaft.«

Auf dem Heimweg zeigte Jankel dem Gast die Stelle auf der Groblja, wo das Unglück geschehen war, und erzählte ihm von Lipusch und auch von Alfreds großer Liebe zu dem Kind.

»Es ist gut, Herr Ministerialrat, daß Sie gerade jetzt das Vermächtnis des Vaters mitgebracht haben. Ich wäre sonst nicht so sicher, daß Alfred noch zurückkommen würde nach dem Verlust. Schon meine Verhaftung ist mir zur rechten Zeit gekommen. Das hat Alfred ein bißchen aus der Trauer herausgerissen und, offen gestanden, auch mich wieder auf die Beine gebracht. Es ist gut, daß Sie gekommen sind. Sie haben uns sehr geholfen.«

»Sind Sie so sicher, Herr Christjampoler, daß das Vermächtnis Alfred auch in dieser Richtung beeinflußt hat?« fragte Dr. Frankl.

»Als ich das Schriftstück in Wien zu mir nahm, um es Alfred hierher mitzubringen, lag mir nicht bloß daran, den letzten Wunsch meines Freundes zu erfüllen – ich hätte ja damit warten können, bis Alfred wieder in Wien sein würde – aber es drängte mich, meinen Freund an der unerwarteten Fügung des Schicksals teilhaben zu lassen, das uns alle in das Haus des Vaters geführt hat, mit dem der Verstorbene trotz allem in so schmerzlicher Liebe verbunden war bis zu seiner letzten Stunde, wie wir gesehen haben. Er soll mit uns zusammen sein, sagte ich mir. Und was wir in dieser Nacht von ihm vernommen haben, darf uns hoffen lassen, daß es unserm toten Freunde recht so geschah. Aber wie es mit Alfred steht, bin ich mir nicht im klaren.«

»Darüber mache ich mir keine Sorgen«, beeilte sich Jankel den Gast zu beruhigen. »Aber es ist auch möglich, daß ich mir keine Sorgen deswegen mache, weil ich, offen gestanden, nicht alles in dem Testament verstanden habe. Ich sage das nicht, um Sie zu bitten, mir es zu erklären. Ich weiß sehr gut, wenn man in meinem Alter etwas nicht verstanden hat, versteht man auch die Erklärung nicht. Aber da wir schon von dem Testament sprechen, werde ich Sie doch etwas fragen: Sie, Herr Doktor, standen Alfreds Vater in den letzten Jahren seines Lebens sehr nahe. Haben Sie gewußt oder auch nur geahnt, daß er so unglücklich war?«

»Es ist merkwürdig, daß Sie mich gerade danach fragen. In dem Vermächtnis steht so manches, was mich erschüttert hätte, auch wenn er mir nicht nahegestanden wäre. Was mich aber zutiefst erschütterte, war ebendas: fünfzehn Jahre nach dem Tode eines Freundes einzusehn, wie unglücklich er war. Ich habe mich wohl heute morgen noch hingelegt, aber ich habe kein Auge zugetan. Wie ist es möglich, fragte ich mich, wie ist es möglich, frage ich mich noch jetzt, daß man einem Manne als Freund so nahestehen kann und doch nicht weiß, wie unglücklich er im Grunde ist. Vielleicht weil er zeit seines Lebens zu stolz war, um sich selbst einem Freunde völlig mitzuteilen.«

Sie waren vor dem Hause angekommen, und sie schwiegen.

3

Andern Tags suchte Alfred eine Aussprache mit Onkel Welwel und überredete Dr. Frankl, mit ihm in Welwels Zimmer zu kommen. Sie fanden ihn über den Tisch gebeugt, schreibend. Auf dem Tisch waren die Hefte des Vermächtnisses ausgebreitet, und Welwel war damit beschäftigt, es abzuschreiben. Am liebsten hätte er das Original in Dobropolje behalten und Alfred bloß die Abschrift zurückgegeben, doch getraute er sich nicht, einen solchen Wunsch zu äußern. Er würdigte den legitimen Anspruch der Mutter, der Witwe, auf den Anblick des Originals, und er gönnte ihr gewissermaßen einen direkten Blick auf die Hand, die den letzten und endgültigen Triumph der Mohylewskis über die Pescheks dokumentarisch gezeichnet und besiegelt hatte. Daß dies der zweite, der nebensächliche Inhalt des Schriftstücks war, das glaubte Welwel mit der ganzen Inbrunst seines Glaubens; und nicht alle Wahrheit der Welt hätte diesen Glauben zu erschüttern vermocht.

»Warum machst du dir diese Mühe, Onkel?« fragte Alfred. »Ich hab' mich schon gewundert, warum man dich gar nicht mehr zu Gesicht bekommt.«

»Ich schreibe mir die wichtigsten Stellen ab. Das Ganze kann ich ja leider nicht so schnell abschreiben«, sagte Welwel und forderte Dr. Frankl und Alfred zum Sitzen auf.

»Das hat doch Zeit, Onkel«, sagte Alfred. »Ich möchte auch eine Abschrift haben und ich werde mir eine machen. Aber das Original sollst du, Onkel, behalten und es in Großvaters Zimmer mit deinen andern Papieren aufbewahren.«

»Das ist sehr lieb von dir«, sagte Welwel mit einem innigen Blick auf Alfred. »Dieses Vermächtnis gehört in Großvaters Zimmer. Aber ich habe angenommen, daß du es nach Wien mitnehmen und deiner Mutter zeigen willst.«

»Das werde ich nicht tun«, sagte Alfred mit einem fragenden Blick auf Dr. Frankl. »Was glaubst du, Onkel Stefan?«

»Ich habe auch angenommen, daß du es mitnehmen wirst. Aber ich glaube jetzt, daß du recht hast. Du solltest dich damit nicht beeilen.«

»Ich glaube nicht, daß es meiner Mutter guttun würde, dieses Vermächtnis zu lesen. Meine Mutter pflegte mir immer zu erzählen, wie erfolgreich, wie glücklich mein Vater bis zum Ausbruch des Krieges gewesen war. Sie glaubte es, und sie machte auch mich daran glauben. Nun sehe ich, wie bitter sie sich getäuscht hat. Ich denke, es wird besser sein, meiner Mutter diese Enttäuschung zu ersparen.«

»Du hast recht, Alfred«, beeilte sich Dr. Frankl ihm zuzustimmen. »Jedenfalls wollen wir uns Zeit lassen, uns das noch zu überlegen. Was meinen Sie?« wandte er sich an Welwel.

»Ich glaube nicht, daß ich hier mitreden darf, Herr Doktor«, sagte Welwel, und sein Blick wanderte zwischen Alfred und Dr. Frankl. »Das wollen wir Alfred überlassen. Weißt du den Todestag deines Vaters?«

»Wie meinst du das, Onkel?«

»Ob du das Datum weißt.«

»Meine Mutter sagt, es war der 7. August 1914.«

»Dieses Datum hat auch mir seinerzeit die Auskunftsstelle des Kriegsministeriums in Wien angegeben. Aber es kann doch nicht stimmen.«

»Warum?« fragte Dr. Frankl. »Warum glauben Sie das?«

»Weil ich es für kaum möglich halte, daß mein Bruder in so kurzer Zeit nach Ausbruch des Krieges dieses immerhin umfangreiche Schriftstück hätte verfassen können.«

»Daran hab' ich gar nicht gedacht«, sagte Dr. Frankl.

»Ich auch nicht«, stimmte ihm Alfred bei.

»Wie mein Bruder sagt: Von der Nähe sieht alles anders aus, auch der Krieg. Es hat immer geheißen, mein Bruder sei am dritten Tag des Krieges gefallen. Das kann aber nicht stimmen. Wir werden das Datum auf dem Kriegsfriedhof in Złoczów feststellen, Alfred. Dann werde ich nach dem jüdischen Kalender den Todestag errechnen, und wir werden beide alljährlich am Todestag Kaddisch nach ihm sagen, Sussja.«

»Ja«, sagte Alfred, »das wollen wir.«

Ein langes Schweigen folgte dieser Entscheidung. Onkel und Neffe sahen einander lange in die Augen, fragend, prüfend, erwartungsvoll. Auf einmal standen sie beide wie auf einen Befehl auf, und eine innige Umarmung bekräftigte kurz ihr inniges Einverständnis.

Als Welwel und Alfred wieder ihre Plätze eingenommen hatten, fügte Welwel seiner Entscheidung eine Erklärung hinzu. Seine Stimme klang jetzt frisch und kräftig wie die Stimme eines Mannes, der eine schwere Krankheit überstanden, die Krise überwunden hat und auf einmal ein Rekonvaleszent geworden ist: »Zu einem großen Rabbi kam einmal ein Mann und klagte: ›Was soll ich tun, Rabbi? Mein Sohn ist von Gott abgefallen! Was soll ich tun?‹ – ›Ihn noch mehr lieben‹, sagte der Rabbi. Wir haben alle gegen unsern Jossele – er ruhe in Frieden – schwer gesündigt.«

»Es ist gut, daß du das sagst, Onkel. Ich erinnere mich übrigens, daß du das ja schon immer geahnt und auch zugegeben hast. Ich sehe jetzt wieder, wie richtig es war, daß du mir in Wien gleich bei meinem ersten Besuch die Geschichte vom Rabbi Abba erzählt hast. Jankel war damals sehr unzufrieden mit dir. Aber ich habe dich verstanden. Freilich in der ganzen Tragweite verstehe ich die Ereignisse jener Nacht bei Rabbi Abba erst jetzt.«

»In der ganzen Tragweite verstehe ich sie auch erst jetzt«, sagte Welwel. »Wir haben alle in der Sache unsere Fehler gemacht. Mein Vater, dein Vater und ich. Jeder nach seiner Art. Mein Vater machte die Fehler der Strenge. Dein Vater machte die Fehler des Stolzes. Ein Ungeduldiger war er immer und ein Stolzer. Ich machte die Fehler der Besonnenheit. Ich war schon immer sehr besonnen. Schon als Knabe. Dein Vater hat mich in dem Testament sehr gut geschildert. Es war nicht gut, daß ich so besonnen war. Dir, Alfred, hab' ich das schon gesagt. Wenn ein junger Mensch besonnen ist, kann das so schlimm sein wie wenn ein alter unbesonnen ist. Ist das nicht so, lieber Herr Doktor?«

»Das haben Sie sehr gut ausgedrückt, lieber Freund. Das paßt auch sehr gut auf mich. Ich habe mir sogar daraus einen Beruf gemacht. Erstaunlich, wie richtig Ihr Bruder uns alle gesehen hat – sogar sich selbst.«

»Im Vermächtnis meines Vaters hab' ich fast alles verstanden. Ich weiß sehr wohl, daß ich es nur darum verstehen kann, weil ich dieses Jahr hier mit dir gelebt habe, Onkel Welwel. Sonst hätte ich kaum ahnen können, daß mein Vater durch etwas geradezu Ungeheuerliches gegangen ist. In Wien hätte ich das als eine recht romantische Geschichte aus dem Beginn des Jahrhunderts gelesen. Jetzt, fünfzehn Jahre nach seinem Tode, jetzt habe ich erst meinen Vater gefunden.

Aber wenn das Vermächtnis auch an mich gerichtet ist, erzählt mein Vater doch so manches, auch in seinen Träumen, was nur ihr mir erklären könnt, du, Onkel Welwel, und du, Onkel Stefan.«

»Zum Beispiel?« fragte Welwel. »Was meinst du?«

»Zum Beispiel die Geschichte von Alexander dem Großen, die soviel Raum einnimmt? Man kann doch nicht so eine Geschichte träumen. Oder?«

Die beiden Onkel sahen einander eine Weile an. Dann sagte Dr. Frankl: »Ich glaube nicht recht daran, daß er diese Geschichte so geträumt haben konnte, wie er sie darstellt. Vielleicht war es auch ein Wachtraum. Dein Vater hat sich ja, wie wir wissen, auf einen Gang zum Rabbi vorbereitet und eine Auseinandersetzung über Glaubensfragen gewärtigt. Diese Geschichte von Alexander dem Großen war übrigens eine Lieblingsgeschichte von Deinem Vater. In den Jahren, da er die Aufgabe hatte, sich in eine neue Sprache einzuleben, hat dein Vater diese Geschichte mehrmals übersetzt und er hat sie mir in verschiedenen Versionen vorgelesen. Vielleicht hat er sie auch geträumt, wenn auch nicht so ausführlich und deutlich, wie er sie im Vermächtnis aufgeschrieben hat. Ich nehme an, daß er sie eigens für dich noch einmal aufgeschrieben hat, damit du seine Lieblingsgeschichte kennst, und auch, damit du erfährst, mit welchen Gedanken er sich in den so entscheidenden Tagen seines Lebens herumgeschlagen hat.«

»Ja«, sagte Alfred, »so kann's gewesen sein. – Was ich weiter nicht verstehe, ist dieses Kind, der Erzählende Richter. Alle andern Gestalten des Traumes sind erklärt. Wir wissen, wer der Kleine Alte ist, wir wissen, wer die andern Richter sind, nur von dem Kind steht nichts weiter im Vermächtnis.«

Wieder sahen die beiden Onkel einander eine Weile an. Dann sagte Welwel: »Das kann vielleicht ich dir erklären. Du kennst jetzt Dr. Katz. Du weißt, daß er deinen Vater zur Aufnahmeprüfung fürs Gymnasium vorbereitet und auch sonst eine Rolle in seinem Leben gespielt hatte. Sehr gemocht hat dein Vater diesen Tischlerssohn nicht, scheint es.«

»Das beruhte auf Gegenseitigkeit, Onkel, wie ich in der Stadt jetzt feststellen konnte«, warf Alfred ein.

»Der Tischler Katz hatte aber noch einen jüngeren Sohn. Dieser war auch jünger als dein Vater. Es war ein zartes, sehr begabtes Kind;

so wie dein Vater den Erzählenden Richter beschreibt, so sah der jüngere Sohn des Tischlers aus. Dieses Kind hat dein Vater sehr liebgehabt, so wie du unsern Lipale. Der Junge ist im Alter von zwölf Jahren an Schwindsucht gestorben. Dein Vater hat das Kind in seinen weißen Totenkleidern gesehn, und es hat ihm einen unauslöschlichen Eindruck gemacht. Er hat noch nach Jahren von dem toten Knaben gesprochen. Und so wie er ihn zum letzten Mal sah, sieht er ihn auch im Traum.«

»Wie hat das Kind geheißen?« wollte Alfred wissen.

»David hat er geheißen. Ich erinnere mich noch sehr deutlich an ihn.«

»Es ist merkwürdig, Onkel Welwel. Seitdem ich den Traum gelesen habe, seh' ich unsern Lipusch in zwei Gestalten: einmal so, wie er war. Das andere Mal so, wie mein Vater den Erzählenden Richter beschreibt.«

Nach einer Weile beklommenen Schweigens wandte Alfred sich wieder an Welwel mit einer plötzlichen Frage: »Du, Onkel Welwel, glaubst du auch an Gilgul?«

»Gilgul? Wer hat dir davon erzählt?«

»Awram Aptowitzer glaubt an Gilgul.«

»Was ist das: Gilgul?« fragte Dr. Frankl, und er fragte Welwel.

»Gilgul, das heißt soviel wie Seelenwanderung«, sagte Welwel.

»Glaubst du an Gilgul?« wiederholte Alfred die Frage.

»Ich glaube nicht, daß ich an Gilgul glaube«, sagte Welwel.

Alfred nahm die Antwort ruhig hin, schien aber eher enttäuscht zu sein.

»Wie geht es Frau Aptowitzer?« fragte er nach eine Weile. »Hast du Nachricht von Awram Aptowitzer?«

»Es geht ihr leider nicht sehr gut, Alfred«, sagte Welwel. »Aber sie ist eine sehr gesunde Frau. Wir dürfen das Beste hoffen.«

»Ich werde heute nachmittag einen Sprung nach Kozlowa machen und mich von Aptowitzers verabschieden«, sagte Alfred.

4

Gegen Abend, als Alfred von seinem traurigen Abschiedsbesuch bei Aptowitzers in Kozlowa heimgekommen war, brachte ihm Pesje ihren Schützling, den kleinen Sohn des Pferdehändlers, ins Zimmer.

»So«, sagte Pesje zu dem Jungen, »jetzt kannst du Alfred alles erzählen«, und zog sich zurück.

»Junger Herr«, begann der Kleine.

»Was ist, alter Herr?« sagte Alfred.

Der Knabe lächelte trotz seiner Aufregung. Um es Lipusch und den andern Kindern im Dorf abzugewöhnen, ihn mit »junger Herr« anzusprechen, pflegte Alfred diese Anrede mit »alter Herr« abzuwehren. Es war ein vertrautes Spiel, und der Scherz ermunterte den Knaben, weil es ihn an die schöne Zeit erinnerte, da er mit Alfred und Lipale und den andern Kindern täglich zur Schule fuhr.

»Ich wollte sagen: Herr Mohylewski –«

»Das ist schon besser«, sagte Alfred.

»Ich wollte sagen: Alfred –«

»Jetzt sind wir auf dem richtigen Weg«, sagte Alfred.

»Ich wollte sagen: Alfred, schick mich bitte in die Talmudschule nach Kozlowa«, brachte er schnell und in weinerlichem Ton sein ganzes Anliegen vor.

»Warum das?« fragte Alfred. »Ist Reb Salmen kein guter Lehrer?«

»Reb Salmen ist ein guter Lehrer«, sagte der Junge. »Reb Salmen ist ein sehr guter Lehrer. Aber mein Vater – mein Vater ist ein Schweinehändler geworden. Er hat sich den Bart abscheren lassen und wird jetzt mit Schweinen handeln.«

»Ich habe davon schon gehört«, sagte Alfred. »Das ist sehr traurig. Aber es gibt ja auch noch andere Männer, die sich ihren Bart scheren lassen, zum Beispiel Lejb Kahane. Andere wieder haben überhaupt keinen Bart, zum Beispiel Schmiel Grünfeld, der glattrasiert ist, so wie ich. Ich hab' ja auch keinen Bart.«

»Aber du handelst nicht mit Schweinen«, sagte der Knabe, schon in Tränen.

»Dein Vater handelt ja auch noch nicht mit Schweinen«, tröstete ihn Alfred.

»Aber er wird. Er hat es selbst gesagt. Er ist aus der Stadt zurückgekommen mit einem abgeschnittenen Bart und er hat gesagt: ›Jetzt werde ich mit Schweinen handeln‹.«

»Er hat es gesagt, ich weiß«, sagte Alfred. »Aber er tut's ja noch nicht. Warten wir es ab. Wenn er es wirklich tut, dann reden wir noch einmal drüber.«

»Wenn du mich nicht nach Kozlowa schicken willst, junger Herr, so führe mich wenigstens zu Reb Wolf«, sagte der Junge enttäuscht, aber er beherrschte sich und weinte nicht mehr. »Reb Wolf wird mich nach Kozlowa schicken. Ich will mit Reb Wolf sprechen.«

»Gut«, sagte Alfred, »komm. Ich führe dich gleich zu Reb Wolf.«

Der Kleine war wie für den Sabbat angezogen. Er hatte blankgeputzte Stiefelchen an, er trug eine lange Hose, sein Röckchen war ordentlich zugeknöpft, und auf dem Kopfe hatte er einen schwarzen Hut, wie er ihn nur zu Feiertagen trug.

»Du wirst Reb Wolf alles erzählen«, bat der Knabe schon im Flur. »Ich kann nicht so gut reden.«

»Mir hast du alles sehr gut erzählt«, sagte Alfred.

»Aber du wirst mir helfen«, flüsterte der Knabe, wieder in großer Aufregung.

Welwel war nicht allein in seinem Zimmer. Er war im Gespräch mit Dr. Frankl und Jankel. Alfred nahm den Jungen bei der Hand und stellte ihn vor Welwel hin.

»Wir haben ein Anliegen an dich, Onkel Welwel«, sagte Alfred.

»Reb Wolf«, begann der Knabe, »Reb Wolf, ich bin zu Ihnen gekommen – meine Mutter schickt mich zu Ihnen, Reb Wolf –«

»Das hast du mir aber nicht gesagt«, unterbrach ihn Alfred.

»Ich hab' es nicht gesagt. Ich hab's vergessen. Aber es ist wahr. Meine Mutter hat mich geschickt.«

»Schön«, sagte Welwel, »deine Mutter schickt dich zu mir.«

»Zu dem jungen Herrn – zu Alfred, und zu Ihnen, Reb Wolf.«

»Deine Mutter schickt dich also zu Alfred und zu mir«, sagte Welwel. »Und was sollst du uns bestellen?«

»Ich soll bestellen, hat meine Mutter gesagt, ich soll bestellen, daß Sie, Reb Wolf, mich nach Kozlowa in die Talmudschule schicken sollen.«

»Hast du das Alfred schon erzählt?« fragte Welwel.

»Ja«, sagte Alfred, »er hat mir das schon gesagt.«

»Ich habe nur vergessen zu sagen, daß meine Mutter mich schickte.«

»Er will nach Kozlowa in die Schule, weil sein Vater gesagt hat, daß er mit Schweinen handeln will.«

»Mein Vater hat sich den Bart abgeschnitten«, sagte der Junge, sah alle Männer, auch den fremden Herrn, an und brach plötzlich in Schluchzen aus. »Mein Vater – ist – ein Schweinehändler – geworden.«

»Welch ein Jammer!« ließ sich jetzt der alte Jankel vernehmen. »Schabse Punes ist endlich ein Schweinehändler geworden.«

Doch Welwel winkte Jankel schnell ab und er schwieg.

Dr. Frankl, obschon ein erfahrener Diplomat, wußte nun nicht, ob er mit Wolf Mohylewski ernst bleiben oder Jankels Erheiterung teilen sollte.

»Wenn deine Mutter dich geschickt hat«, sagte Welwel, »hast du recht daran getan, zu mir zu kommen. Aber ich kann dich nicht jetzt gleich nach Kozlowa in die Talmudschule schicken. Ich werde mit deiner Mutter sprechen. Ich werde auch mit deinem Vater sprechen. Wenn er auch jetzt mit Schweinen handeln will, so ist er dein Vater, und ich kann ohne seine Einwilligung nichts tun. Aber du kannst ruhig sein. Ich werde ihm gut zureden, und vielleicht wird es möglich sein, daß man dich nach Kozlowa in die Schule schickt. Und jetzt geh in Frieden. Du bist ja ein gescheiter Junge. Ich werde dich rufen lassen, wenn ich mit deinen Eltern alles besprochen habe.«

»Ich danke Ihnen, Reb Wolf«, sagte der Kleine mit großem Ernst, und er weinte jetzt nicht mehr, »ich hab's ja gewußt, Sie werden mich nach Kozlowa in die Schule schicken.« Damit ging er, sittsam und würdig, als wäre er bereits ein Talmudschüler. Bei der Tür wandte er sich um, verneigte sich und wünschte allen: »Eine gute Nacht!«

»Wenn ich recht verstanden habe«, sagte Dr. Frankl, »will dieser Junge aus dem Haus weg, weil sein Vater Schweinehändler geworden ist?«

»Ja«, sagte Jankel, »Sie haben ihn verstanden. Dieses Kind ist schon so fanatisch wie ein alter Klerikaler.«

»Warum fanatisch?« sagte Welwel. »Es ist ein wohlgeratenes frommes Kind. Warum wird er auch noch Schweinehändler, dieser Schabse.«

»Warum er Schweinehändler wird?« ereiferte sich Jankel. »Weil sein Pferdehandel ihm nichts mehr einbringt. Warum sollte der Gauner nicht mit Schweinen handeln dürfen?«

»Es ist hierzulande nicht üblich, daß Juden mit Schweinen handeln«, erklärte Welwel Dr. Frankl. »Unser Herr Verwalter ist sonst kein Freund von diesem Pferdehändler, aber wenn es gegen die Juden geht, stellt er sich, wie wir eben sehen, auf die Seite der Schweine.«

»Können Sie, Herr Doktor, mir vielleicht erklären, warum die Juden einen tausendjährigen Krieg gegen das Schwein führen?« sagte Jankel.

»In Ungarn«, sagte Dr. Frankl. »sind jüdische Schweinehändler kein seltenes Vorkommnis, soweit ich unterrichtet bin.«

»Wir sind hier noch nicht so weit fortgeschritten«, sagte Welwel, »aber mit Hilfe von Schabse Punes und Jankel Christjampoler werden wir auch diese Stufe der Zivilisation erreichen.«

»Kannst du mir, Rabbi Welwel, erklären, warum ein Jude mit Pferden handeln darf und nicht mit Schweinen? Vom rituellen Standpunkt ist ja das Pferd auch ein unreines Tier.«

Welwel warf Alfred einen Blick zu und beide verstanden einander ohne Worte: wenn er schon wieder so gegen die Juden loszieht, ist er wieder ganz der alte Jankel. Beide freuten sich darüber, und Welwel setzte den Kampf gegen Jankel in all seiner Friedfertigkeit fort. Er kämpfte wie der Vater mit dem Sohn: »Ich bin leider kein Rabbi. Ein Rabbi könnte dich gründlicher belehren. Soviel ich weiß, war das Schwein in seinem Urzustand ein Raubtier, was man zum Beispiel von dem Pferd nicht sagen kann. Oder weißt du es besser, Jankel?«

»Raubtiere?« sagte Jankel, »Raubtiere essen ja auch die Christen nicht. Ich habe bei meinem Freund Krasnianjski – in jüngern Jahren selbstverständlich, jetzt tue ich das dir zuliebe nicht mehr – oft gespeist, gut gespeist. Er hat mir nie ein Katzengulasch oder ein Wolfsschnitzel vorgesetzt. Das kann also nicht der Grund sein. Der Haß der Juden gegen das Schwein muß andere Gründe haben. Du als ein Klerikaler solltest mehr darüber wissen.«

»Vielleicht weiß ich mehr«, sagte Welwel friedfertig, »aber ich will's dir nicht sagen. Wir haben einen lieben Gast, und es ist nicht üblich, sich in Anwesenheit eines Gastes zu streiten. Das ist auch unter Schweinefressern nicht üblich.«

»Ich schlage ein Kompromiß vor«, sagte Dr. Frankl, den das Gespräch sichtlich sehr erheiterte:»Der Haß der Juden gegen das Schwein ist, wie ich glaube, kein persönlicher. Ich möchte glauben, daß wir Juden das Schwein nicht für das hassen, was es ist, sondern für das, was es repräsentiert: die Schweinerei.«

»Wenn mein Gegner – oder sagen wir besser: der Gegner der Juden – diese treffende Erklärung annimmt«, sagte Welwel,»bin ich bereit, auf dieses Kompromiß mit Dank einzugehn.«

»Ich nehme es an«, sagte Jankel,»ich hab' ein Loch im Magen. Gehn wir essen. Pesje hat schon längst den Tisch gedeckt. Sooft man vom Schwein spricht, krieg' ich einen Wolfshunger.«

Bei Tische kam Jankel auf die Familie Punes zurück:»Merkwürdig, daß dieser Schabse so ein frommes gutes Kind hat. Ein Wunder.«

»Wenn man seine Mutter kennt, ist das nicht so ein Wunder«, sagte Welwel.»Ich verstehe nicht, warum sie nicht mitgekommen ist.«

»Das ist leicht zu erklären«, sagte Jankel,»weil sie Angst hat vor ihrem Wüterich.«

»Wenn man ihren Bruder kennt, den Onkel dieses Kindes«, sagte Alfred,»versteht man es erst, wie in dem Hause des Pferdehändlers so ein Kind wachsen kann. Schade, daß du, Onkel Stefan, Mechzio nicht mehr vorgefunden hast.« Und er fing an, Dr. Frankl von Mechzio zu erzählen. Er schilderte seinen ersten Sabbat in Großvaters Zimmer, wie er, zum ersten Male zur Tora aufgerufen, in großen Nöten war, und wie ihn Mechzio mit seinen frommen Ochsenaugen aus der Not gerettet hatte. Welwel und Jankel hörten seine Erzählung mit Staunen an, und je mehr er erzählte, je trauriger wurden sie beide, denn sie wurden dessen inne, wie sehr Alfred den flüchtigen Mechzio vermißte.

»Er wird zurückkommen«, sagte Jankel, um Alfred zu trösten.»Er ist einmal schon davongelaufen und ist wiedergekommen. Du wirst sehen, wenn du von deinen Ferien zurückkommst, wirst du Mechzio hier wiederfinden.«

Nach dem Essen nahm Alfred Jankel beiseite und fragte ihn:»Wer hat die Schlüssel vom alten Haus?«

»Von welchem Haus?« wunderte sich Jankel.

»Von dem alten Haus auf dem Gazon«, sagte Alfred.

»Wozu brauchst du die Schlüssel von dem alten Haus?« fragte Jankel.

»Ich will's mir einmal von innen ansehn«, sagte Alfred.

»Das darfst du nicht«, warnte ihn Jankel, »das Haus ist baufällig. Es ist verboten, da hineinzugehn.«

»Ich gehe nicht allein. Ich habe den Tischler und Baumeister Srul Peczenik für morgen zehn Uhr auf den Gazon bestellt. Ich werde auch unsern Nazarewicz und den Schmied mitnehmen, um festzustellen, wie weit das Haus baufällig ist. Ich glaube nicht an die Baufälligkeit. Aber das werden wir ja morgen sehn.«

»Und wenn es nicht baufällig ist?« fragte Jankel, »was willst du mit dem Haus anfangen?«

»Das werde ich Ihnen morgen sagen, Jankel«, sagte Alfred.

»Hörst du, Welwel«, rief Jankel freudestrahlend, »Alfred will das alte Haus auf dem Gazon renovieren.«

»Ich habe nicht gesagt: renovieren. Ich will es mir erst ansehn und herausbekommen, ob es wirklich baufällig ist«, sagte Alfred.

»Du solltest es aber renovieren!« redete ihm Jankel zu. »Du solltest heiraten und dir einen herrschaftlichen Sitz einrichten, wie es sich gehört.«

»Hast du schon eine Braut für unsern Alfred ausgesucht, lieber Jankel?« wollte Welwel wissen.

»Wenn du nicht so ein Klerikaler wärest, wüßte ich eine.«

»Wen, zum Beispiel?« fragte Welwel.

»Wintersteins jüngste Tochter, zum Beispiel. Sie wird zwei Güter erben.«

»So, so«, sagte Welwel, »mir persönlich wäre schon die Kassja Kobylanska lieber als die Tochter des Schweinefressers Winterstein.«

»Darf ich auch was sagen?« mischte sich Alfred ein.

»Bitte«, sagte Jankel, »bitte sag du etwas. Du bist ja der Bräutigam.«

»Als Bräutigam möchte ich, wenn ich da mitreden darf, mich Onkel Welwel anschließen. Lieber Kassja Kobylanska als Wintersteins Tochter.«

»Ich hab's ja gewußt«, sagte Jankel und wandte sich an Dr. Frankl. »In diesem einen Jahr ist er schon genauso ein Klerikaler geworden wie sein Onkel.«

»Hast du wirklich die Absicht, das alte Haus herzustellen?« fragte Welwel.

»Das werde ich dir morgen sagen, Onkel: dir und Onkel Stefan und unserem lieben Jankel. Morgen um zwölf Uhr, nachdem ich das Haus mit Fachleuten gründlich untersucht habe.«

5

Am Morgen des Tags vor seiner Abreise ging Alfred, von dem Stellmacher Nazarewicz und dem Schmied begleitet, auf den Gazon. Dort erwartete ihn der Bautischler Srul Peczenik, den man im Dorf »der Tsap« nannte, weil er so aussah wie ein Ziegenbock. Er hatte drei Instrumente seines Handwerks mit: einen Meßstock, den er in seinem Stiefelschaft stecken hatte, einen kleinen Drahtspieß mit einem handlichen Griff und ein Beil.

»Das Haus ist ziemlich tief unterkellert und eigentlich sollten wir da erst hineingehn, um das Fundament zu untersuchen«, sagte Srul Peczenik. »Aber alle haben Angst in das Haus hineinzugehn, weil man es für baufällig hält, und in einem Keller ist man ja noch ängstlicher. Also untersuchen wir zuerst das Erdgeschoß.«

Der Schmied schloß die Eingangstür auf der Nordseite auf und sie traten ein. Im Korridor war es hell und kühl, zwischen den Steinfliesen des Gangs wuchs bleiches Gras; und wie auf der Außenseite wucherte auch auf der Innenseite der Fensterrahmen kränkliches Moos. In den Zimmern waren die Parkettböden wie geschwollen, und wie die vier Männer durch die Zimmer langsam schritten, rieselte es Kalk und Mörtel von den Plafonds.

»Das hört sich alles gefährlicher an als es ist«, beruhigte Peczenik. »Das Haus ist nur sozusagen an der Haut krank.« Und er ging hin in eine Ecke, wo ein gefährlicher Riß in einer Wand aufklaffte, schlug mit seinem Beil den Bewurf an der kranken Stelle ab und beklopfte sachverständig und mit Befriedigung das durchaus gesunde Mauerwerk.

Es waren im Erdgeschoß sechs Zimmer und ein großer, saalartiger Raum mit einer großfenstrigen Tür zur Gartenterrasse, auf der Alfred in den verregneten Tagen des Herbstes oft mit Donja ein Versteck gefunden hatte. Im ersten Stock schritten sie durch acht Zimmer, die weit besser erhalten waren als die im Erdgeschoß. In drei Räumen fanden sie noch Überreste vom Mobiliar: das schadhafte Gerüst eines Himmelbetts – Srul Peczenik gab auch das Bett nicht verloren –, einen halbblinden Spiegel, ein paar Lehnsessel mit löcherigen Schutzbezügen, einen langen, noch festen Tisch im Bibliothekszimmer, an dessen Wänden die Holztafelung zerfiel.

»Das ist eine feine Arbeit«, stellte der Bautischler mit Bedauern fest: »Das ist nicht mehr zu retten.«

Unter Führung Srul Peczeniks, der allein das Wort hatte, stiegen sie hernach zum Kellergeschoß hinunter, wo sie erst eine große und daneben eine kleinere Küche vorfanden und mehrere Zimmer für die Dienerschaft. Alle diese Räume hatten schattengrünes Tageslicht von den Fenstern, die auf der Höhe der Rasenfläche des Gazons ansetzten. Der Keller selbst war noch ein paar Stufen tiefer als die Nebenräume. Hier war es so dunkel, daß sie eine Zeit warten mußten, bis sich ihre Augen an das Dunkel gewöhnt hatten. Zur Überraschung selbst des Sachverständigen Peczenik wuchs hier kein Gras und es wucherte kein Moos, der Keller war luftig und trocken.

»Hier steckt das Geheimnis«, sagte Peczenik. »Ich habe das Haus nie für baufällig gehalten, aber jetzt sehe ich erst, warum es sich so gut erhalten hat. Die gute Unterkellerung, das gesunde Fundament, das ist das Geheimnis. Wenn Sie mir drei, vier Monate Zeit geben, Herr Mohylewski, werden Sie, wenn Sie wieder zurückkommen, das Haus nicht wiedererkennen.«

Der Stellmacher Nazarewicz und der Schmied schlossen sich dem Urteil des Baumeisters an.

»Was das Haus braucht, ist ein neues Dach«, sagte Nazarewicz.

»Das Haus muß einfach neu beschlagen werden«, entschied der Schmied.

Wieder draußen auf dem Gazon, machten sie noch eine Runde um das ganze Haus und Srul Peczenik, der schon an die sechzig sein mochte, äußerte sich zum Abschluß: »Der Feind dieses Hauses ist das Gras. Mein Vater pflegte zu sagen: Wenn man alt wird, wächst einem ein Bart auf den Stiefeln. Einem Haus tut es das Gras. Wenn Sie nicht hergekommen wären, Herr Mohylewski, noch zehn Jahre, noch zwanzig Jahre, und das Gras hätte dieses schöne Haus ganz aufgefressen.«

Während Alfred mit seinen Sachverständigen das Haus auf dem Gazon besichtigte, saß Welwel mit seinem Gast und Jankel beim Frühstück.

»Es wundert mich«, sagte Welwel, »daß du nicht mitgegangen bist, Jankel, du warst doch immer dafür, daß man das Haus erneuert.«

»Du glaubst, daß ich Angst hatte mitzugehn?« sagte Jankel. »Natürlich hab' ich Angst gehabt. Ich bin schon selbst zu baufällig, um mich in alten Häusern herumzutreiben. Aber warum bist du nicht mitgegangen?«

»Ich war ja nie dafür, daß man das Haus wiederherstellen soll«, sagte Welwel.

»Aber wenn du vermutest, daß ich Angst hatte mitzugehn, warum hast du Alfred gehn lassen?« fragte Jankel.

»Ich habe das Haus nie für baufällig gehalten. Außerdem kann man sich auf Srul Peczenik verlassen.«

»Das stimmt«, sagte Jankel. »Ich habe mich auch auf Srul Peczenik verlassen und bin doch nicht mitgegangen. Weil ich lieber hier sein wollte, um dir zuzureden, daß du Alfred keine Schwierigkeiten machen sollst, wenn er das Haus wieder bewohnbar machen will.«

»Du glaubst also, Jankel, daß Alfred das Haus für sich zum Wohnen einrichten will?«

»Was denn sonst?« wunderte sich Jankel. »Wenn man ein Haus herrichtet, will man drin wohnen.«

»Was glauben Sie, lieber Doktor«, wandte sich Welwel an Dr. Frankl.

»Ich glaube nicht, daß Alfred ein solches Haus für sich einrichten will. Ich würde mich sehr über ihn wundern, wenn das der Fall wäre«, sagte Dr. Frankl.

»Siehst du, Jankel«, sagte Welwel. »Ich bin sogar sicher, daß Alfred ganz andere Absichten mit dem Haus hat, als du glaubst. Was er sich ausgedacht hat, weiß ich auch nicht. Aber es ist gut, daß du Angst hattest, mit ihm zu gehn, sonst wäre bereits, fürchte ich, ein großer Streit auf dem Gazon im Gange. Nun werden wir ja bald sehen, wer mehr überrascht sein wird, ich oder du.«

»Ich bin nicht so leicht zu überraschen«, sagte Jankel. »Was kann er schon mit dem Haus da anstellen?«

»Es wird dich schon überraschen«, sagte Welwel, »daß unser Alfred bereits vor ein paar Wochen beschlossen hat, sein Studium zu wechseln. Er will nicht mehr Architekt werden. Er will jetzt Agronomie studieren.«

»Das ist das Ende von Dobropolje!« rief Jankel aus und legte Gabel und Messer nieder. »Ein studierter Agronom! Das ist das Ende von Dobropolje!«

»Was ist das Ende von Dobropolje?« fragte Alfred, der eben ins Zimmer gekommen war.

»Ich habe Jankel erzählt, daß du Agronomie studieren willst«, sagte Welwel, »du siehst, was er davon hält. Schau ihn dir nur an!«

»Aber warum denn, Jankel?« sagte Alfred und setzte sich zu Tisch an Jankels Seite, »Sie waren doch selber in einer landwirtschaftlichen Schule in Słobódka Dolna.«

»Die Schule in Słobódka war eine sehr gute praktische Schule«, sagte Jankel mürrisch, »da hat man keine Doktoren gemacht. Woher weißt du, daß ich in einer Schule war? Ich hab' dir das nie erzählt.«

»Onkel Welwel hat mir das erzählt, schon vor einem Jahr«, sagte Alfred. »Was würdest du dazu sagen, Onkel, wenn wir hier so eine praktische Schule einrichteten, keine so große wie in Słobódka.«

»Wo soll die Schule sein, Alfred?« fragte Welwel, »auf dem Gazon?«

»Ja«, sagte Alfred, »das Haus ist keinesfalls baufällig. Peczenik der Tsap meint, daß er das Haus in drei, vier Monaten herrichten kann. In dem Pferdestall und in den Remisen auf dem Gazon wird Platz sein für vierzig Schüler.«

»Das hat Peczenik ausgerechnet?« fragte Jankel zornig.

»Nein«, sagte Alfred, »da hab' ich ihn gar nicht hingeführt. Das hab' ich selbst ausgerechnet. Ich habe Peczenik vorläufig nichts von einer Schule gesagt. Ich wollte zuerst darüber mit dir, Onkel Welwel, mit Jankel und auch mit dir, Onkel Stefan, reden.«

»So, jetzt wissen wir's«, sagte Jankel. »Was sagst du dazu, Onkel Welwel?«

»Ich möchte erst hören, was du dazu sagst«, sagte Welwel, »du bist ja der Fachmann für landwirtschaftliche Schulen.«

»Ich – was mich betrifft«, sagte Jankel grimmig, »ich ziehe aus. Ich verlasse Dobropolje. Ich kehre auf den Posten zurück, wo ich vor

340

fünfzig Jahren begonnen habe. Wie sagt unser Nazarewicz, wenn er genug hat? Ich kündige! Ich geh' zur Gräfin zurück.«

»Wann hast du dir diesen Plan ausgedacht?« wollte Dr. Frankl wissen.

»Ausgedacht hab' ich mir den Plan schon längst«, sagte Alfred. »Ich wollte aber damit erst Ernst machen, wenn ich mein Studium beendet haben würde. Etwa in fünf Jahren.«

»Er hat sich einen Fünfjahresplan gemacht«, warf Jankel ein.

»Ja«, sagte Alfred, »einen Fünfjahresplan. Ich tauge nicht zu einem Gutsbesitzer, das ist klar.«

»Wem ist das klar?« fragte Jankel. »Zu was denn sonst taugst du?«

»Sie selber, Jankel, haben mich oft genug fühlen lassen, daß ich kein rechter Gutsbesitzer bin.«

»Das bist du auch nicht«, sagte Jankel. »Aber ich habe auch meinen Fünfjahresplan gehabt. Was nicht ist, kann noch werden.«

»Ich halte überhaupt nichts von Gutsbesitzern«, sagte Alfred. »Das ist eine veraltete Form der Landwirtschaft. Das wird sich nicht halten. Nicht nur in Dobropolje nicht, es wird sich überhaupt nicht halten. Ihre Gräfin tut recht daran, daß sie ihren Besitz stückweise veräußert oder gar verschenkt.«

»Das weißt du auch?« wunderte sich Jankel.

»Ja«, sagte Alfred. »Ich habe mir so meine Gedanken darüber gemacht. Daß ich kein Gutsbesitzer bin, wußte ich schon längst. Eine Zeit dachte ich, wenn es sein muß, werde ich mich dazu zwingen. Onkel Welwel und Ihnen, Jankel, zuliebe. Aber nach dem, was auf der Groblja unserm Lipusch geschehen ist, hab' ich eingesehn, daß ich Wichtigeres zu tun habe, als mich hier als Gutsbesitzer zu etablieren. Ich werde hier eine Schule gründen, sagte ich mir, und wir werden hier junge Leute, die nach Palästina auswandern wollen, in der Landwirtschaft ausbilden.«

»Das hast du dir ausgedacht«, mischte sich Dr. Frankl ein, »und du hast beschlossen, mit diesem Plan erst nach fünf Jahren zu kommen. Darf man wissen, was dich veranlaßt hat, mit diesem Plan jetzt schon zu kommen?«

»Das hab' ich dir zu verdanken, Onkel Stefan«, sagte Alfred ruhig. »Meinem Vater und dir, genau gesagt. Du hast das Vermächtnis meines Vaters mitgebracht, und wir haben es alle gelesen. Ehe ich dieses Vermächtnis kannte, habe ich mir gesagt: Wenn ich zu Onkel

Welwel und zu Jankel mit meinem Schulplan komme, wird Jankel dagegen sein, sicher dagegen sein, und Onkel Welwel wird vielleicht dafür sein; aber Jankel wird, wie immer, der Sieger sein. In solchem Falle, hab' ich mir gesagt, wird mir nichts andres übrigbleiben, als zu meinem großen Bedauern Dobropolje zu verlassen.«

»Gut«, sagte Dr. Frankl, »das verstehen wir. Du hast dir einen Plan ausgedacht und alle Möglichkeiten erwogen. Das war sehr vernünftig, muß ich sagen. Aber was hat das Vermächtnis deines Vaters daran geändert?«

»Das Vermächtnis meines Vaters hat daran so viel geändert, daß Jankel diesmal kaum der Sieger bleiben wird. Jetzt werde ich auch in Dobropolje bleiben, wenn man gegen meinen Plan ist. Ich werde bleiben und das tun, was ich für richtig halte.«

»Das hast du aus dem Vermächtnis deines Vaters herausgelesen?« wunderte sich Dr. Frankl.

»Ja«, sagte Alfred. »Ehe du das Vermächtnis meines Vaters ins Haus gebracht hast, war ich hier ein Gast. Man hat mich hier sehr gut aufgenommen. Alle waren sehr lieb zu mir. Vielleicht sogar zu lieb. Ich habe hier wie in einem Märchen gelebt. Alles war für mich da. Ich hatte zu lernen, ich hatte viel nachzuholen. Und ich habe gelernt und habe viel nachgeholt. Und ich bin allen sehr dankbar dafür. Aber dieses Lernen und Nachholen hat mich hier wieder zum Kind gemacht. Das mußte so sein, weil ich ja tatsächlich vieles zu lernen hatte, was man als Kind lernen sollte. Ich war hier an Kindes Stelle und ich war zu Gast. Jetzt habe ich das Vermächtnis meines Vaters kennengelernt und jetzt fühle ich mich nicht mehr als Gast. Ich bin nicht mehr an Kindes Stelle. Ich gehöre jetzt zu diesem Haus. Rechtens gehöre ich jetzt zu diesem Haus, wie mein Vater, der Buße getan hat und nun auch rechtens zu diesem Hause wieder gehört. Im Namen meines Vaters, der sein Vermächtnis mir hinterlassen hat, bin ich hier in diesem Haus, und ich erhebe seinen Anspruch.«

»Du erhebst also, wenn ich dich recht verstehe, im Namen deines Vaters seinen Erbanspruch auf Dobropolje?« rief Jankel aus, erhob sich und sah Alfred groß an.

»Wenn Sie es so ausdrücken wollen, lieber Jankel«, sagte Alfred, gleichfalls sich erhebend, in ruhigem Ton zu Jankel, »wenn Sie es just so ausdrücken wollen: ja.«

»Alfred!« schrie ihn Dr. Frankl in Entrüstung an. Er war im Begriffe, sich auch zu erheben und zwischen Jankel und Alfred zu treten, beherrschte sich aber, nahm mit nervösen Fingern seine Brille ab und sah mit seinen nackten, traurigen Augen in großer Verlegenheit zu Welwel hin, der ruhig auf seinem Sitz geblieben war und in Versonnenheit sanft lächelte.

»Das ist meine Erziehung!« rief Jankel nun zur Überraschung aller freudestrahlend. »So hab' ich's gern!« sagte er zu Alfred und legte eine zärtliche Hand auf Alfreds Schulter. »Jetzt kann ich dir's ja sagen: ich hab' dich immer sehr liebgehabt. Gleich in Wien, wie ich dich kennengelernt hab', hab' ich dich liebgewonnen. Aber ernst genommen hab' ich dich nicht. Weißt du, warum? Weil ich so junge Männer, die noch im Alter von zwanzig Jahren sich so gar nicht für Geld und Besitz interessieren, nie ernst genommen hab'. Solche Bürschchen sind mir immer äußerst verdächtig. Bestenfalls sind sie Narren. Jetzt hast du wie ein Mann gesprochen, wie ein rechter Gutsbesitzer. Recht hast du. Jetzt kann man dich ernst nehmen. Dich und deinen Plan. Was für eine Schule willst du hier gründen? Ich werde dir helfen. Ich stehe dir zur Verfügung. Ich stehe dir mit all meinen Mitteln zur Verfügung. Und wenn du einen Erbprozeß gegen deinen Onkel führen mußt, werde ich dir auch helfen. Du weißt, ich bin ein Kulak. Ich habe fünfundfünfzig Morgen Grund. Du hast mir bei meinem Prozeß geholfen, ich werde dir bei deinem Prozeß helfen.«

»Sie haben, soviel ich weiß, fünfundsechzig Morgen gehabt, noch vor ein paar Tagen«, sagte Alfred lachend und sah Onkel Welwel an.

»Er hat wahrscheinlich zehn Morgen verkauft, wie er sich zum Krieg gegen den Gemeindeschreiber rüstete«, sagte Welwel. »Aber wir werden seine Hilfe nicht brauchen. Wenn du mit unserm Jankel so schnell fertig geworden bist, werde ich dir nicht im Wege stehn. Aber der Plan, den du dir gemacht hast, ist nicht so schnell durchzuführen wie du anzunehmen scheinst. Wir müssen das alles noch genau besprechen. Ich freue mich, daß du dich hier nicht mehr als Gast fühlst. Ich habe dir das Erbe deines Vaters nicht angeboten, weil ich dir ja, wie du sehr wohl weißt, schon längst das Ganze zugedacht hatte. Wie du mir als Erbe recht warst, bist du mir nun als Mitbesitzer recht. Die Schule, von der du gesprochen hast, kannst du auf deinem Teil einrichten. Was mich betrifft, so werde ich auf meinem Teil eine Zeit abwarten und zusehen, wie du das machst. Wenn du Erfolg hast, werde ich mich dir anschließen. Jedenfalls kannst du das Haus auf dem Gazon herrichten lassen, und um das Weitere werden wir uns auch nicht streiten.«

»Das ist sehr lieb von dir, Onkel«, sagte Alfred mit großer Erleichterung. »Ich danke dir sehr. Offen gesagt: ich habe es nicht anders erwartet. Nur vor Jankel hab' ich mich gefürchtet.«

»So? Gefürchtet?« sagte Jankel und wandte sich Dr. Frankl zu. »Ich hab' ihm sofort Hilfe gegen seinen Onkel angeboten, und er hat sich vor mir gefürchtet!«

»Trotzdem werden Sie, Jankel, solange ich studiere, der Leiter unserer Schule sein, und ich werde mich auch noch weiter ein paar Jahre vor Ihnen zu fürchten haben.«

»Zum Leiter der Schule hab' ich mich schon selbst ernannt«, sagte Jankel. »Wo willst du studieren?«

»Wie ich Onkel Welwel erzählte, daß ich Agronomie studieren will, hatte ich an die Hochschule für Bodenkultur in Wien gedacht. Aber ich habe auch diesen Plan geändert. Ich werde hier im Lande in Lwów oder irgendeiner andern Stadt bleiben. Ich werde wohl am Anfang noch Schwierigkeiten mit der Sprache haben, aber es wird schon gehen. Und jetzt gehe ich zu Panjko, um mich von ihm zu verabschieden.«

Nachdem Alfred schnell aus dem Zimmer gegangen war, blieben die drei Männer eine Zeit in Schweigen. Dann sagte Dr. Frankl: »Jetzt wissen wir's: er bleibt. Er bleibt hier.«

Darauf erhob sich der alte Jankel und ging mit ausgestreckten Armen zu Welwel hin, der fast gleichzeitig sich erhoben hatte und mit ausgestreckten Armen Jankel entgegenging. Eine Weile hielten sie einander an den Armen, wie sie es nur einmal im Jahre zu tun pflegten, da sie zum Fest der Torafreude in Großvaters Zimmer miteinander tanzten. Diesmal aber tanzten sie nicht. Mit verzückten Gesichtern standen sie nahe beieinander, Bart gegen Bart.

»Siehst d u u u ?« fragte Welwel und dehnte das »du« so lange aus, daß es schließlich wie ein Seufzer verklang.

»S i e h s t du!« antwortete Jankel und dehnte das erste Wort so lange aus, daß es wie ein Triumphgesang erklang.

6

Alfred war nicht lange bei Panjko geblieben. Dem Kranken ging es gut, und Alfred hatte es nur so eilig gehabt ihn zu besuchen, um Panjko mitzuteilen, daß der Park auf dem Gazon wieder hergerichtet werden sollte: »Wenn dein Bruder im Herbst von seinem Militärdienst zurück sein wird«, versprach Alfred Panjko, »wird er an deiner Stelle Kutscher werden, und du wirst auf dem Gazon arbeiten und ein richtiger Gärtner werden.«

Panjko war sehr beglückt darüber, bedankte sich und sagte Alfred zum Abschied: »Glückliche Reise, Herr Mohylewski. Kommen Sie bald zurück. Hier wird alles seinen guten Weg gehen. Nur der kleine Lipusch wird uns fehlen. Er hat so gern zugeschaut, wie ich auf dem Gazon gearbeitet hab'. Vielleicht wäre er auch ein Gärtner geworden.«

»Alles wird hier seinen guten Weg gehn«, dachte Alfred. »Nur Lipusch wird nicht mehr dasein. Lipusch nicht und Mechzio nicht.« Und wie am Sabbat beim Beten hüllten Alfred alle schwarzen Schleier der Trauer wieder ein. Er war auf dem Heimweg, aber er ging nicht nach Haus. Er ging zunächst auf den Gazon und dann in den Wald; er suchte alle Lieblingsplätze des toten Knaben auf; auf allen vertrauten Pfaden im Walde und auf dem Gazon beging er eine Abschiedsfeier – und alle Plätze, alle Pfade waren Stätten des Verlustes.

Gegen Abend – die Sonne ging vor der Zeit hinter einer unbeweglichen Wolkenbank unter, er saß am Ufer des Kleinen Teiches auf der Stelle, wo ihm vor bald einem Jahr der kleine Lipusch das Gedicht vom Storch aufgesagt und gefragt hatte, ob denn der Storch wirklich ein verfluchter Vogel wäre –, da schreckte ihn plötzlich ein Anruf auf, und es war die Stimme Donjas, die nach ihm rief. Er sprang hoch und sah: es war Donja. Sie hatte aber nicht nach ihm gerufen. Sie war in der Pappelallee unter einem Baum so lange gestanden, bis sie sich vergewissert hatte, daß Alfred sie sehen müßte. Nun ging sie schnellen Schritts die Groblja hinan. Alfred lief an den Rand des Gazons hin und wartete, bis sie herankam.

»Wohin gehst du, Donja?« rief er, durch das grüne Gitter des Gezweiges nach ihr ausspähend. Obschon sie nicht mehr als zehn

Schritt voneinander getrennt waren, tat Donja, als hörte sie ihn nicht. Sie hatte ihr Sonntagskleid an, aber ein Tüchlein auf dem Kopfe und sie ging abgewandten Gesichtes. Sie ging so schnell auf der Groblja, daß Alfred Mühe hatte, im Gestrüpp des Gazons Schritt mit ihr zu halten. An ihrem Gang erkannte er, daß sie sehr zornig war. Sie ging nicht in ihrem ruhigen stolzen Pfauenschritt. Kurz und hart auftretend ging sie auf der Groblja, und sogar die Absätze ihrer Stiefelchen schienen sich darüber zu ärgern, daß sie nicht laut aufschlagen konnten auf dem weichen, tauben Grund. Alfred arbeitete sich aus den Umschlingungen der Büsche heraus, lief auf dem Pfade zum Eingangstor des Gazons, und den Hals vorstreckend, sah er, daß sie ein Köfferchen in der Hand trug und sich wie eine Flüchtende gebärdete.

»Donja«, rief er ihr halblaut entgegen, »komm da herein, Donja.« Sie gab keine Antwort, aber schon im Begriffe, achtlos an dem Eingangstore vorbeizugehn, machte sie eine Wendung und trat, ohne Alfred eines Blicks zu würdigen, in den Park. Hier lief sie, wie von Alfred verfolgt, zur Terrasse des alten Hauses – wo sie bei schlechter Witterung, namentlich im Herbst und im Vorfrühling, oft beisammengesessen waren – und stand still, ohne sich nach Alfred umzublicken. Alfred nahm sie bei den Schultern und mit zarter Gewalt wandte er die Widerspenstige um: sie stand hart und hölzern da, ihre Augen sahen zornig über ihn hinweg.

»Wohin gehst du?« fragte er.

Sie schwieg und zog die Brauen zusammen wie ihr Vater, der Stellmacher, wenn er eine sakrische Wut hatte.

»Wohin gehst du, Donja?« fragte er.

»In die Stadt«, versetzte sie ihm kurz eine Antwort.

»Jetzt? Am Abend? Nach Kozlowa?«

»Ein Landwehrmann ist kein Soldat, eine Ziege ist kein Rindvieh, Jankel ist kein Verwalter, und Kozlowa ist keine Stadt«, rezitierte sie böse, völlig die Tochter ihres Vaters. »Ich gehe in die Stadt.«

»In die Stadt?«

»Ja. In die Stadt. Wo es große Kasernen gibt und viele Soldaten. Ich will ein Soldatenliebchen sein.«

»Was willst du sein?« fragte er. Dunkle Wut würgte an seiner Stimme, er trat so nah an sie heran, daß seine Knie an das Köfferchen stießen: »Was willst du sein, du!?«

Sie sah ihn mit ihren greifenden Augen an, trat einen Schritt zurück und flötete unschuldig: »Ein Soldatenliebchen will ich sein. Ich werde abends vor dem Tor der Kaserne warten, und wenn die Ulanen herauskommen, werde ich mit jedem gehn, der mir mit den Augen so zuzwinkert.«

Obschon vom Köfferchen, das sie mit beiden Händen vor sich hielt, einigermaßen behindert, spannte sie ihre schöne Figur hoch, warf sich kokett in die Brust und zwinkerte Alfred schelmisch mit einem Auge an. Nie war Donja schöner, nie reizender als in diesem Augenblick. Alles Licht des grellen Sonnenunterganges umfloß ihre reizende Gestalt, ihr Gesicht flammte. Sie stand Alfred gegenüber, ihr Stupsnäschen vibrierte und sie war frech: »Mit der Infanterie werde ich mich nicht einlassen. Das würde meinen Vater kränken.«

Alfred verspürte ein Gelüst, das freche Gesicht mit einer geballten Faust mitten auf das Stupsnäschen zermalmend zu treffen und so danebenzuhauen, daß dem lieben Gesicht um Himmels willen ja kein Schaden geschähe. In diesem Dilemma hob er einen Fuß und trat Donja das Köfferchen aus der Hand. Mit Gepolter schlug das Köfferchen auf die Steinfliesen, das Schloß krachte, der Deckel sprang auf und zeigte eine gähnende Leere. Nichts war in dem Koffer drin, kein Kleid, keine Jacke, kein Tüchlein, nicht das schmalste Band, einfach nichts.

Alfred sah Donja an. Sie hielt ihr Gesicht tief gesenkt, die Schultern waren eingezogen, ihre Hände flochten die Finger zusammen und auseinander. Donja schämte sich.

»Du«, sagte er.

»Ich wollte Abschied nehmen«, sagte sie, ohne aufzublicken.

»Ich hab' dir schon Freitag Zeichen gegeben, aber du hast dich hinter Pesje versteckt.«

»Ich war so böse. Seit Wochen hast du dich nicht um mich gekümmert.«

»Es war wegen Lipusch«, sagte er.

»Was gehen dich fremde Kinder an«, sagte sie. »Wir können selbst welche haben.«

»Was sagst du da, Donja«, rief er.

»Du brauchst dich nicht zu fürchten. Ich sag's nur so. Seit Wochen kommst du abends nicht mehr in die Küche.«

»Ich kann ja schon ukrainisch sprechen«, sagte er.

»Ah, du kamst nur, um Ukrainisch zu lernen?«

»Du weißt, warum, Donja. Mach es uns nicht zu schwer. Ich komme ja doch nach den Ferien wieder her. Da soll es anders werden.«

»Ja, das wird es. Ganz anders wird es bis dahin werden. Das ist sicher«, sagte sie und blickte ihm nunmehr gerade in die Augen.

»Warum bist du so verzagt? Ich komme ja doch sehr bald wieder, Donja.«

»Sie wollen mich verheiraten«, sagte Donja.

»Was? Wer? Wieso? Mit wem?«

Sie sah seine Bestürzung, und um ihre Lippen blühte eine zarte Ahnung von einem Lächeln: »Das Fräulein Pesje und der Herr Verwalter wollen mich verheiraten. Mit dem jungen Kyrylowicz. Schon im Herbst. Wenn du wiederkommst, werde ich schon eine Frau Kyrylowiczewa sein.«

»Unsinn, Donja! Der alte Kyrylowicz wird da auch noch ein Wort mitzureden haben.«

»Der alte Kyrylowicz hat schon seine Zustimmung gegeben. Das ist es ja –«

»Wer soll ihn so geschwind umgestimmt haben?«

»Der Herr Verwalter. Er hat ihm zehn Morgen Acker versprochen, sozusagen als meine Mitgift.«

»Zehn Morgen? Ach so!«

»Ja. Zehn Morgen. In Pacht für zehn Jahre. Ohne Pachtzins. Der alte Kyrylowicz hat noch nicht ja, aber auch nicht mehr nein gesagt.«

»Und du? Was sagst du?«

»Meine Mutter ist sehr stolz, daß der Kyrylowicz nicht mehr nein sagt –«

»Was sagst du? Das will ich wissen.«

»Mein Vater schimpft immer auf die Bauern. Aber zum Schluß wird es doch so sein, wie Mutter will.«

»Und du? Du hast da nicht mitzureden?«

»Wenn man mir zehn Morgen Acker als Mitgift gibt –«

»Aber doch nur in Pacht!«

»Vorläufig nur in Pacht. Für ein armes Zigeunermädchen ist das nicht wenig.«

»Du, Donja! – Willst du den Kyrylowicz heiraten oder nicht?«

Donja sah Alfred lange an. Ihre Augen waren hart und fremd. Plötzlich schrie sie: »Mit dem Tod – mit dem Tod will ich lieber getraut werden als mit diesem Kyrylowicz!«

»Wenn es so ist, hab du keine Angst, Donja. Du bist noch so jung. Neunzehn Jahre erst. Du hast noch Zeit. Ich will dir zehn Morgen schenken, wenn du diesen Kerl nicht nimmst.«

»Gib mir fünfzehn!« bat sie in wilder Entschlossenheit.

»Warum gerade fünfzehn?«

»Soviel bekommen Bielaks Töchter. Mit fünfzehn Morgen kann ich zehn Jahre sitzen und so wählerisch sein wie Bielaks Älteste. Die ist schon sechsundzwanzig Jahre und hat noch immer die besten Werber. Mit fünfzehn Morgen –«

»Gut, Donja. Du sollst fünfzehn haben. Das versprech ich dir heilig.«

»Du mußt es mir aufschreiben. Damit es mein Vater mir glaubt. Er weiß ohnehin, was zwischen uns ist. Du brauchst keine Angst zu haben, mein Vater hält zu mir.«

»Gut, ich schreib's dir auf.«

»Wo nimmst du aber fünfzehn Morgen her, Fredziu?«

»Das wird sich einrichten lassen. Ich werde mit Jankel sprechen.«

»Ach, da kommst du gut an! Es ist doch Jankel, der die zehn Morgen in Pacht geben will –«

»Wer hat dir das gesagt?«

»Ich hab's mit eigenen Ohren gehört. Sie haben ein Komplott gegen mich ausgeheckt.«

»Wer?«

»Das hab' ich dir doch schon gesagt: Fräulein Pesje und der Herr Verwalter. Fräulein Pesje wollte mich schon immer mit Kyrylowicz verheiraten, schon ehe du nach Dobropolje gekommen bist. Sie meint es ja gut mit mir. Sie hat sich mit dem Herrn Verwalter besprochen. Sie haben sich gar nicht in acht genommen vor mir, weil sie jiddisch gesprochen haben. Ich hab' aber alles verstanden.«

»Du hast verstanden?«

»Ja, Fredziu, jedes Wort. Fast jedes Wort. Ich habe mich so bemüht, das ganze Jahr schon.«

»Du verstehst Jiddisch, Donja?«

»Ja, Fredziu. Du hast die Sprache meines Volkes gelernt, mir zuliebe. Da hab' ich die Sprache deines Volkes gelernt. Dir zuliebe.«

Und um ihm zu beweisen, wie gut sie gelernt hatte, begann sie im Tonfall und Vokabular Pesjes auf ihn einzureden, jiddisch und ukrainisch durcheinander, überhastend und schluckend wie ein Kind in der Schule. Auf einmal stockte sie. Sie wurde des sprachlosen Entzückens inne, mit dem Alfred ihr eifervolles Gerede genoß, blieb mitten in einer Redewendung stecken und schwieg. Dann schlug sie ihre Augen nieder wie damals am ersten Tag auf dem Erntefeld und schämte sich sehr vor ihm. Alfred sah ihre Hände, wie sie die Finger zusammenflochten, auseinanderflochten. Die Hände des schönen Mädchens waren nicht mehr so hart und verarbeitet. Donja sah nicht mehr so aus wie die Tochter ihrer eigenen Hände, sondern wie die Schwester. Auch das war das Werk Pesjes. Er trat ganz nahe an Donja heran.

»Donja«, sagte er.

»Wirst du zurückkommen, Fredziu?« fragte sie.

»Ja, Donja«, sagte er, und er nahm ihre Hände und küßte sie.

Da fing sie an zu weinen.

7

Sie kamen spät heim in dieser Nacht, Donja und Alfred. Beide empfanden es als Glück, daß sie dann auch noch die letzten Stunden vor der Abreise unter einem Dach, in einem Haus, wenn auch durch einige Wände getrennt, verbringen durften; beide empfanden es so und beide sprachen es aus, und so nahmen sie in Zuversicht Abschied voneinander. Pesje hatte es vorgezogen, schlafen zu gehn und auf das heimliche Paar nicht zu warten. Ihr ahnungsvolles Herz sagte es ihr wohl, daß »die Kinder« wo beisammen waren, aber sie sorgte sich nicht mehr darum, seitdem sie mit Hilfe Jankels den alten Kyrylowicz für ihren Plan halb und halb gewonnen hatte – für Pesjes schönen Heiratsplan, der, wie wir wissen, sogar älteren Datums war als Alfreds Aufenthalt in Dobropolje.

In seinem Zimmer fand Alfred die Koffer gepackt, seinen Reiseanzug ordentlich über eine Sessellehne geglättet, alles zur Reise fertiggemacht. Er aß von der kalten Schüssel, die ihm Pesje auf den Tisch gestellt hatte, und trank viel Wasser dazu, denn er hatte großen Durst. Dann entkleidete er sich, und – schon im Begriffe zu Bett zu gehen – beschloß er, seinen Reiseanzug anzuprobieren, den er ein Jahr lang nicht am Leibe gehabt hatte. Die Hose ging noch an, aber der Rock war für ihn völlig unbrauchbar geworden: in den Ärmeln zu kurz, in der Brust zu schmal, in den Schultern geradezu bedrückend. Er hatte gar nicht bemerkt, daß er in Dobropolje auch körperlich ein gut Stück gewachsen war. Mit diesem angenehmen Gedanken ging er zu Bett und vergaß darüber die strenge Regel, die ihm Pesje im Lauf des Jahres wie einem Kind eingeschärft hatte: Erst Lampe ausblasen, dann Schlafgebet sagen. Pesje kannte Alfreds Gewohnheit, bei Licht einzuschlafen, und ängstigte sich wegen der Petroleumlampe.

Schon halb im Schlaf, hörte er Pesje draußen hinterm Fenster flüstern: »Erst Lampe ausblasen, dann Schlafgebet sagen.«

»Danke, Pesje«, wollte er zurückflüstern, aber seine Lippen waren lahm. Der Mensch gewöhnt sich an alles Neue, ging es ihm durch den Kopf; der Mensch gewöhnt sich an einen neuen Himmel, an eine neue Erde, an eine neue Sonne, an neue Menschen, an neue Vögel. Aber an eine Petroleumlampe gewöhnt sich der Mensch nur schwer.

»Am leichtesten gewöhnt sich der Mensch an neue Vögel«, flüsterte eine Stimme zum Fenster herein.

»Ach, Pesje, geh schlafen, liebe Pesje.«

»Ich bin nicht Pesje. Sieh her!«

»Du bist, ich weiß schon, du bist die Traumstimme. Laß mich. Ich bin so müde.«

»Ich bring' dir einen lieben Gruß.«

»Du kommst vom Traum meines Vaters.«

»Ich komme von nahe her. Ich bin der Storch.«

»Welcher Storch?«

»Jaremas Storch. Ein Freund deines Freundes Klipusch.«

»Lipusch heißt er. Nicht Klipusch, Lipusch.«

»In der Sprache der Störche heißt er Klipusch.«

»Bist du wirklich ein Storch?«

»Sieh her!«

Alfred sah hin. Auf dem Fensterbrett stand Jaremas alter Storch. Er hielt die Flügel ausgebreitet, in seinem Gefieder glitzerten diamanten die Tropfen des Nachttaus im Schein des Mondes.

»Ja. Du bist es. Was bringst du?«

»Viel liebe Grüße von Klipusch.«

»Das ist schön. Wie geht es unserm lieben, lieben Freund?«

»Gut. Es geht ihm gut. Er lernt die Tora von Metatron, dem Herrn der Engel. Er ist schon zum Erzählenden Richter ernannt worden, unser Klipusch.«

»Das ist schön. Oh, das ist schön.«

»Er hat ein weißes Kittelchen an, ein weißes Käppchen und weiße Schuhe. Und alle haben ihn lieb.«

»Das hat mein Vater für ihn getan. Mein Vater hat dort viel zu sagen. Weil er als Soldat gefallen ist, weißt du.«

»Gut, daß ich's dir heute noch sagen kann. Denn morgen –«

»Morgen reise ich ab.«

»Ja. Morgen reist du ab. Du freust dich wohl?«

»Ich freue mich, wieder in der Stadt zu sein, wo ich geboren bin, und ich bin zu Tode betrübt, Dobropolje zu verlassen, das ich liebe als meine zweite Heimat.«

»Das hast du gut gesagt. Wir Zugvögel verstehen das. Wir haben die Menschen gelehrt, daß man zwei Heimatländer haben soll. Aber die wenigsten Menschenkinder haben ein Herz, das stark genug ist, unsere Weisheit zu ertragen.«

»Ich will es lernen.«

»Darum will ich dir ein Geheimnis anvertrauen.«

»Bitte, lieber Storch.«

Der Storch hob ein Bein und strich sich mit den Krallen über seinen Schnabel, wie ein alter Mann sich mit zwei Fingern über den Nasenrücken streicht, ehe er ein weises Wort sagt: »Wir Störche haben zwei Heimatländer. Wir lieben beide. Aber die hohe Zeit unseres Storchlebens ist nicht hüben, ist nicht drüben.«

»Wo denn sonst?«

»Hör zu und schweige. Hüben wie drüben leben wir in den Sümpfen. Am Nil und an der Strypa wühlen unsere Schnäbel in den Sümpfen. Das ist unser Leben, und es ist gut. Aber die hohe Zeit unseres Lebens ist der Weg, der Flug, der Zug. Wir schwingen uns hoch. Wenn Sturm ist, segeln wir. Wenn Windstille ist, klaftern unsere Flügel hoch. Wir hören den Rausch unserer Schwingen, unsere Brüste schneiden das große Meer der Luft. In unsern Bäuchen noch die Kraft der einen, in unsern Augen schon die Sonne der andern Heimat: das, Menschenkind – das ist unser Leben! Da wird unser Storchenherz weit wie die Welt.«

»Storch, Chassida, Fromme, du! Mit Recht heißt dich so die heilige Sprache.«

»Weißt du auch, warum man uns so heißt?«

»Weil ihr Liebe erweist –«

»Das ist die kleine Wahrheit. Die große kennst du nicht.«

»Sag sie mir.«

Der Storch spannte seine Schwingen aus. Obschon der Bauer Jarema ihm die Flügel gestutzt hatte, waren sie breit genug, den Rahmen des Fensters zu füllen und den Schein des Mondes zu verhüllen.

»Wie siehst du mich nun?«

»Du siehst aus wie Judko Segall, der kleine Levite, wenn er am Sabbat sich in seinen Gebetsmantel hüllt, fromm und lieb siehst du aus.«

»Das ist unsere große Wahrheit. Weil wir weiß sind und schwarz, weil wir die Farben des Gebetsmantels tragen, darum heißen wir in der heiligen Sprache: die Fromme.«

»Das ist eine schöne Wahrheit. Du mußt sie unserm Freunde Lipusch erzählen.«

»Klipusch weiß jetzt mehr als ich und du je wissen werden. Nun aber tu mir den Dienst.«

»Welchen Dienst?«

»Zwei große Geheimnisse hab’ ich dir anvertraut um des Dienstes willen, den du mir tun sollst.«

»Ich tu’ dir jeden Dienst.«

»Du mußt es tun. Klipusch hat es befohlen. Hörst du?«

»Ja.«

»Ich beschwöre dich, o du kleine Menschennase, tu es. Tu es mit deiner Hand. Tu mit deiner allmächtigen Hand die Schande von mir ab.«

»Welche Schande?«

»Sieh meine Flügel! Man hat mir die große Schande angetan: meine Flügel hat man mir beschnitten.«

»Man hat es gut mit dir gemeint.«

»Der Mensch meint es oft gut, wenn er Schändliches tut. Reiße du mit deiner allmächtigen Hand die toten Federn mir aus, damit mir neue wachsen. Wie soll ich denn weiterleben? Ich kann mich nicht zur Sonne aufschwingen.«

»Sie werden dich töten!«

»Wer?«

»Die Störche!«

»Das werden sie gewiß. Das ist ihr Recht. Das ist mein Recht. Einmal noch will ich mich aufschwingen und als Storch in den Lüften sterben, nicht wie ein alter Enterich im Kleinen Teich. Tu mir den Dienst. Es ist ein Liebesdienst.«

»Wenn Klipusch es so wünscht, tu' ich es.«

»Klipusch will es. Er hatte damit sogar schon begonnen. Sieh, da wächst mir schon eine schwarze und weiße Feder nach.«

Alfred streckte die Hand vor, um dem Freunde von Lipusch den Liebesdienst zu erweisen. Kaum aber hatten seine Finger den ausgebreiteten Storchflügel berührt, so hackte ihm schon der Vogel den Schnabel durch die Hand wie einen Dolch. Ein Feuer brannte die Hand. Flammen schlugen aus dem klappernden Storchschnabel …

Alfred erwachte. Auf dem Nachtkästchen die Petroleumlampe brannte noch. Er hatte mit entschlafender Hand versucht, die Lampe abzudrehn, und dabei den heißen Zylinder berührt. Pesje hatte recht. Zuerst die Lampe ausblasen. Aber ohne die schmerzliche Berührung mit dem erhitzten Glas der Lampe wäre wohl dieser Traum nicht gekommen. Seit dem Tode des Knaben war noch jede Nacht ein Wirrsal von Träumen und Bildern gewesen. Dieser war der schönste. Lipusch ist ein Erzählender Richter. Er trägt ein weißes Kleid, einen weißen Gürtel, ein weißes Käppchen, weiße Schuhe. Und er hat was zu erzählen. Wie immer. Der Liebe. Er hat es gut. Er hat es sich verdient. Erst die Lampe ausblasen. Die gute Pesje, morgen wird sie weinen. Wie schön ist das Schlafgebet, wie süß waren seine Worte, wenn Lipusch sie betete. *Gepriesen seist Du, Ewiger, mein Gott, Herr der Welt, der Du die Bande des Schlafes um meine Augen schlingst, Schlummer um meine Wimpern. Möge Dein Wille geschehen, mein und meiner Voreltern Gott, daß Du mich in Frieden schlafen läßt und aufstehn in Frieden; daß mich schlimme Gesichte nicht schrecken, noch böse Träume, noch böse Gedanken. Und erleuchte meine Augen, daß ich nicht schlafe den Tod. Amen.*

Anhang

Glossar hebräischer und jiddischer Ausdrücke der Trilogie

Die für dieses Glossar verwendete Literatur findet sich unter den Angaben im Literatur-Nachweis des Bandes: Soma Morgenstern, *In einer anderen Zeit. Jugendjahre in Ostgalizien* (Lüneburg 1995, S. 417 f.). Auf eine Kennzeichnung des halbvokalischen ›e‹ gemäß der hebräischen Schreibung der erläuterten Ausdrücke wird verzichtet. Wo sich in der Transliteration der Ausdrücke eine Konsonanten-Verdopplung eingebürgert hat, wird sie beibehalten.

Achtzehngebet	hebr. *Schemone essre [berachot]*, ›achtzehn [Gebetsätze]‹, in den werktäglichen Gottesdiensten der jüdischen Gemeinde das Hauptgebet, aus ursprünglich achtzehn, heute neunzehn Bitten und Segenssprüchen bestehend; an Sabbaten und Festtagen ersetzt durch eine verkürzte Form, das Siebengebet.
Ahroniden	dem Priester-Kodex zufolge die Nachkommen des ersten Hohepriesters Ahron und daher allein zur Ausübung des legitimen Opferkultes, also zum Priesteramt berechtigt. Das hebr. Wort *kohen* (›Priester‹) ist zugleich ein jüdischer Familienname (auch in den Formen Cohen, Kohn, Cohn, Kahane, Katz u. a.), der priesterliche Abstammung anzeigt. Solche Abkömmlinge haben im Gottesdienst bestimmte Ehrenrechte; so muß zur Toravorlesung in der Synagoge als erster, wenn möglich, ein *Kohen* gerufen werden, und er vollzieht auch den Priestersegen.
Almemor	vom arabischen *Alminbar* (Moscheekanzel), hebr. auch *Bima*; in den Synagogen ein umgrenzter und architektonisch betonter Platz mit dem Tisch für die Toravorlesung; in aschkenasischen Synagogen in der Raummitte.
ba'al bechi	›Meister des Weinens‹ (Typus eines Kantors).
bar-mizwa	›Sohn des Gebotes‹; feierliche Einführung des jüdischen Knaben, nach Vollendung seines dreizehnten Lebensjahres, in die religiösen Rechte und Pflichten des erwachsenen Gemeindemitglieds, für deren Ausübung er die Verantwortung übernimmt. Am Tag der Bar-mizwa wird er in der Synagoge erstmals zum Vorlesen aus der Tora aufgerufen und hält einen kurzen religiösen Vortrag.
bereschit	›Im Anfang‹, das erste Wort des ersten der fünf Bücher Mose und daher auch der Name dieses Buches, beginnend mit dem hebräischen Buchstaben *bet*.

chanukka	›Tempelweihe‹, achttägiges Dankfest im Gedenken an die Wiedereinweihung des von den Griechen entweihten Tempels in Jerusalem durch die Makkabäer (164 v. d. Z.).
Chassidismus	abgeleitet von hebr. *chassidim* (›Fromme‹); eine insbesondere von der lurianischen Kabbala geprägte mystisch-religiöse Bewegung im osteuropäischen Judentum, als deren Begründer Rabbi Israel ben Elieser (1699-1760) gilt, Baal-Schem-Tow (›Meister des guten Namens‹) oder auch akronymisch Bescht genannt. Im Unterschied zum deutschen Chassidismus des Mittelalters wie auch zur kabbalistischen Tradition wurde der osteuropäische Chassidismus eine Volksbewegung. Aus einer alles umspannenden mystischen Ergriffenheit und Gottesfreudigkeit und der damit verbundenen tiefreligiösen Intention (*Kawwana*) heraus führten die Chassidim ihr gesamtes Leben als einen freudigen Gottesdienst, um durch die Befreiung der gefallenen göttlichen »Funken«, die in allen, selbst den niedrigsten Dingen wohnen, an der Erlösung der Schechina (s. d.) aus ihrer Verbannung zu wirken. Zu diesem »Dienst« (*Awoda*) gehören die Weihung der alltäglichen Dinge und eine spezifische Demut ebenso wie ein neues Naturempfinden, Gesang, religiöser Tanz und ekstatische Erfahrungen. Auch in der hohen Verehrung ihres Zaddiks (s. d.), an dessen ›Hof‹ nicht wenige Chassidim mindestens einmal im Jahr reisten, um in allen sie bedrängenden Fragen seinen Rat zu hören, drückt sich ihre tiefe mystische Sehnsucht aus. Besonders scharf wurden die Chassidim vom Rabbinismus im 18. Jh. bekämpft; etwas später fanden sie auch in der Haskala, der jüdischen Aufklärung, einen entschiedenen Gegner.
cheder	›Zimmer‹; die traditionelle jüdische Elementarschule mit Hebräisch- und Bibelunterricht, auch erster Unterweisung im Talmud, von den Jungen zwischen dem 4. Lebensjahr und Bar-mizwa besucht; meist das private Unternehmen des jeweiligen *Melamed* (Lehrer) in dessen Wohnzimmer.
dajan	›Richter‹, Bezeichnung des Rabbinatsassessors.
dajtsch	›Deutscher‹, ›deutsch‹; auch verächtliche Bezeichnung für jemanden, der sich wie ein Deutscher kleidet, d. h. für einen westeuropäisch Assimilierten.
Fest der Torafreude	hebr. *Simchat tora* (›Torafreude‹), Fest der Freude über den Empfang der Tora, die kollektive Entsprechung zur Bar-mizwa-Feier der religiösen Volljährigkeit eines einzelnen; an diesem Tag vollendet sich der Zyklus der

	jährlichen Toralesungen und beginnt von neuem; Abschluß des Laubhüttenfestes.
Fünfbuch	die fünf Bücher Mose, die Tora.
Furchtbare Tage	hebr. *Jamim nora'im*, die zehn Tage von Rosch Haschana bis Jom Kippur, auch ›Tage des Gerichts‹ genannt.
gabbe, gabbaj	bei den Chassidim der Gehilfe eines Wunderrabbis.
Gan Eden	der Garten Eden.
Gebetsmantel	jidd. *tales*; bei den Morgengebeten sowie allen feierlichen Zeremonien von den verheirateten Männern getragen.
Gebetsriemen	jidd. *tefillen*; Gebetsriemen und Kästchen mit vier Pentateuch-Zitaten auf Pergamentstreifen, bei den Morgengebeten an Stirn und linkem Arm getragen, zum Zeichen, daß der Betende dem Schöpfer mit Kopf und Herz ergeben ist.
gemara	siehe *talmud*
gilgul	hebr., ›Seelenkreislauf‹, Seelenwanderung; die in der frühen Kabbala und dann besonders von Isaak Luria ausgeführte Lehre vom gemeinsamen Ursprung aller menschlichen Seelen in der seelischen Einheit des Urmenschen *Adam kadmon*, deren Funken die Einzelseelen bilden. Die durch den Sündenfall Adams ausgelöste Verwirrung führte zur Kette der Seelenwanderungen, die zugleich Läuterung bedeuten und in verschiedenen Formen stattfinden können. Diese Lehre wurde im Chassidismus zum allgemeinen Glauben.
goj (pl. *gojim*)	›Volk‹; allgemein Ausdruck für den Nichtjuden, auch für den Ungebildeten oder Ignoranten.
haftara	hebr., ›Abschluß‹, bezeichnet den Prophetenabschnitt, mit dem die Toravorlesung in der Synagoge beendet wird. Zur Haftara wird der *Maftir* (›Beschließer‹) gerufen, eine Ehre, die oft vornehmen Gästen erwiesen wird.
Haman	siehe *purim*
Jiddisch	Muttersprache der osteuropäischen Juden und ihre Umgangssprache (im Unterschied zur Kultussprache Hebräisch); geschrieben wird sie in hebräischer Schrift. Hervorgegangen aus dem mittelalterlichen Deutsch und in den osteuropäischen Zufluchtsländern der aschkenasischen Juden zur eigenständigen Sprache entwickelt, hat sie neben zahlreichen hebräischen auch slawische Worte aufgenommen und im 19. und 20. Jh. eine reiche Literatur hervorgebracht.
jom kippur	*jom hakippurim*, ›Tag der Sühnungen‹, Versöhnungstag am 10. Tischri (September/Oktober), der höchste jüdische

Feiertag, beschließt die mit Rosch Haschana beginnenden zehn Tage der Buße; ein Tag des Fastens und Betens um Vergebung der Sünden gegen Gott und die Menschen.

kabbala hebr., ›Überlieferung‹, ›das Empfangene‹; bezeichnet seit dem 12. Jh. die jüdische esoterisch-mystische Lehre. Aus alten Überlieferungen hervorgegangen, entfaltete sie sich, aus gnostischen Quellen schöpfend, buchstaben- und zahlenmystische Deutungsweisen einbeziehend, in Berührung mit mittelalterlicher Philosophie zum theologischen System. Ihr Hauptwerk ist das Buch *Sohar* (›Glanz‹). Die ursprüngliche Geheimlehre war vom 16. bis 18. Jh. die herrschende mystische Theologie des Judentums und trug, namentlich in ihrer lurianischen Spätform, wesentlich zum theoretischen Fundament des Chassidismus bei.

kaddisch hebr., ›Heiliger‹; ein altes Gebet, das u. a. die Lobpreisung Gottes enthält. Es ist sowohl Bestandteil der Liturgie als auch Trauergebet. Als Trauergebet wird es traditionell von den Söhnen für das Seelenheil ihrer verstorbenen Eltern gesprochen, und zwar nach der Bestattung eines Toten, dann während des Trauerjahres täglich dreimal und schließlich jeweils zur Jahrzeit (s. d.). Das Wort ›Kaddisch‹ bezeichnet auch denjenigen, der das Trauergebet spricht.

kascha poln. *kasza,* jidd. *kasche* , Buchweizengrütze, Graupen.

Klaus von lat. *clusa,* ›abgeschlossener Raum‹; ein kleineres Lehrhaus (*Bet hamidrasch*), oft zugleich als Synagoge dienend; die Chassidim nannten ihre Synagogen meist Klaus, da ihnen gewöhnlich ein Bet hamidrasch angeschlossen war.

kohen hebr., ›Priester‹, siehe *Ahroniden*

lamedwownik von hebr. *lamed-waw,* ›sechsunddreißig‹, mit slawischer Endung: einer der 36 Gerechten (Zaddikim), die nach altem, schon im Talmud erscheinendem Glauben in jeder Generation meist unerkannt in Gestalt schlichter Menschen aus dem Volke leben, um derentwillen die Welt trotz ihrer Sündhaftigkeit nicht untergeht.

Laubhüttenfest hebr. *Sukkot* (›Hütten‹), das achttägige Laubhüttenfest, beginnend am 15. Tischri (September/Oktober), war ursprünglich ein reines Erntedankfest und verband sich später mit der Erinnerung an die Wüstenwanderung nach dem Auszug aus Ägypten. Das Fest, das bis heute in Hütten gefeiert wird, hat einen Höhepunkt am siebten

	Tag, dem *Hoschana rabba*, und seinen Abschluß an *Simchat tora* (s. Fest der Torafreude).
Leviten	die Angehörigen des Stammes Levi, die der Tora zufolge als einzige berechtigt sind, den Priestern bei den Kulthandlungen zu dienen. Die durch Familientradition vom Stamme Levi sich Herleitenden haben bis heute bestimmte Ehrenrechte im Gottesdienst. So muß zur Toravorlesung als zweiter, wenn möglich, einer von ihnen gerufen werden. (Siehe auch *Ahroniden*)
maftir	siehe *haftara*
maggid	hebr., ›Erzähler‹, ›Verkünder‹; der Ausdruck bezeichnet unter anderem den gelehrten Prediger, der in einfacher, auch dem Volk verständlicher Weise über moralisch-religiöse Themen sprach. Einige der chassidischen Zaddikim, die auch als Maggidim wirkten, werden oft noch heute allein mit diesem Titel und ihrem Wirkungsort genannt, so etwa der Maggid von Złoczów (Rabbi Jechiel Michal).
megilla	hebr., ›Rolle‹, ursprünglich allgemeine Bezeichnung für die Schriftrolle von Pergament, dann für das Buch Ester, das allerdings keine Doppelrolle ist und nicht auf einen Holzstab gewickelt ist.
melamed	siehe *cheder*
Metatron	als der mächtigste Engel ist Metatron der Vertraute seines Herrn (*sar hapanim*, »Fürst der Anwesenheit«) und wird mit dem »Fürsten des Angesichts«, dem Erzengel Michael identifiziert, auch mit dem in ein himmlisches Wesen verwandelten Henoch. Er tritt manchmal als höchstes göttliches Mittlerwesen sowie als »Schreiber« der Verdienste und Sünden der Menschen auf. In der Kabbala erscheint Metatron gelegentlich als Inspirator höherer Wahrheit, im Sohar als Urbild des Menschen.
mincha	hebr., ›Speiseopfer‹; das zweite der drei täglichen Gebete, ursprünglich aus dem Mincha-Opfer hervorgegangen. Sein Hauptstück ist die *Schemone essre* (siehe *Achtzehngebet*).
minjan	hebr., ›Zahl‹; die zur Abhaltung eines öffentlichen Gottesdienstes vorgeschriebene Zahl von zehn männlichen, mindestens dreizehnjährigen Personen.
Mizrajim	hebr., Ägypten.
mohel	hebr., ›Beschneider‹, nimmt die rituelle Beschneidung (*Berit mila*) des acht Tage alten Knaben vor, die mit der Namensgebung verbunden ist. Ein jüdisches Grundgebot.

mussaf	hebr., ›Zusatz‹; Gebetfolge, die an Sabbaten und Feiertagen dem allgemeinen Morgengebet angefügt wird, hervorgegangen aus der für diese Tage ursprünglich vorgeschriebenen Darbringung eines zusätzlichen Opfers.
Neujahrsfest	*Rosch haschana* (›Haupt des Jahres‹), das zweitägige Neujahrsfest am 1. und 2. Tischri (September/Oktober), der Gerichtstag Gottes, Beginn der Furchtbaren Tage, der zehn Tage der Buße, die mit Jom Kippur enden.
Padan	Mesopotamien
parach	wohl eine umgangssprachliche Vermischung des hebräischen Verbs *paroach* (hier: ›ausbrechen eines Geschwürs‹) mit dem jiddischen Wort *parch* (ein mit Grind, Favus behafteter Mensch; im übertragenen Sinne: ein gemeiner, niedriger Mensch). Davon polnisch *parch*: Grind; *parszywy* (veraltet *parchaty*) sowie ukrainisch *parchatyj*: grindig, ein Grindiger. Das polnische *parch* dient auch als abfälliger Ausdruck für einen Juden.
peje, pl. *pejes*	jidd. (hebr. *peja*), ›Ecke‹; die Schläfenlocken orthodoxer Juden, die nicht abgeschnitten werden dürfen.
pessach	›Vorüberschreiten‹, ›Verschonung‹; achttägiges Fest zu Frühlingsbeginn im Zeichen der Erinnerung an den Auszug aus Ägypten, so genannt, weil bei der Tötung der ägyptischen Erstgeborenen der Engel an den Häusern der Israeliten vorüberging.
purim	der fröhlichste aller jüdischen Feiertage, eine Art Karneval mit Maskeraden und Umzügen, Geschenken und Gebäck (Hamantaschen) am 14. Adar (Februar/März), im Gedenken des Sieges über den Judenfeind Haman im persischen Exil, wie er im Buch Ester geschildert ist, das an diesem Tag gelesen wird und ein traditionelles Thema der Purimspiele ist.
Rabbi	jidd. *rebbe*: ›mein Herr‹, ›mein Meister‹ (abgeleitet von der semitischen Wurzel *raba*, ›groß sein‹); Ehrentitel des jüdischen Schriftgelehrten und des religiösen Führers der chassidischen Gemeinde; kleine Jungen nannten oft auch ihren Melamed (den Lehrer der Elementarschule) Rebbe.
raw	›Herr‹, ›Meister‹, Titel für den religiösen Lehrer und Richter der Gemeinde, den Rabbiner.
reb	›Herr‹; mit *Reb* und Vornamen wurde unter osteuropäischen Juden jeder erwachsene Mann angeredet, etwa: »Reb Welwel«.
rebbe	siehe *Rabbi*

Sabbat	hebr. *schabbat*, jidd. *schabbes*, ›Ruhe‹; der hoch geheiligte siebte Tag der Woche, durch strenge Vorschriften von aller Arbeit befreit; beginnt am Freitag mit Sonnenuntergang und endet bei Sonnenuntergang des folgenden Tages; die mystisch-kabbalistische Tradition empfängt zu diesem Fest der »heiligen Hochzeit«, einem Bild der Erlösung, die Schechina (s. d.) als »Prinzessin Sabbat« oder »Königin Sabbat«.
Schaufäden	siehe *zizes*
schechina	›Einwohnung‹; die in der Welt anwesende Glorie Gottes, nach mystisch-kabbalistischer Lehre Emanation des weiblichen Elements Gottes, welches, getrennt von der Ureinheit mit seinem männlichen Element, im Exil lebt wie die Gemeinde Israel; die Überwindung ihres Exils, im Bild der mystischen Hochzeit gefaßt, fällt zusammen mit der messianischen Erlösung der Welt.
Scheidungssegen	*Hawdole* (›Scheidung‹), ein Segensspruch über einen Becher Wein am Ende des Sabbats und der anderen Feiertage, der den Unterschied zwischen Werktag und Feiertag hervorhebt.
schmad	Abfall vom jüdischen Glauben, Taufe eines Juden; der abtrünnige, getaufte Jude heißt jidd. *meschumed*.
schochet	Schächter, welcher die Schlachtung (*schechita*) und Untersuchung (*bedika*) der nach den jüdischen Speisegesetzen eßbaren Tiere rituell vollzieht, wie es die Überlieferung vorschreibt.
scholem alejchem	hebr. *schalom alechem* (›Friede sei mit Euch!‹), Begrüßungsformel.
schul	Synagoge; auch die der Synagoge meist angegliederte Studierstube.
Sieben Tage	jidd.: *schiwe sizn*, ›Sieben (Tage) sitzen‹; die sieben Trauertage nach dem Tod eines Naheverwandten, die von den Angehörigen auf dem Boden oder auf einem niedrigen Schemel und ohne Schuhe sitzend verbracht werden.
talmud	›Studium‹, ›Belehrung‹, ›Lehre‹; wichtigstes Sammelwerk der mündlichen Lehre, bestehend aus einem Hauptteil, der *Mischna* (›Wiederholung‹), einer mündlich überlieferten religionsgesetzlichen Sammlung der Rabbinen (um 220 abgeschlossen), und einem später entstandenen, die Mischna kommentierenden und diskutierenden Lehrteil, der sogenannten *Gemara* (›Vollendung‹). Zwei Fassungen der Gemara sind überliefert: die des palästinischen

Talmuds (wohl um 400 abgeschlossen) und die des weit umfangreicheren babylonischen Talmuds (im 6.-7. Jh. abgeschlossen).

Tannaiten von aramäisch *tanna*, ›der Lehrende‹; Bezeichnung der etwa 270 Gesetzeslehrer, deren Lehren in Mischna (s. *talmud*) oder Barajta angeführt sind. Die Tannaitenperiode umfaßt das 1. und 2. Jahrhundert und endet um 220.

teschuwa hebr., ›Umkehr‹ der Seele zu Gott, ›Buße‹; die innere Entscheidung, begangene Sünde zu tilgen und so sittliche Erneuerung zu gewinnen. Auf Selbsterkenntnis, Reue und Sündenbekenntnis beruht die Teschuwa. Um sie aber zu vollenden, muß der inneren Entscheidung die Sühnung (*kappara*) durch Taten folgen.

tora ›Gesetz‹, ›Lehre‹, ›Weisung‹ Gottes, niedergelegt im Pentateuch, den fünf Büchern Mose, im weiteren Sinne die ganze Bibel; zu dieser »schriftlichen Tora« tritt die »mündliche Tora«, die gesamte autoritative Überlieferung, hinzu, die der Bibel ihre geschichtlich-praktische Bedeutung zu sichern sucht. Beim Synagogengottesdienst wird aus dem Pentateuch das Jahr hindurch wöchentlich ein Abschnitt von einer handgeschriebenen Pergamentrolle gelesen.

zaddik ›Gerechter‹; der fromme Mann, wie er etwa im Buch der Sprüche erscheint; Bezeichnung insbesondere für den wundertätigen Rebbe der osteuropäischen Chassidim, die in ihm nicht allein den vorbildlichen Menschen, sondern den Mittler zwischen Gott und Welt sahen. Die Verehrung der Zaddikim steigerte sich im späteren Chassidismus zum Zaddikkult, der nicht frei von Aberglauben war und, Hand in Hand mit dem Prinzip der leiblichen Abfolge, die Gründung machtvoller Dynastien nach Art fürstlicher Hofstaaten begünstigte.

zizes jidd. (hebr. *zizit*), ›Quasten‹ an den vier Ecken des Gebetsmantels, auch des kleineren, unter der Oberkleidung getragenen *Arba kanfot*. Der Anblick der Zizes soll den Träger an die religiösen Gebote erinnern, und daher heißen sie auch Schaufäden. Im Morgengebet werden sie beim Lesen des Wortes *zizit* als Ausdruck der Liebe zu Gott an Augen und Mund gedrückt.

Eine Besprechung von Ernst Křenek
aus dem Jahre 1936[1]

Der verlorene Sohn ist der des alten Juda Mohylewski aus Dobropolje in Podolien. Ehrgeiz treibt ihn aufs Gymnasium, er kommt zur Fortsetzung seiner Studien nach Wien und hier ereilt ihn das Schicksal so vieler Juden aus dem frommen Osten: er wird dem Väterglauben abtrünnig, aus dem galizischen Jossele wird ein fescher Wiener Pepperl, er heiratet eine »Getaufte« und assimiliert sich ganz der neuen Umgebung. Das Vaterhaus hat seinen Namen ausgelöscht, wie er es aus seinen Gedanken getilgt hat. Sein Bruder aber, der das väterliche Gut beherrscht, hat ihn nicht vergessen, und seine Gedanken beschäftigen sich unausgesetzt mit dem Sohn des im Krieg früh gefallenen Jossele, der in der Obhut der Mutter in Wien aufwächst. Sein unausgesprochener Königsgedanke ist die Heimholung des Sohnes des verlorenen Sohnes. Da gibt die Abhaltung eines Kongresses der »gesetzestreuen Juden« in Wien im Jahre des Sängerfestes den Anstoß: Wolf Mohylewski reist als Delegierter hin, und nach manchem Zwischenfall gelingt es mit der Hilfe des köstlichen Gutsverwalters Jankel Christjampoler, der seinen Herrn begleitet hat, den jungen Neffen zur Rückkehr in die Heimat und zum Glauben der Väter zu bewegen.

Es gelingt leichter, als es sich der in seiner etwas ängstlichen und umständlichen Frömmigkeit befangene Onkel gedacht hat. Die Zeit, von der der Junge sagt: »Man fragt heute längst nicht mehr nach der Konfession. Man prüft jetzt die Juden aufs Blut«, hat das verschüttete Bewußtsein seiner Abstammung in ihm längst mobilisiert. Aus der Welt seines Onkels, mit der er, so vorbereitet, nun plötzlich in Berührung kommt, tritt ihm das religiöse Element des alten Glaubens entgegen, und dieses bestimmt seine Entscheidung; obwohl es dem prächtigen, eher weltlich-bäuerlichen Jankel mehr darum zu tun war,

---

1 Am 13. Januar 1936, also kurz nach Erscheinen des ersten Romans von Soma Morgenstern, schickte ihm der Wiener Komponist und Publizist das Manuskript seiner Rezension zum Zwecke der Veröffentlichung. Ob es damals publiziert wurde, ist nicht bekannt. Es befindet sich im amerikanischen Nachlaß Soma Morgensterns und wird hier mit freundlicher Erlaubnis von Frau Gladys N. Krenek abgedruckt.

die Nachfolge im Gutsbesitz sicher zu stellen, wird der junge Mann doch ebenso sehr den frommen Traditionen von Großvater und Onkel nachleben.

Wie man sieht, hat Morgenstern mit seinem ersten Roman ein ebenso nahes wie delikates Problem gestaltet. Die Lösung, die er angibt: Rückkehr des assimilierten Juden zum realen und geistigen Boden seines Volkstums, hat aber keineswegs eine reaktionäre Tendenz im nationalistischen Sinn, wie es etwa scheinen könnte. Einer solchen Deutung widerspricht die im allgemeinsten und schönsten Sinn österreichische Haltung des Romans. Ohne aufdringlich didaktisch hervorzutreten, liegt ihm die Idealvorstellung eines auf gegenseitiger Achtung beruhenden harmonischen Zusammenlebens ihrer Eigenart und Individualität bewußten gesellschaftlichen Einheiten zugrunde, ein wahrhaft europäisches Ideal also, das in der verklärenden Erinnerung an die alte, universale Einheit des Reichs lebendig ist. Wenn diese polnischen Juden zum Kongreß nach Wien reisen, ist dieses für sie nicht ein beliebiger Tagungsort, sondern es ist immer noch die Kaiserstadt, Sitz jener weisen väterlichen Gerechtigkeit, in der alles Aufgeteilt-Individuelle dieser widerspruchsvollen Welt gesichert und aufgehoben ist. Es ist ein rührender und bezeichnender Zug, wenn der alte Jankel, der bei seinem ersten Besuch in Wien unbedingt das Schloß Schönbrunn sehen will, sich von seinem frommen Herrn den Segensspruch angeben läßt, den man beim Anblick eines Kaisers sagt, um ihn am Wohnsitz des alten Kaisers aussprechen zu können.

Soma Morgenstern steht eine besonders erfreuliche Gabe anschaulicher und liebevoller Schilderung zur Verfügung. Nicht nur die Typen der podolischen Bauern und Juden sind mit wenigen sicheren Strichen lebendig hingestellt, sondern auch die große, leuchtende Weite der östlichen Landschaft ist aus echtem Natursinn gestaltet. Die unbestimmbare Trauer, die das innerste Wesen des Naturgefühls ausmacht, umschwebt die schöne Episode, wenn der alternde Wolf Mohylewski auf dem Weg zur Bahnstation an einem Weißkleefeld vorbeikommt und sich eines weit verlorenen Kindheitstages erinnert, den er mit seinem Bruder in dem berauschenden, grün und silbernen Ozean eines solchen Feldes verbringen konnte. Ebenso schön ist die, bezeichnenderweise auch von Wolf aus der Kindheitserinnerung heraufgeholte Schilderung des nächtlichen Schneesturms, der die zwei

Knaben zum Rabbi Abba von Rembowlja verschlägt, wodurch Jossele in eine ihn schwer bedrückende Beziehung zu dem geheimnisvollen Sterben des uralten Mannes gerät.

Doch ist Morgenstern auch in diesem Punkt nicht einseitig und weit entfernt davon, die plötzlich ausgebrochene »Natur«-Mode der Literaten mitzumachen. Die Stadt, und gerade die Stadt Wien, hat in den Schilderungen des Romans so gut ihren Platz wie die galizische Landschaft, und gerade das Stadthafte wird bejaht, im Gegensatz zu mancher Tendenz, die es nur als provinzielles Anhängsel an ein gigantisches Heurigen-Idyll gelten lassen möchte. Sehr originell und treffend wird das Verhältnis des Menschen zur Natur ins rechte Licht gesetzt, wenn der alte Gutsverwalter den Park von Schönbrunn betrachtet: »Die ›Lichte Allee‹ mit ihren zwei Reihen schnurgerade geschnittenen Bäumen, zwei grünenden Wänden, von denen eine von der Sonne gescheitelt, sich oben entfaltete und in sanftem Wurf unten niederkommend, eine breite Schattenmatte wie einen dunklen Teppich in der Allee ausbreitete –: die ›Lichte Allee‹ bezauberte schier den Blick des alten Mannes, der als echter Dorfmensch seine Freude daran hatte, wie menschliche Kunst der Natur so beizukommen vermochte. Denn nur der Stadtmensch überschätzt das ungezähmte, wilde Wachstum, die sogenannte ›jungfräuliche Natur‹, deren Reize der Stadtmensch so beherzigt, weil ihn eine entartete Literatenschaft dem Wahne zutreibt, er leide am Übermaß des Geistes, wo er doch nur an den Mängeln seines Verstandes laboriert.« Der so ausgesprochene Primat des Geistigen gibt dem ganzen Buch sein Gepräge, indem es die von ihm angeschnittenen Probleme nicht in unbesonnenen, wenn auch naheliegenden Affekten, sondern vom Geist her auflösen will, eine Haltung, die die Behandlung des schwierigen Themas allein möglich macht, aber in geistentfremdeter Zeit umso nachdrücklicher hervorzuheben ist.

Daß die hier gegebene Lösung keine abschließende sein wird, darauf deutet die Mitteilung, daß das vorliegende Buch den Anfang einer Reihe bilde. Der Leser dieses ersten, in einer ausdrucksvollen, dabei geschmeidig-eleganten und immer geistreichen Diktion geschriebenen Romans wird seinen Nachfolgern umso erwartungsvoller entgegensehen, als sie ihm nicht nur neue wichtige Beleuchtungen der thematischen Gehalte, sondern vor allem auch die Fortsetzung einer hocherfreulichen Lektüre versprechen.

Ernst Křenek

Nachwort des Herausgebers

1

Soma Morgenstern hatte »eine viel stärkere jüdische Bindung als [...] die meisten der Schriftsteller, in deren Kreisen er in der Zeit vor Hitler verkehrte« – seine Romantrilogie *Funken im Abgrund* bestätigt dieses Urteil Gershom Scholems[1]. Das Werk hat seinen Ursprung in dem geschichtlichen Moment, da in Zentraleuropa sich die gewaltsame Widerrufung der jüdischen Emanzipation ankündigte. Morgensterns großer Roman von der Rückkehr eines jungen Wieners zum Judentum ist eine jüdische Antwort auf diese Drohung. Im Laufe eines Jahres – 1928/29 – läßt der neunzehnjährige Architekturstudent Alfred Mohylewski, Angehöriger des Wiener jüdischen Bürgertums, sein assimiliertes Dasein hinter sich. Äußerlich vollzieht sich seine Rückkehr als Umsiedlung aus der Stadt aufs Land, von Wien nach Ostgalizien, in die einstige Heimat seines früh vom Judentum abgefallenen, getauften Vaters, des »verlorenen Sohnes«, dessen Name seither in der Familie, der er entstammte, nicht mehr genannt werden darf. Alfreds Umkehr entspringt der Einsicht, wie gründlich der Zustand der herrschenden zentraleuropäischen Gesellschaft Assimilation *ad absurdum* führte. Eine Schlüsselpassage des ersten Romans spricht das aus. Alfred macht seinem Wiener Vormund, dem Freund und Generationsgenossen des Vaters, das Kompliment, er sei »ein gutes Produkt einer guten Assimilation«, und setzt hinzu, diese Assimilation habe einen Sinn gehabt, »wenn ihr Sinn war, daß Edles dem Edlen sich assimilierte und dadurch noch edler wurde. Da kam es weniger auf das an, was dabei verlorenging.« Was aber früheren Generationen als Befreiung aus der bedrückenden Abgeschlossenheit des Ghettolebens, als geistige Öffnung und Bereicherung erschienen war, das muß der Spätere als blanke Unmöglichkeit abtun: »wie immer es gewesen sein mag: es war einmal. Und jetzt ist es eben nicht. Und es soll auch nicht sein.« Das Argument, das Alfred dann anführt, ist das radikalste: es enthält das Moralurteil über die herr-

---

1 Walter Benjamin/Gershom Scholem, *Briefwechsel 1933–1940*, hg. von Gershom Scholem, Frankfurt a. M. 1980, S. 306, Anm. 2.

schende Gesellschaft und diejenigen, die sich ihr weiterhin assimilieren: »Weil es keinen Sinn hätte, dem Gemeinen ähnlich zu werden! Das könnte ohnehin nur dem Gemeinen gelingen.« Anpassung des Gemeinen ans Gemeine: Assimilation also als doppelte moralische Unmöglichkeit – so lautet der negative Grund der Entscheidung zur Umkehr. Die zitierte Stelle formuliert das Fazit jenes gesellschaftlichen Diktats, das die politische Emanzipation der Juden immer unverhohlener zur erzwungen-zwanghaften Selbstaufgabe verkehrt hatte, zum spurlosen Untergang im dominierenden Kollektiv, welchen wenig später Nazideutschland an den Juden auch physisch vollstrecken sollte. Angesichts der zunehmend aggressiven Krisengesellschaft der Kriegs- und Zwischenkriegszeit kehrte auch Assimilation ihre aggressiven Anteile mehr oder minder offen hervor, eine Erfahrung, die dem »Ostjuden« Morgenstern nur zu vertraut war. Ein zeitgenössisches jüdisches Nachschlagewerk folgert: »Die letzten Jahrzehnte lassen ein Ende der Assimilation als bewußter Tendenz im jüdischen Leben absehen; der Jude hat, bereichert durch die aus der Kulturwelt Europas gewonnenen Erfahrungen, seine Eigenart wieder zu bejahen gelernt, er hat so in seiner in ihm fortwirkenden Vergangenheit wieder Wurzel gefaßt«[1]. Mit der verhängnisvollen politischen Entwicklung der dreißiger Jahre schließlich, dem Übergang vom religiös getönten antijüdischen Affekt zu einem ebenso planvollen wie exzessiven Rassenantisemitismus, verlor Assimilation jeden Sinn: sie bedeutete nur noch, »dem Gemeinen ähnlich zu werden«. Als die zitierte Passage entstand, eine späte im Buch, dürften in Deutschland die Nazis bereits an der Macht gewesen sein. Und damit war das gewaltsame Ende der jüdischen Emanzipation in Europa besiegelt. »Man fragt heute längst nicht mehr nach der Konfession. Man prüft jetzt die Juden aufs Blut«, bemerkt der junge Alfred in Wien.

Der 1890 im ostgalizischen Budzanów (dem heutigen Budaniw in der Westukraine) geborene Morgenstern war »ein Gläubiger durch und durch«, wie er einmal vermerkt hat[2]. Die behütete Kindheit in einem Elternhaus, dessen liebevoll-humaner Sphäre er zeitlebens

---

1 *Jüdisches Lexikon*, Bd. I, Berlin 1927, Sp. 522.
2 Soma Morgenstern, *Tagebuch, Heft 13: Amerikanisches Tagebuch* (1949), S. [10], Eintrag vom 17. April 1949 (unveröffentlicht; Nachlaß Soma Morgenstern, Die Deutsche Bibliothek, Deutsches Exilarchiv 1933-1945, Frankfurt am Main, im folgenden: Nachlaß).

immer wieder gedachte, hat dazu zweifellos den Grund gelegt.[1] Sein Vater, einer Familie von Gelehrten und Rabbinern entstammend, war ein gebildeter Chassid mit Rabbiner-Autorisation, der im ländlichen Podolien als Gutspächter, später als Gutsverwalter tätig war. Ihm vor allem wohl verdankte Morgenstern jene Entschiedenheit, die ihm selbst einerseits Assimilation niemals zu einem Problem werden ließ, ihn andererseits aber gegen ihre rigideren Formen höchst empfindlich machte. Zu jener Zeit lebte in Galizien, dem östlichen Grenzland der Habsburger Doppelmonarchie, der Großteil von Österreichs Juden, fast 900 000, knapp 11% der galizischen Gesamtbevölkerung, die vor allem aus Polen, Ukrainern und den als Nationalität nicht anerkannten Juden sowie einer geringen Zahl von Deutschösterreichern und Deutschen bestand. Die zumeist kritischen Lebensbedingungen der jüdischen Bevölkerung, zumal die damals miteinander konkurrierenden politischen Strategien ihrer Germanisierung und ihrer Polonisierung, dürften Morgenstern schon früh den Sinn für das Gewaltmoment im Zusammenleben der Nationalitäten geschärft haben. Der permanente Druck des Antisemitismus aber muß seine Sensibilität aufs höchste gereizt haben. Jedenfalls war der junge Morgenstern, der sich als Gymnasiast zu Beginn des Jahrhunderts in Tarnopol verbotenerweise einer zionistischen Gruppe anschloß, damals nach eigenem Bekunden »ein intoleranter Gegner jeglicher Assimilation«[2]. Und auch später, als eine programmatische und manches Mal militant agierende Judenfeindlichkeit das Vergebliche alles Assimilationsstrebens immer handgreiflicher demonstrierte, war er ein scharfer Kritiker derjenigen, die nicht selten aggressiv verurteilten, was sie an ihre jüdische Herkunft gemahnte. An Karl Kraus, so hoch er dessen kulturkritische Bedeutung wertete, verurteilte er den »ruchlosen Assimilationswahn«[3], und dem Philosophen Theodor W. Adorno, für den er einst Freundschaft empfunden hatte, konnte er nicht vergessen, daß der es über sich brachte, seinem Namen »den jüdischen Wiesengrund

---

1 Von seinen frühen Jahren erzählt Morgensterns Erinnerungsbuch *In einer anderen Zeit. Jugendjahre in Ostgalizien*, Lüneburg 1995; zu Leben und Werk Morgensterns siehe ferner den Überblick des Herausgebers, *Soma Morgenstern – der Autor als Überlebender*, in: Soma Morgenstern, *Joseph Roths Flucht und Ende. Erinnerungen*, Lüneburg 1994, S. 301 ff.
2 *In einer anderen Zeit*, a.a.O., S. 368.
3 Soma Morgenstern, *Alban Berg und seine Idole. Erinnerungen und Briefe*, Lüneburg 1995, S. 101.

abzumähen«[1]. In die schon erwähnte Romanpassage nahm er die Forderung eines prominenten Assimilanten auf, Walther Rathenaus, der ein Jahrzehnt zuvor ermordet worden war. Der Dreißigjährige hatte im Jahre 1897, zur Zeit der Dreyfus-Affäre also, in Maximilian Hardens *Zukunft* seinen berüchtigten Aufruf *Höre, Israel!* publiziert, worin er in arrogantem Ton »die bewußte Selbsterziehung einer Rasse zur Anpassung an fremde Anforderungen« verlangte. Seine von Morgenstern im Roman paraphrasierte Forderung lautete, »daß Stammeseigenschaften, gleichviel ob gute oder schlechte, von denen es erwiesen ist, daß sie den Landesgenossen verhaßt sind, abgelegt und durch geeignetere ersetzt werden«[2]. Rückblickend kommentierte Morgenstern sein Romanzitat: »Ich hielt damals diesen Satz für den Ausdruck niedrigster Gesinnung, deren ein Assimilant fähig ist.«[3] Und das nämliche Motiv bewegte Morgenstern schon zur Zeit des ersten Weltkriegs, und zwar bei seiner Abkehr vom national-politischen Zionismus, in dem er »eine Assimilation an den Nationalismus der europäischen Völker« sah[4].

So entschieden von früh an Morgensterns jüdische Bindung war und blieb, eine wenn auch flüchtige Phase der Abkehr vom Glauben hat es in seiner Jugend dennoch gegeben. In seinen Erinnerungen an die Gymnasialzeit berichtet er von dem inneren Zwiespalt, den ihm der »aufgeklärte« Materialismus des späteren neunzehnten Jahrhunderts bescherte. Insbesondere Ludwig Büchners Buch *Kraft und Stoff* war es, was ihm »mit einem Schlag die finstere Offenbarung des Atheismus zugefügt hat«[5]. Es war ein Reflex auf die Konfrontation der Welt chassidischer Glaubenstiefe mit ›westlichen‹ Denkweisen, ein eher philosophischer Atheismus, der bald unter dem Schock zerging, mit dem der frühe Tod des Vaters den jungen Morgenstern traf. Jener innere Zwiespalt aber dauerte fort, und einige auffällige Parallelen in der Trilogie legen den Gedanken nahe, daß er seinen Niederschlag in der Figur des »verlorenen Sohnes« Josef Mohylewski gefunden haben könnte. Nicht zuletzt der säkulare Bildungsgang ist es, der Besuch des Gymnasiums, der den jungen Josef zur Abkehr vom Judentum führt. Und wieder steht ein bestimmtes Buch, das

---

1 Ebd., S. 123.
2 Walther Rathenau, *Höre, Israel!*, hier zitiert nach: Ders., *Impressionen*, Leipzig 1902, S. 10.
3 *Alban Berg und seine Idole*, a.a.O., S. 103.
4 *Joseph Roths Flucht und Ende*, a.a.O., S. 35.
5 *In einer anderen Zeit*, a.a.O., S. 254.

Josef liest – hier ist es Dostojewskis *Schuld und Sühne* – für eine dem Jüdischen fremde Denkart, welcher in der Trilogie der greise Rabbi Abba zornig die Tradition jüdischer Orthodoxie entgegensetzt. Der Frage dieses russischen Romans, ob es erlaubt sei, einen Menschen zu töten, gibt Morgenstern eine abgründige Pointe: der Gymnasiast Josef, der künftige Abtrünnige, erscheint dem Rabbi als der im Traum angekündigte Todesengel, und der alte Mann bricht tot zusammen. Das Vermächtnis des Soldaten Josef Mohylewski schließlich, kurz vor seinem Tod in den ersten Tagen des Weltkrieges niedergeschrieben, ein langer Brief an den Sohn Alfred, steht ganz im Zeichen eines mühsam beherrschten Zwiespalts zwischen dem Bestreben des seit langem Getauften, vom Judentum loszukommen, und der unauflösbar fortdauernden Bindung daran. Diese Ambivalenz erfuhr mit der Konversion zur griechisch-katholischen Kirche, wie der Bericht unmißverständlich zeigt, nicht etwa ihre Lösung, sondern eine gewaltsame Entscheidung. Selbstzweifel, Zufall, Zwang und Lüge, die dabei auch im Spiele waren – nicht zum wenigsten durch die Machenschaften des ehrgeizigen Vikars Partyka –, werfen ein Licht auf die Hellsicht des wohlmeinenden griechisch-katholischen Propstes von H., der Josef in bewegend zarter Weise vor der Taufe hatte bewahren wollen. Zwar bekennt Josef in seinem Vermächtnis: »Nie habe ich an Rückkehr gedacht«, doch zugleich zeigt er sich im Angesicht des Todes, den er kommen sieht, auffallend unschlüssig: »Bereuen? Reue ist nichts, wenn ihr Buße nicht folgt. Für Buße aber ist keine Zeit mehr.« Ein deutlicherer Hinweis auf Josefs innere Umkehr liegt vielleicht in der Tatsache, daß er – und zwar gegen den anhaltenden Widerstand seiner Frau und deren Mutter – den Sohn am achten Tag nach dessen Geburt rituell beschneiden ließ. Sein Bruder Wolf, der fromme Gutsbesitzer von Dobropolje, begreift diesen Schritt jedenfalls als die vollzogene Umkehr. Und so erscheint am Ende Alfreds Rückkehr zum Judentum als Erfüllung des väterlichen Vermächtnisses, welches denn auch mit Worten des *Schema Jisrael* schließt. Kaum verwunderlich ist, daß jene flüchtige Erfahrung des jungen Morgenstern: der Atheismus als eine Konsequenz europäischer Aufklärung, in der Trilogie keine Stelle hat. Seinem Geiste wie dem Handlungsaufbau nach steht der Roman ganz im Zeichen der Umkehr, der Teschuwa, ist aus ihrer Perspektive geschrieben. Die besagte Ambivalenz bleibt thematisch an die Figur des »verlorenen

Sohnes« gebunden. Was Josef Mohylewski repräsentiert und sein Vermächtnis so eindrucksvoll bezeugt, ist nichts als die Hoffnung und das Unglück der Assimilation.

In Alfreds Wort von der »guten Assimilation« aber schwingt unüberhörbar die Möglichkeit einer glückhaften Verbindung des Getrennten mit. Und wirklich, sein Vormund Dr. Stefan Frankl, stellvertretender Leiter des Wiener Allgemeinen Pressebüros, dem Alfreds Kompliment gilt, enthüllt sich im Verlauf der Trilogie als ein Mann, der bei der Toravorlesung im Gottesdienst mit Kenntnis und Gelassenheit den Maftir stellt. Was er für seine Person realisiert, das wäre einzulösen auch in gesellschaftlicher Dimension: ein solidarisches, nicht auf Präponderanz und zwanghafter Anpassung beruhendes, vielmehr in aufschließender Erfahrung des je Anderen sich erfüllendes Verhältnis. Man hat eine solche Beziehung für den deutschsprachigen Bereich auch in die Formel »deutsch-jüdische Symbiose« gefaßt. Vieles spricht dafür, daß sie in Morgensterns Leben eine bestimmende Vorstellung gewesen ist. Früh schon traten europäische Literatur, Musik und Philosophie in den Mittelpunkt seiner Interessen, was für den Abkömmling eines chassidischen Elternhauses nicht gerade selbstverständlich war. So hat er denn auch Gymnasiumsbesuch und Universitätsstudium für sich gegen den Willen des Vaters erst durchsetzen müssen. Und der Zwanzigjährige beschloß, künftig deutsch zu schreiben; nicht etwa jiddisch oder hebräisch oder polnisch – alles dies hätte nähergelegen –, sondern in einer Sprache, die er erst durch Lehrer und Lektüre sich angeeignet hatte, wenn auch schon seit Kindertagen, bemerkenswerterweise auf väterliche Anregung hin. Seit seiner Gymnasialzeit hegte er den Wunsch, den er dann nach dem ersten Weltkrieg wahrzumachen suchte, in Wien – damals neben Paris und Berlin eine der Kulturmetropolen Mitteleuropas – sich als Bühnenautor und Theaterkritiker zu etablieren. Als Feuilletonredakteur der liberalen *Frankfurter Zeitung* seit Ende 1927 und bald darauf als ihr Wiener Kulturkorrespondent hat Morgenstern vergeblich versucht, jene »Symbiose« für sich zu realisieren. In seiner Freundschaft aber mit Alban Berg wurde sie ihm – ein allzu kurzes Jahrzehnt lang – unvergessene Wirklichkeit. Der Symbiosegedanke manifestierte sich bis zuletzt auch in Morgensterns entschiedener Ablehnung der Ansicht, ein wirkliches Verständnis seiner Romane sei auf den kleinen Kreis eingeweihter Leser beschränkt, die mit jüdischer Geschichte, den alten jüdischen Quellen und der hebräischen Sprache vertraut sind.[1]

Der alte Gedanke eines solidarischen Zusammenlebens der Völker und Kulturen *in ihrer Vielfalt* wird im Schlußteil der Trilogie gleichnishaft von dem himmlischen Gerichtshof zitiert, vor welchem Josef Mohylewski im Traum erscheint. Seinen biblischen Namen *Chassida*, das heißt die Fromme, trägt nämlich der Storch, weil er den Seinen Liebe erweist; und doch zählt er zu den unreinen Wesen, wie erklärt wird: »Weil der Storch nur den Seinen Liebe erweist«. Und wiederum ein Storch ist es, der am Schluß der Trilogie nun Alfred im Dämmerschlaf von den zwei Heimatländern der Zugvögel erzählt und erklärt: »Aber die hohe Zeit unseres Lebens ist der Weg, der Flug, der Zug. [...] In unsern Bäuchen noch die Kraft der einen, in unsern Augen schon die Sonne der andern Heimat: das, Menschenkind – das ist unser Leben! Da wird unser Storchenherz weit wie die Welt.« Alles andere als ein »Rückzug« ins Judentum, macht Morgensterns Ablehnung des historisch vorherrschenden Assimilationstypus im Gegenteil Ernst mit der Erkenntnis, daß wahrhaftes Kommunizieren und bewußte Differenz einander bedingen. Nicht ein wie auch immer motiviertes Gleichwerden, da es auf verdrängendem Vergessen beruht, sondern einzig kommunizierende Differenz trägt das Licht des Besseren in sich. Es ist die Perspektive eines anteilnehmenden, geschwisterlichen Verhältnisses zwischen den Völkern und Kulturen, und in ihr offenbart das Motiv der Umkehr im Roman seinen innersten, buchstäblich seinen verbindlichen Sinn.

Der geschichtliche Augenblick, da diese Perspektive sich verdunkelte, ist der Ursprungsmoment des Romans *Funken im Abgrund*. Er ist durch und durch ein Werk der Erinnerung. Denn jene jüdische Welt, deren unverstelltes Bild er heraufruft, war schon zur Zeit der ersten Romanpläne, vor dem brutalen Ende, unwiederbringlich verloren. Das Morgensternsche Erzählen arbeitet gegen die fatale Kollaboration von Ressentiment, Gleichgültigkeit und Vergessen, die noch

---

1 Diese Ansicht äußert der amerikanische Germanist Alfred Hoelzel, der mit Morgenstern in Verbindung stand, in seinem monographischen Beitrag *Soma Morgenstern* (in: *Deutschsprachige Exilliteratur seit 1933*, Bd. 2: *New York*, hg. von John M. Spalek und Joseph Strelka, Bern, München 1989, S. 682). Morgenstern hatte Hoelzel in einem auf Mitte März 1975 zu datierenden Brief nahegelegt, die entsprechenden Sätze aus dem damals noch unveröffentlichten Manuskript zu streichen: »Sie sind irreführend: als ob die Bücher nur für ›eingeweihte‹ Leser verständlich wären – was durchaus nicht der Fall ist.« (Durchschlag im Nachlaß)

stets zu den entscheidenden Bedingungen blinder oder geplanter Zerstörung gehörte und die selbst den Genozid an den europäischen Juden überdauert hat. »Denn die europäischen Christen, und wären sie selbst Freunde von Juden, wissen von diesem Volk, mit dem sie seit einem Jahrtausend zusammen leben, viel weniger als von den Hottentotten, und wenn sie mit einem hebräischen Wort in Berührung kommen, glauben sie entweder was Komisches zu hören oder argwöhnen was Beleidigendes.«[1] Die Gleichgültigkeit der großen Zahl gegen alles Minoritäre besteht nach Auschwitz fort, wie sie vor Auschwitz bestanden hat, zu dem sie entscheidend beitrug. Nur wenn es gelänge – so scheint das Morgensternsche Werk zu sagen –, wenn es endlich gelänge, die Selbstbeharrung einer falschen Identität zu durchbrechen, wäre die Chance gegeben, daß denkende Erfahrung im ›Fremden‹ des Gemeinsamen innewürde.

2

Eine grundlegende Stelle des Buches, das Morgenstern später den Epilog zu seiner Trilogie genannt hat, spricht von der »Lehre, die uns sagt: Ausgesandt seid ihr in die Verbannung, um die Funken der Heiligkeit einzusammeln, die in die unreinen Abgründe der Finsternis gefallen sind, da bei der Erschaffung der Welt die Gefäße der Schöpfung zerbrachen. Die verlorenen Funken der Schöpfung einzusammeln, deren sich die Dämonen der unreinen Abgründe bemächtigt haben, das ist die Sendung Israels in der Verbannung.«[2] Diese alte Lehre der Kabbala erläutert den Titel der Trilogie *Funken im Abgrund*. Ursprünglich aber sollte er lauten: »Die gelobte Welt«, wie das Deckblatt eines erhaltenen Typoskripts zeigt, das Morgenstern im Frühjahr 1939 aus dem Pariser Exil an Hermann Hesse sandte.[3] Dieser frühere Titel schrieb sich vom 104. Psalm her, »der das Lob Gottes aus dem Buche der Natur singt«, wie es im zweiten Roman heißt, der den Psalm ganz zitiert. Mechzio singt ihn einmal in der Stille des Abends: »Plötzlich erschrak er über den eigenen Laut, und

1 *In einer anderen Zeit*, a.a.O., S. 20.
2 Soma Morgenstern, *Die Blutsäule. Zeichen und Wunder am Sereth*, Lüneburg 1997, S. 142 f.
3 Dieses Typoskript des zweiten Romans, der zu jener Zeit den Titel »Im Haus der Väter« hatte, befindet sich heute im Hesse-Archiv beim Deutschen Literaturarchiv, Marbach am Neckar.

er senkte seine Stimme und flüsterte die gelobte Gotteswelt in die schlafende Nacht hinein, als teile er ihr das Geheimnis mit, dessen Teil sie selbst war.«

So allgegenwärtig in der Trilogie ein das Reale transzendierendes Moment ist –: selten nur artikuliert es sich ungebrochen. Vielleicht bezeugt am reinsten dieser Sachverhalt ihre hohe literarische Qualität. Nirgends dient jenes Moment der Verklärung dessen, was ist oder war. Daß der frühere Titel aufgegeben wurde, entspricht der lebenslangen Abneigung Morgensterns gegen alles Schwärmerische, Romantisierende. Unter einigen Arbeitsnotizen zum zweiten Roman in einem erhaltenen Heft steht die programmatisch klingende Bemerkung: »Die Eintracht aller Dinge, die Zwietracht der Menschen«. Das Motiv der geschändeten Schöpfung deutet sich hier an, der die Welt des Romans durchziehende Gegensatz zwischen Natursphäre und Menschensphäre: dort die immer wiederkehrende Erfahrung ländlicher Stille, der »Dorflandschaft« – hier der Lärm, die unaufhörliche Betriebsamkeit. Doch nicht etwa spielt der Roman das eine gegen das andere aus, nach dem bekannten Rezept: Natur gegen Zivilisation, Land gegen Stadt, Organisch-Einfaches gegen alles Technisch-Komplizierte – oder umgekehrt. Vielmehr blickt er auf die innere Verfassung einer Gesellschaft, in der mit den transzendierenden Kräften auch die vermittelnde Potenz, das heißt: wahrnehmende Erfahrung, zu erlöschen beginnt.

Unverkennbar ist der Erzähler Morgenstern durch die realistische Epik des neunzehnten Jahrhunderts, namentlich Tolstois und Gogols, geprägt. Seine Trilogie spielt auf realen Schauplätzen, im Wien des Jahres 1928, vor allem aber in jener Gegend Ostgaliziens zwischen den Flüssen Sereth und Strypa, in der Morgenstern aufgewachsen ist. Vordergründig erscheint sein Realismus in dem Faktum, daß nahezu alle geographischen Namen des Romans auf historische Ortsnamen Podoliens bezogen sind, auch dann, wenn sie vom Autor verändert wurden. So verbirgt die Chiffre T. die Bezirkshauptstadt Tarnopol, wo der junge Morgenstern das Gymnasium besuchte, die Abkürzung H. das damalige Grenzstädtchen Husiatyn, Rembowlja meint den Ort Trembowla, der Name Kozlowa vielleicht das Städtchen Kozowa. Auch viele der Dörfer trifft man in Morgensterns Kindheitserinnerungen wieder, zu denen der Roman noch manch andere Parallele aufweist. Der Name des Hauptschauplatzes allerdings, des

Dorfes Dobropolje, ist erfunden; ursprünglich sollte es Ostrowce heißen. Das Dorf des Romans ist ein Erinnerungsbild. »In diesem Dorf verbrachte ich die glücklichsten Jahre meiner Kindheit. [...] Hier erwachte meine Beziehung zur Landschaft, die in meiner Seele Wurzeln schlug für all meine Lebzeit.«[1] Bald nach Ende des ersten Weltkriegs sah er es ein letztes Mal wieder, als er zusammen mit einem Freund, dem aus Tarnopol stammenden Komponisten Karol Rathaus, eine Reise in die alte Heimat machte. »Aber wie ich nach mehr als einem Jahrzehnt daranging, dieses Dorf in meinem ersten Roman zu beschreiben, merkte ich erst, als das Buch im Druck erschienen war, daß ich es beim Beschreiben mit den Augen meiner Kindheit wiedergesehen habe. Und so sehe ich es noch heute, ein alter Mann.«[2] Aus sehnsuchtsvollem Eingedenken zieht Morgensterns Prosa die Kraft der Vergegenwärtigung. Dieses Eingedenken ist das eigentliche Medium seines Schreibens, und daher kommt es, daß die Räume seines Erzählens mit Schilderungen ausgeschlagen sind wie mit farbenprächtigen *papiers peints*. Die sinnliche Präsenz seiner Prosa, ihr dichter Erfahrungsgehalt, fällt ins Auge. Sie ist durchtränkt von der Erinnerung an das verlorene Land seiner Kindheit, in dem die Trilogie ihren geheimen Schauplatz hat.

Durchgehende Verschmelzung von Fiktion und Faktizität ist ein auffälliger Zug von Morgensterns literarischem Konzept, und oft ist es auch nur Montage oder das bloße Realzitat. So hat Morgenstern drei seiner Feuilletons aus der *Frankfurter Zeitung* von 1928 in den ersten Roman ganz oder teilweise eingebaut.[3] Der deutlichste Fall der Verschmelzung fiktiver mit realen Elementen ist wohl jener Kongreß der ›Agudas Jisroel‹, der im September 1929 in Wien tatsächlich stattgefunden hat, mit all den Rabbis, deren berühmte Namen der Roman zitiert, und jenem urkomischen Redner, der eine Anspielung auf Franz Werfel ist, welcher später in Wien einen Vortrag gleichen Titels hielt[4]. Im Roman ist der Kongreß ins Jahr 1928 vorverlegt,

---

1 *In einer anderen Zeit*, a.a.O., S. 92.
2 Ebd., S. 92.
3 Es sind die folgenden Feuilletons: *Volkslied auf dem Korso*, FZ 612, 17. August 1928; *Serenade beim Fürsterzbischof*, FZ 421, 7. Juni 1928; *Sensationen einer Straße*, FZ 393, 27. Mai 1928. Vgl. *Der Sohn des verlorenen Sohnes*, in der vorliegenden Ausgabe S. 80-81, 92-94, 248-249.
4 Franz Werfel hielt am 5. März 1932 in Wien seinen Vortrag: *Können wir ohne Gottesglauben leben?* – Siehe dazu auch die Briefdiskussion zwischen Alban Berg und Morgenstern, in: *Alban Berg und seine Idole*, a.a.O., S. 173 ff.

vermutlich der Schubert-Zentenarfeier und des Sängerfestes wegen, die in dieses Jahr fielen. Und vom September in den August vorgezogen wurde der Kongreß wahrscheinlich, weil der Rückkehr nach Dobropolje der große Erntetag auf dem Haferfeld folgt. Ebenso sind dem Roman eingeschmolzen Schilderungen des Marktes im Schtetl Husiatyn und der Alten Schul von Tarnopol. Mindestens drei der Romangestalten sind ausdrückliche Nachbilder realer Personen: die Figur des Dr. Stefan Frankl setzt einem Freund Morgensterns, dem Ministerialrat Dr. Martin Fuchs vom österreichischen Presseamt, ein Denkmal[1]; der Gutsverwalter Jankel Christjampoler, eine der hinreißendsten Figuren, ist einem Großonkel Morgensterns, Jankel Turner, nachgebildet[2]; und schließlich in Donja, der Geliebten Alfreds, lebt Morgensterns ukrainische Amme fort[3]. Einer seiner lebenslangen Freunde, der Arzt Moses Margulies aus Nastasów[4], ist in einer knappen Passage lapidar einmontiert, und auch Szeptyckyj, der Metropolit von Lwów, für den Partyka arbeitet, ist eine historische Person. Gegen Ende wird Morgenstern selbst zitiert, als ein Verwandter der Mohylewskis, den Alfred öfters in Wien sieht, und sein Name erscheint im Roman wie die Signatur eines Bildes. Es ist offensichtlich, Morgenstern, der Autor, spielt mit dem Verhältnis von Faktizität und Fiktion, wie es seiner Neigung für Traum und Legende entspricht, denen im Roman eine exponierte Stellung zuteil wird. Aber es drückt sich in solchem Spiel auch das Bedürfnis aus, der bedrohlichen Realität ein wenig von ihrem bedrückenden Zwang zu nehmen – ein Bedürfnis, dessen Zwiespältigkeit Morgenstern durchaus sah: »Wenn ich daran denke, wie so ein Romandichter tief darüber nachbrütet, wann sein Held eine Zigarette oder gar eine Zigarre anzünden soll, während in der Ukraine Hunderttausende gemordet werden, mischt sich in meine Bewunderung ein Schuß Verachtung für die Schöpfer und die Werke, die sie schufen.«[5]

Es kennzeichnet Morgensterns literarische Sensibilität, daß sein Realismus, ohne je didaktisch zu werden – vielmehr mit Ironie und jenem nüchternen Witz, den reale Ohnmacht lehrt –, rein erzählend, also sozusagen unter der Hand, eine ganze Typologie des gläubigen

1 Vgl. *Joseph Roths Flucht und Ende*, a.a.O., S. 66 f.
2 Vgl. *In einer anderen Zeit*, a.a.O., S. 211, 244 f.
3 Vgl. ebd., S. 36 ff.
4 Vgl. ebd., S. 297, 371, 378f.
5 *Joseph Roths Flucht und Ende*, a.a.O., S. 130.

Juden entstehen läßt, von der stillen Frömmigkeit Mechzios bis hin zur Aggressivität fanatisierter Chassidim, wie er andererseits auch eine Typologie des Antisemiten gibt, vom harmlosen Spötter bis hin zu den verschlagenen Machenschaften eines Lubasch. Unterschiedlichste Varianten des Verhältnisses zum Glauben durchziehen die Trilogie, deren jede in einer Romangestalt verkörpert ist, wie ihnen eine ganze Skala personaler und sprachlicher Erscheinungsformen des Antisemitismus gegenübersteht. Drückend ist das untergründig wachsende Gefühl der Bedrohung, die in dem polnischen Nationalisten Lubasch und dem von ihm aufgehetzten Bruderpaar Mokrzycki fleischgeworden ist und in der Ermordung des anrührenden Jungen Lipa Aptowitzer vorerst kulminiert. Es ist diese Krisenstimmung der späten zwanziger Jahre, die bei manchen der Menschen im Roman eine dämmernde Ahnung erzeugt, daß die Dinge einen unheilvollen Verlauf nehmen könnten. Diesem historisch fundierten Bewußtsein der Gefahr entspricht am Ende Alfred mit seinem Entschluß, auf dem Gut eine Landwirtschaftsschule zu gründen, um jüdische Auswanderer auf eine Zukunft in Palästina vorzubereiten. Es ist dies wohl das einzige Mal, wo die reale Gewalt, welcher innerhalb der Romanhandlung mehrfach entscheidende Bedeutung zukommt, unvermittelt in sie eingegangen ist: als gewaltsame Konstruktion. Doch hierin, als dem Bild vom rettenden Sprung aus der Geschichte, rekapituliert sich das Bewußtsein von der Lage der europäischen Judenheit am Vorabend ihres Untergangs. »Morgensterns besondere Leistung«, so ist mit Recht gesagt worden, »besteht darin, daß bei ihm, und ihm allein, die ganze Tragödie des europäischen Judentums im zwanzigsten Jahrhundert in literarischer Form vorhanden ist.«[1]

3

Den Anstoß zu seiner Trilogie erhielt Morgenstern bei jenem Kongreß der ›Agudas Jisroel‹, dessen feierliche Eröffnung er später ins Zentrum des ersten Romans gestellt hat. Dieser Kongreß gesetzestreuer Juden fand vom 10. bis 17. September 1929 in den Wiener Sophiensälen statt und versammelte 603 Delegierte aus zweiund-

1 Alfred Hoelzel, *Soma Morgenstern*, a.a.O., S. 687.

vierzig Staaten im Blickpunkt der Öffentlichkeit. An seiner Eröffnung nahmen mehrere tausend Gäste teil; die österreichische Regierung, die Stadt Wien und die Gesandtschaften schickten ihre Vertreter. Die ›Agudas Jisroel‹ (Bund Israels) war im Jahre 1912 in Kattowitz im Gegenzug zu dem Assimilationsprozeß gegründet worden, der mit der rechtlichen Gleichstellung der Juden im 19. Jahrhundert eingesetzt hatte. Von Beginn an war es das erklärte Ziel, dem jüdischen Volk im Laufe der Zeit die ihm wesensgemäße organisatorische Einheit zu schaffen. Der Frankfurter Jacob Rosenheim, einer der Gründer und langjähriger Präsident der Agudas, begründete in seinem Kattowitzer Referat »die Wiederbelebung uralten jüdischen Besitzes: der überlieferte Begriff des *Kelal Jisroel* ist's – Israels Gesamtkörper, erfüllt und getragen von seiner *Tora* als organisierender Seele – den wir […] realisieren wollen«[1]. Und so selbstbewußt wie prägnant sagte er in seiner Wiener Rede: »Agudas Jisroel ist nichts weiter als der zur Bewußtheit emporgestiegene Sinn der jüdischen Geschichte«[2]. Das Ereignis sollte Morgenstern tief beeindrucken. Der befreundete Ministeriarat Dr. Martin Fuchs vom österreichischen Presseamt, der die Regierung bei dem Kongreß vertreten sollte, lud ihn »als Sachverständigen für die toratreuen Juden«[3] dazu ein. Und von Heinrich Simon, dem Herausgeber der *Frankfurter Zeitung*, kam die Bitte, fürs Feuilleton einen Bericht zu schreiben. Das aber war Morgenstern nicht möglich: »In diesem Kongreß […] bin ich Juden begegnet, die mir sozusagen *ad oculos* gezeigt haben, warum das jüdische Volk zweitausend Jahre der Verbannung überleben konnte. Weder die neue jiddische und nicht einmal die hebräische Belletristik hat mir das je klargemacht. Der Eindruck war so überwältigend, daß ich nach einigen Tagen den Plan, einen Artikel zu schreiben, aufgeben mußte.«[4] Zu dieser Zeit war Morgensterns Interesse an der Arbeit für Zeitungen nach schwelenden Differenzen mit der Frankfurter Redaktion ohnehin bereits so sehr abgekühlt, daß alte literarische Neigungen wieder in den Vordergrund gerückt waren. Noch kurz zuvor hatte er Alban Berg

1 J. Rosenheim, *Was will »Agudas Jisroel«?*, in: Ders., *Agudistische Schriften*, hg. von der deutschen Landesorganisation der Agudas Jisroel, Hamburg 5691/1931, S. 7.
2 J. Rosenheim, *Der agudistische Einheitsgedanke*, in: a.a.O., S. 159.
3 *Joseph Roths Flucht und Ende*, a.a.O., S. 113.
4 Ebd., S. 113.

mitgeteilt, er plane ein neues Bühnenstück, sein drittes.[1] Nun trat die Romanidee dazwischen.

Doch obwohl sein Entschluß bald feststand, zögerte er noch. »Nach einigen Wochen hatte ich den Plan im Kopf und schrieb kein Wort nieder. Nach einigen Monaten genügte meinem Plan ein Buch nicht mehr. [...] Es dauerte ein Jahr, bis ich die Ruhe und den Mut hatte, mit dem Schreiben zu beginnen.«[2] Er begann mit der Niederschrift des ersten Romans im Herbst 1930.[3] Ein knappes Jahr später berichtet er Alban Berg: »Halt ich weiter durch, kann der Roman zum Jänner 1932 fertig sein. Kiepenheuer möchte ihn haben.«[4] Aber Morgenstern hatte diesmal die Rechnung ohne das »Wirtsvolk« gemacht. »Die Arbeit an meinem Roman wurde zweimal von weltgeschichtlichen Ereignissen unterbrochen. Hitlers Machtübernahme in Deutschland, was dazu geführt hat und was die Folgen sein könnten, hat mich monatelang mehr beschäftigt als die Arbeit an einem Roman. Der Putsch in Wien, und was dazu geführt hat, verhinderte mich auch am Schreiben an einem Roman. Eine solche Arbeit in solchen Zeiten kam mir grotesk vor.«[5] Unter diesen Bedingungen kam Morgenstern nur mühsam voran, auch wenn die Urteile Robert Musils und Joseph Roths, denen er die ersten hundert Seiten 1932 geschickt hatte, ihm Mut machten. Musil hatte in einem Brief aus Berlin, der nicht erhalten ist, geschrieben, daß, sollte Morgenstern jetzt etwas zustoßen, schon diese Kapitel des Romans zur Weltliteratur gehörten.[6] Doch Morgenstern, der die bedrohliche politische Entwicklung in Deutschland und Österreich, nicht zuletzt den steigenden Antisemitismus, seit langem beobachtet hatte, war nach dem Machtantritt der Nazis zunehmend deprimiert: »man darf an nichts denken, nur so kann man eine Arbeit noch wichtig nehmen.«[7] Hinzu kam, daß sich seine wirtschaftliche Situation drastisch ver-

---

1 Vgl. Morgenstern an Alban Berg, 7. Juli 1929 (*Alban Berg und seine Idole*, a.a.O., S. 222, Nr. 74).
2 *Joseph Roths Flucht und Ende*, a.a.O., S. 113.
3 Eine wohl taktische Datierung gab der Schutzumschlag der Erstausgabe von 1935: »Dieses Buch wurde im Spätsommer des Jahres 1932 begonnen und im Frühjahr 1935 abgeschlossen.«
4 Morgenstern an Alban Berg, 3. Juli 1931 (*Alban Berg und seine Idole*, a.a.O., S. 243, Nr. 88).
5 *Joseph Roths Flucht und Ende*, a.a.O., S. 99.
6 Vgl. ebd., S. 287. Adolf Frisé bezieht Musils Briefäußerung fälschlich auf Morgensterns zweiten Roman (Robert Musil, *Tagebücher*, hg. von Adolf Frisé, Reinbek bei Hamburg 1976, Kommentarband, S. 512, Anm. 217).
7 Morgenstern an Alban Berg, 8. September 1933 (*Alban Berg und seine Idole*, a.a.O., S. 256, Nr. 99).

schlechterte, als er im Jahre 1934 durch die Arier-Bestimmung des neuen Schriftleitergesetzes seine Stellung bei der *Frankfurter Zeitung* verlor. In Paris, wohin er Mitte Februar desselben Jahres vor den Praktiken des Dollfußregimes für drei Monate geflüchtet war, konnte er in einer Tour de force den Roman schließlich im wesentlichen beenden. Doch die Suche nach einem Verlag für ein solches Buch war in diesen Zeiten beschwerlich und zog sich hin. Trotz aller positiven Urteile über den Roman scheint es gerade sein jüdischer Gehalt gewesen zu sein, was die Verleger, unter ihnen der S. Fischer Verlag, aber auch Fritz Landshoff und Walter Landauer aus Amsterdam, abschreckte. Eine Wende brachte erst Stefan Zweig, der das Manuskript durch Vermittlung eines Freundes im August 1935 erhielt und mit kritischer Zustimmung las. Von den in Ostgalizien spielenden Partien des Romans war er, wie er dem Autor schrieb, geradezu »fanatisiert, nun – ich übertreibe nicht, wenn ich Ihnen sage, daß ich seit langem nichts Besseres und Interessanteres gelesen habe als den ersten Teil dieses Buches bis zur Ankunft Welwels in Wien. Alles Gute gesegneter Kunst ist da beisammen, Farbe, Licht, Kraft und Spannung, so beginnt ein Buch, das den Anspruch hat als klassisches seiner Nation zu gelten.«[1] Zweig übermittelte das Manuskript Erich Reiss in Berlin, der seinen Verlag nach dem Machtantritt Hitlers ganz in den Dienst der jüdischen Literatur gestellt hatte, seine Bücher aber »nur an Juden« verkaufen durfte. Von ihm sagte Morgenstern später, als er längst in New York lebte: »Er war wahrscheinlich der anständigste Verleger, den es in unserer Generation in Deutschland gegeben hat, demzufolge ist er auch hier in Armut gestorben.«[2] Musil empfahl Reiss den Roman, und der schickte sofort einen Vertrag. Anfang Dezember 1935 bereits erschien Morgensterns erster Roman *Der Sohn des verlorenen Sohnes* in einer Auflage von viertausend Exemplaren[3].

Das Buch fand in Deutschland bei der jüdischen Presse, im deutschsprachigen Ausland auch bei der nichtjüdischen Kritik, große Zustimmung. Kurt Pinthus schrieb: »Auch jenseits des jeden Juden bewegenden, erregenden Stoffes ist dies Buch ein Kunstwerk hohen

---

1 Stefan Zweig an Morgenstern, Marienbad, 22. August 1935 (Nachlaß). Mit einer leicht veränderten Fassung des letzten Satzes warb der Erich Reiss Verlag später für das Buch.
2 Morgenstern an Benno Reifenberg, New York, 10. Januar 1960 (Deutsches Literaturarchiv, Marbach, Handschriften-Abteilung: A:Reifenberg/FAZ M).
3 Soma Morgenstern, *Der Sohn des verlorenen Sohnes*, Berlin: Erich Reiss Verlag, 1935, 338 S.

Ranges [...] ein wirklich jüdisches Buch, ein in der heutigen jüdischen Literatur deutscher Sprache einzigartiges Buch.«[1] Und Leo Hirsch sagte von der Erzählkunst Morgensterns: »Sie ist eigenartig großzügig, voller Lichter, episch durch und durch und reich bis ans Prunkende, dabei knapp bis ans Scharfe und Karge. Ihr verdanken wir den seit langem ersten jüdischen Roman von europäischem Niveau [...].«[2] Hermann Hesse erkannte in Morgenstern einen »neuen Epiker des Judentums« und urteilte: »was dieser jüdische Erzähler unternommen hat, ist literarisch und menschlich unserer Teilnahme und Hochachtung wert.« Als den Höhepunkt des Buches hob er die Geschichte vom Tode des alten Rabbi Abba hervor: »das haben die großen russischen Erzähler und hat die Lagerlöf nicht besser gekonnt!«[3] Auch Robert Musil, der das abgeschlossene Manuskript schon im Herbst 1934 gelesen und Morgenstern auf den Berliner Verlag aufmerksam gemacht hatte, plante offenbar eine Besprechung; in seinem Nachlaß fand sich jedenfalls eine erste Aufzeichnung, worin es über das Buch unter anderem heißt: »Und in seinen ausgezeichneten Einleitungskapiteln eröffnet es eine vielen unbekannte sehr zum Nachdenken auffordernde Welt. [...] Im weiteren Verlauf [...] zeigt dieser Roman nach der episch-gegenständlichen Darstellung auch den sicheren Witz, die abkürzende Formulierung und die beobachtende Vorurteilslosigkeit eines geistvollen u. dem Geiste dienenden neuen Dichters.«[4] – Aber die politischen Verhältnisse schnitten alle literarische Wirkung ab, ehe sie noch recht begonnen hatte.

Bald nach seiner Rückkehr aus Paris hatte Morgenstern mit der Niederschrift des zweiten Romans begonnen, der später den ironischen Titel *Idyll im Exil* erhalten hat. Anfangs sollte er »Die Judenschule« oder »In der Judenschule« heißen, wie einige im Nachlaß erhaltene frühe Manuskriptfragmente zeigen. Nach etwa vier Jahren war die Arbeit eben zu einem ersten Abschluß gekommen, als die Annexion Österreichs durch Nazideutschland im März 1938 Morgenstern zur Flucht zwang. Über Basel erreichte er Anfang April Paris, wo er, zusammen mit Joseph Roth, bald das kleine Hôtel de la Poste

---

1 Kurt Pinthus in: C.-V.-Zeitung (Berlin), 5. Dezember 1935.
2 Leo Hirsch, *Ein jüdischer Roman*, in: Jüdische Rundschau (Berlin), 6. Dezember 1935.
3 Hermann Hesse in: Neue Zürcher Zeitung, 24. März 1936 (Morgenausgabe).
4 Robert Musil, *Tagebücher*, a.a.O., Kommentarband, S. 807. Auch diese Aufzeichnung bezieht Frisé fälschlich auf Morgensterns zweiten Roman.

in der Rue de Tournon nahe dem Jardin du Luxembourg bezog. In den folgenden Monaten arbeitete er weiter am zweiten Roman, der inzwischen den Titel »Im Haus der Väter« trug. Ein Typoskript reichte er im Mai 1938, eine überarbeitete Fassung im September unter dem Pseudonym »Morsten« zu einem literarischen Wettbewerb ein, den die ›American Guild for German Cultural Freedom‹ für die deutschsprachigen Exilautoren veranstaltete.[1] Diese Hilfsorganisation zahlte ihm zeitweise ein Arbeitsstipendium. Eine nochmals überarbeitete Fassung des zweiten Romans sandte Morgenstern im Frühjahr 1939 an Hermann Hesse nach Montagnola, »in der Hoffnung, daß mein Buch nicht unwichtig ist«, auch in dankbarer Erinnerung an Hesses Besprechung des ersten Romans.[2] Hesse antwortete: »Ein eigentliches Urteil darf ich mir nicht anmaßen. Aber ich habe, alles in allem, von Ihrem Werk den Eindruck, es bedeute innerhalb der Literatur der Emigration etwas Besonderes und sehr Wertvolles, ich kenne aus dem Ostjudentum unserer Tage keine andre so reiche und anschauliche, liebevolle und epische Darstellung. Ins Englische und andre Sprachen übersetzt, müßte dieses Buch für das gesamte Judentum der Welt von Wert und Wichtigkeit sein.« Dann aber nennt Hesse eine Beobachtung zur Sprache des Romans: »Sie ist nach meinem Eindruck merkwürdig ungleich, bald ganz auf der Höhe, bald etwas papieren, bald auch etwas übertrieben gerade da wo sie poetisch zu sein intendiert. Inhalt und Sprache sind in Ihrem Buch nicht gleichwertig, und wenn auch die Literatur der Emigration sehr viel schlechter geschriebene Bücher produziert hat, so würde ich doch sehr raten, vor einer Drucklegung nochmals sorgfältig nur aufs Sprachliche hin das Ganze durchzugehen.«[3]

Mit diesem Hinweis berührte Hesse einen Zug der Trilogie, der offenkundig genug ist: die Sprache insbesondere des zweiten und dritten Romans hat streckenweise etwas auffallend Flüchtiges, nur unvollkommen Durchgebildetes, auch Fehlerhaftes, ganz so als seien

---

1 Das geht aus Morgensterns Korrespondenz dieser Zeit mit der ›American Guild‹ hervor, die sich im Deutschen Exilarchiv 1933-1945 der Deutschen Bibliothek Frankfurt am Main befindet (EB 70/117).
2 Morgenstern an Hermann Hesse, Paris, 5. April 1939 (Schweizerische Landesbibliothek, Bern, Hesse-Archiv). Das Typoskript blieb in Hesses Besitz und befindet sich heute im Hesse-Archiv beim Deutschen Literaturarchiv, Marbach.
3 Hermann Hesse an Morgenstern, Montagnola, Ende Mai 1939 (Abschrift; Hesse-Archiv im Deutschen Literaturarchiv, Marbach).

diese Passagen unter großer Zeitnot zustande gekommen. Angesichts solcher Textstellen scheint es erstaunlich, daß ihr Verfasser einen Autor vom Range Musils zur Revision der Konjunktivformen in seinem *Mann ohne Eigenschaften* veranlaßte[1]. Aber vielleicht hat die von Hesse beobachtete sprachliche Ungleichwertigkeit einen triftigen Grund. Morgensterns nervliche Verfassung, die ohnehin nicht eben sonderlich robust gewesen zu sein scheint, hatte unter den politischen Verhältnissen und ihren verhängnisvollen Konsequenzen offenbar sehr gelitten; mehrfach finden sich seit jener Zeit Äußerungen über seinen zerrütteten Nervenzustand. Ohne Frage haben die schwierigen Lebensbedingungen jener Jahre – Antisemitismus, Flucht, Krieg und Internierung – sich nachhaltig auf die Arbeitskraft der Vielen ausgewirkt, die ohne großen Namen und mittellos ins Exil getrieben wurden. Zu ihnen gehörte Morgenstern. Kein Wunder also, daß die Sprachgestalt seiner Romane immer deutlicher auch von den extremen Zeitumständen gezeichnet ist, ein Signum, das den vordem entstandenen Feuilletontexten fehlt. Die editorischen Anmerkungen der vorliegenden drei Bände dokumentieren mit den notwendigen korrigierenden Eingriffen auch diesen noch wenig bedachten, tristen Aspekt der Exilliteratur.

Die der ›American Guild‹ eingesandte überarbeitete Fassung von 1938 – Morgenstern bekam sie später in New York zurück und sie liegt als gebundenes Typoskript im Nachlaß – und auch noch die Fassung, die 1939 an Hermann Hesse ging, enthalten im Schlußteil das große Vermächtnis Josef Mohylewskis. Erst später also fand es seinen endgültigen Platz im dritten Roman, dem es auch den Titel gab: *Das Vermächtnis des verlorenen Sohnes*. Mit der Niederschrift dieses Romans begann Morgenstern noch im Frühjahr 1938, bald nach seiner Ankunft im Pariser Exil. Doch mehr noch als bei den ersten beiden Bänden stand die Arbeit nun unter der permanenten Drohung der politischen Verhältnisse in Europa. Alle Anstrengungen, die nötigen Papiere zur Emigration nach Amerika oder Palästina zu beschaffen, blieben ohne Erfolg. Ein schwerer Schlag war für ihn auch der Tod Joseph Roths am 27. Mai 1939. Nach Kriegsbeginn

---

1 Über seine Debatte des richtigen Konjunktivgebrauchs mit Musil hat Morgenstern am 12. April 1974 Karl Corino in einem Brief berichtet (Durchschlag im Nachlaß; Adolf Frisé zitiert den entsprechenden Briefpassus in: Robert Musil, *Tagebücher*, a.a.O., Kommentarband, S. 523 f.).

wurde Morgenstern dann als »feindlicher Ausländer« interniert, zunächst in der Pariser Sammelstelle, der Fußballarena Stade Colombe, dann im Lager von Montargis (Loiret). Dank Dorothy Thompson und Stefan Zweig, die im Namen des P.E.N.-Clubs intervenierten, kam er nach einigen Monaten frei. Doch schon im Mai 1940 folgte die nächste Internierung, nach Beginn der deutschen Invasion. Morgenstern wurde verhaftet und in das Pariser Stade Buffalo gebracht, dann ins Lager von Audierne (Finistère). Im folgenden Monat gelang ihm die Flucht, und nach wochenlanger Fußwanderung erreichte er die nicht besetzte Zone Frankreichs, ging weiter nach Toulouse und reiste von dort nach Marseille, wo er Anfang August eintraf. Ein Großteil seiner Manuskripte, Tagebücher und Korrespondenzen aber war verloren. Er hatte sie bei seiner Verhaftung im Hotel zurücklassen müssen, und bei einer Haussuchung waren sie dann der Gestapo in die Hände gefallen. Zum Verlorenen gehörten auch Teile des zweiten und vor allem des dritten Romans. In Marseille, wo er bis Mitte Februar 1941 blieb, und dann in Casablanca arbeitete er an der Rekonstruktion der verlorenen Manuskriptteile. In Lissabon gelang es ihm schließlich, einen Schiffsplatz für den 1. April zu bekommen, und zwei Wochen später erreichte er den Hafen von New York. – So sahen seine Arbeitsbedingungen aus. Eine relative Ruhe fand er erst in Hollywood, wohin ein gutgestellter und immer hilfsbereiter Freund aus Wien, Conrad H. Lester, ihn eingeladen hatte. In dessen Haus lebte Morgenstern von Herbst 1941 bis Frühjahr 1943, und in dieser Zeit trieb er die Arbeit am dritten Roman weit voran. Als er sich entschied, nach New York zurückzukehren, war der Roman fast fertig.

Angesichts der schwindenden Aussichten, im Pariser Exil noch einen Verlag für deutschsprachige Literatur zu finden, hatte Morgenstern bald angefangen, nach Publikationsmöglichkeiten im anglo-amerikanischen Bereich zu suchen. Abermals war es der international erfahrene Stefan Zweig, der sich nun bei den New Yorker Verlegern Alfred A. Knopf und Benjamin W. Huebsch (Viking Press) für Morgenstern verwandte. Auch Putnam & Co. in London und weitere Verlage nahmen von der Trilogie Kenntnis. Doch am Ende stand jedesmal die Absage, weil man dem Leser ein nennenswertes Interesse an einem dreibändigen Roman mit solchem Sujet – man vermied das Wort ›jüdisch‹ – nicht zutraute: »much too much of a good thing«, wie der Verlag Alfred A. Knopf es ausdrückte[1]. So kam Morgenstern schließlich zur Jewish Publication Society of America in Philadelphia, dem namhaftesten Buchklub und Verlag für jüdische Literatur in den USA. Der alte Morgenstern resümierte nüchtern: »I had a hard time to get a publisher. Stefan Zweig was here, a man with world fame. He went to Mr. Knopf, who listened to him like to a rabbi and said, ›Yes, but a Jewish book here people are ashamed to buy – they buy a Jewish book like they buy pornography, under the table.‹ So I landed with the Jewish Publication Society, which I knew was going to kill me. My book wouldn't even get reviewed. Today a Jewish book can be a bestseller.«[2] Und in der Tat, die Trilogie, so positiv sie von der Kritik aufgenommen wurde, war für ihren Autor alles andere als ein finanzieller Erfolg. Über lange Jahre fristete Morgenstern sein Dasein in einem winzigen Hotelzimmer in New Yorks Upper Westside, nahe dem Central Park.

Im März 1946 lieferte die Jewish Publication Society den ersten Roman aus, *The Son of the Lost Son*[3]. Die Übersetzung dieses Bandes war schon 1939 in London entstanden; Stefan Zweig, fasziniert von der Welt des östlichen Judentums, hatte das Buch seinem englischen Übersetzer, dem Schriftsteller und Publizisten Joseph Leftwich, geschickt und ihm zugeredet, es ins Englische zu übertragen.[4] An der Ausgabe beteiligte sich der New Yorker Verlag Rinehart, was dem Buch große Aufmerksamkeit auch bei der nichtjüdischen Presse sicherte. Im Jahr darauf folgte der zweite Roman, *In My Father's Pastures*[5], nunmehr von der Jewish Publication Society allein verlegt, 1950 dann der Schlußband, *The Testament of the Lost Son*[6].

Der Tenor der amerikanischen Kritik war von Anfang an grundsätzliche Anerkennung, die manchmal bis zu enthusiastischer Zustimmung ging. Einige der maßgeblichen Stimmen seien hier zitiert.

1 Verlag Alfred A. Knopf an Morgenstern, New York, 3. März 1942.

2 Diese Äußerung Morgensterns ist überliefert von Israel Shenker, *Morgenstern*, in: Present Tense (New York), Jg. 1 (1973/74), Nr. 3 (Spring 1974), S. 6 f.

3 Soma Morgenstern, *The Son of the Lost Son*, translated by Joseph Leftwich and Peter Gross, Philadelphia: The Jewish Publication Society of America; New York: Rinehart, 5706/1946, 269 S.

4 Vgl. Joseph Leftwich, *Stefan Zweig and the World of Yesterday*, in: Leo Baeck Institute, Year Book III, London 1958, S. 98.

5 Soma Morgenstern, *In My Father's Pastures*, translated from the German manuscript by Ludwig Lewisohn, Philadelphia: The Jewish Publication Society of America, 5707/1947, 369 S.

6 Soma Morgenstern, *The Testament of the Lost Son*, translated from the German manuscript by Jacob Sloan, in collaboration with Maurice Samuel, Philadelphia: The Jewish Publication Society of America, 5710/1950, 359 S.

Mortimer J. Cohen urteilte: »All in all, this is one of the most enjoyable, heartening, and satisfying novels of Jewish life to appear in a long time.«[1] Eine große Besprechung von Morgensterns zweitem Roman im *Jewish Frontier* äußerte »the growing conviction that he is one of the most important of contemporary Jewish novelists«[2]. Der Wiener Lyriker Ernst Waldinger, der in New York mit Morgenstern in freundschaftlicher Verbindung stand und die Originalfassung der Romane kannte, sah in ihnen »das Slawische, gepaart mit jüdischer Innigkeit, die das Deutsch Soma Morgensterns so köstlich und zu einer späten Blüte der österreichischen Sprachlandschaft macht.«[3] Der Publizist und Übersetzer Maurice Samuel begrüßte den zweiten Roman mit den Worten: »What a rare and wonderful experience it is to pick up a new book, to glance through the first paragraph, and to be pulled up by the feeling: ›Good heavens! This is a writer!‹«[4] Der aus Berlin stammende Schriftsteller und Publizist Ludwig Lewisohn schließlich war schon beim Erscheinen des ersten Romans bei der jüdischen Leserschaft mit Nachdruck für Morgenstern eingetreten: »He is *ours*; let us support him.«[5] Er übersetzte den zweiten Roman und urteilte später über Morgensterns Trilogie: »It is one of the major imaginative works of our period, irrespective of its Jewish content, color, rhythm, historical significance.«[6] An anderer Stelle setzt er hinzu: »In depth of tone and density of human substance, in authentic tragic conflicts, in historic significance for our time, in rhythm and structure, in the sweep of its fable, this trilogy ranks near the very highest works of our age.«[7] Bald nach Erscheinen wurde der dritte Roman vom Jewish Book Council of America mit dem ›Samuel H. Daroff Fiction Award‹ für das beste literarische Buch des Jahres 1950 ausgezeichnet. Im Grunde aber galt diese Auszeichnung der Trilogie im ganzen, die in der Übersetzung den Titel *Sparks in the Abyss* trägt.

---

1 Mortimer J. Cohen, »*My People, My Israel!*«, in: The Jewish Criterion (Pittsburgh), 12. April 1946.

2 Marie Syrkin, *Clashing Worlds*, in: Jewish Frontier (New York), Juni 1948, S. 29.

3 Ernst Waldinger, *Naturgefühl und Judentum*, in: Aufbau (New York), 10. September 1948.

4 Maurice Samuel, *European Author Catches Deep Spirit of Jewish Life on the Continent*, in: Sentinel Magazine (Chicago), 4. März 1948.

5 Ludwig Lewisohn in: New Palestine, 12. April 1946.

6 Ludwig Lewisohn, *Major Jewish Work of our Time*, in: In Jewish Bookland (New York), November 1950.

7 Ludwig Lewisohn, *The American Jew*, New York, 2. Aufl. 1951, S. 153.

Nachdem Morgenstern den dritten Roman beendet hatte, begann er die Arbeit an einem vierten, der die Reihe fortsetzen sollte. Ins Zentrum sollte nun eine der merkwürdigsten Gestalten der Trilogie treten, der nach dem Begräbnis des erschlagenen Lipale spurlos verschwundene Mechzio, über den die Ahnung unter den Juden umläuft, er sei einer der sechsunddreißig Gerechten, die unerkannt in jeder Generation leben und um derentwillen die Welt Bestand hat. Doch der Roman kam über erste Notizen nicht hinaus. Morgenstern war angesichts des Genozids an den Juden Europas in eine tiefe Lebenskrise geraten und über Jahre hin nicht mehr imstande, zu schreiben.

Im deutschsprachigen Bereich fand sich nach dem Kriege trotz mancher Bemühungen lange kein Verlag für diesen Autor, einmal mehr ein Beleg für das generelle Desinteresse sowohl am Leben und Werk der Exilanten wie an jüdischer Literatur im besonderen. Erst Benno Reifenberg gelang es, einen deutschen Verleger für Morgenstern zu gewinnen. Reifenberg hatte die Feuilletonredaktion der *Frankfurter Zeitung* geleitet, als Morgenstern Ende 1927 in Frankfurt dazugekommen war. Nach dem Kriege korrespondierten die beiden miteinander, und im Frühjahr 1959 erhielt Reifenberg die Manuskripte der beiden im Original unveröffentlichten Romane. Morgenstern schrieb ihm dazu: »Ich bilde mir keinesfalls ein, daß meine Trilogie in Deutschland ein Bestseller werden könnte. Aber die Erfahrungen haben mich gelehrt, wie leicht Manuskripte verloren gehen, und je älter ich werde, desto mehr bedrängt mich die Vorstellung, daß die zwei Romane, die in deutscher Sprache nicht gedruckt worden sind, mich nur in Übersetzungen überleben werden.«[1] Reifenberg las aus Gründen, über die nichts bekannt ist, nur den dritten Roman und legte ihn dem Verleger Joseph C. Witsch ans Herz, nicht ohne wiederholt darauf hinzuweisen, daß es sich um den Schlußband einer Trilogie handele. Der damalige Leiter des Verlages Kiepenheuer & Witsch las diesen Roman mit ebensolcher Anteilnahme und erklärte sich Anfang 1960 bereit, ihn herauszubringen, wollte vorher aber die beiden anderen Romane kennenlernen. Nach langem Schweigen bekräftigte er zwei Jahre später, von Reifenberg gedrängt, seinen anfänglichen, durch bloße Zufallswahl entstandenen Entschluß, den

---

1 Morgenstern an Benno Reifenberg, New York, 5. April 1959 (Deutsches Literaturarchiv, Marbach, Handschriften-Abteilung: A:Reifenberg/FAZ M).

dritten Roman herauszubringen. Reifenberg riet nun dem im Grunde bis zuletzt abgeneigten Morgenstern, auf das Angebot von Witsch einzugehen: »Ich glaube nicht, lieber Soma, Sie sollten die Trilogie von ihm erwarten. Nach meiner Ansicht, nach meiner Erfahrung, der ich nur diesen einen Band gelesen habe, kann er als selbständiges Stück ohne weiteres gelesen werden. Sie selbst, Ihre ganze schreibende Kraft, kommt damit zu Tage, und Sie erscheinen mit dem Buch wirkungsvoll in Deutschland.«[1] Nach Ansicht Reifenbergs »gehört dieser Roman in Tolstoischen Bereich«, wie er bei seinem Erscheinen im Oktober 1963 schrieb.[2] Das Buch kam unter dem Titel *Der verlorene Sohn* heraus, in einer Auflage von rund 3000 Exemplaren und in einer um etwa 70 Seiten gekürzten und vom Verlag bearbeiteten Textversion.[3] Nicht so sehr der Kürzungen wegen, vielmehr wegen der durchgreifenden Bearbeitung, die von einer Lektorin vorgenommen wurde und überall auf stilistische Glättung und Anpassung an ein gängiges Deutsch zielte, kann diese Textfassung nicht als authentisch gelten, obschon Morgenstern schließlich seine Zustimmung gab. Auch übersteigen diese Eingriffe nach Zahl und Umfang jedes Maß der unumgänglichen Korrekturen, die der schon erwähnte sprachliche Zustand der Typoskripte erforderlich macht. Ihren Titel schließlich trägt diese Ausgabe offenbar durch ein Versehen des Verlages und gegen den ausdrücklichen Willen des Autors. Manche Rezensenten verwechselten das Buch denn auch mit dem 1935 erschienenen Roman. So war nach alledem Morgensterns erste und einzige Buchveröffentlichung im Nachkriegsdeutschland ein Unglücksfall. Das scheint auch der Verleger bald eingesehen zu haben, und er schloß mit seinem Autor im Sommer 1965 in New York einen Vertrag über die Veröffentlichung der ganzen Trilogie zum Herbst 1966. »Jetzt warte ich nur noch, ob er den Termin auch einhalten wird. Er hat mir das eindringlichst versprochen.«[4] Die Vorbereitungen liefen auch an, doch dann erkrankte Witsch, und die Arbeiten kamen zum Stillstand. Witsch starb 1967 und der Verlag annullierte den Vertrag kurzerhand. Morgenstern war damals siebenundsiebzig Jahre alt. Ein Wiener Verlag hatte noch sein Buch *Die Blutsäule. Zeichen und Wunder am*

---

1 Benno Reifenberg an Morgenstern, Frankfurt a. M., 3. April 1962 (Nachlaß).

2 Benno Reifenberg, *Ein großer Roman*, in: Frankfurter Allgemeine Zeitung, 19. Oktober 1963.

3 Soma Morgenstern, *Der verlorene Sohn*, Köln, Berlin: Kiepenheuer & Witsch, 1963, 339 S.

4 Morgenstern an Benno Reifenberg, [New York,] 2. Januar [1966] (Deutsches Literaturarchiv, Marbach, Handschriften-Abteilung: A:Reifenberg/FAZ M).

Sereth herausgebracht.[1] Eine Veröffentlichung seiner Romantrilogie in der Originalsprache hat Morgenstern nicht mehr erlebt. Er starb am 17. April 1976 in New York.

1 Soma Morgenstern, *Die Blutsäule. Zeichen und Wunder am Sereth*, Wien, Stuttgart, Zürich: Hans Deutsch Verlag, 1964, 171 S.

Editorische Anmerkungen

Der dritte Roman von Soma Morgensterns Trilogie *Funken im Abgrund* wird in seiner endgültigen Fassung hier zum ersten Mal in der Originalsprache veröffentlicht. Textgrundlage des vorliegenden Bandes *Das Vermächtnis des verlorenen Sohnes* ist das Typoskript der Fassung letzter Hand (T III), dessen Titelblatt allerdings noch die Titelvariante »Das Testament des Vaters« nennt. Dieses Typoskript befindet sich, neben einigen wenigen aus früherer Zeit stammenden Manuskriptfragmenten zum Roman, im amerikanischen Privatnachlaß des Autors. Das Typoskript umfaßt 371 einseitig beschriebene Blätter, die durchlaufend teils maschinenschriftlich, teils handschriftlich paginiert sind. Es ist undatiert und weist durchgehend zumeist kleinere handschriftliche Korrekturen auf. In Zweifelsfällen wurde die amerikanische Ausgabe des Romans zu Rate gezogen: *The Testament of the Lost Son*. Translated from the German manuscript by Jacob Sloan in collaboration with Maurice Samuel, Philadelphia: The Jewish Publication Society of America, 5710/1950, 359 Seiten (D III).

Wie nicht zuletzt die Variante »Das Testament des Vaters« zeigt, hat es auch für den dritten Roman im Laufe seiner Entstehungsgeschichte verschiedene Titelversionen gegeben. Eine frühe lautete »Das Haus und die Lehre«, wie aus einem handschriftlichen Vermerk Morgensterns in einem Typoskript des zweiten Romans von 1938 im Nachlaß des Autors hervorgeht. Offenbar noch zur Zeit der amerikanischen Ausgabe des Romans konkurrierten miteinander die Versionen »Das Testament des Vaters«, »Das Testament des verlorenen Sohnes« und »Das Vermächtnis des verlorenen Sohnes«. Es ist aber unzweifelhaft, daß sich Morgenstern schließlich für den Titel »Das Vermächtnis des verlorenen Sohnes« entschieden hat, was auch der Germanist Alfred Hoelzel bezeugt, der mit Morgenstern in dessen letzten Lebensjahren in Verbindung gestanden hat (vgl. *Deutschsprachige Exilliteratur seit 1933*, hg. von J. M. Spalek u. J. Strelka, Bd. 2, Teil 1, Bern, München 1989, S. 672).

In den sechziger Jahren erschien eine vom Verlag bearbeitete und beträchtlich gekürzte deutschsprachige Ausgabe des dritten Romans: *Der verlorene Sohn*, Köln und Berlin: Kiepenheuer & Witsch, 1963, 339 Seiten. Ein Vergleich dieser Ausgabe mit T III ergibt, daß die damalige Bearbeitung nicht nur die in der Tat unumgängliche Tilgung der vorhandenen Fehler, sondern darüberhinaus eine sprachliche Glättung zum Ziel hatte, die bei der Fülle derartiger Eingriffe die stilistische Eigenart des Textes nicht unberührt lassen konnte. Zwar hat Morgenstern, trotz mancher Bedenken, das Resultat dieser Bearbeitung damals gebilligt, sich später jedoch zu mehreren Briefpartnern entschieden kritisch geäußert. Sowohl die Art vieler Eingriffe in die Textgestalt als auch die ungeklärte Haltung des Autors dazu verbieten es also, diese Ausgabe bei der texteditorischen Arbeit heranzuziehen.

Über die Werkgeschichte informiert des näheren das Nachwort des Herausgebers im dritten Band der Trilogie.

Für die vorliegende Ausgabe wurden die Lektüre störende Eigenheiten des Typoskripts in Orthographie und Interpunktion behutsam modernisiert. Die Schreibung der persönlichen und geographischen Eigennamen sowie der fremdsprachigen Ausdrücke und Zitate wurde überprüft und vereinheitlicht. Die polnischen Namen von Romanfiguren sind im allgemeinen in der Schreibung der Typoskripte wiedergegeben, also polnisch; der polnische Buchstabe ›ń‹ wurde von Morgenstern durch ›nj‹ ersetzt. Auch Morgensterns Transliteration der ukrainischen Namen Kyrylowicz, Nazarewicz, Philipowicz und Rakoczyj mittels des polnischen ›cz‹ (an Stelle des im Deutschen näherliegenden ›tsch‹) wird beibehalten, desgleichen das von ihm statt ›F‹ gesetzte ›Ph‹ in den Namen Philip und Philipowicz. Etwas anders verhält es sich mit den geographischen Eigennamen. Kaum ein im Roman erscheinender geographischer Name nämlich ist – wie der des zentralen Schauplatzes, des Dorfes Dobropolje – erfunden. In nahezu allen Fällen steht hinter einem im Roman genannten ostgalizischen Ortsnamen ein identifizierbarer historischer Name. Sofern ihn der Autor im Lautstand unverändert in den Roman übernommen hat, wird er in der vorliegenden Ausgabe in seiner historischen Schreibung wiedergegeben. Hat der Autor dagegen einen Ortsnamen verändert, so wird, falls nicht ein Irrtum vorliegt, selbstverständlich die abgewandelte Namensform beibehalten, lediglich gegebenenfalls ein ›o‹ in ›ó‹ (polnisches ›u‹) geändert.

Schreibfehler wurden in der Regel stillschweigend getilgt. Der Zustand des Typoskripttextes jedoch machte an nicht wenigen Stellen, an denen die Lektüre durch sprachliche Unstimmigkeiten beeinträchtigt schien, weitergehende Korrekturen oder Konjekturen erforderlich. Jede solche Veränderung wurde auf ein notweniges Minimum beschränkt. Diese Eingriffe werden hier im einzelnen dokumentiert:

Seite 11 – Korr.: redete mit Onufryj (*statt T III:* redete zu Onufryj)

Seite 11 – Korr.: hinüberzurufen brauchen (*statt T III:* hinüberrufen gebraucht)

Seite 12 – Korr.: wäre er ein Jude gar (*statt T III:* wäre der ein Jude gar)

Seite 14 – Korr.: war in so kleinen (*statt T III:* war auch in so kleinen)

Seite 15 – Korr.: hätte belästigen können (*statt T III:* belästigen hätte können)

Seite 18 – Korr.: Sack aus grobem Leinen (*statt T III:* Sack grobes Leinen)

Seite 18 – Korr.: über der knisternden (*statt T III:* über die knisternde)

Seite 21 – Rollrojs (*statt T III:* Rollroys): rojs (*jidd.*), Rose

Seite 22 – Korr.: einer von zehn Jahren (*statt T III:* ein Knabe von zehn Jahren)

Seite 30 – Korr.: jetzt zum sechsten (*statt T III:* jetzt wieder zum sechsten)

Seite 48 – In dieser so schmählichen wie unbequemen Lage: *Konj.:* so

Seite 58 – Korr.: Lubasch sah Schabse (*statt T III:* Er sah Schabse)

Seite 60 – Korr.: mein Liebling ist (*statt T III:* sein Liebling ist)

Seite 66 – Korr.: zapichit bid'wasch (*statt T III:* zapichot be-dwasch), *nach Exodus 16, 31. (Luther übersetzt übrigens: »Semmel mit Honig«, andere Übersetzer schreiben: Kuchen.)*

Seite 66 – Korr.: heißt: Zapichit in (*statt T III:* heißt: wie zapichot in)

Seite 72 – Korr.: nach Wien schicken (*statt T III:* nach Wien verschicken)

Seite 73 – Dawidl: eigentlich Dowidl oder Duwidl, jiddische Diminutiv-Form des Namens David

Seite 84 – Korr.: ob er nun nicht Abschied (*statt T III:* ob er nicht nun Abschied)

Seite 84 – Korr.: auf ein Pfluggestell (*statt T III:* auf einem Pfluggestell)

Seite 85 – Korr.: in der Tora unterwiesen (*statt T III:* in der Tora gelehrt)

Seite 86 – Korr.: zur Stelle zu haben (*statt T III:* auf der Stelle zu haben)

Seite 88 – Korr.: einmal vernommen (*statt T III:* einmal einvernommen)

Seite 88 – Korr.: daß man dich vernimmt (*statt T III:* daß man dich einvernimmt)

Seite 92 – Korr.: nicht richtig nennen (*statt T III:* richtig nicht nennen)

Seite 93 – Korr.: Erst ritzte er (*statt T III:* Vorerst ritzte er)

Seite 103 – Korr.: sagte: Dahinter (*statt T III:* sagte Bielak: Dahinter)

Seite 110 – Korr.: nicht nur zur Zeit (*statt T III:* auch nicht zur Zeit); *D III, S. 105:* not only during the threshing season

Seite 113 – Korr.: An Jankel ist ein (*statt T III:* In Jankel ist ein)

Seite 113 – Korr.: es vergessen (*statt T III:* daran vergessen)

Seite 113 – Korr.: Rada-Zarudski (*nach D III, S. 108 ff.); T III durchgehend:* Rada-Rarudski

Seite 121 – Korr.: bleiben wird (*statt T III:* bleiben würde)

Seite 125 – Korr.: noch zwei Monate bis zu: *Konj.:* bis

Seite 126 – Korr.: daß du es kennenlernst (*statt T III:* daß du es kennen sollst)

Seite 127 – Korr.: in dem eine Seite (*statt T III:* in dem nur eine Seite)

Seite 131 – Korr.: Kälbchen, Dir, dem Großstadtkind: *Konj.:* Dir,

Seite 140 – Korr.: Zauber gebracht (*statt T III:* Zauber verbracht)

Seite 143 – Korr.: nachdem er zu jener Überzeugung sich bequemt hatte (*statt T III:* wenn er zu jener Überzeugung sich bequemt hat)

Seite 148 – Korr.: Wie, wenn es im Rat (*statt T III:* Wie? Wenn es im Rat)

Seite 154 – Korr.: nicht mehr als ein kleines Lied (*statt T III:* nichts mehr als ein kleines Lied)

Seite 154 – Korr.: den ganzen Heiligabend (*statt T III:* den ganzen heiligen Abend)

Seite 155 – Korr.: Wochenmarkt mittwochs (*statt T III:* Wochenmarkt Mittwoch)

Seite 157 – Sein Gesicht war naß von Tränen: *Konj.:* war

Seite 164/165 – Korr.: zu verhehlen schien (*statt T III:* zu hehlen schien)

Seite 166 – Korr.: nicht zu nahe treten: *Konj.:* zu

Seite 174 – Korr.: blieb in dieser Haltung (*statt T III:* verblieb in dieser Haltung)

Seite 186 – Korr.: auf mich warteten (*statt T III:* auf mich warten)

Seite 191 – Korr.: fahre ich mit Ihnen (*statt T III:* fahre ich mit Ihnen mit)

Seite 194 – Korr.: den Jankel bestimmt hat (*statt T III:* den Jankel bestimmt hatte)

Seite 195 – Korr.: war Dr. Katz kein anderer (*statt T III:* war Dr. David Katz kein anderer): *offenkundig ein Versehen Morgensterns, denn David heißt der jüngere, früh gestorbene Bruder des Anwalts (siehe S. 330)*

Seite 197 – Korr.: persönlich hervorzutreten (*statt T III:* persönlich vorzutreten)

Seite 198 – Korr.: zwei Minuten bis fünf Uhr (*statt T III:* zwei Minuten zu fünf)

Seite 198 – Korr.: Pochen an der Tür (*statt T III:* Pochen an die Tür)

Seite 233 – Korr.: in dieser lieblichen (*statt T III:* auf dieser lieblichen)

Seite 134 – Korr.: das Essen hinüberzutragen (*statt T III:* das Essen zu tragen)

Seite 244 – Korr.: uns in Rembowlja (*statt T III:* in Rembowlja uns)

Seite 246 – Korr.: Vermächtnis vorkomme (*statt T III:* Vermächtnis vorkommt)

Seite 246 – Korr.: der alles wisse (*statt T III:* der alles weiß)

Seite 251 – Korr.: begann Alfred nun mit dem Vorlesen (*statt T III:* begann nun mit dem Vorlesen Alfred)

Seite 256 – Korr.: Speisen gekostet (*statt T III:* Speisen verkostet)

Seite 263 – Korr.: und blieb stehn (*statt T III:* und blieb vor der Türe stehn)

Seite 269 – Korr.: mit ihrer Sabbatseide (*statt T III:* in ihre Sabbatseide)

Seite 270 – die Nardenöl auf Jesu Füße goß: *Konj.:* ...öl

Seite 271 – Korr.: Kirche blieb (*statt T III:* Kirche verblieb)

Seite 273 – Korr.: zuerst nicht so sanft (*statt T III:* vorerst nicht so sanft)

Seite 275 – Korr.: über die Laubstreu (*statt T III:* über der Laubstreu)

Seite 279 – Korr.: mahnenden Blick (*statt T III:* abmahnenden Blick)

Seite 279 – Korr.: glitt er über das Laub (*statt T III:* glitt er über dem Laub)

Seite 283 – Korr.: gleich lautlos zuging (*statt T III:* gleich lautlos zumachte)

Seite 288 – Jossef, Sohn des Jehuda [hebr. Jossef ben Jehuda]: *in den Typoskripten des zweiten und dritten Romans unterscheidet Morgenstern zwischen weltlicher und liturgischer Namensform; in entsprechenden Passagen steht der Name* Josef *daher in strenger Transliteration seiner hebräischen Schreibung (nämlich mit dem Buchstaben ›samech‹, einem stimmlosen ›s‹):* Jossef *(in den Typoskripten: Josseph). So hat im Roman auch der Name* Juda *seine liturgische Form:* Jehuda.

Seite 288 – Korr.: das Wort nehmen muß (*statt T III:* das Wort nehmen mußte)

Seite 288 – Korr.: das ist nicht zu bestreiten (*statt T III:* das ist nicht zu streiten)

Seite 289 – Korr.: rechtfertigen (*statt T III:* rechtfertig machen)

Seite 291 – Korr.: den Ort, die Verhandlung, das Gericht (*statt T III:* den Ort, die Handlung, das Gericht); *D III, S. 294:* the place, the trial, the court

Seite 291 – Korr.: fing zu erzählen an (*statt T III:* fing zu sagen an); *D III, S. 294:* begann to narrate

Seite 293 – Korr.: des Edelsteins erklärten (*statt T III:* des Edelsteins erklären)

Seite 300 – Korr.: Wohin führt der Weg? (*statt T III:* Wo führt der Weg?)

Seite 301 – Korr.: im Laub versinkend (*statt T III:* im Laub sinkend)

Seite 301 – Wer ein lebendes Wesen tötet ... der tötet die ganze Welt: *dieses Talmud-Zitat enthält im Typoskript nach* Die Welt besteht nur im Namen der Wesen *den folgenden Satz:* Und sie besteht sovielmal, wieviel lebende Wesen es in der Welt gibt. *Dieser Satz fehlt im ersten Roman, wo das Zitat zum ersten Mal erscheint, und wurde deshalb an der vorliegenden Stelle gleichfalls gestrichen.*

Seite 304 – Korr.: mußte schon draußen (*statt T III:* muß schon draußen)

Seite 305 – Korr.: mich gleich mit »du« anschrie (*statt T III:* gleich mit »du« mich anschrie)

Seite 311 – Korr.: zuerst in Rußland (*statt T III:* vorerst in Rußland)

Seite 312 – Korr.: das ist nicht zu bestreiten (*statt T III:* das ist nicht zu streiten)

Seite 318 – Korr.: nicht zu verscheuchen (*statt T III:* nicht zu scheuchen)

Seite 320 – Korr.: wieder kosten durfte (*statt T III:* wieder verkosten durfte)

Seite 325 – Korr.: doch nicht weiß, wie (*statt T III:* doch nicht wissen, wie)

Seite 328 – erzählt mein Vater doch so manches: *Konj.:* doch

Seite 344 – Korr.: blieben die drei ... in Schweigen (*statt T III:* verblieben die drei ... im Schweigen)

Seite 347 – Korr.: waren eingezogen (*statt T III:* waren eingewickelt)

Seite 350 – Korr.: schämte sich sehr vor ihm (*statt T III:* tat sich vor ihm sehr viel schämen)

Seite 350 – wie sie die Finger zusammenflochten: *Konj.:* sie

Danksagung

Verlag und Herausgeber danken Prof. Dan Michael Morgenstern, USA, für die großzügige Übertragung der Publikationsrechte an den Werken Soma Morgensterns und für freundschaftliche Hilfe und Rat bei der Hebung und Erschließung des literarischen Nachlasses seines Vaters.

Die Herstellung der Bände der Romantrilogie wurde vom Land Niedersachsen gefördert, wofür Verlag und Herausgeber danken.

Für freundliche Publikationserlaubnis danken Verlag und Herausgeber Frau Gladys N. Krenek, Palm Springs, und Herrn Dr. Jan G. Reifenberg, Brüssel.

Der Dank des Herausgebers geht für freundliche Auskünfte und Überlassung von Materialien ferner an:

Deutsche Schillergesellschaft/Deutsches Literaturarchiv, Marbach a. N.

Prof. Dr. Bernhard Zeller, Kuratorium Hermann Hesse Stiftung, Marbach a. N.

Die Deutsche Bibliothek/Deutsches Exilarchiv 1933-1945, Frankfurt a. M.

Dr. Rätus Luck, Schweizerische Landesbibliothek, Bern

Für abermalige tatkräftige Unterstützung dankt der Herausgeber Ernst Wittmann, Dr. Gesine Palmer und Claus-Michael Palmer, Berlin, die ihn in judaistischen Fragen beraten haben, sowie Krzysztof Pyrka, Lüneburg, der in Fragen der polnischen Sprache, und Wasili Kijowski, Hamburg, der in Fragen der ukrainischen Sprache hilfreich war.

Soma Morgenstern
Werke in Einzelbänden

herausgegeben von Ingolf Schulte

Die Edition hat den Charakter einer zuverlässigen Leseausgabe. Die Texte werden vom Herausgeber sorgfältig kommentiert und jeder Band mit einem ausführlichen Nachwort versehen. Die Bände erscheinen in blauem Leinen mit Schutzumschlag.

zu Klampen Verlag
Postfach 1963 · D-21309 Lüneburg · E-mail: zu-klampen-verlag@t-online.de